Die besten Geistergeschichten aus aller Welt

Die besten Geistergeschichten aus aller Welt

Herausgegeben und mit einem Vorwort
von Erich Ackermann

Anaconda

MIX
Papier | Fördert gute Waldnutzung
FSC® C014496

Penguin Random House Verlagsgruppe FSC® N001967

Die Deutsche Nationalbibliothek verzeichnet diese Publikation in der Deutschen Nationalbibliografie; detaillierte bibliografische Daten sind im Internet unter http://dnb.d-nb.de abrufbar.

Umschlagmotiv: »The Flying Ship is a ship that wandered through the seas bringing misfortune to the ships that crossed its way«, kolorierter Kupferstich, Privatsammlung © Giancarlo Costa / Bridgeman Images
Umschlaggestaltung: www.katjaholst.de
Satz und Layout: Achim Münster, Overath
Druck und Bindung: GGP Media GmbH, Pößneck
Printed in Germany
ISBN 978-3-7306-1318-4
www.anacondaverlag.de

Inhalt

Vorwort

Die Geister aller Art gehören in den großen Bereich des Übernatürlichen, welches nicht den Gesetzen der Natur unterworfen zu sein scheint und Wesen und Gebilde nicht physischer Art umfasst, die nur auf der Vermutung beruhen. Solche übernatürlichen Deutungen der Welt sind in allen Religionen zu finden und betreffen die Frage nach der Gottheit schlechthin, den himmlischen Wesen, den Prophetien, den Wundern, dem Himmel und der Erde, dem Weiterleben nach dem Tod, finden sich aber auch im Aberglauben aller Völker bei der Annahme von Geistern und Dämonen, die einen magischen Raum beherrschen. Die Annahme von Geistern ist ein nicht auf dem Verstand gegründeter Glaube, der von der Furcht und dem Nichtwissen um die wirklichen Gegebenheiten gespeist wird und gewissen Erscheinungen im physischen wie auch im psychischen Gebiet einen dämonischen und magischen Ursprung zuerteilt. Ursprünglich sind die Dämonen oder Geister bei den Griechen neutrale Wesen, die eine Mittelstellung zwischen den Menschen und Göttern einnehmen und mit ihnen in Verbindung stehen; erst das Christentum hat diese antiken wie auch die germanischen Geistwesen diabolisiert, weshalb der Begriff Dämon auch heute noch mit dem Bösen assoziiert wird. In unseren Geistergeschichten allerdings werden die Begriffe Dämonen und Geister als Synonyme gleichgesetzt.

Kulturgeschichtlich entstammt der Glaube an Geister dem *Animismus* der frühen Völker. Er ist eine Vorstufe der später überall entwickelten Religionen und will die Ursachen der Dinge in der Umwelt erklären. Es ist der Glaube an eine vitale Kraft in allen Lebewesen, aber auch in den Dingen, die den Menschen umgeben wie etwa Felsen, Flüsse und meteorologische Erscheinungen, der sich in der Beseelung der Welt mit Geistern manifestiert. Diese können für den Menschen sowohl eine bedrohliche als auch eine schützende Wirkung haben. Solche übernatürlichen Wesen sind Hausgeister, Spukgeister, die meist als Gespenster auftauchen, und vor allem auch Totengeister. Ihre äußere Gestalt kann *anthropomorph* sein, wie es meist beim Gespenst der Fall ist, *theriomorph* wie beim Werwolf, kann zwischen Mensch und Tier wechseln; sie kann auch ein reines Produkt der menschlichen Fantasie sein, welches dann meist ein gefährliches Ungeheuer ist, wie es oft in der Mythologie (Chimären, Meeresdrachen) vorkommt, oder auch dinglicher Art wie das Irrlicht in Mooren und Sümpfen.

Bei dieser Geisterwelt, die im Leben der Menschen und in der Welt aktiv ist, gibt es keine Unterscheidung zwischen dem Natürlichen und dem Übernatürlichen, weil der gesamte Kosmos, sichtbar wie auch unsichtbar, als natürlich angenommen wird. Neben Phänomenen wie Stürmen, Hungersnöten, Unfällen und allem anderem Missgeschick, das dem Menschen widerfahren kann, soll die Geisterwelt aber auch der ganz elementaren Umwelt mit all ihren Geheimnissen eine Deutung geben. So sind auch die vier klassischen Elemente Feuer, Wasser, Luft und Erde als *Elementar-* oder *Naturgeister* Personifikationen dieser Elemente. Der Arzt und Naturphilosoph *Theophrastus Paracelsus(1493–1541)* hat eine Theorie und eine Hierarchie dieser Elementargeister aufgestellt und spricht von *Silvanen, Faunen, Satyrn, Panen, Nymphen, Najaden, Nereiden, Dryaden und Sylphen* u. a.

Es ist die meist unbewusste Angst vor dem Unerklärlichen, dem

Fremden, dem Unbestimmten, welche eine solche Geisterwelt entstehen lässt. Der Glaube an die Geister will all die Phänomene der Umwelt, die auf den Menschen, und vor allem den unaufgeklärten, zukommen und die in seine alltägliche und vertraute Umgebung einbrechen, erklärlich machen. Im Urgrund ist das Unheimliche das, was draußen liegt, nicht im Heim drinnen. Die Unwissenheit gegenüber dem Draußen lässt beim Menschen in seinem Drinnen, der eigenen Psyche, Gestalten und Geschehnisse entstehen, die dämonisch sind. Geister sind in diesem Sinne psychische Realitäten, Projektionen der eigenen unbewussten Psyche auf vermeintlich äußere magische übernatürliche Wesen. Neben der Angst vor der äußeren Umwelt spielen hierbei auch die verborgenen Ängste vor dem unbekannten Abgrund in uns selbst eine entscheidende Rolle. Dass das Gespenst nicht nur eine Projektion nach außen, sondern auch eine nach innen in die eigene Seele ist, bezeugt eine schöne, vom griechischen Schriftsteller *Plutarch* (um 45–125 n. Chr.) überlieferte Geschichte: Als der Cäsarmörder *Brutus* sich auf der Flucht auf hoher See befand, sieht er ein fürchterliches Gespenst vor sich stehen. Auf die Frage, wer es denn sei, gibt ihm dieses zur Antwort: »Dein böser Geist, Brutus. Bei Philippi sehen wir uns wieder.« Und so geschah es denn auch. In der Schlacht bei *Philippi* (42 v. Chr.) wird Brutus wie andere Cäsarmörder auch fallen. In dieser Geschichte ist das Gespenst das eigene böse Gewissen, das der antike Mythos in den *Erinyen* und *Furien* personifiziert. Die Angst vor der eigenen Psyche gebiert für Brutus den Horror. Das Gespenst befindet sich nicht irgendwo außerhalb, Brutus selbst ist es.

Hinter der Tatsache, dass zumal der unaufgeklärte Mensch in und um sich das Dämonische walten sieht, verbirgt sich ein tiefes und dauerndes Gefühl des Misstrauens gegenüber der Wirklichkeit. Auch dem Menschen, der die Welt rational zu erkennen und zu deuten weiß, wohnt archetypisch ein Ahnen übernatürlicher Dinge inne, eine Grundempfindlichkeit der Angst vor dem Unheimlichen, die sich vor nichts Bestimmtem fürchtet, sondern vor der Welt dahinter, die unwillkürlich in unsere vertraute Welt einbrechen kann. Das Unheimliche an sich erregt Schrecken und Grauen; für den Philosophen *Martin Heidegger* (1889–1976) ist es keine konkrete Furcht, sondern »ein existentiales Gestimmtsein des Nicht-zuhause-seins in der Welt«. Für den Begründer der Psychoanalyse *Sigmund Freud* (1856–1939) ist das Unheimliche dem Seelenleben des Menschen vertraut, aber durch den Prozess der Verdrängung ins Unbewusste entfremdet worden. Aber dieses Unheimliche ist nicht verloren gegangen, in Träumen, Visionen, fantastischen Erzählungen und schlimmstenfalls in Wahnvorstellungen kehrt es zurück.

Der Schauer angesichts des Dämonischen und Unheimlichen hat sich mit der Weiterentwicklung des Menschengeschlechts vom mythischen zum logischen Denken nicht verflüchtigt, er hat nur eine andere Dimension angenommen. Geistergeschichten, die früher die Bauern um das winterliche Feuer geschart hatten, waren für den damaligen Rezipienten wahr. Das magische Weltbild schenkt der Existenz von zwei Welten, deren Grenzüberschreitung fließend ist, unbedingten Glauben. Der heutige Mensch glaubt nicht an das Dämonische, es überfällt ihn einfach von Zeit zu Zeit, worin sich in der modernen Industriegesellschaft auch die Empfindung widerspiegelt, einer geheimnisvollen, unbekannten Welt ausgesetzt zu sein, die im Grunde nur noch bedrohlich ist.

Der Glaube an eine Geisterwelt hat sich seit alters her in Sagen und Erzählungen niedergeschlagen, die den bedrohlichen Phänomenen eine Gestalt gegeben haben, deren Formen vielfältig sind. Die Erlebnisberichte über die Erscheinungen des Übernatürlichen in Volksglauben und Volkssagen zeugen von einer subjektiven Glaubwürdigkeit der Tradition; für den früheren Rezipienten waren sie wahre Geschehnisse, die das Element des Schauervollen, des *tremendum*, vor dem es sich zu fürchten gilt, mit dem des *fascinosum*, das den Menschen fesselt und in seine Bann zieht, verbindet, so der Religionswissenschaftler *Rudolf Otto* (1869–1937).

Die Projektion bedrohlicher Bilder und die Umsetzung von Schreckenserlebnissen oder solcher Empfindungen in Erzählungen sind universelle kulturelle Phänomene. Kristallisation und Hauptmotiv dieser Angst vor dem Unheimlichen in allen Kulturkreisen sind der Tod und essenziell mit ihm verbunden die Nacht, die eigentliche Zeit der Toten. Wie viele Menschen, die sich auch heute noch frei von jedem Aberglauben dünken, werden in der Nacht, wenn die Psyche empfindsamer frei liegt, vom Schauer vor diesem Unheimlichen gepackt, mögen sie auch beim ersten Hahnenschrei ihre Leichtgläubigkeit belächeln und skeptisch sein! Die Unwissenheit von all dem, was in der Umwelt vor sich geht, ist ja schon am helllichten Tag beängstigend, umso mehr verstärkt sie sich auch im emotionalen Bereich noch in der Dunkelheit, zumal der Mensch physiologisch ein Tagtier ist, das mit seinen Augen die Finsternis nicht zu durchdringen vermag. In den im Volksglauben überlieferten Geistergeschichten zeigt sich die Ambivalenz dieser Totengeister, die zum einen als verehrungswürdige Ahnen erscheinen, dann aber auch immer wieder als bösartige Dämonen, die fürchterlich ins Dasein der Lebenden eingreifen.

Einzelne Motive und Gestalten in diesem Pandämonium der Angst sind archetypisch und finden sich in den Gruselgeschichten vieler Kulturen wieder wie etwa:

Naturgeister aller vier Elemente; Hausgeister; Poltergeister; Aufhocker; Todesboten; die unerlöste Seele; anthropomorphe Gespenster, die nicht erlöst und zu einer ewigen Fahrt verurteilt sind; Verkörperungen des Todes; die Zusammenkunft der Toten z. B. zu einer Geistermesse; der personifizierte Tod, der z. B. als Gerippe den Lebenden erscheint (bretonischer *Ankou*); Lebendtote; Wiedergänger; Vampir; Werwolf; der Tod als Bräutigam; unheimliche Tiere (schwarzer Hund, schwarze Katze); Stillstand der Zeit, in der die Toten wie z. B. an *Samuin* (*Halloween*) an die Stätte ihres früheren Lebens zurückkehren; Nachtmahr oder Nachtalb; Monster, die ihrer Gestalt nach undefinierbar sind; das unsichtbare bedrückende Ding, das auf unerklärliche Weise einfach da ist und tötet oder verletzt; Geisterschiffe; Geisterkutschen und Leichen aller Art auf Friedhöfen in aller Welt!

Neben den Sagen, die dem Volksglauben entspringen, hat sich auch früh schon die Geistergeschichte literarisch niedergeschlagen. Neben einigen Geistergeschichten aus der Antike wie bei *Plautus* und *Plinius* und den Dämonen aus *Tausendundeiner Nacht* wie den *Dschinn, Ghulen* und den *Ifrit* (*Afrit*) sind auch solche aus dem alten China und Japan überliefert. So enthält das Werk *Die Geschichte des Prinzen Genji* der japanischen Hofdame und Schrifstellerin *Murasaki Shikibu* aus dem 11. Jahrhundert Geistergeschichten und erzählt von Personen, die von Geistern besessen sind; in China ist es der Dichter *Pu Songling*, der im 17. Jahrhundert fantastische Geschichten von übernatürlichen Wesen erzählt, in denen vor allem die Fuchsgeister eine große Rolle spielen. Den eigentlichen Aufschwung erlebten aber die Geistergeschichten in Europa nach dem rational geprägten Zeitalter der Aufklärung mit dem Beginn der Romantik, wobei vor allem *E. T. A. Hoffmann* (1777–1822) prägend war. In England sind es Schauergeschichten, die in den Werken der *gothic novel* dem Leser wohliges Gruseln bereiten, gefolgt von den Erzählungen des Viktorianischen Zeitalters, welche die große Welle der fantastischen Horrorliteratur des 20. Jahrhunderts vorbereiten, die sich auch bis heute in den Medien Film und Internetspielen u. a. größter Beliebtheit erfreuen. Das gleiche gilt für die Literatur des 19. Jahrhunderts in den Vereinigten Staaten (*Washington Irving, Edgar Allan Poe*), in Russland (z. B. *Nikolai Gogol, Alexander Puschkin*) und in Frankreich (*Guy de Maupassant, Prosper Mérimée*).

Menschen brauchen wohl vor allem beim Erwachsenwerden solche Grusel erzeugende Geschichten, um Urängste zu verarbeiten und unschädlich zu machen. Typisch dafür ist das *Grimmsche* Märchen *Von einem, der auszog, das Fürchten zu lernen.* Es zeigt deutlich auf, dass Angst durch aktive Suche erlebt und unschädlich gemacht werden muss, wodurch dann der Mensch reift. In diesem Sinne also haben Geistergeschichten mit ihrem Potenzial an Schauer eine kathartische Wirkung, die weit über die äußerliche Gänsehaut hinausgeht. Dadurch dass innere Konflikte und verdrängte Gefühle aktiv ausgelebt werden, verlieren sie ihren Schrecken.

Die Geister in der Spinnstube

In jedem Dorf gibt es eine Spinnstube. Die Spinnstube heißt bei uns auch Lichtkarz. Abends im Winter, wenn alles ausgeschafft ist im Stall und in der Scheune, dann nehmen die ledigen Mädchen ihre Kunkeln* und gehen zum freundlichen Nachbarn, der eine große Stube hat und umsonst einheizt und umsonst Licht gibt, und bleiben dort oft bis zwölf oder zwei Uhr des Nachts und spinnen. Zu Hause, wenn man zu lieb einbrennen müsste und Licht hertun, würde das Spinnen wenig Nutzen bringen, der Gulden käme auf achtzehn Batzen.

Allein so ganz umsonst tut's der Spinnstubenhalter auch nicht, und das Spinnen ist auch nicht immer die Hauptsache. Da kommen die ledigen Burschen, welche ihren Schatz in der Spinnstube wissen, um die Kunkel zu heben. Das Kunkelheben ist aber nichts anders, als eine verliebte Unterhaltung, wobei es an derben Späßen nicht fehlt. Die Burschen kommen nicht leer, sondern sie bringen etwas mit, nämlich Wein und oft auch Fleischwaren, und der Spinnstubenhalter bekommt immer am meisten davon, und oft noch Geld dazu, damit er's leide, wenn's die Burschen oft zu toll treiben.

Das Kunkelheben ist aber noch nicht wieder die Hauptsache. Eine noch größere Hauptsache ist das Patschen oder Schwatzen. Da ist die Frau des Spinnstubenhalters, und vielleicht noch ein

* Eine Kunkel ist eine alte Bezeichnung für Spinnrocken.

paar andere Frauen, oder heiratslustige Witwen, die geben den Ton an, und es wird erzählt, was vorgefallen ist den Tag über, und einander im Vertrauen mitgeteilt, was man diesem oder jenem nachsagt, dass der Hansjörg gestohlen habe und die Mariebärbel schwanger sei, und es ist eine ärgere Klatscherei als nur in irgendeiner Kaffeevisite eines Landstädtchens.

Das Klatschen ist aber auch wiederum nicht die größte Hauptsache, die allergrößten Hauptsachen sind die Geister.

Die Abendunterhaltung in einer Spinnstube wäre gar nichts, wenn man nicht am Ende auf die Geister käme. Was ist ein Geist? Ein Geist ist ein Gespenst, und ein Gespenst ist die Seele eines Abgeschiedenen, aber keine unsichtbare Seele, sondern eine sichtbare, denn sie muss zu ihrer Strafe und Qual eine bestimmte Zeit auf dieser Erde herumwandeln. Es gibt darum keine guten Geister, sondern lauter schlimme. Der Gründe, warum einer laufen muss oder geistert, gibt es verschiedene. Entweder hat er ein Verbrechen begangen, das allzu groß erscheint, als dass es Gott sogleich verzeihen könnte, oder aber, und öfter, war er ein Reicher, der dem Armen sein wenig Hab und Gut abzwackte, um sich nur allein gütlich damit zu tun, oder ein Amtmann, der die Bauern schund, dass sie die Lasten kaum erschwingen konnten, oder ein Edelmann, der seine Untertanen plagte, dass sie alle ihre Zeit mit Frondiensten hinbringen mussten, ohne für Weib und Kind etwas verdienen zu können. Die Orte, wo die Geister sich aufhalten, sind ebenfalls verschiedener Natur. Meistens sind es die Kirchhöfe, und es gibt kein ehrliches Schwabenmädchen, das abends, wenn es bereits dunkelt, an einem solchen Ort vorbei oder gar darüber ginge. Um zwölf Uhr über einen Kirchhof gehen, hieße Gott verachten. Allein auch andere Orte gibt's. Jener reiche Bauer muss in seinem eigenen Hause laufen; im Keller, wo er sein Geld vergraben hat;

oder auch Treppe auf, Treppe ab, und rumort herum und schlägt die Türen zu und reißt die Schubladen auf, und es klingt, als ob er Geld zählte. Oder ist es ein Acker, der unrechtmäßig erworben wurde und an den nun die Seele festgebunden ist, als an den Ort ihrer Qual, oder ein Lindenbaum, unter dem in früheren Zeiten einer erschlagen wurde, oder ein verlassenes Kloster, oder ein alter Turm, der Rest von einem Schloss, das früher da gestanden hatte, oder das Amtshaus, das jetzt in ein Schulhaus verwandelt ist. Man sieht, dass die Geister eine große Auswahl haben, wo sie laufen wollen. Ein Geist ist übrigens sehr leicht zu erkennen. Entweder sieht man gar nichts und hört bloß einen Lärm oder man sieht nichts als ein kleines Flämmchen gleich einem blauflammenden Lichte, das hin und her hüpft, bald da, bald dort, jetzt verschwindet und nun wieder auftaucht und hauptsächlich an sumpfigen Gegenden zu treffen ist. Oder ist's ein Hund, ein schwarzer Pudel mit funkensprühenden Augen, der immer in Krümmungen sich umherbewegt und aussieht wie der lebendige Teufel, oder ist's ein Schimmel mit drei Füßen, oder ein Rappe, der Feuer und Flammen speit, und oben drauf sitzt einer und klatscht mit der Hetzpeitsche, als ob er die Bauern prügeln wollte. Am erschrecklichsten ist's, wenn der Geist einem Menschen gleichsieht. Man trifft diesen hauptsächlich auf Kreuzwegen und an größeren Steigen. Bald sieht er übermenschlich groß aus, wie ein in Nebel zerfließender Riese, bald macht er sich wieder klein wie ein Zwerg. Kommt ein Wagen, so hängt er sich an die Räder, wenn's den Berg hinaufgeht und sperrt, dass die Pferde keuchen und schwitzen und doch nicht vom Flecke kommen; wenn's aber hinuntergeht, so hängt er sich vorne an und zieht für acht Pferde und kein Halten hilft mehr etwas, im Galopp geht's hinunter und Ross und Wagen stürzen zusammen am Fuße des Berges. Kommt dagegen ein einsamer Wanderer, so gesellt er sich zu ihm wie einer, der desselben Weges kommt, plötzlich aber nimmt er einen Fuß oder einen Arm von sich und schleudert ihn weit weg, und dann noch einen Arm und noch einen Fuß und dann den Kopf und rollt ihn vor sich her wie eine Kegelkugel und hüpft ihm nach mit dem Rumpf, und den Wanderer ergreift Grausen und Entsetzen und er läuft, was er laufen kann, über Stock und Stein, immer aber hinter sich drein hört er das heisere Lachen des Geistes und er läuft die ganze Nacht hindurch und dennoch findet er sich des Morgens an demselben Plätzchen, von dem er ausgegangen, und es ist keine Veränderung mit ihm vorgegangen, als dass er todmüde ist vom Schrecken und der Anstrengung.

Solche Dinge erzählt man sich in den Spinnstuben; Geschichte folgt auf Geschichte, immer eine gräulicher als die andere. Niemand von allen, die da sind, hat noch einen Geist gesehen, aber der Hansjörg hat's erzählt, und des Hansjörg's Großmutter hat ihn auch gesehen, und alle glauben steif und fest daran, und keine Predigt des Pfarrers und kein Räsonieren der Freigeister im Wirtshaus bringt den Glauben aus den Leuten heraus. Das Kindsmädchen hat das Kind schon mit solchen Geschichten zur Ruhe gebracht, und was man in zartester Jugend empfangen, das bleibt das ganze Leben hindurch. Einen Vorteil hat der Geisterglauben: er ist ein Femgericht** über die Toten. So wie einer was Schlechtes begangen, wenn's auch nicht vor Gericht bestraft wurde, sondern bloß im Munde des Volkes bekannt ist, alsbald heißt es: er geht.

Mitternacht ist nun längst vorüber. Gesponnen ist zwar nicht viel geworden, aber es ist Zeit, nach Hause zu gehen. Kann aber

** Das Femgericht ahndete im Mittelalter Kapitalverbrechen wie etwa Raub, Brand, Mord, Vergewaltigung, Fälschung, Meineid und Kirchenfrevel.

das Mädchen allein nach Hause gehen? Es wäre ihr zu grausig zumute; ihr Bursche muss sie begleiten. Und er begleitet sie bis ans Haus hin und oft auch bis ins Haus hinein, und geht erst des Morgens nach Hause.

Geschichte aus dem alten Schwabenland

Die weiße Herberge

Einst gab es in dem kleinen Dorf Le Ponthou, das im Finistère liegt, eine Herberge, die man wegen der weißen Farbe ihrer Fassade *Die weiße Herberge* nannte. Die Wirtsleute waren grundehrlich; jedes Jahr hielten sie gewissenhaft ihre Ostern, und man brauchte bei ihnen die Zeche nicht nachzuzählen. Viele Reisende stiegen dort ab, und ihre Pferde kannten die Stalltüre der Herberge so gut, dass sie von allein davor stehen blieben.

Der Herbst, den die Bretonen *Dibenn-éost*, den *Enthaupter der Ernten* nennen, hatte begonnen, die Tage kürzer und trüber zu machen. Als nun eines Abends Floc'h, der Wirt der *Weißen Herberge*, vor der Tür stand, kam ein Reisender angeritten, der wie ein bedeutender Mann aussah und ein Pferd hatte, das nicht aus der dortigen Gegend zu stammen schien. Er hielt an der Schwelle an, grüßte mit der Hand an seinem Hut und sprach zum Wirt: »Ich möchte hier zu Abend essen und für die Nacht ein Zimmer für mich allein.« Floc'h nahm mal zuerst seine Pfeife aus dem Mund, dann seinen Hut vom Kopf und antwortete:

»Gott segne Euch, mein Herr! Euer Abendessen werdet Ihr bekommen; aber ein Zimmer für Euch allein können wir Euch nicht geben, denn wir beherbergen da oben noch sechs Maultiertreiber, die nach Redon zurückkehren und die sechs Betten der *Weißen Herberge* in Beschlag nehmen.«

»Mein Gott, guter Mann«, antwortete ihm da der Fremde, »versucht doch bitte, dass ich die Nacht über nicht draußen bleiben muss.

Die Hunde haben einen Zwinger, und es ist nicht gerecht, dass Christenmenschen bei so einem Wetter keine Stelle finden können, wo sie ihr Haupt hinbetten können.«

»Fremder Herr«, sagte dann der Wirt untröstlich, »ich kann Ihnen nur sagen, dass die Herberge voll ist, und dass nur das rote Zimmer noch frei ist.«

»Na gut«, dann der Unbekannte, »dann gebt mir dieses!«

Aber der Wirt kratzte sich am Kopf und wurde traurig, dass er dem Reisenden das rote Zimmer nicht geben konnte.

»Seit ich hier Wirt in der *Weißen Herberge* bin«, sagte er dann schließlich, »haben nur zwei Männer in diesem Zimmer übernachtet, und am folgenden Morgen waren ihre Pferde, die am Abend noch schwarz waren, ganz weiß.«

»Habt Ihr hier denn hier wiederkehrende Tote, guter Mann?«, fragte da der Fremde.

»Ja, die gibt es hier in der Tat«, murmelte Floc'h.

»Na dann, bei der Güte des Lieben Gottes und der Jungfrau Maria, macht mir im roten Zimmer Feuer und legt eine Wärmflasche ins Bett, denn mir ist kalt.«

Der Wirt tat dann, was der Reisende verlangt hatte. Als dieser nun zu Abend gegessen hatte, wünschte er allen, die noch am Tisch saßen, eine gute Nacht und ging dann nach oben ins rote Zimmer. Der Wirt und seine Frau aber zitterten am ganzen Leibe und begannen zu beten.

Als der Reisende oben in seinem Zimmer war, schaute er um sich. Es war ein großes feuerrotes Zimmer, mit großen Flecken an der Wand, die leuchteten so, dass man hätte glauben können, sie seien mit noch frischem Blut gemalt. Hinten im Raum stand ein viereckiges Bett, das von großen Vorhängen umgeben war. Sonst war alles leer im Zimmer, und man hörte den Wind im Kamin und in den Fluren heulen und klagen, als seien es Seelen, die um Gebete flehten.

Der Reisende kniete nieder, betete ganz leise zu Gott und ging dann furchtlos zu Bett; bald war er auch schon eingeschlafen.

Aber als es gerade von der fernen Kirche her Mitternacht schlug, wurde er wach und hörte, wie sich die Bettvorhänge an ihren Stangen bewegten und sich zu seiner Rechten öffneten. Als er aus seinem Bett heraussteigen wollte, stießen seine Füße an etwas Kaltes und voller Entsetzen wich er zurück: Vor ihm stand ein Sarg mit vier Kerzen an seinen vier Ecken, und das große schwarze Leichentuch darüber war mit weißen Tränen übersät. Schnell schwang sich der Reisende auf die andere Seite des Bettes, und sogleich auch war der Sarg auch dahin gekommen und versperrte ihm wieder den Weg. Fünf Mal versuchte er, aus dem Bett herauszukommen, und fünf Mal stellte sich der Sarg mitsamt Kerzen und schwarzem Tuch vors Bett unter seine Füße.

Da begriff der Reisende, dass es ein Toter war, der ihn um etwas bitten wollte. Er kniete in seinem Bett nieder, bekreuzigte sich und sagte:

»Wer bist du, Toter? Sprich! Ein Christ hört dir zu.«

Da erhob sich aus dem Sarg eine Stimme:

»Ich bin ein Reisender, der von den Wirtleuten, die vor den jetzigen diese Herberge hatten, ermordet worden ist. Ich bin im Zustand der Sünde gestorben und muss jetzt im Fegefeuer büßen.«

»Womit kann ich dir, du Seele in großer Not, deine Pein lindern?«, fragte da unser fremder Reisender.

»Ich brauche sechs Messen, die für mich ein Priester in schwarzer und weißer Stola in der Kirche Notre-Dame von Le Folgoat liest; dann auch noch eine Pilgerfahrt, die ein Christ in meinem Anliegen zur Kirche Notre-Dame de Rumengol macht!«

»Du Seele in Pein, du wirst deine sechs Messen bekommen, und ich, der ich ein Christ bin, werde in deinem Anliegen auch eine Pilgerfahrt nach Notre-Dame de Rumengol machen.«

Kaum hatte der Reisende diese Worte gesprochen, da verlöschten die Kerzen, die Vorhänge ums Bett zogen sich von selbst zu, und alles war wieder ganz still. Der Reisende verbrachte indes den Rest der Nacht in Gebeten.

Am folgenden Morgen erzählte er dem Wirt alles, was vorgefallen war, und sagte ihm dann: »Guter Mann, ich bin Monsieur de Rohan, aus der vornehmsten Familie der ganzen Bretagne. Ich werde eine Pilgerfahrt nach Rumengol machen und die sechs Messen bezahlen. Seid also von nun an nicht mehr beunruhigt, denn die arme Seele wird erlöst werden.«

Ein Monat später hatte das rote Zimmer seine rote Farbe verloren; es war wieder weiß und heiter geworden wie die anderen, und man hörte darin kein anderes Geräusch mehr als das der Schwalben, die ihr Nest im Kamin hatten, und drinnen sah man nichts anderes mehr als drei Betten und ein Kruzifix.

Der Reisende hatte Wort gehalten.

Märchen aus der Bretagne

Die Wäscherinnen der Nacht

Wie alle anderen Menschen auch sind die Bretonen Kinder der Sünde, aber sie lieben ihre Toten; sie haben Erbarmen mit denen, die im Fegefeuer schmachten, und bemühen sich, diese von ihrer schweren Prüfung zu erlösen. Jeden Sonntag beten sie nach dem Gottesdienst auf der Erde, wo ihre armen Körper verwesen, für deren Seelen. Vor allem im November nehmen sie ihre Christenpflicht besonders ernst. Wenn Allerheiligen kommt, denkt jeder an die, die ihnen zur Gerechtigkeit Gottes vorangegangen sind. Man lässt für sie Messen lesen, zündet Kerzen an, empfiehlt sie der Fürsprache der besten Heiligen, geht mit den Kindern an ihre Grabsteine, und nach der Vesper zieht der Pfarrer mit seiner Gemeinde von der Kirche auf den Friedhof, um dort die Gräber zu segnen. In der Nacht vor Allerheiligen erleichtert Christus auch ein wenig die Pein der armen Seelen und erlaubt ihnen, diejenigen Häuser wieder aufzusuchen, in denen sie früher gewohnt hatten. Dann sind die Häuser der Lebenden so voll von den zurückkehrenden Toten wie die welken Blätter in einem Hohlweg. Deshalb lassen die guten Christen in dieser Nacht den Tisch gedeckt und löschen das Feuer nicht im Kamin: So können die heimgekehrten Toten dort ihr Mahl einnehmen und ihre Glieder wärmen, die von der Kälte des Friedhofs ganz starr und klamm geworden sind. Aber wie es gute Menschen gibt, die die Jungfrau Maria und ihren Sohn verehren, gibt es genauso die Kinder des Satans, die ihre nächsten Angehörigen vergessen. Einer von diesen letzteren war Wilherm Postik. Sein Vater war aus dieser Welt gegangen, ohne die Absolution bekommen zu haben, und wie das Sprichwort sagt, wie der Vater so der Sohn. So hatte denn der junge Postik nichts anderes im Sinn als verbotene Vergnügen: wenn er konnte, ging er während des Gottesdienstes zum Tanz und trank dann mit den Pferdehändlern. Der Liebe Gott hatte es indes nicht an Warnungen an ihn fehlen lassen: seine Mutter, seine Schwestern und auch seine Frau waren im gleichen Jahr gestorben, aber das hatte er leicht verschmerzt. Auch der Pfarrer hatte ihn vergeblich in der Predigt gewarnt, er sei der Stein des Anstoßes in der ganzen Pfarrei. Aber diese öffentliche Warnung war kein Grund für Wilherm, sich zu bessern; nein im Gegenteil: sie führte nämlich nur dazu, dass er ganz mit der Kirche brach; und das war leicht vorauszusehen, denn ein entlaufenes Pferd holt man nicht dadurch zurück, dass man die Peitsche knallen lässt. So wurde denn Wilherms Leben immer liederlicher, ohne Gott und Gebot wie das eines Fuchses im Dickicht.

Die schönen Herbsttage waren inzwischen zur Neige gegangen, und das Fest der Toten war gekommen. Alle Getauften zogen ihre Trauerkleider an und gingen in die Kirche, um für ihre lieben Verstorbenen zu beten, nur Wilherm nicht. Der zog seine Festtracht an und machte sich auf den Weg in den nächsten Marktflecken, der ein Treffpunkt für gottlose Matrosen und leichte Mädchen war. Und die ganze Zeit, die die anderen an diesem Gedenktag mit Gebeten für die Erlösung der armen Seelen verbrachten, die weilte er an diesem gottlosen Ort: er sprach dem Wein zu, machte Glücksspiele mit den Matrosen und erzählte den Mädchen unanständige Geschichten. So ging es dort bis fast Mitternacht zu, und er wollte nicht eher heim in sein Dorf gehen, bis seine anderen Spießgesellen von ihrem sündhaften Treiben müde geworden wären. Er selbst war standhaft im Feiern und ging als letzter aus dem Wirtshaus und war dabei noch genauso munter und sicher auf den Beinen wie vorher.

Nun hatte er vor lauter Trinken das Herz auf der Zunge. Laut grölte er auf allen Wegen die Lieder, die die Mutigsten sonst nur ganz leise brummen; und an den Wegkreuzen ging er vorbei, ohne leiser zu werden oder gar den Hut abzuziehen. Auf seinem Heimweg schlug er auch mit seinem Stock auf die Ginsterbüschel rechts und links des Weges und hatte keine Angst, damit die Seelen derer zu treffen und zu verletzen, die in dieser Nacht unterwegs waren.

So kam er auch an eine Wegkreuzung, an der zwei Straßen nach seinem Dorf abgingen. Die längere stand unter dem Schutz Gottes, während die kürzere von den wiederkehrenden Toten heimgesucht wurde. Viele Leute, die hier nachts vorbeigekommen waren, hatten Geräusche gehört und Dinge gesehen, von denen man nur spricht, wenn man in Gesellschaft mehrerer Menschen ist oder wenn ein Weihwasserkessel nicht weit weg ist. Aber Wilherm hatte nur Angst vor dem Durst und vor hässlichen Mädchen. So schlug er denn den kürzeren Weg ein und ließ seine Holzschuhe so laut auf den Kieselsteinen krachen, dass man es weithin hören musste.

Es war aber eine mondlose Nacht, und der Wind wirbelte die welken Blätter hoch in die Luft, die Quellen entlang des Hügels plätscherten traurig vor sich hin, die Büsche zitterten wie ein Mensch, der große Angst hat, und mitten in dieser Stille klangen die Schritte Wilherms in der Nacht laut wie die von Riesen. Aber nichts konnte ihn erschüttern und ängstigen, und er ging seelenruhig weiter.

Als er an dem alten verfallenen Gutshaus vorbeikam, hörte er, wie der Wetterhahn ihm zurief: »Kehr doch um, kehr um!« Aber Wilherm ging weiter, bis er zu dem Wasserfall kam, der ihm zurief: »Geh nicht weiter, geh nicht weiter!« Wilherm aber setzte seine Füße auf die vom Fluss glatt geriebenen Steine und ging ans andere Ufer hinüber. Als er zu der alten wurmstichigen Eiche kam, flüsterten deren Zweige immer wieder: »Bleib hier, bleib hier!« Aber Wilherm schlug beim Vorbeigehen mit seinem Stock auf den morschen Baum und beschleunigte seine Schritte.

Schließlich war er in dem Tal angelangt, in dem die Geister ihr Unwesen treiben; vom Glockenturm dreier Pfarreien in der Ferne schlug es Mitternacht, und Wilherm begann, ein munteres Liedchen vor sich hin zu pfeifen. Aber als er gerade den vierten Vers pfiff, hörte er schon einen Karren kommen, dessen Räder nicht mit Eisen beschlagen waren, und bald auch sah er, wie dieser sich ihm näherte, er war bedeckt mit einem Leichentuch. Wilherm erkannte gleich, dass es der Karren des Todes war: sechs Rappen zogen ihn, und vorne saß der leibhaftige Ankou und lenkte ihn. Er hielt eine eiserne Peitsche in seiner Hand und wiederholte immer wieder: »Weiche oder erbleiche!«

Wilherm machte Platz, ohne auch nur im Geringsten aus der Fassung zu geraten, und fragte noch frech:

»Was machst du denn hier, Bleichgesicht?«

»Ich überfalle und fälle!«, antwortete Ankou.

»Dann bist du also ein Dieb oder ein Mörder?«, fragte da Wilherm.

»Ich bin ein Schnitter ohne Rücksicht und Nachsicht auf jeden, wer er auch sei.«

»Also ein Dummkopf oder ein brutaler Schläger! Aber wohin bist du denn heute Nacht so eilig unterwegs?«, wollte Wilherm dann doch gerne wissen.

»Ich bin auf dem Weg, um Wilherm Postik zu holen«, versetzte das Gespenst, und weiter ging seine Fahrt.

Unser Lebemann aber brach in schallendes Gelächter aus und marschierte weiter. Als er zu der kleinen Schlehdornhecke kam, die zum Waschhaus führte, bemerkte er zwei ganz in Weiß gekleidete Frauen, die Wäsche zum Trocknen über das Gebüsch legten.

»Bei meinem Leben!«, rief er da. »Das sind aber zwei Mädchen, die keine Angst vor Tod und Teufel haben. Warum seid ihr noch so spät draußen auf der Wiese, meine Täubchen?«

»Wir waschen, wir trocknen, wir bleichen!«, antworteten die zwei im Gleichklang.

»Was denn?«, wollte der junge Mann wissen.

»Das Leichentuch für einen Toten, der im Augenblick noch spricht und jetzt noch unterwegs ist.«

»Für einen Toten? Verflixt noch mal! Sagt mir, wie er heißt?«

»Wilherm Postik«, kam von beiden die Antwort wie aus einem Mund.

Da lachte Wilherm noch lauter als zuvor und ging den kleinen holprigen Weg hinunter. Aber je weiter er voranschritt, desto deutlicher hörte er, wie die Wäscherinnen der Nacht mit ihren Klopfern auf die Steine des nahen Waschhauses schlugen; und bald schon erblickte er diese selbst, sie klopften auf die Leichentücher und sangen dabei ein trauriges Lied:

»Kommt kein Christ vorbei, der uns rettet,
Müssen wir bis zum Jüngsten Tage waschen,
Beim Mondenschein und Windsgeheul
Müssen wir waschen das Leichentuch weiß.«

Sobald sie den lustigen Gesellen erblickt hatten, liefen sie alle laut schreiend auf ihn zu, zeigten ihm ihre Leichentücher und brüllten, er solle sie auswringen. »Einen kleinen Dienst unter Freunden kann man nicht ablehnen«, meinte Wilherm fröhlich, »aber jede von euch, schönen Wäscherinnen, der Reihe nach; ein Mann hat schließlich nur zwei Hände sowohl zum Auswringen als auch zum Umarmen!«

Er legte dann seinen Stock beiseite und ergriff den Zipfel des Leichentuchs, den ihm eine der Toten darbot, und achtete genau darauf, immer auf der gleichen Seite wie diese auszuwringen, denn er hatte von älteren Leuten gehört, das sei das einzige Mittel, solchen Gespenstern zu entkommen, ohne von ihnen zermalmt zu werden. Aber währenddessen umringten andere Wäscherinnen Wilherm, der in ihnen seine Tante und seine Frau, seine Mutter und seine Schwestern erkannte. Alle riefen sie: »Tausendfaches Unheil soll über den kommen, der die Seinen in der Hölle schmoren lässt. Tausendfaches Unheil!« Und dabei schüttelten sie ihr wirres Haar, hoben ihre weißen Klopfer hoch, und an allen Waschhäusern des Tals, entlang aller Hecken, oben auf allen Heidelandschaften hörte man Stimmen, die immer wieder riefen: »Tausendfaches Unheil! Tausendfaches Unheil!«

Jetzt war Wilherm außer sich und spürte, wie sich die Haare auf seinem Kopf hochstellten. Verwirrt wie er war, dachte er nicht mehr an die Vorsichtsmaßnahmen, die er vorher ergriffen hatte, und vergaß, das Tuch mit der Wäscherin über einen Strang zu drehen; er begann, es auf der anderen Seite auszuwringen, und im gleichen Augenblick schnürte dieses ihm die Hände wie ein Schraubstock zusammen, und er ging bewusstlos zu Boden, zermalmt an all seinen Gliedmaßen von den eisernen Händen der Wäscherin.

Bei Morgendämmerung kam ein junges Mädchen aus Henvik namens Fantik ar Fur an der Stelle vorbei und blieb stehen, um einen Zweig Stechpalme in ihren Topf Milch zu tun. Da erblickte sie Wilherm, wie er da hingestreckt auf den blauen Steinen lag. Weil sie glaubte, dass es der Wein war, der ihn derart zu Boden hatte gehen lassen, trat sie näher und berührte ihn leicht mit einem Binsenhalm, um ihn aufzuwecken. Als sie aber sah, dass er sich nicht regte, wurde sie von Angst ergriffen und lief ins Dorf, um dort Bescheid zu sagen. Darauf gingen der Pfarrer, der Glöckner und der Notar, der auch Bürgermeister war, zu der genannten Stelle; sie hoben den Leichnam auf und legten ihn auf einen Ochsenkarren. Doch die gesegneten Kerzen, die man anzünden wollte, gingen immer wieder aus, was wohl bedeutete, dass Wilherm Postik für immer verdammt war. Daher bettete man auch seinen Leichnam außerhalb des Friedhofs unter die steinerne Kirchhofmauer, wo die Hunde und die Ungläubigen stehen bleiben.

Märchen aus der Bretagne

Draculas Gast

Es wird vielfach angenommen, dass diese Kurzgeschichte Bram Stokers, die 1914 erschien, das erste vor der Veröffentlichung gelöschte Kapitel für seinen Roman Dracula von 1897 ist. In diesem Fall wäre der Ich-Erzähler der junge Rechtsanwalt Jonathan Harker, der Graf Dracula in seinem Schloss in den Karpaten (Siebenbürgen) besucht, um dem Grafen beim Kauf eines Hauses in der Nähe von London behilflich zu sein.

Als wir zu unserer Fahrt aufbrachen, schien die Sonne hell über München, und die Luft war erfüllt von der Freude über den Frühsommer. Gerade als wir abfahren wollten, kam Herr Delbrück, der maître d'hôtel des *Vier Jahreszeiten*, wo ich abgestiegen war, barhäuptig zur Kutsche herunter, wünschte mir eine angenehme Fahrt und sagte zum Kutscher, der immer noch seine Hand an der Klinke der Wagentür ruhen ließ: »Denken Sie daran, vor Einbruch der Dunkelheit zurück zu sein. Der Himmel scheint hell und klar, aber ich spüre einen Schauer im Nordwind, der mir sagt, dass es einen plötzlichen Sturm geben könnte. Aber ich bin sicher, dass sie nicht zu spät kommen werden.« Dabei lächelte er und fügte noch hinzu: »Sie wissen ja, was es heute für eine Nacht ist.« Johann antwortete mit Nachdruck: »Ja, mein Herr«, berührte dabei seinen Hut zum Gruß und fuhr schnell los. Als wir dann aus der Stadt heraus waren, gab ich ihm ein Zeichen anzuhalten und fragte ihn: »Sagen Sie mir, Johann, was ist das heute für eine Nacht?« Er bekreuzigte sich und antwortete lakonisch: »Walpurgisnacht!« Dann nahm er seine Uhr hervor, ein schweres, altmodisches deutsches Silberding, so groß wie eine Rübe, und schaute mit zusammengezogenen Augenbrauen darauf, wobei er leicht ungeduldig mit den Schultern zuckte. Ich war mir im Klaren, dass das seine Art war, mit dem gebotenen Respekt gegen die unnötige Verzögerung zu protestieren, und sank dann wieder in die Polster der Kutsche zurück, wobei ich ihn lediglich aufforderte, weiterzufahren. Er fuhr schnell wieder an, als wolle er die verlorene Zeit einholen.

Ab und zu schienen die Pferde ihre Köpfe hochzuwerfen und argwöhnisch die Luft zu schnuppern. Wenn dies geschah, schaute ich mich immer beunruhigt um. Die Straße war ziemlich öde und trostlos, weil wir gerade eine Art hohes windgepeitschtes Plateau überquerten. Auf einmal erblickte ich einen wohl wenig benutzten Weg, der in ein kleines gewundenes Tal hinabzuführen schien. Dieses Tal war so malerisch, dass ich Johann, auch auf die Gefahr hin, ihn zu beleidigen, zum Anhalten aufforderte, was er auch tat. Als der Wagen dann zum Stehen kam, bat ich ihn, diese Straße doch hinunterzufahren. Da erfand er alle möglichen Ausreden und bekreuzigte sich dauernd, während er sprach. Dadurch wurde nun meine Neugier geweckt, und ich stellte ihm verschiedene Fragen, worauf er ausweichende Antworten gab; dabei schaute er immer wieder wie zum Protest auf seine Uhr. Schließlich sagte ich: »Nun Johann, ich will diesen Weg nehmen. Ich werde Sie nicht zwingen, mich zu begleiten, doch sagen Sie mir nur, warum Sie nicht gerne mitkommen; das ist alles, worum ich Sie bitte.« Anstatt mir zu antworten, ließ er sich geradezu vom Kutschbock fallen, so schnell stand er vor mir auf dem Boden. Dann streckte er mir bittend die Hände entgegen und flehte mich an, nicht weiterzufahren. In seine Antwort hatte er gerade so viele englische Wörter ins Deutsche eingemischt, dass ich den Sinn seiner Warnung noch eben verstand. Er schien mir immer gerade davor zu sein, mir den wahren Grund seiner Angst zu erzählen, hielt aber kurz zuvor inne und sagte dann nur: »Walpurgisnacht!«

Ich versuchte, mit ihm darüber zu sprechen, aber es ist schwer, mit einem Mann zu reden, wenn man seine Sprache nicht kennt. Der Vorteil lag sicher auf seiner Seite, denn obwohl er anfing, grob und gebrochen Englisch zu sprechen, war er dauernd so erregt, dass er immer wieder in seine Muttersprache verfiel, wobei er jedes Mal auf seine Uhr schaute. Dann wurden auch noch die Pferde unruhig und schnupperten die Luft. Johann wurde daraufhin sehr bleich, schaute erschrocken um sich und sprang plötzlich nach vorn, nahm sie am Zaumzeug und führte sie etwa zwanzig Fuß weiter. Ich folgte ihm und fragte ihn, warum er dies getan habe; statt mir eine Antwort zu geben, bekreuzigte er sich, zeigte auf die Stelle, die wir eben verlassen hatten, zog seinen Wagen in die Richtung des anderen Weges, wodurch er ein Kreuz andeutete, und sagte zuerst auf Deutsch, dann auf Englisch: »Begrabt ihn, der sich selbst tötete!« Ich erinnerte mich dabei an den alten Brauch, Selbstmörder an Kreuzwegen zu begraben, und sagte: »Ach, ich verstehe, ein Selbstmörder. Wie interessant!« Und doch konnte ich mir bei meinem Leben nicht erklären, warum die Pferde Angst hatten und scheuten.

Während wir uns unterhielten, vernahmen wir ein seltsames Geräusch, es war eine Art Bellen und Kläffen zugleich und war von weit entfernt zu hören, aber die Pferde wurden sehr unruhig, und Johann hatte eine ganze Weile Mühe, sie zu beruhigen. Er war totenblass und sagte:

»Es klingt wie ein Wolf, aber zu dieser Zeit gibt es hier keine Wölfe.«

»Wirklich nicht?«, fragte ich. »Ist es schon lange her, dass hier Wölfe gesehen worden sind?«

»Im Frühling und im Sommer schon lange nicht mehr. Aber mit dem Schnee sind die Wölfe schon öfters hier gesehen worden; das ist noch nicht so lange her.«

Während er die Pferde streichelte und sie zu beruhigen versuchte, zogen dunkle Wolken schnell über den Himmel. Der Sonnenschein ging dahin, und ein Hauch von kaltem Wind schien über uns hinwegzuziehen. Es war jedoch nur ein Hauch und mehr eine Warnung als eine Tatsache, denn schnell zeigte sich wieder der helle Sonnenschein. Johann hob seine Hand über die Augen, während er nach dem Horizont schaute, und sagte: »Der Schneesturm kommt bald.« Dann sah er wieder auf seine Uhr, hielt sogleich die Pferde fest am Zügel, denn diese bewegten sich noch unruhig auf dem Boden und schüttelten mit dem Kopf; dann stieg er wieder auf den Kutschbock, als wäre es jetzt wieder an der Zeit, die Fahrt fortzusetzen. Ich aber war ein wenig hartnäckig, blieb an meinem Platz stehen und stieg nicht sofort in die Kutsche. Dann zeigte ich nach unten und sagte:

»Erzählen Sie mir von diesem Ort, wohin die Straße führt!«

Und wieder bekreuzigte er sich und murmelte ein Gebet, bevor er zu antworten begann:

»Er ist unheilig.«

»Was ist unheilig?«, fragte ich nach.

»Das Dorf.«

»Dann gibt es dort ein Dorf?«

»Nein, nein! Seit Jahrhunderten lebt dort niemand mehr.«

»Aber Sie sagten doch, es gäbe dort ein Dorf«, fragte ich, weil meine Neugier jetzt geweckt war.

»Es gab mal eins.«

»Und wo ist es jetzt?«

Daraufhin begann er mit einer langen Geschichte, so durcheinander, dass ich ihren Inhalt nicht ganz verstehen konnte. Ich bekam nur so viel mit, dass vor langer Zeit, vor Hunderten von Jahren, dort Menschen gestorben und in ihren Gräbern beigesetzt wurden und dass man unter der Erde Stimmen hörte. Als man dann die Gräber öffnete, fand man Männer und Frauen, die rosig vor Leben waren und deren Münder rot vor Blut waren. Und so flohen die, die übriggeblieben waren, in Eile, um ihr Leben zu retten, ja und auch ihre Seelen – wobei er sich wieder bekreuzigte – in andere Gegenden, in denen die Lebenden lebten und die Toten tot waren und nicht irgendwie anders. Er hatte offensichtlich Angst, diese letzten Worte auszusprechen, und wurde immer aufgeregter, als er mit seiner Erzählung fortfuhr. Es schien, als ob seine Fantasie die Macht über ihn ergriffen hätte, und er endete mit einem wahren Anfall von Angst, leichenblass, schwitzend, zitternd und sah sich um, als ob er erwartete, im hellen Sonnenschein auf der offenen Ebene eine schreckliche Geistererscheinung zu Gesicht zu bekommen. Schließlich schrie er in einer letzten Not der Verzweiflung:

»Walpurgisnacht!«, wobei er auf den Wagen deutete, um mich zum Einsteigen zu bewegen. Mein ganzes englisches Blut stieg dabei auf; ich blieb stehen und sagte zu ihm: »Du hast Angst, Johann, große Angst! Fahr nach Hause, ich werde allein zurückkehren. Die Wanderung wird mir guttun.« Die Wagentür stand offen; ich nahm meinen eichenen Wanderstab, den ich auf meinen Ausflügen immer mit mir führe, schloss die Wagentür, wies in Richtung München und sagte: »Fahr nach Hause, Johann. Die Walpurgisnacht betrifft einen Engländer nicht.«

Die Pferde waren jetzt noch unruhiger denn je, und Johann

versuchte sie in Zaum zu halten, wobei er mich aufgeregt anflehte, doch nicht etwas so Dummes zu tun. Ich hatte Mitleid mit dem armen Kerl, weil er es so ernst meinte, aber trotzdem konnte ich mir ein Lachen nicht verkneifen. Sein Englisch war ihm jetzt völlig abhandengekommen; in seiner Angst hatte er vergessen, dass sein einziges Mittel, sich mir verständlich zu machen, darin bestand, meine Sprache zu sprechen, und so plapperte er in seiner Muttersprache Deutsch. Es fing an, etwas mühsam zu werden. Nachdem ich ihm nochmal die Richtung »Nach Hause« gewiesen hatte, drehte ich mich um und machte mich auf den Weg ins Tal.

Mit einer verzweifelten Geste drehte Johann seine Pferde in Richtung München. Ich stützte mich auf meinen Stock und schaute ihm nach. Eine Weile fuhr er langsam die Straße entlang, dann kam über den Kamm des Hügels ein großer dünner Mann gegangen. Ich konnte so viel in der Ferne sehen. Als dieser etwa auf gleicher Höhe der Kutsche war, begannen die Pferde zu springen und herumzutreten und dann vor Schreck zu wiehern. Johann konnte sie nicht mehr festhalten; so stürmten sie die Straße hinunter und rannten wie verrückt fort. Ich sah ihnen nach, bis sie außer Sichtweite waren, und suchte dann mit den Augen den fremden Mann; doch auch er war verschwunden.

Leichten Herzen bog ich in die Seitenstraße in das tiefer unten gelegene Tal ab, wogegen Johann sich so hartnäckig gesträubt hatte. Für mich gab es nicht den geringsten Grund für seine Einwände. Ein paar Stunden schlenderte ich so vor mich hin, ohne an Zeit oder Entfernung zu denken, und sah auch weder einen Menschen noch eine menschliche Behausung. Was die Gegend betrifft, kann man nur von Trostlosigkeit sprechen. Aber das nahm ich solange nicht wahr, bis ich nach einer Kurve auf der Straße an einen weit zerstreuten Waldrand kam. Jetzt erst bemerkte ich, dass mich die Öde der Landschaft, durch die ich gegangen war, unbewusst beeindruckt hatte. Ich setzte mich hin, um etwas auszuruhen, und sah mich um. Da spürte ich auf einmal, dass es viel kälter war als zu Beginn meiner Wanderung, und ein Geräusch wie Seufzer schien mich zu umgeben, und ab und zu war hoch über mir eine Art von gedämpftem Gebrüll zu vernehmen. Als ich nach oben schaute, bemerkte ich große dicke Wolken, die in großer Höhe schnell von Norden nach Süden über den Himmel zogen. Es gab Anzeichen, dass bald ein großer Sturm in einer hohen Luftschicht losbrechen würde. Mir war etwas kalt, und da ich dachte, das käme von dem langen Stillsitzen nach dem Wandern, machte ich mich wieder auf den Weg.

Die Gegend, die ich jetzt durchquerte, war etwas malerischer. Es gab zwar keine auffälligen Dinge, die die Augen erfreuen konnten, doch die Gegend an sich hatte einen besonderen Reiz. Die Zeit kümmerte mich nicht, und erst als die Dämmerung über mich hereinbrach, begann ich darüber nachzudenken, wie ich wohl einen Weg nach Hause finden würde. Die Luft war kalt, und die über mir dahintreibenden Wolken waren deutlich zu spüren. Sie waren von einem weit entfernten Rauschen begleitet, aus dem in gewissen Abständen jener geheimnisvolle Schrei zu kommen schien, von dem Johann gesagt hatte, er käme von einem Wolf. Eine Weile zögerte ich. Aber ich hatte vor, das verlassene Dorf aufzusuchen; also ging ich weiter und gelangte jetzt auf eine Art offenes Feld, das ringsum von Hügeln umgeben war, deren Seiten mit Bäumen bedeckt waren, die sich bis in die Ebene ausdehnten. Ich folgte mit meinen Augen den kurvenreichen Verlauf der Straße und sah, dass sie sich an einem dunklen Waldstück entlang schlängelte und dahinter nicht mehr zu erblicken war.

Als ich hinsah, spürte ich einen kalten Schauer in der Luft, und es begann sogleich zu schneien. Mir kamen die vielen Meilen in den Sinn, die ich in dieser trostlosen Gegend zurückgelegt hatte, und ich eilte dann schnell in den nahen Wald, um dort Schutz zu suchen. Der Himmel wurde immer schwärzer, und der Schnee fiel schneller und schwerer, bis die Erde vor mir und um mich herum zu einem glitzernden weißen Teppich geworden war, dessen vorderer Rand sich in der Unbestimmtheit des Nebels verlor. Die Straße hier war ziemlich grob und unbearbeitet, und wenn sie in der Ebene verlief, waren ihre Grenzen nicht so markiert und erkennbar, als wenn sie durch Einschnitte ging. Nach kurzer Zeit schon stellte ich fest, dass ich vom Weg abgekommen war, da ich nicht mehr auf eine harte Oberfläche auftrat und meine Füße immer tiefer in Gras und Moos versanken. Der Sturm wurde mit der Zeit immer heftiger und blies mit stärkerer Kraft, dass ich froh war, vor ihm herlaufen zu können. Die Luft wurde eiskalt, und trotz meiner Übung begann ich zu leiden. Bald schon fiel der Schnee so stark und in dicken Flocken wirbelnd um mich herum, dass ich meine Augen kaum noch offenhalten konnte: Ab und zu wurde der Himmel durch das Zucken von Blitzen zerrissen, in deren Licht ich eine große Menge von Bäumen erkennen konnte, vor allem Eiben und Zypressen, welche alle von einer dicken Schicht Schnee bedeckt waren.

Bald schon hatte ich den Schutz der Bäume erreicht und konnte dort in relativer Stille das Brausen des Windes über mir hören. Jetzt war die Schwärze des Sturmes mit der Dunkelheit der Nacht verschmolzen. Langsam aber begann sich der Sturm abzuschwächen, denn er kam jetzt nur noch in heftigen Böen und lauten Windstößen. In solchen Momenten schien sich das seltsame Geräusch des Wolfs in vielen ähnlichen Geräuschen um mich herum widerzuspiegeln. Ab und an fiel durch die schwarze Masse der dahintreibenden Wolken ein zerstreuter Strahl des Mondlichts, der die Gegend etwas erhellte und mich erkennen ließ, dass ich mich am Rand eines dichten Zypressen- und Eibenwaldes befand. Als der Schneefall nachließ, lief ich aus dem Wald heraus und begann mich näher umzusehen. Ich dachte, dass es unter so vielen Fundamenten, über die ich gelaufen war, doch noch ein Haus geben könnte, in dem ich für eine Weile Unterschlupf finden könne, auch wenn es in Trümmern lag. Und wirklich: als ich um den Rand des Waldes herumging, stieß ich auf eine niedrige Mauer, die ihn umgab. Ich folgte dieser und fand alsbald auch eine Öffnung, an der die Zypressen eine Art Allee bildeten, die zu einem viereckigen Gebäude führten. Gerade aber hatte ich dieses erblickt, da verdunkelten die dahintreibenden Wolken den Mond, und ich musste den Pfad in der Dunkelheit gehen. Der Wind muss wohl kälter geworden sein, denn ich fühlte, dass ich beim Gehen zitterte. Doch gab es Hoffnung auf Schutz, und ich tastete mich aufs Geratewohl weiter.

Plötzlich herrschte Stille, und ich hielt inne. Der Sturm war vorüber, und in Übereinstimmung mit dem Schweigen der Natur schien auch mein Herz auf zu schlagen, aber das nur für Sekunden, denn plötzlich brach das Mondlicht durch die Wolken und ließ mich einen Friedhof erblicken, der vor mir lag. Und jetzt konnte ich sehen, dass das quadratische Gebäude vor mir ein marmornes Grabmal war, so weiß wie der Schnee, der es bedeckte. Mit dem Mondschein zugleich ließ sich ein heftiger Seufzer des Sturms hören; es war so, als ob dieser sich wieder mit einem langen Heulen neu erheben wollte, wie es auch bei vielen Hunden und Wölfen der Fall ist. Ich war ehrfürchtig und voller Angst zugleich und fühlte, wie sich die Kälte meiner bemächtigte und mich schier erstarren ließ. Während der Sturm erneut loszubrechen drohte, näherte ich mich, von einer Art von Faszination angezogen, dem Grabmal, denn ich wollte sehen, was es für eine Bewandtnis mit ihm hatte und warum es so allein an einem solchen Ort stand. Ich ging um es herum und las über der dorischen Pforte in deutscher Sprache:

GRÄFIN DOLINGEN VON GRAZ
IN DER STEIERMARK
GESUCHT UND TOT AUFGEFUNDEN
1801

Auf der Spitze des Grabmals, offensichtlich durch den massiven Marmor getrieben – denn das Ganze bestand nur aus ein paar riesigen Steinblöcken – befand sich ein großer Eisenstachel oder Pfahl. Auf der Rückseite des Mals stand in großen kyrillischen Buchstaben eingraviert der Satz:

DIE TOTEN REISEN SCHNELL

Etwas so Unheimliches und Seltsames umhüllte die ganze Sache, dass mich ein gewaltiger Schauer überkam und ich der Ohnmacht nahe war. Zum ersten Mal tauchte der Wunsch in mir auf, Johanns Rat befolgt zu haben. Plötzlich durchfuhr mich ein Gedanke, der wohl durch die geheimnisvollen Umstände und durch den Schock ausgelöst worden war: Es war Walpurgisnacht!

Walpurgisnacht, das war nach dem Glauben von Millionen Menschen die Stunde, in der der Teufel leibhaftig auf Erden weilt und die Toten aus ihren Gräbern steigen und umhergehen, die Zeit, in der alle bösen Dinge der Erde und der Luft und des Wassers ein wildes Gelage abhalten. Gerade diesen Ort hatte der Kutscher so sehr gemieden. Dies hier war das seit Jahrhunderten verlassene Dorf! Dies war der Ort, wo der Selbstmörder lag. Und gerade an diesem Ort war ich jetzt, mutterseelenallein, ohne Mut, zitternd vor Kälte in einem Leichentuch von Schnee und einem wilden Sturm, der um mich herum tobte. Es brauchte jetzt all meine Philosophie, all meinen Glauben, den man mir beigebracht hatte, all meinen Mut, um nicht unter der Last einer alles erdrückenden Angst zusammenzubrechen.

Und jetzt begann ein mächtiger Tornado über mich hereinzubrechen. Der Boden erbebte, als ob Tausende von Pferden über ihn dahintrabten, und der Himmel kam mit eisigen Schwingen über mich herab, nicht als Schnee, sondern diesmal als Hagel, dessen große Körner so heftig auf die Erde prasselten, als wären sie von kriegerischen Kämpfern geschleudert worden. Es waren Hagelkörner, die Blätter und Zweige niederschlugen, sodass der Schutz der Zypressen nichts mehr nützte, da deren Stämme wie Getreidehalme aussahen. Zunächst war ich unter den nächsten Baum geflüchtet, aber gerne verließ ich diesen Platz und rannte zu der einzigen Stelle, die noch Zuflucht bot: die tiefe dorische Pforte des Grabmals. Dort kauerte ich an der massiven Bronzetür und war vor dem Prasseln der Hagelkörner geschützt, die mich nun nur berührten, wenn sie vom Boden oder vom Marmor zurückspritzten.

Als ich mich nun gegen die Pforte lehnte, bewegte sie sich etwas und begann sich nach innen zu öffnen. In diesem erbarmungslosen Unwetter war mir selbst der Schutz einer Grabesgruft angenehm, und ich wollte sie gerade betreten, als ein Gabelblitz am Himmel aufzuckte und alles hell erleuchtete. In dem Augenblick sah ich, als ich in die Dunkelheit der Gruft blickte – und das ist so wahr, wie ich lebe – eine wunderschöne Frau mit rosigen

Wangen und roten Lippen, die auf einer Totenbahre zu schlafen schien. Als nach dem Blitz der Donner losbrach, wurde ich wie von der Hand eines Riesen ergriffen und nach draußen in den Sturm zurückgeschleudert. Das Ganze geschah so plötzlich, dass ich von den Hagelkörnern zu Boden geworfen wurde, bevor ich noch überhaupt einen seelischen oder körperlichen Schock verspürte. Gleichzeitig beherrschte mich ein seltsames Gefühl, das ich nicht allein war. Ich schaute zum Grabmal. Im selben Augenblick zuckte wieder ein Blitz herab, der den eisernen Pfahl an der Spitze des Grabes zu treffen schien und durch ihn bis zur Erde herabfuhr, wobei er den Marmor in einer Feuerglut zum Bersten und zum Zerbröckeln brachte. Die tote Frau erhob sich für einen Augenblick wie in einem Todeskampf, während sie von den Flammen umzingelt wurde, und ihr bitterer Schmerzensschrei erstarb in dem Donnerschlag. Das Letzte, was ich hörte, war eine Mischung von schrecklichen Geräuschen; dann wurde ich wieder von einem riesigen Griff gepackt und weggeschleudert, wobei die Hagelkörner auf mich niederprasselten und die Luft ringsum vom Heulen der Wölfe widerhallte. An was ich mich zuletzt erinnerte, war eine unbestimmte, weiße, sich bewegende Masse, als ob alle Gräber um mich herum die Phantome ihrer mit Tüchern verhüllten Toten ausgesandt hätten, die sich mir durch die weißen Nebel des treibenden Nebels näherten.

Allmählich begann sich bei mir vage das Bewusstsein wieder zu regen, dann ein Gefühl der Müdigkeit, welches fürchterlich war. Eine Zeitlang erinnerte ich mich an nichts mehr, dann kehrten langsam meine Sinne wieder zurück; meine Füße schienen geradezu von Schmerzen geplagt zu werden, doch konnte ich sie nicht bewegen; sie schienen taub zu sein. Im Nacken und den ganzen Rücken hinab spürte ich ein Gefühl wie von Eis, und meine Ohren wie auch meine Füße waren tot und taten doch fürchterlich weh. In meiner Brust aber hatte sich ein Gefühl von Wärme breitgemacht, das im Vergleich dazu eher wohlig war. Es war wie ein Alptraum, ein physischer Alptraum, wenn ich mal diesen Ausdruck gebrauchen darf, denn auf meiner Brust lag ein schweres Gewicht, das mir das Atmen schwermachte.

Diese Periode einer halben Lethargie schien lange zu währen, und als sie nachließ, muss ich wohl in den Schlaf gefallen oder ohnmächtig geworden sein. Dann kam eine Art von Übelkeit wie die erste Stufe der Seekrankheit und ein unbändiger Wunsch, von etwas frei zu sein, aber wovon wusste ich nicht. Es umhüllte mich eine riesige Stille, als ob die ganze Welt schliefe oder gar tot sei, und all das wurde nur unterbrochen von einem leisen Keuchen wie von einem Tier ganz in meiner Nähe. Ich fühlte ein warmes Kratzen an meiner Kehle, dann wurde ich mir der schrecklichen Wahrheit bewusst, die mir das Herz fast zum Stehen brachte und mir das Blut wie wild in den Kopf schießen ließ: Irgendein großes Tier lag auf mir und leckte an meiner Kehle. Ich fürchtete mich zu bewegen, denn irgendein Instinkt von Klugheit ließ mich regungslos liegen. Das Tier indes schien zu erkennen, dass sich etwas in mir verändert hatte, denn es hob den Kopf. Da sah ich durch meine Wimpern über mir die beiden großen flammenden Augen eines riesigen Wolfs. In seinem weit aufgerissenen roten Rachen blitzten seine scharfen weißen Zähne, und ich konnte seinen heißen Atem, der scharf und beißend war, auf mir spüren.

An das, was danach passierte, kann ich mich nicht mehr erinnern. Darauf kam ich wieder durch ein leises Knurren zu mir, dem ein mehrmaliges Schreien folgte. Hierauf hörte ich wohl von sehr weit entfernt ein »Hallo, hallo!« und es klang, als würde es von vielen Menschen gleichzeitig gerufen werden. Vorsichtig hob ich meinen Kopf und schaute in die Richtung, aus der die Stimmen zu vernehmen waren, aber der Friedhof nahm mir die Sicht. Der Wolf heulte immer noch auf seine schauerliche Art, und es begann sich ein roter Glanz um den Zypressenwald zu bewegen, als ob er den Rufen folgen würde. Als die Stimmen immer näherkamen, wurde das Heulen des Wolfes immer lauter und schneller. Ich hatte Angst, mich irgendwie durch Geräusche oder Bewegungen bemerkbar zu machen. Und immer näher kam das rote Leuchten über das weiße Leichentuch, das der Schnee in der Dunkelheit über mich gebreitet hatte. Da erschien auf einmal im Trab eine Reitertruppe mit Fackeln hinter den Bäumen. Der Wolf erhob sich sogleich von meiner Brust und machte sich zum Friedhof fort. Ich sah, wie einer der Reiter seinen Karabiner hob und auf mich anlegte. Ein Kamerad schlug seinen Arm hoch, und ich hörte, wie die Kugel über meinen Kopf hinweg pfiff. Er hatte mich wohl irrtümlicherweise für den Wolf gehalten. Ein weiterer erblickte das Tier, als es davonlief, und es folgte ein Schuss. Dann galoppierte die Truppe vorwärts, einige Soldaten auf mich zu, andere folgten dem Wolf, der zwischen den schneebedeckten Zypressen verschwand. Dass es Soldaten waren, erkannte ich an ihren Mützen und ihren langen Militärmänteln.

Als sie näherkamen, versuchte ich mich zu bewegen, war aber nicht dazu imstande, obgleich ich alles, was um mich herum vor sich ging, sehen und hören konnte. Zwei oder drei der Soldaten sprangen von ihren Pferden und knieten sich neben mich. Einer davon hob meinen Kopf und legte seine Hand auf mein Herz. »Gute Nachrichten, Kameraden!«, rief er; »sein Herz schlägt noch!« Dann wurde mir Schnaps eingeflößt; der gab mir wieder Kraft, und nun konnte ich meine Augen wieder ganz öffnen und um mich blicken. Zwischen den Bäumen huschten Lichter hin und her, und ich konnte hören, wie die Männer einander zuriefen. Sie kamen wieder zu einem Trupp zusammen, und ich hörte erschreckte Laute von ihnen kommen; die Lichter begannen zu zittern, als die anderen wie Besessene aus dem Wirrwarr des Friedhofs zurückkehrten. Als diese sich uns näherten, fragten die anderen, die um mich herumstanden.

»Nun habt ihr ihn gefunden?«

»Nein, nein!«, ertönte schnell ihre Antwort. »Kommt schnell hier weg! Das ist kein Platz zum Übernachten, und das ausgerechnet in dieser Nacht!«

»Was war das?«, war die Frage, die in allen möglichen Weisen gestellt wurde; und die Antworten waren verschieden und vage, so als ob alle das Gleiche sagen, aber von einer gemeinsamen Angst daran gehindert würden.

»Es, es … in der Tat!«, plapperte einer, dessen Verstand wohl einen Augenblick ausgesetzt hatte.

»Ein Wolf – und doch kein Wolf!«, sagte ein anderer erschaudernd.

»Es nützt nichts, wenn wir es nicht mit einer geweihten, heiligen Kugel versuchen«, bemerkte ein weiterer auf eine etwas praktischere Art.

»Beschütze uns, dass wir diese Nacht heil überstehen! Wir haben uns unsere tausend Mark redlich verdient«, sprudelte es aus einem anderen heraus.

»Es war Blut auf einem zerbrochenen Marmorstück«, sagte ein weiterer nach einer Pause, »das ist nicht mit dem Blitz dahin gekommen. Und er? Ist er verwundet? Schaut auf seinen Hals. Schaut, Kameraden! Der Wolf hat auf ihm gelegen und sein Blut warm gehalten.«

Der Offizier schaute auf meine Kehle und antwortete:

»Es geht ihm gut. Seine Haut ist unverletzt. Was soll all das denn bedeuten? Wenn der Wolf nicht so laut geheult hätte, hätten wir ihn nie gefunden.«

»Wo ist der denn hingelaufen?«, fragte der Mann, der meinen Kopf hochhielt und der am gelassensten schien, denn seine Hände waren ruhig und zitterten nicht. Auf seinem Ärmel war das Abzeichen eines Unteroffiziers.

»Er ist nach Hause gelaufen«, antwortete ein anderer Mann, dessen langes Gesicht blass war und der vor Schreck zitterte, als er sich umdrehte. »Gräber, in denen er sich verstecken kann, sind ja genug da. Kommt schnell, Kameraden! Lasst uns diesen verfluchten Ort verlassen!«

Der Offizier richtete mich in eine sitzende Haltung auf und gab einen Befehl durch, und mehrere Männer setzten mich auf ein Pferd. Er selbst sprang hinter mir auf den Sattel, hielt mich mit seinen Armen fest und gab den Befehl zum Aufbruch. Wir wandten unsere Gesichter von den Zypressen ab und ritten schnell in militärischer Ordnung davon. Meine Zunge verweigerte noch immer ihren Dienst, folglich schwieg ich also. Ich muss wohl während des Ritts wieder eingeschlafen sein, denn das Nächste, an das ich mich erinnern kann, war, dass ich auf der Erde stand, von einem Soldaten an jeder Seite von mir unterstützt. Es war fast helllichter Tag, und im Norden spiegelte sich ein roter Sonnenstreifen wie ein blutiger Weg über der Schneewüste. Der Offizier sagte seinen Untergebenen, sie sollten von dem, was sie gesehen hätten, niemandem etwas sagen, außer dass sie einen englischen Fremden gefunden hätten, der von einem großen Hund bewacht worden sei.

»Hund? Das war kein Hund!«, unterbrach ihn der Soldat, der vorher eine so große Furcht gezeigt hatte. »Ich glaube, ich kenne einen Wolf, wenn ich einen sehe.«

»Ich habe einen Hund gesagt«, antwortete der junge Unteroffizier ganz ruhig.

»Hund! Jawohl!«, wiederholte der andere, und sein Ton war dabei ironisch. Seit Mut war offensichtlich gestiegen, als es wieder hell geworden war. Er zeigte auf mich und fuhr fort: »Schau dir doch genau seine Kehle an. Sind das die Spuren eines Hundes?«

Instinktiv hob ich da meine Hand an meine Kehle, und als ich sie berührte, musste ich vor Schmerz aufschreien. Die Soldaten drängten sich um mich, um nachzuschauen, einige bückten sich von ihren Sätteln. Und wieder ertönte die ruhige Stimme des jungen Offiziers:

»Ein Hund, so sagte ich doch! Wenn etwas anderes gesagt werden sollte, würden wir nur ausgelacht.«

Ich wurde dann hinter einem Kavalleristen aufs Pferd gesetzt, und wir ritten weiter in die Vororte von München. Dort stießen wir auf eine leere Kutsche, in die ich gehoben wurde und die mich zum Hotel *Vier Jahreszeiten* brachte, begleitet von dem jungen Offizier, während ein Soldat mit dessen Pferd folgte und die anderen zu ihrer Kaserne ritten.

Als wir im Hotel ankamen, eilte Herr Delbrück sogleich so schnell die Treppe hinunter, um mir entgegenzukommen, dass es den Anschein hatte, er hätte schon drinnen Ausschau gehalten. Er fasste mich an beiden Händen und führte mich besorgt hinein. Der Offizier salutierte vor mir und wollte sich gerade zurückziehen, als ich seine Absicht erkannte und darauf bestand, mich in meine Zimmer zu begleiten. Bei einem Glas Wein dankte ich ihm und seinen tapferen Kameraden für meine Rettung. Er antwortete nur, dass er mehr als froh sei und dass Herr Delbrück zunächst Schritte unternommen habe, alle, die auf der Suche nach mir waren, zufriedenzustellen. Bei dieser doppelsinnigen Äußerung lächelte der maître d'hôtel, während der Offizier etwas von Pflicht sprach und sich zurückzog.

»Aber Herr Delbrück«, fragte ich bei ihm nach, »wie und warum haben die Soldaten denn nach mir gesucht?«

Er zuckte mit den Schultern, als wollte er seine eigene große Tat nicht für so bedeutsam angesehen wissen, und antwortete:

»Ich hatte das Glück, dass ich vom Kommandeur des Regiments, in dem ich selbst diente, die Erlaubnis erhalten habe, nach Freiwilligen zu fragen.«

»Aber woher wussten Sie, dass ich mich verirrt hatte?«, fragte ich weiter.

»Der Kutscher kam mit den Überresten seines Wagens hierher, der in Stücke brach, als die Pferde durchgingen.«

»Das war doch wohl nicht der einzige Grund, einen Suchtrupp von Soldaten nach mir zu schicken?«

»Oh nein!«, antwortete er, »aber noch bevor der Kutscher kam, erhielt ich dieses Telegramm von dem Bojaren*, dessen Gast sie sind.«

Dann zog er aus seiner Tasche ein Telegramm hervor, das er mir reichte, und ich las:

> Bistritz
> Achten Sie sorgsam auf meinen Gast; seine Sicherheit liegt mir sehr am Herzen. Sollte ihm etwas zustoßen oder sollte er vermisst werden, so unternehmen Sie alles, ihn zu finden

---

* Im alten Russland und anderen slawischen Ländern, so etwa auch in der Walachei, aus deren Stadt *Bistritz* (heute Rumänien) Dracula das Telegramm sendet, waren die *Bojaren* Angehörige des Adels im Fürstenrang. Zu Bram Stokers Zeit gehörte das heutige rumänische *Transsylvanien* (auf Deutsch *Siebenbürgen*) zum Königreich Ungarn und somit zur k.und k.- Monarchie Österreich-Ungarn.

und seine Sicherheit zu gewährleisten. Er ist Engländer und deshalb auf Abenteuer aus. Es gibt hier oft Gefahren durch Schnee, Wölfe und Nacht. Verlieren Sie keine Zeit, wenn Sie vermuten, dass ihm ein Leid zugestoßen ist. Ich werde Ihren Eifer zu schätzen wissen.

DRACULA

Als ich dieses Telegramm in der Hand hielt, schien sich der Raum um mich herum zu drehen: Und hätte der aufmerksame Herr Delbrück mich nicht gestützt, wäre ich sicherlich gefallen. In dieser ganzen Geschichte lag etwas so Seltsames, so Unvorstellbares, dass in mir das Gefühl immer stärker aufkam, in gewisser Weise der Spielball übernatürlicher Kräfte geworden zu sein, und diese Vorstellung allein reichte aus, mich irgendwie zu lähmen. Ich stand sicherlich unter einem geheimnisvollen Schutz von jemandem. Gerade noch zur rechten Zeit war eine Botschaft aus einem fernen Land gekommen, welche mich vor dem Rachen des Wolfes und aus der Gefahr, im Schnee einzuschlafen und dann zu sterben, gerettet hatte.

Bram Stoker

Das Spukhaus in Athen

Das Spukhaus oder Spukschloss (englisch: haunted house) ist ein Klassiker der Geistergeschichten überhaupt. Eines der ältesten Beispiele liefert uns der römische Schriftsteller Plinius der Jüngere (um 61–114 n. Chr.). Auch bei ihm ist das spukende Gespenst ein unerlöster Geist, der mit seiner Erlösung dem ganzen Unwesen ein Ende bereitet. Vor allem in der Romantik und in der Schauerliteratur des Viktorianischen England ist das von einem Geist heimgesuchte Haus ein beliebtes Motiv; es lebt aber auch noch weiter in diversen (Horror-) Filmen und in Videospielen, und nicht zuletzt auch als Geisterbahn auf dem Rummelplatz.

In Athen gab es ein Haus, das war geräumig und weitläufig, aber verrufen und Unheil verkündend. In der Stille der Nacht vernahm man dort ein Klirren von Eisen, und wenn man aufmerksamer zuhörte, das Rasseln von Ketten, zuerst von Weitem und dann auch ganz von Nahem. Schließlich ließ sich auch ein Gespenst sehen, ein alter Mann, abgemagert und ganz verschmutzt mit langem Bart und struppigen Haaren. An seinen Beinen trug er Fesseln, an den Händen Ketten, die er immer wieder schüttelte. Die Folge davon war, dass die Bewohner in ihrer Angst die grausigen und schlimmen Nächte schlaflos verbrachten, und diese Schlaflosigkeit führte bei ihnen zu Krankheiten und bei zunehmender Angst auch zum Tod. Denn obwohl bei Tag das Gespenst verschwunden war, schwebte ihnen in ihrer Fantasie die Erinnerung daran noch immer vor Augen, und die Furcht hielt sich länger als die Ursachen der Furcht. Schließlich wurde das Haus aufgegeben und der Verödung preisgegeben und auf diese Weise dann ganz und gar jenem Unhold überlassen. Trotzdem wurde das Schreckenshaus immer wieder zum Kauf angeboten, falls jemand es in Unkenntnis der schrecklichen Geschehnisse vielleicht doch kaufen oder mieten wollte.

Da kam eines Tages der Philosoph Athenodor nach Athen, las den Aushang, fragte nach dem Preis, und als er den hörte, zögerte er, weil er ihm verdächtig niedrig vorkam. So hörte er sich also um und erfuhr all jene Umstände; trotzdem mietete er das Haus, nun erst recht.

Als es Abend wurde, ließ er sich im vorderen Teil des Hauses ein Lager herrichten und verlangte auch Schreibtafeln, Griffel und eine Lampe; seine Leute schickt er alle weg in die inneren Gemächer. Er selbst richtete all seine Gedanken, seine Hände und seine Augen mit Aufmerksamkeit auf das Schreiben, damit sein Geist nicht unbeschäftigt bleibe und er ihm Schreckgespenster vorgaukele, von denen man gesprochen hatte, und ihm dadurch unsinnige Furcht einflöße.

Anfangs herrschte wie überall die Stille der Nacht; doch dann hörte man Eisen klirren und Ketten rasseln. Athenodor hob die Augen nicht, ließ den Griffel nicht sinken, sondern blieb fest und zwang sich, nicht hinzuhören. Dann wurde auch gleich das Getöse lauter, kam näher, und es hörte sich an, als sei es schon auf der Schwelle, und dann schon innerhalb des Zimmers. Da blickte er doch auf und erkannte die Gestalt, wie man sie ihm geschildert hatte. Sie stand da und winkte mit dem Finger, als wolle sie ihn zu sich rufen. Er hingegen gab ihr mit der Hand ein Zeichen, sie solle noch ein wenig warten, dann widmete er sich wieder Schreibtafel und Griffel. Da klirrte das Gespenst mit Ketten über dem Haupt des Schreibenden, und als er hinschaute, winkte es wieder wie vorher; jetzt nahm er ohne Zaudern die Lampe und folgte ihm.

Die Gestalt bewegte sich langsamen Schrittes, wie von Ketten niedergedrückt. Sobald sie aber in den Hof des Hauses gekommen war, entschwand sie plötzlich und ließ ihren Begleiter allein. Athenodor aber rupfte Kräuter und Blätter ab und machte damit an dieser Stelle ein Erkennungszeichen.

Am nächsten Tag nun ging er zu den Behörden und suchte darum nach, an jener Stelle aufgraben zu lassen. Und man fand von Ketten umwundene Gebeine, die vom Fleisch entblößt und im Lauf der Zeit im Erdreich verwest und zerfressen übriggeblieben waren. Sie wurden gesammelt und auf Staatskosten begraben. Da diese nun gebührend und nach Sitte beigesetzt waren, blieb das Haus fortan von Geistern verschont.

Geistergeschichte aus der Antike

Die Braut von Amphipolis

In der Stadt Amphipolis im Norden Griechenlands lebte einst ein angesehener Bürger namens Demostratos mit seiner Gattin Charito. Beide hatten eine Tochter, Philinnion, die bald nach ihrer Hochzeit verstarb. Man bestattete sie mit großer Trauer, und seit dieser Zeit lebte die Familie in großer Betrübnis. Es ging aber bald schon das Gerücht, Philinnion sei von ihren Eltern zur Heirat mit dem ungeliebten Mann gezwungen worden, in Wirklichkeit habe sie einen anderen geliebt. Dieses Gerücht fand bald neue Nahrung und sollte sich auch bestätigen.

Die Familie des Demostratos stand schon seit langer Zeit mit der des Polyneikes aus Pella in freundlicher Verbindung. Und so kam nun nach dem Tod von Phillinion der Sohn des Polyneikes, Machates, auf einer Reise in die Stadt Amphipolis und begab sich zu Demostratos, wo er mit großer Gastfreundlichkeit aufgenommen wurde. Dieser Machates aber war schon früher einmal in diesem Haus gewesen, als Phillinion noch lebte. Damals war das junge Mädchen in heftiger Liebe zu ihm entbrannt, ohne dass Machates etwas davon bemerkt hätte.

Auf seiner Reise hatte sich also jetzt Machates wiederum in das Haus des befreundeten Demostratos begeben, wusste allerdings noch nichts von der Heirat und dem frühen Tod von Phillinion. Freundlich nahm Demostratos den Jüngling wie einen alten Bekannten auf. Er wurde sogleich ins Gastzimmer geführt, wo die alte Amme der Phillinion ihm reichlich zu essen vorsetzte, damit er sich nach der langen Reise erquicken und stärken könne. Doch der junge Mann war müde von den Strapazen der Reise, sodass er die Diener, die die Speisen auftrugen, aus dem Zimmer schickte und sich dann zum Schlaf aufs Lager legte.

Doch kaum hatte er sich niedergelegt, da schreckte ihn ein Geräusch auf. Machates blickte um sich, und es stand mitten im Raum ein wunderschönes Mädchen, das ihn mit sehnsuchtsvollen Augen anblickte. Weiße Gewänder umhüllten ihren prächtigen Leib. Als Machates fragte, wer sie denn sei, antwortete ihm die schöne Unbekannte: »Ich bin Phillinion, die Tochter dieses Hauses. Ein düsteres Unheil hatte mich aus diesem Hause verbannt, nun aber hat mich ein guter Dämon hierhin zurückgeführt, zu dir, zu dem ich in Liebe entbrannt bin, seit ich dich das erste Mal in diesem Hause erblickt habe.« Sogleich ergriff sie dann einen Becher voll mit Wein und leerte ihn gierig in einem Zug. Dann setzte sie sich zu Tisch und bat den verdutzten Machates, sich doch zu ihr zu gesellen. Der Jüngling war von der zauberhaften Gestalt so angetan, dass er nicht anders konnte, als ihrer Einladung zu folgen. Eine glühende Sehnsucht hatte nämlich auch sein Herz ergriffen, und er schwor sogleich der Schönen ewige Liebe und Treue. Als Unterpfand dafür reichte er ihr einen Eisenring und einen halb vergoldeten Reisebecher und er erhielt von ihr als Zeichen ihrer Liebe einen goldenen Ring; und so verbrachten dann die beiden die Nacht in heißer Liebe miteinander. Gegen Morgen entwand sie sich seinen Armen, wollte aber am Abend wieder zu Machates kommen; so sehr nämlich hatte er sie um ein Wiedersehen gebeten.

Der nächste Tag verging für Machates langsam, und voller Erwartung eilte er dann schon am frühen Abend wieder in sein Gastzimmer, wo er sich von den Dienern ein köstliches Mahl vorbereiten ließ. Stunde um Stunde verging dem Wartenden beschwerlicher, aber auf einmal stand sie wiederum da, und beide verbrachten die Nacht wie zuvor in inniger Liebe. Auch in der nächsten Nacht kam sie wieder.

Die Diener aber hatten inzwischen bemerkt, dass es im Gastzimmer nicht mit rechten Dingen zugehen konnte. Sie legten sich also auf die Lauer, und als sie etwas hörten, schauten sie durch eine Türritze und erblickten drinnen ein Mädchen beim Mahl sitzen, das der verstorbenen Phillinion aufs Haar glich. Was sollten sie nun tun? Sie meldeten ihre Entdeckung schließlich der alten Amme, welche die Diener zunächst als Gespensterseher beschimpfte. Als diese ihr aber wieder und wieder versicherten, sie hätten Phillinion wirklich gesehen, packte die Amme doch die Neugier, und sie wollte sich selber überzeugen. Sie ging also zum Gastzimmer und sah durch die Türritze neben Machates das Mädchen sitzen. Und es war wirklich Phillinion! Sogleich rannte die alte Amme zur Mutter und rief dieser freudig zu: »Charito! Ein Wunder ist geschehen. Komm schnell mit zu deiner Tochter, die du tot glaubtest! Sie ist ins Leben zurückgekehrt und sitzt bei Machates im Gastzimmer!« Als sie diese aufgeregten Worte der Amme hörte, war Charito zunächst ganz verwirrt. Doch bald kam ihr wieder in den Sinn, dass ihre Tochter doch schon gestorben war, und Tränen liefen ihr die Wangen hinunter; verärgert schickte sie die Amme zurück. Doch die Alte wiederholte immer wieder das wundersame Ereignis und erzählte, Phillinion sei gesund und wohlauf. So ließ sich die Mutter schließlich von der alten Amme überreden und ging mit ihr zur Tür des Gastzimmers, um sich zu vergewissern. Doch inzwischen hatten sich Machates und Phillinion schon zur Ruhe gelegt, und die Mutter konnte durch die Türritze nur Kleider und Umrisse der Gestalt erkennen. So verhielt sie sich denn ruhig und beschloss, bis zum Morgen abzuwarten, um dann das Mädchen beim Weggehen erwischen zu können. Dann ging sie in ihre Gemächer.

Als aber der Morgen dämmerte, da war das Mädchen verschwunden, ohne dass jemand sie gesehen hatte. Erbost darüber, dass ihr Phillinion entwischt war, stellte nun Charito den jungen Machates zur Rede. Als sie ihn unter Tränen anflehte, ihr doch alles wahrheitsgemäß zu berichten, antwortete Machates schließlich nach schwerem innerem Ringen: »Ja, es war Phillinion. Sie ist zu mir ins Gastzimmer gekommen und hat mir ihre Liebe gestanden. Auch ich habe mich sofort in Eure schöne Tochter verliebt und ihr einen Eisenring geschenkt. Von ihr bekam ich als Unterpfand der Liebe auch ein Geschenk, einen goldenen Ring.« Und dabei öffnete er seine Reisetasche und zeigte der Mutter den Ring. Kaum aber hatte Charito den Ring gesehen, da raufte sie sich die Haare; Verzweiflung und Trauer überfielen sie, als sei Phillinion gerade erst gestorben.

Als Machates sah, wie bestürzt und unglücklich die Mutter war, ergriff Mitleid sein Herz, und er bat Charito inständig, doch mit ihrem Jammern einzuhalten; er werde ihr Phillinion schon zeigen, wenn sie wieder des Abends zu ihm käme. Etwas getröstet ging die Mutter dann wieder zurück in ihre Gemächer, ließ sich zuvor aber noch von ihrem Gast schwören, sie nicht zu täuschen.

Der Abend hatte sich schon gesenkt, und die Zeit war gekommen, zu der Phillinion immer zu ihrem Geliebten kam. Alle warteten. Und da erschien sie endlich mitten im Gastzimmer und setzte sich wie immer an dem Tisch zum Mahl. Machates aber wollte dieses Mal das Geheimnis ergründen und verhielt sich wie immer, damit sein schöner Gast nur nichts bemerkte. Er wollte nämlich nicht glauben, dass er eine Tote umarmt und geliebt hatte.

»Vielleicht haben Räuber das Grab von Phillinion aufgebrochen und die Kleider und den Schmuck meiner unbekannten Geliebten verkauft«, dachte er bei sich. So gab er nun, als das schöne Mädchen am Tisch saß, den Dienern einen Wink, sie sollten schnell die Eltern rufen, und sofort erschienen diese.

Kaum aber hatten Demostratos und Charito das Mädchen erblickt, schrien sie laut und verzweifelt auf und wollten ihre tot geglaubte Tochter in die Arme schließen. Phillinion aber sagte zu ihnen: »Liebe Eltern, was gönnt ihr mir nicht, dass ich in unserem Haus mit Machates zusammen war, den ich immer geliebt habe. Ich habe doch niemandem etwas Böses dabei getan! Eure Neugier aber wird bewirken, dass wir nun für immer getrennt werden. Ich muss jetzt weggehen an den Ort, der mir vorbestimmt ist. Denn göttliches Los ließ mich hierher zurückkommen.« Kaum waren diese Worte über ihre Lippen gekommen, wurde sie zur Leiche. Starr und steif lag ihr Körper auf dem Lager, und Vater und Mutter beweinten fassungslos den erneuten Tod ihrer Tochter. Wer hätte sie da trösten, wer ihnen Mut zusprechen können?

Bald war das wundersame Geschehen im Hause des Demostratos in der ganzen Stadt bekannt und gelangte auch zum königlichen Verwalter der Stadt. Er ließ das Haus absperren und die ganze Nacht bewachen, damit das Gerücht über den Vorfall nicht noch neue Nahrung bekäme. Doch die Einwohner der Stadt gaben keine Ruhe. Sie beschlossen, das Grab von Phillinion zu öffnen und zu sehen, ob die Leiche noch an ihrer ursprünglichen Stelle liege. Als der Verwalter nun die Gruft öffnen ließ, da fanden die Männer auf dem Lager, auf dem Phillinion beigesetzt worden war, nur den eisernen Ring des Machates und seinen halb vergoldeten Reisebecher. Voller Schreck eilten sie da zurück zu Demostratos, weil sie sehen wollten, ob denn die Leiche der Tochter dort in seinem Hause war. Und wirklich! Man fand den toten Körper von Phillinion noch auf dem Boden liegen.

Nun herrschte vollends Aufregung in der Stadt. Was sollte man tun? Der klügste Seher schlug dem Verwalter vor, zur Entsühnung der Stadt und der ganzen Gegend den Göttern Zeus, Hermes und Ares ein Sühneopfer zu bringen und den Leichnam außerhalb der Landesgrenzen zu verbrennen. Und so geschah es denn auch.

Machates aber, der Fremdling, den der Geist heimgesucht hatte, nahm sich selbst das Leben, denn er war überzeugt, dass er ohnehin bald sterben müsse, hatte doch Phillinion, zu einer Empuse, einem vampirartigen Wesen, geworden, ihm alles Lebensblut ausgesogen.

Geistergeschichte aus dem antiken Griechenland

Der Gespensterbräutigam

Vor langer, langer Zeit lebte in Boscean ein Bauer namens Lenine. Er hatte nur einen Sohn, Frank Lenine, und beide Eltern ließen dem Jungen jeden Willen. Neben anderen Knechten und Mägden gab es auf dem Hof auch ein junges Mädchen, Nancy Trenoweth; sie half Frau Lenine bei verschiedenen Arbeiten im Haushalt. Nancy war ein hübsches Mädchen, und wenn sie auch keine großartige Bildung genossen hatte, so besaß sie doch bei ihrer natürlichen Anmut Gaben, die sie zur Führung eines kleinen Hofes befähigten. Kurzum: Nancy lebte auf dem kleinen Hof wie eine Tochter des Hauses, und Frank und sie wie Bruder und Schwester. Und es kam so, wie es kommen musste.

Bald empfand Frank eine tiefe Zuneigung zu Nancy, und auch sie teilte sein Gefühl. Und obwohl bald die ganze Pfarrei wusste, dass die beiden füreinander bestimmt waren, hatten die Eltern des jungen Mannes keine Ahnung davon. Umso überraschter waren sie, als Frank eines Tages zu ihnen kam und um die Erlaubnis bat, Nancy heiraten zu dürfen. Franks Eltern hatten ihrem Sohn zwar von Kindheit an seinen eigenen Willen gelassen, sodass er tun konnte, was er wollte. Jetzt aber in einer Lage, in der das größte aller menschlichen Gefühle im Spiel war, blieben sie hart: Sie verweigerten ihre Zustimmung. Der alte Lenine hielt es nicht für standeswürdig, dass sein Sohn eine Trenoweth heirate, und nie würde er dazu seine Zustimmung geben. So entließ man kurzerhand Nancy aus dem Dienst und schickte sie zu ihren Eltern zurück. Und obendrein verboten die Eltern Frank strengstens, das Mädchen je wiederzusehen.

Die Gebote der Alten sind im Allgemeinen wirkungslos für die Jungen, wenn es um Herzensangelegenheiten geht, und das war auch bei Frank der Fall. Er, der abends selten das Anwesen um den Hof verlassen hatte, war nun fast dauernd weg, und die Stimmung zu Hause, die früher so angenehm war, änderte sich schlagartig. Es gab Streitereien, und man ging sich aus dem Weg. Kaum verging ein Abend, da sich Nancy und Frank nicht heimlich an einem abgelegenen Ort trafen. Die »Heilige Quelle« war solch ein Lieblingsplatz, und hier machten beide die feierlichsten Schwüre. Sie tauschten Haarlocken, sie nahmen einer Leiche den Ehering vom Finger, brachen ihn, wobei sie schworen, für immer vereint zu bleiben, tot oder lebendig. Sie kletterten sogar nachts auf die Granitfelsen von Treryn und taten beim Logan Rock denselben Schwur.

Die Zeit ging dahin, und Liebe und Leidenschaft wuchsen bei beiden. Und Nancys Eltern merkten bald, dass die Treffen zweier ungestümer Liebender beim Mondenschein nicht ohne Folgen geblieben waren und drangen auf eine Heirat der beiden. Doch der alte Lenine war dazu auf keinen Fall zu bewegen und beschloss, seinen Sohn ganz aus der von ihm so gehassten Nähe der Trenoweths zu entfernen. Um dem Liebeswahnsinn, wie er es nannte, ein Ende zu machen, fuhr er mit Frank nach Plymouth. Hatte der arme Junge auch die beste Absicht, er war zu schwach, sich auf die Dauer seinem strengen Vater zu widersetzen. So heuerte er denn auf einem Schiff an, das nach Indien in See stach, und sagte seiner Heimat Lebewohl. Auf See konnte Frank ihr nicht schreiben, und damals ging es mit der Beförderung der Post auch nicht so schnell: also hörte Nancy nie mehr etwas von ihrem Liebsten.

Inzwischen wurde Nancys Kind in diese trübe Welt geboren, und es war der ganze Trost der jungen Mutter. Sie lebte für ihr Kind und in der Erinnerung an seinen Vater. Wo auch immer Frank sein mochte, da war sie bei ihm, das gab ihr Stärke und Hoffnung. Sie fühlte, dass keine Entfernung ihre Seelen trennen konnte und dass keine Zeit lang genug sein konnte, das Band zwischen ihnen zu zerschneiden.

Bald darauf aber geriet ihre Familie in große Not, und Nancy musste das Haus wieder verlassen und in Dienst auf einen Hof gehen. Ihre Mutter übernahm die Sorge für das Kindchen. In ihrer neuen Stellung machte Nancy die Bekanntschaft mit mehreren Töchtern von Kleinbauern der Umgebung, und diese Mädchen waren noch voller Aberglaube.

Der Winter kam näher, und es waren fast drei Jahre ins Land gezogen, seit Frank Lenine seine Heimat verlassen hatte. Und noch immer gab es kein Lebenszeichen von ihm. Auch die Lenines machten sich Sorgen um ihn. Sie wünschten jetzt sogar, Nancys Kind bei sich zu haben, aber die Trenoweths wollten sich nicht von ihm trennen. Die Lenines wollten sogar Nancy wieder bei sich aufnehmen, nur um das Kind um sich zu haben. Nancy wollte dies indes nicht.

Es war Halloween, der Vorabend von Allerheiligen, an dem nach altem Glauben die Geister der Toten zurückkehren. Da überredeten zwei der Mägde Nancy, und das war für sie nicht schwer, mit ihnen zu kommen und Hanfsamen zu säen. Um Mitternacht stahlen sich die drei Mädchen unbemerkt aus dem Haus und gingen auf den Marktplatz von Kimyall, um dort ihre Beschwörung vorzunehmen. Nancy, die Mutigste der drei, trat als Erste vor, streute den Samen aus und sprach dabei:

»Hanfsamen, ich säe dich,
Nun wachse und mehre dich,
Und wer mein Liebster will sein,
Komme hinter mir drein,
Er nun mir erschein!«

Das wurde dreimal wiederholt, und als sie hinter sich über ihre linke Schulter blickte, sah sie Frank Lenine. Aber er sah so erzürnt aus, dass sie vor Angst aufschrie und den Zauber brach. Eines der anderen Mädchen beschloss, den Zauber nochmals zu bannen – und da wurde plötzlich ein weißer Sarg sichtbar. Große Furcht überkam nun die drei Mädchen, sie gingen bekümmert nach Hause und verbrachten alle eine schlaflose Nacht.

Der November kam mit seinen Stürmen, und in einer solch sturmumtobten Nacht wurde ein mächtiges Schiff gegen die Klippen geworfen; von den gewaltigen Wellen getroffen, war es bald zerbrochen. Unter den Seeleuten, die an Land gespült wurden, war auch Frank, einer der Wenigen, die noch nicht tot waren. Man fand ihn, und seine einzigen Worte waren die Bitte, nach Nancy Trenoweth zu schicken, auf dass sie noch vor seinem Tod ihm angetraut würde. Seine Freunde trugen ihn, dem es zusehends schlechter ging, auf einer Bahre nach dem heimatlichen Boscean, aber er starb, als man den Marktplatz erreichte. Seine Eltern waren derart von den eigenen Sorgen überwältigt, dass sie nicht daran dachten, Nancy Bescheid zu geben, und so wurde Frank auf dem Friedhof von Burian zur letzten Ruhe getragen, ohne dass sie von seiner Rückkehr wusste.

In der Nacht nach der Beerdigung ging Nancy wie gewöhnlich die Haustür verriegeln und schaute noch einmal in die Nacht hinaus. In dem Augenblick trabte in wilder Hast ein Reiter vorbei und rief sie mit einer solchen Stimme beim Namen, dass ihr das Blut in den Adern gerann. Es war Frank Lenines Stimme, die sie nie hatte vergessen können. Und das Pferd, das sie nun sah, war sein Lieblingsfüllen, auf dem er so oft nach Alsia, dem Haus ihrer Eltern, geritten kam. Der Reiter war nicht deutlich zu erkennen, aber er sah sehr bekümmert und totenblass aus, trotzdem erkannte Nancy, dass es ihr Frank war. Er erzählte ihr, dass er gerade erst nach Hause zurückgekehrt sei und den ersten freien Augenblick genutzt habe, seine Liebste abzuholen, um sie zu seiner Braut zu machen. Nancys Erregung war so groß, dass sie sich leicht überreden ließ, hinter ihm aufzusitzen, damit sie sein Heim noch vor Morgengrauen erreichten. Als sie aber Franks Hand ergriff, überlief sie ein kalter Schauer, und als sie um seine Hüfte griff, um fester zu sitzen, wurde ihr Arm so starr wie Eis. Sie verlor ihre Sprache und litt gewaltige Angst, ohne dass sie selbst wusste warum. Der Mond war inzwischen aufgegangen und brach nun mit heller Lichtflut durch die schweren Wolken, die ihn bis jetzt verfinstert hatten. Das Pferd setzte seinen Ritt mit voller Geschwindigkeit fort, und wenn es vor Müdigkeit langsamer wurde, spornte die eigentümliche Stimme seines Reiters es zu neuen Kräften an. Davon abgesehen wurde kein Wort gesprochen, seit Nancy hinter ihrem Liebsten aufgestiegen war. Sie kamen nun zu dem Trove Bottom, über den damals noch keine Brücke führte, und platschten hinein in den Fluss. Voll schien der Mond auf ihre Gesichter. Nancy schaute in den Fluss und sah, dass der Reiter in ein Leichentuch und andere Grabgewänder gehüllt war. Nun wusste sie, dass sie mit einem Gespenst davonritt, doch hatte sie keine Kraft, sich zu retten, ja sie wollte es nicht einmal. Weiter ging der Ritt in wildem Galopp, bis sie zu der Schmiede von Burian kamen, und Nancy erkannte am Licht in der Schmiede, dass der Meister noch an der Arbeit war. Nun gewann sie ihre Sprache wieder. »Rette mich, rette mich!«, schrie sie aus allen Leibeskräften. Der Schmied sprang vor die Tür, ein rotglühendes Eisen in den Händen, und als das Pferd vorbeibrauste, ergriff er Nancys Gewand und zog sie vom Pferd auf den Boden. Aber auch das Gespenst ergriff Nancys Kleid mit einer Hand, und sein Griff war so fest wie ein Schraubstock. Das Pferd sauste dahin wie der Wind, und Nancy und der Schmied wurden bis zu den alten Armenhäusern am Friedhof mitgerissen. Hier hielt das Pferd einen Augenblick, und der Schmied nutzte das aus und trennte mit seinem glühenden Eisen den Kleiderfetzen durch, den der Reiter ergriffen hatte. Nancy war gerettet, mehr tot als lebendig. Der Reiter aber war inzwischen auf seinem Pferd über die Friedhofsmauer gesprungen und in dem Grab verschwunden, in dem Frank erst vor wenigen Stunden beigesetzt worden war.

Der Schmied nahm Nancy mit sich in sein Haus und weckte bald einige Nachbarn, die das arme Mädchen nach Alsia zu ihren Eltern brachten, die sie auf ihr Lager betteten. Nancy sprach kein Wort, außer dass sie nach ihrem Kind fragte und ihre Mutter bat, es zu den Lenines zu bringen und sie selbst neben Frank zu begraben. Und bevor der Morgen graute, hatte Nancy ihren letzten Atemzug getan. In jener Nacht sah man ein Pferd pfeilschnell durch St. Burian galoppieren, und am nächsten Morgen fand man Franks Füllen tot an den Bernowhall-Klippen. Es stand ihm Schaum vor dem Maul, die Augen waren ihm aus dem Kopf gequollen, und geschwollen hing ihm die Zunge aus dem Hals heraus. Auf Franks Grab fand man den Fetzen von Nancys Kleid, den das Gespenst noch in seiner Hand behielt, als der Schmied sie mit seinem Eisen vom Gespenst getrennt hatte. Man erzählt sich auch, ein oder zwei Seemänner, die den Schiffbruch überlebt hatten, hätten nach dem Begräbnis berichtet, dass sich Frank Lenine in jener Nacht vor Allerheiligen wie verrückt gebärdet habe. Sie hätten ihn kaum noch auf dem Schiff halten können. Er schien mehr im Traum als wach, und nach einer heftigen Erregung sei er wie tot auf Deck gesunken und stundenlang dort liegen geblieben. Als er wieder zu sich kam, soll er erzählt haben, er sei in das Dorf Kimyall geholt worden, und wenn er je die Frau heiraten werde, die den Zauber ausgeführt habe, würde er sie hart dafür büßen lassen, dass sie ihm die Seele aus dem Körper gezogen habe. Die arme Nancy wurde in Franks Grab beigesetzt, und ihre Gefährtin beim Hanfsäen, die den weißen Sarg gesehen hatte, ruhte binnen eines Jahres an ihrer Seite.

Märchen aus Cornwall

Das Sätermädchen

Einmal wohnte auf dem Nordland ein Pfarrer, der ein Mädchen erzogen hatte. Hoch oben zwischen den Bergen lag die Säterwirtschaft* des Pfarrhofs, auf die der Pfarrer gern im Sommer seine Kühe und Schafe unter Aufsicht eines Sätermädchens und eines Hirten schickte. Als seine Pflegetochter älter geworden war, musste sie der Haushaltung auf dem Säter vorstehen, und sie erledigte das so gut wie jede andere Arbeit; denn sie war ein kluges Frauenzimmer, hübsch anzusehen und flink in vielen Dingen. In diesem Teil des Landes hatte sie nicht ihresgleichen. Darum warben viele reiche Männer um ihre Hand; sie aber gab ihnen allen miteinander einen Korb. Der Pfarrer sprach einmal mit seiner Pflegetochter über dieses Kapitel und riet ihr, sich zu verheiraten, denn, sagte er, er wäre nun ein alter Mann und könnte ihr daher nicht immer eine Stütze sein. Sie aber wollte nichts davon hören; ihr Sinn sei weit von solchen Dingen entfernt, sagte sie; sie wäre sehr zufrieden, wie es sei, und nicht jeder hole sein Glück in der Ehe. Darüber wurde also vorläufig weiter nichts gesprochen.

Als ein Teil des Winters verstrichen war, schien es den Leuten, als beginne das Sätermädchen etwas rundlich unter dem Gürtel zu werden, und je weiter es auf den Frühling zuging, desto runder wurde sie. Im Frühjahr sprach ihr Pflegevater wieder mit ihr; er bat sie jetzt, ihm offen und ehrlich zu sagen, wie es eigentlich

* Säter = Alm

mit ihr bestellt wäre; sie erwarte sicher ein Kind, meinte er, und darum wäre es am besten, dass sie in diesem Sommer nicht nach dem Säter zöge. Sie bestritt aber, dass sie ein Kind erwarte, es fehle ihr nichts, und ihre Arbeit auf dem Säter würde sie in diesem Sommer genau so tun, wie sie es früher getan hätte. Der Pfarrer sah, dass er nichts aus ihr herausbekommen könnte und ließ ihr daher ihren Willen; er beauftragte aber die Männer, die sie nach dem Säter begleiteten, sie nicht allein zu lassen, und das versprachen sie ihm hoch und heilig.

Oben auf dem Säter war das Mädchen lustig und froh, und es verstrich eine Zeit, ohne dass etwas geschah. Die Leute beobachteten sie sehr genau und ließen sie nie allein.

Da geschah es eines Abends, dass der Hirt alle Schafe und Kühe vermisste, und jeder, der seine Beine gebrauchen konnte, musste den Säter verlassen, nur das Sätermädchen blieb allein zurück. Es ging langsam mit dem Suchen der Leute, ein dichter Nebel senkte sich herab, und deshalb fanden sie das Vieh erst gegen Morgen. Als sie wieder nach Hause kamen, war das Sätermädchen auf und ungewöhnlich flink und leicht auf den Füßen. Als eine Zeit vergangen war, sah man dann auch, dass sie nicht mehr so rund wie früher war; aber wie es zugegangen war, das wusste man nicht, auch fand man jetzt nicht, dass ihre Rundlichkeit so gewesen war, als wenn eine Frau ein Kind erwartet.

Im Herbst zogen sie wieder nach Hause von dem Säter, Männer und Vieh, und da sah der Pfarrer, dass das Mädchen eine schlankere Gestalt hatte, als sie im Winter zuvor gehabt hatte. Er drang in die übrigen Säterleute und fragte sie, ob sie wider seinen Befehl gehandelt und das Sätermädchen allein gelassen hätten. Sie aber erzählten ihm, wie es gewesen wäre, dass sie es nur ein einziges Mal verlassen hätten, um das fehlende Milchvieh zu suchen. Da wurde der Pfarrer zornig und wünschte ihnen die schwere Not, weil sie gegen seinen Befehl gehandelt hätten; im Übrigen hätte er das im Frühjahr geahnt, als das Sätermädchen nach dem Säter zog.

Im nächsten Winter kam ein Mann, der um die Pflegetochter des Pfarrers freien wollte; sie aber wollte nichts von seinem Freien wissen; der Pfarrer jedoch sagte, dass sie nichts abhielte, ihn zu heiraten; denn alle wären darin einig, ihn zu loben, und er sei aus gutem Geschlecht. Er hätte im letzten Frühjahr den Hof seines Vaters übernommen, und seine Mutter hätte ihr Altenteil bei ihm. Dieser Freier bekam also keinen Korb, gleichviel, ob mit dem Willen des Mädchens oder ohne ihn. Ihre Hochzeit wurde im Frühjahr beim Pfarrer gefeiert. Aber ehe der Braut ihr Brautkleid angezogen wurde, sagte sie zu ihrem Bräutigam: »Da du mich gegen meinen Willen heiratest, nehme ich dir jetzt das Versprechen ab, dass du niemals einen Wintergast beherbergst, ohne mich vorher davon benachrichtigt zu haben, denn sonst ergeht es dir übel!« Das versprach ihr der Mann.

Dann wurde also die Hochzeit gefeiert, und sie zog mit ihrem Gebieter nach Hause und übernahm den Hausstand, aber ohne besondere Lust; denn sie war niemals froh, und ihr Gesicht war stets finster, obgleich sie der Mann auf Händen trug und kaum zuließ, dass sie die Hand in kaltes Wasser steckte. Jeden Sommer saß sie zu Hause, während die anderen mit dem Heu auf der Wiese beschäftigt waren, und immer blieb ihre Schwiegermutter bei ihr, um sie zu erheitern und ihr beim Essenbereiten behilflich zu sein. Manchmal saßen sie und strickten und spannen, und die Alte erzählte dann Sagen, um ihre Schwiegertochter zu unterhalten.

Einmal, als sie mit ihrer Erzählung fertig war, sagte die Alte zu ihrer Schwiegertochter, dass sie jetzt etwas erzählen müsse. Die andere aber erwiderte, dass sie keine Sagen kenne; als die Alte jedoch weiter in sie drang, versprach sie schließlich, die einzige Sage, die sie kenne, zu erzählen, und sie begann folgendermaßen:

»Auf einem Hof lebte einmal ein Sätermädchen. Unweit des Säters lagen große Felsen, an denen sie oft vorbeiging. Darinnen wohnte ein schöner junger Huldremann**, den sie bald kennen lernte, und es entstand Liebe zwischen den beiden. Er war so gut und lieb zu dem Mädchen, dass er ihr nie etwas abschlug und sich ihrem Willen stets in allem fügte. Das Ende vom Liede war, dass das Sätermädchen, als eine Zeit vergangen war, ein Kind erwartete. Als sie im nächsten Sommer nach dem Säter sollte, drang ihr Brotherr in sie, um zu erfahren, ob sie in gesegneten Umständen wäre; das aber bestritt sie und zog hinauf nach dem Säter, wie sie es zu tun pflegte. Ihr Herr bat aber diejenigen, die mit auf dem Säter waren, sie nie allein zu lassen, und das versprachen sie ihm. Trotzdem verließen sie sie einmal, um das Vieh zu suchen, und da fühlte sie Geburtswehen. Da kam ihr Liebhaber zu ihr, saß bei ihr und half ihr bei der Geburt, und darauf wusch und wickelte er das Kind. Ehe er aber mit dem Knaben fort ging, ließ er sie aus einem Glas trinken, und das war der süßeste Trank, den ich je … .« Hier

** Das *Huldufolk* (wörtlich »versteckte Menschen«) sind im isländischen und färöischen Volksglauben übernatürliche Wesen, die wie Menschen aussehen und sich auch so verhalten, aber in einer Art Parallelwelt leben. Oft treten sie aber auch in der Gestalt von Trollen, Gnomen und Elfen auf, die bevorzugt in den Bergen und Felsen leben. Auch nach der Christianisierung Islands lebten diese Wesen im Volksglauben weiter, und auch heute noch sollen nach mehreren Umfragen nicht wenige Isländer an deren Existenz glauben. Wie viele andere Volksmärchen und Legenden sind die Geschichten der »verborgenen Menschen« Teil der kulturellen Identität der Isländer. So sollen beim Bau von Straßen und Häusern Isländer, die behaupten, das Huldufólk zu sehen und mit ihm zu kommunizieren, konsultiert werden, um sicherzustellen, dass das Projekt diese versteckten Menschen nicht stört. Straßen werden so umgeleitet und staatliche Grundstücke wegen der vermeintlichen Anwesenheit dieser Wesen unbebaut gelassen.

fiel ihr das Knäuel, mit dem sie strickte, aus der Hand; sie bückte sich danach und verbesserte sich – »den sie je gekostet hatte, wollte ich sagen, und da wurde sie gesund und frei von allen Folgen. Von da an sahen sich der Huldremann und das Mädchen nicht wieder; gegen ihren Willen wurde sie mit einem anderen Manne verheiratet; ihr Sinn aber stand immer nach ihrem ersten Liebsten, und von dieser Zeit an sah sie nie einen frohen Tag. Und jetzt ist die Erzählung aus.«

Ihre Schwiegermutter dankte ihr für die Erzählung und bewahrte sie im Gedächtnis. So verging wieder eine Zeit, ohne dass etwas geschah; die Frau ging wie immer umher und trug ihren Kummer, immer jedoch war sie gut und liebevoll gegen ihren Gebieter.

Eines Sommers, als es schon weit in der Heuernte war, kamen zwei Männer, ein größerer und ein kleinerer, zu dem Bauern auf das Feld. Sie hatten beide breitkrempige Hüte auf dem Kopf, sodass man ihnen nur undeutlich ins Gesicht sehen konnte. Der größere nahm das Wort und bat den Bauern um Obdach für den Winter. Der Bauer antwortete, dass er niemand aufnehme, ohne dass seine Frau davon wisse, und sagte, dass er erst mit ihr über diese Angelegenheit sprechen wollte. Der Mann bat ihn, doch nicht so ungeschickt zu sprechen, als wenn ein so resoluter Mann derartig unter dem Pantoffel seiner Frau stände, dass er in solchen Kleinigkeiten wie die, zwei Menschen einen Winter lang in Kost zu nehmen, nicht selbst bestimmen dürfte. Das Ende war, dass der Bauer ihnen Winterobdach versprach, ohne dass er seine Frau erst darum befragt hatte.

Abends kamen die Fremden mit dem Bauern nach Hause; er ließ sie in eine Kammer eintreten und bat sie, dort zu bleiben. Dann ging er zu seiner Frau und erzählte ihr, wie die Dinge standen. Die Frau wurde darüber sehr unwillig und sagte, dass das ihre erste Bitte gewesen wäre und wahrscheinlich auch die letzte sein würde. Da er die Fremden nun aber allein aufgenommen hätte, müsste es auch seine Sache sein, was aus ihrem Aufenthalt im Winter folgte; und dann wurde nicht mehr über die Sache gesprochen.

Nun war alles ruhig, bis die Eheleute im Herbst zum Abendmahl gehen wollten. Es war damals Sitte, wie es heute noch in verschiedenen Gegenden auf Island der Fall ist, dass diejenigen, die zum Tische des Herrn wollen, zu allen Leuten auf dem Hof gehen, sie küssen und sie um Verzeihung für ihre Vergehen ihnen gegenüber bitten. Die Hausfrau war den Wintergästen bis zu diesem Tage ausgewichen und hatte sich nie vor ihnen sehen lassen, und auch diesmal ging sie nicht zu ihnen, um Abschied zu nehmen.

Die Eheleute gingen fort. Als sie aber außerhalb der Einzäunung des Heimackers waren, fragte der Bauer seine Frau: »Du hast doch unseren Wintergästen auch Lebewohl gesagt?« Sie erwiderte: »Nein.« Er bat sie, doch nicht so gottlos zu handeln, fortzugehen, ohne sich vorher von ihnen verabschiedet zu haben. »In den meisten Dingen zeigst du, dass du mich wenig achtest, erstens darin, dass du diese Männer empfangen hast, ohne mich danach zu fragen, und nun darin, dass du mich zwingen willst, sie zu küssen. Jedoch will ich dir gehorchen, aber du musst selbst die Folgen auf dich nehmen; denn es gilt mein Leben und aller Wahrscheinlichkeit nach auch deins.«

Sie kehrte nun nach Hause zurück, und weil es so lange dauerte, bis sie wiederkam, kehrte der Bauer auch um und ging dorthin, wo er seine Wintergäste zu finden erwartete, und fand sie auch in ihrer Kammer.

Da sah er, wie der größere Wintergast seine Frau umschlungen hatte und mit ihr auf dem Boden lag; und beider Herzen waren vor Gram gebrochen. Der andere Gast aber stand weinend neben ihnen, als der Bauer eintrat; gleich darauf verschwand er, ohne dass jemand wusste, wohin er gegangen war.

Alle aber wussten jetzt von dem, was die Frau ihrer Schwiegermutter erzählt hatte, dass der größere Fremde der Huldremann gewesen war, den sie auf dem Säter kennen gelernt hatte, dass der andere aber, der verschwunden war, ihr Sohn gewesen war.

Isländische Sage

Der Küster von Mörkaa

Es lebte in alten Tagen ein Küster auf Mörkaa im Oefjord; sein Name wird nicht genannt, er war aber gut Freund mit einem Mädchen, das Gudrun hieß und nach der Aussage einiger Leute auf Baegisaa jenseits des Hörgbaches zu Hause war, wo sie bei dem Pfarrer im Dienst war.

Der Küster hatte ein Pferd mit grauer Mähne, das er Faxe nannte und das er immer ritt. Es geschah einmal kurz vor Weihnachten, dass er nach Baegisaa kam, um Gudrun zum Weihnachtsfest nach Mörkaa einzuladen, und er versprach, sie zu einer bestimmten Zeit abzuholen und sie zu dem Schmaus am Tage vor Heiligabend zu begleiten. In den Tagen, bevor der Küster hinritt, um Gudrun einzuladen, war viel Schnee gefallen, und Eis hatte sich auf dem Wasser gebildet; aber an dem Tage, an dem er nach Baegisaa ritt, war Tauwetter, und im Laufe des Tages wurde der Bach durch Treibeis und starke Strömung unpassierbar. Er zog von zu Hause fort, ohne daran zu denken, was sich tagsüber geändert haben könnte, und glaubte, der Bach wäre noch derselbe wie am Morgen. Über den Öxnedalsbach führte eine Brücke; als er aber an den Hörgbach kam, war dieser gestiegen und hatte das Eis gesprengt. Er ritt daher, an dem Bach entlang, bis er gegenüber von Saurbör war, dem nächsten Hof von Mörkaa, wo eine Brücke über den Bach führt. Der Küster ritt auf die Brücke hinunter, kaum aber hatte er ihre Mitte erreicht, als sie zerbrach und er in den Bach fiel.

Als der Bauer auf Tuevold am nächsten Morgen aus seinem Bett stieg, sah er ein gesatteltes Pferd auf seinem Heimacker stehen, und es war ihm, als ob er des Küsters Faxe wiedererkenne. Dabei wurde ihm etwas eigen zumute, denn er hatte den Küster am vorhergehenden Tag dort vorbeireiten sehen, aber nicht bemerkt, dass er zurückgekehrt war, und er ahnte bald, was vorgefallen war. Er ging nun auf den Acker hinaus, und es war richtig Faxe, der da stand, triefend nass und arg mitgenommen. Dann ging er an den Bach hinunter nach der sogenannten Tuevoldsnaes; dort fand er den Küster gleich vorn an der Landzunge, an die er als Leiche angetrieben war. Der Bauer zog sogleich nach Mörkaa und erzählte diese Neuigkeit. Als man den Küster fand, war sein Hinterkopf sehr von den treibenden Eisschollen beschädigt worden. Er wurde nach Mörkaa gebracht und in der Woche vor Weihnachten beerdigt.

Seitdem der Küster von Baegisaa fortgezogen war und bis zu dem Tage vor Heiligabend war keine Nachricht über das Vorgefallene von Mörkaa gekommen, des ununterbrochenen Tauwetters und der starken Strömung wegen. Aber am Tage vor dem Fest hatte sich das Wetter geändert, und nachts war das Wasser im Bach gesunken, so dass Gudrun Hoffnung hatte, zum Weihnachtsfest nach Mörkaa zu kommen. Gegen Abend begann sie sich zu putzen, und als sie sich fast fertig geschmückt hatte, hörte sie jemand an die Tür klopfen; ein anderes Mädchen, das bei ihr stand, öffnete, sah aber niemand draußen; draußen war es weder hell noch dunkel; denn der Mond segelte hinter Wolken, die unaufhörlich an ihm vorbeiglitten.

Das Mädchen kam herein und sagte, dass sie nichts gesehen hätte, Gudrun aber meinte: »Dann wird es wohl mir gelten, nun werde ich hinausgehen.« Sie war inzwischen fertig geworden mit

Putzen, und sie brauchte sich nur noch den Mantel anzuziehen. Sie nahm den Mantel und zog den einen Ärmel an, den andern aber warf sie über die Schulter und hielt ihn fest. Draußen sah sie Faxe vor der Tür stehen und daneben einen Mann, den sie für den Küster hielt. Ob sie miteinander sprachen, weiß man nicht, der Mann aber hob Gudrun aufs Pferd, bestieg es dann selbst und setzte sich vor sie.

Sie ritten nun eine Weile, ohne miteinander zu reden und kamen an den Hörgbach, an dessen Ufer hohe Eisblöcke aufgeschichtet lagen; Als das Pferd über einen solchen Eisblock sprang, wurde der Hut des Küsters hinten aufgehoben, und da erblickte Gudrun den bloßgelegten Schädel. In diesem Augenblick verzogen sich die Wolken vor dem Mond; da sagte er:

»Der Mond gleitet,
Der Tod reitet,
Siehst du nicht den weißen Fleck
Im Genick,
Garun, Garun?«*

Sie entsetzte sich darüber, schwieg aber. Andere dagegen sagen, dass Gudrun selbst seinen Hut aufhob und dabei den weißen Schädel entdeckte und dass sie dann gesagt habe: »Ich weiß nun, woher das kommt.«

Nun wird nichts mehr über ihre Gespräche oder ihren Ritt be-

---

* Garun = Gudrun. Gespenster können nämlich nicht »Gud«, Gottes Namen, oder ein Wort, das Gottes Namen enthält, aussprechen.

richtet, bis sie nach Mörkaa gekommen waren, wo sie vor der Seelenpforte** vom Pferde stiegen; da sagte er zu Gudrun:

»Hier nun warte, Garun, Garun,
Bis geführt ich Faxe, Faxe,
Weiter an die Mauer, Mauer.«

Er ging dann fort mit dem Pferd, sie aber blickte zufällig in den Kirchhof hinein und erschrak, als sie ein offenes Grab entdeckte. Da kam ihr der Gedanke, den Glockenstrang zu ziehen; plötzlich aber packte sie jemand von hinten, und es wurde nun ihr Glück, dass sie keine Zeit gehabt hatte, beide Mantelärmel anzuziehen; denn er zog so stark, dass der Mantel an der Schulternaht des Ärmels, den sie angezogen hatte, entzweiriss. Das Letzte aber, was sie von dem Küster sah, war, dass er sich, mit dem Mantelfetzen in der Hand, in das offene Grab warf, worauf die Erde von beiden Seiten über ihn herabgefegt wurde.

Gudrun fuhr fort zu läuten, bis die Hofleute von Mörkaa herauskamen und sie holten, denn ihr war bei alledem so angst geworden, dass sie weder zu gehen noch mit dem Läuten aufzuhören wagte; sie konnte sich wohl denken, dass sie hier mit dem Geist des Küsters zu tun hatte, obgleich sie vorher keine Kunde von seinem Tode erhalten hatte. Darüber erhielt sie Gewissheit, als sie ins Gespräch mit den Leuten von Mörkaa kam, die ihr die ganze Geschichte von dem Tode des Küsters erzählten, während sie ihnen dagegen von ihrem Ritt berichtete.

In derselben Nacht, als alle zu Bett gegangen und die Lichter gelöscht waren, kam der Küster und stürmte mit solchem Unge-

** Isl. »sàluhlid« = die Pforte, durch die die Leichen in die Kirche gebracht werden.

stüm auf Gudrun ein, dass die Leute aufstehen mussten, und niemand konnte ein Auge in dieser Nacht zu tun. Noch einen halben Monat danach konnte sie nie allein sein, und jede Nacht musste jemand bei ihr wachen. Ja, einige sagen sogar, dass der Pfarrer selber auf dem Bettrand bei ihr sitzen und im Gesangbuch lesen musste. Schließlich wurde ein Zauberer westlich vom Skagefjord geholt. Als er kam, ließ er einen großen Stein, der oberhalb des Heimackers lag, ausgraben und ihn an den Giebel des Schlafhauses wälzen. Abends, als es zu dunkeln begann, kam der Küster und wollte in das Haus hinein, der Zauberer aber erwischte ihn südlich vom Giebel, zwang ihn dort mit vielen Beschwörungen in die Erde und wälzte dann den Stein über ihn; und dort soll der Küster heute noch liegen.

Nach dieser Zeit hörte der Spuk auf Mörkaa auf, und Gudrun erholte sich wieder. Etwas später zog sie wieder heim nach Baegisaa, aber man sagte, dass sie nie wieder dieselbe wurde, die sie früher gewesen war.

Isländische Sage

Der Andreasabend

Die Andreasnacht ist die Nacht zum 30. November, dem Todestag des hl. Andreas. Wie Weihnachten und Silvester gilt diese Nacht als Losnacht, welche nach altem Volksglauben für das Wetter der kommenden Wochen bedeutsam ist. Ebenso soll diese Nacht besonders für junge Mädchen geeignet sein, den künftigen Ehepartner herauszufinden. Die Brüder Grimm schreiben in ihrem Werk Deutschen Sagen (Band 1): »Es ist Glaube, dass ein Mädchen in der Andreas-Nacht, Thomas-Nacht, Christ-Nacht und Neujahrsnacht seinen zukünftigen Liebsten einladen und sehen kann. Es muss einen Tisch für zwei decken, es dürfen aber keine Gabeln dabei sein. Was der Liebhaber beim Weggehen zurücklässt, muss sorgfältig aufgehoben werden, er kommt dann zu derjenigen, die es besitzt und liebt sie heftig. Es darf ihm aber nie wieder zu Gesicht kommen, weil er sonst der Qual gedenkt, die er in jener Nacht von übermenschlicher Gewalt gelitten und er des Zaubers sich bewusst wird, wodurch großes Unglück entsteht.«

Vor langen, langen Jahren saßen Base und Nichte am Andreasabend beim Kamin und spannen fleißig einen Rocken nach dem anderen ab. Da sagte die Nichte, die Rosa hieß: »Tante, heute ist Andreasabend, ich möchte wohl auf den Kreuzweg gehen und schauen, wen ich erblicken würde.« – »Törichtes Kind«, antwortete ihr da die Tante, »zum Freien bist du noch viel zu jung. Auch heißt es, Gott versuchen, wenn man in die Zukunft schauen will, die uns zu unserem Heil verborgen bleiben soll.« Darauf sprach die Nichte:

»Tante, Ihr habt Recht, ich will fein zu Hause bleiben, meinen Rocken abspinnen und mich dann zu Bett legen.«

Das tat sie auch. Aber um Mitternacht, als die Tante fest schlief, stand sie leise auf, kleidete sich hastig an und ging auf den Zehen aus dem Zimmer, die Treppe hinab und auf den nächsten Kreuzweg. Alles war still auf den Straßen, nur hier und da aus den Fenstern schimmerte ein Nachtlämpchen, und verdrießlich sagte das Mädchen: »Ach niemand lässt sich mehr blicken; daran ist die Tante schuld, ich bekomme also dieses Jahr noch keinen Mann. Wie kränkt mich dies! Ich wollte nicht in den Himmel kommen, wenn ich den Triumph hätte, unter allen Jungfern meiner Verwandtschaft und Bekanntschaft die erste zu sein, die einen reichen, stattlichen Freier bekäme. Wie würde dies die anderen ärgern!«

Inzwischen schlug die Glocke zwölf. Da sauste auf einmal ein prachtvoller Wagen mit schwarzen Rossen bespannt vorbei, und in dem Wagen saß ein reich herausgeputzter Herr mit einer Feder auf dem Hut. Er grüßte das staunende Mädchen freundlich, und Rosa ging voller stolzer Hoffnungen, voll Jubel nach Hause. Seit dem Andreasabend hielt sie sich schon für eine reiche, vornehme Frau; den ganzen Tag stand sie vor dem Spiegel, den Spinnrocken berührte sie nicht mehr, und die frommen Ermahnungen der Tante verlachte sie. Einen jungen Handwerker, der um sie freite, wies sie schnöde ab, weil sie auf einen reicheren hoffte, und jeder, der der jungen Rosa sonst wohlgewollt war, erklärte sie für eine eitle, hochmütige Närrin.

So vergingen einige Monate, als Rosa eines Tages wieder neben ihrer Tante saß und spann. Da rollte eine stattliche Kutsche, bespannt mit sechs schwarzen Rossen, vor das Haus; ein kostbar gekleideter Herr stieg aus, ging die Treppe hinauf und trat in das Zimmer der Tante. Dort warb er mit höflichen Worten bei ihr um Rosas Hand, und die Tante sprach: »Herr, so glänzend auch Euer Antrag ist, so kann ich mich seiner doch nicht recht freuen. Meine Nichte ist arm und von geringem Stande, und Gott befiehlt, dass keiner sich überheben soll.« Da wurde der Freier blass und sprach zu Rosa: »Und Ihr mein schönes Kind?« Sie erwiderte: »Ich bin Euer, mag die Tante mich segnen oder fluchen. Ich bin nicht deshalb jung und schöne, dass ich ungesehen in einem Winkelgässchen verblühen soll.« – »Wohl gesprochen«, erwiderte der Freier, »so muss ein junges Mädchen denken, wenn es ihr Glück machen will.« Darauf steckte er ihr einen Ring an, der wie Feuer funkelte und im Dunkeln hell leuchtete wie eine Kerze. Als Gegengeschenk gab ihm Rosa das silberne Kreuzchen, das sie am Halse trug und um das er sie gebeten hatte. Dann kamen die Diener, welche kostbaren Schmuck und seidene Stoffe für sie brachten; endlich schied der Freier, nachdem er seiner Braut das Versprechen gegeben hatte, sie den neunten Abend nach seinem ersten Besuch abzuholen und feierlich als Braut heimzuführen.

Als die Tante sich mit ihrer Nichte allein sah, sprach sie mit bewegter Stimme zu ihr: »Schon oft hast du in letzter Zeit meine Warnungen überhört, aber ich bitte dich, schlage sie nur diesmal nicht in den Wind; denke, dass deine Mutter zu dir spricht. Mir ist, als ich den Freier sah, gar unheimlich geworden. Die Pracht und die reichen Geschenke blenden mich nicht; man weiß nicht, wie er heißt, noch wo er herkommt und von wannen er kommt; er kann wohl gar ein böser Geist sein.« – »Warum nicht gar«, fuhr Rosa auf; »Ihr gönnt mir wohl mein Glück nicht, weil ich eine vornehme und reiche Dame werde und Ihr … doch lasst mich schweigen und bekümmert Euch nicht um mich, ich bin schon selbst klug genug.«

Nach diesen Worten wandte sie der Tante den Rücken zu und schmückte sich mit den Edelsteinen, welche ihr der reiche Freier geschenkt hatte. Aus den schönen seidenen Stoffen ließ sie sich Kleider machen und schritt nun in Schleppkleidern stolz umher und ihrer armen Tante schämte sie sich. Vergebens beschwor die gute Tante das Mädchen, doch an ihr Seelenheil zu denken, ja sie vergaß es nicht, Rosa darauf aufmerksam zu machen, dass der neunte Tag, an welchem se der Freier abholen wollte, der letzte April sei. Rosa lachte darüber nur. »Warum nicht«, sagte sie übermütig, »bei einem so reichen und galanten Teufel, wie dieser einer ist, muss es sich gar nicht übel leben lassen.« Das war freilich nur ein Scherz, denn Rosa hielt den Freier für einen reichen Edelmann und hatte Furcht vor einer Verbindung mit dem Teufel, aber wenn sie des Teufels Hilfe zu einem Triumph für Eitelkeit bedurft hätte, würde sie dieselbe ohne Bedenken angenommen haben.

So verstrichen acht Tage, und es erschien der neunte, an welchem ihr Freier kommen wollte, um sie zu holen. Schon früh eilte die Tante in die Messe, Rosa aber hatte keine Zeit, sie zu begleiten, und stellte sich vor den Spiegel, um sich für den heutigen Tag festlich zu schmücken, damit sie dem reichen Freier auch gefiele und er sein Wort nicht zurücknehme. Still und ängstlich ging die Tante den ganzen Tag umher, während Rosa voll Stolz und Eitelkeit im Gemach auf und ab schritt, wobei sie sich bald in dem Spiegel zunickte, damit ihre Ohrgehänge umso schöner funkelten, und bald auch auf ihre lange Schleppe schaute. Als der Abend hereinbrach, wollte die Tante Rosa ein Kreuz um den Hals binden, das Mädchen aber riss es ab und sprach: »Das dumme Kreuz würde schön zu meinen Brillanten passen!«

Jetzt rollte wieder der prachtvolle Wagen mit den sechs Rossen heran; der Herr stieg aus und kam, die Braut zu holen. Vergebens beschwor die Tante das Mädchen zurückzubleiben, doch sie entzog ihr die Hand und eilte blitzschnell die Treppe hinab. Alle Nachbarn schauten zu ihrer Freude aus den Fenstern und bewunderten die Pracht. Rosa und ihr Freier stiegen ein; im Galopp fuhr der Wagen fort, dass die Funken nur so stoben. Da wurde Rosa auf einmal bange, und sie schrie: »Wohin bringt Ihr mich?« Und er sprach: »In mein Schloss, wo du großen Hofstaat finden wirst.« Und wiederum fragte Rosa: »Und wer seid Ihr denn?« – »Der Fürst der Hölle!«, rief er aus. Da sank das Mädchen zusammen und fing an zu beten, was ihr nur einfiel. Und im Nu verschwand die Kutsche mit den Rossen und ihrem Herrn, und Rosa lag wieder zu Hause auf ihrem Bett, totenblass, sterbend, und unter den frommen Gebeten der Tante verschied sie.

Märchen aus Deutschland

Zusammenkunft der Toten

Eine Königin war gestorben und lag in einem schwarz ausgehängten Trauersaal auf dem Prachtbett. Nachts wurde der Saal mit Wachskerzen hell erleuchtet, und in einem Vorzimmer befand sich die Wache: ein Hauptmann mit neunundvierzig Mann. Gegen Mitternacht hörte dieser, wie ein sechsspänniger Wagen rasch vor das Schloss fährt, geht hinab, und eine in Trauer gekleidete Frau von edlem und vornehmem Stand kommt ihm entgegen und bittet um die Erlaubnis, eine kurze Zeit bei der Toten verweilen zu dürfen. Er stellt ihr vor, dass er nicht die Macht habe, dies zu bewilligen, sie nennt aber ihren wohlbekannten Namen und sagt, als Oberhofmeisterin der Verstorbenen gebühre ihr das Recht, sie noch einmal, eh sie beerdigt werde, zu sehen. Er ist unschlüssig, aber sie dringt so lange, dass er nichts Schickliches mehr einzuwenden weiß und sie hineinführt. Er selbst, nachdem er die Türe des Saals wieder zugemacht, geht draußen auf und ab.

Nach einiger Zeit bleibt er vor der Tür stehen, horcht und blickt durchs Schlüsselloch, da sieht er, wie die tote Königin aufrecht sitzt und leise zu der Frau spricht, doch mit verschlossenen Augen und ohne eine andere Belebung der Gesichtszüge, als dass die Lippen sich ein wenig bewegen. Er heißt die Soldaten, einen nach dem anderen, hineingehen, und jeder erblickt dasselbe. Endlich naht er selbst wieder, da legt sich die Tote eben langsam auf das Prachtbett zurück. Gleich darauf kommt die Frau wieder heraus und wird vom Hauptmann hinabgeführt; dieser fühlt, indem er sie in den Wagen hebt, dass ihre Hand eiskalt ist. Der Wagen eilt, so schnell er gekommen, wieder fort, und der Hauptmann sieht, wie in der Ferne die Pferde Feuerfunken ausatmen. Am anderen Morgen kommt die Nachricht, dass die Oberhofmeisterin, welche mehrere Stunden weit in einem Landhause wohnte, um Mitternacht und gerade in der Stunde gestorben ist, wo sie bei der Toten war.

Deutsche Sage

Das Gespenstermahl

Es ist schon lange, sehr lange her, als eines Tages an die zwanzig alte Frauen des Dorfes in einem Keller ihre Spinnstube abhielten, um Öl und Holz zu sparen. Einen jungen Mann überkam da die Lust, den Spinnerinnen einen Streich zu spielen dadurch, dass er ihnen einen argen Schrecken einjagte. Er nahm also ein großes weißes Tuch und eine Kerze und ging auf den Kirchhof, um einen Totenkopf zu holen. Einige Tage vorher hatte man gerade eine große Menge Gebeine zusammengehäuft, um sie später in einer gemeinsamen Grube zu bestatten. Der junge Bauer brauchte also nur zu wählen. Er ergriff den ersten Totenkopf, den er fand, eilte damit zum Fluss, um ihn zu waschen und vom Mergel, der ihn bedeckte, zu befreien, dann steckte er eine angezündete Kerze hinein und machte sich wieder auf den Weg ins Dorf.

Dort angekommen, umhüllte er sich mit dem weißen Leintuch und begab sich zu den Spinnerinnen. Ihr könnt euch den Schrecken der armen Frauen denken, als mitten unter ihnen ein Geist erschien, der mit seinem Totenkopf wackelte und mit dumpfer Stimme sprach: »Auf die Knie, auf die Knie! Betet für die Ruhe meiner Seele!« Von Schrecken ergriffen, warfen sich die Spinnerinnen auf die Knie und machten große Kreuzzeichen, um das Gespenst zu bannen. »Geschwind, sagt fünf *Paternoster* und fünf *Ave* für meine ewige Ruhe!«, fuhr das Gespenst fort und begann langsam vorzusprechen: »*Pater noster, qui es in coelis* …« Die Spinnerinnen sprachen die fünf geforderten *Paternoster* und die fünf

Ave, und der junge Mann verließ sie, wobei er sonderbare Worte murmelte, von denen weder die guten Frauen noch er selber eines verstand, und das aus guten Gründen.

So war Mitternacht herangekommen, und der Bauer kehrte ermüdet auf den Kirchhof zurück, um den Totenkopf zurückzustellen. Aber ehe der junge Mann ihn zu den übrigen Gebeinen legte, sagte er, ein wenig aufgeregt von den Belustigungen des Abends, ihm ins Ohr: »Du hast mir heute Abend große Freude bereitet. Es ist recht und billig, dass ich mich dafür dankbar erweise. Du musst dich wohl sehr langweilen, wenn du immer hier unter den dummen Toten steckst, komm also in vierzehn Tagen um die nämliche Zeit zu mir zum Abendessen. Ich bin sehr neugierig darauf, wie man mit einem Toten speist. Ich werde dich gegen neun Uhr abends erwarten; vergiss das nicht! Heute in vierzehn Tagen also, ja?« – »Ja«, erwiderte der Totenkopf.

Der junge Mann legte den Kopf wieder unter die Gebeine, löschte die Kerze aus, faltete sein Tuch zusammen und kehrte heim. In den nächsten Tagen hatte er großes Vergnügen, als er die Spinnerinnen von der schrecklichen Erscheinung des Spinnabends berichten hörte. Einige Tage verstrichen, und der Bauer dachte nicht mehr an den Totenkopf und an das Abendessen, zu welchem er jenen eingeladen hatte. Am Abend des vierzehnten Tages zur festgesetzten Stunde setzte er sich gerade, ohne an den Toten zu denken, zum Abendessen an den Tisch, als er im Hof ein eigenartiges Rasseln vernahm. »Es ist Hagel, welcher beim Niederfallen prasselt«, dachte der junge Mann. Zwei dumpfe Schläge ertönten an der Tür. »Wer ist da?« – »Öffne, ich bin es!« – »Wer, ich?« – »Ich!«

Der Bauer öffnete die Tür und ein Gespenst, ein Skelett vielmehr, bekleidet mit einem langen schmutziggrauen und ganz zerfetzten Leichentuch, trat ins Haus. Der junge Mann erinnerte sich der auf dem Kirchhofe gegebenen Zusage und merkte, dass der Tote kam, um mit ihm zu Abend zu essen. Ohne weiter zu erschrecken, bot er ihm einen Stuhl am Tisch an, und das Gespenst nahm Platz, wobei es durch das Aneinanderschlagen der Knochen jenen Lärm wie von herniederprasselndem Hagel verursachte, den der Bauer einige Augenblicke zuvor gehört hatte.

Das Abendessen bestand aus einer ausgezeichneten Sauerampfersuppe, von der der Tote einen guten Teller voll aß, einer Hammelsfrikassee mit Salat und frischer Butter, was alles sehr nach dem Geschmack des eigenartigen Gastes zu sein schien, der dem jungen Mann gegenüber saß. Man trank dazu einige Flaschen schäumenden Cidre, und der Kopf des jungen Mannes begann sich schon zu drehen. Er sang alle Lieder, die ihm einfielen, und von Zeit zu Zeit stimmte der Tote, der ebenso angeheitert schien wie der Sänger, mit ein. »Sollen wir tanzen?«, fragte schließlich der junge Mann. »Tanzen wir!« Und der Tote begann mit dem Bauern einen tollen Tanz aufzuführen, während seine Knochen mit einem Höllenlärm zusammenschlugen. Mitternacht kam, und der junge Mann ward müde und empfand das Bedürfnis, sich niederzulegen. Er sagte dies dem Gespenst, welches nun aufhörte, in der Stube herumzuspringen, und seinen Platz am Tisch wieder einnahm wie einer, der sich nicht zurückziehen will. Vom Kirchturm schlug es eins, und der Bauer, der sich nicht mehr aufrechterhalten konnte, ging schlafen und ließ seinen Gefährten auf dem Stuhle sitzen.

Kaum hatte sich der junge Mann niedergelegt, als sich ein neues Knochengeklapper vernehmen ließ: das Skelett kam, um sich neben dem Lebendigen niederzustrecken. Dieses Mal aber bekam es unser Bauer mit der Angst zu tun; er zitterte an allen Gliedern, er hätte gern geschrien und um Hilfe gerufen, aber er konnte kein einziges Wort herausbringen. In seinem Schrecken musste er sich darauf beschränken, sich in eine Ecke des Bettes zu drücken, um die eisige Berührung mit den Gebeinen des Toten zu vermeiden. Er konnte die ganze Nacht nicht schlafen. Gegen vier oder fünf Uhr morgens begann der Hahn sein fröhliches Kikeriki zu krähen, um die Nähe des Tages anzukündigen. Das Skelett erwachte, erhob sich mit einem Satz und verschwand mit diesen Worten: »Ich will nicht gegen dich im Rückstand bleiben. Du hast mich heute Abend in deinem Hause sehr gut aufgenommen; in vierzehn Tagen erwarte ich dich auf dem Kirchhof zum Abendessen. Ich rechne auf dich. Leb wohl!« Der Bauer nahm sich vor, der Einladung des Toten keine Folge zu leisten.

Vierzehn Tage später kehrte der junge Mann aus der benachbarten Stadt zurück und ging, ohne weiter an den Toten zu denken, am Kirchhof vorüber. Da stand dieser plötzlich vor ihm, nahm ihn bei der Hand und zerrte ihn mit sich. »So ist's recht«, sagte er dabei, »du bist ein Mann von Wort! Das Abendessen ist fertig und ich erwartete dich schon. Um dich zu ehren, habe ich alle meine Freunde eingeladen. Sie erwarten uns an der Kirchhoftür.«

Halb tot vor Angst trat der junge Bauer in den Totenhof, wo er von den Freudenrufen der versammelten Gespenster empfangen wurde. Sein Gastfreund führte ihn in eine altertümliche Kapelle, hob den Stein von der Gruft und ließ ihn in das Gewölbe hinabsteigen, wo ein großes Abendessen aufgetragen war. Alle Toten kamen und setzten sich an die Tafel, worauf das Mahl zum Schrecken des jungen Mannes, dessen Zähne heftig klapperten, unter allgemeiner Fröhlichkeit begann. Als er schließlich sah, dass ihm nichts Unangenehmes zustieß, versuchte er wie die anderen Gäste zu essen, und um sich zu betäuben, trank er rasch hintereinander mehrere Gläser des ausgezeichneten Weines der Toten. Darauf begann der Tanz, und der junge Bauer musste mit dem Skelett eines jungen Mädchens tanzen, welches ihn heftig in die Arme drückte und jeden Augenblick umhalste. »Der Rundtanz! Der Rundtanz!«, riefen die Toten. Und alles stieg aus der Gruft, um die Runde auf dem Kirchhof zu tanzen. Man nahm einander bei der Hand und sprang und wirbelte über Kreuze, Gräber und Kapellen. Dies dauerte bis zum Morgen. Dann hörte man in der Ferne das Krähen eines Hahnes; der Tanz brach ab, die Gräber öffneten sich und die Toten verschwanden. Ganz betäubt blieb der Bauer bis zum Sonnenaufgang liegen. Darauf kehrte er ins Dorf zurück und wurde Priester.

Französisches Märchen aus der Picardie

Der Totengräber und die Gespenster

In einer alten Klosterstadt unserer Grafschaft wirkte vor langer, langer Zeit – vor so langer Zeit, dass die Geschichte wahr sein muss, weil unsere Urahnen schon unbedingt daran glaubten – ein gewisser Gabriel Grub als Totengräber auf dem Kirchhof. Daraus, dass ein Mann ein Totengräber und beständig von Sinnbildern der Sterblichkeit umgeben ist, folgt noch keineswegs, dass er ein mürrischer und melancholischer Mann sein muss. Die Leichenbestatter zum Beispiel sind die fröhlichsten Leute von der Welt, und ich hatte einmal die Ehre, mit einem sogenannten »Stummen«, einem Gehilfen eines Begräbnisunternehmers, befreundet zu sein, der in seinem Privatleben und außerhalb seines Berufs ein so spaßhafter und jovialer Junge war, wie nur je einer ein lustiges Liedchen sang oder ein gutes, bis an den Rand gefülltes Glas Grog leerte, ohne den Atem zu verlieren. Allein Gabriel Grub war ein verdrießlicher, mürrischer, grämlicher Geselle – ein trübsinniger, menschenscheuer Kerl, der mit niemand als mit sich selbst und einer alten korbumflochtenen Flasche, die genau in seine große, tiefe Westentasche passte, Umgang pflog und jedes fröhliche Gesicht mit einem solch bösartigen und verdrießlichen Blick ansah, dass man ihm nicht begegnen konnte, ohne sich verstimmt zu fühlen.

An einem Weihnachtsabend, als es eben zu dämmern begann, schulterte Gabriel seinen Spaten, zündete seine Laterne an und begab sich nach dem alten Kirchhof, denn er musste bis zum nächsten Morgen ein Grab geschaufelt haben. Als er die gewohnte Straße entlangging, sah er durch die alten Fenster den Glanz des Feuers lustig schimmern und hörte lauten Jubel und fröhliches Lachen. Er gewahrte die geschäftigen Vorbereitungen für den folgenden Tag und roch die vielen herrlichen Düfte, die ihm aus den Küchenfenstern entgegenwogten. All das war seinem Herzen Galle und Wermut, und wenn hie und da eine Kinderschar aus den Häusern heraushüpfte, über die Straße sprang und, ehe sie noch an der gegenüberstehenden Tür anklopfen konnte, von einem Halbdutzend kleiner Lockenköpfe empfangen und zum gemeinsamen Spiel und Fest eingeladen wurde, lächelte er grimmig, fasste seinen Spaten fester und dachte an Masern, Scharlach, Halsentzündung, Keuchhusten und andere Trostquellen.

In solch glücklicher Gemütsverfassung schritt Gabriel seines Weges, die freundlichen Grüße der Nachbarn, die dann und wann an ihm vorüberkamen, mit einem kurzen mürrischen Knurren erwidernd, bis er in das dunkle Gässchen einbog, das auf den Kirchhof führte. Er hatte sich bereits danach gesehnt, denn es war ein düsteres, trauriges Stück Weg, das die Leute aus der Stadt nur am hellen Mittag besuchten, wenn die Sonne schien. Er war daher nicht wenig entrüstet, als er mitten in diesem Heiligtum, das seit den Tagen des alten Klosters und der geschorenen Mönche das Sarggässchen genannt wurde, eine Kinderstimme ein lustiges Weihnachtslied singen hörte. Als er weiterging und die Stimme näher kam, bemerkte er, dass sie einem kleinen Jungen gehörte, der mit schnellen Schritten das Gässchen herabeilte, um eine von den kleinen Gesellschaften in der alten Straße zu treffen, und teils zur Unterhaltung, teils zur Vorbereitung auf die bevorstehende Feier aus vollem Halse sang. Gabriel wartete, bis der Junge vorbeikam, drückte ihn dann in eine Ecke und schlug ihm fünf- bis sechsmal die Laterne um die Ohren, nur um ihn das Modulieren zu lehren, und als der Knabe die Hand an den Kopf hielt und eine ganz andere Weise anstimmte, lachte Gabriel herzlich, trat in den Kirchhof und schloss das Tor hinter sich. Er legte seinen Rock ab, stellte seine Laterne auf den Boden, stieg in das angefangene Grab und arbeitete wohl eine Stunde lang mit regem Eifer. Aber die Erde war hart gefroren, und es ging nicht so leicht, die Schollen aufzubrechen und hinauszuschaufeln, und wenn auch der Mond am Himmel stand, so war er kaum erst sichelförmig und warf nur einen matten Schein auf das Grab, das überdies noch im Schatten der Kirche lag. Zu jeder anderen Zeit hätten diese Hindernisse Gabriel Grub sehr verdrießlich und mürrisch gemacht, aber es freute ihn so sehr, dem Jungen das Singen vertrieben zu haben, dass er sich über den langsamen Fortgang der Arbeit wenig grämte, und nachdem er sie für diesen Abend vollendet hatte, sah er mit grimmiger Lust in das Grab hinunter und brummte, sein Handwerkszeug zusammenraffend: Billige Wohnung für Jung und Alt, schwarze Erde nass und kalt; Ein Stein zu Häupten, ein Stein zu Fuß, Und für die Würmer ein Hochgenuss. »Ho! ho!«, lachte er, setzte sich auf den niedrigen Grabstein, auf dem er gewöhnlich ausruhte, und zog seine Weidenflasche hervor. »Ein Sarg um Weihnachten – auch ein Weihnachtsgeschenk. Ho! ho! ho!« - »Ho! ho! ho!«, wiederholte eine Stimme dicht neben ihm. Gabriel hielt erschrocken in seinem Geschäft, die Flasche an die Lippen zu setzen, inne und sah sich rings um. Der Grund des ältesten Grabes konnte nicht stiller und ruhiger sein als der Kirchhof im blassen Mondlicht. Der Raureif funkelte auf den Grabsteinen und blitzte gleich Diamanten auf dem steinernen Bildwerk der alten Kirche. Der Schnee lag hart und krustig wie eine weiße, glatte Decke über den Grabhügeln, als hätten die Leichen ihre Sterbetücher ausgebreitet. Nicht das geringste Geräusch unterbrach die tiefe, feierliche Stille. Der Schall selbst schien erfroren zu sein, so kalt und ruhig war alles. »Es war der Widerhall«, sagte Gabriel Grub und setzte die Flasche wieder an seine Lippen. »Er war es nicht«, antwortete eine tiefe Stimme. Gabriel sprang auf und blieb vor Bestürzung und Schrecken wie angewurzelt stehen, denn seine Augen ruhten auf einer Gestalt, deren Anblick ihm das Blut erstarren machte. Auf einem aufrecht stehenden Grabstein dicht neben ihm saß ein seltsames, überirdisches Wesen, und Gabriel fühlte sogleich, dass es nicht von dieser Welt sein konnte. Die langen fantastischen Beine, die den Boden leicht hätten erreichen können, waren hinaufgezogen und kreuzten sich auf eine seltsame Weise; die nervigen Arme waren nackt, und die Hände ruhten auf den Knien. Auf dem kurzen runden Leib trug die Gestalt ein eng anliegendes Gewand, mit kleinen Litzen verziert, und auf dem Rücken hing ihr ein kurzer Mantel. Der Kragen war in seltsame Spitzen ausgeschnitten, die dem Gespenst als Krause oder Halstuch dienten, und die Schuhe liefen an den Zehen in lange Hörner aus. Auf dem Kopf trug es einen breitkrempigen Zuckerhut mit einer einzigen Feder. Das Gespenst, ganz mit Reif überzogen, sah aus, als säße es schon ein paar Jahrhunderte lang ganz behaglich auf dem Grabstein. Es saß vollkommen still, bleckte wie zum Hohn die Zunge heraus und sah Gabriel Grub mit einem Grinsen an, wie es eben nur ein Gespenst zuwege zu bringen vermag. »Es war nicht der Widerhall«, wiederholte das Phantom. Gabriel Grub war wie gelähmt und konnte kein Wort hervorbringen.

»Was hast du hier am Heiligen Abend zu schaffen?«, fragte das Gespenst mit strengem Ton.

»Ich musste ein Grab schaufeln, Sir«, stammelte Gabriel.

»Welcher Sterbliche wandelt in einer Nacht wie diese auf Gräbern und Kirchhöfen?«

»Gabriel Grub! Gabriel Grub!«, schrie da ein Chor wilder Stimmen, dass der Kirchhof widerhallte. Gabriel sah sich erschrocken rings um, konnte aber nichts entdecken.

»Was hast du in der Flasche da?«, fragte das Gespenst.

»Wacholder, Sir«, erwiderte der Totengräber und zitterte noch heftiger, denn er hatte den Schnaps von Schmugglern gekauft und dachte, das Gespenst könne vielleicht Beziehungen zum Zollamt haben.

»Wer wird auch in einer Nacht, wie diese ist, allein und auf dem Kirchhof Wacholder trinken?« fragte das Gespenst.

»Gabriel Grub! Gabriel Grub!«, riefen die wilden Stimmen wieder.

Das Gespenst warf einen boshaften Blick auf den erschrockenen Totengräber und fragte weiter mit erhobener Stimme: »Und wer ist also unser gesetzmäßiges und rechtmäßiges Eigentum?« Auf diese Frage antwortete der unsichtbare Chor mit einem Gesang wie von einer großen Menschenmenge bei vollem Spiel der alten Kirchenorgel – eine Weise, die wie auf Windesflügeln zu den Ohren des Totengräbers getragen wurde und wie ein leichtes vorüberschwebendes Lüftchen dahinstarb. Aber der Refrain war immer der gleiche: »Gabriel Grub! Gabriel Grub!« Noch unheimlicher als zuvor grinste das Gespenst und sagte: »Nun, Gabriel, was meinst du dazu?« Der Totengräber rang nach Atem. »Was meinst du hierzu, Gabriel?«, wiederholte das Phantom, zog seine Beine an beiden Seiten des Grabsteines hinauf und betrachtete die Hörner seiner Schuhe mit einem Wohlgefallen, als hätte es das modernste Paar Wellington-Stiefel von der ganzen Bondstreet an.

»'s ist – 's ist – ganz kurios, Sir«, stammelte der Totengräber, halb tot vor Schrecken. »Ganz kurios und sehr hübsch; aber ich denke, ich könnte wieder ans Geschäft gehen und meine Arbeit vollenden, wenn Sie erlauben.«

»Arbeit?«, sagte das Gespenst.

»Was für eine Arbeit?«

»Das Grab, Sir, das Grab«, stotterte der Totengräber.

»So, so, das Grab. Wer wird auch Gräber schaufeln und eine Freude daran finden, wenn alle übrigen Menschenkinder fröhlich sind!«

Und wieder riefen die geheimnisvollen Stimmen: »Gabriel Grub! Gabriel Grub!«

»Ich fürchte, Gabriel, meine Freunde begehren dein«, sagte das Gespenst und bleckte die Zunge noch weiter heraus, und es war eine fürchterliche Zunge. »Ich fürchte, Gabriel, meine Freunde begehren dein.«

»Mit Verlaub, Sir«, erwiderte der Totengräber schreckensbleich, »das ist nicht gut möglich, Sir; sie kennen mich nicht, Sir, und ich glaube nicht, dass mich die Herren je gesehen haben, Sir.«

»Da irrst du dich aber gründlich«, versetzte das Gespenst. »Man kennt den Mann mit dem grämlichen, finsteren Gesicht gar wohl, der diesen Abend die Straße heraufkam und seine boshaften Blicke auf die Kinder warf und dabei seinen Grabspaten fester an sich drückte. Man kennt doch den Mann, der in der Missgunst seines Herzens den Jungen schlug, bloß weil dieser heiter sein konnte und er nicht. Man kennt ihn, man kennt ihn.«

Und das Gespenst schlug ein lautes, gellendes Gelächter an, das das Echo zwanzigfältig zurückgab, zog seine Beine hinauf, stellte sich auf dem schmalen Rand des Grabsteines auf den Kopf oder vielmehr auf die Spitze seines Zuckerhutes und schlug mit außerordentlicher Gewandtheit einen Purzelbaum, der es gerade vor die Füße des Totengräbers brachte, wo es sich dann in der Stellung niederließ, die gewöhnlich die Schneider auf ihrem Arbeitstisch einnehmen.

»Es – es – tut mir wirklich leid, dass ich Sie verlassen muss, Sir«, begann der Totengräber und machte eine Bewegung, sich zu entfernen.

»Uns verlassen?«, rief das Gespenst. »Gabriel Grub will uns verlassen! Ho! ho! ho!«

In diesem Augenblick flammten die Kirchenfenster auf, als ob das ganze Gebäude in Brand stünde, dann erloschen die Lichter, die Orgel ertönte, und ganze Trupps von Kobolden, dem ersten wie aus dem Gesicht geschnitten, wogten in den Kirchhof herein und begannen über die Grabsteine Bock zu springen, immer einer hinter dem anderen, ohne Atem zu schöpfen. Das erste Gespenst war ein ausgezeichneter Springer und mit ihm konnte sich keins von den anderen messen; sogar in seiner außerordentlichen Angst bemerkte der Totengräber unwillkürlich, dass es im Gegensatz zu seinen Freunden, die sich damit begnügten, über gewöhnliche Grabsteine wegzusetzen, Familiengewölbe samt eisernen Gittern und allem Dazugehörigen mit Leichtigkeit übersprang, als wären es Meilensteine. Endlich erreichte das Spiel eine betäubende Geschwindigkeit; die Orgel spielte schneller und schneller, und die Gespenster sprangen höher und höher, ballten sich wie Kugeln zusammen, rollten über den Boden hin und schnellten gleich Federbällen über die Grabsteine weg. Dem Totengräber wirbelte der Kopf und seine Beine wankten unter ihm, da schoss plötzlich der Gespensterkönig auf ihn zu, packte ihn am Kragen und fuhr mit ihm in die Erde hinab. Als Gabriel Grub wieder Atem schöpfen konnte, sah er sich in einer Art großer Höhle, auf allen Seiten von einer Menge hässlicher, grimmig aussehender Kobolde umringt.

In der Mitte saß auf einem erhöhten Sitz sein Freund vom Kirchhof, und neben ihm stand er selbst, der Fähigkeit, sich zu bewegen, gänzlich beraubt. »Eine kalte Nacht«, sagte der König der Gespenster. »Eine sehr kalte Nacht. Holt uns ein Gläschen Warmen.« Sofort verschwanden ein halbes Dutzend dienstbare Geister, auf deren Gesichtern ein beständiges Lächeln lag, was Gabriel vermuten ließ, dass es Höflinge seien, und kehrten sogleich mit einem Becher flüssigen Feuers zurück, den sie dem König kredenzten. »Ah«, sagte das Gespenst, dessen Wangen und Kehle ganz durchsichtig wurden, als es die Flamme in sich sog, »das wärmt. Reicht Mister Grub auch einen Becher.« Vergebens wandte der unglückliche Totengräber ein, es sei ganz gegen seine Gewohnheit, bei Nacht etwas Warmes zu sich zu nehmen. Eines von den Gespenstern hielt ihn fest und ein anderes goss ihm die lodernde Flüssigkeit in die Kehle. Die ganze Gesellschaft brach in ein schallendes Gelächter aus, als er hustete und keuchte und sich die Tränen abwischte, die der brennende Trank seinen Augen entlockt hatte. »Und nun«, sagte der König, bohrte das spitze Ende seines Zuckerhutes auf höchst fantastische Art dem Totengräber ins Auge und verursachte ihm dadurch die fürchterlichsten Schmerzen, »und nun zeigt dem Mann der mürrischen Sinnesart einige von den Gemälden aus unserer großen Galerie!«

Eine dichte Wolke, die den Hintergrund der Höhle in Dunkel gehüllt hatte, wich nun allmählich zurück, und in weiter Ferne wurde ein ärmliches, aber reinliches Zimmer sichtbar. Eine Schar kleiner Kinder war um ein helles Feuer versammelt, zerrte die Mutter am Kleid und tanzte um ihren Stuhl herum. Von Zeit zu Zeit erhob sich die Frau und zog den Fenstervorhang zurück und schaute hinaus, als ob sie jemand erwarte. Auf dem Tisch stand ein bescheidenes Abendessen bereit, und ein Armstuhl war an den Kamin gerückt. Dann hörte man ein Pochen an der Tür, die Mutter öffnete, und die Kinder umringten sie und klatschten vor Freude in die Hände, als ihr Vater eintrat. Er war nass und müde und schüttelte den Schnee von seinen Kleidern, und als er sich vor dem Feuer zum Mahl niedersetzte, kletterten die Kinder auf seine Knie, und die Mutter setzte sich neben ihn, und alle waren voll Lust und Freude.

Aber fast unmerklich änderte sich die Szene. Das Zimmer verwandelte sich in ein kleines Schlafgemach, in dem das hübscheste und jüngste Kind im Sterben lag. Die Rosen seiner Wangen waren verblichen und der Glanz seines Auges erstorben. Und sogar der Totengräber betrachtete es mit einer vorher nie gefühlten Teilnahme, als es verschied. Die jungen Brüder und Schwestern versammelten sich um das Bettchen und ergriffen die abgezehrte kleine Hand. Sie war so kalt und schwer, dass sie erschreckt zurückfuhren und mit Schauder in das Gesicht des Kindes sahen, das so ruhig und still dalag und friedlich zu schlummern schien. Sie fühlten, dass es tot war und jetzt als Engel aus einem Himmel voll Glanz und Seligkeit auf sie hernieder blickte.

Wieder zog sich die leichte Wolke über das Gemälde, und abermals änderte sich die Szene. Vater und Mutter waren jetzt alt und hilflos, und die Zahl der Ihrigen hatte sich um mehr als die Hälfte vermindert. Aber Zufriedenheit und Heiterkeit lagen auf jedem Gesicht und strahlten aus jedem Auge, als sie sich um das Feuer scharten und einander alte Geschichten aus längst vergangenen Tagen erzählten. Langsam und still sank der Vater ins Grab, und bald darauf folgte ihm die Gefährtin seiner Sorgen und Mühen an die Stätte der Ruhe und des Friedens. Die Überlebenden knieten an ihrem Grabe und benetzten den Rasen, der es bedeckte, mit ihren Tränen, standen dann auf und entfernten sich traurig und niedergeschlagen, aber nicht mit bitterem Jammer oder verzweiflungsvollem Wehklagen, denn sie wussten, dass sie sich dereinst wiederfinden würden. Sie gingen an ihr Tagwerk und erlangten wieder die frühere Zufriedenheit und Heiterkeit. Dann senkte sich eine Wolke auf das Gemälde und entzog es den Blicken des Totengräbers.

»Was sagst du jetzt?«, fragte das Gespenst und wandte sein breites Gesicht Gabriel Grub zu. Gabriel murmelte so etwas wie: Es sei recht hübsch, und schlug beschämt die Augen vor den feurigen Blicken des Gespenstes nieder. »Du bist mir ein jämmerlicher Mensch!«, sagte der Kobold im Ton grenzenloser Verachtung. »Du!« Er schien noch mehr hinzufügen zu wollen, aber der Unwille erstickte seine Stimme. Er hob eins seiner gelenkigen Beine, schwenkte es über dem Kopf hin und her, als ob er damit zielen wolle, und versetzte dann Gabriel Grub einen derben Fußtritt, worauf sogleich die ganze Gespensterschar den unglücklichen Totengräber umringte und schonungslos mit den Füßen misshandelte, ganz wie die Höflinge auf Erden, die auch treten, wen ihr Herr tritt, und in den Himmel heben, wen ihr Herr in den Himmel hebt. »Zeigt ihm noch einige Gemälde!«, befahl der König der Kobolde.

Die Wolke verschwand, und eine reiche, schöne Landschaft wurde sichtbar. Noch heutzutage sieht man eine solche eine halbe Meile von der alten Klosterstadt entfernt. Die Sonne leuchtete am reinen blauen Himmelszelt, das Wasser funkelte unter ihren Strahlen, und die Bäume sahen grüner und die Blumen heiterer unter ihrem belebenden Einfluss aus. Die Wellen schlugen plätschernd ans Ufer, die Bäume rauschten im leichten Wind, der durch ihr Laubwerk säuselte, die Vögel sangen auf den Zweigen, und die Lerche trillerte hoch in den Lüften ihr Morgenlied. Es war Frühe, ein schöner, duftender Sommermorgen; das kleinste Blatt, der dünnste Grashalm atmete Leben, die Ameise eilte an ihr Tagewerk; der Schmetterling flatterte spielend in den wärmenden Strahlen des Lichtes; Myriaden von Insekten entfalteten ihre durchsichtigen Flügel und freuten sich ihres kurzen glücklichen Daseins, und der Mensch weidete sein Auge an der blühenden Schöpfung, und alles war voll Glanz und Herrlichkeit.

»Du bist mir ein erbärmlicher Mensch!«, sagte der König der Gespenster noch verächtlicher als zuvor. Und wieder zielte er mit seinem Fuß, und wieder ließ er ihn auf die Schultern des Totengräbers niederfallen, und wieder ahmten die untergebenen Kobolde das Beispiel ihres Oberhauptes nach. Noch viele Male verschwand und erschien die Wolke, und manche Lehre erhielt Gabriel Grub, der mit einer Teilnahme zusah, die nichts zu vermindern imstande war, so sehr ihn auch seine Schultern von den Fußtritten der Kobolde schmerzten. Er sah, dass Menschen, die durch saure Arbeit ihr spärliches Brot im Schweiße ihres Angesichts erwarben, heiter und glücklich sein konnten und dass für die Unwissendsten und Ärmsten das freundliche Gesicht der Natur ein nie versiegender Quell der Freude war. Er sah andere, die in Luxus und Reichtum erzogen worden waren, unter Entbehrungen heiter sein und über Leiden erhaben, die manchen aus festerem Holz niedergebeugt haben würden, denn sie trugen die Bedingungen ihres Glücks, ihrer Zufriedenheit und Ruhe in der eigenen Brust. Er sah, dass Frauen, die zartesten und gebrechlichsten von allen Geschöpfen Gottes, oft mehr Kummer, Widerwärtigkeiten und Missgeschick überwanden als stärkere, weil ihr Herz von Liebe und Hingebung überfloss. Und er erkannte, dass Menschen wie er, die ob des Frohsinns anderer neidisch grollten, das schlechteste Unkraut auf der schönen Erde waren. Und wie er das

Gute in der Welt mit dem Bösen verglich, kam er zu dem Schluss, dass es nach allem eine recht erträgliche und achtbare Welt sei. Und kaum hatte er sich dieses Urteil gebildet, als sich die Wolke, die das letzte Gemälde verhüllt hatte, auf seine Sinne niedersenkte. Ein Gespenst nach dem andern zerfloss vor seinen Augen, und als das letzte verschwunden war, sank er in tiefen Schlaf.

Der Tag war angebrochen, als Gabriel Grub erwachte und einer ganzen Länge nach auf einer Grabplatte im Kirchhof lag, und neben ihm die leere Weidenflasche und Rock, Spaten und Laterne, alles vom nächtlichen Reif überzogen. Der Stein, auf dem er das Gespenst hatte sitzen sehen, stand bolzengerade vor ihm, und nicht weit von ihm war das Grab, das er am Abend zuvor geschaufelt hatte. Anfangs zweifelte er an der Wirklichkeit dessen, was er erlebt hatte; aber der stechende Schmerz in seinen Schultern, wenn er aufzustehen versuchte, brachte ihn zu der Überzeugung, dass die Fußtritte der Gespenster keine Fantasiebilder gewesen. Er wurde zwar wieder wankend in seinem Glauben, als er keine Fußstapfen im Schnee fand, in dem die Kobolde mit den Grabsteinen Bocksprung gespielt hatten, aber schnell erinnerte er sich, dass Geister ja keine sichtbaren Eindrücke hinterlassen konnten. So erhob er sich denn, so gut es ihm seine Rückenschmerzen erlaubten, schüttelte den Reif von seinem Rock, zog sich an und wandte seine Schritte der Stadt zu. Aber er war jetzt ein anderer Mensch und konnte den Gedanken nicht ertragen, an einen Ort zurückzukehren, wo man seiner Reue gespottet und seiner Bekehrung misstraut hätte. Er schwankte einen Augenblick, dann aber schlug er den nächsten besten Weg ein, um sein Brot anderswo zu suchen. Laterne, Spaten und Weidenflasche wurden am nämlichen Tag auf dem Kirchhof gefunden. Anfangs stellte man allerlei Vermutungen über das Schicksal des Totengräbers an, aber bald setzte sich der Glaube fest, er sei von Kobolden entführt worden. Und es fehlte nicht an glaubwürdigen Zeugen, die ihn auf dem Rücken eines kastanienbraunen einäugigen Rosses mit dem Hinterteil eines Löwen und dem Schwanz eines Bären deutlich hatten durch die Luft reiten sehen. So wurde das Gerücht zur festen Annahme, und der neue Totengräber pflegte den Neugierigen gegen ein geringes Trinkgeld ein ziemlich großes Stück von dem Wetterhahn der Kirche zu zeigen, das, von dem besagten Pferd auf seiner Luftfahrt zufälligerweise abgestoßen, ein oder zwei Jahre nachher auf dem Kirchhof gefunden worden war.

Leider wurde der Glaube an diese Geschichte durch die unerwartete Erscheinung Gabriel Grubs selbst erschüttert. Er war wohl zehn Jahre älter, ein von der Gicht geplagter und heimgesuchter, aber zufriedener Greis und erzählte seine Geschichte dem Pfarrer und auch dem Bürgermeister, und im Laufe der Zeit wurde sie zur historischen Tatsache erhoben, als die sie noch bis auf den heutigen Tag gilt. Diejenigen, die zuerst an die Wetterhahngeschichte geglaubt und sich so getäuscht sahen, waren nicht so leicht wieder zu bewegen, ihren Glauben ein zweites Mal aufs Spiel zu setzen, und so taten sie denn, so weise sie konnten, zuckten die Achseln, schüttelten die Köpfe und murmelten so etwas, wie wenn Gabriel Grub den Wacholder ganz ausgetrunken hätte und dann auf der Grabplatte eingeschlafen wäre, und erklärten das, was er in der Gespensterhöhle gesehen haben wollte, dadurch, dass sie sagten, er habe inzwischen die Welt gesehen und sei durch Erfahrung klüger geworden. Aber diese Ansicht, die zu keiner Zeit viele Anhänger zählte, verlor sich allmählich, und die Sache mag sich nun so oder so abgespielt haben, da Gabriel Grub bis ans Ende seiner Tage von der Gicht heimgesucht wurde, so enthält diese Geschichte wenigstens eine Moral, und wenn sie auch nichts Besseres lehrt, so lehrt sie doch so viel: Wenn ein Mann um Weihnachten trübsinnig ist und allein trinkt, so wird dadurch sein Befinden nicht im Geringsten verbessert, das Getränk mag so gut sein, wie es will, oder sogar noch um vieles besser und feuriger als das, das Gabriel Grub in der Gespensterhöhle trank oder getrunken zu haben glaubte.

Charles Dickens

Ein weiteres Geistermahl – diesmal in Flensburg

Als König Friedrich der Dritte von Dänemark eine öffentliche Zusammenkunft nach Flensburg ausgeschrieben hatte, trug es sich zu, dass ein dazu herbeigereister Edelmann, weil er spät am Abend anlangte, in dem Gasthaus keinen Platz finden konnte. Der Wirt sagte ihm, alle Zimmer wären besetzt, bis auf ein einziges großes; darin aber die Nacht zuzubringen, wolle er ihm nicht raten, weil es dort nicht geheuer sei und Geister darin ihr Wesen trieben. Der Edelmann gab seinen unerschrockenen Mut lächelnd zu erkennen und sagte, er fürchte keine Gespenster und begehre nur ein Licht, damit er, wenn sich vielleicht etwas zeige, es besser sehen könne. Der Wirt brachte ihm das Licht, welches der Edelmann auf den Tisch setzte und sich mit wachenden Augen versichern wollte, dass Geister nicht zu sehen wären.

Die Nacht war noch nicht halb herum, als es im Zimmer anfing, sich hier und dort zu regen und zu rühren und sich bald ein Rascheln über das andere hören ließ. Der Gast hatte anfangs Mut, sich in seinem Inneren gegen den Schrecken und den Schauder zu stemmen, bald aber, als das Geräusch immer wuchs, ward die Furcht Meister, sodass er zu zittern anfing, er mochte widerstreben, wie er wollte. Nach diesem Vorspiel von Getöse und Getümmel kam durch einen Kamin, welcher im Zimmer war, das Bein eines Menschen herabgefallen, bald auch ein Arm, dann Leib, Brust und alle Glieder, zuletzt, als nichts mehr fehlte, der Kopf.

Alsbald setzten sich die Teile nach ihrer Ordnung zusammen, und ein ganzer menschlicher Leib, einem Hofdiener ähnlich, erhob sich. Jetzt fielen immer mehr und mehr Glieder herab, die sich schnell zu einer menschlichen Gestalt vereinigten, bis endlich die Türe des Zimmers aufging und der helle Haufen eines vollständigen königlichen Hofstaats eintrat.

Als der Edelmann, der bisher wie erstarrt am Tisch gestanden hatte, aber sah, dass der Zug sich näherte, eilte er zitternd in einen Winkel des Zimmers, denn zur Tür hinaus rennen konnte er vor dem Zug nicht.

Er sah nun, wie mit ganz unglaublicher Schnelligkeit die Geister eine Tafel deckten, alsbald köstliche Gerichte herbeitrugen und silberne und goldene Becher aufsetzten. Als das geschehen war, kam einer zu ihm gegangen und begehrte, er solle sich als ein Gast und Fremdling zu ihnen mit an die Tafel setzen und mit ihrer Bewirtung vorliebnehmen. Als er sich weigerte, ward ihm ein großer silberner Becher dargereicht. Der Edelmann, der vor Bestürzung sich nicht zu fassen wusste, nahm den Becher, und es schien auch, als würde man ihn sonst dazu nötigen; aber als er ihn ansetzte, kam ihn ein so innerliches, Mark und Bein durchdringendes Grausen an, dass er Gott um Schutz und Schirm laut anrief. Kaum aber hatte er dies Gebet gesprochen, so war in einem Augenblick alle Pracht, Lärm und das ganze glänzende Mahl mit den herrlich scheinenden stolzen Geistern verschwunden.

Indessen blieb der silberne Becher in seiner Hand und wenn auch alle Speisen verschwunden waren, blieb doch das silberne Geschirr auf der Tafel stehen, auch das eine Licht, dass der Wirt ihm gebracht hatte. Der Edelmann freute sich und glaubte, das alles sei nun sein Eigentum, allein der Wirt tat Einspruch, bis es dem König zu Ohren kam, welcher erklärte, dass das Silber ihm gehöre und es zu seinen Händen nehmen ließ. Woher das edle Metall aber wirklich gekommen war, hat man nicht erfahren können, da auch nicht, wie gewöhnlich, Wappen und Namen darauf eingegraben war.

Sage aus dem ehemaligen Herzogtum Schleswig

Das Gespenst am Brunnen

In einem Wald nicht weit von Westensee liegen zwei einsame Häuser, die einst ihr Trinkwasser aus einer jetzt versiegten Quelle holten. Längst war es bekannt, dass es da nicht geheuer sei. Einige behaupteten, es ginge um Mitternacht seufzend und händeringend da eine Frau umher, andere wollten sie butternd an einer Karne* gesehen haben. Die meisten verlachten aber alles wie ein Märchen.

Einst diente nun in einem der Häuser eine Magd, die sich durch einen mehr als gewöhnlichen Mut auszeichnete. Sie hatte einmal bei dem Brunnen ein Wäschestück vergessen, und da die Hausfrau überaus streng war, so ging sie, als es ihr um Mitternacht einfiel, sogleich dahin. Hell schien der Mond durch die Bäume und ohne Furcht näherte sie sich. In der Ferne sah sie schon ihr Stück Zeug, aber als sie es aufnehmen wollte, wie erschrak sie, da sie eine weiße Gestalt mit gefalteten Händen vor sich stehen sah und diese starr auf das Zeug hinblickte! Das Mädchen wollte entfliehen, aber die Gestalt winkte ihr, und wie sie sich zitternd wieder näherte, wies das Gespenst mit jammervollen unverständlichen Gebärden immer auf den Brunnen; das Mädchen wagte vor Furcht nicht zu reden und eilte bald so schnell sie konnte wieder davon nach Hause und verbarg sich in ihr Bett. Am anderen Morgen sah sie bleich und elend aus, und die Hausfrau fragte, was ihr fehle. Nach

---

* Im plattdeutschen Dialekt bedeutet *karnen* das Buttern in einer Milchkanne.

einigem Weigern gestand sie, was ihr in der Nacht begegnet sei. Die verständige Frau antwortete, dass das Gespenst keinen anreden dürfe, sondern sie hätte vorher etwas sagen sollen. Aber das Mädchen gelobte, dass sie sich ferner hüten wolle, um Mitternacht zum Brunnen zu gehen.

Aber in jeder Nacht war es ihr doch, als zöge sie eine unbegreifliche Gewalt dahin; lange widerstand sie. Endlich aber kam es ihr einmal nachts vor, als wenn es schon spät am Morgen wäre und sie Wasser holen müsse. Obgleich ihr eine innere Stimme sagte, du irrst dich, das Gespenst ruft dich, so ergriff sie doch Tracht** und Eimer und ging. Da stand die händeringende Gestalt wieder und machte allerlei Gebärden. Das Mädchen fasste Mut und fragte: »Was willst du?« Da erheiterte sich schnell ihr trauriges Gesicht und die Frau sprach: »Nun hoffe ich auf Erlösung.« Sie erzählte dem Mädchen, dass ihre Eltern brave, aber strenge Leute gewesen wären, die vor hundert Jahren in demselben Hause gewohnt hätten. Sie sei zu Fall gekommen und von ihrem Verführer verlassen worden; aber es sei ihr gelungen, ihren Zustand vor der Mutter zu verbergen. Hier am Brunnen hätte sie geboren, aber das Kind sogleich im Wasser ertränkt und die Leiche darauf unter der Schwelle der Stalltür vergraben. Seit dieser Zeit hätte sie jede Nacht ein Irrlicht gesehen, weil das Kind ungetauft gestorben sei und weder in den Himmel noch in die Hölle kommen konnte; darüber hätte sie keine Ruhe gehabt, weil sie ihre Sünde nicht bekannt und mit ins Grab genommen habe. »Nun musste ich so lange an dem Ort der Übeltat wandern, bis jemand mich anredet und mein Bekenntnis anhört und verspricht, die Reste meines armen Kindes auf dem

** Tracht bedeutet hier ein Traggestell für die Schultern zum Tragen von Körben und Eimern.

Kirchhof zu begraben. Willst du mich nun erlösen«, sprach sie zur Magd, »so gib mir die Hand.« Die Magd reichte ihr das eine Ende der Tracht und eilte nach Hause. Am anderen Morgen meinte sie erst einen schweren Traum gehabt zu haben. Als sie aber Wasser holen wollte, fand sie an der Tracht die fünf Finger des Gespenstes tief eingebrannt. Nun sagte sie der Hausfrau alles, und es ward unter der Schwelle nachgegraben. Man fand da bald die kleinen Knöchlein, legte sie sorgfältig in einen Sarg und brachte ihn auf den Kirchhof von Westensee. In der nächsten Nacht stand das Gespenst am Bett des Mädchens, beugte sich über sie und sagte: »Jetzt bin ich erlöst; ich danke dir!«, und damit verschwand es. Die merkwürdig gezeichnete Tracht ward nach Kopenhagen in die Kunstkammer geschickt, wo sie noch zu sehen ist.

Sagenmärchen aus Norddeutschland

Der wilde Jäger

Sagen von der Wilden Jagd gibt es weltweit. Besonders in den unwirtlichen Zeiten, wenn draußen der Wind pfeift und heult, vermeinten die Menschen, das Schnauben von Pferden und das Gebell von Hunden zu hören. Lärmend, ächzend, unter ohrenbetäubendem Geheule und Gejohle zieht für sie eine sonderbare Heerschar ihre Spur über den winterlichen Nachthimmel. Es ist im Volksglauben früherer Zeiten das »Wilde Heer« oder auch die »Wilde Jagd«.

Der Kern der Sage: Die Seelen der Toten jagen als Geisterheer über den Himmel, besonders in den zwölf Raunächten, also der Zeit zwischen Weihnachten und dem Dreikönigstag, wenn das Geisterreich offensteht. Wer der Anführer des Geisterzuges ist, unterscheidet sich je nach Überlieferung. Ursprünglich führte der germanische Göttervater Odin oder Wotan das Heer an. An manchen Orten ist auch eine Frau Teil der Wilden Jagd, in Mitteldeutschland Frau Holle, in Süddeutschland und Österreich Perchta. In einer Zeit, als die Menschen vor allem für die bedrohlichen Naturphänomene noch keine rationale Erklärung hatten, war für sie das Heer eine von Ängsten erfüllte Erscheinung, die sie personifizierten, da sie sich vor den nächtlichen Winterstürmen fürchteten und ihnen die engere Gemeinschaft mit den Toten während der dunklen Mittwinterzeit unheimlich schien.

So bedrohlich der wilde Zug über den Nachthimmel auch wirkt, den Menschen von Grund auf feindlich gesonnen ist er nicht. Trotzdem sollten sich Unbeteiligte in Acht nehmen, es drohen Krankheiten, Katastrophen, Unheil und Tod.

Oft bellen die Hunde der Luft in finsterer Nacht auf den Heiden, in Gehölzen, an Kreuzwegen. Der Landmann kennt ihren Führer, den Wod, und bedauert den Wanderer, der nun noch nicht die Heimat erreicht hat; denn oft ist der Wod boshaft, seltener mildtätig. Nur wer mitten im Wege bleibt, dem tut der raue Jäger nichts; darum ruft er auch den Reisenden zu: »Midden in den Weg!«

Ein Bauer kam einstmals trunken in der Nacht von der Stadt. Sein Weg führte ihn durch einen Wald. Da hörte er die Wilde Jagd und das Getümmel der Hunde und den Zuruf des Jägers in hoher Luft. »Midden in den Weg! midden in den Weg!«, rief eine Stimme; allein er achtete ihrer nicht.

Plötzlich stürzte aus den Wolken nahe vor ihn hin ein langer Mann auf einem Schimmel. »Hast Kräfte«, sprach er; »wir wollen uns beide versuchen. Hier die Kette! fasse sie an! Wer kann am stärksten ziehen?« – Der Bauer fasste beherzt die schwere Kette, und hoch auf schwang sich der wilde Jäger. Indes hatte jener sie um eine nahe Eiche geschlungen, und vergeblich zerrte der Jäger. »Hast gewiss das Ende um die Eiche geschlungen?«, fragte der herabsteigende Wod. »Nein«, versetzte der Bauer, »sieh, so halte ich es in meinen Händen.« »Nun, so bist du mein in den Wolken«, rief der Jäger und schwang sich empor. Der Bauer schürzte schnell die Kette wieder um die Eiche, und es gelang dem Wod nicht. »Hast doch die Kette um die Eiche geschlagen!«, sprach der niederstürzende Wod. »Nein«, erwiderte der Bauer, der sie eiligst losgewickelt hatte; »sieh, so halte ich sie in meinen Händen.« »Und wärst du schwerer als Blei«, rief der wilde Jäger, »so musst du hinauf zu mir in die Wolken.« Blitzschnell ritt er aufwärts; aber der Bauer half sich auf die alte Weise. Die Hunde bellten, die Wagen rollten, die Rosse wieherten dort oben, die Eiche krachte an den

Wurzeln und schien sich seitwärts zu drehen. Dem Bauern ward bange; aber die Eiche stand. »Hast brav gezogen«, sprach der Jäger; »mein wurden schon viele Männer; aber du bist der erste, der mir widerstand. Ich werde dich belohnen.« Laut ging die Jagd an: »Hallo, holla! wohl! wohl!« Der Bauer schlich seines Wegs weiter. Da stürzte aus ungesehenen Höhen ein Hirsch ächzend vor ihn hin, und Wod war da, sprang vom weißen Ross und zerlegte eiligst das Wild. »Blut sollst du haben«, sprach er zum Bauern, und ein Hinterteil dazu. »Herr«, sagte der Bauer, »siehe, dein Knecht hat nicht Eimer noch Topf.« – »Zieh den Stiefel aus!«, rief Wod; er tat es. »Nun wandere mit Blut und Fleisch zu Weib und Kind.«

Die Angst erleichterte anfangs die Last; aber allmählich ward sie schwerer und schwerer; kaum vermochte er sie zu tragen. Mit krummem Rücken, von Schweiß triefend, erreichte er endlich seine Hütte, und siehe da, der Stiefel war voll Gold, und das Hinterstück ein lederner Beutel voll Silbergeld.

Regionale Sage aus Norddeutschland

Die Fahrt des wilden Jägers und seines Gefolges geht meist durch Wälder und öde Heiden. Wenn man ihn kommen hört, muss man sich schnell mitten auf den Weg platt auf den Bauch werfen. Mancher hat dabei dann richtig gefühlt, wie ihm die Hunde über den Rücken liefen. Sehen lässt er sich oft gar nicht, oder nur in einiger Entfernung und dann auch nur wie in Nebel gehüllt. Vorne übergebeugt, im rasenden Galopp, saust er dann auf einem großen weißen Pferd daher; manche wollen gesehen haben, dass es nur drei Beine hat, andere, wie dem Tier die Funken aus den Nüstern sprühten. Weiße Nebel fliehen vor dem Reiter her über Feld und

Heide. Sind es Seelen Verstorbener, auf die er Jagd macht, sind es Wassergeister, Waldgeister, Unterirdische, die des Nachts ihrem Reich entsteigen? Bisweilen begegnet er einem dann noch mal, mit seinem erbeuteten Wild: eine weiße Frau hat er vor sich auf dem Pferd liegen, ihre langen Haare schleifen über den Boden. Oder man sieht nachher im Wald zwischen den Bäumen einen Leichnam, zerrissen von den Hunden.

Paul Zaunert, Deutsche Natursagen.
Von Holden und Unholden, Jena 1921

Des Teufels Freischütz

Es war einmal ein Bauernsohn, ein wilder Bursche, der ließ sich zu keiner Arbeit bringen, weder durch Bitten noch durch Drohungen, und den ganzen langen Tag musste er auf dem Felde herumstreichen. Seine Eltern verzogen ihn etwas und hielten ihn zu nichts ernstlich an. Als er daher erwachsen war, lief er heimlich davon und ergab sich der Jägerei, um ganz seiner Lust zu leben. Er verheiratete sich endlich, erhielt ein kleines Anwesen mitten in einem Wald in Besitz, ein bisschen Land war auch dabei, und davon, besonders aber durch seine Jägerei, ernährte er die Seinigen. Es ging ihnen nur kümmerlich und oft hatten sie nicht das liebe Brot im Hause, denn die Jagd gibt nur einen unsicheren Verdienst, ihr Land aber bestellten sie nachlässig.

Einmal war er nun frühmorgens auch auf die Jagd gegangen und abends hatte er noch nichts geschossen. Missmutig und verstimmt begab er sich wieder auf den Weg nach Hause; da erblickte er, wie er einmal aufsah, in einiger Entfernung vor ihm einen Fremden, der auch auf der Jagd gewesen sein musste, denn er trug Büchse und Jagdtasche. Der Jäger verdoppelte seine Schritte, um ihn einzuholen; aber es war sonderbar, so sehr er auch eilen mochte, so blieb der Fremde doch immer gleich weit von ihm entfernt, obgleich er ganz seinen ruhigen Gang behielt. Der Jäger legte endlich den Zeigefinger in den Mund und pfiff nach Jägerart: der helle schrillende Ton drang weithin durch die Nacht, ein paar Raben wurden aus den alten Bäumen, die in der Nähe standen, aufgeschreckt und erfüllten mit unheimlichem Gekrächze die Luft, aber der Fremde schien nichts gehört zu haben, sondern ging ohne sich umzusehen weiter. Als er aber einen Kreuzweg erreichte, stand er mit einem Male stille und wandte sich um gegen den Jäger.

Er war ein hübscher junger Mann und grüßte freundlich. Der Jäger erwiderte den Gruß und bemerkte sogleich, wie des Fremden Jagdtasche überaus wohlgefüllt war. Seine erste Frage war natürlich, wie er zu all dem Reichtum käme, da ihm selber keine Mühe und Geschicklichkeit in letzter Zeit etwas gefruchtet hätten. Der Fremde antwortete, dass er sich im Besitz eines großen Geheimnisses befinde, das mache aber, dass sein Visier niemals trüge und seine Kugel nie fehle. Darauf tat er, als wollte er gleich abbiegen, aber der Jäger ward nur noch begieriger, hielt ihn zurück und bat ihn um Mitteilung des Geheimnisses, er wollte es ihm auch so danken, wie er nur immer könne. Der Fremde sprach: »Ich verlange weiter keinen Dank von dir, als die Erfüllung einer Bedingung. Wenn du mir nämlich mit einem Eid versprechen willst, mein Geheimnis keinem dritten zu verraten, so will ich es dir wohl anvertrauen. Das ist die einzige, aber notwendige Bedingung.« Der Jäger war gleich bereit, den Eid zu leisten. In dem Augenblick, als er nun die Hand erhob, kamen die Raben vom Walde herüber und umflogen laut krächzend erst in weiten, dann in immer engeren Kreisen die beiden Männer, während der Fremde dem Jäger das Geheimnis anvertraute; als die beiden voneinander Abschied nahmen, verloren sich die Vögel nach verschiedenen Richtungen hin.

Seit dem Abend war der Jäger wie verwandelt. Tagelang blieb er entgegen seiner früheren Gewohnheit im Haus, er ging stumm und in sich gekehrt umher und wich allen Fragen seiner Frau aus.

Die aber ließ nicht nach, in ihn zu dringen, und endlich in einer schwachen Stunde brachte sie ihn dahin, dass er ihr die ganze Sache verriet. Da meinte sie, er könnte es doch einmal damit versuchen, vielleicht helfe es ihnen mit einem Mal aus aller Not, er sollte sich nur nicht so lange bedenken, denn die Sünde könnte doch nicht so groß sein und was dann ihre Reden weiter waren, genug, sie sprach ihm so lange was vor, dass er sich entschloss, das Mittel, das ihm der Fremde angeraten hatte, zu versuchen. Will man nämlich einen Freischuss erhalten, so muss man einmal sein Gewehr mit einer Oblate laden, die vom Altar aus der Kirche entwendet ist; und das hatte der Fremde dem Jäger auch geraten.

Am nächsten Sonntag ging also der Jäger zur Kirche und tat, als wenn er sich das Abendmahl reichen ließe, aber er nahm die Oblate mit nach Hause. Dann nahm er seine Büchse von der Wand, nahm zugleich ein weißes Tuch mit und ging in den Wald hinaus auf einen freien Platz, um alles so auszuführen, wie ihm vorgeschrieben war. Die Sonne stand im Mittag, er breitete das weiße Tuch auf dem Boden aus, stellte sich mit den Füßen darauf und lud seine Büchse; statt des Bleis aber gebrauchte er die Oblate. Dann richtete er den Lauf gegen die Sonne und schoss los. Augenblicklich fuhr eine schwarze Wolke auf und bedeckte den Himmel, Donner und Blitze brachen los, und es war in einem Nu ein Unwetter da, als wolle die Welt untergehen. Der Jäger wollte sich nach Hause flüchten, er bückte sich, um noch das weiße Tuch aufzunehmen, da war die Stelle seiner Fußstapfen mit frischem Blut gezeichnet; in Todesangst rannte er davon. Als er aber sein Haus erreichte, da stand das in hellen Flammen, und Frau und Kinder stürzten ihm jammernd entgegen. Zu gleicher Zeit stand der Fremde von neulich wieder vor ihm, der kein anderer gewesen war als der Teufel selber, und zeigte ihm an, dass er von nun an ewig jagen müsse, sein Weib und seine Kinder aber sollten ihn als Hunde begleiten. Seit dieser Zeit wohnt er nun den Tag über bei den alten Bäumen im Wald bei den beiden Raben, nachts aber zieht er sausend unter vielem Geräusch durch die Luft, begleitet von seinen Hunden. Das nennen die Leute jetzt die wilde Jagd. Wenn man ihn ziehen hört und das Rufen und Bellen nachmacht, so wirft er mit Knochen herunter. Er muss aber diese Strafe dulden bis an den jüngsten Tag und kann nicht eher Ruhe finden.

Deutsches Sagenmärchen

Raunacht-Abenteuer

Von jeher gelten die Raunächte als geheimnisvolle Zeit des Jahres – dunkel, kalt und rau kommen die *zwölf Tage zwischen 21. Dezember (Wintersonnwende) und 6. Januar (Dreikönig)* daher. Wenn dann auch noch der Wind durch die Straßen pfeift, ist der Weg zum Geisterglauben nicht mehr weit. Die Raunacht ist eine Zeit der Wiederkehr der Seelen, die als »Wilde Jagd« über das Land brausen. Aber auch andere finstere Gestalten können einem in diesen Nächten begegnen, wie die folgende Geschichte erzählt:

Nahe am Fuße der hohen Kampenwand, die so breitbogig über den Chiemsee schaut, steht ein Bauernhof, von dessen Besitzer mir einst eine abenteuerliche Geschichte erzählt wurde, welche Licht auf Brauch und Meinungen des Volkes in den Bergen wirft. Am Heiligen Christabend saß der Bauer, das heißt der Großvater des Genannten, in seiner Stube und unterhielt sich mit den Knechten über Dinge, welche an Winterabenden gern besprochen werden, über Geister und Hexen, Teufel und Gespenster. Dabei war auch die Rede von Begegnungen, welche man zur Nachtzeit mit Unbekannten haben könne und wie gefährlich es mitunter sei, sich mit Gestalten einzulassen, welche plötzlich irgendwo auf rätselhafte Weise auftauchen. Insbesondere ging die Rede davon, wie bedenklich es sei, in der Heiligen Nacht auf die Jagd zu gehen. Denn in dieser Nacht, in welcher Milch und Honig fließt und auch die Tiere reden können, liegt eine Weihe über allem

Geschaffenen, welche eine Verletzung des Lebendigen zum Frevel macht. Wer dergleichen aber dennoch unternahm, der ist schlecht weggekommen oder hat gar über seinem Tun das Leben verloren.

So habe einstmals, erzählte der Bauer seinen Knechten, einer in der Heiligen Nacht, während die anderen Hausgenossen in der Mette waren, zum Fenster hinausgeschaut. Es lag Schnee, und der Mond schien so licht auf dem weißen Felde, dass man weithin alles wie bei Tage sehen konnte. Da erblickte er einen Hasen, der ganz nahe vor dem Haus herumlief. An der hölzernen Wand neben der Uhr hing das geladene Gewehr – was war also natürlicher, als dass der Bursche das Gewehr packte, sich ganz leise zum Hause hinausschlich und den Hasen anpirschen wollte. Er war kaum aus dem Haus, so erblickte er vor sich einen zweiten, gleich darauf einen dritten, im nämlichen Augenblick einen vierten, fünften Hasen und so fort, bis mit einem Male alles, soweit das Auge reichte, von Hasen bedeckt war. Wie der Bursche das sah, standen ihm die Haare zu Berge. Halb lahm vor Entsetzen begab er sich ins Haus zurück, ohne daran zu denken, das Gewehr abzuschießen. Bei diesem Rückzug verlor er im Schnee einen Schuh, und dieser Schuh war die einzige Spur, welche von dem Abenteuer übrigblieb. Denn als er den aus der Kirche Zurückgekehrten die Geschichte erzählte, glaubten diese nichts davon bis zum Morgen, an welchem sie im Schnee den Schuh entdeckten, doch keine einzige Fährte von Hasen. Der Knecht, welchem der Bauer diese absonderliche Hasengeschichte erzählte, fühlte sich dadurch nicht sehr erbaut. Er schüttelte den Kopf schon während der Berichterstattung, und als sie vollendet war, platzte er mit folgender Bemerkung heraus: »Der Mensch muss recht arg betrunken oder schlafsüchtig gewesen sein, wenn er sich solche Sachen hat träumen lassen. Am Ende war er gar von der Mondsucht befallen. Mir leuchtet das nicht ein, was da geschehen sein soll.« – »Glaubst du auch nichts von den Hexenstühlen und wie die Hexen einen zurichten können in der Heiligen Nacht?«, sagte der Bauer, ein wenig verärgert über den Widerspruch des Knechtes. Dieser aber antwortete: »Ich hab auf solche Dummheiten nie aufgepasst. Überhaupt glaub ich an gar nichts, was ich nicht selber sehen oder mit der Hand greifen kann.« – »Was ist denn das eigentlich mit den Hexenstühlen?«, fragte ein anderer Knecht, der bisher mit offenem Munde zugehört hatte. »Erzählt uns etwas davon, denn zum Kirchengehen ist es ohnehin noch viel zu früh.« Der Bauer, der einmal im Zuge war, besann sich nicht lange, stopfte sich eine frische Pfeife und zündete sie an. Dann nahm er einen Schluck Schnaps, der für das Gesinde auf dem Tisch stand, und begann folgendermaßen:

»Ihr wisst ja doch alle, dass die Leute, die sich mit den Hexen einlassen wollen, sich zuerst einen Stuhl verschaffen müssen, der aus neunerlei Gattungen von Nadelholz zusammengesetzt ist. Auch habt ihr schon davon gehört, dass dieser Stuhl gemacht werden muss, während am Sonnwendtag die Feierabendglocke geläutet wird. Weil es bekannt geworden ist, dass mit Hexengeschichten so viel Unfug getrieben wird und dass so viele Leute durch ihren Fürwitz ins Unglück kommen, so hat man auch jenes Feierabendgeläut abgekürzt, sodass am Sonnwendtag weniger lange geläutet wird als an anderen Tagen. Und wie rachsüchtig die Hexen sind, davon habt ihr gehört?« Anstatt der Antwort lachte ihm der Knecht ins Gesicht. Den Bauern aber wurmte es, dass dieser Knecht in Gegenwart der anderen Dienstboten sich so über das Gesagte lustig machte. Etwas barsch entgegnete er: »Mir sind schon viele untergekommen, die auch getan haben, als wenn sie nichts glaubten und sich vor nichts fürchteten. Wenn aber Gespenstergeschichten erzählt wurden, so haben sie sich doch kaum getraut, die Füße unter die Bank zu halten. Große und baumstarke Burschen habe ich schon gesehen, mit denen es so beschaffen war.« Diese offene Anspielung stachelte den Knecht auf. Rasch erhob er sich von der Bank und rief dem Bauern zu: »So stell mich halt auf die Probe! Da müsste sich doch mein Vater noch im Grabe umdrehen, wenn ich nicht mehr Schneid hätte, als du mir zumutest.« – »Es gilt«, sagte der Bauer, »du kriegst von mir die beste Kuh im Stall, das Resei, das Blümei oder das Scheckei, welche du nur willst, wenn du heute Nacht das tust, was ich dir sage. Aber ich bitte mir aus, dass es heute Nacht geschieht, heimkommen kannst du, wann du magst.« – »Ich tu's ohne Weiteres«, sagte der Knecht. »Mag's sein was nur immer, ich vollbring's.« Der Bauer antwortete ihm in feierlichem und langsamem Ton: »Ich sag dir's noch einmal, du kannst dir die Kuh aussuchen, wie du willst, wenn du mir von der Voralpe den Milchseiher heute Nacht herabbringst.« – »Gut Bauer, ich hol dir deinen Milchseiher«, sagte darauf der Knecht. Darauf wurde nicht viel mehr gesprochen.

Ganz unverzagt schritt der Knecht in die winterliche Nacht hinaus, durch welche aus verschiedenen Höfen Lichter glänzten, denn selbst der Ärmste ehrt diesen Festabend wenigstens durch eine Talgkerze. Nicht gerade schnell, aber gleichmäßigen Schrittes, wie es bei Gebirgsleuten der Brauch ist, schritt er gegen den Berg hinan und hatte in kurzer Zeit eine ziemliche Höhe erreicht. Da begegnete ihm plötzlich ein Mann, der als Jäger gekleidet war, ihn begrüßte und mit offenbarer Neugier fragte, wohin er denn heute Abend noch gehe. Der Knecht hielt es nicht für notwendig, ihm den eigentlichen Zweck seines Nachtwandelns auseinanderzusetzen, sondern sagte kurzweg, er müsse noch auf die Alpe gehen. Der Jäger bat um einen Gefallen. In einer am Bergwald liegenden Hütte solle er die geschichteten Wildhäute wenden; der Lohn dafür läge hinter der Tür. Der Knecht versprach, das zu besorgen, und setzte seinen Weg fort. Er selbst stieg bergauf, der Jäger aber wandte sich dem Tal zu. Während der Knecht so im Schnee weiterschritt, kam ihm das Abenteuer nach und nach überaus seltsam vor. Er war in der Gegend aufgewachsen, kannte alle Wege und Stege auf den Bergen, vermochte sich aber doch nicht an eine Hütte zu erinnern, die an der Stelle stehen sollte, welche der Fremde beschrieben hatte. Die Nacht war ziemlich kalt, und in der schneebedeckten Einsamkeit der Berge wurde kein Laut vernehmbar als nur die Tritte seiner Füße, unter welchen der Schnee knirschte. Die Wälder ragten als weiße Mauern am Gesichtskreis, die Sterne flimmerten in vielfarbigem Licht. Er war bereits ungefähr drei Stunden auf dem Weg, als er den Rand des Waldes erreichte. Hier nun steigerte er seine Aufmerksamkeit, um die Hütte und den Baum vor ihr nicht zu übersehen.

Da stand richtig alles, wie es ihm beschrieben worden war. Er wendete die Rehdecken und suchte dann nach dem versprochenen Lohn, fand aber nichts als einen Haufen Tannenzapfen, von denen er einen einsteckte, um ihn den Kindern des Bauern mitzubringen. Er verschloss die Hütte, hängte den Schlüssel an den Baum und ging weiter. Endlich sah er die Almhütte vor sich. Diese war beleuchtet und bewohnt, welch ersteres durch die obere Tür zu erkennen war, die geöffnet stand – etwa eine halbe Mannshöhe über dem Boden, wie man es im Sommer an den Sennhütten sieht, aus welchen durch diese Öffnung der Rauch herausgelassen wird. Unerschrocken und keineswegs durch dieses ungewöhnliche Schauspiel einer in der Weihnachtsnacht beleuchteten Alphütte zurückgescheucht, wollte der Bursche eben die untere Tür öffnen, als ihm die Sennerin wie eine Wildkatze entgegensprang. Sie grinste ihn an und fragte in höhnischem Ton: »Hast du die Kuh schon?« – »Ja, wenn ich den Milchseiher herunterbringe, dann habe ich die Kuh«, entgegnete der Bursche ruhig. Darauf packte die Sennerin den Knecht und warf ihn in einem Nu den Abhang hinunter, auf welchem die Hütte stand. Es verging eine Weile, bis er sich aufraffen und den Schnee aus den Augen reiben konnte. Aber einmal ist keinmal, und so machte er sich noch einmal auf den Weg zur ingrimmigen Sennerin. Wenige Augenblicke nachdem er sich den Schnee von den Kleidern abgeschüttelt hatte, begann der vorige Auftritt von Neuem. Die Sennerin tat die nämliche Frage; der Bursche gab die nämliche Antwort und flog auch richtig wieder gerade so über die Berglehne hinab. Aller guten Dinge sind drei, dachte er bei sich, klopfte den Schnee von seinem Wams und versuchte es zum dritten Male. Diesmal aber kam es anders. Die Nachtsennerin war zahm geworden und übergab ihm den Milchseiher ohne Weiteres, ja bedankte sich noch bei ihm, zog ihn ans Feuer und erzählte ihm ihre Geschichte.

Aus dieser aber war Folgendes zu entnehmen: Sie befand sich dereinst als Gespenst in der Sennhütte, und zwar als ein solches, welches dorthin seit dem Tod des lebendigen Körpers zur Pein und Strafe gebannt worden war. Während ihrer Lebzeit hatte sie ihre Arbeit als Sennerin sehr liederlich verrichtet und mit der Milch und anderem Erzeugnis der Alpe gewissenlos und verschwenderisch gewirtschaftet. Sie vernachlässigte das Vieh, beeinträchtigte den Eigentümer und beherbergte ihre Liebhaber. Für diese Verbrechen wurde sie nach ihrem Tode in eine Nachtsennerin verwandelt, das heißt in ein Gespenst, welches sich während der Winterzeit auf der Alpe aufhalten und alle Dienste verrichten muss, welche früher schon hätten geleistet werden sollen. Nunmehr aber war sie durch den Burschen erlöst. Nach dieser Aufklärung verschwand die unheimliche Gestalt.

Die Hüttentür, die soeben noch offen gewesen war und das Feuer des Herdes auf den Schnee hatte hinausleuchten lassen, war mit einem Male gesperrt, das Feuer selbst erloschen, und überhaupt schaute die Alphütte so aus wie jede andere während der Winterszeit. Der Knecht kehrte nach Hause zurück, lieferte das Milchsieb ab und berichtete beim Frühstück von seinen Erlebnissen. Kein Mensch kannte die Hütte, in welcher die Wildhäute gelegen sein sollten. Als der Knecht aber zur Bestätigung den Tannenzapfen hervorziehen wollte, den er mitgenommen hatte, da fand es sich, dass es ein Zapfen von Gold war.

Eine Viertelstunde später waren weder Bauer noch Knechte mehr im Hause, sondern alle miteinander fortgegangen, um die Hütte mit dem goldenen Schatz zu finden. Der Wind hatte die Spuren ihres Vorgängers im Schnee noch nicht verweht. Andere Spuren aber wurden nicht angetroffen trotz aller Fragen, mit denen sie den Gewinner der Kuh bestürmten. Man fand weder die Fußstapfen des fremden Jägers noch die Hütte. Und damit schließt das Abenteuer, welches dem Bauern in der Nähe der Kampenwand sein Großvater erzählt hatte.

Sage aus Bayern

Der schwarze Geisterhund von Dorset

In der englischen Grafschaft Dorset steht eine Meile von der Stadt Lyme Regis entfernt ein altes Bauernhaus. Einst war es Teil eines schönen Herrensitzes; aber Kriege hatten diesen zerstört, und so ist nur noch dieses alte Gemäuer erhalten geblieben. Im Wohnsimmer steht noch die große, urtümliche Feuerstelle, und unter dem riesigen Kamin ist an jeder Seite ein gemauerter Platz zum Sitzen.

Vor vielen Jahren nun setzte sich der Bauer, dem damals das Haus gehörte, nach des Tages Arbeit wie gewöhnlich auf einen dieser behaglichen Sitze in die Ecke des Kamins, als sich plötzlich ein riesiger schwarzer Hund auf dem Sitz gegenüber niederließ. Der war von gewaltigem Aussehen, struppig, hatte lange Ohren und einen langen Schwanz, feurige Augen und schien zu keiner Rasse von bekannten Hunden zu gehören. Das ging dann Wochen und Monate so: Der geheimnisvolle Besucher saß abends dem Bauern gegenüber, was allerdings die gewohnte abendliche Gemütlichkeit sehr beeinträchtigte. Auf die Dauer aber gewöhnte sich der Bauer an die Erscheinung und nahm den Hund schon in den Familienkreis auf, zumal er von ihm sichtlich keinen Schaden zu befürchten hatte. Die Nachbarn jedoch rieten ihm oft, den teuflisch aussehenden Eindringling zu verjagen. Der Bauer aber, dem nicht daran gelegen war, sich mit seinem abendlichen Gast anzulegen, gab ihnen scherzhaft zur Antwort: »Warum sollte ich? Er kostet mich nichts, er isst nichts, er trinkt nichts, er stört niemanden. Er ist das ruhigste und genügsamste Geschöpf im ganzen Haus.«

Eines Nachts aber hatte der Bauer mit einem Nachbarn zu reichlich gezecht, und wegen dessen Spöttereien über den schwarzen Hund war er derart erregt, dass er entschlossen war, allen seinen Mut zu zeigen. So kehrte er denn wütend nach Hause zurück, und kaum hatte er den Hund auf dessen gewohnten Platz sitzen sehen, als er auch schon den Feuerhaken ergriff und sich damit auf seinen geheimnisvollen Gast stürzte. Der Hund aber merkte die Absicht, sprang von seinem Sitz und rannte die Treppe hoch ins Obergeschoss, vom wütenden Bauern verfolgt. Dort flüchtete sich das Tier in eine Dachkammer ganz oben, und als der Bauer in diesen Raum kam, sah er noch gerade, wie der Hund vom Fußboden hochsprang und durch die Zimmerdecke verschwand. Voller Wut darüber, dass ihm ein Strich durch die Rechnung gemacht worden war, schlug der Mann mit seinem Schürhaken auf die Decke, durch die der Hund verschwunden war, und herunter fiel eine kleine altertümliche Kiste. Und als der Bauer diese öffnete, fand er sie voll von uralten Gold- und Silbermünzen.

Seitdem wurde der Hund nicht mehr in diesem Haus gesehen. Er soll aber, so erzählt man sich in der Gegend, immer noch seinen Spuk weitertreiben. Oft wurde er um Mitternacht auf einem Weg gesehen, der zum Haus unseres Bauern führte. Wer zu solch später Zeit noch draußen unterwegs war, dem stockte der Atem, wenn das fürchterliche Tier plötzlich vor ihm auftauchte. Struppig und mit feurigen Augen strich es an den einsamen Wanderern vorbei, welche sahen, wie es immer größer und größer ward, je weiter es sich entfernte, bis es schließlich, zu einer Wolke angeschwollen, am Horizont in den Lüften entschwand.

Englische Sage

MacPhies schwarzer Hund

Als Mac-vic-Allan von Arisaig, Gutsherr von Moidart, einem abgelegenen Teil Schottlands, noch jung und unverheiratet war, ging er eines Tages auf Jagd in seinen eigenen Wäldern. Auf einmal erblickte er einen mächtigen Hirsch vor sich, einen Zwölfender, wie er ihn prächtiger noch nie zu Gesicht bekommen hatte. Schnell hob er sein Gewehr und zielte auf das Wild, und auf der Stelle verwandelte sich das Tier in die wunderschönste Frau, die er je gesehen hatte. Und als er das Gewehr senkte, wurde sie ein Hirsch wie zuvor. So geschah es immer wieder: Wenn der Gutsherr das Gewehr hob und zielte, wurde das Tier zu einer Frau; wenn er es absetzte, wurde diese wieder zu einem herrlichen Zwölfender. Darauf legte er erneut an und ging mit erhobener Flinte auf die Frau zu, bis er ganz nahe bei ihr stand, machte dann plötzlich einen Satz auf sie zu und fing sie in seinen Armen auf.

»Du sollst nie mehr wieder von mir fortgehen«, redete er sie an, »ich will keine andere zur Frau als nur dich allein.«

»Tu das nur nicht, Mac-vic-Allan«, erwiderte sie ihm da, »du machst mit mir kein gutes Geschäft, wir passen beide nicht zusammen. Es wird kein Tag vergehen, solange du bei mir bist, an dem du nicht eine Kuh für mich schlachten musst.«

»Die sollst du bekommen«, sagte er zu ihr, »und selbst wenn du zwei an einem Tag verlangen würdest.«

Und so geschah es, dass beide Mann und Frau wurden. Aber bald schon begann Mac-vic-Allans Herde immer kleiner zu werden. Er versuchte, seine Frau wegzuschicken, aber er brachte es nicht übers Herz. Dann ging er schließlich zu einem alten Mann, der ganz in der Nähe wohnte und sein Berater war. Er sei ein gebrochener Mann, klagte er dem, und wisse nicht, wie er diese Frau endlich loswerden könne. Und der ehrliche Alte antwortete ihm kurz und bündig: »Wenn es MacPhie von Colonsay nicht gelingt, sie wegzuschicken, dann kann es sonst niemand auf der Welt schaffen.« Sogleich wurde ein Brief an MacPhie gesandt; der antwortete darauf und kam nach Arisaig.

»Was soll ich für dich tun, Mac-vic-Allan?«, fragte er. Da erzählte Mac-vic-Allan ihm, wie er zu der Frau gekommen war und dass er sie allein nicht mehr loswerden könne.

»Geh jetzt hin«, riet MacPhie ihm, »und schlachte wie jeden Tag eine Kuh für sie; bringe ihr wie üblich das Essen in die Stube und reiche mir mein Essen auf der anderen Seite der Stube.«

Mac-vic-Allan tat, wie es ihm geheißen wurde. Die Frau begann mit ihrem Essen, und auf der anderen Seite MacPhie mit seinem. Als der die Mahlzeit beendet hatte, sah er zu ihr hinüber.

»Was gibt's Neues, Elfenmädchen?«, fragte er sie unvermittelt.

»Das geht dich gar nichts an, Brian Brugh!«, versetzte sie barsch.

»Ich habe dich gesehen«, fuhr er da fort, »als du dich mit den Feniern getroffen hast und mit Diarmuid o Duibhne losgingst und ihm von Schlupfwinkel zu Schlupfwinkel folgtest.«*

»Und dich, Brian Brugh, habe ich gesehen, als du auf einem alten schwarzen Pferd rittest«, gab sie ihm mit scharfer Zunge zurück, »der Geliebte der schlanken Feenfrau warst du und bist ihr gefolgt von einer Feenwohnung in die nächste.«

---

* Anspielung auf die berühmte keltische Liebesgeschichte zwischen Diarmuid o Duibhne (d. h. Diarmuid mit dem Liebesfleck) und der schönen Grainne.

»Jagt Hunde und Männer auf die Elende, ich habe sie schon lange erkannt!«, schrie da MacPhie. Jeder Hund und jeder Mann in Arisaig wurde herbeigerufen und auf sie gehetzt; doch sie entging ihnen und entfloh auf die Landspitze von Arisaig am Loch nan Ceall und wurde seitdem von niemandem mehr gesehen. Als er diesen Auftrag glücklich zu Ende gebracht hatte, kehrte MacPhie nach Hause zurück auf die einsame Insel Colonsay.

Eines Tages war er dort auf der Jagd, und die Nacht brach herein, ehe er sein Haus erreichte. Da erblickte er ein Licht und ging schnurstracks darauf zu; sowie er näher kam, sah er, dass es aus einem Haus kam, in dem Männer saßen, und in ihrer Mitte ein alter Mann mit grauem Haar. »Tritt näher, MacPhie!«, forderte der ihn auf. Als MacPhie nun voranschritt, was lief ihm vor die Füße? Eine Hündin, die war so schön, wie er noch nie eine gesehen hatte, und sie hatte einen frischen Wurf von Jungen um sich. Besonders ein Junges fiel MacPhie in die Augen, es war schwarz und wunderschön.

»Diesen Hund muss ich unbedingt haben«, sagte er da zu dem Alten.

»Nein«, entgegnete der ihm, »du kannst dir gern jeden anderen aus dem Wurf aussuchen, aber den da wirst du nicht bekommen.«

»Ich will keinen anderen als nur diesen!«, meinte da MacPhie.

»Wenn du nun dazu derart entschlossen bist«, so der Alte dann, »sollst du wissen: er wird dir nicht mehr als nur einen einzigen Tag zu Diensten sein, aber diesen einen Dienst wird er hervorragend ausführen. Komm in der Nacht, die ich dir sage, hierhin zurück, dann wirst du ihn bekommen.«

MacPhie ging in der Nacht, die der Alte ihm bezeichnet hatte, wieder zu dem entlegenen Haus und wirklich! er bekam den Hund. »Gib aber gut auf ihn acht und denke daran: er wird dir nur an einem einzigen Tag zu Diensten sein«, mit diesen Worten verabschiedete er sich.

Das schwarze Hündchen wuchs schnell zu einem so schönen und starken Welpen heran, wie noch niemand zuvor einen zu Gesicht bekommen hatte. Immer wenn MacPhie in die Wälder zum Jagen ging, rief er den schwarzen Hund, und der kam mit bis zur Tür, machte dann aber kehrt und legte sich zurück auf seinen angestammten Platz nieder. Die Edelleute, die zu MacPhie ins Haus kamen, rieten ihm deshalb, den schwarzen Hund zu töten, denn er sei das Futter nicht wert, das er zu fressen bekäme. MacPhie aber sagte ihnen immer wieder, sie sollten das Tier doch in Ruhe lassen, denn der Tag des schwarzen Hundes sei noch nicht gekommen.

Einige Zeit später setzte eine Zahl Edelleute von Islay nach Colonsay über, um MacPhie einen Besuch abzustatten und ihn zur Jagd auf die Insel Jura einzuladen, die ganz in der Nähe von Islay gelegen ist. Zu der Zeit war Jura noch eine Einöde, auf der keine Menschenseele lebte; aber nirgends gab es einen Ort, an dem man so gut Hirsche und Rehe jagen konnte. Es gab hier eine Stelle, wo die Herren, die hierher zur Jagd übergesetzt hatten, übernachten konnten, die »Große Höhle« genannt. MacPhie folgte gerne dieser Einladung zum Waidwerk; ein Boot wurde fertig gemacht, um noch am gleichen Tag über den Sund zu setzen. MacPhie stand auf, um zur Anlegestelle zu gehen, und sechzehn junge Edelleute kamen mit ihm. Jeder von ihnen rief nach dem schwarzen Hund, und der lief bis zur Tür, machte dort kehrt und legte sich wie immer an seinen gewohnten Platz.

»Erschieß ihn doch!«, riefen daraufhin die jungen Jagdgefährten.

»Nein«, entgegnete er ihnen, »der Tag des schwarzen Hundes ist noch nicht gekommen.«

Als sie zur Küste kamen, erhob sich plötzlich Wind, und so konnten sie an diesem Tag nicht auf das Eiland übersetzen.

Am nächsten Tag machten sie sich wieder fertig, um aufzubrechen. Wie zuvor wurde der schwarze Hund herbeigerufen; er lief auch bis zur Tür, drehte sich um und kehrte dahin zurück, wo er gelegen hatte.

»Erschieß ihn doch und gib ihm keinen Tag länger zu fressen!«, riefen die Edelleute erneut.

»Ich werde ihn nicht umbringen«, so dann wieder MacPhie, »der Tag des schwarzen Hundes wird schon noch kommen.«

Auch an diesem Tag konnten sie nicht übersetzen, denn das Wetter war zu schlecht, so dass sie umkehren mussten.

Diesmal aber sagten die jungen Jagdgefährten: »Der Hund hat so seine Vorahnungen, er kann in die Zukunft sehen.«

»Ja, er weiß im Voraus, dass sein Tag erst noch kommen wird«, erwiderte ihnen bedeutungsvoll MacPhie.

Am dritten Tag war das Wetter herrlich. Sie gingen zur Landestelle, aber sagten keine Silbe zum schwarzen Hund; dann ließen sie das Boot zu Wasser, um abzufahren. Sie waren noch nicht eingestiegen, da schaute einer der Edelleute noch einmal zurück, und da sah er, wie der schwarze Hund angerannt kam, wild und ungestüm, und sagte es den Gefährten. Das Tier machte einen Satz und war vor allen anderen als erster im Boot.

»Der Tag des schwarzen Hundes kommt immer näher«, meinte nun MacPhie.

Sie nahmen Fleisch und andere Vorräte und auch Bettzeug mit und gingen auf Jura an Land; diese Nacht verbrachten sie in der »Großen Höhle« und machten sich am nächsten Tag auf, um nach Hirschen und Rehen zu jagen. Als sie spät am Abend zurückkamen, zündeten sie in der Höhle ein schönes Feuer an und machten sich ihr Abendessen. Neben dem Feuer spendeten mitgebrachte Fackeln genügend Licht im Dunkeln. Nun war oben mitten in der Decke der Höhle ein Loch, gerade so groß war es, dass ein Mann hätte hindurchschlüpfen können. Nachdem sie ihr Abendessen zu sich genommen hatten, legten sich die jungen Edelleute müde zum Schlaf nieder; MacPhie indes stand auf, um sich die Beine am Feuer zu wärmen. Jeder der jungen Leute meinte noch, es wäre doch schön, wenn seine Liebste jetzt in dieser Nacht hier bei ihm wäre.

»Nun gut«, sagte dazu MacPhie, »mir selbst ist es lieber, dass meine Frau jetzt zu Hause ist und nicht hier bei mir. Mir genügt es, dass nur ich selbst heute Nacht hier bin.«

Da warf MacPhie einen Blick um sich und erblickte sechzehn Frauen beim Eingang in die Höhle treten. Die Fackeln gingen aus und es kam nur noch ein schwacher Lichtschein vom Feuer her. Die Frauen gingen dorthin, wo die Edelleute lagen und schliefen; MacPhie konnte nichts mehr erkennen, so dunkel war es in der Höhle; auch von den Jagdgefährten war kein Laut zu hören. Die Frauen standen wieder auf, und eine von ihnen schaute zu ihm hinüber. Sie stand ihm genau gegenüber, und es sah aus, als wolle sie ihn eben angreifen. Da sprang auf einmal der schwarze Hund auf; sein Fell sträubte sich, er sah grimmig drein und machte einen Satz auf die Angreiferin. Im Nu flüchteten alle Frauen, und der schwarze Hund setzte ihnen bis zum Eingang der Höhle nach. Als sie weg waren, kam er zurück und legte sich MacPhie zu Füßen. Kurz danach hörte der von der Decke der Höhle ein schauerliches Geräusch und dachte schon, jetzt stürze die ganze Höhle über ihm ein. Als er nach oben blickte, sah er, wie die Hand eines Mannes durch das Loch herunter langte, als wolle sie ihn packen und durch das Loch nach oben heraus aus der Höhle ziehen. Da holte der schwarze Hund zu einem gewaltigen Sprung aus, packte den Arm zwischen Schulter und Ellenbogen und riss mit all seiner Kraft daran. Zwischen dem Arm und dem Hund entbrannte ein wilder Kampf, und bevor der Hund noch den Arm losließ, biss er so fest zu, dass die Hand ab war und auf den Boden hinab fiel. Hierauf verschwand das Wesen, das oben auf der Höhle gesessen hatte, und MacPhie fürchtete, die ganze Höhle würde jetzt über seinem Kopf einkrachen. Der schwarze Hund stürzte sich nun wild aus der Höhle heraus und setzte dem Wesen draußen nach. In dem Augenblick aber, als der schwarze Hund weg war, fühlte sich MacPhie nicht gerade erleichtert, kann man sagen. Bald aber graute der Morgen, und er sah seinen schwarzen Beschützer wieder zurückkommen; der legte sich zu MacPhies Füßen, und in ein paar Minuten war das gute Tier tot.

Als es ganz hell wurde, schaute sich MacPhie in der Höhle um und musste feststellen, dass nicht einer der Männer, die mit ihm drinnen waren, noch am Leben war. Er nahm die Hand mit, die der Hund abgebissen hatte, und ging ans Ufer zur Anlegestelle. Dann ging er an Bord und setzte allein über nach Colonsay: kein Hund und kein Jagdgefährte begleitete ihn. Er nahm die Hand mit nach Hause, damit er allen zeigen konnte, welche grausigen Geschehnisse ihm in jener Nacht in der Höhle widerfahren waren. Kein Mensch in Islay oder Colonsay hatte je eine solche Hand zu Gesicht bekommen oder auch nur gedacht, dass es so etwas überhaupt geben könne. Jetzt blieb nur noch übrig, ein Boot nach Jura zu schicken und die Leichen, die dort noch in der Höhle lagen, zu bergen und nach Hause zu bringen. So endete der Tag des schwarzen Hundes.

Keltische Sage aus Schottland

Tam o'Shanter und Cutty Sark, die Hexe mit dem kurzen Hemdchen

Die grausige Mär von Tam o'Shanter, die noch einmal – aber ganz knapp – gut ausgeht, basiert auf einer alten schottischen Sage, die der Dichter Robert Burns 1790 in einer Ballade verarbeitete. Er tat es damit Goethe gleich, der 1772 in seinem »Erlkönig« auch schon einen dänischen Sagenstoff über einen Elfenkönig als Grundlage für seine Ballade benutzte. Beide Gedichte wurden in ihren jeweiligen Heimatländern berühmt und sind dort allbekannt. Nach der schönen Hexe Nannie wurde übrigens der 1869 vom Stapel gelaufene Teeklipper »Cutty Sark« benannt. Das zu seiner Zeit schnellste Segelschiff der Welt trägt als Galionsfigur eine mit einem kurzen Hemdchen bekleidete Frau, die anstelle von Megs Pferdeschweif einen Strick in der Hand hält. Der Klipper, eine wahre Touristenattraktion, liegt heute auf einem Trockendock in Greenwich (London) als Museumsschiff vor Anker.

Tam o'Shanter war ein Bauer aus Carrick, einem Gebiet in der alten Grafschaft Ayrshire im Südwesten Schottlands, und in der ganzen Gegend war er bekannt als der größte Säufer vor dem Herrn. Immer wenn er in der schönen Stadt Ayr auf dem Markt war, endete der Tag in der nahen Wirtschaft, wo er sich mit Kumpanen traf und dem Alebier in großen Maßen zusprach. Wie im Fluge verging dann immer die Zeit bei fröhlichem Zechen, und er dachte nicht daran, dass er noch einen weiten Heimweg hatte durch Moore, Sümpfe, über schmale Stege und Zäune hinweg. Zuhause saß unterdessen seine Frau, unwirsch wartete sie auf ihn und hatte ihn doch immer gewarnt, dass das nicht gut ausgehen könne. »Du Nichtsnutz und Herumstreuner hast nichts im Kopf als nur die Sauferei«, fuhr sie ihn immer wieder an, »das wird noch böse enden! Einmal wird man dich noch im Fluss Doon ertrunken finden, oder die Hexen, die bei der verfallenen Kirche Alloway des Nachts umgehen, werden dich im Dunkeln holen!« Doch Tam machte sich nichts aus ihrem Gekeife und schlug die doch wohlgemeinten Ratschläge seiner Frau in den Wind.

So geschah es auch wieder nach einem langen Markttag in Ayr, dass Tam im Wirtshaus einkehrte und es sich beim warmen Feuer wohl ergehen ließ. Hoch ging es her in der Kneipe, das Ale floss in Strömen, und auch der Whisky schmeckte wieder vortrefflich; mit seinem Kumpan, dem immer durstigen Schuster Johnny, leerte er Krug um Krug, und die Wirtin gefiel ihm so gut, dass er mit ihr scherzte und sie herzte. Indes tobte draußen ein wilder Sturm, es blitzte und donnerte. Doch es nützte nichts: wie immer kam bald die Zeit des Aufbruchs für Tam.

Es war um Mitternacht, und kein armer Sünder hätte sich jetzt noch bei diesem Wetter hinaus getraut. Da bestieg Tam seine Mähre Meg und machte sich auf den langen Weg heimwärts. Immer wilder tobte der Wind, dunkel trieben die Wolken am Himmel, Regen prasselte hernieder und Blitze zuckten in der Finsternis auf. Durch Morast und Sumpf ging es des Weges, bis er auf einmal zu der verfallenen Kirche von Alloway kam. Dort hinter den Birken war auch die Stelle, wo der trunkene Charlie sich das Genick brach, und dahinten zwischen den Dornen hatte ein Jäger das ermordete Kind gefunden, und da an der Furt hatte man im

Schnee den Kaufmann gefunden, vermodert waren schon seine Gebeine; nicht weit von der Dornenhecke dort hatte sich Mungos Mutter erhängt. Bei Alloway soll es spuken, und das Böse soll in den Gemäuern des uralten Gotteshauses umgehen, das wusste schon jedes Kind. Tam sah auf einmal, dass durch die Fenster der Ruine helle Lichter erstrahlten, und er hörte von drinnen fröhliches Treiben und eine ausgelassene Tänzerei. Trunken wie er noch immer war, verspürte er nicht die geringste Furcht, denn wie heißt es so schön in Schottland: mit Ale spürt man kein Übel, mit Whisky trotzt man sogar dem Teufel. Doch Tams Mähre blieb auf einmal stehen, sie scheute vor dem Licht und ließ sich nicht zum Weiterreiten bewegen. Tam saß nun da auf seinem Pferd und erblickte ein grausiges Geschehen:

Wild tanzten drinnen Hexenmeister mit Hexen; uralte Tänze seiner Heimat waren das, Hornpipes, Jigs, Strathspeys und Reels*. Und hoch oben in einem Kirchenfenster saß der leibhaftige Satan, grau und schattenhaft hockte er da in Gestalt eines großen struppigen Hundes und schaute grimmig drein, während er den Dudelsack ertönen ließ, dass es dumpf im ganzen Bau dröhnte. Offene Särge standen im Kirchenschiff, in denen sah man noch die Toten, die in der bleichen Hand ein Licht hielten, das bis auf den Altar hinauf schimmerte. Dort erblickte Tam die Gebeine eines Mörders, einen noch röchelnden Dieb, den man vom Galgen abgeschnitten hatte, und zwei kleine ungetaufte Kinder. Drum herum lagen blutige Beile, ein Messer, mit dem unlängst ein Sohn seinen Vater erstochen hatte, ein Strumpfband, mit dem ein kleines Kind erdrosselt wurde und noch viele andere grausige Dinge mehr.

---

* Hornpipes, Jigs, Strathspeys und Reels sind traditionelle schottische Tänze, die lebhaft und schnell sind und auch in ganz Großbritannien ihren Einzug hielten.

Während Tam all dem staunend zusah, wurde das Treiben der Unwesen immer stärker; immer wilder sprangen die Hexen umher, immer lauter erklang der Dudelsack des Leibhaftigen. Sie flogen herum, sprangen, sausten und flitzten, bis sie ins Schwitzen kamen und ihre zerlumpten Kleider auszogen und wegwarfen und nur in Unterröcken weiter tanzten. Was hätte doch Tam dafür gegeben, wenn es junge dralle Mädchen gewesen wären, die da in ihren kurzen Hemdchen herum wirbelten; es waren indes alles welke Hexen, alt, gelb und runzlig, die ließen ihn kalt. Doch zwischen den Alten sprang eine junge Hexe wild herum. Nannie hieß sie und war in der ganzen Gegend bekannt; manches Vieh hatte sie schon behext, manches Getreide vergiftet, manches Boot in die Tiefe gezogen, manchen Mann auch verführt, kurzum, sie hatte in der ganzen Gegend ihr Unwesen getrieben. Als Tam sie in ihrem kurzen Hemdchen so wild und ungestüm herumwirbeln sah, war er gleich von ihr eingenommen und voller Ungestüm und Leidenschaft rief er: »Toll gemacht, Cutty Sark** !« Und im gleichen Augenblick wurde es stockfinster, der wilde Tanz hörte sofort auf, und keine Musik war mehr zu hören. Jetzt aber hieß es für Tam, sich schleunigst davonzumachen, denn das ganze Höllenpack schwärmte auf einmal aus und war hinter ihm her, die Hexen mit Cutty Sark an der Spitze allen voran. Tam gab seiner Mähre Meg die Sporen, und los ging die Flucht um sein Leben. Immer näher kamen ihm die Hexen, und er sah schon den Fluss Doon und die Brücke, über die er noch hinweg musste. Er jagte immer schneller voran mit seinem guten Pferd, denn er wusste, dass sich Hexen über kein fließendes Gewässer hinüber wagen, es wäre ihr Untergang. Schon war er an der Brücke, um hinüber zu

---

** das heißt: kurzes Hemdchen

preschen, da war schon Cutty Sark dicht an ihnen dran und bekam noch Tams Pferd Meg so am Schwanz zu packen, dass dieser vom Rumpf des Tieres abriss und kaum ein Stumpf davon übrigblieb. Tam aber erwischte sie nicht, und auf der Brücke waren Pferd und Herr gerettet, und unverrichteter Dinge und rasend vor Wut standen die Hexen am Ufer. Der armen Mähre aber wuchs nie mehr der Schwanz nach, und das ganze unheimliche Geschehen war eine Warnung für unseren Bauern aus Carrick, nicht mehr zu lange auf den Markttagen zu Ayr zu verweilen und auch kein Auge mehr auf die jungen Mädchen zu werfen.

Sage aus Schottland

Die nächtlichen Kirchgänger

In der Johannisnacht – die Nacht auf den christlichen Johannistag, vom 23. auf den 24. Juni – hatten sich viele vorchristliche Bräuche des alten Mittsommerfestes erhalten. Weil der Johannistag kurz nach dem Datum der Sommersonnenwende liegt, werden in der Nacht vor dem mittsommerlichen Fest an vielen Plätzen Johannisfeuer (Sonnenwendfeuer) entzündet, die dem Volksglauben nach Dämonen vertreiben sollen. Auch die Schatzgräberei blühte in der Johannisnacht, denn Geister aller Art trieben ihr Unwesen und gingen umher und zeigten den Menschen die Spuren verlorener Schätze, wenn sie ihnen wohlgesinnt waren.

Mein Großoheim lebte in seinen Jünglingsjahren auf einem Bauernhof in der Nachbarschaft einer Kirche, wohin es im Winter, wenn der Weg über den gefrorenen Morast führte, kaum zwei Werst* weit weg war. An einem Weihnachtsabend begab sich das Hausgesinde zeitig zu Bett, da es sich am Morgen des ersten Festtages früh aufmachen und zur Kirche gehen wollte, wo an diesem Tag der Gottesdienst bei Kerzenlicht gehalten wurde. Der Hofbauer erwachte zuerst, trat aus der Tür, um nach dem Wetter auszuschauen, und nahm wahr, dass die Fenster der Kirche schon im Kerzenschein strahlten. Er kehrte in die Stube zurück und weckte eilig das Gesinde:

---

* Ein Werst war im alten Russland ein Längenmaß von 1,06678 Kilometern.

»Steht auf, wir haben uns verspätet; die Kerzen in der Kirche sind schon angezündet.«

Nun hatten die Leute es eilig. Alle sprangen auf, wuschen und kleideten sich, und die Jüngeren machten sich sogleich zu Fuß auf den Weg, während die anderen die Pferde anspannten und ihnen nachfuhren. Die Kirche im Kerzenschein wies ihnen wie eine geschmückte Jungfrau den Weg, den die Sterne nur mit geringem Licht erhellten, da es Nebelwetter war.

Als sie näher kamen, schallte der Gesang der Gemeinde ihnen entgegen, aber das Lied klang ihnen etwas fremdartig. Die Tore der Kirche standen weit offen, und sie schien gedrängt voll von Menschen zu sein; doch vor der Kirche sahen sie kein einziges Gefährt. Die Männer gingen voraus und hofften, wenn sie sich durchdrängten, noch irgendwo Platz zu finden; die Frauen aber folgten ihnen. Als nun die Männer gerade vor das Tor gelangt waren und eben den Fuß über die Schwelle setzen wollten, verstummte der Gesang und die Kerzen erloschen plötzlich, sodass die Kirche auf einmal stockfinster war. Ein fremder Mann trat ihnen an der Tür entgegen und sprach: »Ihr mit heiligem Wasser getauften Leute habt hier an diesem Ort nichts verloren. Das ist die Zeit unseres Gottesdienstes. Der Eure beginnt erst am Morgen!«

Die Leute sahen einander an und wussten nicht, was sie von dem wunderlichen Ding halten sollten. Da ward das Tor von innen zugeworfen, und so blieb den Männern nichts anderes übrig, als nach Hause zurückzukehren, da auf dem Pfarrhof und beim Kirchner noch alles dunkel war.

Der fremde Mann aber nahm meinen Großoheim bei der Hand, führte ihn etliche Schritte von den übrigen abseits hinter die Kirche und sprach heimlich zu ihm: »Komm drei Tage vor dem Johannisabend um Mitternacht her, so will ich dir den Weg zum Glück weisen! Sage aber niemandem von meiner Einladung auch nur ein Wort, sonst könnte dir Übles widerfahren!« Bei diesen Worten war er verschwunden.

Während ihres Heimwegs fiel der Nebel, der Himmel ward heiter und die Sterne blickten klar hernieder. An deren Stand aber erkannten die Männer, dass es gerade Mitternacht war, wie es ihnen auch der Haushahn auf dem Bauernhof von fern entgegen krähte. Die älteren Leute begaben sich wiederum zur Ruhe, während das junge Volk wachend den Morgen erwartete. Erst nach mehreren Stunden war es die richtige Kirchgangzeit, und so machten sie sich von Neuem auf den Weg. Später aber erzählten sie den Nachbarn von ihrem Kirchgang in der Christnacht. So kam die Rede davon unter die Leute und auch dem Pfarrer zu Ohren. Der beschied die Männer zu sich, forschte sie über die Gegebenheit genau aus und hieß sie ferner darüber zu schweigen, da ihr vermeintlicher Kirchgang in der Christnacht nichts anderes als ein lebhafter Traum gewesen sein könnte. Die Leute wussten aber freilich ihrerseits sicher, dass sie wirklich zur Kirche gegangen und den Vorfall wachen Auges erlebt hatten, mochten aber nicht weiter gegen den Pfarrer streiten und gelobten so Stillschweigen. Was konnte das aber noch helfen, da das Gerede schon überall herumging und sich von Tag zu Tag weiterverbreitete. Fange doch einer den Wind oder ein Gerede wieder ein, wenn es einmal in der Leute Mund ist!

Mein Großoheim hatte anfänglich fest beschlossen, den Pfad des Glückes aufzusuchen, der ihm gewiesen worden war. Je näher aber wieder die Zeit heranrückte, desto tiefer sank ihm der Mut. Wer ihn eingeladen hatte oder wer die nächtlichen Kirchgänger gewesen waren und wieweit ein Christenmensch ihnen Vertrauen schenken könnte, das wusste er sich nicht klarzumachen. Hätte er sich darüber mit einem anderen verlässlichen Manne beraten können, so wären seine Bedenken vielleicht geschwunden. Das aber beschwerte sein Herz am meisten, dass ihn der Fremde geheißen hatte, die Sache geheim zu halten. Schon hatte er sich mit dem Gedanken vertraut gemacht, den Versuch nicht zu wagen, als sich zwei Wochen vor Johannis etwas zutrug, was ihn wieder anderen Sinnes machte.

Als er nämlich eines Abends nach Sonnenuntergang nach Hause ging, fand er ein fremdes altes Mütterchen am Wege sitzen. Er grüßte es und wollte vorüber, aber die Alte hub an und fragte ihn, warum er so tief in Gedanken sei, dass er fast wie im Traum einhergehe. Der Mann getraute sich keine Antwort auf des Mütterchens Frage, da er die Wahrheit nicht sagen konnte und auch nicht lügen mochte. Die Alte erriet wohl seine Gedanken, denn sie sprach: »Willst du mir nicht deine Hand zeigen, mein Sohn, aus der ich vielleicht ersehe, was dein Herz beschwert. Dann kann ich dir womöglich einen guten Rat geben.«

Der Großoheim stand unschlüssig da und wusste nicht, ob er nach dem Wunsch der Alten tun oder es lassen sollte. Da sprach sie freundlich: »Fürchte nichts! Nicht in böser Absicht will ich deine Hand sehen. Ich wünsche dein Glück, welches du wahrlich gebrauchen kannst, da du noch jung und unerfahren bist und des Lebens größere Hälfte noch vor dir liegt. Weissagen kann auch bisweilen von Nutzen sein. Sollte ich aber etwas in deiner Hand finden, was besser verborgen bliebe, so will ich dir nichts davon sagen«! – »Nein, nein, liebes Mütterchen!«, rief mein Großoheim; »verkünde mir alles, ob es gut oder schlimm sei. Ich fürchte nichts, was mir auferlegt ist.« Mit diesen Worten streckte er ihr die Hand hin. Die Alte schob die Brille auf die Nase und begann, in seiner Hand zu forschen. Da mögen die Züge wohl kraus durcheinandergelaufen sein, denn erst nach einer geraumen Weile gab die Alte dem Wartenden folgenden Bescheid: »Du bist ein seltenes Glückskind, und großes Heil steht dir nahe bevor, wenn du nur klug genug bist und das unverhoffte Glück so zu fassen weißt, dass es dir nicht entschlüpft. Deine Bedenken wegen des fremden Mannes sind eitel, du kannst ihm getrost vertrauen, da er dein Glück sucht, sich selbst aber keinen Vorteil. Geh ohne Furcht, wohin man dich ruft; daher hast du nichts Böses zu erwarten. Nur dein eigenes Herz kann Fehler begehen. Hüte dich vor dem Zweifel und erfülle treu, wozu Weisere dich leiten! Gedenkst du aber einmal eine Frau zu freien, so gib wohl acht und sieh dich vor, sonst gerätst du ins Unglück. Ein glattes Ei hat bisweilen einen mageren Inhalt, und die Ehestandslinien in deiner Hand sind ein wenig verworren. Mit Vorsicht aber kannst du allen Nachstellungen entgehen. Mehr darf ich dir jetzt nicht verkünden. Sollten wir aber einmal zufällig wieder zusammentreffen, wirst du mir sicherlich für meine heutige Unterweisung Dank wissen.«

Der Mann langte mit der Hand in die Tasche nach einigem Geld, um die Alte für ihren Dienst zu entlohnen, aber sie verstand seine Bewegung und rief: »Biete mir nicht Geld an, das ich von niemandem nehme. Ich verkündige dem Volk alle Wahrsagung umsonst, denn sein Glück ist mir höchster Lohn.« Damit erhob sie sich, nahm Abschied und ging leichten Schrittes wie ein junges Mädchen blitzschnell von dannen.

Wenn nun auch mein Großoheim dieses zufällige Ereignis mehr für Scherz als für Ernst nahm, fand er doch, dass es ihm viel leichter ums Herz geworden war, wie wenn eine schwere Last von ihm genommen wäre, weshalb er auch zu dem festen Entschluss kam, den Pfad des Glücks aufzusuchen, auf den er gewiesen worden war.

Drei Tage vor dem Johannisabend machte er sich spät abends auf den Weg zur Kirche, um dort vor Mitternacht einzutreffen. Je näher er kam, desto banger wurde es ihm ums Herz, gleich als riefe ihm jemand ins Ohr: »Du bist nicht auf rechten Wegen!« Auch hätte nicht viel gefehlt, so wäre er wieder nach Hause umgekehrt. Da erhob sich plötzlich in den Lüften eine lieblich klingende Stimme, und er vernahm die Worte:

»Weiche doch von deinem Glück
zagen Sinnes nicht zurück!
Dich beschützen die Behüter,
dich erwarten große Güter,
weiche doch von deinem Glück
zagen Sinnes nicht zurück!«

Dieser Gesang ließ seinen Mut wachsen, er schritt rascher vorwärts und gelangte bald vor das Tor der Kirche, welches geschlossen war. Links hinter der Kirche trat aber der fremde Mann hervor und sprach:

»Das ist recht, dass du meiner Einladung gefolgt bist. Ich wartete hier schon eine Weile und musste schon fürchten, du kämest nicht mehr und ich würde nicht weiter mit dir reden können. Unser Kirchgang in der Christnacht findet immer nach je sieben Jahren einmal statt und wohl immer zu einer Stunde, wo alle Menschen schlafen. Deshalb habe ich auch bisher niemanden gefunden, dem ich zu seinem Glück hätte helfen können. Meine Zeit ist kurz, das Käuzchen ruft mich beim ersten Hahnenschrei nach Hause. Gib also wohl darauf Acht, was ich dich lehre. Merk dir jedes Wort und tu nach meiner Weisung. Auf eurer Wiese steht ein Hügel, den das Volk die Grabstätte nennt. Auf diesem Hügel wachsen drei Wacholderbüsche, und unter dem mittleren ruht ein unermesslicher Schatz aus uralter Zeit. Diesen kannst du heben, wenn du die Hüter des Schatzes zu versöhnen weißt und meine Vorschrift genau erfüllst. Verschaffe dir drei schwarze Tiere, ein gefiedertes und zwei behaarte, schlachte sie den Hütern der Stätte, wo der vergrabene Schatz ruht, und trage Sorge, dass von dem Opferblut auch nicht der kleinste Tropfen verloren geht, sondern alles zu den Hütern herabrinnt und so ihr Herz gegen dich erweicht. Dann schabe von deiner Spange einige Flöckchen Silber auf das Blut, damit der Glanz des irdischen Silbers dem unterirdischen entgegen leuchtet und es auf den Weg führt. Darauf schneide von dem Wacholderbusch eine Rute, drei Spannen lang, neige sie mit der Spitze dreimal gegen den Rasen, wo du das Blut geopfert hast, und wandle neunmal von Abend gegen Morgen** um den Wacholderbusch herum. Auf jedem Umgang aber schlage dreimal mit der Rute unter den Busch auf den Rasen und ruf bei jedem Schlag: »Igrek!«*** Auf dem achten Gang wirst du ein unterirdisches Geklimper von Geld vernehmen, und nach dem neunten Gang wird dir Silberglanz entgegen schimmern. Dann fall nieder auf deine Knie, neige dein Gesicht zur Erde und rufe neunmal: »Igrek!«, so wird die Truhe aufsteigen. Warte in Ruhe, bis sie aufsteigt. Vorher werden dir zwar manch unheimliche Spukgestalten erscheinen; die brauchst du aber nicht zu fürchten, denn sie können dir nichts antun, wenn du furchtlos bist. Sie haben weder Körper noch Seele, sondern sind leere Schattenbilder, die nur den

---

** das heißt: von Westen gegen Osten

*** das ist der lautlich umgedrehte estnische Imperativ von *kergi* = erhebe dich!

Mut eines Mannes auf die Probe stellen sollen, ob er so großen Glückes wert ist, dass der Schatz ihm zuteilwerden kann. Wenn du bei ihrem Anblick auch nur die geringste Furcht zeigst, so musst du mit leeren Händen abziehen. Du sollst aber am Johannisabend, wenn ringsum die Feuer brennen und das Volk bei ihrem Schein lustig ist, mit den drei schwarzen Tieren zur Schatzgrube gehen. Den dritten Teil des gefundenen Reichtums sollst du den Armen austeilen, denn an dem, was noch übrigbleibt, wirst du noch die Fülle haben.«

Diese Weisung wiederholte der Fremde Wort für Wort dreimal, damit der Mann sie behalte und kein Versehen vorkomme. Als er beim dritten Mal das letzte Wort gesprochen hatte, kündete der Hahn des Kirchners die Mitternachtsstunde, und alsbald war der Fremde den Blicken meines Großoheims entschwunden. Ob er nach oben in die Luft gefahren oder in die Erde versunken war, hätte der Jüngling zuverlässig niemandem sagen können.

Anderen Tages zog mein Großoheim aus, um die drei schwarzen Tiere zu suchen, und fand auch glücklich im Nachbardorf einen schwarzen Hahn und einen schwarzen Hund. Dazu fing er in der Nacht einen Maulwurf und hegte und pflegte nun die drei Tiere bei sich, bis es Zeit war, zur Schatzgrube aufzubrechen. Am Johannisabend, als nach Sonnenuntergang alle Leute aus dem Dorf zum Johannisfeuer gegangen waren, steckte er den Maulwurf in den Sack, nahm den schwarzen Hahn unter den Arm, band dem schwarzen Hund einen Strick um den Hals, damit er ihm nicht davonläuft, und machte sich dann heimlich auf den Glücksweg nach dem Schatz.

In der hellen Sommernacht war die ganze Gegend sichtbar. Um Mitternacht begann er sein Werk nach der Unterweisung des Fremden, schlachtete zuerst den Hahn, dann den Maulwurf und schließlich den Hund, trug Sorge, dass jeder Blutstropfen an dem bezeichneten Ort auf den Rasen nieder floss, schabte dann von seiner Spange Silber auf das Blut und schnitt aus dem Busch eine Wacholderrute, die drei Spannen lang war. Die neigte er dreimal mit der Spitze gegen den blutigen Rasen und begann darauf gegen Morgen den neunfachen Umgang, schlug auch auf jedem Gang drei Mal gegen den Rasen unter dem Busch und rief bei jedem Schlag: »Igrek!«. Auf dem achten Gang vernahm er deutlich ein Geldgeklimper und auf dem neunten Gang schimmerte ihm Silberglanz entgegen. Da fiel er nach dem neunten Gang nieder auf die Knie und rief neunmal nach unten: »Igrek!« Plötzlich stieg unter dem Wacholderbusch ein feuerroter Hahn mit goldenem Kamm auf, schlug mit den Flügeln, krähte und flog davon. Hinter dem Hahn her warf die Erde einen Scheffel Silbergeld vor die Füße des Mannes. Nun stieg eine feuerrote Katze mit langen goldenen Krallen unter dem Wacholderbusch auf, miaute einmal und sprang davon.

Danach tat sich die Erde abermals auf und warf einen Scheffel Silber vor den Mann, was sein Herz mit Freuden erfüllte. Dann erschien aus dem Busch ein großer feuerroter Hund mit goldenem Kopf und Schwanz, bellte auf und lief davon; hinter ihm her flogen aus der Erde etliche Scheffel Rubelstücke dem Mann vor die Füße. In derselben Weise kamen der Reihe nach aus dem Busch hervor ein feuerroter Fuchs mit einem goldenen Schwanz, ein feuerroter Wolf mit zwei goldenen Köpfen und ein feuerroter Bär mit drei goldenen Köpfen. Hinter jedem Tier flog eine Menge Geld auf den Rasen, hinter dem Bär aber nach der Schätzung des Mannes wohl eine Tonne Silber. Danach mochte der ganze Haufen so hoch wie ein Heuschober sein. Als der Bär verschwunden war, stieg ein Rauschen und Brausen aus dem Busch hervor, als wenn fünfzig Schmiede den Blasebalg rührten. Danach aber erschien aus dem Wacholderbusch ein ungeheurer Kopf, halb Mensch, halb Tier, mit goldenen Hörnern, die waren neun Fuß lang, und mit goldenen Hauern im Rachen, die waren zwei Ellen lang. Schrecklicher aber noch als sein Anblick waren die Feuerfunken, die ihm wie kochendes Eisen aus Mund und Nüstern hervor sprühten und die Ursache für das gehörte Brausen waren. Mein Großoheim glaubte schon, im nächsten Augenblick von den Funken verbrannt zu werden; und als das Ungeheuer sich jetzt höher reckte und ihm den Kopf zuwandte, da ergriff ihn doch die Angst. Er dachte nicht mehr an die mahnenden Worte des fremden Mannes und floh mit gesträubtem Haar davon. Auf der Flucht spürte er noch eine ganze Weile den feurigen Atem des Gespensts im Nacken und dankte seinem Schicksal, dass ihn die Beine noch weitertrugen. Auch hatte er nicht die Zeit, zurückzuschauen, da ihm der Feind ohne Unterlass auf den Fersen war und ihn jeden Augenblick umbringen konnte. Aus allen Leibeskräften rannte er weiter, sodass ihm die Brust schier zu zerspringen drohte, bis er endlich auf seinen Hof gelangte, wo er wie tot niederfiel.

Erst gegen Morgen weckten ihn die Sonnenstrahlen aus seinem Schlaf oder aus der Ohnmacht. Der Kopf war ihm dumpf und schwer, und es dauerte lange, bis er sich auf die Vorgänge der Nacht klar besinnen konnte. Da war es denn sein Erstes, dass er aus der Scheune drei große Säcke holte und mit denen zum Hügel lief, um sie mit dem Schatz, den die Erde bei Nacht ausgespien hatte, zu füllen, ehe ihm fremde Leute zuvorkämen. Auf dem Hügel fand er die drei Wacholderbüsche an ihrem alten Platz; auch die drei geschlachteten Tiere und die Wacholderrute lagen noch da, aber von dem Geld zeigte sich nicht die geringste Spur. Und auch auf dem Rasen um den Busch herum, wo der Silberhaufen gelegen hatte, war nicht das kleinste Merkmal davon zu sehen, noch war ein Zeichen von dem Ort wahrzunehmen, wo sich die Erde aufgetan hatte, um die gespenstischen Tiere und das Geld auszuwerfen. Darum hätte man wohl glauben mögen, dass alles nur ein Traum war, wenn nicht die Körper der getöteten Tiere die Wirklichkeit der nächtlichen Ereignisse bezeugt hätten. Der Schatz aber, den der Mann gesehen hatte, war wohl wieder in die Erde zurückgesunken, wo er vielleicht noch heute auf einen mutigeren Mann wartet, der vor spukhaften Schattenbildern nicht davonläuft wie mein Großoheim, sondern den Schatz ans Licht bringt.

Ob sich allerdings die zweite Prophezeiung des alten Mütterchens vom Eheschicksal meines Großoheims später erfüllt hat oder nicht, davon weiß ich nichts zu erzählen. Wenngleich mein Großoheim oftmals von seiner Grabung nach dem Schatz sprach, ließ er doch nie ein Wort über seine Herzensangelegenheiten fallen. Vielleicht ist es ihm auch in diesem Stück schlimm gegangen – er hat aber anderen nichts davon verraten wollen und lieber in aller Stille sein Kreuz getragen.

Estnisches Sagenmärchen

Julspuk

Auf einem Gut, das Vaderas hieß, wohnten früher zwei Bauern, und das ist jetzt noch so. Zu jener Zeit waren die Wege schön, und die Frauen pflegten zu reiten, wenn sie zur Kirche wollten. Einmal, an Weihnachten, machten die beiden Frauen miteinander aus, dass sie zur Weihnachtsmesse reiten wollten, und die, welche zur rechten Zeit aufwachte, sollte es der anderen sagen, denn Uhren gab es damals noch nicht.

Ungefähr um Mitternacht meinte die eine Frau, sie höre vom Fenster her den Ruf »Nun breche ich auf!«. Da stand sie eiligst auf und kleidete sich an, um mit der anderen Frau zusammen reiten zu können, aber sie hatte keine Zeit mehr, etwas zu essen, und nahm nur ein Stück Brot vom Tisch. In jenen Zeiten war es Brauch, dass man das Brot in Form eines Kreuzes brach. Ein solches Stück nahm die Frau und steckte es in die Tasche, um es unterwegs zu essen. Sie ritt, so rasch sie konnte, um die andere einzuholen, aber sie konnte sie nicht mehr erreichen.

Der Weg führte über ein Flüsschen, das in den Vidösternsee fließt. Da ist eine Brücke, die heißt Erdbrücke, und da standen zwei Trollhexen und wuschen Wäsche und hatten so große Brüste, dass sie sie über die Achseln hängen konnten. Als die Frau auf die Brücke geritten kam, rief die eine Trollhexe der anderen zu: »Eil dich und reiß ihr schnell den Kopf herunter!«

»Das kann ich nicht«, gab die andere zur Antwort, »denn sie hat ein Stück Brot in Kreuzform in der Tasche.«

Sie konnte inzwischen die Nachbarin nicht einholen, sondern kam allein in die Kirche von Hanger. Die war voller Lichter, wie immer bei der Weihnachtsmette. Sie band in größter Eile ihr Pferd fest und ging rasch in die Kirche. Sie war gesteckt voller Menschen, wie es ihr vorkam, aber alle waren ohne Kopf, und der Pfarrer stand vor dem Altar im vollen Ornat, aber auch ohne Kopf. In der Eile merkte sie nicht, wie es sich verhielt, sondern setzte sich in ihren gewöhnlichen Kirchenstuhl. Als sie sich setzte, kam es ihr vor, als ob jemand zu ihr sagte: »Wäre ich nicht bei deiner Taufe zu Gevatter gestanden, so hätte ich dich umgebracht, wo du sitzest, aber nun mach, dass du hinauskommst, sonst geht es dir schlecht!«

Da merkte sie, wie die Sache stand, und lief eiligst hinaus. Als sie auf den Kirchhof kam, schien es ihr, als hätte sie eine ganze Masse Leute um sich herum. Damals trug man weite Mäntel aus selbstgewebtem Wollenzeug, die waren ungefärbt und weiß. Einen solchen hatte sie an, und die Gespenster hatten ihn gepackt. Aber sie schleuderte ihn von sich, sodass sie aus dem Kirchhof entkam, und lief zum Armenhaus und weckte die Leute dort. Da soll es ein Uhr in der Nacht gewesen sein. So saß sie nun und wartete auf die gewöhnliche Gottesdienstzeit um vier Uhr morgens. Als es schließlich Morgen wurde, fanden die Leute auf jedem Grab ein Stückchen von ihrem Mantel.

Ähnliches begegnete einem Mann und seiner Frau, die in einer Hütte wohnten, die heißt Ingas unter Mosled. Sie waren nur eine Stunde zu früh dran, aber als sie zur Kirche von Hanger kamen, glaubten sie, der Gottesdienst habe gerade angefangen, und wollten eiligst eintreten, aber die Kirche war zugeriegelt, und es war der Schluss des Totengottesdienstes. Als schließlich die richtige Mette begann, lag auf jedem Platz Erde von denen, die zuvor Gottesdienst gehalten hatten. Der Mann und die Frau wurden darauf schwer krank, weil sie die Toten gestört hatten.

Schwedische Sage

Die Christmesse in der Wildermänner Kirche

Am ersten Weihnachtsmorgen früh vier Uhr wurde sonst hier auf dem Harze in allen Kirchen heilige Christmesse gehalten, und scharenweise strömten dann in der Dunkelheit die frommen Christen zum Gotteshause, das heilige Christfest damit anzufangen. So war auch der Gebrauch in Wildemann.

Eine Frau daselbst, eine fromme und gute Christin, hatte sich am Heiligen Abend vorgenommen, am anderen Morgen auch in die Christmesse zu gehen.

Früh war sie schon zu Bett gegangen, um früh genug wieder aufzustehen und nicht zu spät zu kommen. Da wacht sie denn mitten in der Nacht auf, meint, es sei schon gegen drei, denn eine Uhr hat sie noch nicht gehabt, und Uhren hat's überhaupt damals noch wenig gegeben. Sie steht also auf, zieht sich an und geht zur Kirche; doch wundert sie sich so vor sich hin, dass noch nicht mehr Leute auf den Beinen sind, die auch nach der Kirche gehen. In ihren Sinne denkt sie, ist gut, bist du die erste.

Als sie auf den Kirchhof kommt, sieht sie die Kirche hell erleuchtet; es ist aber noch alles totenstill darin und davor. Sie geht hinein: Die Kirche ist leer, kein Mensch darin zu hören noch zu sehen. Da schlägt es Elf, und als es ausgeschlagen hat, beginnt das Festgeläute so feierlich in die Nacht hineinzutönen, dass der Frau dabei schon die Augen übergehen. Dann strömen die Leute herein, aber nicht die, welche damals noch gelebt haben, sondern alles solche, die schon lang tot gewesen sind und im Grabe geruht haben, die aber alle die Frau gekannt hat; also Leute aus Gräbern füllen die Priechen,* die Stühle, und die Anverwandten der Frau setzen sich rechts und links neben sie. Nachdem ausgeläutet ist, beginnt ein feierlicher Totengesang mit Orgelbegleitung, so herzergreifend, dass die Frau fast in Tränen zerfließt. Hierauf tritt der Prediger, der erst vor zwei Jahren gestorben war und auf dem Wildemänner Kirchhof beerdigt war, auf die Kanzel und predigt so klar und so wahr, wie die Frau noch nie gehört hat, erteilt dann den Segen, und bei dem Worte Amen schlägt es Zwölf. Da ist alles verschwunden, die Kirche ist finster und leer, und die Frau muss im Dunkeln hinaustappen und nach Hause gehen.

Zu Hause angekommen, sinkt sie zum Tode erschöpft auf einen Stuhl nieder und kann kaum noch ihre Leute rufen, die ihr gleich ein Lager auf der Ofenbank zurechtmachen müssen. Hier liegt sie fast zwei Stunden in totenähnlichem Schlafe, rührt und regt sich nicht; dann tut sie die Augen auf, sieht um sich, erblickt alle die Ihrigen um ihr Lager versammelt, die da denken, dass sie nicht wieder erwacht und deshalb herzlich weinen. Denen erzählt sie dann mit schwacher Stimme, was sie in der verflossenen Nacht erlebt hat, und als sie eben mit der Erzählung fertig ist, da läutet es zur wirklichen Christmesse. Jetzt gehen die Lebendigen dahin, aber die Frau stirbt in dem Augenblick und geht zum lieben Gott in den Himmel.

Sage aus dem Harz

* Priechen werden in Norddeutschland die vom allgemeinen Kirchengestühl abgesonderten Sitzplätze der höheren Stände einer Kirchengemeinde bezeichnet.

Die Totenmette

Es war einmal eine Frau, die dachte am Weihnachtsabend bei sich selbst, sie wollte am Weihnachtsmorgen in die Frühpredigt gehen, denn sie war eine eifrige Kirchgängerin. Also nahm sie Kaffee heraus, um am Morgen einen warmen Schluck zu haben und nicht nüchtern in die Kirche zu müssen. Als sie aufwachte, schien der Mond ins Zimmer, aber als sie aufstand, um nach der Uhr zu sehen, war diese stehen geblieben, und der Zeiger wies auf halb zwölf. Da wusste sie nicht, wie es an der Zeit war, und ging ans Fenster und schaute nach der Kirche hinüber. Dort sah sie Licht in allen Fenstern. Nun weckte sie das Hausmädchen und ließ sie Kaffee kochen, während sie sich anzog, und dann nahm sie ihr Gesangbuch und ging zur Kirche.

Es war ganz still auf der Straße, und sie sah keinen Menschen auf dem Weg. Als sie in die Kirche kam, setzte sie sich auf ihren gewohnten Platz, aber als sie sich umsah, kamen ihr die Leute alle so bleich und wunderlich vor, gerade, als ob sie alle tot wären. Sie kannte niemanden, aber manche meinte sie schon früher gesehen zu haben, doch sie konnte sich nicht entsinnen wo. Als der Priester auf die Kanzel stieg, war es keiner von den Priestern in der Stadt, sondern ein großer, blasser Mann, der ihr auch bekannt vorkam. Er predigte sehr erbaulich, und es war keine solche Unruhe und kein Husten und Räuspern, wie es sonst am Weihnachtsmorgen in der Frühpredigt zu sein pflegt, es war so still, dass man eine Nadel hätte fallen hören können, ja, es war so still, dass ihr ganz angst und bange wurde. Als sie wieder zu singen anfingen, beugte sich eine Frau, die neben ihr saß, zu ihr und wisperte ihr ins Ohr: »Wirf den Mantel lose um dich und geh, denn wenn du wartest, bis es vorbei ist, so machen sie dir den Garaus. Das ist die Totenmette.«

Da ängstigte sie sich sehr, denn als sie die Stimme hörte und zu der Frau hinübersah, da erkannte sie sie; es war ihre Nachbarin, die seit langen Jahren tot war. Ihr Blut wurde zu Eis, so hatte sie Angst. Sie nahm den Mantel lose um, wie die Frau ihr gesagt hatte, und ging hinaus; aber es war ihr, als ob alle nach ihr griffen, und die Knie wankten ihr, und sie wäre fast auf den Kirchenboden niedergesunken. Als sie an die Treppe kam, packten sie schon ihren Mantel; sie ließ ihn los und eilte nach Hause, so rasch sie konnte. Gerade, als sie in der Tür stand, schlug es ein Uhr, und wie sie hineinkam, war sie halb tot vor Angst. Am Morgen, als die Leute zur Kirche gingen, lag der Mantel auf der Treppe, aber er war in tausend Stücke zerrissen.

Märchen aus Norwegen

Wer weiß!

Mein Gott! Mein Gott! Ich will also endlich zu Papier bringen, was mir widerfahren ist. Aber werde ich es können, werde ich es wagen? Es ist so seltsam, so unerklärlich, so unfasslich, so verrückt!

Wenn ich nicht dessen gewiss wäre, was ich gesehen habe, und bestimmt wüsste, dass in meiner Gedankenkette kein Fehler ist, kein Irrtum in meinen Feststellungen, kein Selbstbelügen in der unbeugsamen Folge meiner Beobachtungen, würde ich glauben, dass ich einfach das Opfer einer Sinnestäuschung geworden bin, der Spielball einer seltsamen Vision. Aber, wer weiß?

Ich befinde mich heute in einer Nervenheilanstalt. Ich habe mich freiwillig, aus Vorsicht, aus Angst dorthin begeben. Ein einziger Mensch nur kennt meine Geschichte: der Anstaltsarzt. Ich werde sie zu Papier bringen. Ich weiß nicht recht, warum. Vielleicht, um mich davon zu entlasten, denn ich fühle sie wie ein Alpdrücken auf mir. –

Ich bin immer ein einsamer Mensch gewesen, ein Träumer, so eine Art alleinstehender Philosoph, ein guter Kerl, der mit wenig zufrieden ist, keine Bitterkeit gegen andere Menschen im Herzen trägt und keinen Hass gegen die Vorsehung. Ich habe immer allein gelebt, wegen einer Art Befangenheit, die mich überkommt in Gegenwart anderer Menschen. Wie soll ich das erklären? Ich kann's nicht. Nicht, dass ich andere Leute nicht sehen möchte, nicht gern einmal schwatzte, mit ein paar Freunden äße. Aber wenn ich sie lange an meiner Seite fühle, sogar meine besten Freunde, dann langweilen sie mich, ermüden mich, machen mich nervös, und ich fühle ein immer steigendes, quälendes Bedürfnis, sie gehen zu sehen oder selbst zu gehen, damit ich allein wäre.

Diese Lust ist mehr als ein Bedürfnis, ist eine unwiderstehliche Notwendigkeit. Und wenn ich noch länger in Gegenwart dieser Menschen bliebe, wenn ich noch länger ihre Unterhaltung hören müsste, würde ohne Zweifel irgendein Unglück mit mir geschehen. Was für ein Unglück? Wer weiß? Vielleicht nur eine Ohnmacht. Jawohl, wahrscheinlich.

Ich liebe es so sehr, allein zu sein, dass ich es so gar nicht ertragen kann, andere Menschen in meiner Nähe, unter meinem Dach schlafen zu wissen. Ich kann in Paris nicht wohnen, weil ich unzweifelhaft dort zugrunde gehen müsste. Ich stürbe moralisch. Und diese riesige Menschenmenge, die um mich herumwimmelt, um mich lebt, verursacht mir, sogar wenn sie schläft, in Körper und Nerven fürchterliche Qualen. Ach, der Schlaf der anderen ist mir noch schrecklicher als ihre Gespräche! Und ich kann nie Ruhe finden, wenn ich hinter irgendeiner Mauer ein Leben von anderen ahne und fühle, das durch dieses regelmäßige Aussetzen der Verstandestätigkeit im Schlaf irgendwie unterbrochen wird.

Warum bin ich so? Wer weiß? Vielleicht hat es eine ganz einfache Ursache. Mich ermüdet sehr schnell alles, was nicht in mir selbst vorgeht. Und vielen Leuten geht es genauso wie mir.

Es gibt zwei Arten von Menschen auf der Erde: solche, die andere Leute brauchen, die andere zerstreuen, beschäftigen, ausruhen, und die Einsamkeit erschöpft, müde macht, wie das Erklimmen eines fürchterlichen Gletschers oder ein Zug durch die Wüste. Und dann solche, die durch andere Menschen im Gegenteil müde gemacht, gelangweilt, gestört, gequält werden, während die Einsamkeit sie beruhigt, sie in Frieden lullt bei der Unabhängigkeit und dem freien Spiel ihrer Gedanken.

Im Ganzen ist das ein normales, seelisches Phänomen. Die einen sind geschaffen, um draußen zu leben, die anderen um drinnen zu leben. Meine Fähigkeit, die Außendinge aufzufassen, ist nur von kurzer Dauer und schnell erschöpft. Sobald sie an ihre Grenzen kommt, empfinde ich im ganzen Körper, in meinem ganzen Wesen ein unerträgliches Unbehagen.

Die Folge davon ist, dass ich allerlei leblose Dinge liebe oder liebte. Dinge, die für mich die Bedeutung von lebenden Wesen annehmen, und dass mein Haus für mich eine Welt geworden ist oder geworden war, in der ich einsam, untätig lebte mitten unter meinen Besitztümern, Möbeln, kleinen mir gewohnten Gegenständen, die mir so sympathisch sind wie Gesichter. Ich hatte das Haus allmählich damit gefüllt, geschmückt und fühlte mich da zufrieden, glücklich, wie im Arm einer lieben Frau, deren gewohnte Zärtlichkeit süße, stille Notwendigkeit geworden ist.

Ich hatte dieses Haus mitten in einem schönen Garten errichten lassen, ganz abgeschlossen von den Straßen, in der Nähe einer Stadt, in der ich bei Gelegenheit Geselligkeit, die ich manchmal begehrte, zu finden vermochte. Meine Dienerschaft schlief in einem ein Stück davon entfernten Gebäude mitten im Gemüsegarten, den eine hohe Mauer umzog. Der tiefe Frieden der Nacht, im Schweigen meines Hauses, das ganz versteckt war unter den Blättern der großen Bäume, beruhigte mich so, war mir so lieb, dass ich jeden Abend stundenlang zögerte, mich zu Bett zu legen, um den Genuss zu verlängern.

Eines Tages hatte man in der Stadt in der Oper Sigurd gespielt. Ich hatte dieses wundervolle feenhafte Musikdrama zum ersten Male gehört, und es hatte mir überaus gefallen. Zu Fuß, schnellen

Schrittes kehrte ich heim, Melodien, Gedanken im Kopf, schöne Bilder vor Augen. Die Nacht war schwarz, schwarz – so schwarz, dass ich kaum die Landstraße erkennen konnte und mehrmals fast in den Graben gefallen wäre. Vom städtischen Steueramt bis zu mir ist es ungefähr ein Kilometer weit, vielleicht etwas mehr, kurz, etwa zwanzig Minuten zu gehen. Es war ein Uhr morgens, ein Uhr oder halb zwei. Der Himmel vor mir ward etwas heller, der Mond erschien, die traurige Sichel des letzten Viertels. Der Mond im ersten Viertel, der um vier oder fünf Uhr abends aufgeht, ist klar, heiter, silbrig blinkend; aber der, der nach Mitternacht kommt, rötlich, traurig, beunruhigend: es ist der richtige Sabbat-Mond. Alle Nachtwandler müssen diese Beobachtung schon gemacht haben. Das erste Viertel, wenn es schmal ist, nur wie ein Strich, wirft ein freundliches Licht, das das Herz erheitert, und scharfe Schatten auf die Erde; das letzte Viertel aber strahlt einen kaum merklichen Schein aus, so matt, dass es beinahe keinen Schatten wirft.

In der Ferne erblickte ich die dunkle Masse meines Gartens, und ich weiß nicht, woher mir etwas wie ein unangenehmes Gefühl aufstieg beim Gedanken, dort hinein zu müssen. Ich schritt langsam. Die Luft war mild. Die großen Baummassen sahen wie ein Grabmal aus, unter dem mein Haus begraben lag.

Ich öffnete das Tor, trat in die lange Allee von Sykomoren ein, die nach dem Hause führte, gewölbt wie ein großer Tunnel, schritt durch dunkle Baumgruppen, um Rasenplätze herum, auf denen Blumenbeete eingebettet lagen unter bleichen Schatten, in der fahlen Finsternis ovale Flecken in unbestimmten Farben.

Als ich mich dem Haus näherte, überkam mich eine seltsame Bewegung. Ich blieb stehen. Man hörte nichts, kein Windhauch regte sich in den Blättern. »Was habe ich denn?«, dachte ich. Seit zehn Jahren kehrte ich so heim, ohne dass ich je die geringste Unruhe empfunden. Ich hatte keine Angst. Ich habe nie nachts Angst gehabt. Der Anblick eines Menschen, eines Landstreichers, eines Einbrechers, eines Diebes hätte mich nur wütend gemacht, und ich hätte ihn ohne Zögern angegriffen. Übrigens war ich bewaffnet. Ich hatte meinen Revolver bei mir. Aber ich berührte ihn nicht, ich wollte diese beginnende Furcht, die in mir wuchs, bekämpfen.

Was war es? Nur ein Vorgefühl? Das seltsame Vorgefühl, das sich der Sinne des Menschen bemächtigt, wenn etwas Unerklärliches bevorsteht. Vielleicht. Wer weiß es?

Je weiter ich vorwärts schritt, desto mehr überlief es mich. Und als ich an der Mauer meiner weitläufigen Wohnstätte stand mit den geschlossenen Läden, fühlte ich, dass ich ein paar Minuten warten musste, ehe ich die Tür öffnete und eintrat. Da setzte ich mich auf eine Bank unter den Fenstern meines Wohnzimmers. Leicht erregt; den Kopf gegen die Wand gelehnt, mit offenen Augen in das Dunkel der Blätter starrend, blieb ich sitzen. Während dieser ersten Augenblicke gewahrte ich nichts Außergewöhnliches um mich herum. Ich hörte in den Ohren etwas sausen, aber das habe ich öfters. Manchmal ist es mir, als führen Züge vorbei, oder ich höre Glocken läuten oder eine Menge hin- und herfluten.

Aber bald wurde dieses Sausen vernehmlicher, erkennbarer, deutlicher. Ich hatte mich geirrt. Es war nicht das gewöhnliche Pulsieren der Arterien, das dieses Geräusch im Ohr verursachte, sondern ein sehr eigentümlicher Lärm, ganz unbestimmt jedoch, der, darüber gab es keinen Zweifel, aus dem Innern meines Hauses kam.

Ich hörte durch die Mauer dieses unaufhörliche Geräusch, mehr irgendeine Bewegung als einen Lärm, das unaufhörliche

Hin- und Herschieben einer Menge Dinge, als ob man leise alle meine Möbel hin- und herschleppte und an andere Stellen trüge.

Lange Zeit hindurch zweifelte ich, ob mein Ohr richtig gehört hatte. Aber als ich es gegen einen der Läden legte, um das seltsame Geräusch in meinem Hause besser zu erkennen, ward ich meiner Sache gewiss, dass da drinnen bei mir etwas Anormales, Unfassliches vorging. Ich hatte keine Angst, aber ich war, wie soll ich das ausdrücken, ganz verstört vor Erstaunen. Ich spannte meinen Revolver nicht, ich wusste ja genau, dass ich seiner nicht bedurfte. Ich wartete ab.

Ich wartete lange Zeit, konnte keinen Entschluss fassen, sah ganz klar, aber war ängstlich bis zur Tollheit. Ich wartete stehend, lauschte immer auf den stets wechselnden Lärm, der in einzelnen Augenblicken zum Getöse wuchs, das einem ungeduldigen Toben von Wut, von seltsamer Empörung glich.

Dann nahm ich plötzlich, in Scham vor mir selbst wegen meiner Feigheit, meinen Schlüsselbund, suchte den Schlüssel heraus, den ich brauchte, steckte ihn ins Schlüsselloch, schloss zweimal herum, öffnete die Tür mit aller Kraft, dass der Flügel gegen die Wand flog.

Es klang wie ein Gewehrschuss, und auf diesen Knall antwortete in meiner ganzen Wohnung von oben bis unten ein riesiger Lärm. Er kam so plötzlich, war so schrecklich, so ohrenbetäubend, dass ich ein paar Schritte zurückwich und den Revolver zog, obgleich ich ihn noch immer für unnötig hielt.

Ich wartete noch einen Augenblick. Und jetzt unterschied ich ein seltsames Hin- und Hertrippeln auf den Stufen der Treppe, auf dem Fußboden, auf den Teppichen, ein Getrampel nicht von Stiefeln, von menschlichem Schuhwerk, sondern von Krücken, von Holz- und Metallkrücken, die wie Zymbale klangen. Und plötzlich gewahrte ich auf der Schwelle meiner Tür einen Stuhl, meinen großen Lehnstuhl, der hin- und herschwankend herankam. Er ging hinaus in den Garten, andere folgten: die Stühle meines Salons, dann die niedrigen Sofas, die sich wie Krokodile auf ihren kleinen Füßen hinschleppten, endlich alle meine Stühle mit Sätzen wie Ziegen und die kleinen Sessel in Sprüngen wie Kaninchen.

Oh welches Entsetzen! Ich glitt ins Gebüsch, blieb dort niedergekauert, indem ich den Auszug meiner Möbel beobachtete. Denn sie gingen alle fort, eines nach dem anderen, schnell oder langsam je nach Größe und Gewicht. Mein Klavier, der große Flügel, kam im Galopp wie ein durchgehendes Pferd vorüber, während die Saiten in seinem Leibe klirrten. Die kleinen Gegenstände glitten auf dem Sand wie Ameisen hin, die Bürsten, die Gläser, die Schalen, die das Mondlicht wie Leuchtkäfer phosphoreszierend machte. Die Stoffe krochen, sich breit hinwälzend wie Quallen im Meer. Mein Schreibtisch erschien, ein seltenes Kunstwerk aus dem vorigen Jahrhundert, der alle Briefe enthielt, die ich je bekommen hatte. Die ganze Geschichte meines Herzens, eine alte Geschichte, mit vielem, vielem Leid. Und auch alle meine Fotografien waren darin.

Plötzlich hatte ich keine Angst mehr. Ich stürzte mich auf ihn, packte ihn wie man einen Dieb packt, der entflieht. Aber er ging in unwiderstehlicher Fahrt weiter. Trotz meiner Bemühungen, trotz meiner Wut konnte ich nicht einmal seinen Gang verlangsamen. Während ich wie ein Verzweifelter mit jener entsetzlichen Kraft rang, fiel ich zu Boden und schlug auf ihn drein. Da zog er mich mit, schleifte mich auf dem Sand und schon begannen die Möbel, die ihm folgten, über mich hinwegzuschreiten, traten mir auf die Beine und verletzten mich. Als ich ihn dann losgelassen hatte, gingen die anderen über mich weg wie eine Kavallerieattacke über den gestürzten Reiter.

Endlich konnte ich mich, halb toll vor Entsetzen, aus der großen Allee retten und mich wieder unter den Bäumen verstecken. Und ich sah, wie die kleinsten meiner Besitztümer, die intimsten, bescheidensten, an die ich am wenigsten dachte, verschwanden.

Dann hörte ich in der Ferne in meiner Wohnung, in der es schallte wie in einem leeren Haus, ein gewaltiges Zuschlagen von Türen. Sie fielen in meinem Haus ins Schloss von oben bis unten, bis herab zu der Eingangstür, die ich verrückterweise selbst geöffnet hatte. Sie klappte als letzte zu.

Da entfloh ich und lief zur Stadt. Erst als ich mich in den Straßen befand und noch ein paar Verspäteten begegnete, kehrte meine Kaltblütigkeit wieder. Ich klingelte an einem Hotel, wo ich bekannt war. Ich klopfte mit den Händen auf meine Kleider, dass der Staub herausflog, und erzählte nur, dass ich meinen Schlüsselbund verloren hätte, der auch den Schlüssel zum Gemüsegarten enthielt, wo in einem Haus für sich die Dienerschaft schlief, hinter der verschlossenen Mauer, die meine Früchte und meine Gemüse vor dem Besuch von Dieben schützte.

Bis zu den Augen zog ich die Bettdecke über mich, aber ich konnte nicht schlafen und erwartete den Tagesanbruch, indem ich auf das Klopfen meines Herzens lauschte. Ich hatte Befehl gegeben, sobald es Tag würde, meine Leute zu benachrichtigen. Mein Diener pochte um sieben Uhr früh.

Er sah ganz verstört aus:

– Diese Nacht ist ein großes Unglück geschehen, – sagte er.

– Was denn?

– Man hat das ganze Mobiliar des gnädigen Herrn, alles, alles gestohlen, sogar die kleinsten Gegenstände.

Diese Nachricht freute mich. Warum? Wer weiß? Ich war ganz Herr meiner selbst, sicher, mir nichts anmerken zu lassen, niemandem etwas von dem zu sagen, was ich gesehen hatte, es zu verbergen, es zu begraben in meinem Gewissen, wie ein fürchterliches Geheimnis. Ich antwortete:

– Dann sind's dieselben Leute, die mir meine Schlüssel gestohlen haben. Sofort muss die Polizei in Kenntnis gesetzt werden. Ich stehe auf. In ein paar Augenblicken komme ich nach.

Die Untersuchung dauerte fünf Monate. Man entdeckte nichts; nicht das kleinste Stück meines Hausrates fand man wieder und nicht die geringste Spur von den Dieben. Weiß Gott, wenn ich gesagt hätte, was ich wusste, wenn ich das wirklich gesagt haben würde, hätte man mich eingesperrt, nicht die Diebe, sondern mich, den Mann, der so etwas hatte beobachten können.

Oh, ich wusste zu schweigen. Aber ich habe mein Haus nicht wieder eingerichtet. Es war ganz unnütz, die Geschichte hätte doch immer wieder angefangen. Ich wollte dahin nicht zurückkehren, und ich tat es auch nicht. Ich habe es nicht wiedergesehen.

Ich ging nach Paris in ein Hotel. Und ich konsultierte Ärzte über meinen Nervenzustand, der mich seit jener entsetzlichen Nacht sehr beunruhigte.

Sie rieten mir, auf Reisen zu gehen, und ich befolgte ihren Rat.

*

Zuerst machte ich einen Ausflug nach Italien. Die Sonne tat mir wohl. Ein halbes Jahr lang irrte ich von Genua nach Venedig, von Venedig nach Florenz, von Florenz nach Rom, von Rom nach Neapel. Dann durchstreifte ich Sizilien, ein Land gleich wunderbar durch Natur wie durch Werke von Menschenhand,

Überreste aus der Griechen- und Normannenzeit. Ich fuhr nach Afrika hinüber, durchstreifte ruhig jene große, gelbe, stille Wüste, wo Kamele, Gazellen, nomadisierende Araber umherirren, wo in der ruhigen, durchsichtigen Luft nichts Übernatürliches liegt weder bei Nacht noch am Tage.

Über Marseille kehrte ich nach Frankreich zurück. Und trotz der Heiterkeit der Provence machte mich der weniger helle Himmel schon traurig. Ich fühlte, als ich den Kontinent wieder betrat, den seltsamen Eindruck eines Kranken, der sich geheilt glaubt und den ein dumpfer Schmerz daran mahnt, dass der Herd des Übels noch nicht verschwunden ist.

Dann kehrte ich nach Paris zurück. Nach vier Wochen langweilte ich mich. Es war im Herbst, und ich wollte, ehe es Winter wurde, einen Streifzug durch die Normandie unternehmen, die ich noch nicht kannte.

Ich begann mit Rouen. Acht Tage lang irrte ich aufgekratzt, begeistert, zerstreut durch diese mittelalterliche Stadt, durch dieses erstaunliche Museum von wunderbaren, gotischen Bauwerken.

Da, als ich eines Nachmittags gegen vier Uhr in eine seltsame Straße einbog, die ein tintenschwarzer Bach, Eau de Robec geheißen, durchfloss, ward meine Aufmerksamkeit, die ganz dem altertümlichen Aussehen der Häuser galt, plötzlich abgezogen durch den Anblick einer Reihe von Trödlerbuden, die Tür an Tür nebeneinander lagen.

Jene alten Antiquare hatten ihren Platz wohl gewählt, in der fantastischen Gasse über dem dunklen Wasserlauf, unter den spitzen Ziegel- und Schieferdächern, auf denen noch die Windfahnen der Vergangenheit stöhnten.

In den dunklen Läden gewahrte man geschnitzte Truhen, Fayencen aus Rouen, Nevers, Moustiers, bemalte Bildsäulen, eichengeschnitzte Christusfiguren, heilige Jungfrauen, Heilige, Kirchenschmuck, Messgewänder, Chorröcke, sogar gottesdienstliche Gefäße, ein altes Tabernakel aus vergoldetem Holz, das Gott verlassen hatte. Oh, diese seltsamen Höhlen in diesen hohen Häusern, in diesen großen Häusern, voll vom Keller bis zum Boden hinauf, angefüllt mit allerlei Gegenständen, deren Dasein beendigt schien, die ihre natürlichen Besitzer überlebten, ihre Jahrhunderte, ihre Zeiten, ihre Moden, um durch neue Generationen aus Neugierde gekauft zu werden.

Meine Vorliebe für solche Gegenstände erwachte wieder in dieser Antiquitätenstraße. Ich ging von Bude zu Bude, übertrat mit zwei Schritten die Brücke aus vier verfaulten Brettern, die man über das übel riechende Wasser von Robec gelegt.

Da – Herr Gott! Herr Gott! Welch furchtbarer Schreck. In einer Wölbung, vollgestellt mit tausenderlei Gegenständen, die der Eingang zu sein schien zu den Katakomben eines Kirchhofs alter Möbel, erblickte ich einen meiner schönsten Schränke. An allen Gliedern zitternd trat ich heran. Ich bebte so, dass ich nicht wagte, ihn anzurühren. Ich streckte die Hände aus, ich zögerte, – aber er war es. Ein ganz einziger Schrank aus der Zeit Ludwig XIII., für jeden wiederzuerkennen, der ihn nur einmal erblickt. Und indem ich plötzlich meine Augen weiterwandern ließ in die dunkle Tiefe dieser Galerie, sah ich drei meiner Lehnstühle, mit alter Stickerei überzogen, und dann weiter entfernt noch meine beiden Tische aus der Zeit Heinrich II., die so selten waren, dass Leute aus Paris angereist gekommen, um sie zu sehen.

Man denke sich, denke sich, wie mich das packte.

Zitternd trat ich heran, zu Tode getroffen vor innerer Erschütterung. Aber ich näherte mich doch, denn ich bin tapfer. Ich trat näher, wie ein Ritter in mystischen Sagenzeiten sich einem Zauber näherte. Und Schritt auf Schritt fand ich alles, was mir gehörte: meine Kronleuchter, meine Bücher, meine Bilder, meine Stoffe, meine Waffen, alles, bis auf den Schreibtisch mit meinen Briefen, den ich nicht sah.

Ich stieg in niedrige Kellerräume hinab, darauf in höhere Etagen. Ich war allein. Ich rief. Niemand antwortete. Ich war allein, kein Mensch befand sich in diesen weiten, wie ein Irrgarten verschlungenen Gängen des Hauses.

Es ward Nacht. Ich musste mich setzen in der Dunkelheit auf einen meiner Stühle, denn ich wollte nicht fort. Ab und zu rief ich: – Heh! Hollah! Ist niemand da? –

Ich mochte gewiss eine Stunde so dagesessen sein, da hörte ich Schritte, leichte, langsame Schritte, ich weiß nicht woher. Ich wollte entfliehen. Aber ich nahm mich zusammen, und da gewahrte ich im Nachbarzimmer einen Lichtschein.

– Wer ist da? – fragte eine Stimme.

Ich antwortete:

– Ein Käufer.

Es klang zurück:

– Ist schon recht spät, um so in den Laden einzudringen.

Ich antwortete:

– Ich warte auf Sie seit einer Stunde.

– Sie könnten morgen wiederkommen.

– Morgen werde ich Rouen verlassen haben.

Ich wagte nicht, ihm entgegen zu gehen, und er kam nicht. Ich sah nur immer den Schein seines Lichtes, das auf eine Stickerei fiel, auf der zwei Engel über den Leichen eines Schlachtfeldes hinflogen. Sie hatte mir auch gehört.

Ich fragte:

– Nun kommen Sie?

Er antwortete:

– Ich erwarte Sie hier.

Ich erhob mich und ging zu ihm.

Mitten in einem großen Raum stand ein kleiner Mann, ganz klein und dick, dick wie ein Wunder, ein grausiges Wunder.

Er hatte einen spärlichen Bart, ungleich, gelblichweiß gesprenkelt, und kein Haar auf dem Kopf. Kein Haar. Wie er sein Licht mit dem ausgestreckten Arm vorhielt, um mich zu erkennen, sah sein Kopf aus wie ein kleiner Mond in diesem weiten Raum, der von alten Möbeln erfüllt war. Das Gesicht war runzlig und gedunsen, die Augen nicht zu erkennen.

Ich handelte sogleich um drei Stühle, die mir gehört hatten, und bezahlte sie sofort sehr teuer, indem ich einfach meine Zimmernummer aus dem Hotel angab. Am anderen Tage vor neun sollten sie da sein.

Dann ging ich fort. Er geleitete mich sehr höflich bis zur Tür.

Darauf ging ich zum Polizeikommissar, erzählte ihm den Diebstahl meines Mobiliars und die Entdeckung, die ich eben gemacht. Er fragte telegrafisch bei dem Gericht an, das die Diebstahlsache verhandelt hatte, und bat, die Antwort abzuwarten. Eine Stunde später kam sie. Sie lautete sehr befriedigend für mich.

– Ich werde den Mann festnehmen lassen und ihn sofort verhören, denn er könnte Verdacht geschöpft, und das, was Ihnen gehört, bei Seite gebracht haben. Essen Sie erst und kommen Sie in zwei Stunden wieder, dann wird er hier sein und in Ihrer Gegenwart werde ich ihn von neuem verhören.

– Sehr gern. Ich danke Ihnen tausendmal.

Ich ging ins Hotel und aß mit mehr Appetit, als ich gedacht hätte. Ich war ganz zufrieden. Man hatte ihn festgenommen!

Zwei Stunden später kehrte ich zur Polizei zurück, wo der Beamte mich erwartete.

– Ja, – sagte er, als er mich erblickte, – man hat den Mann nicht gefunden. Er hat nicht verhaftet werden können.

– Oh! – Ich sank fast in die Knie.

– Aber Sie haben doch das Haus gefunden?, – fragte ich.

– Gewiss. Es wird sogar überwacht werden, bis er zurückkehrt. Er ist nämlich verschwunden.

– Verschwunden?

– Verschwunden. Er bringt den Abend gewöhnlich bei seiner Nachbarin, gleichfalls einer Althändlerin, einer Art Wunderhexe, der Witwe Ridon, zu. Sie hat ihn heute Abend nicht gesehen und kann nicht sagen, wo er steckt. Wir müssen bis morgen warten.

Ich ging fort. Oh Gott, wie traurig verwirrend erschienen mir die Straßen von Rouen.

Ich schlief schlecht, mit Alpdrücken jedes Mal, wenn ich aufwachte.

Aber da ich nicht zu große Eile zeigen und nicht zu unruhig erscheinen wollte, wartete ich, bis es am nächsten Tage zehn Uhr war, ehe ich zur Polizei ging.

Der Händler war nicht wieder erschienen, sein Laden noch geschlossen.

Der Kommissar sagte zu mir:

– Ich habe alle erforderlichen Schritte getan. Das Gericht ist in Kenntnis gesetzt. Wir werden zusammen zu dem Laden gehen, ihn öffnen lassen, und Sie können mir alles bezeichnen, was Ihnen gehört.

Wir fuhren in einer Droschke hin. Ein paar Polizeibeamte standen schon mit einem Schlosser vor der Tür der Bude, die geöffnet wurde.

Als ich eintrat, sah ich weder meinen Schrank noch meine Stühle, noch meine Tische, nichts, nichts von all den Möbeln meines Hauses, nicht ein Stück, während ich am Tag vorher nicht einen Schritt hatte gehen können, ohne auf eines zu stoßen.

Der Polizeikommissar war erstaunt und sah mich von der Seite an.

– Mein Gott, Herr Kommissar, – sagte ich, – das Verschwinden der Möbel fällt auf seltsame Weise mit dem des Händlers zusammen.

Er lächelte:

– Das ist richtig. Es war falsch von Ihnen, die Gegenstände, die Ihnen gehörten, zu kaufen und gestern zu bezahlen. Das hat ihn wahrscheinlich stutzig gemacht.

Ich antwortete:

– Ich verstehe nur nicht, dass an der Stelle, wo meine Möbel standen, jetzt lauter andere sind.

– Oh, – antwortete der Kommissar, – er hat die ganze Nacht Zeit gehabt und wahrscheinlich noch Helfershelfer. Dies Haus hängt wohl mit den Nachbarhäusern zusammen. Haben Sie keine Angst, ich werde die Sache energisch in die Hand nehmen. Der Räuber soll uns schon nicht entgehen. Wir beobachten den Fuchsbau . . .

Oh Gott, oh Gott! Wie mein Herz, mein armes Herz schlug . . . . Vierzehn Tage lang wohnte ich in Rouen. Der Mann kam nicht wieder. Weiß Gott.

Da bekam ich am sechzehnten Tage morgens von meinem Gärtner, der mein geplündertes und seitdem leeres Haus bewachte, folgenden seltsamen Brief:

Gnädiger Herr!

Ich habe die Ehre, Ihnen mitzuteilen, dass vorige Nacht etwas geschehen ist, das kein Mensch begreift, weder die Polizei noch wir. Alle Möbel ohne Ausnahme, alle bis auf die kleinsten Gegenstände sind zurückgekehrt. Das Haus ist jetzt ganz genau so, wie am Abend vor dem Diebstahl. Man könnte den Kopf verlieren. In der Nacht von Freitag auf Sonnabend ist es geschehen. Die Wege weisen Spuren auf, als ob man alles vom Tor bis an das Haus geschleppt hatte. So war es auch, als sie verschwanden.

Wir erwarten den gnädigen Herrn, und ich bin Ihr ergebenster Diener.

Philippe Raudin

Aber ich? Ich? Nein, nein, auf keinen Fall. Ich kehre nicht zurück.

Ich brachte den Brief dem Polizeikommissar in Rouen.

– Das ist fein gesponnen, alles wieder an Ort und Stelle zu schaffen. Stellen wir uns einfach tot. Wir werden den Kerl schon an einem dieser Tage erwischen ....

Aber man hat ihn nicht erwischt. Nein, sie haben ihn nicht erwischt. Und jetzt habe ich Angst vor ihm, als ob er ein wildes Tier wäre, das auf mich losgelassen ist.

Er ist nicht aufzufinden. Nicht aufzufinden dieses Monstrum mit dem Mondscheinkopf. Und man wird ihn nie erwischen, er wird nie heimkehren. Was liegt ihm daran? Nur ich kann ihn ja treffen, und das will ich nicht.

Ich will's nicht. Ich will's nicht. Ich will's nicht.

Und wenn er nun heimkehrt, wenn er wieder in seinen Laden kommt, wer soll ihm denn beweisen, dass die Möbel bei ihm waren? Nur meine Aussage steht gegen ihn, und ich fühle wohl, dass sie verdächtig ist.

Oh Gott, nein, nein, diese Existenz halte ich nicht mehr aus. Und ich konnte das Geheimnis, dessen Zeuge ich gewesen, nicht mehr verheimlichen. Ich konnte nicht weiterleben, immer in der Angst, dass all die Geschichten noch einmal beginnen möchten.

Ich habe den Arzt aufgesucht, der diese Nervenheilanstalt leitet und habe ihm alles erzählt.

Nachdem er lange hin- und her gefragt hatte, sagte er endlich:

– Würden Sie wohl einige Zeit hier Aufenthalt nehmen wollen?

– Sehr gern.

– Sie sind doch vermögend?

– Jawohl.

– Wünschen Sie eine Wohnung allein?

– Jawohl.

– Wollen Sie Besuch bekommen?

– Nein, nein, keinen Menschen. Der Mann aus Rouen könnte es wagen, um sich zu rächen, auch hier einzudringen . . . . .

Und seit drei Monaten bin ich allein, allein, ganz allein. Ich bin so ziemlich ruhig geworden. Nur noch eine Furcht habe ich . . . . Wenn der Antiquar etwa verrückt würde . . . und man ihn hierher brächte in mein Asyl . . . . Nicht einmal die Gefängnisse sind mehr sicher.

Guy de Maupassant

Die Überfahrt der Totengeister

Der spätantike griechische Historiker Prokopios von Caesarea berichtet im 6. Jahrhundert n. Chr. von einem Volksglauben der keltischen Bretonen, die die Seelen ihrer Toten in eine Anderswelt bringen, welche jenseits des Ärmelkanals in Britannien gelegen ist. In der keltischen Mythologie ist diese Anderswelt das Jenseits; es ist das unsichtbare Reich der Götter, Geister, Feen, Elfen und auch der Ort, an dem sich die verstorbenen Menschen aufhalten. Die Kelten haben dieses Land nicht eindeutig lokalisiert; je nach der Region, festländisch oder maritim, hat es eine andere Lage; am bekanntesten davon ist wohl die mystische Insel Avalon und Tír na nÓg, das Land der ewigen Jugend.

An der Küste, die Britannien gegenüberliegt, befindet sich eine große Zahl von Dörfern, deren Bewohner von Fischfang, Ackerbau und Schifffahrt nach Britannien leben. Sie sind den Franken untertan, zahlen aber keinerlei Tribut. Dieser ist ihnen vielmehr nach ihrer Behauptung erlassen in Anbetracht einer Dienstleistung, die ich im Folgenden schildere. Jene Leute behaupten nämlich, der Reihe nach die Überfahrt der Seelen besorgen zu müssen. Diejenigen nun, die in der nächsten Nacht für diese Dienstleistung an der Reihe sind, gehen, sobald es dunkel geworden ist, in ihre Wohnungen und legen sich schlafen, bis der Führer des Zuges sie weckt. Vor Mitternacht merken sie nämlich, wie es an ihre Türen klopft, und hören die Stimme eines Unsichtbaren, die sie an die Arbeit ruft. Sogleich stehen sie, ohne sich zu besinnen, von ihrem Lager auf und begeben sich an den Strand, einem gewissen Zwang folgend, über dessen Art sie sich nicht Rechenschaft geben können. Dort finden sie Kähne vor, zur Abfahrt bereit, aber ganz menschenleer. Es sind das nicht ihre eigenen, sondern fremde Fahrzeuge. Sie steigen ein und greifen zu den Rudern. Dann fühlen sie, wie die Schiffe durch die Menge der Mitfahrenden so schwer belastet werden, dass sie bis an die Deckbalken und die Rudereinschnitte im Wasser liegen und kaum einen Finger breit daraus hervorragen; aber zu sehen ist niemand. In einer Stunde rudern sie nach Britannien hinüber, während sie mit ihren eigenen Schiffen, wenn sie nicht segeln, sondern nur rudern, in einer Nacht und einem Tage kaum hinüberkommen. Wenn sie drüben angelangt sind, merken sie, wie sich die Fahrzeuge entleeren und fahren sofort zurück; und so leicht sind dann die Schiffe plötzlich geworden, dass nur der Kiel sich unter Wasser befindet, der Rumpf sich aber hoch darüber erhebt. Sie sehen keinen Menschen mitfahren noch aussteigen, behaupten dagegen, eine Stimme zu hören, die denen, die am Ufer warten, jeden einzelnen der Neuankommenden namentlich nennt, die Stellung hinzufügt, die er bei Lebzeiten bekleidet hat, und seine Abstammung väterlicherseits. Wenn auch Frauen mit hinübergefahren sind, so wird der Name dessen ausgerufen, dem sie im Leben angehörten. All das geschieht nach den Aussagen der Leute jener Gegend.

Ethnographischer Bericht des Historikers Prokop aus seinem Werk über den Gotenkrieg (4, 22)

Ein Besuch in der Anderswelt

Die Anderswelt der keltischen Mythologie, das Jenseits, wo die Götter, Geister und auch die Verstorbenen weilen, liegt unmittelbar neben der vertrauten Welt der Menschen in Hügeln, auf Inseln oder auf dem Grund von Seen oder des Meeres. Der Zugang zu diesem Jenseits ist sterblichen Menschen nur zu bestimmten Zeiten möglich, z. B. durch geheime Höhleneingänge. Es gibt nicht nur Schwellenorte, wo ein Übergang oder eine Verbindung der beiden Welten möglich ist, sondern auch Schwellenzeiten, z. B. am Vorabend des Samhain-Festes, am 31. Oktober, aus dem das heutige Halloween entstanden ist, stehen die Tore zur Anderswelt offen, und auch die Geister der Toten kommen dann oft wieder auf die Erde zurück und besuchen ihre Verwandten und Bekannten, um ihnen entweder Segen zu bringen oder zu schaden. Auf der anderen Seite ist es dann aber auch irdischen Menschen möglich, gewollt oder ungewollt in das Reich der Unterirdischen zu gelangen. Der Schleier zwischen der sichtbaren Welt der Menschen und der unsichtbaren Welt ist also dünn und leicht zerreißbar.

Vor langer Zeit lebte einmal in Nithsdale, im großen Tal des gleichnamigen Flusses, eine Frau, die die Fähigkeit besaß, die Geister der Toten in der Anderswelt zu sehen. Und das kam folgendermaßen:

Eines Tages saß sie in ihrem Haus und spann Wolle. Ihr kleines Wickelkind lag neben ihr in einer Krippe und lauschte dem sanften summenden Ton des Spinnrads und auch dem angenehmen Gesang der Mutter. Plötzlich hörte man ein Rascheln an der Tür, das wie das Rascheln von welkem Laub im Wind klang. Die Spinnerin schaute von ihrer Arbeit auf und erblickte eine wunderschöne Frau, die in Grün gekleidet war und ein Wickelkind in ihren Armen trug. Sie trat in die Stube, lächelte freundlich und sprach:

»Willst du mein liebes Kind stillen und dich um es kümmern, bis ich wieder zurückkomme?«

»Ja, das will ich gern«, antwortete ihr die Spinnerin.

Sie nahm das Kindchen in den Arm, und die schöne Frau ging hinweg und versprach ihr zurückzukommen.

Doch der Tag ging vorbei und die Nacht kam, und immer war sie noch nicht zurück, um ihr Kind zu holen. Die Spinnerin war darüber sehr erstaunt, aber sie wunderte sich noch mehr am nächsten Morgen.

Als sie nämlich aufwachte, fand sie neben ihrem Bett wunderschöne neue Kleider für ihre Kinder und auch köstliche kleine Kuchen. Da sie sehr arm war, war sie überglücklich, dass sie nun ihren Kleinen die neuen Kleider anziehen konnte, die ihnen wunderbar standen. Die kleinen Kuchen waren mit Weizenmehl gebacken und hatten einen Honiggeschmack, und die Kinder fanden sie köstlich.

Die schöne Frau kehrte an diesem Tag nicht wieder und auch am nächsten nicht. Wochen vergingen, und die Spinnerin sorgte für das fremde Kindchen; Monate vergingen, und immer noch blieb die fremde Frau fern. An vielen Morgen aber fand man honigsüße Weizenkuchen im Haus, und als die Kinderkleider nach einiger Zeit fast verschlissen waren, lagen auf geheimnisvolle Weise neue für sie im Haus.

Der Sommer kam, und eines Abends kehrte die grün gekleidete Frau zurück und trat in die Stube. Ein Kind, das gerade auf dem Fußboden spielte, streckte seine Händchen gleich aus, um nach den glänzenden silbernen Glitzern zu greifen, die ihr Kleid schmückten, aber wie überrascht war es, als seine Händchen einfach durch und durch griffen, als seien es Sonnenstrahlen. Als die Spinnerin das sah, wusste sie sogleich, dass die fremde Besucherin eine Fee war.

»Du warst gut und freundlich zu meinem Kindchen«, sprach sie da zur Spinnerin, »nun aber will ich es wieder mitnehmen.«

»Darauf hast du ein gutes Recht, aber ich habe das Kleine doch so liebgewonnen«, erwiderte ihr die Spinnerin, der es Leid tat, das Kind hergeben zu müssen.

»So komm doch mit mir«, gab da die Fee zurück, »und ich werde dir mein Haus zeigen.«

Da gingen beide Frauen aus dem Haus, durchquerten zusammen einen Wald und begannen auf der Sonnenseite einen Hügel zu besteigen. Als sie auf halbem Weg nach oben waren, sagte die Fee etwas, was die Spinnerin nicht verstand. Kaum aber hatte sie die Worte ausgesprochen, da öffnete sich der Rasen auf der Böschung des Hügels, und es wurde ein Tor sichtbar. Das öffnete sich wie von selbst, und die beiden traten ein. Und schon war der Rasen wieder zurück, und das Tor war zu. Nun befanden sich die beiden Frauen in einem schmucklosen Zimmer, in dem ein schummriges Licht herrschte.

»Jetzt sollst du mein Haus sehen«, sprach da die Fee und nahm vom Gürtel an ihrer Hüfte einen Becher, der eine grüne Flüssigkeit enthielt. Und drei Tropfen davon gab sie in das linke Auge der Spinnerin und sagte: »Jetzt kannst du schauen!« Die Frau schaute und war über alle Maßen erstaunt. Vor ihr erstreckte sich eine herrliche Landschaft. Grüne Hügel erhoben sich darin, umsäumt von Bäumen, kristallklare Flüsse leuchteten im strahlenden Sonnenschein, und ein See erglänzte wie poliertes Silberzeug. Zwischen den Hügeln lag ein Feld, das war voll reifer Gerste.

Dann tat die Fee drei Tropfen der grünen Flüssigkeit in das rechte Auge der Spinnerin und sprach wiederum die Worte: »Jetzt kannst du schauen!« Und die Frau schaute und erblickte Männer und Frauen, die sie früher gekannt hatte; die schnitten die Gerste und ernteten Obst von den Bäumen.

»Ich erkenne hier viele, die früher auf der Erde gelebt haben und jetzt schon tot sind. Was machen sie hier?«, rief die Spinnerin erstaunt.

»Diese Leute erleiden hier Strafen für ihre bösen Taten auf Erden«, entgegnete ihr die Fee.

Nach diesen Worten strich die Fee sanft ihre Hand über die Augen der Spinnerin, und sogleich entschwanden die grünen Hügel, die reifen Getreidefelder und die Schnitter den Augen der Frau. Sie befand sich nun wieder in dem schmucklosen und schummrigen Raum. Dann gab ihr die Fee noch Kleider zum Geschenk und Heilsalben, führte sie wieder zum Tor und sagte ihr Lebewohl. Das Tor tat sich abermals auf, der Rasen wurde wie von selbst hochgezogen, und die Spinnerin verließ die Wohnstatt der Fee und kehrte in ihr eigenes Haus zurück.

Eine Zeitlang behielt sie noch ihre Macht, die Feen zu sehen, die nicht weit von ihrem Haus hin und her gingen. Aber eines Tages sprach sie eine von den Feen an, und diese fragte zurück:

»Mit welchem Auge kannst du mich sehen?«

»Ich sehe dich mit beiden Augen«, erwiderte ihr die Spinnerin.

Da hauchte ihr die Fee über die Augen, und von da an hatte die Spinnerin die Macht verloren, das Feenreich zu Gesicht zu bekommen. Nie wieder erblickte sie diese lichten Gestalten, denn diese letzte Fee, zu der sie gesprochen hatte, hatte ihr die Fähigkeit hierfür weggenommen.

Schottisches Sagenmärchen

Die Sage von der schläfrigen Schlucht (Sleepy Hollow)

Die Sage von der schläfrigen Schlucht (Sleepy Hollow) ist in den Vereinigten Staaten bis heute besonders zu Halloween wegen einer Figur populär, die als kopfloser Reiter bekannt ist. Dieser soll während des amerikanischen Unabhängigkeitskrieges ein hessischer Soldat gewesen sein, dem im Kampf von einer verirrten Kanonenkugel der Kopf abgeschossen worden war und der in seiner nächtlicher Suche nach seinem Kopf immer wieder zum Schauplatz der Schlacht reitet; auch ein Kürbis erscheint in der geheimnisvollen Schlusspartie, wobei dessen Bedeutung in Bezug auf das herzhafte Lachen von Brom Bones nur gewisse Ahnungen zulässt.

Die Geschichte spielt um 1790 in der Landschaft rund um die niederländische Siedlung Tarry Town in einer abgelegenen Schlucht des Hudson River, Sleepy Hollow genannt. In dieser Gegend, die für ihren Aberglauben und ihre unheimlichen Spukgeschichten bekannt ist, ist ein gewisser Ichabod Crane Schulmeister. Er hat sich in Katharine, die Tochter des reichen Bauern Baltus van Tassel, verliebt und will um ihre Hand anhalten. In einer ruhigen Herbstnacht nimmt Ichabod an einem Erntefest auf dem Gehöft der van Tassels teil. Mit dabei ist aber auch der draufgängerische Brom Bones, ein Raufbold, der ebenfalls um die reiche Bauerntochter wirbt. Nach dem Essen und einem anschließenden Tanzvergnügen machen Schauergeschichten die Runde, wobei Brom Bones behauptet, er habe den Reiter ohne Kopf selbst getroffen und ein Wettrennen mit ihm gemacht. Ob Ichabod mit seinem Antrag an Katharine Erfolg hatte oder ob sein Rivale Brom Bones doch seine Chance bei ihr genutzt hat, erzählt die Geschichte nicht; sicher ist nur, dass sich Ichabod niedergeschlagen auf den Heimweg gemacht hatte.

Aber all das war nichts gegen die Erzählungen von Geistern und Erscheinungen, die nun folgten. Die Gegend ist reich an märchenhaften Schätzen dieser Art. Abergläubische Lokalgeschichten gedeihen am besten in diesen verborgenen, lange bewohnten Schlupfwinkeln, während sie aber durch das bewegte Gedränge, das die Bevölkerung unserer meisten Landstädte bildet, unter die Füße getreten werden. Übrigens finden auch in den meisten unserer Dörfer die Geister keine Aufmunterung; denn sie hatten kaum Zeit, ihr erstes Schläfchen zu beendigen und sich in ihren Gräbern umzudrehen, so sind ihre überlebenden Freunde bereits aus der Gegend weggewandert, sodass, wenn sie in der Nacht die Runde machen, sie keine Bekannten mehr finden, denen sie einen Besuch abstatten könnten. Dies ist vielleicht auch der Grund, weshalb wir, außer in unseren lange bewohnten holländischen Gemeinden, so wenig von Geistern hören.

Die Hauptursache jedoch, weshalb man so viel von übernatürlichen Begebenheiten in dieser Gegend vernahm, war ohne Zweifel der Nähe von Sleepy Hollow zuzuschreiben. Es herrschte eine wahre ansteckende Stimmung in der Luft, die von jener verzauberten Gegend her wehte; sie strömte eine Atmosphäre von Träumen und Einbildungen aus, die das ganze Land ansteckte. Einige von den Bewohnern dieser Schlucht waren auch bei van Tassel und kramten wie gewöhnlich ihre wilden und wunderbaren Sagen aus. Es wurden mancherlei schreckliche Geschichten von Leichenzügen erzählt, sowie von klagenden und wimmernden Stimmen, die man bei dem großen Baum vernommen hatte, wo der unglückliche Major André ergriffen worden war. Auch gedachte man der weißen Frau, die das dunkle Tal von Raven Rock unsicher machte und die man oft in Winternächten vor einem Sturm kreischen hörte. Sie war da im Schnee umgekommen. Die meisten der Erzählungen drehten sich aber um das Lieblingsgespenst von Sleepy Hollow, den Reiter ohne Kopf, der erst kürzlich mehrere Male durch die Gegend patrouilliert war und, wie man sagte, in der Nacht sein Pferd unter den Gräbern im Kirchhof angebunden hatte.

Die einsame Lage dieser Kirche scheint sie immer zum Lieblingsaufenthalt unruhiger Geister gemacht zu haben. Sie stand auf einem kleinen Hügel, umgeben von Tulpenbäumen und hohen Ulmen, aus denen ihre schönen weißen Wände, das Bild der christlichen Reinheit, bescheiden hervorblickten. Von ihr senkt sich der Hügel zu einem hellen Bach herab, umgeben von hohen Bäumen, zwischen denen einzelne Blicke auf die blauen Hügel des Hudson gestattet sind. Wenn man auf ihren mit Gras bewachsenen Hof blickt, wo die Sonnenstrahlen so ruhig zu schlafen scheinen, sollte man denken, dass hier wenigstens die Toten in Frieden ruhen mögen. An einer Seite der Kirche breitet sich ein weites waldiges Tal aus, längs dem ein starker Bach unter abgebrochenen Felsen und gefallenen Baumstämmen dahinrauscht. Über einen tiefen dunkeln Teil des Stroms, nicht weit von der Kirche, war vormals eine hölzerne Brücke gelegt; der Weg, der zu ihr führte, und die Brücke selbst waren dicht beschattet von überhängenden Bäumen, die selbst am Tage Dunkelheit auf ihr verbreiteten, in der Nacht aber eine furchtbare Finsternis verursachten. Dieses war denn ein

Lieblingsaufenthalt des Reiters ohne Kopf und die Stelle, wo man ihm auch am häufigsten begegnete. Die Geschichte erzählte der alte Brouwer, sonst ein häretischer Ungläubiger, was die Geister betraf. Er berichtete, wie er dem Reiter, auf seiner Rückkehr vom Feld im Sleepy Hollow, begegnet war und sich genötigt sah, hinter ihm zu bleiben; wie sie durch Busch und Dorn, über Hügel und Morast galoppierten, bis sie die Brücke erreichten; hier verwandelte sich der Reiter plötzlich in ein Beingerippe, zog den alten Brouwer in den Bach und sprang über die Baumwipfel mit einem Donnerschlag davon. Das Pendant zu dieser Geschichte lieferte ein noch viel sonderbareres Erlebnis von Brom Bones, der den galoppierenden Hessen für einen Erzspitzbuben ansah. Er versicherte, dass er in der Nacht, auf der Rückkehr von dem benachbarten Dorfe Sing-Sing von diesem nächtlichen Reiter eingeholt worden sei; er habe ihm das Anerbieten gemacht, mit ihm um eine Bowle Punsch um die Wette zu reiten, und würde auch die Wette gewonnen haben, da sein Hengst Daredevil alle Geisterpferde der ganzen Schlucht aussteche; aber als sie zu der Kirchenbrücke gekommen seien, habe der Hesse angehalten und sei in einer feurigen Flamme verschwunden.

All diese Geschichten, welche mit gedämpfter Stimme in der Dunkelheit erzählt wurden, und wobei die Gesichter der Zuhörer nur hier und da zufällig durch einen Schimmer aus einer Tabakspfeife erleuchtet wurden, prägten sich tief in Ichabods Seele ein. Er ergänzte sie durch weitschweifige Auszüge aus seiner unschätzbaren Schrift von Cotton Mather und fügte noch manch sonderbare Vorfälle hinzu, die sich in seinem Geburtsland Connecticut zugetragen hatten, sowie andere fürchterliche Erscheinungen, die er auf seinen nächtlichen Spaziergängen in der Gegend von Sleepy Hollow gesehen hatte.

Die Gesellschaft brach nun allmählich auf. Die alten Farmer packten ihre Familien zusammen in die Wagen, und man hörte sie noch lange über die dumpfen Wege und über die entfernten Hügel rasseln. Einige von den Damen ritten hinter ihren Kavalieren, und ihr fröhliches Gelächter und das Rasseln der Hufschläge hallte längs des Waldes wider und wurde allmählich schwächer und schwächer, bis es ganz verschwand. Die ganze geräuschvolle und muntere Szene war auf einmal still und wie ausgestorben. Nur Ichabod zögerte, nach Art der ländlichen Liebhaber, um noch ein Vieraugengespräch mit seiner Angebeteten zu suchen, vollkommen überzeugt, dass er nun auf dem geraden Weg zu seinem Glück sei. Was bei dieser Unterredung vorging, getraue ich mir nicht zu sagen, denn in der Tat, ich weiß es nicht. Doch fürchte ich, es muss etwas nicht recht nach seinem Sinne gewesen sein, denn nach kurzer Zeit ging er mit einem fast trostlosen und verstörten Gesicht hinweg. Oh die Mädchen! die Mädchen! Hatte das Mädchen einen ihrer koketten Streiche gespielt? – War die Begünstigung des armen Schullehrers bloß eine Täuschung, um sich den Besitz seines Rivalen zu sichern? – Der Himmel weiß es, ich nicht! – Genug, Ichabod stahl sich fort mit einem Gesicht, als wenn er ein Hühnerhaus statt ein Mädchenherz beraubt hätte. Ohne rechts oder links auf die Szene der ländlichen Wohlhabenheit zu sehen, die er so oft mit Wohlbehagen betrachtet hatte, ging er geraden Weges nach dem Stall und weckte mit einigen herzhaften Knüffen und Schlägen sein Pferd Gunpowder höchst unzart aus seiner bequemen Lage, denn es hatte einen gesunden Schlaf und träumte von Bergen voll Korn und Gerste und ganzen Tälern voll Klee und Haferweide.

Es war gerade die rechte nächtliche Hexenzeit, als Ichabod, niedergeschlagen und schweren Herzens, seinen Weg nach Hause an den Seiten der stolzen Hügel, welche sich über Tarry Town erheben, verfolgte, und welchen er noch am Nachmittag zuvor so heiter passiert hatte. Die Stunde war so traurig wie er selbst. Weit unter ihm breitete sich der Tappansee mit seinen dunklen und großen Wogen aus, hier und da mit dem hohen Mast einer Schaluppe, welche ruhig vor Anker lag. In der Totenstille der Mitternacht konnte er noch das Bellen eines Hundes von der entgegengesetzten Küste des Hudson hören; aber es war so unbestimmt und schwach, dass man sich nur schwer einen Begriff von seiner Entfernung zu machen vermochte. Hier und da vernahm man das Krähen eines zufällig erwachten Hahnes von irgendeinem Farmhaus unter den Hügeln, aber es war nur, als wenn er den Ton geträumt hätte. Kein Zeichen des Lebens regte sich in seiner Nähe, als vielleicht das melancholische Zirpen einer Grille oder das Quaken eines Frosches in dem nahen Sumpf, der nicht bequem schlief und sich plötzlich in seinem Bett umdrehte.

All die Geister- und Gespenstergeschichten, die er am Abend gehört hatte, drängten sich jetzt haufenweise in seine Erinnerung. Die Nacht wurde immer dunkler; die Sterne senkten sich tiefer am Himmel, und treibende Wolken verbargen sie seinem Auge. Nie hatte er sich so einsam und traurig gefühlt. Überdies näherte er sich jetzt der Stelle, wo manche der erwähnten Geistergeschichten sich ereignet hatten. In der Mitte der Straße stand ein sehr großer Tulpenbaum, der wie ein Riese über alle benachbarten Bäume hinausragte und eine Art von Grenzzeichen bildete. Seine Äste waren knorrig und fantastisch, groß genug, um die Stämme gewöhnlicher Bäume abzugeben, fast bis zur Erde und wieder in die Luft reichend. Er war enge mit der tragischen Geschichte des unglücklichen André verschwistert, der dicht dabei gefangen genommen wurde; gewöhnlich nannte man ihn nur Major Andrés

Baum. Das gemeine Volk betrachtete ihn mit einem Gemisch von Ehrfurcht und Aberglauben, teils aus Sympathie mit dem Schicksal ihres unglücklichen Landsmannes, teils wegen der Erzählungen von den seltsamen Erscheinungen und den damit zusammenhängenden traurigen Stimmen und Klagen.

Als sich Ichabod dieser unheimlichen Stelle näherte, fing er zu pfeifen an; er meinte, sein Pfeifen werde erwidert, es war aber nur der Wind, der durch die dürren Zweige fuhr. Als er ein wenig näher kam, glaubte er etwas Weißes zu sehen, das in der Mitte des Baumes hing – er hielt inne und hörte auf zu pfeifen; als er aber näher zusah, gewahrte er, dass eine Stelle am Baum vom Blitze getroffen und das weiße Holz bloßgelegt war. Plötzlich hörte er ein Stöhnen – seine Zähne klapperten, und seine Knie schlugen gegen den Sattel: es waren aber nur ein paar vom Wind bewegte Äste, die sich aneinander rieben. Er kam glücklich vor dem Baume vorbei, aber neue Gefahren warteten seiner.

Ungefähr zweihundert Schritte von dem Baum entfernt kreuzte ein kleiner Bach die Straße und ergoss sich in ein sumpfiges und dicht bewaldetes, unter dem Namen Wileys Sumpf bekanntes Tal. Einige rohe, nebeneinander gelegte Stämme dienten als Brücke über dieses Wasser. An der Seite der Straße, wo der Bach in den Wald eindrang, verbreitete eine Gruppe von Eichen und Nussbäumen, dick mit wilden Weinreben umzogen, eine große Dunkelheit über diesen. Diese Brücke zu passieren, war ein schweres Unternehmen. Gerade an dieser Stelle war es, wo der unglückliche André gefangen worden war, und in dem Dickicht dieser Nussbäume und Weinreben hatte sich der starke Bauer verborgen, der ihn überfiel. Daher hielt man auch den Fluss seit dieser Zeit für verzaubert, und alle Schulbuben, die ihn in der Dunkelheit allein zu passieren hatten, fürchteten sich über alle Maßen.

Als er sich dem Fluss näherte, fing sein Herz zu pochen an; er nahm jedoch allen seinen Mut zusammen, setzte seinem Pferd die Sporen in die Rippen und suchte schnell über die Brücke zu kommen; aber anstatt vorwärts zu springen, machte das widerspenstige alte Tier eine Seitenbewegung und rannte quer gegen den Zaun. Ichabod, dessen Furcht mit der Verzögerung wuchs, zog mit dem Zügel nach der anderen Seite und stieß wacker mit dem entgegengesetzten Fuße; aber alles war vergeblich; sein Pferd raffte sich zwar auf, aber nur um auf die entgegengesetzte Seite des Weges in ein Dickicht von Brombeer- und Erlenbüschen zu stürzen. Jetzt ließ der Schulmeister Peitsche und Ferse auf die abgemagerten Rippen Gunpowders einwirken, worauf dieser schnaubend vorwärts stürzte, aber gerade bei der Brücke zum Stehen kam, und zwar so plötzlich, dass er seinen Reiter fast über seinen Kopf heruntergeworfen hätte. Gerade im selben Augenblick schlug ein dumpfes Geräusch an der Seite der Brücke an Ichabods feines Ohr. Zugleich sah er im dunklen Schatten des Haines am Rande des Flusses etwas Großes, Missgestaltetes, Schwarzes, gleich einem Turm. Es bewegte sich nicht, sondern schien sich in der Dunkelheit zu verbergen wie ein Riesenungeheuer, das bereit ist, auf den Wanderer loszuspringen. Dem furchtsamen Pädagogen stiegen vor Schrecken die Haare zu Berge. Was sollte er anfangen? Umzukehren und zu fliehen, war jetzt zu spät; wie hätte er auch einem Geist oder Gespenst, wenn es ein solches war, entrinnen können, das ja auf Windesflügeln dahineilen konnte? Er ermutigte sich deshalb, so gut er konnte, und fragte mit stotternder Stimme: »Wer bist du?« Es erfolgte aber keine Antwort. Noch einmal prügelte er auf dic unbeugsamen Flanken Gunpowders los und fing an, mit geschlossenen Augen ein geistliches Lied zu singen. Augenblicklich aber setzte sich das furchtbare Schattenobjekt in Bewegung und stellte sich mit einem Sprung mitten in den Weg. Obgleich die Nacht finster und schrecklich war, konnte man doch jetzt einigermaßen die Form des unbekannten Wesens unterscheiden. Es schien ein Reiter von bedeutendem Umfang auf einem schwarzen Pferd von mächtiger Gestalt zu sein. Er machte keine Anstalt, den Wanderer zu beunruhigen oder sich zu ihm zu gesellen, sondern blieb zur Seite in einiger Entfernung vom Weg, indem er auf der blinden Seite Gunpowders vorwärts trottete, der jetzt seine Furcht und seinen Eigensinn verloren hatte.

Ichabod, der keinen Gefallen an diesem fremden nächtlichen Begleiter hatte und der an die Abenteuer Brom Bones' mit dem galoppierenden Hessen dachte, trieb sein Pferd an, in der Hoffnung, ihn hinter sich zu lassen. Der Fremde dagegen hielt mit ihm gleichen Schritt. Ichabod riss aus, der andere tat dasselbe. Da begann ihm der Mut zu sinken; er wollte wieder singen, aber seine trockene Zunge klebte ihm am Gaumen, und er konnte keinen Ton hervorbringen. Es lag etwas Mysteriöses und Erschreckliches in dem mürrischen Schweigen dieses beharrlichen Begleiters. Bald sollte es sich aufklären. Indem sie eine etwas bergansteigende Gegend hinanritten, wobei sich die riesenhafte, in einen Mantel gehüllte Gestalt besser von dem Himmel abhob, war Ichabod vor Schrecken fast des Todes, als er bemerkte, dass sie keinen Kopf hatte! Noch größer aber war sein Schrecken, als er wahrnahm, dass der Kopf, statt auf den Schultern, vor ihm auf dem Sattelknopf lag. Sein Schrecken stieg zur Verzweiflung; er ließ eine Masse von Stößen und Schlägen auf Gunpowder hernieder prasseln, indem er hoffte, durch eine plötzliche Bewegung seinem Begleiter zu entwischen – aber das Gespenst blieb ihm immer zur Seite. So stürzten sie denn vorwärts, durch Dick und Dünn; Steine flogen und Funken stoben mit jedem Sprung. Ichabods leichte Kleider flatterten in der Luft, während er in eiliger Flucht seinen langen dürren Leib über den Kopf seines Pferdes ausstreckte.

Sie hatten nun die Straße, welche sich nach Sleepy Hollow wendet, erreicht; aber Gunpowder, der von einem Dämon besessen schien, machte, anstatt sich auf ihr zu halten, eine Wendung nach der entgegengesetzten Richtung und stürzte mit dem Kopf voran den Hügel nach links herab. Dieser Weg führt durch eine sandige Schlucht, ungefähr eine Viertelmeile lang von Bäumen beschattet, wo er die in den Gespenstergeschichten so berüchtigte Brücke kreuzt, und gerade darüber ragt der grüne Hügel hervor, auf dem die weiße Kirche steht.

Der panische Schrecken des Pferdes hatte jetzt seinem ungeschickten Reiter einen offenbaren Vorteil bei der Jagd gegeben; aber gerade als er den halben Weg durch die Schlucht gekommen war, gab der Sattelgurt nach und drohte unter ihm wegzugleiten. Er hielt sich am Sattelknopf fest und suchte den Sattel festzuhalten, aber vergebens; er hatte gerade nur noch Zeit, sich an den Hals des alten Gunpowder festzuklammern, als der Sattel auf die Erde fiel, und er hörte, wie er von seinem Verfolger unter die Füße gestampft wurde. Zeitweise dachte er wohl an Hans van Rippers Zorn – denn es war sein Sonntagssattel; aber zu solchen unbedeutenden Dingen war keine Zeit da, das Gespenst war ihm dicht auf den Fersen, und da er ein ungeschickter Reiter war, kostete es ihm viele Mühe, sich auf seinem Sitz zu erhalten. Bald rutschte er auf die eine Seite, bald auf die andere, bald stieß er sich mit solcher Gewalt an das hohe Rückgrat seines Pferdes, dass er dachte, der Leib ginge ihm entzwei.

Eine Öffnung in den Bäumen gab ihm Hoffnung, dass die Kirchenbrücke in der Nähe sei. Der schwankende Widerschein eines glänzenden Sterns in dem Fluss lehrte ihn, dass er sich nicht getäuscht hatte. Er sah die Wände der Kirche ziemlich deutlich zwischen den Bäumen hervorschimmern. Dabei erinnerte er sich des Platzes, wo Brom Bones' unheimlicher Gegner verschwunden war. »Wenn ich nur die Brücke erreiche«, dachte Ichabod, »so bin ich in Sicherheit.« Im selben Augenblick hörte er den schwarzen Hengst dicht hinter sich klopfen und schnauben; ja, er bildete sich ein, dass er seinen heißen Atem fühlte. Noch ein tüchtiger Tritt in die Rippen, und der alte Gunpowder sprang auf die Brücke; donnernd lief er über die widerhallenden Bohlen, gewann die entgegengesetzte Seite, und Ichabod warf jetzt einen Blick hinter sich, um zu sehen, ob sein Verfolger, wie gewöhnlich, in Feuer- und Schwefelflammen verschwinde. Gerade da sah er das Gespenst sich im Steigbügel erheben und seinen Kopf gegen ihn schleudern. Ichabod versuchte dem schrecklichen Wurf auszuweichen, aber zu spät. Er traf seinen Schädel mit einem fürchterlichen Krach – und warf ihn der Länge nach in den Staub, während Gunpowder, der schwarze Hengst und das Gespenst mit der Schnelligkeit des Wirbelwindes vorbeipassierten.

Am nächsten Morgen fand man das alte Ross ohne Sattel, mit dem Zaum unter dem Fuß, ruhig an seines Herrn Tor grasend; Ichabod aber erschien weder beim Frühstück, noch beim Mittagstisch. Die Buben versammelten sich am Schulhaus und schlenderten müßig am Ufer des Flusses herum, aber kein Schulmeister kam. Hans van Rippers fing nun an, einige Unruhe über das Schicksal des armen Ichabod und seines Sattels zu empfinden. Es wurde deshalb eine nähere Untersuchung angestellt, und nach fleißiger Forschung kam man auf seine Spur. Auf einer Stelle des Weges, der zu der Kirche führte, fand man den Sattel in den Schmutz getreten; die Spuren der tief in den Weg eingegrabenen und von der höchsten Eile zeugenden Pferdehufe führten nach der Brücke, jenseits welcher, an dem Ufer einer breiten Stelle des Flusses, wo das Wasser tief und dunkel war, man den Hut des unglücklichen Ichabod und dicht dabei einen zertrümmerten Kürbis fand.

Der Fluss wurde durchsucht, aber der Leichnam des Schulmeisters wurde nicht aufgefunden. Hans van Rippers, der zugleich Vermögensexekutor war, untersuchte das Bündel, das seine ganze irdische Habe enthielt. Sie bestand aus zwei und einem halben Hemd, zwei Halsbinden, einem Paar wollenen Strümpfen, einem paar alten Hosen, einem rostigen Rasiermesser, einem Gesangbuch voll Eselsohren und einer zerbrochenen Tabakspfeife. Was die Bücher und die Gerätschaften der Schule betrifft, so gehörten sie der Gemeinde, mit Ausnahme Cotton Mathers »Geschichte der Zauberei«, einem Kalender aus Neuengland und einem Buch über Träume und Wahrsagekunst, in welchem letzteren sich ein sehr beschmiertes und beschmutztes Blatt befand, welches mehrere fruchtlose poetische Versuche zum Lob seiner geliebten Angebeteten Katharine van Tassel enthielt. Diese magischen Bücher und das poetische Geschmiere wurden von Hans van Rippers sogleich den Flammen übergeben. Zugleich beschloss er, von nun an seine Kinder nicht mehr in die Schule zu schicken, in der Meinung, dass aus diesem Lesen und Schreiben nichts Gutes kommen könne. Das Geld, das der Schulmeister besaß – er hatte erst vor einem oder zwei Tagen seine Vierteljahresbesoldung erhalten –, hatte er wahrscheinlich zu der Zeit, als er verschwand, bei sich geführt.

Die geheimnisvolle Begebenheit verursachte am folgenden Sonntag bei der Kirche viele Betrachtungen. Eine Menge von Gaffern und Klatschern versammelte sich im Kirchhof, bei der Brücke und an der Stelle, wo der Hut und Kürbis gefunden worden waren. Die Geschichten von Brom Bones und ein ganzer Vorrat anderer wurden in Erinnerung gebracht, und als sie sie alle genau erwogen und mit den Zeichen des vorliegenden Falles verglichen hatten, schüttelten sie ihre Köpfe und kamen zu dem Schluss, Ichabod sei von dem galoppierenden Hessen geholt worden. Da er ein Junggeselle und niemand etwas schuldig war, so krähte bald kein Hahn mehr nach ihm; die Schule wurde nach einem anderen Teil der Schlucht verlegt und ein anderer Schulmeister angestellt.

Ein alter Farmer, der mehrere Jahre nachher einen Besuch in New York abstattete, und von welchem diese Geistergeschichte erzählt wurde, wollte wissen, Ichabod sei noch am Leben, er hätte nur die Gegend verlassen, teils aus Furcht vor dem Geist und Hans van Rippers, teils aus Verdruss, weil ihm seine Angebetete plötzlich den Abschied gegeben habe; er habe seinen Aufenthalt nach einem anderen Teil des Landes verlegt, halte Schule und studiere zugleich Jurisprudenz, wäre bei Gericht zugelassen worden, sei Politiker und wählbar geworden, und schreibe an Zeitungen. Brom Bones aber, der bald nach seines Rivalen Verschwinden die schöne Katharine im Triumph zum Altar führte, soll äußerst listig dreingeschaut haben, wenn die Geschichte von Ichabod erzählt wurde, und immer herzlich gelacht haben bei der Erwähnung des Kürbis, welches einige auf den Gedanken brachte, er wisse mehr von der Sache, als ihm zu erzählen beliebe.

Die alten Bauernfrauen jedoch, welche die besten Richter in solchen Dingen sind, glauben noch bis auf den heutigen Tag, Ichabod sei durch übernatürliche Kräfte hinweggeführt worden, und das Ganze ist eine Lieblingsgeschichte, die man sich in der ganzen Gegend im Winter beim Abendfeuer erzählt. Die Brücke wurde mehr als je ein Gegenstand abergläubischer Furcht, und dies mag auch der Grund sein, weshalb der Weg in späterer Zeit verlegt worden ist, sodass er sich der Kirche am Rande des

Mühlbaches nähert. Das verlassene Schulhaus kam bald in Verfall, und man erzählt sich, dass der Geist des unglücklichen Pädagogen hier umgehe, und der Pflüger, wenn er in stillen Sommerabenden heimschlendert, glaubt oft in einiger Entfernung seine Stimme zu hören, wie er seinen melancholischen Psalm durch die stille Einsamkeit von Sleepy Hollow ertönen lässt.

Washington Irving

Der Sargmacher

Die letzten Habseligkeiten des Sargmachers Adrian Prochorow waren auf den Leichenwagen gelegt, und zwei magere Pferde schleppten diesen zum vierten Mal von der Basmannajastraße in die Nikitskajastraße, wohin der Sargmacher mit seinem ganzen Haushalt umzog. Er machte seinen Laden zu, nagelte eine Anzeige an die Tür, dass das Haus zu verkaufen und zu vermieten sei, und begab sich zu Fuß nach seiner neuen Wohnung. Als er sich dem gelben Häuschen näherte, das schon lange seine Fantasie gereizt und das er endlich für eine bedeutende Summe erworben hatte, fühlte der alte Sargmacher mit Erstaunen, dass sein Herz sich gar nicht freute. Als er über die neue Schwelle trat und in seiner neuen Behausung ein großes Durcheinander vorfand, gedachte er mit einem Seufzer seiner alten Hütte, wo achtzehn Jahre lang die strengste Ordnung geherrscht hatte; er fing an, seine beiden Töchter und die Magd wegen ihrer Langsamkeit zu schelten, und legte selbst Hand an. Bald war die Ordnung hergestellt; der Schrein mit den Ikonen, der Schrank mit dem Geschirr, der Tisch, das Sofa und das Bett nahmen die für sie bestimmten Winkel im Hinterzimmer ein; in die Küche und ins Wohnzimmer kamen aber die Erzeugnisse des Hausherrn: Särge von allen Farben und Größen, ebenso Schränke mit Trauerhüten, Mänteln und Fackeln. Über dem Tor prangte ein Schild mit der Darstellung eines wohlbeleibten Amors, der eine gesenkte Fackel in der Hand hielt, und der Inschrift: »Hier werden einfache und gestrichene Särge verkauft und überzogen, auch werden solche ausgeliehen und alte repariert.« Die Mädchen gingen auf ihre Kammer; Adrian machte eine Runde durch seinen Besitz, setzte sich ans Fenster und ließ sich den Samowar bringen.

Der aufgeklärte Leser weiß, dass Shakespeare und Walter Scott ihre Totengräber als lustige und zum Scherzen aufgelegte Menschen darstellen, um durch diesen Kontrast unsere Fantasie mächtiger zu erregen. Aus Achtung vor der Wahrheit können wir aber diesem Beispiel nicht folgen und müssen gestehen, dass der Charakter unseres Sargmachers vollkommen seinem düsteren Handwerk entsprach. Adrian Prochorow war gewöhnlich finster und versonnen. Er brach sein Schweigen nur, um seine Töchter zu schelten, wenn er sie beschäftigungslos am Fenster sitzen und nach den Vorbeigehenden ausschauen fand, oder um für seine Erzeugnisse einen übertriebenen Preis von denen zu verlangen, die das Unglück (zuweilen auch das Vergnügen) hatten, ihrer zu bedürfen. Adrian war auch jetzt, da er am Fenster saß und die siebente Tasse Tee leerte, wie immer in seine traurigen Betrachtungen versunken. Er dachte an den Regenguss, in den vor acht Tagen der Leichenzug eines verabschiedeten Brigadiers unmittelbar an der Stadtgrenze geraten war. Viele Trauermäntel waren nach diesem Guss enger geworden, viele Hüte hatten sich geworfen. Er sah unvermeidliche Auslagen voraus, denn sein alter Vorrat an Trauerkostümen geriet allmählich in einen jämmerlichen Zustand. Er hoffte, diesen Schaden bei der Beerdigung der alten Kaufmannswitwe Trjuchina herauszuschlagen, die schon seit einem Jahre im Sterben lag. Aber die Trjuchina starb auf dem Rasguljai, und Prochorow fürchtete, dass die Erben, trotz des gegebenen Versprechens, es scheuen würden, zu ihm so weit zu schicken, und sich mit seinem nächsten Konkurrenten einigen könnten.

Diese Betrachtungen wurden unterbrochen durch ein dreimaliges Klopfen an der Tür. »Wer ist da?«, fragte der Sargmacher. Die Tür ging auf, und ins Zimmer trat ein Mann, in dem man auf den ersten Blick einen deutschen Handwerker erkannte und der sich mit der lustigsten Miene dem Sargmacher näherte. »Verzeihen Sie, Herr Nachbar«, sagte er in jenem russischen Dialekt, den wir noch immer nicht ohne Lachen anhören können, »verzeihen Sie, dass ich störe … ich möchte schneller Ihre Bekanntschaft machen. Ich bin Schuhmacher, mein Name ist Gottlieb Schulz, und ich wohne hier gleich gegenüber in diesem Häuschen vor Ihren Fenstern. Morgen feiere ich meine silberne Hochzeit, und ich bitte Sie und Ihre Töchter, bei mir freundschaftlich zu Mittag zu speisen.« Die Einladung wurde wohlwollend angenommen. Der Sargmacher bat den Schuhmacher, Platz zu nehmen und eine Tasse Tee zu trinken, und dank dem offenen Charakter des Gottlieb Schulz kam bald ein freundschaftliches Gespräch in Fluss. »Wie geht das Geschäft, Euer Gnaden?«, fragte Adrian. – »He, he«, antwortete Gottlieb Schulz, »verschieden. Klagen kann ich nicht, obwohl meine Ware doch ganz anders ist als die Ihrige: der Lebende kann sich ohne Stiefel behelfen, aber der Tote kann ohne Sarg nicht leben.« – »Sehr wahr!«, bemerkte Adrian, »wenn aber der Lebende kein Geld hat, um sich Stiefel zu kaufen, so muss er barfuß laufen; doch der tote Bettler kriegt seinen Sarg umsonst.« So ging die Unterhaltung noch eine Weile; endlich stand der Schuhmacher auf und verabschiedete sich vom Sargmacher, wobei er seine Einladung wiederholte. Am anderen Tag, Punkt zwölf Uhr, traten der Sargmacher und seine Töchter aus der Pforte ihres neugekauften Häuschens und begaben sich zum Nachbarn. Ich will weder den russischen Kaftan Adrian Prochorows, noch den europäischen Putz Akulinas und Darjas beschreiben und weiche somit von der Übung der modernen Romanschreiber ab. Ich halte es jedoch nicht für überflüssig zu bemerken, dass die beiden jungen Mädchen gelbe Hüte und rote Schuhe trugen, die sie nur bei feierlichen Gelegenheiten zu tragen pflegten.

Die kleine Wohnung des Schuhmachers war voller Gäste; es waren dies hauptsächlich deutsche Handwerker mit ihren Frauen und Gesellen. Von russischen Beamten war nur der Este Jurko zugegen, ein Nachtwächter, der trotz seines bescheidenen Amtes das besondere Wohlwollen des Gastgebers genoss. Fünfundzwanzig Jahre hatte er dieses Amt treu und ehrlich versehen, wie der Postillon bei Pogorelskij. Der Brand von 1812, der die erste Hauptstadt des Reiches zerstörte, vernichtete auch sein gelbes Wächterhäuschen. Aber bald nach der Vertreibung des Feindes erschien an seiner Stelle ein neues, graugetünchtes mit weißen dorischen Säulen, vor dem Jurko wieder in seiner Rüstung aus grobem Tuch und mit der Hellebarde in der Hand auf und abzugehen begann. Er war fast allen Deutschen, die in der Nähe des Nikitskij-Tores wohnten, gut bekannt: viele von ihnen hatten schon manche Nacht vom Sonntag auf Montag in seinem Wächterhäuschen zugebracht. Adrian lernte ihn sofort als einen Menschen kennen, den er früher oder später vielleicht brauchen können würde, und als die Gäste sich an die Tafel setzten, nahmen sie nebeneinander Platz. Herr und Frau Schulz und ihre Tochter, das siebzehnjährige Lottchen, aßen mit den Gästen, bewirteten sie und halfen der Köchin beim Servieren. Das Bier floss in Strömen. Jurko aß für vier; Adrian stand ihm nicht nach; seine Töchter genierten sich jedoch mehr; die in deutscher Sprache geführte Unterhaltung wurde immer lauter. Plötzlich erbat sich der Hausherr Aufmerksamkeit, entkorkte eine versiegelte Flasche und rief auf Russisch:

»Auf das Wohl meiner guten Luise!« Der Champagner zweiter Güte schäumte. Der Hausherr küsste zärtlich das frische Gesicht seiner vierzigjährigen Lebensgefährtin, und die Gäste tranken geräuschvoll auf das Wohl der guten Luise. »Auf das Wohl meiner liebenswürdigen Gäste!«, verkündete der Hausherr, eine zweite Flasche entkorkend. Die Gäste dankten ihm, indem sie ihre Gläser von Neuem leerten. Nun folgten die Trinksprüche aufeinander: man trank auf das Wohl eines jeden Gastes besonders; auf das Wohl von Moskau und eines ganzen Dutzend deutscher Städtchen; man trank auf das Wohl aller Zünfte im Allgemeinen und jeder einzelnen im Besonderen; man trank auf das Wohl aller Meister und ihrer Gesellen. Adrian trank mit großem Eifer und kam so sehr in Stimmung, dass er selbst einen scherzhaften Trinkspruch ausbrachte. Plötzlich erhob einer der Gäste, ein dicker Bäcker, sein Glas und rief: »Auf das Wohl derer, für die wir arbeiten, auf das Wohl unserer Kunden!« Dieser Vorschlag wurde wie die anderen freudig und einstimmig angenommen. Die Gäste begannen, sich voreinander zu verbeugen: der Schneider vor dem Schuhmacher, der Schuhmacher vor dem Schneider, der Bäcker vor den beiden, alle vor dem Bäcker usw. Jurko rief inmitten dieser gegenwärtigen Verbeugungen seinem Nachbarn zu: »Nun, Väterchen, trink doch auf das Wohl deiner Toten!« Alle lachten, aber der Sargmacher hielt sich für beleidigt und wurde mürrisch. Niemand merkte es, die Gäste tranken weiter, und man läutete schon zur Vesper, als alle sich vom Tische erhoben.

Die Gäste trennten sich in später Stunde, zum größten Teil angeheitert. Der dicke Bäcker und der Buchbinder, dessen Gesicht in roten Saffian gebunden zu sein schien, führten Jurko an den Armen nach seinem Wächterhäuschen, eingedenk des russischen Sprichwortes: »Die Schuld wird erst durchs Bezahlen schön.« Der

Sargmacher kam betrunken und wütend nach Hause. »Was ist das, in der Tat«, sprach er laut vor sich hin, »warum soll mein Handwerk weniger ehrenhaft sein als die übrigen? Ist denn der Sargmacher ein Bruder des Henkers? Worüber lachen diese Deutschen? Ist denn ein Sargmacher ein Hanswurst für die Fastnacht? Ich wollte sie schon zur Einweihung meiner neuen Wohnung einladen und ein Fest geben; doch das soll nicht sein. Ich lade aber diejenigen ein, für die ich arbeite: die rechtgläubigen Leichen« – »Was redest du, Väterchen?«, sagte die Magd, die ihm gerade die Stiefel auszog. »Was sprichst du für Unsinn? Bekreuzige dich doch. Die Toten zu Gast laden. Fürchterlich.« – »Bei Gott, ich werde sie laden«, fuhr Adrian fort. »Und sogar für morgen.

Bitte kommt doch, meine Wohltäter, zu mir morgen Abend zu einem Schmaus. Ich werde euch traktieren mit allem, was mir Gott beschert hat.« Mit diesen Worten ging der Sargmacher zu Bett und begann bald zu schnarchen.

Draußen war es noch dunkel, als man Adrian weckte. Die Kaufmannswitwe Trjuchina war in derselben Nacht gestorben, und ein berittener Bote vom Verwalter brachte Adrian diese Nachricht. Der Sargmacher gab ihm dafür zehn Kopeken Trinkgeld, zog sich in aller Eile an, nahm eine Droschke und fuhr nach dem Rasguljai. Am Tore des Sterbehauses stand schon die Polizei und gingen Kaufleute auf und ab, wie die Raben, die ein Aas wittern. Die Verstorbene lag auf dem Tisch, gelb wie Wachs, aber durch die Verwesung noch nicht entstellt. Verwandte, Nachbarn und das Hausgesinde drängten sich um sie. Alle Fenster standen offen; die Kerzen brannten; die Geistlichen lasen Gebete. Adrian ging auf Trjuchinas Neffen, einen jungen Kaufmann in modischem Rock, zu und erklärte ihm, dass er den Sarg, die Kerzen, die Sargdecke sowie das übrige Begräbniszubehör in bester Ordnung und pünktlich beistellen würde. Der Erbe dankte ihm zerstreut und sagte, er wolle wegen der Kosten nicht feilschen und verlasse sich in allen Dingen auf seine Anständigkeit. Der Sargmacher schwor seiner Gewohnheit gemäß bei Gott, dass er keinen Pfennig zu viel verlangen würde, wechselte mit dem Verwalter einen vielsagenden Blick und machte sich auf, um das Notwendige herbeizuschaffen. Den ganzen Tag fuhr er vom Rasguljai zum Nikitskij-Tor und zurück; gegen Abend war er fertig, entließ die Droschke und ging zu Fuß heim.

Es war eine Mondnacht. Der Sargmacher erreichte glücklich das Nikitskij-Tor. Bei der Himmelfahrtskirche sprach ihn unser Freund Jurko an, und als er den Sargmacher erkannte, wünschte er ihm gute Nacht. Es war spät. Der Sargmacher näherte sich schon seinem Haus, als es ihm plötzlich vorkam, dass jemand auf die Hauspforte zuging, sie öffnete und eintrat. »Was mag das wohl bedeuten?«, fragte sich Adrian. »Wer kann nach mir verlangen? Ist es vielleicht ein Dieb? Oder haben meine dummen Gänse Besuch von Geliebten? Das wäre möglich.« Der Sargmacher wollte schon seinen Freund Jurko zu Hilfe rufen. Aber in diesem Augenblick näherte sich wieder jemand der Hauspforte und wollte eintreten; als er den Hausherrn heranlaufen sah, blieb er stehen und zog seinen Dreimaster. Das Gesicht kam Adrian bekannt vor, aber in der Eile konnte er es nicht genau sehen. »Sie kommen zu mir«, sagte Adrian atemlos. »Treten Sie bitte ein.« – »Keine Umstände, Väterchen«, antwortete jener dumpf. »Geh voraus und zeige den Gästen den Weg.«

Adrian hatte auch keine Zeit, Umstände zu machen. Die Hauspforte stand offen, er ging die Treppe hinauf, und jener folgte ihm. Adrian kam es vor, als ob in seinen Zimmern Leute auf und ab gingen. »Was für ein Teufelsspuk!«, dachte er sich und wollte eintreten … aber hier knickten seine Beine ein. Das Zimmer war voller Toten. Der Mond schien durch die Fenster herein und beleuchtete ihre gelben und blauen Gesichter, die eingesunkenen Münder, die trüben, halbgeschlossenen Augen und die zugespitzten Nasen … Adrian erkannte in ihnen mit Entsetzen Leute, die unter seiner Beteiligung beerdigt worden waren; in dem Gast, der zugleich mit ihm eingetreten war, erkannte er den Brigadier, bei dessen Beerdigung es in Strömen geregnet hatte. Sie alle, die Herren und die Damen umringten den Sargmacher mit Verbeugungen und Komplimenten, mit Ausnahme eines Bettlers, der vor kurzem unentgeltlich begraben worden war und der, sich seiner Lumpen schämend, nicht näherkam und bescheiden in einem Winkel stand. Alle übrigen waren höchst anständig gekleidet: die Damen trugen Hauben mit Bändern; die Beamten hatten ihre Uniformen an, waren aber unrasiert; die Kaufleute waren in ihren Feiertagsröcken erschienen. »Siehst du, Prochorow«, sagte der Brigadier im Namen der ganzen Gesellschaft, »wir sind alle auf deine Einladung hin auferstanden; nur diejenigen sind zu Hause geblieben, die nicht kommen konnten, die ganz auseinandergefallen sind und nur noch aus Knochen ohne Haut bestehen; aber auch von diesen konnte sich einer nicht enthalten – so gerne wollte er dich besuchen …«

In diesem Augenblick drängte sich ein kleines Skelett durch die Menge und ging auf Adrian zu. Sein Schädel lächelte dem Sargmacher freundlich zu. Fetzen hellgrünen und roten Tuches und alter Leinwand hingen an ihm wie an einer Stange, während die Knochen seiner Füße in seinen hohen Reitstiefeln wie Stößel in Mörsern klapperten. »Du erkennst mich nicht, Prochorow«, sagte das Skelett. »Erinnerst du dich noch an den verabschiedeten Sergeanten der Garde Pjotr Petrowitsch Kurilkin, denselben, dem du im Jahre 1799 deinen ersten Sarg verkauft hast, und dazu einen aus Fichtenholz statt aus Eichenholz?« Mit diesen Worten wollte er ihn in seine knöchernen Arme schließen. Aber Adrian nahm seine ganze Kraft zusammen, schrie auf und stieß ihn zurück. Pjotr Petrowitsch wankte, fiel hin und ging in Stücke. Unter den Toten erhob sich ein Gemurmel der Entrüstung; alle traten für die Ehre ihres Genossen ein, fielen über Adrian mit Schimpfworten und Drohungen her, und der arme Gastgeber, fast erdrückt und durch ihr Geschrei betäubt, verlor seine Geistesgegenwart, fiel selbst auf die Gebeine des verabschiedeten Sergeanten der Garde und verlor das Bewusstsein.

Die Sonne beleuchtete schon längst das Bett, auf dem der Sargmacher lag. Endlich schlug er die Augen auf und erblickte vor sich die Magd, die die Kohlen im Samowar anfachte. Mit Entsetzen erinnerte sich Adrian aller gestrigen Erlebnisse. Die Trjuchina, der Brigadier und der Sergeant Kurilkin tauchten wieder vor ihm auf. Er wartete schweigend, dass die Magd ein Gespräch beginnen und ihm über die Folgen der nächtlichen Abenteuer berichten würde.

»Wie du dich verschlafen hast, Väterchen Adrian Prochorowitsch!«, sagte Aksinja, indem sie ihm seinen Schlafrock reichte. »Der Nachbar Schneider war da, auch der Nachtwächter mit der Mitteilung, dass der Revieraufseher heute Namenstag hat, aber du geruhtest noch zu schlafen, und wir wollten dich nicht wecken.«

»Kam denn niemand von der verstorbenen Trjuchina?« – »Von der Verstorbenen? Ist sie denn gestorben?« – »Dumme Gans! Hast du mir nicht selbst geholfen, alles für ihre Beerdigung herzurichten?« – »Was hast du, Väterchen: bist du von Sinnen oder ist der gestrige Rausch noch nicht verflogen? Was für eine Beerdigung hast du denn gestern gehabt? Du hast den ganzen Tag beim Deutschen gezecht, warst dann betrunken heimgekommen, hast dich aufs Bett geworfen und hast bis zur Stunde geschlafen, wo man zur Messe läutete.« – »Wirklich?«, fragte der Sargmacher erfreut. »Aber gewiss!«, antwortete die Magd. »Nun, wenn es so ist, dann gib mir schnell Tee und ruf die Töchter her«, gab er zur Antwort.

Geschichte aus Russland von Alexander Puschkin

Die Strafe nach dem Tode

In der Schenke zu Hostonic* erscholl großer Lärm. Es waren dort drei lustige Brüder beisammen. Sie zechten ohne Unterlass schon den dritten Tag und hatten sich dadurch so in Flammen gesetzt, dass sie die Schranken der guten Sitte nicht mehr wahrten. Es wartete ihnen eine Magd auf, die unlängst Mutter eines Kindes geworden war, von des Kindes Vater jedoch verlassen und nun der ärgsten Not preisgegeben war. Sie musste von ihnen manchen Spott hören, doch schwieg sie geduldig zu den rohen Reden; denn es waren freigebige Gäste, die sie stets mit einer kleinen Gabe in Geld bedachten, sooft sie aus dem Wirtshaus gingen. Als sie mit gefüllten Krügen wieder aus dem Keller kehrte, sprach einer aus dem Kleeblatt die schonungslosen Worte zu ihr: »Schneidest du schon die Leinwand auf Windeln für deinen Bankert** zu?« Und die Magd schlug die Augen nieder und entgegnete: »Herr, mir wächst kein Flachs auf dem Felde. Ich weiß wahrlich nicht, wohin den armen Wurm zu legen.« Da erhob sich der zweite Zechbruder, ein leichtsinniger und ungläubiger Mensch, und sprach zu der Magd: »Ich will dir ein Geschenk zum Kindbett machen, das nicht gering sein soll; aber du musst tun, was ich begehre.« – »Begehrt Ihr nichts, was über meine Kraft und

---

* Hostonic ist ein Ort im ehemaligen Königreich Böhmen.

** Ein Bankert ist ein veralteter und abschätzig gebrauchter Begriff für ein uneheliches Kind.

wider mein Gewissen ist«, versetzte die Magd, erfreut durch den Schimmer der Hoffnung, »so will ich gern vollbringen, was Ihr mir auflegt.« – »Nichts dergleichen, die Sache ist leicht. Bring mir das Totengerippe, das vor der Pforte der hiesigen Kirche steht!«

Als die Magd diese Worte vernahm, erbebte sie vor Entsetzen, wurde bleich wie die Wand und entgegnete mit stockender Stimme: »Herr, treibt keinen so grausamen Scherz mit einer Unglücklichen und versucht Gott nicht mit solchen Lästerungen!« Aber die zwei anderen Zecher lobten jauchzend den Vorschlag, zogen ihre vollen Beutel hervor und leerten deren Inhalt auf den Tisch, sodass blinkende Groschen und Taler herabfielen und weit durch die Stube rollten. »Ist das kein stattliches Geschenk für dein Kind?«, riefen die trunkenen Zecher. Und der Dritte, der den Vorschlag gemacht hatte, legte seinen Beutel zu dem auf dem Tisch ausgeschütteten Geld und sprach: »Hier ist meine Beisteuer! Besinn dich schnell. Du wirst nicht immer Gelegenheit haben zu einem so leichten Verdienst.« Der Anblick solchen Reichtums, wie sie ihn noch nie beisammen gesehen hatte, beeindruckte die arme Magd; der Gedanke, dass sie sich mit einer waghalsigen Tat aus ihrem Elend befreien könne, gab ihr Mut zu dem Unternehmen, und sie meinte, falls eine Sünde dabei sei, sich mit Gott zu versöhnen, wenn sie einen Teil des Lohns der Kirche opfere. Sie willigte also ein, doch nicht ohne langes Zögern, kniete vor dem Bilde des Gekreuzigten nieder, und gestärkt durch inbrünstiges Gebet begab sie sich auf den gefahrvollen Weg.

Von jenem Totengerippe gingen in der Umgegend sonderbare Gerüchte. Es sollte einst ein Ritter gewesen sein, der durch die Wildheit seines Wesens weit und breit bekannt war. Er hatte ein edles Fräulein um Ehre und Tugend betrogen und es dann verlassen, sodass es aus Gram darüber starb, eben als es die Frucht der

Sünde unter dem Herzen trug. Das Fräulein lud ihn, als sie starb, binnen Jahresfrist vor Gottes Gericht. Man begrub sie in der Kirche zu Hostonic, in ihrer Familiengruft, zu welcher der Eingang sich gleich vor der Kirchenpforte befand. In einem Jahr starb der wilde Ritter und wurde auf dem Hostonicer Kirchhof bestattet. Zum Entsetzen der Gemeinde verließ er über Nacht sein Grab und wurde stehend mit gefalteten Händen beim Eingang zu der Gruft des Fräuleins gefunden. Es ging das Gerücht, dass auch das Fräulein keine Ruhe im Grabe habe, sondern im Sarge sitze und bei einer Lampe in einem großen Buche lese. Der Tote stand bei der Gruft, bis alles Fleisch von ihm abfiel und er ein bloßes Gerippe war. Man begrub ihn einige Male von Neuem mit allen kirchlichen Zeremonien, denn die Leute in der Umgebung scheuten sich vor seinem Anblick; allein des anderen Tages war er immer wieder auf seinem alten Platz und stand mit gefalteten Händen vor der Gruft. Es hieß, er bitte stehend nach dem Tode das Fräulein um Verzeihung, und wenn er keine erhalte, müsse er so stehen bis zum jüngsten Tag. Die Leute gewöhnten sich später daran, an dem gespensterhaften Gerippe vorbei zur Kirche zu gehen, und als Jahrhunderte verflossen waren, wurde der Vorfall in der Umgegend als eine bloße Sage erzählt, die mancher, besonders aus dem jungen Volke, ungläubig belachte. Zu diesen Ungläubigen gehörten auch jene drei leichtsinnigen Gesellen, die in ihrem Übermut die Magd aus dem Wirtshaus nach dem Totengerippe geschickt hatten.

Als sie aus dem Haus trat, ward es bereits sehr dunkel; mit ängstlichem Schritt ging sie über den Dorfplatz zu der Kirche, die auf einer Anhöhe lag, und je näher sie kam, je stärker klopfte ihr das Herz. Als sie den Hügel erstiegen hatte und zum Kirchhof schritt, ertönte vom Kirchturm die Abendglocke, die frommen Christen zum Gebet lud. Die Magd bekreuzigte sich und sprach mit Andacht das *Ave Maria*. Als sie in den Kirchhof trat, war es schon finster geworden, und der bleiche Schimmer des aufgehenden Mondes beleuchtete geheimnisvoll die hölzernen Kreuze auf den Gräbern, von denen einige mit frischen Kränzen behängt waren. Die Schatten dieser Denkmäler irdischer Vergänglichkeit vereinigten sich an der Kirchenmauer zu sonderbaren Gestalten, und die Schatten der Wolken, die am Mond vorbei jagten, zogen über die Gräber wie Geister, die das Abendgeläute herbeigerufen hatte. Die Magd überlief ein Schauer, aber der trieb sie vorwärts, und schnell war sie über den Kirchhof weg bei der Hauptpforte der Kirche. Da stand das furchtbare Gerippe, zu dem großen Stein gekehrt, der den Eingang zur Gruft bedeckte, die Knochenhände gefaltet, und die Mondstrahlen spielten um sein Antlitz, sodass es der armen Magd schien, als ob sich die fleischlosen Kinnbacken murmelnd im Gebete bewegten. Die Magd begann vor Entsetzen zu zittern, und bald wäre sie zu Boden gestürzt, der Gedanke jedoch an den reichen Lohn verlieh ihr Mut; sie raffte alle Kraft zu der entscheidenden Tat zusammen, fasste das Totengerippe, nahm es auf den Rücken, und eilte, was sie konnte, zu der Schenke. Das Gerippe rasselte bei jedem Schritt, und ehe es die Magd an Ort und Stelle brachte, war sie von Furcht und Angst so betäubt, dass sich ihr der Kopf drehte und sie nur unwillkürlich lief, indem sie das Gerippe krampfhaft mit den Händen hielt. Endlich gelangte sie glücklich nach Hause, und in die Stube tretend, warf sie das Gerippe auf den Tisch und sank selbst halbtot auf die Bank.

Mit stillem Schaudern betrachteten alle das Totengerippe, wobei sie zugleich die mutige Tat der Magd bewunderten. Auch die drei Zecher, welche die Urheber gewesen waren, stutzten, als sie die Knochen des Gerippes vor sich ausgebreitet sahen; der Mut der Magd überraschte sie, denn sie hatten erwartet, sie werde unverrichteter Dinge zurückkehren, und schon hatten sie sich bereit gemacht, sie mit groben Worten zu verspotten. Jener, von dem der Vorschlag ausgegangen war, unterbrach das Schweigen zuerst und sprach: »In der Tat, das Mädchen hat sich ihren Lohn ehrlich verdient! Sie soll sich ihn nehmen, und sich zu uns setzen.« Indessen hatte man die Magd zu sich gebracht, und die drei Zecher riefen sie zu ihrem Tisch, lobten ihre Entschlossenheit und übergaben ihr den versprochenen Lohn. Es fragte sie der dreiste Gesell, der sie zu der Tat aufgefordert hatte, wie es ihr ergangen sei und ob sich der Knochenmann gesträubt habe. Die Magd, noch blass von der ausgestandenen Furcht, entgegnete: »Gott ließ nichts Schlimmes über mich kommen, außer dass es mir, als ich das Gerippe trug, schien, es verfolge mich jemand. Nicht um teures Geld wollte ich Gott den Herrn zum zweiten Mal versuchen!« – »Aber was jetzt mit dem Knochenmann tun?«, rief einer der lustigen Brüder. »Mag sie ihn wieder hintragen, woher sie ihn genommen hat«, sagte der Erste, »und ihn auf seinen früheren Platz stellen!« Und die Magd, erbebend bei dem Gedanken, dass sie den grässlichen Gang noch einmal machen solle, versetzte: »Das war nicht unsere Abrede, Herr! Ich habe gehalten, was ich versprochen hatte, und Ihr selbst habt gesagt, dass ich meinen Lohn treulich verdient habe.« – »Das hast du«, entgegnete der Leichtsinnige, »aber was soll das Totengerippe bei unserem fröhlichen Gelage? Wir haben keine Zeit, an den Tod zu denken, und Muße genug, unsere Sünden abzubüßen. Du kannst dir noch mehr Geld erwerben, wenn du den scheußlichen Gast hinwegträgst.« – Da sprach die Magd: »O Herr, denkt daran, dass es eine Sünde ist, andere in Versuchung zu führen. Ich habe geschworen, um eitlen Geldes willen Gott nie mehr zu versuchen.« – »So verspreche ich dir denn, mich deines Kindes anzunehmen, bis dass es ganz versorgt ist, und sterbe ich früher, so will ich es in meinem Testament bedenken, damit auch nach meinem Tode meine Zusage sich erfülle. Die Anwesenden hier sind Zeugen meines Versprechens.« Die Magd betrachtete den Redenden mit Schaudern, und als er geendet, zeigte sich auf ihrem Antlitz ein Kampf widerstreitender Gefühle. Die Augen zum Himmel erhebend, sprach sie für sich mit leiser Stimme: »Herr dort oben, gib mir ein, was ich tun soll!« Dann faltete sie die Hände und schien weiter zu beten, bis sie sich plötzlich erhob. »Es sei«, sagte sie zu dem Versucher, »es geschehe mit mir nach Gottes Willen! Aber Euer ist meine Sünde, Ihr verantwortet sie!« Und entschlossen trat sie zum Tisch, wo das Gerippe ausgebreitet lag, fasste das klappernde Gebein, lud es auf den Rücken und schritt aus der Schenke. Die Blicke aller Anwesenden begleiteten sie, niemand jedoch ging hinter ihr aus dem Hause.

Was der Magd frischen Mut gab, etwas so Gewagtes von Neuem zu unternehmen, war ein Gelübde, das sie, Gott in ihrer Angst um Rat flehend, bei sich getan. Sie gelobte nämlich, falls sie den gefährlichen Weg glücklich zurücklege, ihr Kind der Kirche zu weihen. Dieser Gedanke, der ihr in dem Augenblick kam, als sie sich entscheiden sollte, schien eine Eingebung Gottes, weshalb sie auch einwilligte und sich mit dem Totengerippe auf den Weg machte. Sie schritt durch das Dorf, und das Gerippe rasselte schauerlich auf ihrem Rücken; doch daran hatte sie sich bereits gewöhnt und beachtete es nicht. Als sie sich aber dem Hügel näherte, auf dem die Kirche stand, wurde die Last immer schwerer und schwerer. Anfangs kümmerte sie das nicht, denn ihre Sinne waren in einer Art von Betäubung, und sie eilte fast gedankenlos vorwärts. Jetzt jedoch, als sie zum Tore des Kirchhofs kam, riss sie das wachsende Gewicht aus ihrer Gleichgültigkeit; es war ihr, als ob sie einen

Zentner auf dem Rücken trüge, und bei jedem Schritt nahm das Gewicht zu. Schauder ergriff die Magd, unermessliche Angst beklemmte ihre Brust, fast sank sie nieder unter der Bürde, die ihr den Rücken beugte; noch ein Schritt, und die Magd stand beim Tor, noch ein zweiter, sie war auf dem Kirchhof. Das Totengerippe drückte sie zu Boden; doch sie schleppte sich mit ihren letzten Kräften bis zur Kirchenpforte, wo es rechts vor der Gruft mit gefalteten Händen zu stehen pflegte, und schon wollte sie es abwerfen und an den gewöhnlichen Platz zur Mauer stellen, da fühlte sie mit Entsetzen, dass sich die Knochenhände regten, sie umschlangen und fest am Halse fassten. Zugleich vernahm sie hinter sich eine Grabesstimme: »Ich lasse dich nicht früher, als bis du für mich Verzeihung erflehst bei dem Fräulein im Grabe. Geh in die Gruft und bitte für mich!« Der armen Magd sträubten sich die Haare, kalter Schweiß bedeckte ihre Stirn, sie zitterte am ganzen Leibe, als sie die furchtbaren Worte hörte, und vor Angst vermochte sie keine Silbe hervorzubringen. »Willst du tun nach meinem Willen?«, tönte die Stimme des Knochenmanns wieder. »Ich will«, versetzte die Magd in ihrer Todesangst. Die kalten Glieder ließen sie los, die Bürde fiel von ihrem Rücken; halbverwirrt sah sie sich um, und vor ihr stand das Gerippe. Auf sein Antlitz blickend, gewahrte sie, dass das fleischlose Gesicht neues Leben gewonnen hatte, die Kinnbacken bewegten sich und die vorige Stimme tönte wieder zu ihr: »Heb den Stein von der Gruft, und geh auf den Stufen hinab! Dort wirst du eine Frau finden in schwarzem Gewand, die im Grabe sitzt und beim Lampenlicht in einem Buche liest. Wende dich an sie, mit der Bitte, dass sie mir verzeihe, denn nicht eher kann ich Gnade bei Gott erlangen.«

Die Magd tat nach den Worten des Knochenmanns, und fasste den Gruftstein an seinem Ring; wie ein leichtes Brett hob sie ihn auf, und legte ihn beiseite. Unter ihr öffnete sich ein langer, finsterer Gang; nur an seinem Ende war ein schwacher Lichtschein zu gewahren. Die Magd stieg auf den steinernen Stufen hinab, ein leiser Windhauch wehte ihr entgegen; doch war es nicht Grabesluft, sondern frische Luft, die ihre brennenden Wangen kühlte. Als sie von der letzten Stufe gestiegen war, befand sie sich in einem weiten, nur matt erleuchteten Gewölbe. Rings umher auf marmornen Unterlagen ruhte eine Menge von Särgen, in der Mitte aber, woher der Lichtschein kam, war ein Sarg geöffnet. In ihm saß eine bleiche Frau in schwarzem Gewand; das Haupt hatte sie auf die Hand gestützt, auf dem Haupt trug sie einen Kranz von dunkelfarbigen Rosen, und in ihrem Schoß lag ein großes Buch aufgeschlagen, worin sie vertieft zu lesen schien beim Licht der von der Decke hängenden Lampe. Die Magd naht der Frau mit unsicherem Schritt, und sich vor ihr auf die Knie werfend, bittet sie um Gnade für den Ritter. Die bleiche Frau erhebt nicht einmal die Augen vom Buch, sondern schüttelt nur das Haupt. Die Magd bittet und fleht lange, die Frau antwortet nicht, und schüttelt nur das Haupt. Die Magd beschwört sie bei allen Heiligen und bei Gottes Barmherzigkeit: die Frau blickt nicht empor und schüttelt das Haupt. In Verzweiflung erhebt sich die Magd und geht mit schwerem Herzen über die dunkeln Stufen aus der Gruft.

Da steht der Knochenmann; auf dem fleischlosen Antlitz liegt der Ausdruck ängstlicher Erwartung, und er fragt die Magd: »Hat sie mir verziehen?« – »Sie hat dir nicht verziehen«, entgegnet die Magd mit halb vernehmlicher Stimme. »So kehre zurück und höre nicht auf zu bitten, bis dass du sie erweichst!« Die Magd will reden, doch der Knochenmann weist streng mit der Hand auf die Gruft, und die Magd muss dem Befehl gehorchen. Von Neuem steigt sie hinab – derselbe Auftritt; die bleiche Frau im schwarzen

Gewand sitzt da und liest im Buch, der Kranz jedoch auf ihrem Haupt beginnt von weißen Rosen zu erblühen. Die Magd wirft sich vor der Frau auf die Knie, steht und ringt die Hände; die Frau blickt nicht vom Buch empor, und schüttelt das Haupt. Die Magd hört nicht auf zu bitten, und beschwört sie bei den Wunden des Erlösers, doch vermag sie die bleiche Frau nicht zu erweichen. Die Arme windet sich auf dem Boden, und lässt nicht ab zu stehen; eine Stunde verrinnt, sie kniet noch immer vor der Unerbittlichen, die ihre Augen nicht vom Buche wendet, und bloß mit dem Haupt zu erkennen gibt, dass sie nicht versöhnt sei. Mit gebrochenem Mut steigt die Magd aus der Gruft, und der Knochenmann fragt sie, wie zuvor, ob ihm verziehen worden sei. »Die Frau ist unerbittlich«, versetzte die Magd mit leiser Stimme.– »So kehr noch einmal zurück!«, ertönte die Grabesstimme des Knochengespenstes. »Ohne dich kann ich nicht Verzeihung erhalten. Erwirkst nicht du mir Gnade, so bleibe ich verwünscht bis zum jüngsten Tag. Geh schnell, und kehr vor dem Hahnenruf wieder; denn Mitternacht ist längst vorbei.« Die Magd darf sich nicht weigern und wankt noch einmal auf den dunkeln Stufen in die Gruft. Unten war es noch wie zuvor; rings auf marmornen Unterlagen standen Särge, und in der Mitte die bleiche Frau, die im Buche las; allein der Kranz auf ihrem Haupt erglänzte schon von lauter weißen Rosen. Die Magd kniet nieder vor der bleichen Frau und fleht inständig; die Frau antwortet nicht, und schüttelt nur das Haupt. Da beschwört sie die Magd in der Angst ihres Herzens, und fleht zu ihr im Namen des unschuldigen Kindes, das sie geboren; und die Frau blickt empor, ihr Antlitz strahlt wie im Himmelsglanz und ihr Mund spricht mit lieblichem Ton die Worte: »Um deines Kindes willen sei verziehen!« Hierauf schließt sie das große Buch und sinkt in den Sarg zurück; der Deckel schließt sich, die Lampe erlischt, und das weite Gewölbe erfüllt ein süßer Duft wie von frischen Rosen. Die Magd blickt umher in dem finsteren Gewölbe, und von oben wirft der Mond seine blassen Strahlen herein. Mit freudigem Herzen eilt die Magd von dannen dem Lichte nach, und gelangt glücklich aus der Gruft.

Der Knochenmann fragt wie früher, ob ihm die Frau verziehen habe, und die Magd antwortet ihm: »Sie hat dir verziehen um des unschuldigen Kindes willen, das ich geboren.« Da spricht der Knochenmann, dessen scheußliche Züge ihre Furchtbarkeit verlieren, mit sanfter Stimme: »Gepriesen sei der Herr in seiner Barmherzigkeit! Ruhm und Ehre Gott in den Höhen! Du hast wohl daran getan, dass du im Namen deines Kindes batest; denn weil ich im Leben mit einem Kinde kein Erbarmen fühlte, tat der Richter im Himmel den Ausspruch, dass nur ein solches mir Verzeihung erstehen könne. Geh nun ungefährdet nach Hause und preise den Herrn!« Da erscholl im nahen Hofe der Hahnenruf, und die Magd, von keiner Furcht mehr gequält, erreichte glücklich das Haus.

Des anderen Tags fand man vor der Gruft anstatt des Totengerippes ein Häuflein Staub; denn der Knochenmann zerfiel beim ersten Hahnenruf, als das über ihn gefällte Urteil erfüllt war. Man stieg in die Gruft, und auf dem Sarg, der sich von selbst über der bleichen Frau geschlossen hatte, fand man einen Kranz von weißen Rosen. Die drei Zechbrüder besserten sich von dieser Zeit an, glaubten an Gottes Macht und beschenkten die Magd reichlich, sowie auch ihr Kind, das, ein lieblicher Knabe, in der Furcht Gottes aufwuchs, später in den geistlichen Stand trat und sich durch einen frommen Lebenswandel auszeichnete.

Sage aus dem ehemaligen Königreich Böhmen

Die Geisterkutsche

Die Ereignisse, von denen ich Ihnen erzählen werde, haben sich wahrheitsgetreu so zugetragen. Sie sind mir selbst widerfahren, und meine Erinnerung daran ist noch so lebendig, als hätten sie erst gestern stattgefunden, und doch sind seit dieser Nacht zwanzig Jahre ins Land gegangen. Während dieser zwanzig Jahre habe ich die Geschichte nur einer anderen Person erzählt. Und auch jetzt erzähle ich sie mit einem solchen Widerstreben, das für mich schwer zu überwinden ist.

Nun, es hat sich alles vor genau zwanzig Jahren so zugetragen, ein oder zwei Tage vor dem Ende der Moorhuhn-Saison. Ich war den ganzen Tag mit meinem Gewehr draußen gewesen, und das Jagdglück war mir nicht besonders hold. Der Wind kam von Osten, und es war Dezember, und Schauplatz war ein ödes weites Moor weit oben im Norden Englands. Ich hatte mich verirrt. Es war kein angenehmer Platz, um sich dort zu verirren, zumal die ersten fedrigen Flocken eines nahenden Schneesturms leise hinunter auf die Heide rieselten und der bleifarbene Abend alles um sich herum einschloss. Ich legte meine Hand über die Augen und starrte voller Angst in die hereinbrechende Dunkelheit, wo in zehn oder zwölf Meilen Entfernung das purpurrote Moor mit einer niedrigen Hügelkette verschmolz. Wohin ich aber auch immer meine Augen wandte, nirgends erblickte ich auch nur die feinste Rauchfahne, nirgends das kleinste Stück Ackerland oder einen Zaun oder einen Schafspfad. So blieb mir nichts anderes übrig, als meinen Weg fortzusetzen und auf gut Glück zu hoffen, irgendwo einen Unterschlupf zu finden. Also schulterte ich erneut meine Flinte und kämpfte mich mit Mühe vorwärts, denn ich war schon seit einer Stunde nach Tagesanbruch auf den Beinen und hatte seit dem Frühstück nichts mehr gegessen.

Mittlerweile begann der Schnee mit bedrohlicher Stetigkeit zu fallen, und der Wind flaute ab; danach begann die Kälte intensiver zu werden, und die Nacht brach schnell herein. Was mich anbetraf, so verschlechterten sich meine Aussichten in dem Maße, wie es immer finsterer am Himmel wurde; und mein Herz wurde mir schwer, wenn ich an meine junge Frau dachte, wie sie nun wohl schon am Fenster unseres kleinen Gasthauszimmers stand und nach mir Ausschau hielt und welchen Kummer ihr die bevorstehende Nacht noch bringen würde. Wir waren erst seit vier Monaten verheiratet, hatten den Herbst zusammen in den schottischen Highlands verbracht und uns nun in einem kleinen abgelegenen Dorf direkt am Rande der großen englischen Moore einquartiert. Wir waren sehr verliebt und natürlich sehr glücklich. Als wir uns an jenem Morgen verabschiedeten, bat sie mich inniglich, doch vor dem Einbruch der Nacht zurückzukehren, und ich hatte es ihr versprochen. Was hätte ich nicht alles gegeben, wenn ich dieses Wort gehalten hätte. Auch jetzt hegte ich immer noch Hoffnung, nach einem Nachtmahl, einer Stunde Rast und einem Führer bis Mitternacht wieder bei ihr sein zu können.

Doch der Schnee fiel unablässig, und die Nacht wurde immer finsterer. Von Zeit zu Zeit blieb ich stehen und rief laut, aber meine Rufe schienen die Stille nur noch tiefer zu machen. Ein vages Gefühl von Unbehagen überkam mich, und ich begann, mich an Geschichten von Reisenden zu erinnern, die bei starkem Schneetreiben immer weiter und weiter marschierten, bis sie sich schließlich vor lauter Erschöpfung hinlegen mussten, einschliefen und so ihr Leben ließen. Würde ich die ganze lange Nacht über durchhalten können oder auch in einen Todesschlaf versinken? Tod! Ich erschauderte. Und das gerade jetzt, wo das ganze Leben noch so verheißungsvoll vor mir lag. Erneut rief ich mit lauter Stimme in die Stille, immer wieder, lauter und länger, und ich lauschte angestrengt. War mein Ruf beantwortet worden oder bildete ich mir nur ein, in der Ferne auch einen Ruf vernommen zu haben. Ich rief wieder, und wieder folgte ein Echo. Dann schien mir plötzlich ein flackernder Lichtfleck aus der Dunkelheit entgegen, bewegte sich hin und her, verschwand wieder, kam immer näher und wurde immer heller. Ich rannte so schnell es nur bei mir ging darauf zu und stand dann zu meiner großen Freude einem alten Mann gegenüber, der eine Laterne in seiner Hand trug …

Der alte Mann, der Diener in einem nicht weit entfernten Landhaus ist, führte unwillig und mürrisch den Moorhuhnjäger, der sich als Rechtsanwalt James Murray vorstellt, zu seinem Herrn, einem sonderlichen, zurückgezogenen Gelehrten, der ihm nach langem Bitten dann doch Abendbrot und Unterkunft gewährt. Dieser ist ein ehemaliger Gelehrter, der vor dreiundzwanzig Jahren wegen seiner okkultistischen Ansichten von der Universität verbannt wurde und seitdem von aller Welt zurückgezogen in diesem einsamen Haus in den Mooren lebt und sich dort allerlei seltsamen Forschungen hingibt. Als es aufgehört hatte zu schneien, wurde James Murray, der bis dahin den spekulativen Erläuterungen des eremitischen Forschers über die Welt und all das, was sie im Inneren zusammenhält, gebannt gelauscht hatte, immer ungeduldiger, zu seiner Frau in dem zwanzig Meilen entfernten Gasthaus in Dwolding zurückzukehren.

»Ihr Wunsch lässt sich schon erfüllen«, so sagte dann der Hausherr mir. »Die Nachtpostkutsche von Norden wechselt in Dwolding ihre Pferde und kommt fünf Meilen von hier vorbei und wird in etwa eineinviertel Stunden an einer bestimmten Straßenkreuzung eintreffen. Wenn mein Diener Jacob sie übers Moor führt und sie zur alten Kutscherstraße führt, dann finden sie bestimmt allein den Weg bis dorthin, wo sie auf die neue Strecke trifft.«

»Bestimmt, mit Freuden!« entgegnete ich hocherfreut.

Ich dankte ihm für die Gastfreundschaft und wollte ihm noch die Hand schütteln, doch er hatte sich bereits abgewandt. Im Nu hatte ich die Halle durchschritten; Jacob hatte dann die Haustür hinter mir abgeschlossen, und wir standen beide allein draußen auf dem weiten weißen Moor. Obwohl der Wind sich gelegt hatte, war es immer noch bitter kalt; kein Stern funkelte droben am schwarzen Firmament. Kein Laut außer dem raschen Knirschen des Schnees unter unseren Füßen störte die schwere Stille der Nacht. Jacob, der nicht besonders über seinen Auftrag erfreut war, trottete mürrisch schweigend voran, die Laterne in der Hand und sein Schatten zu seinen Füßen. Ich hatte mein Gewehr geschultert und folgte ihm und war genauso wenig zu einem Gespräch aufgelegt wie er. All meine Gedanken gingen um meinen späten Gastgeber, dessen Stimme mir noch im Ohr klang. Während ich so über all das, was ich gehört hatte, nachdachte und mich bemühte, mir in meinem Gedächtnis einen Zusammenhang herzustellen, schritt ich voran, immer meinem Führer auf den Fersen, in Gedanken versunken und geistesabwesend. Dann blieb er plötzlich stehen – mir schienen es nur wenige Minuten später gewesen zu sein – und sagte:

»Das da drüben ist Ihre Straße. Halten Sie sich rechter Hand an die Steinmauer, dann können Sie den Weg nicht verfehlen. Das ist die alte Postkutschenstraße. Bis zur Kreuzung müssen Sie noch etwa drei Meilen gehen.«

Als ich meine Geldbörse herauszog, wurde er gesprächiger.

»Für Fußgänger ist das eine ganz ordentliche Straße«, fuhr er fort. »Für den Verkehr von und nach Norden aber war sie zu steil und zu schmal. Passen Sie an der Stelle auf, wo die Brüstungsmauer abgebrochen ist, gleich gegenüber vom Wegweiser. Die ist seit dem Unfall nicht repariert worden.«

»Nach welchem Unfall?«, wollte ich wissen, und er fuhr fort:

»Die Nachtpostkutsche stürzte dort ins Tal hinunter, gut fünfzig Fuß und mehr; und das gerade auf dem schlechtesten Straßenstück der ganzen Grafschaft. Alle kamen dabei ums Leben. Vier fand man tot auf, und die anderen beiden starben am nächsten Morgen.«

»Wann geschah das?«

»Vor genau neun Jahren.«

»Dicht bei dem Wegweiser, sagen Sie. Ich werde achtgeben. Gute Nacht!«

»Gute Nacht, Sir, und danke!«

Sprach es, steckte seine halbe Krone in die Tasche, tippte andeutungsweise an seinen Hut und tappte dann schwerfällig den Weg zurück, den er gekommen war. Ich beobachtete das Licht seiner Laterne, bis es ganz entschwand, und wandte mich dann um, um meinen Weg allein fortzusetzen. Das bereitete mir nun keine Schwierigkeiten mehr, denn trotz der großen Finsternis oben hob sich die Linie des Steinwalls deutlich gegen den fahlen Schimmer des Schnees ab. Wie still schien es mir hier, wo nur meine Schritte zu vernehmen waren; wie still und wie einsam. Ein sonderbares, unangenehmes Gefühl von Alleinsein überkam mich; ich ging schneller und summte das Bruchstück einer Melodie so vor mich hin. Ich addierte enorme Summen in meinem Kopf und vergrößerte sie um Zinseszinsen; kurz gesagt, ich tat alles Erdenkliche, um die aufschreckenden Spekulationen in meinem Kopf zu vergessen, denen ich eben noch gelauscht hatte – und irgendwie gelang das mir zum Teil.

Mittlerweile schien die Nachtluft immer kälter zu werden, und obwohl ich schnellen Schrittes voranging, war es mir unmöglich, mich warm zu halten. Meine Füße waren wie Eis; ich verlor das Gefühl in meinen Händen und hielt mein Gewehr nur mechanisch fest. Sogar mit dem Atmen hatte ich meine Schwierigkeiten, als ob ich die höchsten Gipfel irgendwelcher Alpen erklimmen und nicht auf einer ruhigen Landstraße im Norden schreiten würde. Diese letzteren Beschwerden wurden immer quälender, sodass ich mich gezwungen sah, für einige Minuten stehen zu bleiben und mich gegen die Steinmauer zu lehnen. Dabei fiel mein Blick auf die Straße zurück und dort erblickte ich zu meiner unendlichen Erleichterung weit in der Ferne einen Lichtpunkt, der den Anschein einer sich nähernden Laterne hatte. Zuerst schloss ich, dass Jacob umgekehrt sei und zu mir zurückkomme. Doch gerade als mir diese Vermutung kam, blitzte ein zweites Licht auf – ein Licht, das offensichtlich mit dem ersten parallel verlief und das sich mit derselben Geschwindigkeit näherte. Und im Nu war mir klar: es konnten nur die Lampen einer Kutsche sein, obwohl es seltsam erschien, dass irgendein privates Fahrzeug eine Straße nimmt, die erklärtermaßen nicht mehr benutzt wurde und gefährlich war. An der Tatsache jedoch konnte kein Zweifel mehr bestehen, denn die Lampen wurden zusehends größer und heller, und ich bildete mir sogar ein, dazwischen die dunklen Umrisse einer Kutsche erkennen zu können. Sie kam mit hoher Geschwindigkeit näher, und das ganz ohne Geräusch, denn der Schnee unter ihren Rädern lag fast einen Fuß hoch.

Und bald waren auch der Aufbau und das Fahrgestell deutlich hinter den Lampen zu erkennen; es wirkte seltsam hoch. Ein plötzlicher Verdacht kam in mir auf. Könnte es sein, dass ich in der Dunkelheit die Kreuzung passiert hatte, ohne den Wegweiser bemerkt zu haben und wäre es möglich, dass dies genau die Kutsche ist, die ich vorhatte zu nehmen? Ich brauchte mir diese Frage nicht zweimal zu stellen, denn schon kam sie um die Straßenbiegung mit Schaffner und Kutscher, einem außen sitzenden Passagier und vier dampfenden Grauschimmeln; alle waren in einen sanft glänzenden Lichtschimmer gehüllt, aus dem die Lampen wie ein Paar feurige Meteore hervorschimmerten.

Ich sprang nach vorn, schwenkte meinen Hut und rief. Die Kutsche kam mit voller Geschwindigkeit heran und fuhr an mir vorüber. Einen Augenblick lang fürchtete ich, dass man mich nicht gesehen oder gehört hatte, aber das war nur für ganz kurze Zeit. Der Kutscher hielt den Wagen an; der Schaffner, der bis zu den Augen in Umhänge und Schals gehüllt war, schien auf seinem Sitz fest eingeschlafen, denn er antwortete weder auf meinen Gruß noch machte er überhaupt Anstalten abzusteigen. Der Passagier, der oben außen saß, wandte nicht einmal seinen Kopf; also öffnete ich selber die Tür und schaute ins Innere: Dort saßen nur drei Reisende; ich stieg also ein, schloss die Tür, schlüpfte in die noch freie Ecke und gratulierte mir selbst für das Glück, das ich hatte.

Die Atmosphäre in der Kutsche schien, soweit das überhaupt möglich ist, noch kälter als die Luft draußen und war durchdrungen von einem eigenartig dunstigen und unangenehmen Geruch. Ich schaute mich nach meinen Mitreisenden um. Es waren alle drei Männer und sie schwiegen. Sie schienen nicht zu schlafen, aber jeder hatte sich in seiner Ecke des Fahrzeugs zurückgelehnt, als wäre er ganz in seine eigenen Gedanken vertieft. Ich versuchte, ein Gespräch zu beginnen.

»Wie entsetzlich kalt es doch heute Nacht ist«, sagte ich zu meinem Nachbarn gegenüber gewandt.

Der hob seinen Kopf, blickte mich an, gab mir aber keine Antwort.

»Der Winter scheint jetzt ernsthaft begonnen zu haben«, fügte ich dann noch hinzu.

Obwohl die Ecke, in der er saß, so dunkel war, dass ich keinen seiner Gesichtszüge erkennen konnte, sah ich, dass seine Augen immer noch ganz auf mich gerichtet waren. Und doch kam kein Laut über seine Lippen. Zu jeder anderen Zeit hätte ich mich geärgert und diesem Ärger vielleicht auch Ausdruck verliehen, aber in diesem Moment fühlte ich mich dafür zu elend. Die eisige Kälte der Nachtluft hatte mir einen Schauder bis in mein innerstes Mark versetzt, und der sonderbare Geruch drinnen in der Kutsche verursachte in mir eine unerträgliche Übelkeit. Vom Kopf bis zu den Füßen überkam mich ein Erschaudern, und ich wandte mich zu meinem Nachbarn linkerhand und fragte ihn, ob er etwas dagegen hätte, wenn ich das Fenster öffnete. Doch der sprach weder, noch rührte er sich. Ich wiederholte die Frage etwas lauter, aber mit dem gleichen Ergebnis. Dann verlor ich die Geduld und schob das Fenster hinunter; dabei riss der Lederstreifen in meiner Hand, und ich bemerkte, dass die Glasscheibe mit einer dicken Schicht von Moder bedeckt war, der sich dort offensichtlich seit Jahren angesammelt hatte. Dadurch wurde meine Aufmerksamkeit auf den Zustand der Kutsche gerichtet, und als ich sie näher betrachtete, sah ich beim schwachem Licht der Außenlaternen, dass sie sich im letzten Stadium der Auflösung befand. Jedes Teil von ihr war nicht nur in einem miserablen Zustand, sondern stand vor dem völligen Verfall. Die Fensterrahmen splitterten bei der geringsten Berührung, die Lederbeschläge waren über und über mit Schimmel bedeckt und faulten buchstäblich vom Holz ab. Der Boden brach fast unter meinen Füßen ab. Kurz gesagt war das ganze Gefährt feucht vor lauter Fäulnis und offensichtlich aus irgendeinem Schuppen gezerrt worden, in dem es über Jahre hin am Vermodern war, um noch für einen Tag oder zwei auf der Landstraße seinen Dienst zu tun.

Da wandte ich mich an den dritten Reisenden, den ich noch nicht angesprochen hatte, und versuchte es mit einer weiteren Bemerkung.

»Diese Kutsche ist in einem bejammernswerten Zustand«, so sagte ich zu ihm, »die reguläre Postkutsche ist vermutlich in Reparatur?«

Er bewegte seinen Kopf langsam und schaute mir ins Gesicht, ohne ein Wort zu sprechen. In meinem ganzen Leben werde ich diesen Blick nicht mehr vergessen, denn er ließ mir das Blut in den Adern erstarren. Und auch jetzt noch lässt es mich erschaudern, wenn ich mich daran erinnere. Seine Augen glühten in einem unnatürlich feurigen Glanz. Sein Gesicht war fahl wie das eines Leichnams. Seine blutlosen Lippen waren zurückgezogen genauso wie in einem Todeskampf und ließen die schimmernden Zähne dazwischen sehen.

Die Worte, die ich gerade äußern wollte, erstarben mir auf den Lippen, und ein seltsames Grauen, ein furchtbares Grauen, überkam mich. Meine Augen hatten sich inzwischen an die Dunkelheit in der Kusche gewöhnt, und so konnte ich alles einigermaßen deutlich erkennen. Ich wandte mich meinem Nachbarn gegenüber mir zu. Auch er schaute mich an mit der gleichen erschreckenden Blässe im Gesicht und dem gleichen steinernen Glitzern in seinen Augen. Ich fuhr mir mit der Hand über die Stirn. Ich wandte mich um zu dem Reisenden auf dem Sitz neben mir und sah – Oh Himmel! Wie soll ich beschreiben, was ich sah? – ich sah, dass er kein lebender Mensch war. Niemand von den Mitreisenden in der Kutsche war ein lebender Mensch wie ich. Ein bleiches phosphoreszierendes Licht – das Licht der Verwesung – spielte auf ihren grauenhaften Gesichtern, ihren Gesichtern, die vom Grabestau feucht waren, auf ihren erdfleckigen zerschlissenen Kleidern, auf ihren Händen, welche diejenigen von schon seit Langem beerdigten Leichnamen waren. Nur ihre Augen, ihre fürchterlichen Augen, waren noch am Leben. Und all diese Augen waren drohend auf mich gerichtet.

Ein Schrei des Entsetzens, ein wilder unverständlicher Schrei um Hilfe und Gnade entsprang meinen Lippen, als ich mich gegen die Kutschentür warf und sie vergebens zu öffnen versuchte.

Genau in diesem Augenblick sah ich, kurz und deutlich wie eine Landschaft, die vom Blitz eines Sommergewitters erhellt wird, den Mond durch eine Spalte in den vom Sturm gepeitschten Wolken herabscheinen – den gespenstischen Wegweiser, der warnend am Straßenrand seinen Finger emporreckte – die gebrochene Mauerbrüstung – die in die Tiefe stürzenden Pferde – den schwarzen Abgrund tief unten. Dann schwankte die Kutsche wie ein Schiff auf hoher See. Darauf gab es ein gewaltiges Krachen – das Gefühl von einem zermalmenden Schmerz – und danach Dunkelheit.

Es schienen Jahre vergangen zu sein, als ich eines Morgens aus einem tiefen Schlaf erwachte und meine Frau erblickte, die neben mir an meinem Bett saß. Ich will die Szene übergehen, welche dann folgte, und Ihnen in einigen Sätzen schildern, was sie mir unter Tränen der Dankbarkeit erzählte: Ich war in einen Abgrund gestürzt, nicht weit weg von der Kreuzung der alten und der neuen Kutschenstraße und war nur dadurch vor einem sicheren

Tod bewahrt worden, dass ich auf eine tiefe Schneewehe gefallen war, die sich am Fuß des Felsens unten angehäuft hatte. In dieser Schneewehe war ich dann bei Tagesanbruch von ein paar Schäfern entdeckt worden, die mich zur nächstgelegenen Unterkunft trugen und einen Arzt zu Hilfe riefen. Dieser fand mich in einer Art von rasendem Delirium vor, mit einem gebrochenen Arm und einer komplizierten Schädelfraktur. Die Briefe in meiner Tasche hatten meinen Namen und meine Adresse angezeigt; man holte meine Frau herbei, um mich zu pflegen, und dank meiner Jugend und meiner guten körperlichen Verfassung habe ich mich dann schließlich außer Gefahr befunden. Ich brauche wohl kaum zu sagen, dass der Ort, an dem ich abgestürzt war, genau derjenige war, an dem neun Jahre zuvor die die Nachtpostkutsche von Norden den schrecklichen Unfall erlitten hatte.

Ich habe meiner Frau nie die fürchterlichen Ereignisse erzählt, von denen ich Ihnen eben berichtet habe. Ich habe sie dem Arzt, der mich behandelt hatte, erzählt, doch der sah das ganze Abenteuer als einen bloßen Traum an, den das Fieber in meinem Hirn erzeugt hätte. Wir redeten immer wieder und wieder über die Frage, bis wir fanden, dass wir nicht mehr gelassen darüber sprechen konnten, und so ließen wir sie fallen. Andere mögen daraus die Schlussfolgerungen ziehen, wie es ihnen beliebt – ich jedenfalls weiß genau, dass ich vor zwanzig Jahren der vierte Reisende in jener Geisterkutsche war.

Geistergeschichte aus dem Viktorianischen England
von Amelia B. Edwards

Die schwarze Prinzessin

Es war einmal ein König und eine Königin, die kriegten gar keine Kinder. Da sagte die Königin: »Ich wollte, ich kriegte ein Kind und wenn es auch vom Teufel wäre.« Nicht lange danach ward die Königin schwanger und gebar ein kleines Kind, das war ein Mädchen. Sie ward, wie sie wuchs, von Tage zu Tage schöner, sodass sie ein jeder, der sie sah, von Herzen gerne leiden mochte. Den Tag aber vor ihrem fünfzehnten Geburtstag sagte sie auf einmal zu ihrem Vater: »Morgen, Vater, muss ich sterben.« – »Mein liebes Kind«, entgegnete der König, »sprich mir doch nicht von sterben.« – »Doch Vater! Ich weiß gewiss, dass ich morgen sterben muss. Eines musst du mir aber versprechen: dass mein Sarg in der Schlosskirche vor den Altar gestellt und ein ganzes Jahr lang jede Nacht Wache dabei gehalten wird. Wenn sich dann unter der Wache einer findet, der nichts Schlechtes getan hat, so kann der mich wieder erlösen.« Das musste der König versprechen und ihr die Hand darauf geben.

Wie die Königstochter gesagt hatte, so kam es auch. Den anderen Tag nahm sie noch von Vater und Mutter Abschied, legte sich hin und starb und ward danach kohlschwarz. Der König ließ sie nun in ihrem Sarg in die Schlosskirche vor den Altar stellen mit einer Wache dabei, wie die Prinzessin es verlangt hatte. Des Nachts, da die Glocke gerade Zwölf schlug, fuhr die Prinzessin aus ihrem Sarg, packte die Wache, drehte ihr den Hals um und warf sie in ein finsteres Gewölbe, das da unter der Kirche war.

Sobald aber die Glocke Eins schlug, musste sie wieder in ihren Sarg hinein. In der zweiten Nacht ging es ebenso. Als die Glocke Zwölf schlug, fuhr die Königstochter aus ihrem Sarg, drehte der Wache den Hals um und warf sie in das Gewölbe, das unter der Kirche war. In jeder folgenden Nacht ging es ebenso; jeden Morgen war die Wache verschwunden, und kein Mensch wusste, wo sie geblieben war. Nun wollte zuletzt keiner mehr bei der Königstochter wachen. Da ließ der König im ganzen Lande bekannt machen: wer seine Tochter erlösen könnte, der sollte sie zur Frau haben und König werden.

Nun war da ein junger Schäfer mit gelben Haaren, der hieß Jakob, der reiste nach der Königsstadt und ließ sich anstellen als Wache bei dem Sarg der Prinzessin. In der ersten Nacht, da es kurz vor Zwölfe war und der Schäfer daran dachte, dass die anderen Wachen alle so sonderbar verschwunden waren, da ward er bange und wollte weglaufen. Da rief eine Stimme hinter ihm her: »Jakob, geh nicht fort, du kannst mich erlösen, wenn du drei Nächte hintereinander an meinem Sarg wachst.« Da kehrte der Schäfer wieder um und versteckte sich unter dem Sarg der Prinzessin. Als nun die Glocke Zwölf schlug, fuhr die Königstochter aus ihrem Sarg und suchte die ganze Kirche durch; in dem Augenblick aber, wo sie an den Sarg kam und den Schäfer eben fassen wollte, schlug die Glocke gerade Eins; da musste sie wieder in ihren Sarg hinein. In der zweiten Nacht, da es wieder bald Zwölfe war und der Schäfer daran dachte, dass es ihm auch ergehen könnte wie den anderen Wachen, da ward er wieder bange und wollte weglaufen. Da rief eine Stimme hinter ihm her: »Jakob, geh nicht fort; du kannst mich erlösen.« Als der Schäfer das hörte, kehrte er wieder um und versteckte sich in dem Gewölbe, wo die Leichen der früheren Wachen lagen.

Er beschmierte sich Gesicht und Hände ganz mit Blut, deckte einige der Toten über sich und verhielt sich so ruhig, als ob er auch eine Leiche wäre. Als nun die Glocke Zwölf schlug, fuhr die Königstochter wieder aus ihrem Sarg, durchsuchte die ganze Kirche und kam auch zuletzt in das Gewölbe, wo der Schäfer unter den Leichen lag. »Dem die Füße warm sind, der ist es!«, rief sie und tastete zwischen den Leichen herum. Schon war sie dem Schäfer ganz nahe, das Blut gerann ihm in den Adern, da schlug die Glocke Eins. Nun musste die Prinzessin wieder zurück in ihren Sarg.

Am anderen Morgen kam der König mit seinem ganzen Hofstaat in die Kirche, um nach dem Schäfer zu sehen, und als sie das viele Blut in seinem Gesicht und an seinen Händen sahen, erschraken sie und meinten nicht anders, als sei ihm ein Leid widerfahren. Jakob aber sprach: »Wisset, dass ich vorhabe, auch noch die dritte Nacht Wache zu halten. Morgen früh Glocke Sechs, da kommt mit Pauken und Trompeten und der ganzen Musik, denn entweder bin ich tot oder die Prinzessin ist erlöst!« Das musste ihm der König versprechen.

Kurz vor Zwölfe in der Nacht kroch der Schäfer unter den Sarg der Prinzessin, und als sie nun mit dem Schlag Zwölf herausfuhr, legte sich der Schäfer schnell selber in den Sarg hinein. Nun suchte die Prinzessin die ganze Kirche durch; als sie aber zuletzt auch an den Sarg kam, da schlug die Glocke Eins. Im selben Augenblick fing die Prinzessin an zu sprechen und sagte: »Jakob, ich danke dir vieltausendmal; du hast mich nun erlöst.« Von Stund an begann sie auch allmählich weiß zu werden, und am Morgen Glock sechs stand sie da in voller Schönheit und weiß wie zuvor. Da kamen auch der König und die Königin mit ihrem ganzen Hofstaat und vielem Volk, mit Pauken und Trompeten und voller Musik; und als nun Jakob mit der Prinzessin an der Hand aus der Kirche trat, da rief alles Volk: »Vivat, unser König Jakob!«, und es wollte des Jubilierens kein Ende werden.

Deutsches Märchen

Eine Vision Karls des Elften

Man macht sich über Visionen und über übernatürliche Erscheinungen lustig; einige aber davon sind so bestätigt, dass man, wollte man nicht daran glauben, konsequenterweise alle historischen Zeugnisse ablehnen müsste. Ein Bericht in bester Form, versehen mit der Unterschrift vier glaubwürdiger Zeugen, garantiert die Wahrheit dessen, was ich erzählen will. Ich muss noch hinzufügen, dass die Prophezeiung, die in diesem Bericht enthalten ist, lange vorher bekannt und erwähnt worden ist, ehe neuere Ereignisse sie in Erfüllung gebracht zu haben scheinen.

Karl XI. (1660–1697), der Vater des berühmten Karl XII., war einer der despotischsten, aber auch weisesten Monarchen, die Schweden je gehabt hat. Er beschränkte die ungeheuerlichen Vorrechte des Adels, vernichtete die Macht des Senats und schuf eigenmächtig Gesetze. Mit einem Wort: er veränderte die Verfassung des Landes, das bis zu seiner Regierung oligarchisch gewesen war, und zwang die Stände, ihm eine absolute Macht zuzuerkennen. Er war übrigens ein aufgeklärter Mann, tapfer, der lutherischen Kirche treu ergeben, von einem unbeugsamen, kalten, real denkenden Charakter, dem jede Einbildungskraft fremd war. Er hatte vor kurzem seine Gemahlin Ulrike Eleonore verloren. Obgleich seine Härte gegen diese Fürstin ihr Ende beschleunigt hatte, wie man sagte, achtete er sie doch und schien von ihrem Tod mehr betroffen, als man es von so einem nüchternen Gemüt erwartet hätte. Seit diesem Ereignis wurde er noch düsterer und schweigsamer als vorher und gab sich den Staatsgeschäften mit einem Eifer hin, der sein Bedürfnis kundtat, peinlichen Gedanken zu entgehen.

Spät an einem Herbstabend saß er einmal in Schlafrock und Pantoffeln vor einem großen Kaminfeuer in seinem Arbeitsgemach im Schloss zu Stockholm. Er hatte seinen Kammerherrn, den Grafen Brahe, bei sich, der bei ihm in allerhöchster Gunst stand, und seinen Leibarzt Baumgarten; ihn hatte er diesen Abend wegen irgendeiner Unpässlichkeit kommen lassen. Die Abendsitzung verlängerte sich gegen die Gewohnheit, und der König gab den beiden nicht wie sonst durch einen »guten Abend, meine Herren« zu verstehen, dass sie sich zurückziehen möchten. Den Kopf vorn übergeneigt und die Augen auf die glühenden Kohlen gerichtet, bewahrte er ein tiefes Schweigen; man sah, dass die Anwesenheit der beiden ihn langweilte, aber auch, dass er, ohne zu wissen warum, Angst hatte, allein zu bleiben. Graf Brahe merkte wohl, dass seine Gegenwart hier unliebsam war, und hatte schon mehrmals geäußert, Seine Majestät bedürfe wohl der Ruhe; aber eine Handbewegung des Königs hatte ihn auf seinem Platz festgehalten. Der Doktor sprach seinerseits davon, dass zu langes Aufbleiben der Gesundheit schädlich sei, aber Karl murmelte zwischen den Zähnen: »Bleiben Sie! Ich habe noch keine Lust, mich zu Bett zu begeben.« Darauf versuchte man es mit allerlei Gegenständen der Unterhaltung, die beim zweiten oder dritten Satz ins Stocken geriet. Es war klar, dass Seine Majestät eine ihrer düsteren Stimmungen hatte, und bei einer solchen Gelegenheit ist die Lage eines Hofmanns sehr delikat. Graf Brahe vermutete, dass die Traurigkeit des Königs von seinem Kummer um den Verlust seiner Gattin käme, als er das Porträt der Königin im Gemach erblickte, und sagte mit einem Seufzer: »Das ist ganz ihr Ausdruck, majestätisch und sanft zugleich!« – »Bah«, sagte der König, der jedes Mal, wenn man den Namen der Königin vor ihm aussprach, meinte, einen Vorwurf zu hören, »das Porträt ist geschmeichelt; die Königin war hässlich.« Aber bald war er über seine eigenen harschen Worte ärgerlich, stand auf und machte einen Gang durchs Zimmer, um eine Gemütserregung zu verbergen, derer er sich schämte. Er blieb vor dem Fenster stehen, das auf den Hof ging. Die Nacht war düster, der Mond stand im ersten Viertel.

Das heutige Königsschloss zu Stockholm war damals noch nicht vollendet, und Karl XI., der den Grund dazu gelegt hatte, bewohnte das alte Schloss, welches auf dem Riddarholmen liegt und von wo man einen Ausblick auf den Mälarsee hat. Es war ein großes Gebäude in Gestalt eines Pferdehufs. Das Arbeitsgemach des Königs lag am äußersten Ende, und etwa gerade gegenüber lag der große Saal, in welchem sich die Stände versammelten, wenn sie von Seiten der Krone eine Mitteilung erhielten.

Die Fenster dieses Saales schienen in diesem Augenblick von hellem Glanz erleuchtet, was dem König sonderbar vorkam. Anfangs glaubte er, dieser Lichtschimmer käme von der Kerze eines Dieners. Aber was sollte dieser in einem Saal zu schaffen haben, der seit langem nicht geöffnet war? Übrigens war der Schimmer auch zu hell, um durch eine einzige Kerze erzeugt zu werden. Man hätte ihn einer Feuersbrunst zuschreiben können, aber man sah keinen Rauch, die Scheiben waren nicht zerbrochen, und man hörte kein Geräusch. Alles deutete vielmehr auf eine feierliche Erleuchtung hin. Karl blickte eine Zeitlang schweigend auf diese Fenster. Graf Brahe streckte die Hand nach einem Klingelzug aus und wollte einen Pagen herbeirufen, der sich nach dieser sonderlichen Erleuchtung erkundigen sollte; aber der König hielt ihn zurück. »Ich will selber hinüber in diesen Saal gehen«, sagte er. Bei diesen Worten sah man ihn erbleichen, und in seiner Miene konnte man eine Art Scheu vor Übernatürlichem erkennen. Trotzdem ging er mit festem Schritt voraus, der Kammerherr und der Arzt folgten ihm; jeder von ihnen hielt eine brennende Kerze in der Hand.

Der Schlossdiener, der die Schlüssel in Verwahrung hatte, war schon zu Bett gegangen; Baumgarten weckte ihn und befahl ihm im Namen des Königs, sogleich die Türen des Ständesaals zu öffnen. Bei einem so unerwarteten Befehl war der Schlossdiener schon sehr verwundert; er kleidete sich in aller Eile an und folgte dem König mit dem Schlüsselbund. Zuerst öffnete er die Tür einer Galerie, die eine Art Vorzimmer und Durchgang war. Der König trat hinein. Aber wie groß war sein Erstaunen, als er sah, dass die Wände ganz schwarz ausgeschlagen waren.

»Wer hat Befehl gegeben, die Wände schwarz auszuschlagen?«, fragte er zornig.

»Sire, niemand, soviel ich weiß«, antwortete der Schlossdiener bestürzt. »Das letzte Mal, dass ich die Galerie habe kehren lassen, war sie mit Eichenholz getäfelt, wie sie es immer gewesen ist. Diese Behänge da kommen bestimmt nicht aus der Teppichkammer Ihro Majestät.«

Der König ging raschen Schrittes voran und war schon über zwei Drittel der Galerie hinaus. Der Graf und der Diener folgten ihm auf den Fersen, der Doktor Baumgarten blieb ein wenig zurück, denn er schwankte zwischen der Furcht, allein zurückzubleiben, und der, sich einem Abenteuer auszusetzen, das sich in so sonderbarer Weise ankündigte.

»Gehen Sie nicht weiter, Sire«, sagte der Diener. »Bei meiner Seele, dahinter steckt Spuk und Hexerei! Jetzt, seit dem Tod der Königin, Ihrer gnädigen Gemahlin, geht diese, wie man sagt, in dieser Galerie um. Gott beschütze Ihro Majestät!«

»Halten Sie ein, Sire!«, sagte der Graf seinerseits. »Hören Sie nicht diesen sonderbaren Ton, der aus dem Ständesaal herüberdringt? Wer weiß, welchen Gefahren sich Ihro Majestät aussetzt.«

»Sire«, sagte Baumgarten, indem er vor dem großen Saal stehen blieb, während ein Windstoß seine Kerze ausblies, »gestatten Sie wenigstens, dass ich ein Dutzend Ihrer Leibgardisten holen lasse.«

»Lasst uns hineingehen«, sagte der König mit fester Stimme, »und du Schlossdiener, öffne uns schnell die Tür.«

Und er stieß mit dem Fuß daran; der Lärm davon hallte im Echo der Gewölbe wie ein Kanonenschuss wider. Der Diener zitterte dermaßen, dass sein Schlüssel an das Schloss stieß, ohne dass er ihn ins Schlüsselloch zu stecken vermochte.

»Ein alter Soldat, der zittert«, sagte Karl und zuckte dabei mit den Schultern. »Rasch, Graf, öffnet uns die Tür!«

»Sire«, antwortete der Graf und trat einen Schritt zurück, »möge Ihro Majestät mir befehlen, gegen die Mündung einer dänischen oder deutschen Kanone zu marschieren, ich werde gehorchen, ohne zu schwanken. Aber Sie wollen, dass ich der Hölle trotze.«

Der König entriss den Schlüssel den Händen des Dieners.

»Ich sehe wohl«, sagte er mit einem Ton der Verachtung, »dass dies meine Sache allein ist«, und ehe sein Gefolge ihn daran hindern konnte, hatte er schon die dicke Eichentür geöffnet und war mit den Worten: »Gott helfe mir!« in den großen Saal getreten. Seine drei Gefährten, getrieben von Neugier, die stärker als ihre Furcht war, vielleicht auch aus Ehrgefühl, den König allein zu lassen, waren mit ihm eingetreten.

Der große Saal war durch eine Unmenge von Kerzen erleuchtet. Ein schwarzes Tuch verdeckte die alten gestaltreichen Wandbehänge. Wie gewöhnlich standen reihenweis deutsche, dänische und russische Fahnen, die Trophäen der Armee Gustav Adolfs, an den Wänden aufgestellt. Dazwischen sah man schwedische Banner, die mit schwarzem Trauerflor umhüllt waren. Eine unermessliche Versammlung füllte die Bänke. Die vier Ständeordnungen, der Adel, die Geistlichkeit, die Bürger und die Bauern, alle saßen an ihrem Platz und waren schwarz gekleidet. Diese Menge Menschengesichter, die aus dem dunklen Hintergrund hervorleuchteten, blendeten so die Augen der vier Zuschauer, dass sie kein ihnen bekanntes Gesicht darunter entdecken konnten. Auf dem erhabenen Thron, von dem aus der König die Versammlung anzureden pflegte, sahen sie aufgebahrt einen blutigen Leichnam, der mit den Insignien des Königs geschmückt war. Zu seiner Rechten stand ein Kind, die Krone auf dem Haupt, ein Zepter in der Hand; zur Linken stützte sich ein alter Mann oder vielmehr eine schemenhafte Gestalt auf den Thron. Es war mit dem Prunkmantel des Reichsverwesers umhüllt, den die früheren Regenten Schwedens trugen, bevor Wasa daraus ein Königreich gemacht hatte. Dem Thron gegenüber saßen an einem Tisch, worauf dicke Folianten und Pergamentrollen lagen, verschiedenen Personen von strenger und ernster Haltung, die in schwarze, lange Gewänder gehüllt waren; sie schienen Richter zu sein. Zwischen dem Thron und den Bänken der Versammlung stand ein schwarz verhangener Richtblock, auf dem ein Beil lag.

Niemand in dieser unheimlichen Versammlung schien die Gegenwart Karls und der drei anderen Personen, die ihn begleiteten, zu bemerken. Als sie eintraten, hörten sie zuerst nur ein verworrenes Gemurmel, in dem kein Ohr bestimmte Worte unterscheiden konnte. Dann stand der älteste der schwarz gekleideten Richter, zweifellos der Vorsitzende, auf und klopfte dreimal mit der Hand auf den Folianten, der offen vor ihm lag, und sofort erfolgte daraufhin Stille im Raum. Einige junge Männer von edlem

Aussehen, die reich gekleidet waren und deren Hände auf dem Rücken gebunden waren, traten dann durch eine der Türen in den Saal ein, die derjenigen gegenüber lag, die König Karl geöffnet hatte. Sie schritten mit erhobenem Haupt und festen Willen im Blick einher. Hinter ihnen hielt ein kräftiger Mann in engem Wams das Ende des Stricks, der ihre Hände zusammenband. Derjenige, der an der Spitze schritt, schien der vornehmste der Gefangenen zu sein; er blieb mitten im Saal vor dem Richtblock stehen und sah diesen mit Verachtung an. Und im selben Augenblick schien sich der Leichnam in einer Art krampfhafter Zuckung zu bewegen, und frisches rotes Blut floss aus seiner Wunde. Der junge Mann kniete nieder, streckte seinen Kopf vor, das Beil blitzte in der Luft und sauste mit dunklem Klang hernieder; ein Blutstrahl ergoss sich über den Boden und vermischte sich mit dem Blut des Leichnams, und der Kopf rollte über den Boden und gelangte bis zu Karls Füßen, die er mit Blut benetzte.

Bis zu diesem Augenblick war der König vor Erstaunen stumm geblieben, aber bei diesem entsetzlichen Anblick löste sich seine Zunge. Er tat einige Schritte in Richtung Thron, wandte sich an die Person, die sich im Prunkmantel des Reichsverwesers dort anlehnte und sprach kühn die bekannten Beschwörungsworte: »Wenn du Gott bist, so sprich; wenn du aber dem Anderen angehörst, so lass uns in Frieden!« Langsam und im feierlichen Ton erwiderte das Gespenst: »König Karl, dieses Blut wird nicht unter deiner Herrschaft fließen – hier wurde die Stimme weniger deutlich – erst unter deinem fünften Nachfolger. Wehe, wehe, wehe dem Blute Wasas!«

Darauf begannen die Gestalten dieser zahlreichen Versammlung weniger klar zu erscheinen und glichen nur noch gefärbten Schatten; bald aber verschwanden sie ganz, die geheimnisvollen Kerzen erloschen. Jetzt erleuchteten nur noch die Kerzen Karls und seines kleinen Gefolges die alten Wandbehänge, die sich leicht im Winde bewegten. Man hörte nur noch ein leises, ziemlich melodisches Gemurmel, welches einer der Zeugen mit dem Flüstern des Windes in bewegten Zweigen verglich, ein anderer mit den Tönen der Saiten einer Harfe, die in dem Augenblick zerspringen, wo man diese stimmen will. Alle aber äußerten sich einstimmig über die Dauer der Erscheinung, die sich auf etwa zwanzig Minuten belief.

Der schwarze Wandbehang, das abgeschlagene Haupt, die Blutströme, welche den Boden bedeckt hatten, alles war mit den Gespenstern verschwunden; nur Karls einer Hausschuh bewahrte einen roten Fleck, der allein schon hingereicht haben würde, ihm die Szenen dieser Nacht ins Gedächtnis zurückzurufen, wenn sie nicht schon fest genug darin eingegraben gewesen wären.

Wieder in sein Arbeitsgemach zurückgekehrt, ließ er die Erzählung dessen, was er gesehen hatte, aufsetzen und durch seine Begleiter unterzeichnen, und unterzeichnete sie auch selber.

Welche Vorsicht man auch walten ließ, den Inhalt dieses Schriftstückes dem Publikum vorzuenthalten, es wurde doch bald bekannt, selbst noch zu Karls Lebzeiten. Es existiert noch, und bis zum heutigen Tag ist es niemandem eingefallen, dessen Echtheit zu bezweifeln. Der Schlusssatz des Berichts ist bemerkenswert: »Wenn das, was ich hier erzählt habe, nicht die genaueste Wahrheit ist, entsage ich jeder Hoffnung auf ein besseres Leben, das ich etwas verdient haben könnte durch einige gute Taten und vor allem durch meine Bemühungen um das Wohlergehen meines Volkes, wie auch durch den Eifer, mit dem ich den Glauben meiner Vorfahren aufrechterhalten habe.« So seine Worte.

Wenn man sich nun an den Tod Gustavs III. (1792) und die Hinrichtung des Hauptmannes von Anckarström, seines Mörders, erinnert, wird man mehr als eine Beziehung zwischen diesem Ereignis und den Umständen jener wundersamen Vision finden:

Der junge Mann, der im Angesicht der versammelten Stände enthauptet wurde, war Anckarström.

Der gekrönte Leichnam war der Gustavs III.; das Kind mit Krone und Zepter sein Sohn und Nachfolger Gustav IV. Adolf.

Der alte Mann war der Herzog von Södermanland, Gustavs IV. Oheim, welcher Regent des Königreichs, und später, nach der Entthronung seines Neffen (1809), König von Schweden wurde.

Historische Sage aus Schweden, überliefert vom französischen Schriftsteller Prosper Mérimée

Das Seegespenst

Auf dem Kvalholm da unten auf Helgeland* wohnte ein armer Fischer namens Elias mit seiner Frau Karen, die früher bei dem Pastor in Alstadhaug gedient hatte. Sie hatten sich dort eine Hütte gebaut, und der Mann machte nun gegen Tagelohn die Lofotenfischerei mit. Auf dem einsamen Kvalholm war es nicht ganz geheuer. Wenn der Mann fort war, hörte die Frau mancherlei unheimliches Lärmen und Schreien, das von nichts Gutem herrühren konnte.

Als sie eines Tages auf die Hochebene gestiegen war und Winterfutter für ihre Schafe mähte, hörte sie es sogar vollkommen deutlich unter dem Berg am Strand sprechen; aber sie wagte nicht nachzusehen, was es war. Jedes Jahr wurde ihnen ein Kind geboren; aber sie waren beide arbeitsam und fleißig. Als sieben Jahre verstrichen waren, befanden sich sechs Kinder in der Stube; aber um diese Zeit hatte der Mann auch so viel zusammengespart, dass er sich selbst ein sechsrudriges Boot kaufen und auf eigene Rechnung zum Fischen aussegeln zu können glaubte. Eines Tages, als er mit einer Flunderpike in der Hand daherkam und über das eigene Boot nachdachte, stieß er hinter einem Felsenvorsprung am Strande unvermutet auf einen gewaltigen Seehund, der sich da sonnte und den Elias wahrscheinlich ebenso wenig erwartet hatte

---

* Helgeland ist eine Landschaft im Norden Norwegens, die den südlichen Teil des Fylkes Nordland bis zum Saltfjellet umfasst.

wie jener ihn. Elias jedoch überlegte nicht lange: er stieß ihm die lange, schwere Pike dicht unterm Genick in den Rücken.

Da aber gab es ein Wesen! Der Seehund richtete sich mit einem Mal auf dem Schwanz in die Höhe, hoch wie ein Bootsmast, sah Elias mit blutunterlaufenen Augen boshaft und giftig an und wies so fürchterlich grinsend die Zähne, dass Elias beinahe den Verstand verlor. Dann fuhr der Seehund plötzlich ins Wasser, und der Schaum hinter ihm war vom Blut rot. Mehr sah Elias nicht; aber an der Landungsstelle, wo sein Haus stand, trieb am selben Nachmittag die Flunderstange mit abgebrochener Eisenspitze an Land.

Elias vergaß aber das Geschehnis; er kaufte sich im Herbst ein sechsrudriges Boot, für das er schon im Sommer den Schuppen gebaut hatte. Eines Nachts, als er wach lag und an seinen neuen Sechsruderer dachte, fiel ihm ein, dass er zur besseren Verwahrung des Bootes doch lieber an jeder Seite noch eine kleine Klammer zum Stützen einsetzen sollte. Er war so unvernünftig froh über das Boot, dass es ihm tatsächlich Freude machte, aufzustehen und es mit der Laterne in der Hand zu besichtigen. Wie er nun dastand und das Boot beleuchtete, glaubte er plötzlich in einer Ecke auf dem Netzhaken ein Gesicht zu bemerken, das ganz so aussah wie das des Seehunds. Eine Weile grinste es ihn und die Laterne boshaft an, wobei der Rachen größer und größer wurde, und schließlich fuhr ein riesiger Mann zur Tür hinaus, dem, wie Elias beim Schein der Laterne ganz deutlich sah, eine lange Eisenspitze aus dem Rücken hervorragte. Nun fing er an, dies und das zu begreifen. Aber noch jetzt war er mehr um das Boot als um sein Leben besorgt, und deshalb setzte er sich mit der Laterne ins Boot und hielt Wache. Als seine Frau am folgenden Morgen in den Schuppen kam, fand sie ihn schlafend im Boot vor, neben sich die ausgebrannte Laterne.

Als er eines Morgens im Januar mit zwei Männern in seinem Boot zum Fischfang auszog, hörte er in der Dunkelheit eine Stimme, die von einer der Schären, gerade an der Ausfahrt der Bucht, mit höhnischem Lachen sagte: »Wenn du ein großes Boot bekommst, so nimm dich in acht, Elias!«

Es dauerte aber viele Jahre, bis es Elias zu einem großen Boot brachte; sein ältester Sohn, Bernt, war damals bereits siebzehn Jahre alt. Aber eines Herbsttages fuhr er mit seiner Familie im Boot nach Ranen, um den Sechsruderer gegen ein großes Boot zu vertauschen. Im Hause blieb nur ein eben konfirmiertes Lappenmädchen zurück, das Elias vor einigen Jahren zu sich genommen hatte. In Ranen war wirklich ein Boot zu haben, ein kleineres Großboot, um das es ihm gerade zu tun war; der beste Bootsbauer hatte es just in diesem Herbst fertiggestellt und geteert. Elias wusste sehr wohl, wie ein Boot beschaffen sein musste, und glaubte, nie eins gesehen zu haben, das unter der Wasserlinie so vorzüglich gebaut war wie dieses. Über dem Wasser sah es wenigstens für einen wenig Erfahrenen etwas plump aus und nicht besonders schön. Der Baumeister sah all das ebenso gut wie Elias. Nach seiner Ansicht, sagte er, würde es der schnellste Segler werden, der jemals in Ranen gebaut worden sei; Elias sollte es aber trotzdem billig haben, wenn er das eine versprechen wolle: keine Änderung an dem Boote vorzunehmen, nicht einmal einen Nagel in die geteerten Steven zu schlagen. Erst als Elias dieses Versprechen gegeben hatte, bekam er das Boot. Der Mann, der den Baumeister diese Form unter der Wasserlinie zu bauen gelehrt hatte – über Wasser musste er arbeiten, wie er selbst es konnte, und das wurde manchmal schlecht genug –, war wahrscheinlich dort gewesen und hatte ihm geraten, das Boot so billig zu verkaufen, dass es Elias erwerben könne; zugleich hatte er ihm eingeschärft, er möge im Voraus zur

Bedingung machen, dass das Boot nicht gezeichnet werden dürfe. Auf diese Weise verhinderte man, dass, einem alten Brauche gemäß, am Vorder- und Hintersteven Kreuze angebracht wurden.

Bevor Elias wieder nach Hause segelte, begab er sich nach dem Handelsplatz und versorgte sich und die Seinen mit Weihnachtsvorrat, unter anderem mit einer Branntweinkruke**. Sehr froh und mit seinem Handel zufrieden, tranken er und ebenso seine Frau an diesem Tage einen Schluck über den Durst, und auch Bernt, der Sohn, durfte einmal kosten. Dann segelten sie in dem neuen Boot heimwärts. Anderer Ballast als Elias selbst, dessen Frau und Kinder sowie der Weihnachtsvorrat befand sich in dem Boot nicht. Bernt saß vorn; die Frau bediente, unterstützt von dem zweitältesten Sohne, die Segel, und Elias selbst saß am Ruder; die beiden jüngeren, zwölf und vierzehn Jahre alten Brüder sollten sich beim Wasserschöpfen ablösen. Sie hatten im Ganzen acht Seemeilen zu segeln, und als sie auf die See hinauskamen, zeigte sich, dass sie das Boot gleich diesmal auf seine erste Probe würden stellen müssen. Der Wind steigerte sich nach und nach zum Sturm, und die Schaumkämme der schweren Wogen begannen sich aneinander zu brechen. Jetzt sah Elias, was für ein Boot er besaß; wie ein Seevogel durchschnitt es die Wellen, ohne dass auch nur ein Tropfen Wasser ins Boot kam; Elias meinte, er brauche gar nicht voll zu reffen, was bei einem gewöhnlichen Großboot in solchem Wetter nötig gewesen wäre. Später bemerkte er nicht weit entfernt auf See ein anderes Großboot mit voller Besatzung und viermal gerefften Segeln. Es hatte denselben Kurs, und Elias fand es ein wenig seltsam, dass er es nicht früher gesehen hatte. Es

** Eine Kruke ist ein größeres krug-, flaschenähnliches Gefäß aus Ton, Steingut o. Ä.

schien, als wolle das andere Boot mit dem seinigen um die Wette segeln, und als er das merkte, konnte er es nicht unterlassen, sein Segel wieder voll aufzusetzen und zu entfalten.

Mit rasender Schnelligkeit ging es jetzt an Landzungen und Schären vorüber, sodass es Elias schien, als sei er noch nie zuvor auf einer so prächtigen Segelfahrt gewesen; nun zeigte sich wirklich, dass das Boot das beste in Nordland war. Die See ging indessen höher und höher; schon waren sie von mehreren ordentlichen Sturzwellen überschüttet worden. Sie brausten vorn am Bug, wo Bernt saß, herein und flossen am Heck wieder in die See. Beim Eintritt der Dunkelheit war das andere Boot so nahegekommen, dass sich die beiderseitigen Insassen einander etwas hätten zuwerfen können. Seite an Seite ging nun die Fahrt auf der immer stürmischer werdenden See in die Nacht hinein. Eigentlich hätte man wieder reffen müssen; aber Elias wollte sich bei der Wettfahrt nicht gerne für besiegt erklären; er wollte mit dem Reffen so lange wie möglich warten – bis sie es auch in dem anderen Boot täten, wo es wahrscheinlich nicht weniger nötig war. Immer öfter ging die Branntweinkruke herum, da man sowohl der Kälte wie der Nässe Widerstand leisten musste.

Das Meerleuchten, das auf den schwarzen Wogen neben Elias' Boot spielte, strahlte eigentümlich stark auf dem Schaumrand um das andere Boot, das gleichsam durch feurige Sturzwellen dahinsegelte. Bei dem hellen Phosphorschein konnte Elias sogar die Taue an dem anderen Boot unterscheiden. Er konnte auch deutlich die Leute an Bord mit ihren Südwestern auf dem Kopf erkennen; aber da ihm die Luvseite des Bootes zunächst lag, kehrten sie ihm alle den Rücken zu und wurden obendrein meist von dem hoch emporschnellenden Bootsrand verdeckt.

Plötzlich schlug eine schreckliche Sturzwelle, deren weißen

Kamm Elias schon lange durch die Dunkelheit schimmern sah, über das Vordeck, wo Bernt saß, ins Boot. Sie hielt förmlich das Boot einen Augenblick auf; die Planken erbebten und zitterten unter ihrem Druck, und dann strömte sie über das Hinterdeck wieder hinaus, als das für einen Augenblick halbgekenterte Boot sich wieder aufrichtete und von Neuem dahinschoß. Während dies geschah, glaubte Elias, vom anderen Boot her ein grässliches Geschrei zu vernehmen. Aber als es vorüber war, rief die Frau, die das Segel bediente, mit einer Stimme, die ihm ins Herz schnitt: »Herrgott, Elias, die See hat Martha und Nils mitgenommen!« – das waren ihre jüngsten Kinder, das erstere neun, das andere sieben Jahre alt. Sie hatten neben Bernt gesessen. Elias antwortete nur: »Lass das Segel nicht los, sonst verlierst du noch mehr!«

Es galt nun das vierte Reff einzustecken, und als das geschehen war, fand Elias, dass er sogar zum fünften Mal reffen müsse, denn das Unwetter nahm zu; um aber andererseits die immer schwereren Wogen durchschneiden zu können, durfte er das Segel nicht weiter einziehen, als unbedingt notwendig war. Es half jedoch nicht: die Segelfläche musste noch weiter verkleinert werden. Die See schäumte, dass ihnen der Gischt ins Gesicht peitschte, und Bernt und der nächstälteste Bruder, Anton, der der Mutter am Segel geholfen hatte, mussten sich schließlich an der Rah* festhalten – ein Ausweg, zu dem man erst seine Zuflucht nimmt, wenn das Boot auch das fünfmal gereffte Segel nicht mehr verträgt. Das benachbarte Boot, das eine Weile nicht sichtbar gewesen war, tauchte plötzlich neben Elias' Boot wieder auf, mit ganz derselben Takelage wie seines; aber die Mannschaft, die dort an Bord war, gefiel ihm nicht recht. Die beiden, die die Rah hielten und deren

* Die Rah ist eine waagerechte Stange am Mast, an der ein Segel befestigt wird.

bleiche Gesichter unter den Südwestern hervorblickten, glichen bei der seltsamen Beleuchtung durch die Schaumwoge mehr Gespenstern als Menschen; auch sprachen sie kein einziges Wort. In einiger Entfernung sah Elias in der Finsternis wieder den hohen Kamm einer Sturzwelle schimmern; die Woge rückte näher und näher heran, und er bereitete sich darauf vor, sie zu empfangen. Er hielt direkt auf die Welle zu und ließ das Segel so viel als möglich entfalten, um genügend Fahrt zum Durchschneiden der Woge zu bekommen. Tosend wie ein Wasserfall brauste die Sturzwelle heran; wieder waren sie einen Augenblick nahe am Kentern; aber als die Gefahr vorüber war, saß die Frau nicht mehr am Segel, und Anton stand auch nicht mehr an der Rah – sie waren beide über Bord. Auch diesmal glaubte Elias denselben grässlichen Ruf in der Luft zu vernehmen. Aber dazwischen hörte er deutlich seine Frau angstvoll seinen Namen rufen. Als er merkte, dass sie von Bord gespült war, sagte er nur: »In Jesu Namen!« Dann schwieg er. Ihm war zumute, als ob er ihr folgen solle; aber er fühlte, dass es den Rest der teuren Ladung, die er an Bord hatte, zu bergen galt: Bernt und seine beiden anderen Söhne, den zwölf und den vierzehnjährigen, die lange Zeit mit Wasserschöpfen beschäftigt gewesen waren und nun im Hinterraum saßen. Nun musste Bernt allein auf die Rah achtgeben und sich und dem Vater helfen, so gut es ging. Das Ruder wagte Elias nicht loszulassen; mit eiserner Hand hielt er es umklammert – sie war schon vor Anstrengung ohne Gefühl.

Nach einer Weile tauchte das Nachbarboot wieder auf, das wie schon früher eine Zeitlang nicht sichtbar gewesen war. Nun sah Elias noch deutlicher den Mann, der auf demselben Platz saß wie er. Aus seinem Rücken, unterhalb des Südwesters, ragte, als er sich umdrehte, richtig, eine lange Eisenpike, die Elias wohl zu erkennen glaubte. Er war sich nunmehr über zweierlei klar: erstens, dass niemand anderes als das Seegespenst das Halbboot dicht neben ihm lenkte und ihn ins Verderben geführt hatte, und ferner, dass er in dieser Nacht seine unbedingt letzte Fahrt machen sollte. Denn wer das Gespenst auf dem Meer erblickt, ist verloren. Er sagte seinen Söhnen nichts, um sie nicht mutlos zu machen, empfahl aber Gott seine Seele.

Seit ein paar Stunden hatte der Sturm ihn gezwungen, den Kurs zu ändern; und da zu gleicher Zeit ein Schneegestöber einsetzte, so machte er sich darauf gefasst, dass er vor Tagesanbruch über die Richtung des Landes keine Klarheit bekommen würde. Die Fahrt ging inzwischen fort wie bisher. Von Zeit zu Zeit klagten die Knaben im Hinterraum über die Kälte; aber dagegen war bei dem Wetter ja nichts zu machen; Elias hatte auch andere Gedanken. Er hatte eine so wahnsinnige Lust, sich zu rächen, und wäre es ihm nicht mit dem Leben seiner noch übrigen Kinder zu tun gewesen, so würde er durch eine plötzliche Wendung versucht haben, das verdammte Boot in den Grund zu segeln, das immer noch wie zum Hohn ihm zur Seite fuhr und dessen böse Absicht er schon lange durchschaute. Konnte früher die Flunderpike das Gespenst verwunden, so ließ sich jetzt wohl mit einem Messer oder einem eisernen Fischhaken dasselbe erreichen; er würde gern sein Leben hingegeben haben, um den recht zu treffen, der ihm so herzlos das Liebste auf Erden geraubt hatte und wohl noch mehr wollte.

Zwischen drei und vier Uhr nachts zeigte sich wieder in der Dunkelheit eine Schaumwand von solcher Höhe, dass Elias anfangs meinte, es müsse eine Brandung sein in der Nähe des Landes. Bald sah er jedoch, was er vor sich hatte: eine ungeheure Woge. Auf einmal glaubte er deutlich zu hören, wie in dem anderen Boot gelacht wurde, und er vernahm die Worte: »Nun steuere dein Großboot, Elias!« Dieser, der das Unglück voraussah, sagte jetzt laut: »In Jesu Namen!«, riet seinen Söhnen, sich mit aller Kraft an den Ruderpflöcken festzuhalten, sobald das Boot untertauche, und nicht eher loszulassen, als bis sie über Wasser wären. Er ließ den älteren nach vorn gehen, zu Bernt, und behielt den jüngsten dicht neben sich; mehrmals strich er ihm heimlich die Wange und vergewisserte sich, ob er sich wohl auch fest genug hielt. Das Boot wurde buchstäblich unter der Schaumwelle begraben, erhob sich darauf mit dem Vordersteven und ging dann unter. Als es mit dem Kiel nach oben wieder emporkam, lagen Elias, Bernt und der zwölfjährige Martin neben dem Boot und hielten sich fest; der dritte Bruder aber war verschwunden.

Nun galt es vor allem, die Wanten an der einen Seite zu durchschneiden, damit der Mast sich neben das Boot legen konnte, anstatt es beständig von unten zu beunruhigen; dann galt es, auf den Kiel zu gelangen, die Zapfen aus dem Schiffsboden herauszustoßen und so die Luft, die das Boot jetzt zu hoch über Wasser hielt, als dass es still liegen konnte, herauszulassen. Nach großen Anstrengungen glückte das; Elias gelangte zuerst auf den Kiel und half seinen beiden Söhnen hinauf. Dort saßen sie nun die lange finstere Winternacht, mit Händen und Füßen sich krampfhaft anklammernd, von einer Welle nach der anderen überspült. Bereits nach wenigen Stunden starb Martin, den der Vater die ganze Zeit nach Möglichkeit gestützt hatte, vor Ermattung und glitt in die See hinein. Sie hatten schon mehrmals um Hilfe gerufen, es aber als zwecklos aufgegeben. Während die zwei nun allein auf dem umgeschlagenen Boot saßen, sagte Elias zu Bernt, er werde wohl bald der Mutter folgen, hoffe jedoch, dass Bernt gerettet werden würde, wenn er nur wie ein Mann aushalte. Dann erzählte er ihm von dem Seegespenst, dem er die Flunderpike in den Nacken gestoßen und das sich an ihm nun gerächt habe; es würde wohl auch nicht nachgeben, als bis sie quitt seien.

Gegen neun Uhr morgens, als der Tag zu grauen begann, reichte Elias dem neben ihm sitzenden Bernt seine silberne Uhr mit der Messingkette, die er entzweigerissen hatte, um die Uhr unter der zugeknöpften Weste hervorziehen zu können. Er blieb noch eine Weile sitzen; aber als es heller wurde, sah Bernt, dass das Gesicht des Vaters totenbleich war und das Haar sich an mehreren Stellen geteilt hatte, wie es oft kurz vor dem Tode geschieht; die Haut an den Händen war ihm durch das Festhalten am Kiel vollständig abgerieben. Der Sohn erkannte, dass es mit dem Vater zu Ende ging, und wollte, so gut es bei der Schaukelbewegung des Bootsrumpfes ging, zu ihm hinrücken, um ihn zu unterstützen. Als aber Elias dies merkte, sagte er: »Halt dich nur selber so fest, wie du kannst, Bernt! In Jesu Namen; ich gehe zur Mutter!« Damit warf er sich rücklings vom Kiel in die See.

Als die See ihr Opfer erhalten hatte, wurde sie, wie jeder weiß, der einmal auf solch einem Bootskiel gesessen hatte, nach kurzer Zeit ruhiger. Es wurde Bernt leichter, sich festzuhalten, und mit dem heller werdenden Tag kam neue Hoffnung. Der Himmel klärte sich auf, und als es völlig Tag geworden war, war ihm, als ob er die Gegend kenne, als ob er vor seiner Heimat, dem Kvalholm, dahintriebe. Er begann wieder um Hilfe zu rufen, setzte aber mehr Hoffnung auf eine Strömung, die, wie er wusste, an einer Stelle gegen das Land ging, wo ein Vorgebirge auf der Insel den Wogengang brach, sodass er ruhig wurde. Er trieb auch richtig immer näher und kam schließlich einer Schäre so nahe, dass sich der neben dem Boot herschwimmende Mast an der schrägen Klippe mit den Wellen auf und ab senkte. So steif er vom Sitzen und Festhalten war, es glückte ihm dennoch unter großer Anstrengung, sich auf die Felsenklippe zu retten, den Mast heraufzuziehen und das Boot zu vertauen.

Das Lappenmädchen, das allein zu Hause war, hatte seit einigen Stunden Hilferufe zu hören gemeint und war, als sie nicht aufhörten, auf eine Anhöhe geklettert, um Ausschau zu halten. Da erblickte sie Bernt auf der Klippe und neben ihm das gekenterte Boot, das fortwährend gegen die Klippe schlug. Sie lief sofort zum Bootshaus hinunter, schob das alte Ruderboot ins Wasser und ruderte um die Insel herum zu ihm hinaus.

Bernt lag den ganzen Winter unter ihrer Pflege krank und ging dieses Jahr nicht auf den Fischfang. Die Leute meinten auch, er sei nach diesen Erlebnissen zuweilen ein bisschen wunderlich. Auf das Meer wollte er nicht wieder hinaus – er hatte den Seeschreck bekommen. Er heiratete das Lappenmädchen und zog hinauf nach Malangen, wo er sich ein Rodeland kaufte und wo er jetzt lebt und es ihm gut geht.

Geistergeschichte des norwegischen Schriftstellers Jonas Lie

Der fliegende Holländer

Im Lande Limburg liegt ein altes Schloss, das ist Falkenberg genannt, darin es spukt und umgeht. Eine Stimme ruft gegen die vier Wände den Klageruf: Mörder! Mörder! – Zwei kleine Flämmchen flackern vor der Stimme her, aber den Rufer sieht keiner. Und das ist also seit sechshundert Jahren.

Damals, vor so langer Zeit, stand das Schloss noch in seinem Glanz, zwei Brüder von Falkenberg wohnten darin, die hießen Waleram und Reginald und liebten beide die schöne Tochter eines Grafen von Kleve, Alix. Waleram war der Glückliche, den die Jungfrau erkor, und feierte mit ihr glänzende Hochzeit. Dem verschmähten Reginald aber wandte der Rachegeist das Herz in der Brust, und er ging und ermordete die Liebenden in ihrem Brautbett. Im Todeskampf griff Waleram in des Bruders Mordwaffe, schlug ihm die blutende Hand ins Gesicht und sank dann tot zurück. Der Mörder schnitt vom Haupt der von ihm erdolchten Braut eine Locke und entwich, war auch nimmer zu finden, als man die Toten fand und bejammerte und den Mörder ahnte.

Es lebte dazumal nicht allzu weit vom Schloss Falkenberg entfernt ein frommer Einsiedler, dessen Klause neben einer kleinen Kapelle stand. Bei dem klopfte es an um Mitternacht und begehrte Einlass im Namen des Himmels. Reginald war's, den die Reue marterte, und auf dessen Gesicht die Spur einer blutigen Hand unaustilgbar sichtbar war, ein Wahrzeichen, was kein Wasser abwusch. Reginald beichtete dem Einsiedler seine schwere Schuld, und der hieß ihn mit ihm gehen, führte ihn in die Kapelle, kniete mit ihm am Altar und betete mit ihm die ganze Nacht. Am anderen Morgen gebot der Einsiedler dem Grafen Reginald von Falkenberg: Wandelt als büßender Pilger gen Norden und immer gen Norden, bis Ihr keine Erde mehr unter den Füßen habt, dann wird Gott Euch durch ein Zeichen offenbaren, was Ihr weiter beginnen sollt. Da sprach Reginald kein anderes Wort als Amen und verbrannte an der ewigen Ampel des Altars Alixens Locke und ging von dannen, gen Norden und immer gen Norden, und büßte und betete. Und da sind zwei Gestalten mit ihm gegangen, eine weiße zu seiner Rechten und eine schwarze zu seiner Linken; die zur Rechten bestärkte ihn im Büßen und Beten, die zur Linken aber flüsterte ihm zu, davon abzulassen und den Freuden der Welt zu leben, und so kämpften sie um seine Seele, und dieser Kampf, den er im Herzen fühlte und mitkämpfte, war seine Buße.

So ging er Tage lang, und Wochen lang, und Monate lang, bis er am Meer stand und kein Erdreich mehr vor sich sah, darauf er seinen Fuß hätte setzen können. Aber da fuhr ein Nachen heran, da saß einer drin, der winkte Reginald und sprach auf Lateinisch: *Exspectamus te!** Und das war das Zeichen, und Reginald stieg in den Kahn, und die zwei Gestalten mit ihm. Und der Mann im Nachen stieß ab und fuhr nach einem großen Schiff hin, das im Meere lag und alle Segel aufgespannt hatte und alle Flaggen aufgezogen. Da stiegen die drei an Bord, und der Mann samt dem Nachen verschwand, und das Schiff segelte durch das Meer. Reginald aber ging unter das Verdeck des Schiffes, das ganz menschenleer war und ohne alle Bemannung; da standen eine Tafel und Stühle, und die drei setzten sich, und die schwarze Gestalt

* *Exspectamus te* = Wir erwarten dich.

legte drei beinerne Würfel auf den Tisch und sprach: Jetzt wollen wir um deine Seele würfeln bis zum Jüngsten Tag.

Und das tun sie noch heute, ohne Ruder und ohne Steuer fährt das Schiff durch den Ozean im Norden, zur Nacht wabern Flammen auf seinen Masten und tanzen auf den Rahen. Seine Segel sind grau wie Erde, und seine Flaggen sind fahl wie abgebleichte Bänder an Totenkränzen. Sein Bord ist leer, und am Steuer steht kein Steuermann. Sein Gang ist Flug, und sein Begegnen ist Fluch, Unheil verheißend dem Fahrzeug, dem es begegnet. Mancher Schiffer hat es schon gesehen, und es hat ihm Grausen erregt. Selbst bei Windstille fliegt es wie ein Pfeil über die Meeresglätte. Und sie nennen es den fliegenden Holländer.

Ludwig Bechstein

Die Höhle von Steenfoll

Auf einer der Felseninseln Schottlands lebten vor vielen Jahren zwei Fischer in glücklicher Eintracht. Sie waren beide unverheiratet, hatten auch sonst keine Angehörigen, und ihre gemeinsame Arbeit, obgleich verschieden angewendet, nährte sie beide. Im Alter kamen sie einander ziemlich nahe, aber von Person und Gemütsart glichen sie einander nicht mehr als ein Adler und ein Seekalb.

Kaspar Strumpf war ein kurzer, dicker Mensch mit einem breiten, fetten Vollmondgesicht und gutmütig lachenden Augen, denen Gram und Sorge fremd zu sein schienen. Er war nicht nur fett, sondern auch schläfrig und faul, und ihm fielen daher die Arbeiten des Hauses, Kochen und Backen, das Stricken der Netze zum eigenen Fischfang und zum Verkauf, auch ein großer Teil der Bestellung ihres kleinen Feldes anheim. Ganz das Gegenteil war sein Gefährte: lang und hager, mit kühner Habichtsnase und scharfen Augen, war er als der tätigste und glücklichste Fischer, der unternehmendste Kletterer nach Vögeln und Daunen, der fleißigste Feldarbeiter auf den Inseln und dabei als der geldgierigste Händler auf dem Markt zu Kirkwall* bekannt; aber da seine Waren gut und sein Wandel frei von Betrug war, so handelte jeder gern mit ihm, und Wilm Falke – so nannten ihn seine Landsleute – und Kaspar Strumpf, mit welchem ersterer trotz sei-

* *Kirkwall* ist der Hauptort der schottischen Orkney-Inseln.

ner Habsucht gerne seinen schwer errungenen Gewinn teilte, hatten nicht nur eine gute Nahrung, sondern waren auch auf gutem Wege, einen gewissen Grad von Wohlhabenheit zu erlangen. Aber Wohlhabenheit allein war es nicht, was Falkes habsüchtigem Gemüt zusagte; er wollte reich, sehr reich werden, und da er bald einsehen lernte, dass auf dem gewöhnlichen Wege des Fleißes das Reichwerden nicht sehr schnell vor sich ging, so verfiel er zuletzt auf den Gedanken, er müsste seinen Reichtum durch irgendeinen außerordentlichen Glückszufall erlangen, und da nun dieser Gedanke einmal von seinem heftig wollenden Geiste Besitz genommen hatte, fand er für nichts anderes Raum darin, und er fing an, mit Kaspar Strumpf davon als von einer gewissen Sache zu reden. Dieser, dem alles, was Falke sagte, für Evangelium galt, erzählte es seinen Nachbarn, und bald verbreitete sich das Gerücht, Wilm Falke hätte sich entweder wirklich dem Bösen für Gold verschrieben, oder hätte doch ein Anerbieten dazu von dem Fürsten der Unterwelt bekommen.

Anfangs zwar verlachte Falke diese Gerüchte, aber allmählich gefiel er sich in dem Gedanken, dass irgendein Geist ihm einmal einen Schatz verraten könne, und er widersprach nicht länger, wenn ihn seine Landsleute damit aufzogen. Er trieb zwar noch immer sein Geschäft fort, aber mit weniger Eifer, und verlor oft einen großen Teil der Zeit, die er sonst mit Fischfang oder anderen nützlichen Arbeiten zuzubringen pflegte, in zwecklosem Suchen irgendeines Abenteuers, wodurch er plötzlich reich werden sollte. Auch wollte es sein Unglück, dass, als er eines Tages am einsamen Ufer stand und in unbestimmter Hoffnung auf das bewegte Meer hinausblickte, als solle ihm von dorther sein großes Glück kommen, eine große Welle unter einer Menge losgerissenen Mooses und Gesteins eine gelbe Kugel – eine Kugel von Gold – zu seinen Füßen rollte.

Wilm stand wie bezaubert; so waren denn seine Hoffnungen nicht leere Träume gewesen, das Meer hatte ihm Gold, schönes, reines Gold geschenkt, wahrscheinlich die Überreste einer schweren Barre, welche die Wellen auf dem Meeresgrund bis zur Größe einer Flintenkugel abgerieben. Und nun stand es klar vor seiner Seele, dass vor Jahresfrist hier irgendwo an dieser Küste ein reich beladenes Schiff gescheitert sein müsse, und dass *er* dazu ersehen sei, die im Schoße des Meeres begrabenen Schätze zu heben. Dies wurde von nun an sein einziges Streben; seinen Fund sorgfältig, selbst vor seinem Freund verbergend, damit nicht auch andere seiner Entdeckung auf die Spur kämen, versäumte er alles andere und brachte Tage und Nächte an dieser Küste zu, wo er nicht sein Netz nach Fischen, sondern eine eigens dazu verfertigte Schaufel – nach Gold auswarf. Aber er fand nichts als Armut; denn er selbst verdiente nichts mehr, und Kaspars schläfrige Bemühungen reichten nicht hin, sie beide zu ernähren. Im Suchen größerer Schätze verschwand nicht nur das gefundene Gold, sondern allmählich auch das ganze Eigentum der Junggesellen. Aber so wie Strumpf früher stillschweigend von Falke den besten Teil seiner Nahrung hatte erwerben lassen, so ertrug er es auch jetzt schweigend und ohne Murren, dass die zwecklose Tätigkeit desselben sie ihm jetzt entzog; und gerade dieses sanftmütige Dulden seines Freundes war es, was jenen nur noch mehr anspornte, sein rastloses Suchen nach Reichtum weiter fortzusetzen. Was ihn aber noch tätiger machte, war, dass, so oft er sich zur Ruhe niederlegte und seine Augen sich zum Schlummer schlossen, etwas ihm ein Wort ins Ohr raunte, das er zwar sehr deutlich zu vernehmen glaubte und das ihm jedes Mal dasselbe schien, das er aber niemals behalten konnte. Zwar wusste er nicht, was dieser Umstand, so sonderbar er auch war, mit seinem jetzigen Streben zu tun haben könne; aber auf ein Gemüt, wie Wilm Falkes, musste alles wirken, und auch dieses geheimnisvolle Flüstern half ihm in dem Glauben bestärken, dass ihm ein großes Glück bestimmt sei, das er nur in einem Goldhaufen zu finden hoffte.

Eines Tages überraschte ihn ein Sturm am Ufer, wo er den Goldbarren gefunden hatte, und die Heftigkeit desselben trieb ihn an, in einer nahen Höhle Zuflucht zu suchen. Diese Höhle, welche die Einwohner die Höhle von Steenfoll nennen, besteht aus einem langen, unterirdischen Gang, welcher sich mit zwei Mündungen gegen das Meer öffnet und den Wellen einen freien Durchgang lässt, die sich beständig mit lautem Brüllen schäumend durch denselben hinarbeiten. Diese Höhle war nur an einer einzigen Stelle zugänglich, und zwar durch eine Spalte von oben her, welche aber selten von jemand anderem als mutwilligen Knaben betreten ward, da sich zu den eigenen Gefahren des Ortes noch der Ruf eines Geisterspuks gesellte. Mit Mühe ließ Wilm sich in denselben hinab und nahm ungefähr zwölf Fuß tief von der Oberfläche auf einem vorspringenden Stein und unter einem überhängendem Felsenstück Platz, wo er mit den brausenden Wellen unter seinen Füßen und dem wütenden Sturm über seinem Haupt in seinen gewöhnlichen Gedankenzug verfiel, nämlich von dem gescheiterten Schiff, und was für ein Schiff es wohl gewesen sein mochte; denn trotz allen seinen Erkundigungen hatte er selbst von den ältesten Einwohnern von keinem an dieser Stelle gescheiterten Fahrzeug Nachricht erhalten können. Wie lange er so gesessen, wusste er selber nicht; als er aber endlich aus seinen Träumereien erwachte, entdeckte er, dass der Sturm vorüber war; und er wollte eben wieder emporsteigen, als eine Stimme sich aus der Tiefe vernehmen ließ und das Wort Car-mil-han ganz deutlich in sein Ohr drang. Erschrocken fuhr er in die Höhe und blickte in den leeren

Abgrund hinab. »Großer Gott!«, schrie er, »das ist das Wort, das mich in meinem Schlafe verfolgt, was, ums Himmelswillen, mag es bedeuten?!« – »Carmilhan!«, seufzte es noch einmal aus der Höhle herauf, als er schon mit einem Fuß die Spalte verlassen hatte, und er floh wie ein gescheuchtes Reh seiner Hütte zu.

Wilm war indessen keine Memme; die Sache war ihm nur unerwartet gekommen, und seine Geldgier war auch überdies zu mächtig in ihm, als dass ihn irgendein Anschein von Gefahr hätte abschrecken können, auf seinem gefahrvollen Pfad fortzuwandern. Einst, als er spät in der Nacht beim Mondschein der Höhle von Steenfoll gegenüber mit seiner Schaufel nach Schätzen fischte, blieb dieselbe auf einmal an etwas hängen. Er zog aus Leibeskräften, aber die Masse blieb unbeweglich. Inzwischen erhob sich der Wind, dunkle Wolken überzogen den Himmel, heftig schaukelte das Boot und drohte umzuschlagen; aber Wilm ließ sich nicht beirren; er zog und zog, bis der Widerstand aufhörte, und da er kein Gewicht fühlte, glaubte er, sein Seil wäre gebrochen. Aber gerade als die Wolken sich über dem Mond zusammenziehen wollten, erschien eine runde schwarze Masse auf der Oberfläche, und es erklang das ihn verfolgende Wort *Carmilhan!* Hastig wollte er nach ihr greifen, aber ebenso schnell, als er den Arm darnach ausstreckte, verschwand sie in der Dunkelheit der Nacht, und der eben losbrechende Sturm zwang ihn, unter den nahen Felsen Zuflucht zu suchen. Hier schlief er vor Ermüdung ein, um im Schlaf, von einer ungezügelten Einbildungskraft gepeinigt, aufs Neue die Qualen zu erdulden, die ihn sein rastloses Streben nach Reichtum am Tage erleiden ließ. Die ersten Strahlen der aufgehenden Sonne fielen auf den jetzt ruhigen Spiegel des Meeres, als Falke erwachte. Eben wollte er wieder hinaus an die gewohnte Arbeit, als er von fern etwas auf sich zukommen sah. Er erkannte es bald für ein Boot und in demselben eine menschliche Gestalt; was aber sein größtes Erstaunen erregte, war, dass das Fahrzeug sich ohne Segel oder Ruder fortbewegte, und zwar mit dem Schnabel gegen das Ufer gekehrt und ohne dass die darinsitzende Gestalt sich im Geringsten um das Steuer zu bekümmern schien, wenn es ja eins hatte. Das Boot kam immer näher und hielt endlich neben Wilms Fahrzeug still. Die Person in demselben zeigte sich jetzt als ein kleines, verschrumpftes, altes Männchen, das in gelbe Leinwand gekleidet und mit roter, in die Höhe stehender Nachtmütze, mit geschlossenen Augen und unbeweglich wie ein getrockneter Leichnam dasaß. Nachdem er es vergebens angerufen und gestoßen hatte, wollte er eben einen Strick an das Boot befestigen und es wegführen, als das Männchen die Augen aufschlug und sich zu bewegen anfing, auf eine Weise, welche selbst den kühnen Fischer mit Grausen erfüllte.

»Wo bin ich?«, fragte es nach einem tiefen Seufzer auf Holländisch. Falke, welcher von den holländischen Heringsfängern etwas von ihrer Sprache gelernt hatte, nannte ihm den Namen der Insel und fragte, wer er denn sei und was ihn hierhergebracht.

»Ich komme, um nach dem Carmilhan zu sehen.«

»Dem Carmilhan? Um Gottes willen! Was ist das?«, rief der begierige Fischer.

»Ich gebe keine Antwort auf Fragen, die man mir auf diese Weise tut«, erwiderte das Männchen mit sichtbarer Angst.

»Nun«, schrie Falke, »was ist der Carmilhan?«

»Der Carmilhan ist jetzt nichts, aber einst war es ein schönes Schiff, mit mehr Gold beladen, als je ein anderes Fahrzeug getragen.«

»Wo ging es zu Grunde, und wann?«

»Es war vor hundert Jahren; wo, weiß ich nicht genau; ich komme, um die Stelle aufzusuchen und das verlorene Gold aufzufischen; willst du mir helfen, so wollen wir den Fund miteinander teilen.«

»Mit ganzem Herzen, sag mir nur, was muss ich tun?«

»Was du tun musst, erfordert Mut; du musst dich gerade vor Mitternacht in die wildeste und einsamste Gegend auf der Insel begeben, begleitet von einer Kuh, die du dort schlachten und dich von jemand in ihre frische Haut wickeln lassen musst. Dein Begleiter muss dich dann niederlegen und allein lassen, und ehe es ein Uhr schlägt, weißt du, wo die Schätze des Carmilhan liegen.«

»Auf diese Weise fiel des alten Engrol Sohn mit Leib und Seele ins Verderben!« rief Wilm mit Entsetzen. »Du bist der böse Geist«, fuhr er fort, indem er hastig davonruderte, »geh zur Hölle! Ich mag nichts mit dir zu tun haben.«

Das Männchen knirschte, schimpfte und fluchte ihm nach; aber der Fischer, welcher zu beiden Rudern gegriffen hatte, war ihm bald außer Gehör und, nachdem er um einen Felsen gebogen, auch aus dem Gesicht. Aber die Entdeckung, dass der böse Geist sich seinen Geiz zunutze zu machen und mit Gold in seine Schlingen zu verlocken suchte, heilte den verblendeten Fischer nicht, im Gegenteil, er meinte die Mitteilung des gelben Männchens benutzen zu können, ohne sich dem Bösen zu überliefern, und indem er fortfuhr, an der öden Küste nach Gold zu fischen, vernachlässigte er den Wohlstand, den ihm die reichen Fischzüge in anderen Gegenden des Meeres darboten, sowie alle andere Mittel, auf die er ehemals seinen Fleiß verwendet, und versank von Tag zu Tag nebst seinem Gefährten in tiefere Armut, bis es endlich oft an den notwendigsten Lebensbedürfnissen zu fehlen anfing. Aber obgleich dieser Verfall gänzlich Falkes Halsstarrigkeit und falscher Begierde zugeschrieben werden musste und die Ernährung beider jetzt Kaspar Strumpf allein anheimfiel, so machte ihm doch dieser niemals den geringsten Vorwurf; ja, er bezeugte ihm immer noch dieselbe Unterwürfigkeit, dasselbe Vertrauen in seinen besseren Verstand als zur Zeit, wo ihm seine Unternehmungen allezeit geglückt waren; dieser Umstand vermehrte Falkes Leiden um ein Großes, aber trieb ihn, noch mehr nach Gold zu suchen, weil er dadurch hoffte, auch seinen Freund für sein gegenwärtiges Entbehren schadlos halten zu können. Dabei verfolgte ihn das teuflische Geflüster des Wortes Carmilhan noch immer in seinem Schlummer; kurz, Not, getäuschte Erwartung und Geiz trieben ihn zuletzt zu einer Art von Wahnsinn, sodass er wirklich beschloss, das zu tun, was ihm das Männchen angeraten, obgleich er nach der alten Sage wohl wusste, dass er sich damit den Mächten der Finsternis übergab.

Alle Gegenvorstellungen Kaspars waren vergebens: Falke ward nur umso heftiger, je mehr jener ihn anflehte, von seinem verzweifelten Vorhaben abzustehen; und der gute schwache Mensch willigte endlich ein, ihn zu begleiten und ihm seinen Plan ausführen zu helfen. Beider Herzen zogen sich schmerzhaft zusammen, als sie einen Strick um die Hörner einer schönen Kuh, ihr letztes Eigentum, legten, die sie vom Kalb aufgezogen und die sie sich immer zu verkaufen geweigert hatten, weil sie es nicht übers Herz bringen konnten, sie in fremden Händen zu sehen. Aber der böse Geist, welcher sich Wilms bemeisterte, erstickte jetzt alle besseren Gefühle in ihm, und Kaspar wusste ihm in nichts zu widerstehen. Es war im September, und die langen Nächte des langen schottländischen Winters hatten angefangen. Die Nachtwolken wälzten sich schwer vor dem rauen Abendwind und türmten sich wie Eisberge im Maelstrom**, tiefer Schatten füllte die Schluchten zwischen dem Gebirge und den feuchten Torfsümpfen, und die trüben Betten der Ströme blickten schwarz und furchtbar wie Höllenschlünde. Falke ging voran und Strumpf folgte, schaudernd über seine eigene Kühnheit, und Tränen füllten sein schweres Auge, so oft er das arme Tier ansah, welches so vertrauensvoll und ahnungslos seinem baldigen Tode entgegenging, der ihm von der gleichen Hand kommen sollte, die ihm bisher seine Nahrung gereicht. Mit Mühe erreichten sie das enge sumpfige Bergtal, welches hier und da mit Moos und Heidekraut bewachsen, mit großen Steinen übersäet war und von einer wilden Gebirgskette umgeben lag, die sich in grauem Nebel verlor, und wohin der Fuß eines Menschen sich selten verstieg. Sie näherten sich auf wankendem Boden einem großen Stein, welcher in der Mitte stand, und von welchem ein verscheuchter Adler krächzend in die Höhe flog. Die arme Kuh brüllte dumpf, als erkenne sie die Schrecknisse des Ortes und das ihr bevorstehende Schicksal. Kaspar wandte sich weg, um sich die schnellfließenden Tränen abzuwischen; er blickte hinab durch die Felsenöffnung, durch welche sie heraufgekommen waren, von wo aus man die ferne Brandung des Meeres hörte, und dann hinauf nach den Berggipfeln, auf welche sich ein kohlschwarzes Gewölk gelagert hatte, aus welchem man von Zeit zu Zeit ein dumpfes Murmeln vernahm. Als er sich wieder nach Wilm umsah, hatte dieser bereits die arme Kuh an den Stein gebunden und stand mit aufgehobener Axt im Begriff, das gute Tier zu fällen.

** Der *Maelstrom* ist ein gefährlicher Gezeitenstrom zwischen den norwegischen Lofoten-Inseln. Hier ist im übertragenen Sinne ein gewaltiger Wasserwirbel gemeint.

Dies war zu viel für seinen Entschluss, sich in den Willen seines Freundes zu fügen: mit gerungenen Händen stürzte er sich auf die Knie. »Um Gottes willen, Wilm Falke!«, schrie er mit der Stimme der Verzweiflung, »schone dich, schone die Kuh! Schone dich und mich! Schone deine Seele! – Schone dein Leben! Und musst du Gott so versuchen, so warte bis morgen und opfere lieber ein anderes Tier als unsere liebe Kuh!«

»Kaspar, bist du toll?«, schrie Wilm wie ein Wahnsinniger, indem er noch immer die Axt in der Höhe geschwungen hielt. »Soll ich die Kuh schonen und verhungern?«

»Du sollst nicht verhungern«, antwortete Kaspar entschlossen. »Solange ich Hände habe, sollst du nicht verhungern. Ich will vom Morgen bis in die Nacht für dich arbeiten. Nur bring dich nicht um deiner Seele Seligkeit und lass mir das arme Tier leben!«

»Dann nimm die Axt und spalte mir den Kopf«, schrie Falke mit verzweifeltem Tone, »ich gehe nicht von diesem Fleck, bis ich habe, was ich verlange. – Kannst du die Schätze des Carmilhan für mich heben? Können deine Hände mehr erwerben als die elendesten Bedürfnisse des Lebens? – Aber sie können meinen Jammer enden – komm und lass *mich* das Opfer sein!«

»Wilm, töte die Kuh, töte mich! Es liegt mir nichts daran, es ist mir ja nur um deine Seligkeit zu tun. Ach! dies ist ja der Piktenaltar***, und das Opfer, das du bringen willst, gehört der Finsternis.«

»Ich weiß von nichts dergleichen«, rief Falke wild lachend wie einer, der entschlossen ist, nichts wissen zu wollen, was ihn von seinem Vorsatz abbringen könnte. »Kaspar, du bist toll und machst

*** Ein vorchristlicher Altar, der nach der Urbevölkerung der Inseln, den *Pikten*, so genannt ist.

mich toll – aber da«, fuhr er fort, indem er das Beil von sich warf und das Messer vom Steine aufnahm, wie wenn er sich durchstoßen wollte, »da, behalte die Kuh statt meiner!«

Kaspar war in einem Augenblick bei ihm, riss ihm das Mordwerkzeug aus der Hand, erfasste das Beil, schwang es hoch um den Kopf und ließ es mit solcher Gewalt auf des geliebten Tieres Kopf fallen, dass es ohne zu zucken und tot zu seines Herrn Füßen niederstürzte.

Ein Blitz, begleitet von einem Donnerschlag, folgte dieser raschen Handlung, und Falke starrte seinen Freund mit den Augen an, womit ein Mann ein Kind anstaunen würde, das sich das zu tun zutraut, was er selbst nicht gewagt. Strumpf schien aber weder von dem Donner erschreckt, noch durch das starre Erstaunen seines Gefährten außer Fassung gebracht, sondern fiel, ohne ein Wort zu reden, über die Kuh her und fing an, ihr die Haut abzuziehen. Als Wilm sich ein wenig erholt hatte, half er ihm in diesem Geschäft, aber mit so sichtbarem Widerwillen, als er vorher begierig gewesen war, das Opfer vollendet zu sehen. Während dieser Arbeit hatte sich das Gewitter zusammengezogen, der Donner brüllte laut im Gebirge, und furchtbare Blitze schlängelten sich um den Stein und über das Moos der Schlucht hin, während der Wind, welcher diese Höhe noch nicht erreicht hatte, die unteren Täler und das Gestade mit wildem Heulen erfüllte; und als die Haut endlich abgezogen war, fanden beide Fischer sich schon bis auf die Haut durchnässt. Sie breiteten jene auf dem Boden aus, und Kaspar wickelte und band Falke, so wie dieser es ihn geheißen, in derselben fest ein. Dann erst, als dies geschehen war, brach der arme Mensch das lange Stillschweigen, und indem er mitleidig auf seinen betörten Freund hinabblickte, fragte er mit zitternder Stimme: »Kann ich noch etwas für dich tun, Wilm?«

»Nichts mehr«, erwiderte der andere, »lebe wohl!«

»Leb wohl«, erwiderte Kaspar, »Gott sei mit dir und vergebe dir, wie ich es tue!«

Dies waren die letzten Worte, welche Wilm von ihm hörte, denn im nächsten Augenblick war er in der immer mehr zunehmenden Dunkelheit verschwunden; und in demselben Augenblicke brach auch einer der fürchterlichsten Gewitterstürme, die Wilm nur je gehört hatte, aus. Er fing an mit einem Blitze, welcher Falke nicht nur die Berge und Felsen in seiner unmittelbaren Nähe, sondern auch das Tal unter ihm, mit dem schäumenden Meer und den in der Bucht zerstreut liegenden Felseninseln zeigte, zwischen welchen er die Erscheinung eines großen, fremdartigen und entmasteten Schiffes zu erblicken glaubte, welches auch im Augenblick wieder in der schwärzesten Dunkelheit verschwand. Die Donnerschläge wurden ganz betäubend; eine Masse Felsenstücke rollte vom Gebirge herab und drohte ihn zu erschlagen; der Regen ergoss sich in solcher Menge, dass er in einem Augenblick das enge Sumpftal mit einer hohen Flut überströmte, welche bald bis zu Wilms Schultern hinaufreichte, denn glücklicherweise hatte ihn Kaspar mit dem oberen Teil des Körpers auf eine Erhöhung gelegt, sonst hätte er auf einmal ertrinken müssen. Das Wasser stieg immer höher, und je mehr Wilm sich anstrengte, sich aus seiner gefahrvollen Lage zu befreien, desto fester umgab ihn die Haut. Umsonst rief er nach Kaspar; Kaspar war weit weg. Gott in seiner Not anzurufen, wagte er nicht, und ein Schauder ergriff ihn, wenn er die Mächte anflehen wollte, deren Gewalt er sich hingegeben fühlte.

Schon drang ihm das Wasser in die Ohren, schon berührte es den Rand der Lippen: »Gott, ich bin verloren!«, schrie er, indem er einen Strom über sein Gesicht hinstürzen fühlte – aber in demselben Augenblick drang ein Schall wie von einem nahen Wasserfall schwach an sein Gehör, und sogleich war auch sein Mund wieder unbedeckt.

Die Flut hatte sich durch das Gestein Bahn gebrochen. Und da auch zu gleicher Zeit der Regen etwas nachließ und das tiefe Dunkel des Himmels sich etwas verzog, so ließ auch seine Verzweiflung nach, und es schien ihm ein Strahl der Hoffnung zurückzukehren. Aber obgleich er sich wie von einem Todeskampf erschöpft fühlte und sehnlichst wünschte, aus seiner Gefangenschaft erlöst zu sein, so war doch der Zweck seines verzweifelten Strebens noch nicht erreicht, und mit der verschwundenen unmittelbaren Lebensgefahr kam auch die Habsucht mit all ihren Furien in seine Brust zurück; aber überzeugt, dass er in seiner Lage ausharren müsse, um sein Ziel zu erreichen, hielt er sich ruhig und fiel vor Kälte und Ermüdung in einen festen Schlaf.

Er mochte ungefähr zwei Stunden geschlafen haben, als ihn ein kalter Wind, der ihm übers Gesicht fuhr, und ein Rauschen, wie von herannahenden Meereswogen, aus seiner glücklichen Selbstvergessenheit aufrüttelte. Der Himmel hatte sich aufs Neue verfinstert; ein Blitz, wie der, welcher den ersten Sturm herbeigeführt, erhellte noch einmal die Gegend umher, und er glaubte abermals das fremde Schiff zu erblicken, das jetzt dicht vor der Steenfollklippe auf einer hohen Welle zu hängen und dann jählings in den Abgrund zu schießen schien. Er starrte noch immer nach dem Phantom, denn ein unaufhörliches Blitzen hielt jetzt das Meer erleuchtet, als sich auf einmal eine berghohe Wasserhose aus dem Tale erhob und ihn mit solcher Gewalt gegen einen Felsen schleuderte, dass ihm alle Sinne vergingen. Als er wieder zu sich selbst kam, hatte sich das Wetter verzogen, der Himmel war heiter; aber das Wetterleuchten dauerte noch immer fort. Er lag dicht am Fuße des Gebirges, welches dieses Tal umschloss, und er fühlte sich so zerschlagen, dass er sich kaum zu rühren vermochte. Er hörte das stillere Brausen der Brandung und mitten drinnen eine feierliche Musik wie Kirchengesang. Diese Töne waren anfangs so schwach, dass er sie für Täuschung hielt; aber sie ließen sich immer wieder aufs Neue vernehmen, und jedes Mal deutlicher und näher, und es schien ihm zuletzt, als könne er darin die Melodie eines Psalms unterscheiden, die er im vorigen Sommer an Bord eines holländischen Heringsfängers gehört hatte.

Endlich unterschied er sogar Stimmen, und es kam ihm vor, als vernehme er sogar die Worte jenes Liedes; die Stimmen waren jetzt in dem Tal, und als er sich mit Mühe zu einem Stein hingeschoben, auf den er den Kopf legte, erblickte er wirklich einen Zug von menschlichen Gestalten, von welchen diese Musik ausging, und der sich gerade auf ihn zu bewegte. Kummer und Angst lag auf den Gesichtern der Leute, deren Kleider von Wasser zu triefen schienen. Jetzt waren sie dicht bei ihm, und ihr Gesang schwieg. An ihrer Spitze waren mehrere Musikanten, dann mehrere Seeleute, und hinter diesen kam ein großer starker Mann in altväterlicher, reich mit Gold besetzter Tracht, mit einem Schwert an der Seite und einem langen, dicken spanischen Rohr mit goldenen Knöpfen in der Hand. Ihm zur Linken ging ein Knabe, welcher seinem Herrn von Zeit zu Zeit eine lange Pfeife reichte, aus der er einige feierliche Züge tat und dann weiter schritt. Er blieb kerzengerade vor Wilm stehen, und ihm zu beiden Seiten stellten sich andere, minder prächtig gekleidete Männer, welche alle Pfeifen in den Händen hatten, die aber nicht so kostbar schienen als die Pfeife, welche dem dicken Mann nachgetragen wurde. Hinter diesen traten andere Personen auf, worunter sich mehrere

Frauen befanden, von denen einige Kinder in den Armen oder an der Hand hatten, alle in kostbarer, aber fremdartiger Kleidung; ein Haufen holländischer Matrosen schloss den Zug, deren jeder den Mund voll Tabak und zwischen den Zähnen ein braunes Pfeifchen hatte, das sie in düsterer Stille rauchten.

Der Fischer blickte mit Grausen auf diese sonderbare Versammlung; aber die Erwartung dessen, was da kommen werde, hielt seinen Mut aufrecht. Lange standen sie so um ihn her, und der Rauch ihrer Pfeifen erhob sich wie eine Wolke über sie, zwischen welcher die Sterne hindurchblinkten. Der Kreis zog sich immer enger um Wilm her, das Rauchen ward immer heftiger und dicker die Wolke, die aus Mund und Pfeifen hervorstieg. Falke war ein kühner, verwegener Mann; er hatte sich auf Außerordentliches vorbereitet – aber als er diese unbegreifliche Menge immer näher auf sich eindringen sah, als wolle sie ihn mit ihrer Masse erdrücken, da verließ ihn der Mut, dicker Schweiß trat ihm vor die Stirne, und er glaubte vor Angst vergehen zu müssen. Aber man denke sich erst sein Schrecken, als er von ungefähr die Augen wandte und dicht an seinem Kopf das gelbe Männchen steif und aufrecht sitzen sah, wie er es zum ersten Mal erblickt, nur dass es jetzt, als wie zum Spott der ganzen Versammlung, auch eine Pfeife im Munde hatte. In der Todesangst, die ihn jetzt ergriff, rief er, zu der Hauptperson gewendet: »Im Namen dessen, dem Ihr dient, wer seid Ihr? Und was verlangt Ihr von mir?« Der große Mann rauchte drei Züge, feierlicher als je, gab dann die Pfeife seinem Diener und antwortete mit schreckhafter Kälte: »Ich bin Aldret Franz Van der Swelder, Befehlshaber des Schiffes Carmilhan von Amsterdam, welches auf dem Heimweg von Batavia mit Mann und Maus an dieser Felsenküste zu Grunde ging: dies sind meine Offiziere, dies meine Passagiere und jenes meine braven Seeleute, welche alle mit mir ertranken. Warum hast du uns aus unseren tiefen Wohnungen im Meere hervorgerufen? Warum störtest du unsere Ruhe?«

»Ich möchte wissen, wo die Schätze des Carmilhan liegen.«

»Am Boden des Meeres.«

»Wo?«

»In der Höhle von Steenfoll.«

»Wie soll ich sie bekommen?«

»Eine Gans taucht in den Schlund nach einem Hering, sind die Schätze des Carmilhan nicht ebenso viel wert?«

»Wieviel davon werde ich bekommen?«

»Mehr, als du je verzehren wirst.« Das gelbe Männchen grinste, und die ganze Versammlung lachte laut auf. »Bist du zu Ende?«, fragte der Hauptmann weiter.

»Ich bin's. Gehab dich wohl!«

»Leb wohl, bis aufs Wiedersehen«, erwiderte der Holländer und wandte sich zum Gehen, die Musikanten traten aufs Neue an die Spitze, und der ganze Zug entfernte sich in derselben Ordnung, in welcher er gekommen war, und mit demselben feierlichen Gesang, welcher mit der Entfernung immer leiser und undeutlicher wurde, bis er sich nach einiger Zeit gänzlich im Geräusch der Brandung verlor. Jetzt strengte Wilm seine letzten Kräfte an, sich aus seinen Banden zu befreien, und es gelang ihm endlich, einen Arm loszubekommen, womit er die ihn umwindenden Stricke löste und sich endlich ganz aus der Haut wickelte. Ohne sich umzusehen, eilte er nach seiner Hütte und fand den armen Kaspar Strumpf in starrer Bewusstlosigkeit am Boden liegen. Mit Mühe brachte er ihn wieder zu sich selbst, und der gute Mensch weinte vor Freude, als er den verloren geglaubten Jugendfreund wieder vor sich sah. Aber dieser beglückende Strahl verschwand schnell wieder, als er von diesem vernahm, welch verzweifeltes Unternehmen er jetzt vorhatte.

»Ich wollte mich lieber in die Hölle stürzen, als diese nackten Wände und dieses Elend länger ansehen. – Folge mir oder nicht, ich gehe.« Mit diesen Worten fasste Wilm eine Fackel, ein Feuerzeug und ein Seil und eilte davon. Kaspar eilte ihm nach, so schnell er's vermochte, und fand ihn schon auf dem Felsstück stehen, auf welchem er vormals gegen den Sturme Schutz gefunden, und bereit, sich an dem Strick in den schwarzen brausenden Schlund hinabzulassen. Als er fand, dass alle seine Vorstellungen nichts über den rasenden Menschen vermochten, bereitete er sich, ihm nachzusteigen, aber Falke befahl ihm, zu bleiben und den Strick zu halten. Mit furchtbarer Anstrengung, wozu nur die blindeste Habsucht den Mut und die Stärke geben konnte, kletterte Falke in die Höhle hinab und kam endlich auf ein vorspringendes Felsenstück zu stehen, unter welchem die Wogen, schwarz und mit weißem Schaume gekräuselt, brausend dahineilten. Er blickte begierig umher und sah endlich etwas gerade unter ihm im Wasser schimmern. Er legte die Fackel nieder, stürzte sich hinab und erfasste etwas Schweres, das er auch heraufbrachte. Es war ein eisernes Kästchen voller Goldstücke. Er verkündigte seinem Gefährten, was er gefunden, wollte aber durchaus nicht auf sein Flehen hören, sich damit zu begnügen und wieder heraufzusteigen. Falke meinte, dies wäre nur die erste Frucht seiner langen Bemühungen. Er stürzte sich noch einmal hinab – es erscholl ein lautes Gelächter aus dem Meer, und Wilm Falke ward nie wieder gesehen. Kaspar ging allein nach Hause, aber als ein anderer Mensch. Die seltsamen Erschütterungen, die sein schwacher Kopf und sein empfindsames Herz erlitten, zerrütteten ihm die Sinne. Er ließ alles um sich her verfallen und wanderte Tag und Nacht gedankenlos vor sich starrend umher, von allen seinen vorigen Bekannten bedauert und gemieden. Ein Fischer will Wilm Falke in einer stürmischen Nacht mitten unter der Mannschaft des Carmilhan am Ufer erkannt haben, und in derselben Nacht verschwand auch Kaspar Strumpf.

Man suchte ihn allenthalben, allein nirgends hat man eine Spur von ihm finden können. Aber die Sage geht, dass er oft nebst Falke mitten unter der Mannschaft des Zauberschiffes gesehen worden sei, welches seitdem zu regelmäßigen Zeiten an der Höhle von Steenfoll erschien.

Sage aus Schottland

Die Banshee von Bunworth

Um die Mitte des vorigen Jahrhunderts war Pfarrer zu Buttevant in der Grafschaft Cork der ehrwürdige Mister Charles Bunworth, ein Mann von gründlichen Kenntnissen und ungeheuchelter Frömmigkeit. Von den Reichen war er geachtet, von den Armen geliebt, und ein Unterschied im Glauben minderte nicht die Zuversicht, mit der sie sich in einer schwierigen Angelegenheit oder in Zeiten des Missgeschickes an ihn wendeten; denn sie waren gewiss, von ihm Beistand in Rat und Tat zu erhalten, wie ihn ein Vater seinen Kindern zu gewähren pflegt. Zu ihm kamen aus der benachbarten Stadt Newmarket seines Rates und Unterrichts wegen Curran sowohl als Yelverton vor ihrem Eintritt in die hohe Schule zu Dublin. Jung, ohne Vermögen und Erfahrung empfingen diese späterhin berühmten Männer außer der Belehrung, die sie suchten, noch Unterstützung in Geld, und ihre glänzende Laufbahn in der Folge rechtfertigte den feinen Takt, womit der Geber sie auszeichnete.

Was indessen den Ruf des Herrn Bunworth weit über die Grenzen der nächsten Kirchsprengel verbreitete, war seine Fertigkeit auf der irischen Harfe und die gastfreundliche Aufnahme und Bewirtung der armen Harfenspieler, die von Haus zu Haus in der Grafschaft umherzogen. Dankbar sangen sie auf ihren Wanderungen den Ruhm des Wohltäters zu den rauschenden Tönen ihrer Harfe, indem sie zur Vergeltung seiner Güte reiche Segnungen auf sein weißes Haupt herabriefen und in schlichten, kunstlosen Worten die Reize seiner blühenden Töchter, Elisabeth und Mary, priesen. Es war alles, was diese armen Sänger vermochten, aber wer will an der Aufrichtigkeit ihres Dankes zweifeln, da bei dem Tod des Herrn Bunworth sich nicht weniger als fünfzehn Harfen auf dem Boden seines Kornhauses hinterlegt fanden, die ihm von den letzten Gliedern eines Stammes, der nun aufgehört hat zu bestehen, vermacht worden waren? Geringfügig war ohne Zweifel der eigentliche Wert dieser Überbleibsel, doch in den Gaben des Herzens liegt etwas, das verdient, erhalten zu werden, und es ist zu bedauern, dass nach seinem Tode diese Harfen eine nach der anderen zerschlagen und von einem unwissenden Mitglied der Familie, welchem man, als sie für eine Zeitlang ihren Aufenthalt in Cork nahm, die Sorge für das Hauswesen übertragen hatte, zum Feueranmachen verbraucht wurden.

Die Umstände bei dem Tod des Herrn Bunworth mögen von manchem in Zweifel gezogen werden; doch es leben noch jetzt glaubwürdige Zeugen, welche die Wahrhaftigkeit davon behaupten und gestellt werden können, um die meisten, wo nicht alle Einzelheiten der folgenden Erzählung zu verbürgen.

Ungefähr eine Woche vor seinem Ende bei dem Eintritt der Nacht ward ein Geräusch an der Saaltür vernommen, etwa als ob ein Schaf geschoren würde, ohne dass man damals besonders darauf achthatte. Es war bald elf Uhr in derselben Nacht, als der Hirte Kavanagh von Mallow zurückkehrte, wohin er einiger Arzneien wegen am Nachmittag ausgeschickt worden war, und Miss Bunworth, welcher er das Glas überreichte, bemerkte, dass er sehr verstört aussah. Zu dieser Zeit glaubte man, was wohl zu beachten ist, dass der Zustand ihres Vaters durchaus nicht gefährlich sei.

»Was habt Ihr, Kavanagh?«, fragte sie; aber der arme Mensch

mit ganz verwildertem Blick, brachte nur die Worte hervor: »Der Herr, Miss, der Herr, er verlässt uns!«, und überwältigt von heftiger Betrübnis brach er in eine Flut von Tränen aus.

Miss Bunworth, deren kräftige Natur nicht leicht zu schrecken war, fragte, ob er in Mallow etwas gehört hätte, was ihn veranlassen könnte zu vermuten, dass es mit ihrem Vater schlimm stände?

»Ach nein, es war nicht in Mallow«, antwortete er.

»Kavanagh«, sagte Miss Bunworth mit jenem entschiedenen Wesen, das in ihrem Charakter lag, »ich fürchte, Ihr habt getrunken, und ich gestehe, dass ich es am wenigsten in dieser Zeit von Euch erwartete, wo Ihr besonders verpflichtet wart, nüchtern zu bleiben. Ich dachte, man könnte sich auf Euch verlassen. Was hätten wir anfangen sollen, wenn die Arzneiflasche zerbrach oder verloren ging? Denn der Arzt hat gesagt, es sei von größter Wichtigkeit, dass der Herr noch heute Nacht davon nehme; doch ich will morgen mit Euch sprechen, wenn Ihr Euch in einem Zustand befindet, in welchem Ihr fähiger seid zu wissen, was Ihr sagt.«

Kavanagh schaute auf mit einem dummen Blick, der nicht dazu dienen konnte, den Eindruck seiner Trunkenheit zu entfernen, so wenig als die trüben, vom Weinen geschwollenen Augen; doch seine Stimme war nicht die eines Berauschten.

»Miss«, sagte er, »so wahr mir Gott helfe! Kein Tropfen ist über meine Lippen gekommen, seit ich dieses Haus verlassen habe; doch der Herr –«

»Redet leise«, antwortete Miss Bunworth, »er schläft, und es geht so gut, als wir nur immer erwarten können.«

»Gott sei gelobt!«, sagte Kavanagh, »doch ach, er verlässt uns, wahrhaftig, Miss, er verlässt uns!«, und rang die Hände.

»Was meint Ihr, Kavanagh?«, fragte sie.

»Was ich meine? Die *Banshee** hat sich gezeigt, seinetwegen, und ich bin es nicht allein, der sie gehört hat.«

»Das ist bloßer Aberglaube!«, sagte Miss Bunworth.

»Mag wohl sein!«, versetzte Kavanagh, als wenn diese Worte »bloßer Aberglaube« nur in seinen Ohren geklungen hätten, ohne seine Seele zu erreichen, »mag wohl sein; doch«, fuhr er fort, »als ich durch das Tal von Ballybeg kam, ging sie daher, jammernd und schreiend und die Hände zusammenschlagend; an meiner Seite war sie bei jedem Schritt, den ich auf dem Weg tat; ihr langes, weißes Haar fiel über ihre Schultern, und ich konnte hören, wie sie des Herrn Namen dann und wann aussprach, so deutlich, als ich jemals gehört habe. Wie ich zu der alten Abtei kam, verließ sie mich und wendete sich nach dem Taubenfeld zunächst dem Gottesacker und, sich in ihren Mantel hüllend, setzte sie sich unter einen vom Blitz gespaltenen Baum und hub an so bitterlich zu wehklagen, dass es durchs Herz ging, es mit anzuhören.«

»Kavanagh«, sagte Miss Bunworth, die gleichwohl aufmerksam seiner wunderlichen Erzählung zugehört hatte, »mein Vater befindet sich, wie ich glaube, besser, und ich hoffe, er wird bald wieder auf sein und selbst imstande, Euch zu überzeugen, dass dies alles nur Einbildung von Euch ist. Indessen verlange ich von Euch, nichts von dem zu erwähnen, was Ihr mir soeben erzählt habt, denn es ist nicht der Augenblick, die Leute im Haus mit dieser Geschichte in Furcht zu setzen.«

Mister Bunworths Kräfte nahmen allmählich ab, doch kein be-

---

* Eine *Banshee*, wörtlich: *Frau aus dem Hügel, Geisterfrau*, ist in der keltischen Mythologie und im Volksglauben Irlands ein weiblicher Geist aus der Anderswelt, eine Todesfee, die durch ihr Erscheinen und ihr Geschrei der Familie den bevorstehenden Tod eines Angehörigen ankündigt. Die Person, deren Tod angekündigt wird, hört allerdings das Wehklagen der Banshee nicht.

sonderer Umstand ereignete sich, bis zu der Nacht vor seinem Tod. In dieser Nacht ließen die beiden Töchter, erschöpft von Wachen und der beständigen, aufmerksamen Pflege, sich überreden, ein wenig auszuruhen; eine ältliche Frau, nahe Verwandte und Freundin der Familie, blieb neben dem Bett des Kranken sitzen. Der alte Mann lag in dem Gesellschaftszimmer, wohin er den Morgen auf sein eigenes Verlangen gebracht worden war, weil er sich einbildete, diese Veränderung würde ihm einige Erleichterung gewähren; mit dem Kopf lag er nahe an dem Fenster. In dem anstoßenden Zimmer saßen einige Freunde, und wie gewöhnlich bei solchen traurigen Anlässen waren in der Küche mancherlei Menschen aus Anhänglichkeit an die Familie versammelt.

Es war eine mondhelle Nacht, der Kranke schlief, und nichts unterbrach die Stille des traurigen Wachens, als die kleine Gesellschaft in dem anstoßenden Zimmer, dessen Türe offenstand, aufgeschreckt wurde durch einen Ton an dem Fenster nahe bei dem Bett. Ein Rosenbaum stand außen, so nahe, dass er die Scheiben des Fensters berührte. Dieses wurde plötzlich mit einigem Geräusch aufgestoßen und leises Wimmern gehört und ein Zusammenschlagen der Hände wie von einem Weib in tiefem Jammer. Es schien, als käme der Ton von jemand, der seinen Mund ganz nah an das Fenster hielt. Die Frau, welche neben dem Bett des Kranken saß, stand auf und ging in das Nebenzimmer und fragte mit ängstlichem Ton die Herren, ob sie die Banshee gehört hätten? Zwei von ihnen, die an übernatürliche Erscheinungen wenig glaubten, standen sogleich auf, um die Ursache jener Klänge zu entdecken, die sie gleichfalls deutlich vernommen hatten. Sie gingen rund um das Haus, untersuchten jede Stelle, vorzüglich jene in der Nähe des Fensters, woher die Stimme gekommen war; alles Suchen jedoch war vergeblich, sie entdeckten nicht das geringste, und ununterbrochene Stille herrschte überall. In der Hoffnung, das Geheimnis zu enthüllen, setzten sie ihre Nachforschungen die Straße entlang auf das Genauste fort, und da diese sehr gerade war und die Nacht vollkommen hell, hinderte sie nichts, rund umher eine ziemliche Strecke zu überblicken; indessen war alles still und öde, und sie kehrten mit Verwunderung und getäuscht in ihren Erwartungen zurück. Umso größer war ihr Erstaunen, als sie vernahmen, dass in der ganzen Zeit, während ihrer Abwesenheit, jene die im Hause zurückgeblieben waren, das Wehklagen und Zusammenschlagen der Hände gehört hatten, und zwar viel lauter und deutlicher als zuvor; und kaum hatten sie die Tür des Zimmers hinter sich zugemacht, als sie abermals jene klägliche Stimme vernahmen. Der Kranke ward von Stunde zu Stunde schlimmer, und beim ersten Schimmer des Morgens tat Herr Bunworth den letzten Atemzug.

Märchen aus Irland

Das verwünschte Schloss

In alter Zeit ist mal ein Edelmann gewesen, der hatte einen großen, schönen Wald und vieles Wild darin, aber alle seine Jägersburschen, die er noch gehabt hatte, wenn sie ausgingen, in dem Wald zu jagen, so kamen sie nicht wieder zurück, sodass zuletzt keiner mehr bei dem Edelmann in Dienst gehen wollte.

Nach langer Zeit kam endlich mal wieder ein junger, hübscher Bursche angereist, der stellte sich dem Edelmann als Jäger vor; da sagte ihm der Edelmann, wie es mit dem Wald bestellt wäre, und dass noch keiner wieder daraus zurückgekommen sei. Aber der Bursche bat so sehr, er möchte ihn doch annehmen, dass er ihn zuletzt doch in seinen Dienst nahm.

Gleich den anderen Tag sattelte der Jäger sein Pferd und zog zum Jagen in den Wald hinein. Nicht lange war er geritten, so sah er auf einmal dicht vor sich elf prächtige Hirschkühe und einen prächtigen Hirschbock, der trug ein Geweih von purem Gold. Da fasste den Jäger ein heftiges Verlangen, dem wunderbaren Hirsch zu folgen, um ihn womöglich zu erjagen; darum trieb er sein Pferd zu raschem Lauf an. Die zwölf Hirsche aber, als er ihnen nachsetzte, sprangen eilig davon; und zuletzt wurde der Wald so wüst und dicht, dass er die Hirsche ganz aus den Augen verlor und sich verirrte. Mit dem, so brach auch die Nacht herein. Da stieg der Jäger auf einen hohen Baum und sah von dort aus der Ferne her ein Licht schimmern. Als er nun in der Richtung, wo das Licht her schien, weiter ritt, so kam er an einen großen Pferdestall, darin brannte die Stalllaterne, und das war das Licht gewesen, welches er von dem Baum aus hatte schimmern sehen. Da band er sein Pferd wie die anderen Pferde in den Stall.

Der Pferdestall gehörte aber zu einem Schloss, das stand nicht weit davon, und als der Jäger da hineinging, so fand er alles aufs Schönste eingerichtet, aber es war ganz still darin und kein lebendes Wesen zu hören und zu sehen. Nun stand da ein Schrank voll schöner Bücher; da nahm der Jäger eins von in die Hand, um sich die Zeit zu verkürzen. Mit einem Male wurde eine Stimme wach, die rief: »Was beliebt?« – »Ei!«, sprach der Jäger, »wenn es nach meinem Belieben geht, so möchte ich wohl Waschwasser haben und ein gutes Abendbrot.« Und was er verlangt hatte, das wurde ihm auch alles hergebracht. Da wusch er sich und setzte sich zum Abendessen, und als er gegessen hatte, nahm er wieder sein Buch zur Hand und las.

Um elf Uhr ließ sich wieder die Stimme vernehmen, die sagte, wenn es zwölf wäre, so kämen vier Männer und schleppten ihn im ganzen Schloss herum; dabei dürfte er aber ja keinen Laut von sich geben, sonst müsste er sterben.

Und richtig! Mit dem Schlag zwölf tat sich die Tür auf, und herein traten vier schwarze Männer, die fassten ihn unsanft an, schleiften ihn treppauf, treppab im ganzen Schloss herum; er gab aber keinen Laut von sich, und als der Schlag eins aus der Glocke ging, da brachten sie ihn wieder in sein Zimmer zurück.

Da sagte die Stimme, auf dem Tische stände Salbe, damit sollte er sich einreiben, und dann stände in dem Nebenzimmer ein schönes Bett, da sollte er sich hineinlegen.

Das tat der Jäger auch und den andern Morgen, da er erwachte, waren all seine Schmerzen vorüber. Es stand auch schon sein Morgenbrot bereit. Er erhob sich, als er das sah, von seinem Lager, verzehrte, was ihm gebracht war, und danach setzte er sich wieder hin und las schöne Geschichtenbücher, die er nach Belieben aus dem Schrank nehmen konnte. Den ganzen Tag über wurde er mit Essen und Trinken wohl versorgt, sodass es ihm sicher alles wunderbar gefallen hätte, wenn ihm nicht die unheimlichen schwarzen Männer von der Nacht vorher noch zu lebhaft in Gedanken gewesen wären. Darum gedachte er, als der Abend anbrach, heimlich davon zu gehen. Aber o weh! Die Zugbrücke war aufgezogen, und alle Anstrengungen, sie herunterzulassen, waren vergeblich. Da musste er denn wohl wieder umkehren, er mochte wollen oder nicht.

Um elf Uhr wurde wieder die Stimme laut und sagte: statt dass gestern vier gekommen wären, würden heute Nacht acht kommen und ihn im ganzen Schloss herumtragen; wenn er aber den geringsten Laut von sich gäbe, so müsste er sterben. Und richtig! Mit dem Schlage zwölf tat sich die Türe auf und herein traten acht große schwarze Männer, die packten ihn bei den Beinen und schleiften ihn mit dem Kopf zuunterst treppauf, treppab im ganzen Schloss herum, dass ihm alle Rippen im Leibe knackten und sein Kopf voll Beulen wurde. Aber doch gab er keinen Laut von sich; und wie der Schlag eins aus der Glocke ging, da brachten sie ihn wieder hin, wo sie ihn hergeholt hatten.

Da sagte die Stimme wieder, auf dem Tische stände Salbe, da solle er sich mit einreiben, und in dem Nebenzimmer stände ein schönes Bett, da solle er sich hineinlegen. Das tat der Jäger auch; und den andern Morgen, als er aufwachte, war sein Kopf wieder heil und tat ihm kein Finger weh. Es stand auch schon ein gutes Morgenbrot bereit, das verzehrte er mit Behagen, und danach setzte er sich wieder hin und las noch viel schönere Bücher als den Tag vorher, und zu bestimmter Zeit kriegte er auch wieder sein gutes Essen und war ganz vergnügt bis zum Abend, wo es anfing dunkel zu werden. Da fielen ihm die schwarzen Männer wieder ein und herzlich gerne hätte er sich auf und davon gemacht, wenn er nur gekonnt hätte.

Um elf Uhr sagte die Stimme: anstatt dass gestern acht gekommen wären, kämen heute zwölf; er sollte aber nur standhaft bleiben und kein Wort sagen, sonst müsste er sterben. Und richtig! Mit dem Schlage zwölf tat sich die Tür auf und herein traten zwölf kohlschwarze Männer, die banden ihm Hände und Füße mit eisernen Ketten und schleiften ihn im ganzen Schloss herum und zuletzt hinaus auf den Hof zu einem tiefen Brunnen und taten, als ob sie ihn hineinwerfen wollten. Aber doch blieb er standhaft und gab keinen Laut von sich. Sowie der Schlag eins aus der Glocke ging, brachten sie ihn wieder zurück in sein Gemach. Er war halb tot und alle Knochen taten ihm im Leibe weh, aber diesmal kam keine Salbe und wurde ihm auch kein Bett gegeben, sodass er auf allen vieren in eine Ecke kroch und da liegen blieb.

Die ganze Nacht tat er vor Schmerz kein Auge zu, und den anderen Morgen wurde auch kein Essen gebracht; aber es dauerte nicht lange, so klopfte jemand an die Tür, und als der Jäger »herein!« rief, da erschien ein wunderschönes Mädchen, das gab ihm von der Heilsalbe und sagte, in dem Nebenzimmer im Schranke, da hingen königliche Kleider, die sollte er anziehen, und wenn er das getan hätte, so sollte er nur oben heraufkommen. Damit ging sie wieder hinaus.

Der Jäger zog nun, nachdem er mit der Salbe seine Schmerzen gelindert hatte, die königlichen Kleider an und ging dann oben in das Schloss hinauf, und als er in den Saal trat, so saß da eine wunderschöne Prinzessin mit ihren elf Jungfrauen: das waren die zwölf Hirsche gewesen, die der Jäger verfolgt hatte; der mit den goldenen Hörnern war die Prinzessin. Da bedankten sie sich bei dem Jäger, dass er sie durch seine Standhaftigkeit nun erlöst hatte. Danach wurde der Jäger König und hielt Hochzeit mit der schönen Prinzessin, und es wurde getanzt und geschmaust; und wenn die Hochzeit noch nicht zu Ende ist, so dauert sie heute noch.

Deutsches Märchen

Der Bahrgeist

Der Bahrgeist ist der Schatten eines Verstorbenen, welcher sich gewöhnlich an dem Ort aufzuhalten pflegt, an welchem sich ein Schatz befindet oder wo ihm, als er noch lebte, ein Leid zugefügt wurde. Er nimmt stets Anteil an der Familie, welcher er früher angehörte, und an den Bewohnern des Hauses, in dem er früher lebte. Er erscheint als Warner oder als Rachegeist, je nachdem wer die Person ist, welcher er sich naht. Folgendes ist mir in England von einem Baron, welcher sich rühmt, von den alten Sachsen abzustammen, erzählt worden.

Edrick, ein berühmter sächsischer Held und Besitzer mehrerer befestigter Schlösser, verliebte sich in ein schönes Fräulein und gewann ihre Gunst. Obwohl ihre Eltern den Sachsen gegenüber feindlich gesinnt waren, willigten sie endlich doch in ihre Verbindung mit Edrick ein, welche dann mit großer Pracht und vielem Glanz vollzogen wurde.

Edricks Gemahlin, Ermengarde, war ein sanftes, schönes Wesen, aber unheimliche, schaudervolle Träume raubten ihr ihren heiteren Sinn, und sie versank in eine stille Schwermut, die ihren Gemahl, der die Heiterkeit liebte, von ihr entfernte. Edricks sehnlichster Wunsch, einen Erben zu erhalten, blieb unerfüllt, und seine früher so heiße Liebe zu seiner Gemahlin verwandelte sich nach und nach in Abneigung. Bei einem Fest sah der sächsische Held ein schönes sächsisches Fräulein, und mit eben der Leidenschaft, welche er früher für Ermengarde empfunden hatte, bemühte er sich jetzt um die Liebe des schönen Fräuleins Rowena. Die feurige Rowena fand den schönen blonden Edrick sehr liebenswürdig; sie nahm seine schmeichelnden Worte wohl auf und gestattete ihm während der Abwesenheit ihres Vaters mehrere geheime Zusammenkünfte auf dessen Schloss. Bezaubert von ihrer Liebenswürdigkeit wünschte er sehnlich, sich mit ihr zu vermählen, und dachte bald ernstlich an eine Scheidung von seiner Gemahlin. Verschiedene Male wollte er mit ihr darüber sprechen, aber stets hielt ihn eine gewisse Scheu davon ab; ja, wenn sie ihn hold und gelassen ansah, fühlte er, dass er niemals das Wort Scheidung über seine Lippen bringen könnte. Mit freudigem Schreck erfüllte ihn aber eines Tages die ihm heimlich von Rowena mitgeteilte Kunde, dass sie Mutter werde, und Edrick säumte nun nicht länger, sich von Ermengarde zu befreien.

In der nächsten Nacht schon trat er an das Lager seiner schlummernden Gattin und stieß ihr den Dolch in die Brust. Zu seinen Vasallen und Dienern sagte er, dass Ermengarde sich selbst in einem Anfall von Wahnsinn den Tod gegeben habe, und ließ sie, sich traurig stellend, mit großem Prunk beerdigen. Kurze Zeit danach verband er sich mit der schönen Rowena, ohne sich über den an Ermengarde verübten Mord Vorwürfe zu machen.

Eines Abends saß Frau Rowena in dem Zimmer, in welchem ihre unglückliche Vorgängerin ermordet worden war; sie war damit beschäftigt, Leinenzeug für den zu erwartenden Erben zu nähen. Ihre Kammerfrauen hatten sich auf ihr Gebot entfernt, und ihr Gemahl befand sich auf der Jagd. Mitternacht war nahe, ohne dass Rowena daran dachte, sich zur Ruhe zu begeben. Da fühlte sie sich auf einmal von einem eisigen Luftzug berührt; fröstelnd stand sie dann auf, um zu sehen, ob ein Fenster offen sei, sie waren aber alle wohlverschlossen. Sie setzte sich wieder an ihre Arbeit, und aufs Neue fühlte sie den empfindlich kalten Hauch. Unmutig blickte sie auf und siehe! Eine holde, fast durchsichtige Gestalt im weißen Nachtkleid, die linke Hand fest auf eine Wunde am Herzen gelegt, schwebte auf sie zu. Mit Schauder erkannte Rowena in ihr die verstorbene Gemahlin Edricks; sie gewahrte die Blutflecken auf ihrem Gewand und schlug mit zitternder Hand ein Kreuz.

»Ich bin kein böser Geist!«, tönte es von den Lippen des schattenähnlichen Wesens. »Auch hasse ich dich nicht, obgleich du die Ursache meines frühen Todes bist. Aber niemals werde ich auf immer ruhen können, bis nicht das Unglück einer Tochter dieses Hauses, das ihr durch einen Mann kommt, meinen blutigen Schatten versöhnt hat.« Rowena hatte totenblass und zitternd diese Rede gehört, und schon hatte sich der Schatten längst wieder entfernt, ehe die erschrockene Frau es wagte, sich von der Stelle zu rühren. Mit wankenden Knien verließ sie das Gemach und ging in die große Halle, in welcher sie ihre Diener und Dienerinnen versammelt fand. Und von Stund an blieb Frau Rowena nicht einen Augenblick allein, und um nichts in der Welt wäre sie wieder in Ermengardes Sterbezimmer gegangen.

Einige Tage nach diesem Vorfall kehrte Edrick heim; er fand seine Gemahlin verstört und fragte sie nach der Ursache ihrer Unruhe. Unter vielen Seufzern und Tränen gestand sie ihm, sich fest an ihn schmiegend, dass sie den Schatten der verstorbenen Ermengarde gesehen hatte, und wiederholte, was die Tote zu ihr gesagt hatte. Edrick nannte die Erscheinung ein Gebilde ihrer Einbildungskraft und redete ihr herzhaft zu. Doch sein Gewissen sprach anders als sein Mund, und die Versicherung, er selbst wolle eine Nacht in dem Zimmer verweilen, wurde ihm schwerer, als es schien.

Gegen elf Uhr nachts begab sich auch wirklich Edrick mit Lichtern versehen in das Gemach. Um nicht fest einzuschlafen, setzte er sich auf einen Sessel, die Erscheinung des Bahrgeistes zu erwarten und sie zu fragen, was er zu tun habe, um ihr Ruhe zu verschaffen. Über eine Stunde wachte Edrick bereits und schon glaubte er, Ermengardes Schatten werde für ihn nicht sichtbar werden, da fühlte er plötzlich das Wehen eines eisigen Hauches, und langsam schwebte die totenbleiche, zarte Gestalt Ermengardes auf ihn zu, die weiße Hand auf die blutende Wunde gedrückt. Edrick, so mutig er auch sonst war, schauderte und mühsam glitt die Frage von seinen Lippen:

»Was begehrst du und wodurch kann ich dir Ruhe verschaffen?«

»Du hast mich in der Blüte meiner Jahre gemordet, ohne dass ich mich auf meinen Tod vorbereiten konnte«, sprach der Schatten, »ich bin nicht gerächt. So wisse denn, keine Tochter deines Stammes wird glücklich sein, bis eine davon das Liebste, was sie besitzt, mir zum Opfer, freiwillig, unaufgefordert von ihren Verwandten bringt, aus Mitleid für mich. Sorge dafür, dass alljährlich an meinem Todestag eine Frau oder Tochter dieses Hauses für das Heil meiner Seele betet und dass jede Tochter dieses Geschlechtes, sobald sie ihr zwanzigstes Jahr erreicht, eine Nacht in diesem Zimmer betet, wo ich ihr erscheinen und ihr Schicksal verkünden werde.«

Als Edrick einen feierlichen Schwur geleistet hatte, dass er Ermengardes Gebot erfüllen werde, verschwand der Schatten, und Edrick war froh, als endlich der Morgen graute und er das Gemach verlassen konnte. Er versicherte seiner Gemahlin, dass er nicht das mindeste gesehen und gehört habe, und beruhigte sie dadurch einigermaßen; das Zimmer aber ließ er zunageln und verbot jedem im Schloss, es zu betreten, denn er fürchtete, der Schatten Ermengardes könnte auch anderen erscheinen und offenbaren, was Edrick getan habe.

Rowenas Stunde erschien, sie war glücklich und leicht von einem Zwillingspaar entbunden, über welches Edrick ganz glücklich war. Doch den dritten Tag starb Rowena, und ihr Gemahl dachte mit Schaudern daran, dass dies wohl eine Rache von Ermengarde sein könnte. Seine Kinder, Edrick und Evelyn, wuchsen lieblich empor. Evelyn war schön und zart wie die Mutter, Edrick kräftig und beherzt wie der Vater. So ein roher und gewissenloser Mann ihr Vater Edrick auch war, so unbeschreiblich liebte er doch seine Kinder; für sie hatte er die Zärtlichkeit einer Mutter, und sie hingen ebenfalls mit großer Liebe an dem rauen Mann, der gegen sie doch so gut war. Diese Zärtlichkeit für seine Kinder machte den Vater besorgt um das Geschick seiner Lieblinge, und wenn er an den frühen und unvorhergesehenen Tod ihrer Mutter dachte, fürchtete er Ermengardes Rache. Kaum war die kleine Evelyn fähig, ein Gebet zu sprechen, so musste sie für Ermengardes Heil beten, und je älter sie wurde, desto ängstlicher empfahl ihr der Vater, dieses Gebet ja niemals zu vergessen. So verstrich ein Jahr nach dem anderen, der junge Edrick war ein kräftiger Jüngling geworden, ein Jäger, Reiter, Fechter und Kämpfer, an dem der Vater seine Freude hatte, und Evelyn ein junges Mädchen, von dessen Schönheit weit und breit gesprochen wurde und um welches sich mit Wissen ihres Vaters ein edler Held bewarb, der ihr gut gefiel.

Jetzt traten die beiden Zwillinge ihr einundzwanzigstes Jahr an, und Edrick dachte an Ermengardes Gebot. Er fürchtete sich, seine Tochter eine Nacht in diesem Gemach zubringen zu lassen, und hatte andererseits auch Angst, Ermengardes Rache herauszufordern, wenn er dieses Gebot umgehen würde. Endlich beschloss er, Evelyn in das Schloss zu senden, und sagte ihr, dass sie einer alten Sitte gemäß diese Nacht in dem versperrten Zimmer zubringen und für Emengardes Seele beten müsse. Sie fand darin nichts Unheimliches, und gewohnt, dem Befehl ihres Vaters Folge zu leisten, willigte sie ein. Das Zimmer wurde geöffnet, frische Luft eingelassen, und als die Nacht hereinbrach, betrat Evelyn es ohne Furcht, reichlich mit Kerzen versehen. Im Nebenzimmer verweilte ihr Vater.

Evelyn kniete in dem Gemach nieder und betete recht inbrünstig; da empfand sie bald eine unerklärliche Angst, es war kalt um sie herum wie in einem Grabgewölbe, und als sie aufsah, erblickte sie Ermengardes Schatten vor sich. Ein leiser Schrei des Entsetzens drang aus ihrer gequälten Brust. Der Schatten aber sprach: »Fürchte dich nicht. Du hast für meine Seele gebetet, und ich will dir kein Leid zufügen, doch dein Schicksal muss ich dir verkünden. Es wird das meine sein, und noch oft wird es sich in deinen Enkelinnen wiederholen, bis großmütige Entsagung meinem Schatten Ruhe bringt.« Darauf seufzte die Erscheinung tief und verschwand. Evelyn stieß einen lauten Schrei aus; ihr Vater trat in das Zimmer und fand seine Tochter bewusstlos am Boden liegend. Nach langen Bemühungen kehrte sie ins Leben zurück und erzählte ihrem Vater, was sie gesehen und gehört hatte. Dieser erschrak, denn er glaubte an die Prophezeiung der ruhelosen Ermengarde, und wurde von Stund an von der bangsten Besorgnis um die Zukunft seines geliebten Kindes erfüllt. Das junge Mädchen aber, erfüllt vom leichten Sinn der Jugend, vergaß bald die Prophezeiung.

Ein Jahr verstrich, mehrere reiche und angesehene tapfere Männer hatten sich um Evelyns Hand beworben, keinem aber mochte der ängstliche Vater sie anvertrauen. Endlich, als er schwer erkrankt und ernstlich daran dachte, dass Evelyn nach seinem Tode

Schutz brauche, verlobte er seine Tochter mit Edgar, einem jungen Mann, dem er vollkommen traute und dessen Sanftmut oft den Spott anderer Männer herausgefordert hatte. Der junge Mann liebte Evelyn unendlich; er schätzte es sich für eine große Ehre, Edricks Schwiegersohn zu werden und führte Evelyn als seine Gemahlin mit Jubel auf sein Schloss. Wenige Wochen nach der Vermählung des jungen Paares genas der Held Edrick, und seine Genesung veranlasste seinen eben heimgekehrten Sohn, den jungen Edrick, wieder hinaus ins Feld zu ziehen, ohne vorher seine Schwester zu besuchen und seinen Schwager Edgar kennenzulernen. Vollkommen glücklich lebte in dieser Zeit Evelyn an der Seite eines Gemahls, den sie unermesslich liebte und dessen Sanftmut sich nur dann in Heftigkeit verwandelte, wenn seine Eifersucht rege wurde, die freilich nie von ihm wich, wenn auch Evelyn sich sorgfältig hütete, ihm auch nur den geringsten Grund dazu zu geben. Bald wurde sie Mutter eines lieblichen Mädchens, und ihr Glück schien so vollkommen gesichert, dass der alte Vater Edrick kaum mehr der Prophezeiung gedachte.

Eines Tages saß Evelyn in der Dämmerung in ihrem Gemach, da ging die Tür auf, und der junge Edrick, ihr Bruder, stand überraschend vor der Schwester. Mit einem lauten Freudenschrei flog sie in seine Arme, beide Arme um seinen Hals schlingend. Da stürzte zur unglücklichen Zeit ihr Gemahl ins Zimmer, und da er ihren Bruder, den er nie gesehen hatte, für ihren Geliebten hielt, stach er rasch sein Schwert in Evelyns Brust. Edrick forderte daraufhin den Unglückseligen auf Leben und Tod. Edgar blieb auf der Strecke, und Edrick zog mit der Trauerkunde zu seinem Vater, der seine kleine Enkelin Alswitha unter seinen Schutz nahm und auf sein Schloss bringen ließ. Auf seinem Totenbett bekannte er seinem Sohn, was er seiner ersten Gemahlin angetan hatte, und beschwor ihn, jede Tochter seines Hauses für Ermengardes Ruhe beten zu lassen und die Prophezeiung zu achten, welche jede von ihr vernehmen würde, wenn sie an ihrem einundzwanzigsten Geburtstag in das dazu bestimmte Gemach gehen würde.

Was die ermordete Ermengarde den jüngeren Töchtern aus Edricks Geschlecht verkündet hat, wird nicht erzählt. Doch das ist gewiss, dass keine es unterließ, das Gebot des Ahnherrn zu vollziehen und dass alle Prophezeiungen immer zutrafen. Noch lange versäumte keine Tochter des Hauses, für den unglücklichen Bahrgeist zu beten und auf seine Prophezeiungen zu hören. Leider entging dennoch keine dem Schicksal, welches die Erscheinung ihr verkündete, und fast die meisten aus Edricks Geschlecht starben durch ihre Gatten. Erst nach Jahrhunderten gab ein Fräulein aus diesem Hause, das jüngste und schönste, ihren Verlobten, den sie unendlich liebte, auf, weil sie fürchtete, es könnte sich auch an ihr die Prophezeiung Ermengardes erfüllen. Sie liebte den Mann ihrer Wahl über alles, sie wollte den Gegenstand ihrer Anbetung nicht entheiligen, wollte nicht Ursache sein, dass er die Prophezeiung des Bahrgeistes erfüllte, deshalb nahm sie den Schleier und starb als Nonne in einem Kloster Schottlands. Später ließ sich auch die unheimliche Erscheinung nicht mehr sehen; Ermengardes Schatten hatte Ruhe im Grabe gefunden.

Schottische Sage nach Sir Walter Scott

Die dankbaren Toten

Im Chiemgau war einmal ein frommer und tapferer Rittersmann; der hatte die schöne Gewohnheit, bei jedem Kirchlein, das an der Straße lag, sein Ross anzubinden und einen Augenblick des Gebetes zu pflegen. Desgleichen ritt er auch niemals an einem Friedhof vorüber, ohne vom Pferd zu steigen, auf den Boden zu knien und fünf Vaterunser für die armen Seelen zu sprechen. Das segnete ihm unser Herrgott mit Gesundheit und gutem Glück und rühmlichen Heldentaten, die er in manchem Krieg für die gerechte Sache vollbracht hatte.

Nun geschah es zu einer Zeit, dass unser Held noch spät in der Nacht seines Weges ritt. Ringsum war alles still, der Mond beleuchtete die weiße Mauer eines Friedhofs, allwo unser Rittersmann schon oft angehalten und sein Gebetlein für die armen Seelen verrichtet hatte. Auch diesmal wollte er nicht vorüberziehen, stieg von seinem Ross und kniete unter einer alten Linde auf dem Friedhof nieder. In demselben Augenblick hört er Geflüster, und eine Rotte verwegener Räuber stürzt hinter der Mauer hervor. Kaum hat er Zeit, sich aufzuraffen und nach seiner Waffe zu greifen. So tapfer er sich auch wehrt, ist es doch unmöglich, gegen so viele den Kampf zu bestehen. Noch einen Augenblick, und er ist verloren. Doch siehe, da öffnen sich die Gräber vor seinen Augen, Gerippe über Gerippe steigen empor, schwingen Sensen und fliegen im Sturmschritt wie zur Schlacht einher. Entsetzen überfiel da die Räuber, kaum fanden sie die Zeit, über die Mauer des Kirchhofs zu entfliehen. Unser treuer Rittersmann war gerettet. Mit den Feinden aber waren auch die Freunde entschwunden. Still und friedlich ruhten die Gräber wie zuvor. Da betete der Ritter abermals seine fünf Vaterunser und ritt getrosten Mutes von dannen.

Sage aus Deutschland

Auf dem Wasser

Im letzten Sommer hatte ich ein kleines Landhaus am Ufer der Seine, einige Meilen von Paris, gemietet und fuhr jeden Abend hinaus, um die Nacht dort zu verbringen. Nach einigen Tagen lernte ich meinen Nachbar, einen Mann von dreißig bis vierzig Jahren kennen, den seltsamsten Menschen, den ich je gesehen habe. Es war ein alter Kahnfahrer, aber ein leidenschaftlicher, wie man nur einen finden kann, stets beim Wasser, auf dem Wasser und im Wasser. Er hätte eigentlich in einem Boot zur Welt kommen sollen; und dass er noch einmal in einem Boot sein Leben beschließen würde, stand bei mir fest.

Eines Abends, als wir am Ufer der Seine auf und ab gingen, bat ich ihn, mir einige Geschichten aus seinem Schifferleben zu erzählen. Da war der gute Mann mit einem Male lebendig und wie umgewandelt; er wurde redselig und beinahe poetisch angehaucht. Für ihn gab es eben nur eine große, brennende unwiderstehliche Leidenschaft: den Fluss.

»Ach«, sagte er, »wie viele Erinnerungen knüpfen sich für mich an diesen Fluss, den Sie da zu unseren Füßen dahingleiten sehen! Die anderen, Straßenbewohner, wissen gar nicht, was das zu bedeuten hat, ein Fluss. Aber hören Sie nur mal einen Fischer dieses Wort aussprechen! Für ihn ist der Fluss etwas Geheimnisvolles, Tiefes, Unbekanntes, das Gebiet der Wunder und Gespenster, wo man bei Nacht Dinge sieht, die es gar nicht gibt, und Töne hört, die niemand kennt, wo man zittert, ohne zu wissen, warum, als wenn man auf einem Kirchhof wäre. Und in der Tat! Ist dies nicht der traurigste aller Kirchhöfe, auf dem man nicht einmal einen Grabstein hat.

Das Land ist dem Fischer zu eng; aber der Fluss ist ihm selbst in finsterer Nacht, wenn kein Mondlicht leuchtet, ein unbegrenztes Gebiet. Der Seemann hat nicht die gleiche Empfindung auf der See. Diese ist oft wild und ungebärdig, allerdings; aber sie seufzt, sie stöhnt und tobt vorher, sie benimmt sich also ehrlich. Der Fluss hingegen ist stumm und hinterlistig. Er grollt nicht, er fließt geräuschlos Tag für Tag dahin, und gerade diese ewig gleichmäßige Bewegung des dahinfließenden Wassers ist für mich viel ergreifender als die turmhohen Wogen des Ozeans.

Träumer behaupten, dass sich auf dem tiefsten Grunde des Meeres unermesslich große bläuliche Felsen befänden, auf denen die Ertrunkenen mitten zwischen den großen Fischen durch das Gezweige seltsamer Wälder in kristallene Grotten gewälzt würden. Der Fluss hat nur schwarze Untiefen, auf deren Grunde man verfault. Aber er ist doch schön, wenn er von der aufgehenden Sonne bestrahlt wird und leise murmelnd mit seinen Wellen am schilfbedeckten Ufer plätschert.

Der Dichter singt vom Ozean:

›O Wogen, die Ihr schauervolle Dinge wisst,
Ob deren Graus so mancher Mutter Träne fließt,
Auf Eurem Weg von hier durchs weite große Meer
Erzählt Ihr's Euch, und kommt Ihr abends wieder her,
Beweint Ihr selbst mit tiefem jammervollem Ton
Der Mutter Schmerz, der Ihr entrisst den letzten Sohn.‹

Nun gut; ich bin überzeugt, dass die Geschichten, welche die schlanken Schilfrohre mit ihren zarten, leisen Stimmchen murmeln, oft noch viel grausiger klingen als die seltsamen Schauermärchen, die aus dem Gebrüll der Wogen widerhallen. Aber da Sie mich gerade nach Erinnerungen fragen, so will ich Ihnen ein seltsames Abenteuer erzählen, welches mir hier vor ungefähr zehn Jahren passiert ist.

Ich wohnte damals, wie heute noch, im Hause der Mutter Lafon, und einer meiner besten Kameraden, Louis Bernet, der jetzt auf seine Kähne, sein Schiffszeug und seine Freiheit verzichtet hat, um Mitglied des Staatsrates zu werden, hatte sich damals im Dorfe C …, zwei Meilen weiter abwärts, niedergelassen. Wir aßen jeden Tag zusammen, bald bei mir, bald bei ihm.

Eines Abends, als ich ganz allein und ziemlich müde zurückkam und mein großes Boot, einen wahren Ozean von zwölf Fuß Länge, dessen ich mich nachts gewöhnlich bediente, nur mühsam fortbrachte, machte ich einen Augenblick in der Nähe der schilfbewachsenen Ecke da unten, ungefähr hundert Meter vor der Eisenbahnbrücke, Halt, um etwas Atem zu schöpfen. Es war herrliches Wetter, der Mond leuchtete mit seinem sanften ruhigen Licht, der Fluss glänzte weithin und die Luft war lind und ruhig. Diese Ruhe steckte mich an; ich dachte mir, es müsse sich an diesem stillen Plätzchen herrlich ein Pfeifchen rauchen lassen. Gesagt, getan! ich ergriff meinen Anker und warf ihn aus. Die Kette spielte sich, da das Boot mit dem Strome fuhr, bis zum letzten Gliede ab; dann hing ich fest. Ich machte es mir im Hinterteil des Bootes auf meinem Schaffell so bequem wie möglich. Man hörte nichts, rein gar nichts; nur hin und wieder glaubte ich ein leises, fast unhörbares Plätschern des Wassers am Ufer zu vernehmen und ich sah, dass einige höher emporragende Schilfhalme ein eigentümliches Aussehen annahmen und sich zeitweilig etwas bewegten.

Der Fluss war vollkommen ruhig, aber ich fühlte mich seltsam von diesem Schweigen bewegt, welches mich umgab. Alle Tiere schwiegen, selbst die Frösche und Unken, die nächtlichen Sänger der Sümpfe. Plötzlich quakte rechts vor mir ein Frosch; dann schwieg er wieder und ich hörte weiter nichts mehr. Um mich zu zerstreuen, setzte ich meine Pfeife aufs Neue in Brand, aber, obschon ich ein leidenschaftlicher Raucher war, so konnte ich doch nicht auf den richtigen Geschmack kommen. Nach einigen Zügen krampfte sich mein Inneres zusammen, und ich hörte auf. Ich stimmte ein Liedchen an, aber der Klang meiner Stimme missfiel mir. Dann legte ich mich auf den Boden hin und starrte zum Himmel hinauf. Eine Zeit lang lag ich so ruhig da, bis eine leichte Bewegung des Kahnes mich aufs Neue beunruhigte. Es war mir, als beschriebe er große Bogen und stieße währenddessen an beiden Ufern an; dann glaubte ich, dass ein unsichtbares Wesen oder irgendeine verborgene Gewalt ihn sanft auf den Grund des Wassers zöge und ihn gleich darauf emporschnelle, um ihn zurückfallen zu lassen. Ich fühlte mich umhergeschleudert wie bei einem heftigen Sturm; ich hörte um mich herum allerhand sonderbare Töne. Mit einem Satz sprang ich auf; das Wasser glänzte wie bisher, und alles war ruhig.

Ich fühlte meine Nerven etwas erregt und beschloss aufzubrechen. Ich zog an der Ankerkette und der Kahn setzte sich in Bewegung; dann fühlte ich einen Widerstand und zog stärker, aber der Anker kam nicht in die Höhe. Er musste sich in der Tiefe an etwas festgeklammert haben, das ich nicht emporheben konnte; ich zog von Neuem, aber vergebens. Dann griff ich zum Ruder und wendete den Kahn stromaufwärts, um die Lage des Ankers zu verändern; auch das war umsonst, er gab nicht nach. Zornig riss ich mit aller Gewalt an der Kette, es rührte sich nichts. Entmutigt setzte ich mich nieder und begann über meine Lage nachzudenken. Ich durfte nicht daran denken, die Kette zu zerbrechen oder sie vom Fahrzeug loszubekommen, denn sie war sehr dick und außerdem durch einen Holzpflock befestigt, der stärker war als mein Arm. Da aber das Wetter sehr schön blieb, so konnte ich hoffen, dass in kurzer Zeit schon Fischer vorbeikommen würden, die ich dann um Hilfe bitten wollte. Ich beruhigte mich über mein Missgeschick und zündete mir eine neue Pfeife an.

Eine Flasche Rum hatte ich gerade zur Hand, und nachdem ich einige Schluck aus derselben getan hatte, begann ich über meine Lage zu lachen. Es war so warm, dass ich zur Not ganz gut die Nacht im Freien zubringen konnte.

Plötzlich tönte ein kleiner Schlag gegen die Bootswand; ich erschrak, und der kalte Schweiß brach mir aus allen Poren. Dieses Geräusch war zweifellos durch ein Stückchen Holz hervorgebracht, das die Strömung mit sich führte, aber es hatte genügt, um meine Nerven von Neuem aufzuregen. Ich griff wieder zur Kette und riss mit verzweiflungsvoller Kraft daran; der Anker saß fest. Erschöpft setzte ich mich wieder nieder.

Mittlerweile hatte sich der Fluss allmählich mit einem weißen dichten Nebel bedeckt, der sehr niedrig auf dem Wasser lag, sodass ich, als ich mich aufrichtete, weder den Fluss noch meine Füße noch meinen Kahn sah; dagegen bemerkte ich wohl die Spitzen des Schilfrohres, dann weiterhin die blass im Mondlicht schimmernde Ebene, mit großen schwarzen zum Himmel emporstrebenden Figuren darauf, welche durch einzelne Pappelgruppen gebildet wurden. Ich war bis zum Gürtel wie in ein Leinwandtuch von seltsamer Weiße gehüllt, und unwillkürlich entstanden in meinem Gehirn die sonderbarsten Fantasiegebilde. So schwebte mir das Gefühl vor, irgendetwas mir Fremdes wolle meinen Kahn besteigen und der in diesem dichten Nebel versteckte Fluss sei mit seltsamen Gestalten angefüllt, die um mich herumschwammen. Ich empfand eine schreckliche Angst, mein Herz klopfte zum Zerspringen, und ich verlor vollständig den Kopf, sodass ich daran dachte, mich durch Schwimmen zu retten; dann ließ mich aber dieser Gedanke schon wieder vor Furcht erschaudern. Ich sah mich im Geist verloren, wie ich mich in dieses Abenteuer stürzte, bei dem dichten Nebel mich vergeblich durch Schilf und Wasserpflanzen durchkämpfend, während ich vor Furcht keuchte und kein Ufer finden noch meinen Kahn wieder erreichen konnte; ich glaubte zu fühlen, dass man mich an den Füßen auf den Grund des schwarzen Wassers zöge. In der Tat, wenn ich wirklich hätte den Strom heraufschwimmen und an irgendeiner Stelle die nächsten fünfhundert Meter einen von Gestrüpp und Schlamm freien Punkt suchen sollen, an dem ich festen Fuß fassen konnte, so wette ich hundert gegen eins, dass ich mich in dem dichten Nebel nicht zurechtgefunden hätte und elend ertrunken wäre, so gut ich auch schwimmen mochte.

Ich versuchte meine Gedanken wieder zu sammeln. Ich fühlte den festen Willen in mir, keine Furcht mehr zu haben; aber ich empfand noch etwas anderes in mir, und dieses andere fürchtete sich. Ich fragte mich, was ich zu fürchten hätte, mein tapferes Ich kämpfte mit dem feigen Ich; und niemals habe ich wieder so deutlich als in jener Nacht begriffen, dass zwei entgegengesetzte Wesen in uns wohnen, von denen das eine will, während das andere widerstrebt, und von denen bald dieses, bald jenes den Sieg davonträgt. Diese törichte und unerklärliche Furcht wuchs von Minute zu Minute und artete in völliges Entsetzen aus. Ich blieb unbeweglich, die Augen weit geöffnet, während ich mit den Ohren erwartungsvoll lauschte. Nach was? Ich wusste es nicht, aber es konnte nur etwas Schreckliches sein. Wenn jetzt ein Fisch sich aus dem Wasser geschlagen hätte, wie sie das ja öfters tun, so wäre ich sicher bewusstlos zusammengesunken.

Mit einer gewaltsamen Anstrengung gelang es mir endlich, wieder Vernunft zu fassen. Ich griff nochmals zu meiner Rumflasche und trank mit vollen Zügen. Dann kam mir der Gedanke, aus allen Kräften nach den vier Himmelsrichtungen hinauszurufen. Als meine Stimme schließlich versagte, horchte ich. – Nur ein Hund heulte in weiter Ferne.

Ich trank nochmals und streckte mich der Länge nach auf dem Boden des Kahnes aus. So blieb ich eine, vielleicht auch zwei Stunden, schlaflos, mit offenen Augen liegen, während es wie ein Alp auf meiner Brust lag. Ich wagte nicht aufzustehen, so sehr ich auch danach verlangte; ich verschob es von Minute zu Minute. »Vorwärts! Auf!«, sagte ich zu mir selbst, und doch fürchtete ich, mich zu bewegen. Endlich erhob ich mich unter unzähligen Vorsichtsmaßregeln, wie wenn mein Leben von dem kleinsten Geräusch abgehangen hätte, und spähte vorsichtig über Bord. Ich war geradezu geblendet von dem wunderbaren überraschenden Anblick, der sich zum ersten Male meinen Augen bot. Es war wie ein Zauberbild aus dem Feenland, wie eine jener Erzählungen weitgereister Leute, die wir hören, ohne sie fassen zu können.

Der Nebel, der zwei Stunden zuvor auf dem Wasser gelegen hatte, hatte sich allmählich von demselben fort ans Ufer gezogen. Dort, auf beiden Seiten dicht zusammengeballt, ließ er den Fluss ganz frei und bildete rechts und links eine fortlaufende, sechs bis sieben Meter hohe Hügelkette, die bei dem bleichen Mondlicht wie ein blendendes Schneegebirge aussah. Man sah nichts als den goldig glänzenden Fluss zwischen diesen beiden weißen Bergketten und darüber die volle große Scheibe des Mondes, welche den bläulichen milchfarbenen Himmel erhellte. Alle Wassertiere waren erwacht; die Frösche quakten wie rasend, während ich von Zeit zu Zeit, bald rechts bald links, den eigentümlich kurzen, traurigen und einförmigen Ton vernahm, den die belegte Stimme der Unke von sich gibt. Seltsamerweise hatte ich keine Furcht mehr; ich glaubte mich in einer so merkwürdigen Gegend zu befinden, dass die außergewöhnlichsten Einzelheiten mich nicht mehr in Erstaunen setzen konnten.

Wie lange das noch gedauert hat, weiß ich nicht; denn schließlich war ich doch eingeschlafen. Als ich die Augen wieder öffnete, war der Mond untergegangen, der Himmel mit Wolken bedeckt. Das Wasser plätscherte gewaltig, es blies ein scharfer Wind und ich verspürte in der tiefen Dunkelheit eine empfindliche Kälte. Ich trank den Rest aus der Rumflasche, dann lauschte ich auf das Säuseln des Schilfes und das gewaltige Rauschen des Wassers. Ich versuchte etwas zu sehen, aber ich konnte weder meinen Kahn, noch auch sogar meine Hände unterscheiden, die ich vor die Augen hielt.

Allmählich nahm indessen die dichte Finsternis ab. Ich glaubte plötzlich zu bemerken, dass ein Schatten nahe bei mir vorbeiglitt; und in der Tat antwortete eine menschliche Stimme auf meinen Ruf. Es war ein Fischer, der auf meine Bitte herankam und mit Staunen mein Missgeschick erfuhr. Er legte mit seinem leichten Boot an meinem Kahn an, und nun zogen wir beide mit vereinten Kräften an der Ankerkette; der Anker rührte sich nicht. Der Tag brach an, trübe, grau und regnerisch, einer jener Tage, die aussehen, als brächten sie Trauer und Unglück. Ich bemerkte ein zweites Fischerboot, das ich anrief. Der Insasse desselben stieg zu uns herüber und vereinigte seine Anstrengungen mit den unsrigen; langsam gab jetzt endlich der Anker nach. Er ging in die Höhe, aber langsam, so langsam, dass man sah, er trage ein schweres Gewicht. Endlich bemerkten wir dicht unter dem Wasserspiegel eine schwarze Masse und zogen sie mit einem Ruck in mein Boot: Es war der Leichnam einer alten Frau, an deren Hals ein großer schwerer Stein befestigt war.

Novelle von Guy de Maupassant

Geschichte des Fischers mit dem Geist (Dschinni*)

Ich habe vernommen, o glücklicher König, einst lebte ein Fischer, hochbetagt, der hatte ein Weib und drei Kinder und war doch von großer Armut. Nun war es seine Gewohnheit, das Netz viermal am Tage auszuwerfen, und nicht mehr. Eines Tages ging er um Mittag zur Meeresküste hinunter, wo er seinen Korb niederlegte; und indem er das Hemd aufschürzte, ging er ins Wasser, warf das Netz und wartete, bis es zum Grunde sank. Dann fasste er die Stricke zusammen und zog daran, aber er fand es sehr schwer; und so sehr er auch zum Lande hin zerrte, er konnte es nicht heraufziehen: so trug er die Enden ans Land und trieb einen Pfahl in den Boden und band das Netz daran. Dann zog er sich aus und tauchte ins Wasser, rings um das Netz, und ließ nicht ab, bis er es heraufgebracht hatte. Da freute er sich, zog die Kleider an und trat zum Netze hin; aber er fand nur einen toten Esel, der ihm die Maschen zerrissen hatte. Als er nun das sah, rief er in seinem Schmerz: »Es gibt keine Majestät, und es gibt keine Macht, außer bei Allah, dem Glorreichen, Großen!« Dann sprach er: »Dies ist eine sonderbare Art des täglichen Brotes.«

---

* Die *Dschinn* (Singular: *Dschinni*) sind schon in der vorislamischen arabischen Mythologie existierende Geister, die aus rauchlosem Feuer erschaffen sind; in der islamischen Welt bevölkern sie neben den Satanen, Menschen und Engeln die Welt. Die mächtigsten dieser Dämonen sind die *Ghul*, die noch mächtigeren mit großem Zerstörungstrieb die *Ifrit* und die allerstärksten die *Marid*.

Und als er sich den toten Esel angesehen hatte, machte er ihn aus den Maschen frei, presste das Netz aus und stieg von neuem ins Meer und sagte dabei: »In Allahs Namen!« und er warf es aus und zog daran, aber es wurde schwer und legte sich noch fester nieder als das erste Mal. Jetzt aber glaubte er, es seien Fische darin, und er befestigte es, zog die Kleider aus, ging ins Wasser, tauchte und zog, bis er es aufs trockene Land hinaufbrachte. Da fand er einen großen irdenen Topf darin, der voll Sand und Schlamm war; und als er das sah, war er sehr bekümmert, und presste sein Netz aus, säuberte es und kehrte zum dritten Mal zum Meer zurück, um es auszuwerfen; und er wartete, bis es gesunken war, und zog daran und fand Scherben und zerbrochenes Glas darin.

Da hob er die Augen zum Himmel und sagte: »O Allah! wahrlich, du weißt, ich werfe mein Netz täglich nur viermal aus; dreimal tat ich es jetzt, und du gabst mir nichts. Also gib mir diesmal, o mein Gott, das tägliche Brot.« Und nachdem er Allahs Namen angerufen hatte, warf er nochmals das Netz aus und wartete, bis es sank und sich setzte; und dann zog er daran, aber er konnte es nicht heben, denn es war unten festgehakt.

Da zog er sich aus und tauchte zum Netz hinunter und mühte sich, bis er es am Lande hatte. Dann öffnete er die Maschen und fand darin eine gurkenförmige Flasche aus gelbem Kupfer, in der offenbar etwas war, und deren Mund eine Bleikapsel mit dem Siegel unseres Herrn Sulaiman schloss, des Sohnes Davids (Allah behüte die beiden!). Da freute der Fischer sich und sagte: »Wenn ich sie auf dem Kupfermarkt verkaufe, so ist sie zehn Golddinare wert.« Er schüttelte sie, und da er sie schwer fand, so fuhr er fort: »Wollte der Himmel, ich wüsste, was darin ist. Aber ich muss und will sie öffnen und ihren Inhalt erforschen und sie in meinen Sack stecken und auf dem Kupfermarkt verkaufen.« Und er zog sein

Messer und schnitt an dem Blei, bis er es von der Flasche gelockert hatte. Dann kehrte er sie zum Boden und schüttelte sie, um herauszugießen, was darin sein mochte.

Aber er fand nichts darin; da war er nun in höchstem Staunen. Plötzlich jedoch drang ein Rauch aus der Flasche, der zum Himmel aufstieg bis in den Äther (und wieder staunte er in gewaltigem Staunen), und der dahinkroch über die Oberfläche der Erde, bis der schwere Dunst sich plötzlich, als er seine volle Höhe erreicht hatte, verdichtete und zu einem Geist (Dschinni) wurde, riesenhaft an Gestalt, sodass sein Scheitel die Wolken berührte, während die Füße auf dem Boden standen. Sein Kopf war wie eine Kuppel, seine Hände wie Heugabeln, seine Beine so lang wie Masten, und sein Mund weit wie eine Höhle; seine Zähne glichen großen Steinen, seine Nasenlöcher Wasserspeiern, seine Augen zwei Lampen, und sein Blick war wild und drohend.

Als nun der Fischer den Geist sah, bebten ihm die Flanken, die Zähne klapperten ihm, sein Speichel trocknete ein, und er wusste nicht mehr, was er beginnen sollte. Da sah der Geist ihn an und schrie: »Es gibt keinen Gott, außer dem Gott, und Sulaiman ist Gottes Prophet«; und er fügte hinzu: »O Apostel Allahs, erschlage mich nicht; nie wieder will ich dir im Wort widersprechen noch sündigen wider dich durch die Tat.« Und der Fischer sprach: »O Marid, sagtest du, Sulaiman, der Apostel Allahs? Und Sulaiman ist tot seit einigen tausendundachthundert Jahren, und wir leben jetzt in den letzten Tagen der Welt! Welches ist deine Geschichte und der Bericht von dir, und weshalb kamst du in diese Flasche?« Als nun der böse Geist die Worte des Fischers hörte, sprach er: »Es gibt keinen Gott als den Gott: sei guten Muts, o Fischer!« Und der Fischer: »Weshalb heißt du mich guten Mutes sein?« Und er erwiderte: »Weil du noch in dieser Stunde eines schlimmen Todes sterben sollst.« Sprach der Fischer: »Du verdienst für deine gute Nachricht, dass der Himmel dir seinen Schutz entzieht, o du Ferner! Weshalb wolltest du mich töten, und was habe ich getan, dass ich den Tod verdiente, ich, der ich dich aus der Flasche ließ und dich aus den Tiefen des Meeres rettete und aufs trockene Land hob?« Da versetzte der Geist: »Sage mir nur die Todesart, die du sterben willst, und mit welchem Schlag ich dich erschlagen soll.« Darauf der Fischer: »Welches ist mein Verbrechen, und wofür solche Vergeltung?« Sprach der Dschinni: »Höre meine Geschichte, o Fischer!« Und er erwiderte: »Rede und sei kurz in deinen Worten, denn wahrlich, mein Lebensatem schwebt mir in der Nase.«

Da sprach der Geist: »Wisse, ich bin einer von den ungläubigen Dschinn, und ich sündigte gegen Sulaiman, den Davidsohn, worauf der Prophet seinen Minister sandte, um mich zu ergreifen; und dieser Wesir fing mich wider meinen Willen und führte mich in Fesseln vor Sulaiman. Und als Sulaiman mich sah, empfahl er sich Allah und hieß mich den wahren Glauben annehmen und seinen Befehlen gehorchen; ich aber weigerte mich; da schickte er nach dieser Flasche und schloss mich darin ein und versiegelte sie mit Blei, in das er den höchsten Namen einpresste, und gab den Dschinn Befehl, die mich forttrugen und mich mitten in den Ozean warfen. Dort lag ich hundert Jahre, derweilen ich in meinem Herzen sagte: »Wer immer mich befreit, den will ich auf ewig und ewig reich machen.« Aber das ganze Jahrhundert verstrich, und als mich niemand befreite, trat ich das zweite Jahrhundert an und sagte: »Wer immer mich erlöst, dem will ich die Schätze der Erde öffnen.« Aber wieder befreite mich niemand, und so verstrichen vierhundert Jahre. Da sprach ich: »Wer immer mich erlöst, dem will ich drei Wünsche erfüllen.« Aber niemand befreite mich. Da wurde ich zornig in äußerstem Zorn und sagte zu mir selber: »Wer mich hinfort noch erlöst, den will ich erschlagen, und ich will ihm die Wahl lassen, welchen Todes er sterben will«; und da nun also du mich erlöst hast, so lasse ich dir die freie Wahl deiner Todesart.«

Als der Fischer diese Worte des Geistes hörte, sagte er: »O Allah! welch Wunder, dass ich erst jetzt zu deiner Befreiung kam!«, und er fügte hinzu: »Schone mein Leben, so Allah deines schonen soll, und erschlage mich nicht, dass nicht Allah einen entsende, um dich zu erschlagen.« Da erwiderte der Widerspenstige: »Es hilft nichts, sterben musst du; so erbitte dir als eine Gnade die Todesart aus, durch die du sterben willst.« Aber trotz dieser Versicherung wandte der Fischer sich nochmals an den Geist: »Erlass mir diesen meinen Tod zum Lohne dafür, dass ich dich befreite«; und der Geist erwiderte: »Wahrlich, einzig gerade um dieser Befreiung willen erschlage ich dich.«

Da sagte der Fischer bei sich selber: »Dies ist ein Dschinni, und ich bin ein Mensch, dem Allah erträglich schlauen Witz verlieh; so will ich mich umtun, durch meine Erfindung und meine Klugheit sein Verderben zustande zu bringen, genau wie er sich von seiner Bosheit und seiner Tücke leiten ließ.« Er begann und fragte: »Bist du wirklich entschlossen, mich zu töten?«, und als er zur Antwort erhielt: »Gewisslich«, rief er aus: »Im allerhöchsten Namen denn, eingegraben in den Siegelring Sulaimans, des Sohnes Davids, wenn ich dich über etwas befrage, willst du mir eine wahrhaftige Antwort geben?« Der Dschinni erwiderte: »Ja«; aber da er den höchsten Namen erwähnen hörte, verwirrte sich ihm der Verstand, und er sagte zitternd: »Frag, und sei kurz.« Sprach der Fischer: »Wie passtest du in diese Flasche, die deine Hand nicht fassen kann; nein, noch auch deinen Fuß; und wie konnte sie groß genug sein, dich ganz zu bergen?« Erwiderte der Geist:

»Was! glaubst du nicht, dass ich darin war?« Und der Fischer versetzte: »Nein, nie werde ich es glauben, bis ich dich mit eigenen Augen darin sah.«

Da schüttelte sich der böse Geist und wurde ein Rauch, der sich verdichtete und langsam, langsam in die Flasche zog, bis er ganz darin war; und siehe, da verstopfte der Fischer in aller Eile den Hals der Flasche mit der Bleikapsel, die das Siegel trug, und rief den Geist an und sprach: »Sag mir, als eine Gnade, auf welche Todesart du sterben willst!« »Bei Allah, ich will dich ins Meer hinauswerfen, und hier will ich eine Hütte bauen; und wer immer herkommt, den will ich warnen, dass er nicht fische, und will ihm sagen: »Hier liegt ein Dschinni im Meer, der jedem, der ihn rettet, als letzte Gunst die Wahl der Todesart gewährt, und der Art, wie er ihn umbringt!«

Als der Geist den Fischer so sprechen hörte und sich gefangen sah, wollte er entschlüpfen, aber Sulaimans Siegel hinderte ihn; da wusste er, dass der Fischer ihn überlistet hatte, und er wurde demütig und unterwürfig und sagte flehend: »Ich scherzte nur mit dir«; aber der andere erwiderte: »Du lügst, o schändlichster der Geister, gemeinster, schmutzigster!«, und er lief mit der Flasche zum Meere; und der Geist rief: »Nein, nein!«, er aber rief: »Doch, doch!« Da dämpfte der böse Geist die Stimme und glättete die Worte und wurde demütigte und sprach: »Was willst du mit mir tun, o Fischer?« – »Ich will dich wieder ins Meer werfen«, versetzte er, »wo du eintausendundachthundert Jahre gewohnt und gehaust hast; und jetzt will ich dich darin lassen bis zum Tage des Gerichts.« Sprach der Geist: »Öffne mir, dass ich dir Gutes tue.« Sprach der Fischer: »Du lügst, Verfluchter, wir beide gleichen dem König der Griechen und dem Arzt Duban« –»Wieso?«, fragte der Geist.

Der Fischer sagte hierauf zu dem Geist: »Hätte der König den Arzt leben lassen, so hätte Gott auch ihn erhalten, weil er ihn aber umbringen ließ, hat Gott auch ihn getötet; ebenso du, o Geist, weil du mich durchaus töten wolltest, werde ich dich wieder in diese Flasche sperren und in den Abgrund des Meeres werfen.« Der Geist schrie: »O Fischer, tu dies nicht! Befreie mich und bestrafe mich nicht. Der Menschen Handlungen müssen immer edler sein als die eines Geistes. Habe ich auch schlecht gehandelt, so tu du doch Gutes! Denn das Sprichwort sagt: Vergelte Böses mit Gutem.« Aber der Fischer antwortete: »Ich lasse dich nicht heraus, ich werfe dich ins Meer, denn ich habe dich lange gebeten und doch wolltest du mich schuldlos umbringen, obschon ich dich aus deinem Gefängnis befreite. Da du dies getan, weiß ich, dass du von schlechter Natur bist und von gemeinem Stoffe, du vergiltst Gutes mit Bösem; ich werde daher, wenn ich dich ins Meer geworfen habe, hier ein Haus bauen und darauf schreiben: Hier haust ein Geist; wer ihn an Land zieht, wird von ihm getötet; dann kannst du lange unten bleiben, du Verächtlichster aller Geister!« Da sprach der Geist: »Lass mich diesmal wieder frei; ich verspreche, dir gar nichts zuleide zu tun, vielmehr dir nützlich zu sein. Du sollst reich werden.«

Als der Geist darauf einen Eid geleistet und bei jenem erhabenen Namen geschworen, der auf Salomos Siegel stand, da öffnete der Fischer endlich die Flasche, aus der wieder Rauch in die Höhe stieg, und es bildete sich ein Geist daraus; er zertrat hierauf die Flasche mit den Füßen und flog gegen das Meer hin. Als der Fischer dies sah, fürchtete er etwas Schlimmes; er sah den Tod schon nahe, denn er hielt dieses Zertreten für ein böses Zeichen. Dann fasste er aber wieder Mut und sprach: »O Geist! du hast einen Eid geschworen, darfst also nicht treulos gegen mich werden, sonst wird es Gott auch gegen dich. Ich wiederhole dir, was der Arzt Duban sagte: Lass mich leben, Gott wird dich auch erhalten.« Der Geist aber lachte und sagte: »Folge mir, Fischer!«

Dieser folgte ihm nun erschrocken, denn er glaubte, nicht mit dem Leben davonzukommen. Sie gingen durch die Wüste bis zu einem Berg; dort fanden sie mitten in einer großen Einöde vier kleine Hügel und zwischen diesen einen See. Der Geist blieb hier stehen und sagte dem Fischer, er solle nun sein Netz auswerfen. Dieser sah im See rote, weiße, blaue und gelbe Fische und war sehr erstaunt darüber. Dann warf er sein Netz aus, und als er es an sich zog, brachte er vier Fische heraus: einen roten, einen weißen, einen blauen und einen gelben; als er dies sah, freute er sich sehr. Der Geist sagte ihm dann: »Gehe damit hin zu deinem Sultan, er wird dich reich machen; aber fische nicht mehr als einmal am Tage. Entschuldige mich, wenn ich dich jetzt verlasse, ich weiß, nachdem ich so lange in der Tiefe des Meeres gelebt habe, mir auf der Oberfläche der Erde nicht mehr zu raten. Allah stehe dir bei!«

Hierauf stampfte der Geist mit den Füßen; die Erde öffnete sich und verschlang ihn, und der Fischer ging freudig in die Stadt zurück, verwundert über das, was ihm mit dem Geist widerfahren und über die farbigen Fische. Er begab sich in den Palast des Sultans und brachte sie ihm.

Märchen aus Tausendundeiner Nacht

Sigurd und das Gespenst

Auf einem Hof wohnte ein Bauer, der einen Sohn hatte, der Sigurd hieß. Allen Leuten kam es so vor, als ob der Sohn ein wunderlicher Kauz sei; wenig beliebt war er, er war aber auch ein solcher Ausbund, dass kein Auskommen mit ihm war.

Einmal kam auf diesen Hof ein Mann mit Namen Sigurd, der den Bauern bat, den Winter über dort bleiben zu dürfen und die Erlaubnis dazu erhielt. Der Fremde konnte weiter nichts verrichten als die Harfe spielen. Die beiden Namensvettern aber wurden so gute Freunde, dass der Bauernsohn sich nicht gern woanders aufhielt als bei dem Fremden.

Der Winter verstrich, und zum Frühjahr zog der Wintergast wieder fort. Nachdem er das Haus verlassen hatte, langweilte sich der Bauernsohn überall, sodass er nirgends bleiben konnte, und im Herbst zog er hinaus, um Sigurd zu suchen. Er ging auf jeden Hof, zog von Ortschaft zu Ortschaft, von Syssel zu Syssel und fragte überall nach seinem Namensvetter Sigurd. Endlich kam er an einen Pfarrhof, in dem er auch nach seinem Namensvetter fragte. Niemand wusste etwas von ihm, so viel aber erzählte man ihm doch, dass kürzlich ein Mann, der Sigurd hieß, angekommen wäre, er sei aber eben gestorben. Er fragte, wo er liege. Man sagte ihm, dass er draußen in der Küche läge, und dass er gerade in den Sarg gelegt worden wäre. Er bat, dort hingehen zu dürfen, und nachdem er die Erlaubnis dazu bekommen hatte, blieb er die ganze Nacht über am Sarge sitzen. In der Nacht stieg der tote Sigurd aus dem Sarg, ging hinaus und blieb lange fort. Sigurd, der Bauernsohn, aber saß unterdessen am Sarg.

Es traf sich, dass die Frau des Pfarrers auf dem Hof jüngst ein Kind geboren hatte. Gegen Morgen kam das Gespenst wieder und wollte in den Sarg. Der Bauernsohn sagte, das dürfe es nicht, wenn es ihm nicht erzähle, was es getrieben habe. »Ich habe mit meinem Geld gespielt«, sagte das Gespenst. »Und jetzt will ich wieder in meinen Sarg«, fuhr es fort. »Nicht, ehe du mir sagst, wo das Geld liegt«, sagte Sigurd. »Das wirst du nicht erfahren«, sagte das Gespenst. »Dann kommst du auch nicht in den Sarg«, erwiderte Sigurd. Da erzählte das Gespenst, dass es unter der Ecke in der Badstube läge. »Wie viel ist es?«, fragte Sigurd. »Ein Scheffel«, erwiderte das Gespenst. »Hast du weiter nichts vorgehabt?«, fragte Sigurd. »Nein«, antwortete das Gespenst. »Du hast sicher noch mehr ausgefressen«, sagte Sigurd. »Du kommst nicht eher in den Sarg, bis du es mir gesagt hast.« – »Ich habe die Pfarrersfrau getötet«, sagte das Gespenst. »Warum hast du das getan?«, fragte Sigurd. »Ich wollte ihr Freund sein, als sie noch lebte«, sagte das Gespenst, »sie aber wollte nicht.« – »Wie hast du denn das angestellt?«, fragte Sigurd. »Ich habe ihr alles Leben, das in ihr war, in den kleinen Finger hineingestrichen«, erwiderte das Gespenst. »Kann sie nicht wieder zum Leben erweckt werden?«, fragte Sigurd. »Ja«, antwortete das Gespenst, »wenn die Schnur, die ich ihr um den kleinen Finger gebunden habe, so behutsam gelöst wird, dass kein Blut fließt. Jetzt aber will ich in den Sarg hinein«, sagte das Gespenst.

»Nicht eher, bis du mir versprichst, nie wieder aus dem Sarge zu steigen«, antwortete Sigurd. »Ich will in den Sarg hinein«, sagte das Gespenst. »Versprich mir erst das andere«, erwiderte Sigurd. Das Ende vom Liede war, dass das Gespenst versprach, nie mehr aus seinem Sarg aufzustehen. Es legte sich nun in den Sarg, und dieser schloss sich wieder.

Am Morgen kam Sigurd auf den Hof und traf die Leute in großer Trauer an. Er fragte, was ihnen fehle; und sie erzählten ihm, dass die Frau des Pfarrers in der Nacht gestorben sei. Er bat um die Erlaubnis, sie sehen zu dürfen, und man zeigte ihm, wo sie lag; Er löste die Schnur an dem kleinen Finger der Pfarrersfrau und strich ihren ganzen Körper, bis sie allmählich wieder auflebte. Dann erzählte er dem Pfarrer von seinem Handel mit dem Gespenst und zeigte ihm das Geld, um die Wahrheit seines Berichts zu beweisen. Er wurde nun in allen Ehren von dem Pfarrer gehalten, der ihn in seinen Dienst nahm und wie gesagt wird, einen sehr tüchtigen Mann aus ihm gemacht haben soll, und es wird erzählt, dass Sigurd sich von diesem Tage an immer gut führte.

Und so endet diese Erzählung.

Isländische Sage

Cyprians Spukgeschichte

Cyprian stand auf und ging, wie er zu tun pflegte, wenn irgendetwas so sein ganzes Gemüt erfüllte, dass er die Worte ordnen musste, um es auszusprechen, im Zimmer einige Male auf und ab. Die Freunde lächelten sich schweigend an. Man las in ihren Blicken: »Was werden wir wieder Abenteuerliches hören!«

Cyprian setzte sich und begann:

»Ihr wisst, dass ich mich vor einiger Zeit, und zwar kurz vor dem letzten Feldzuge, auf dem Gute des Obristen von P. befand. Der Obrist war ein munterer, jovialer Mann, so wie seine Gemahlin die Ruhe, die Unbefangenheit selbst.

Der Sohn befand sich, als ich dort war, bei der Armee, sodass die Familie außer dem Ehepaar nur noch aus zwei Töchtern und einer alten Französin bestand, die eine Art von Gouvernante vorzustellen sich mühte, unerachtet die Mädchen schon über die Zeit des Gouvernierens hinaus schienen. Die älteste war ein munteres Ding, bis zur Ausgelassenheit lebendig, nicht ohne Geist, aber so wie sie nicht fünf Schritte gehen konnte, ohne wenigstens drei Entrechats* zu machen, so sprang sie auch im Gespräch, in all ihrem Tun rastlos von einem Dinge zum anderen. Ich hab' es erlebt, dass sie in weniger als zehn Minuten stickte – las – zeichnete – sang – tanzte – dass sie in einem Moment weinte um den armen Cou-

* Ein Entrechat ist beim klassischen Ballett ein Sprung mit mehrmals gekreuzten Füßen.

sin, der in der Schlacht geblieben und, die bitteren Tränen noch in den Augen, in ein hell aufquiekendes Gelächter ausbrach, als die Französin unversehens ihre Tabaksdose über den kleinen Mops ausschüttete, der sofort entsetzlich zu niesen begann, worauf die Alte lamentierte: ›Ah che fatalità! – ah carino – poverino!‹ – Sie pflegte nämlich mit besagtem Mops nur in italienischer Zunge zu reden, da er aus Padua gebürtig – und dabei war das Fräulein die lieblichste Blondine, die es geben mag, und in allen ihren seltsamen Capriccios voll Anmut und Liebenswürdigkeit, sodass sie überall einen unwiderstehlichen Zauber übte, ohne es zu wollen.

Das seltsamste Widerspiel bildete die jüngere Schwester, Adelgunde geheißen. Vergebens ringe ich nach Worten, euch den ganz eigenen wunderbaren Eindruck zu beschreiben, den das Mädchen auf mich machte, als ich sie zum ersten Male sah. Denkt euch die schönste Gestalt, das wunderherrlichste Antlitz. Aber eine Totenblässe liegt auf Lipp' und Wangen, und die Gestalt bewegt sich leise, langsam, gemessenen Schrittes, und wenn dann ein halblautes Wort von den kaum geöffneten Lippen ertönt und im weiten Saal verklingt, fühlt man sich von gespenstischen Schauern durchbebt. Ich überwand wohl bald diese Schauer und musste, als ich das tief in sich gekehrte Mädchen zum Sprechen vermocht, mir selbst gestehen, dass das Seltsame, ja Spukhafte dieser Erscheinung nur im Äußern liege, keineswegs sich aber aus dem Innern heraus offenbare. In dem wenigen, was das Mädchen sprach, zeigte sich ein zarter weiblicher Sinn, ein heller Verstand, ein freundliches Gemüt. Keine Spur irgendeiner Überspannung war zu finden, wiewohl das schmerzliche Lächeln, der tränenschwere Blick wenigstens irgendeinen physischen Krankheitszustand, der auch auf das Gemüt des zarten Kindes feindlich einwirken musste, vermuten ließ. Sehr sonderbar fiel es mir auf, dass die Familie, keinen, selbst die alte Französin nicht, ausgeschlossen, beängstigt schien, sowie man mit dem Mädchen sprach, und versuchte, das Gespräch zu unterbrechen, sich darin manchmal auf gar erzwungene Weise einmischend. Das Seltsamste war aber, dass, sowie es abends acht Uhr geworden, das Fräulein erst von der Französin, dann von Mutter, Schwester, Vater gemahnt wurde, sich in ihr Zimmer zu begeben, wie man kleine Kinder zu Bette treibt, damit sie nicht übermüden, sondern fein ausschlafen. Die Französin begleitete sie, und so kam es, dass beide niemals das Abendessen, welches um neun Uhr angerichtet wurde, abwarten durften. Die Obristin, meine Verwunderung wohl bemerkend, warf einmal, um jeder Frage vorzubeugen, leicht hin, dass Adelgunde viel kränkele, dass sie vorzüglich abends um neun Uhr von Fieberanfällen heimgesucht werde, und dass daher der Arzt geraten, sie zu dieser Zeit der unbedingtesten Ruhe zu überlassen. Ich fühlte, dass es noch eine ganz andere Bewandtnis damit haben müsse, ohne irgend Deutliches ahnen zu können. Erst heute erfuhr ich den wahren entsetzlichen Zusammenhang der Sache und das Ereignis, das den kleinen glücklichen Familienkreis auf furchtbare Weise verstört hat.

Adelgunde war sonst das blühendste, munterste Kind, das man nur sehen konnte. Ihr vierzehnter Geburtstag wurde gefeiert, eine Menge Gespielinnen waren dazu eingeladen. Die sitzen in dem schönen Boskett** des Schlossgartens im Kreise umher und scherzen und lachen und kümmern sich nicht darum, dass immer finsterer und finsterer der Abend heraufzieht, da die lauen Juliuslüfte erquickend wehen und erst jetzt ihre Lust recht aufgeht. In der magischen Dämmerung beginnen sie allerlei seltsame Tänze, in-

** Ein Boskett ist in einem Schlossgarten ein Lustwäldchen mit kunstvoll beschnittenen Bäumen und Sträuchern.

dem sie Elfen und andere flinke Spukgeister vorstellen wollen. ›Hört‹, ruft Adelgunde, als es im Boskett ganz finster geworden, ›hört, Kinder, nun will ich euch einmal als die weiße Frau erscheinen, von der unser alter verstorbener Gärtner so oft erzählt hat. Aber da müsst ihr mit mir kommen bis ans Ende des Gartens, dorthin, wo das alte Gemäuer steht.‹ – Und damit wickelt sie sich in ihren weißen Shawl und schwebt leichtfüßig fort durch den Laubgang, und die Mädchen laufen ihr nach in vollem Schäkern und Lachen. Aber kaum ist Adelgunde an das alte, halb eingefallene Gewölbe gekommen, als sie erstarrt – gelähmt an allen Gliedern stehen bleibt. Die Schlossuhr schlägt neun. ›Seht ihr nichts‹, ruft Adelgunde mit dem dumpfen hohlen Ton des tiefsten Entsetzens, ›seht ihr nichts – die Gestalt – die dicht vor mir steht – Jesus! – sie streckt die Hand nach mir aus – seht ihr denn nichts?‹ – Die Kinder sehen nicht das mindeste, aber alle erfasst Angst und Grauen. Sie rennen fort, bis auf eine, die, die beherzteste, sich ermutigt, auf Adelgunden zuspringt, sie in die Arme fassen will. Aber in dem Augenblick sinkt Adelgunde todähnlich zu Boden. Auf des Mädchens gellendes Angstgeschrei hin eilt alles aus dem Schloss herzu. Man bringt Adelgunde hinein. Sie erwacht endlich aus der Ohnmacht und erzählt, an allen Gliedern zitternd, dass, kaum sei sie vor das Gewölbe getreten, dicht vor ihr eine luftige Gestalt, wie in Nebel gehüllt, gestanden und die Hand nach ihr ausgestreckt habe. – Was war natürlicher, als dass man die ganze Erscheinung den wunderbaren Täuschungen des dämmernden Abendlichts zuschrieb. Adelgunde erholte sich in derselben Nacht so ganz und gar von ihrem Schreck, dass man durchaus keine bösen Folgen befürchtete, sondern die ganze Sache für völlig abgetan hielt. – Wie ganz anders begab sich alles! – Kaum schlägt es den Abend darauf neun Uhr, als Adelgunde mitten in der Gesellschaft, die sie umgibt, entsetzt aufspringt und ruft: ›Da ist es – da ist es – seht ihr denn nichts! – dicht vor mir steht es!‹ – Genug, seit jenem unglückseligen Abend behauptete Adelgunde, sowie es abends neune schlug, dass die Gestalt dicht vor ihr stehe und einige Sekunden weile, ohne dass irgendein Mensch außer ihr auch nur das mindeste wahrnehmen konnte oder in irgendeiner psychischen Empfindung die Nähe eines unbekannten geistigen Prinzips gespürt haben sollte. Nun wurde die arme Adelgunde für wahnsinnig gehalten, und die Familie schämte sich in seltsamer Verkehrtheit dieses Zustandes der Tochter, der Schwester. Daher jene sonderbare Art sie zu behandeln, deren ich erst erwähnte. Es fehlte nicht an Ärzten und an Mitteln, die das arme Kind von der fixen Idee, wie man die von ihr behauptete Erscheinung zu nennen beliebte, befreien sollten, aber alles blieb vergebens, und sie bat unter vielen Tränen, man möge sie doch nur in Ruhe lassen, da die Gestalt, die in ihren ungewissen, unkenntlichen Zügen an und für sich selbst gar nichts Schreckliches habe, ihr kein Entsetzen mehr errege, wiewohl es jedes Mal nach der Erscheinung ihr zumute sei, als wäre ihr Innerstes mit allen Gedanken hinausgewendet und schwebe körperlos außer ihr selbst umher, wovon sie krank und matt werde.

Endlich machte der Obrist die Bekanntschaft eines berühmten Arztes, der in dem Ruf stand, Wahnsinnige auf eine überaus pfiffige Weise zu heilen. Als der Obrist diesem entdeckt hatte, wie es sich mit der armen Adelgunde begebe, lachte er laut auf und meinte, nichts sei leichter, als diesen Wahnsinn zu heilen, der bloß in der überreizten Einbildungskraft seinen Grund finde. Die Idee der Erscheinung des Gespenstes sei mit dem Ausschlagen der neunten Abendstunde so fest verknüpft, dass die innere Kraft des Geistes sie nicht mehr trennen könne, und es käme daher nur darauf an, diese Trennung von außen her zu bewirken. Dies könne aber nun wieder sehr leicht dadurch geschehen, dass man das Fräulein in der Zeit täusche und die neunte Stunde vorübergehen lasse, ohne dass sie es wisse. Wäre dann das Gespenst nicht erschienen, so würde sie selbst ihren Wahn einsehen, und physische Erkräftigungsmittel würden dann die Kur glücklich vollenden.

Der unselige Rat wurde ausgeführt! In einer Nacht stellte man sämtliche Uhren im Schloss, ja selbst die Dorfuhr, deren dumpfe Schläge herabsummten, um eine Stunde zurück, sodass Adelgunde, sowie sie am frühen Morgen erwachte, in der Zeit um eine Stunde irren musste. Der Abend kam heran. Die kleine Familie war wie gewöhnlich in einem heiter verzierten Eckzimmer versammelt, kein Fremder zugegen. Die Obristin mühte sich, allerlei Lustiges zu erzählen, der Obrist fing an, wie es seine Art war, wenn er vorzüglich bei Laune, die alte Französin ein wenig aufzuziehen, worin ihm Auguste (das ältere Fräulein) beistand. Man lachte, man war fröhlicher als je. – Da schlägt die Wanduhr achte (es war also die neunte Stunde), und leichenblass sinkt Adelgunde in den Lehnsessel zurück – das Nähzeug entfällt ihren Händen! Dann erhebt sie sich, alle Schauer des Entsetzens im Antlitz, starrt hin in des Zimmers öden Raum, murmelt dumpf und hohl: ›Was! – eine Stunde früher? – ha, seht ihr's? – seht ihr's? – da steht es dicht vor mir – dicht vor mir!‹ – Alle fahren auf, vom Schrecken erfasst, aber als niemand auch nur das mindeste gewahrt, ruft der Obrist: ›Adelgunde! – fasse dich! – es ist nichts, es ist ein Hirngespinst, ein Spiel deiner Einbildungskraft, was dich täuscht, wir sehen nichts, gar nichts und müssten wir, ließe sich wirklich dicht vor dir eine Gestalt erschauen, müssten wir sie nicht ebenso gut wahrnehmen als du? – Fasse dich – fasse dich, Adelgunde!‹ – ›Oh Gott – oh Gott‹, seufzt Adelgunde, ›will man mich denn wahnsinnig machen! – Seht, da streckt es den weißen Arm lang aus nach mir – es winkt.‹ – Und wie willenlos, unverwandten starren Blickes, greift nun Adelgunde hinter sich, fasst einen kleinen Teller, der zufällig auf dem Tisch steht, reicht ihn vor sich hin in die Luft, lässt ihn los – und der Teller, wie von unsichtbarer Hand getragen, schwebt langsam im Kreise der Anwesenden umher und lässt sich dann leise auf den Tisch nieder! – Die Obristin, Auguste lagen in tiefer Ohnmacht, der ein hitziges Nervenfieber folgte. Der Obrist nahm sich mit aller Kraft zusammen, aber man merkte wohl an seinem verstörten Wesen die tiefe feindliche Wirkung jenes unerklärlichen Phänomens.

Die alte Französin hatte, auf die Knie gesunken, das Gesicht zur Erde gebeugt, still gebetet, sie blieb so wie Adelgunde frei von allen bösen Folgen. In kurzer Zeit war die Obristin hingerafft. Auguste überstand die Krankheit, aber wünschenswerter war gewiss ihr Tod, als ihr jetziger Zustand. – Sie, die volle herrliche Jugendlust selbst, wie ich sie erst beschrieben, ist von einem Wahnsinn befallen, der mir wenigstens grauenvoller, entsetzlicher vorkommt, als irgendeiner, den jemals eine fixe Idee erzeugte. Sie bildet sich nämlich ein, sie sei jenes unsichtbare körperlose Gespenst Adelgundens, flieht daher alle Menschen oder hütet sich wenigstens, sobald ein anderer zugegen, zu reden, sich zu bewegen. Kaum wagt sie es zu atmen, denn fest glaubt sie, dass, verrate sie ihre Gegenwart auf diese, jene Weise, jeder vor Entsetzen des Todes sein müsse. Man öffnet ihr die Türe, man setzt ihr Speisen hin, dann schlüpft sie verstohlen hinein und heraus – isst ebenso heimlich usw. Kann ein Zustand qualvoller sein?

Der Obrist, ganz Gram und Verzweiflung, folgte den Fahnen zum neuen Feldzug. Er blieb in der siegreichen Schlacht bei W. – Merkwürdig, höchst merkwürdig ist es, dass Adelgunde seit jenem verhängnisvollen Abend von dem Phantom befreit ist. Sie pflegt getreulich die kranke Schwester, und ihr steht die alte Französin bei. So wie Sylvester mir heute sagte, ist der Oheim der armen Kinder hier, um mit unserem wackeren R. über die Kurmethode, die man allenfalls bei Augusten versuchen könne, zu Rate zu gehen. – Gebe der Himmel, dass die unwahrscheinliche Rettung möglich ist.«

Cyprian schwieg, und auch die Freunde blieben still, indem sie gedankenvoll vor sich hinschauten. Endlich brach Lothar los:

»Das ist ja eine ganz verdammte Spukgeschichte! – Aber ich kann's nicht leugnen, mir bebt die Brust, unerachtet mir das ganze Ding mit dem schwebenden Teller kindisch und abgeschmackt vorkommen will.«

»Nicht so rasch«, nahm Ottmar das Wort, »nicht so rasch, lieber Lothar! – Du weißt, was ich von Spukgeschichten halte, du weißt, dass ich mich gegen alle Visionäre damit brüste, dass die Geisterwelt, unerachtet ich sie oft mit verwogener Keckheit in die Schranken rief, noch niemals sich bemühte, mich für meinen Frevel zu züchtigen, aber Cyprians Erzählung gibt einen ganz anderen Punkt zu bedenken als den der bloßen chimärischen Spukerei. Mag es mit Adelgundens Phantom, mag es mit dem schwebenden Teller dann nun eine Bewandtnis gehabt haben, welche es wolle, genug, die Tatsache bleibt stehen, dass sich an jenem Abend im Kreis der Familie des Obristen von P. etwas zutrug, worüber drei Personen zu gleicher Zeit in einen solchen verstörten Gemütszustand gerieten, der bei einer den Tod, bei der anderen Wahnsinn herbeiführte, wollen wir nicht auch, wenigstens mittelbar, den Tod des Obristen jenem Ereignis zuschreiben. Denn eben fällt mir ein, von Offizieren gehört zu haben, der Obrist sei beim Angriff plötzlich, wie von Furien getrieben, ins feindliche Feuer hineingesprengt. Nun ist aber auch die Geschichte mit dem Teller so ohne alle Staffierung gewöhnlicher Spukgeschichten, selbst die Stunde allem spukischen Herkommen entgegen, und das Ganze so ungesucht, so einfach, dass gerade in der Wahrscheinlichkeit, die das Unwahrscheinlichste dadurch erhält, für mich das Grauenhafte liegt. Doch, nehmen wir an, dass Adelgundens Einbildung Vater, Mutter, Schwester mit fortriss, dass der Teller nur innerhalb ihres Gehirns im Kreise umherschwebte, wäre diese Einbildung, in einem Moment wie ein elektrischer Schlag drei Personen zum Tode treffend, nicht eben der entsetzlichste Spuk, den es geben könnte?«

»Allerdings«, sprach Theodor, »und ich teile mit dir, Ottmar, das lebhafte Gefühl, dass gerade in der Einfachheit der Geschichte ihre tiefsten Schauer liegen. Ich kann mir es denken, dass ich den plötzlichen Schreck irgendeiner grauenhaften Erscheinung wohl ertragen könnte, das unheimliche, den äußern Sinn in Anspruch nehmende Treiben eines unsichtbaren Wesens würde mich dagegen unfehlbar wahnsinnig machen. Es ist das Gefühl der gänzlichen hilflosesten Ohnmacht, das den Geist zermalmen müsste. Ich erinnere mich, dass ich dem tiefsten Grausen kaum widerstehen konnte, dass ich wie ein einfältiges, verschüchtertes Kind nicht allein in meinem Zimmer schlafen mochte, als ich einst von einem alten Musiker las, den ein entsetzlicher Spuk lange Zeit hindurch verfolgte und ihn auch beinahe zum hellen Wahnsinn trieb. Nachts spielte nämlich ein unsichtbares Wesen auf seinem Flügel die wunderbarsten Kompositionen mit der Kraft und Fertigkeit des vollendeten Meisters. Er hörte jeden Ton, er sah, wie die Tasten niedergedrückt wurden, wie die Saiten zitterten, aber nicht den leisesten Schimmer einer Gestalt.«

»Nein«, rief Lothar, »nein, es ist nicht auszuhalten, wie das Tolle wieder unter uns lustig fortwuchert! Ich habe es euch gestanden, dass mir der verdammte Teller das Innerste aufgeregt hat. Ottmar hat recht; hält man sich nur an das Resultat irgendeines Ereignisses, das sich wirklich begeben, so ist dies Resultat der grässlichste Spuk, den es geben kann.«

E.T.A. Hoffmann

Die weiße Frau

Die weiße Frau als Gespenst taucht in den Sagen vieler europäischer Völker, aber auch weltweit auf. Meist sind diese weißen Frauen Angehörige des Adels, die als Wiedergängerinnen oder ruhelose Tote entweder gewaltsam oder auf tragische Weise gestorben sind oder nach ihrem Tod für eine Untat büßen, die sie einmal begangen haben. Daneben tritt die Weiße Frau oft auch als Familiengeist (Ahnfrau) in Erscheinung und verkündet wichtigen Ereignisse, die ihre Familie oder Dynastie betreffen, etwa Todesfälle, drohendes Unheil oder Geburten. Die bekannteste Sage über die Weiße Frau ist mit der Dynastie der Hohenzollern verknüpft. Aber auch in zahlreichen anderen Schlössern und Burgen Europas gibt es Sagen über eine spukende weiße Frau.

Auf dem Schloss zu Berlin erscheint jedes Mal, wenn ein Mitglied der Königlichen Familie sterben will, vorher die weiße Frau und verkündet den Tod desselben. Sie tut niemandem etwas zu Leide, neigt ihr Haupt vor der Person, der sie begegnet, und spricht nichts; ihre Kleidung ist ein langes weißes Gewand und eine gleiche Haube mit hinten zurückgeschlagenem langem Witwenschleier. So erschien sie zuerst im Jahre 1598, als der Kurfürst Johann George starb, und hat sich seitdem bei jedem Todesfall wieder gezeigt. So still und harmlos sie nun auch gewöhnlich ist, so zornig kann sie doch werden, wenn sie beleidigt wird, was sich zur Zeit des großen Kurfürsten einmal deutlich zeigte: sie erschien nämlich in den Jahen 1659 und 1660, kurz vorher, ehe die Mutter des Kurfürsten starb, mehrmals, und der damalige Oberstallmeister von Burgsdorf äußerte unterschiedliche Male, dass sie ihn wohl zu sehen verlange, denn er war ein beherzter und kühner Mann. Da währte es denn auch nicht lange, so zeigte sie sich ihm, als er abends eben den Kurfürsten verlassen und die Stiege nach dem Garten, wohin er sein Pferd beschieden hatte, hinunterging. Er fuhr sie darauf zornig an, indem er sie fragte, ob sie noch nicht Fürstenblut genug getrunken und noch mehr haben wolle, worauf sie ihn statt aller Antwort mit solcher Gewalt die Treppe hinunterwarf, dass ihm die Rippen krachten; jedoch erlitt er dadurch keinen weiteren Schaden.

Die Erzählungen darüber, wer diese weiße Frau eigentlich sei, sind verschieden. Es wird nämlich berichtet, dass der Kurfürst Johann George, obgleich er seinem Vater, Joachim dem Zweiten, noch auf dem Totenbett versprochen habe, die Geliebte desselben, die schöne Anna Sydow, auf keine Weise zu kränken noch zu verunehren, dieselbe dennoch nach dem Tode desselben nach Spandow bringen ließ, wo sie schließlich im Gefängnis starb. Seit dieser Zeit erscheine sie nun im Hohenzollernschen Hause als Tod verkündender Geist.

Andere sagen, die weiße Frau sei früher eine Gräfin von Orlamünde gewesen, namens Agnes, und die Gemahlin des Grafen Otto, der im dreizehnten oder vierzehnten Jahrhundert lebte. Als ihr Gemahl starb und ihr zwei Kinder hinterließ, saß sie auf der Plassenburg bei Kulmbach in Franken und dachte daran, sich wieder zu vermählen. Einstmals wurde ihr die Rede Albrechts des Schönen, Burggrafen zu Nürnberg, hinterbracht, der gesagt hatte: »Gern wollte ich dem schönen Weib meinen Leib zuwenden, wo nicht vier Augen wären!« Die Gräfin glaubte, er meinte damit ihre zwei Kinder, sie ständen der neuen Ehe im Weg; da trug sie, blind von ihrer Leidenschaft, einem Dienstmann, Hayder oder Hager genannt, auf und gewann ihn mit reichen Gaben, die beiden kleinen Kinder umzubringen. Der ging auch hin, die Tat zu vollführen; da sollen die Kinder ihm geschmeichelt und ängstlich gebeten haben, ihr Leben doch zu verschonen; aber der Mörder wurde hierdurch nicht gerührt. Später, als er noch andere Verbrechen begangen hatte und gefangen auf der Folter lag, bekannte er, dass er den Mord bitter bereue, wenn er an die Worte der unschuldigen Kinder denke, die ihn so um ihr Leben angefleht hätten.

Nach einer anderen Sage hat die Gräfin die Kinder selbst getötet, und zwar hätte sie Nadeln in ihre zarten Hirnschalen gesteckt. Der Burggraf hatte aber unter den vier Augen die seiner Eltern gemeint und heiratete hernach die Gräfin dennoch nicht. Diese soll nachher fürchterliche Buße getan haben und ihr Geist seit ihrem Tode umgehen, um so den Rest ihrer Schuld abzubüßen. Bis das geschehen, erscheint sie den Hohenzollern, ihnen ihre Seligkeit neidend.

Endlich wird erzählt: Perchta oder Berta, eine geborene Hohenzollern, war an Johann von Lichtenstein auf Schloss Neuhaus in Böhmen verheiratet. Er war ein störrischer, wüster Gesell, und oftmals bat sie ihn, seinen Lebenswandel zu ändern, aber es fruchtete immer nur kurze Zeit, und er verfiel bald wieder in die alte Schwelgerei, bis er sich endlich eine schwere Krankheit zuzog und erst auf dem Totenbette erkannte, wie viel besser er daran getan hätte, wenn er den Lehren seiner treuen Frau gefolgt wäre. Auch sie starb bald danach, aber ihr Geist erscheint noch im dortigen Schloss und in allen anderen, die mit demselben durch Heirat verwandt geworden sind, um bis in alle Ewigkeit für die Seligkeit der Ihrigen zu sorgen. Wie verschieden man aber auch den Ursprung des Spuks erzählte: dass die weiße Frau sich zu Zeiten auch in Berlin auf dem Schloss der Hohenzollern sehen ließ, das war sicher.

Auch selbst ein Napoleon hatte sich auf der althohenzollernschen Plassenburg in Franken zu Anfang des neunzehnten Jahrhunderts bei den Erzählungen von dem Erscheinen der weißen Frau des Grauens nicht ganz entziehen können. Als er nämlich auf dem Hinweg nach Russland dort übernachtete, soll ihm auch die weiße Frau als böses Wahrzeichen erschienen sein, obwohl andere meinten, der preußisch gesinnte Kastellan habe seine Hand dabei im Spiel gehabt. Jedenfalls war es aber doch Napoleon so unheimlich gewesen, dass bei der Flucht und Rückkehr aus Russland, als er zufällig wieder auf der Plassenburg sein Nachtquartier nehmen sollte, so spät es auch schon am Abend war, er alles wieder aufpacken ließ und bis zum nächsten Ort weiterfuhr. Die weiße Frau hatte es ihm auch angetan!

Sage der Hohenzollern

Eine Geistergeschichte am Broadway

Ich mietete ein großes Zimmer weit oben am Broadway in einem riesigen alten Haus, dessen obere Stockwerke vor mir seit Jahren überhaupt nicht bewohnt gewesen waren. Der Ort war seit langem dem Staub und den Spinnweben, der Einsamkeit und der Stille anheimgefallen. In der ersten Nacht, als ich zu meinem Quartier hochstieg, kam es mir vor, als tappte ich zwischen Gräbern herum und als dränge ich in die Privatsphäre von Toten ein. Und zum ersten Mal in meinem Leben überkam mich eine abergläubische Furcht, und als ich um eine dunkle Ecke an der Treppe bog und dabei ein unsichtbares Spinnengewebe mir seine weichen Fäden ins Gesicht schwang und dort kleben blieb, ergriff mich ein Schaudern wie bei jemandem, der einem Gespenst begegnet.

Ich war heilfroh, als ich zu meinem Zimmer gelangt war und die Tür vor dem Moder und der Finsternis zugeschlossen hatte. Ein fröhliches Feuer brannte im Kamin, und ich setzte mich mit einem behaglichen Gefühl von Erleichterung davor. Zwei Stunden saß ich dort und dachte an vergangene Zeiten, rief mir alte Bilder in die Erinnerung zurück und beschwor halbvergessene Gesichter aus dem Nebel der Vergangenheit. Und in meiner Fantasie hörte ich Stimmen, die schon seit langer Zeit für immer verstummt waren, und ehemals vertraute Lieder, die nun niemand mehr singt. Als sich meine Träumereien zu einer immer trauriger werdenden Stimmung dämpften, klang das Pfeifen des Windes draußen zu einem leiser werdenden Wehklagen ab, schwächte sich das zornige Peitschen des Regens an die Scheiben in ein ruhiges Plätschern, und nach und nach verklang auf der Straße ein Geräusch nach dem anderen, bis schließlich die eiligen Schritte eines letzten verspäteten Nachzüglers in der Ferne verhallten und kein Laut mehr zu vernehmen war.

Das Feuer war heruntergebrannt; ein Gefühl der Einsamkeit überkam mich. Ich stand auf und zog mich aus, wobei ich mich auf Zehenspitzen im Raum bewegte und alles Nötige verstohlen verrichtete, als sei ich von schlafenden Feinden umgeben, deren Schlaf zu wecken für mich verhängnisvolle Folgen hätte. Ich deckte mich im Bett zu, lag da und hörte dem Regen und dem Wind und dem schwachen Knarren entfernter Fensterläden zu, bis sie mich in den Schlaf lullten.

Ich schlief fest, weiß aber nicht wie lange. Auf einmal merkte ich, dass ich wach und von einer erschaudernden Erwartung erfüllt war. Alles um mich herum war still, alles außer meinem Herz, das ich pochen hörte. Plötzlich begann die Bettdecke langsam zu dem Fußende hin zu rutschen, als ob jemand daran zöge. Ich war nicht imstande, mich zu rühren, noch vermochte ich zu sprechen. In einem zu glitt die Bettdecke bedächtig weiter, bis meine Brust nicht mehr bedeckt war. Da ergriff ich sie mit einer großen Anstrengung und zog sie über meinen Kopf. Ich wartete, lauschte, wartete. Und wieder begann dieses ständige Ziehen, und wieder lag ich starr während eines Jahrhunderts von Sekunden, die sich nur so dahinschleppten, bis dann meine Brust wiederum unbedeckt war. Schließlich nahm ich all meine Kräfte zusammen, riss die Bettdecke zu ihrem Platz zurück und hielt sie mit einem kräftigen Griff fest. Ich wartete. Mit der Zeit fühlte ich ein schwaches Zerren und griff wieder stärker zu. Das Zerren verstärkte sich zu einem ständigen Spannen und wurde immer heftiger. Mein Griff löste sich, und zum dritten Mal glitt die Bettdecke weg. Ich stöhnte und erhielt vom Fußende des Betts als Antwort auch ein Stöhnen. Schweißperlen standen mir auf der Stirn. Ich war mehr tot als lebendig. Plötzlich hörte ich schwere Fußtritte in meinem Zimmer; es kam mir vor, als seien es die Tritte eines Elefanten, einem menschlichen Wesen glichen sie nicht. Doch sie bewegten sich zu meiner großen Erleichterung von mir fort. Ich hörte, wie sie sich der Tür näherten, hinausgingen, ohne Schloss und Riegel zu bewegen, wie sie durch die düsteren Korridore gingen, wobei sie Fußboden und Balken niederdrückten, dass diese beim Vorübergehen knarrten. Dann herrschte wieder Stille.

Als sich meine Aufregung gelegt hatte, sagte ich zu mir: »Das ist ein Traum, einfach nur ein abscheulicher Traum.« Und so lag ich da und dachte darüber nach, bis ich mich selbst davon überzeugt hatte, dass es nur ein Traum war, und dann huschte ein beruhigendes Lachen über meine Lippen, und ich war wieder froh. Ich stand auf und machte Licht, und als ich feststellte, dass Schloss und Riegel sich genau in dem Zustand befanden, in dem ich sie gelassen hatte, überkam mich wieder ein beruhigendes Lachen in meinem Herzen. Ich nahm meine Pfeife und zündete sie an und setzte mich eben vor dem Feuer nieder, da fiel auch schon die Pfeife aus meinen kraftlosen Fingern, das Blut verging mir in meinen Wangen, und mein ruhiger Atem wurde durch ein hastiges Schnappen nach Luft unterbrochen! In der Asche am Kamin, Seite an Seite mit meinem eigenen nackten Fußabtritt befand sich ein anderer, der war so groß, dass meiner im Vergleich dazu nur der eines Kindes war. Ich hatte also einen Besucher im Zimmer gehabt, und die Elefantentritte waren erklärt.

Ich löschte das Licht aus und ging wieder zu Bett, vor Furcht gelähmt. Eine lange Zeit lag ich so da, starrte in die Finsternis und lauschte. Dann hörte ich ein scharrendes Geräusch über mir, wie wenn einer einen schweren Körper über den Fußboden schleift; danach schien der Körper nach unten geworfen zu werden, worauf meine Fenster durch die Erschütterung erbebten. Von entfernteren Teilen des Gebäudes her hörte ich ein dumpfes Zufallen von Türen. In Abständen hörte ich heimliche Schritte, die sich durch die Korridore und die Treppen hinauf und hinab schlichen. Manchmal näherten sich diese Geräusche meiner Tür, zögerten dann und gingen wieder weg. Undeutlich vernahm ich in entfernteren Gängen das Klirren von Ketten und ich lauschte, während das Klirren näherkam, wie es mit großer Mühe die Treppen hochstieg und jede Bewegung mit dem losen Ende der Kette markierte, das mit einem betonten Rasseln auf jede der folgenden Stufen schlug, als der Kobold, der die Kette trug, immer weiter ging. Ich hörte Sätze, die gemurmelt wurden, halb ausgestoßene Schreie, die mit Gewalt unterdrückt zu werden schienen, das Rascheln unsichtbarer Gewänder und das Rauschen unsichtbarer Flügel.

Da wurde es mir bewusst, dass jemand in mein Zimmer eingedrungen war und ich mich nicht mehr allein darin befand. Über meinem Bett vernahm ich Seufzer und Atem und ein geheimnisvolles Geflüster. Drei kleine Kugeln von sanft phosphoreszierendem Licht erschienen an der Decke direkt über meinem Kopf, hingen und glühten dort einen Augenblick und fielen dann herab – zwei von ihnen auf mein Gesicht und eine auf das Kissen. Sie sprühten Flüssigkeit und fühlten sich warm an. Meine Intuition sagte mir, dass sie sich beim Herabfallen in Blutblasen verwandelt hatten; ich brauchte kein Licht, um mich davon zu überzeugen. Dann erblickte ich bleiche Gesichter, die schemenhaft erleuchtet waren, und weiße erhobene Hände, die eine Weile körperlos in der Luft umher schwebten und dann verschwanden. Das Geflüster hörte auf, und auch die Stimmen und Laute verstummten, und es trat eine feierliche Stille ein. Ich wartete und lauschte. Ich hatte das Gefühl, dass ich Luft haben oder aber sterben müsse. Vor lauter Furcht war ich schwach geworden. Langsam setzte ich mich auf; da kam mein Gesicht in Berührung mit einer feuchtklebrigen Hand. All meine Kräfte verließen mich offensichtlich, und ich fiel rücklings wie ein schwer angeschlagener Kranker. Dann vernahm ich das Rascheln eines Gewandes; es schien durch die Tür nach draußen zu gehen.

Als alles wieder still war, kroch ich aus dem Bett, krank und schwach, und zündete das Gas mit einer Hand an, die zitterte, als wäre sie hundert Jahre alt. Das Licht brachte mir etwas mehr Gemütsruhe; ich setzte mich hin und fiel in eine träumerische Betrachtung des großen Fußabtritts in der Asche. Nach und nach begann sein Umriss undeutlich zu werden und zu verschwimmen. Ich hob meinen Blick: die breite Gasflamme war dabei, langsam zu verlöschen. Im gleichen Augenblick hörte ich die Tritte der Elefantenfüße wieder; ich bemerkte, wie sie durch die muffigen Gänge immer näherkamen, und das Licht wurde schwächer und schwächer. Die Tritte erreichten meine Tür und hielten dann inne. Das Licht war zu einem blassen Blau geschrumpft, und alle Dinge um mich herum lagen in einem geisterhaften Zwielicht. Die Tür öffnete sich nicht, und doch spürte ich einen schwachen Windhauch an meiner Wange und plötzlich war ich mir bewusst, dass eine riesige nebelhafte Erscheinung vor mir war. Ich betrachtete sie mit faszinierten Augen. Ein bleiches Leuchten stahl sich über dieses Etwas. Allmählich nahmen seine wolkigen Falten Gestalt an – es zeigte sich ein Arm, dann Beine, dann ein Rumpf, und schließlich blickte ein großes trauriges Gesicht aus dem Dunst hervor. Seiner verschleierten Behausung entkleidet, nackt, muskulös und ansehnlich ragte über mir der majestätische Riese von Cardiff* auf!

All mein Elend war auf einmal verschwunden, denn jedes kleine Kind weiß schon, dass von diesen gütigen Zügen nichts Böses ausgehen kann. Augenblicklich kehrte meine heitere Stimmung zurück, und in Sympathie mit ihr flammte das Gaslicht wieder hell auf. Nie war wohl ein einsamer Ausgestoßener so froh, Gesellschaft willkommen heißen zu dürfen wie ich, und ich begrüßte den freundlichen Riesen mit den Worten:

»Was, ist es niemand anderes als du? Weißt du, dass ich mich die letzten zwei oder drei Stunden zu Tode geängstigt habe? Ich bin wirklich aufrichtig froh, dich zu sehen. Ich wollte, ich hätte einen Stuhl. Hier, Hier! Versuch nur nicht, dich auf das Ding zu setzen!«

Aber es war schon zu spät. Er setze sich schon, bevor ich ihn aufhalten konnte, und gleich ging es hinunter mit ihm. Noch nie in meinem Leben hatte ich einen derart zertrümmerten Stuhl gesehen.

»Halt, halt, du zertrümmerst mir alle …!«

---

* Der *Riese von Cardiff* ist eine der größten archäologischen Fälschungen der Geschichte und beruht auf einem Scherz. Es war ein 10 Fuß großer künstlich hergestellter »versteinerter Mann«, der am 16. Oktober 1869 von Arbeitern »entdeckt« wurde, die einen Brunnen hinter einer Scheune in Cardiff, New York, gruben. In Wirklichkeit hatte ein gewisser George Hull die Statue vorher aus Gips schaffen und heimlich dort begraben lassen, weil er als Atheist nicht an die biblischen Riesen glaubte und einen solchen wörtlichen Glauben an die Bibel damit ad absurdum führen wollte. Dieser Schwindel wurde kunstvoll und betrügerisch von dem Zirkuspionier PT Barnum nochmals in Gips kopiert und in New York in seinem Museum am Broadway als der einzig echte Riese ausgestellt. Sowohl der erste gefälschte Riese im Museum in Albany als auch die nicht autorisierte Kopie von PT Barnum wurden weiterhin gezeigt. Nach Bekanntwerden des ursprünglichen Schwindels von George Hull entwickelte sich allerdings Barnums Ausstellung zum eigentlichen Renner.

Wieder war es zu spät. Es gab einen weiteren Bruch, und ein anderer Stuhl hatte sich in all seine Einzelteile zerlegt.

»Zum Teufel noch! Hast du den Verstand verloren! Willst du hier im Zimmer das ganze Mobiliar zertrümmern? Hier, hier, du versteinerter Narr …«

Aber es nützte nichts. Bevor ich ihn zurückhalten konnte, hatte er sich aufs Bett gesetzt, und das Ergebnis war eine traurige Ruine!

»Was ist das denn nun für ein Benehmen? Zuerst trampelst du hier herum und bringst noch eine Schar umher strolchender Gnome mit dir, die einen zu Tode ängstigen, und dann das. Du solltest dich schämen!«

»Gut, ich will auch keine Möbel mehr kaputt machen. Aber was soll ich nur anfangen? Hundert Jahre lang hatte ich keine Gelegenheit, mich zu setzen.« Und Tränen traten in seine Augen. Schließlich setzte er sich auf den Fußboden, zündete sich eine Pfeife an, die ich ihm gegeben hatte, legte sich eine meiner roten Decken über die Schulter, stülpte sich meine Sitzbadewanne wie einen Helm auf den Kopf und machte es sich bequem. Nachdem wir uns eine halbe Stunde unterhalten hatten, bemerkte ich, dass er einen müden Eindruck machte und fragte ihn danach.

»Müde?«, gab er zur Antwort. »Wie kann es auch anders sein? Und nun will ich dir auch alles erzählen, weil du mich so gut behandelt hast. Ich bin der Geist des Versteinerten Menschen, der dort über der Straße im Museum liegt. Ich bin der Geist des Riesen von Cardiff. Ich finde keine Ruhe, keinen Frieden, bis sie den armen Leichnam wieder bestattet haben. Was war nun aber das Natürlichste, was ich tun musste, damit mir die Menschen diesen Wunsch erfüllen? Ihnen Schrecken einzujagen, indem ich dort spuke, wo der Körper liegt. So habe ich also Nacht für Nacht im Museum herumgespukt, andere Geister habe ich sogar dazu gebracht, mir zu helfen. Aber es war alles sinnlos, denn um Mitternacht kam nie jemand ins Museum. Dann kam ich auf die Idee, hier über die Straße zu gehen und in diesem Haus etwas zu spuken. So sind wir Nacht für Nacht in diesen modrigen Räumen herumgezogen, haben Ketten geschleift, gestöhnt und geflüstert, die Treppen auf und ab getrampelt, bis ich vor Ermüdung völlig erschöpft bin. Als ich heute Abend in deinem Zimmer noch Licht gesehen habe, habe ich all meine Kräfte noch einmal zusammengenommen. Aber ich bin völlig fertig. Gib mir, ich bitte dich, noch etwas Hoffnung.«

Da sprang ich in einem Ausbruch von höchster Erregung von meinem Sitz auf und rief: »Du armes altes Fossil, das übersteigt alles bisher Dagewesene. Du hast dir all deine Bemühungen umsonst gemacht. Wegen eines einfachen Gipsabdrucks hast du all diesen Spuk getrieben. Der richtige Riese von Cardiff befindet sich in Albany. Verdammt noch mal! Kennst du denn deine eigenen Überreste nicht?«

Solch einen sprechenden Ausdruck von Scham, von bemitleidenswerter Erniedrigung habe ich noch nie auf einem Gesicht gesehen. Der Versteinerte Mensch erhob sich langsam und sagte:

»Ehrlich, ist das wahr?«

»So wahr, wie ich vor dir sitze!«

Er nahm die Pfeife aus seinem Mund und legte sie auf den Kaminsims, dann blieb er eine Weile unschlüssig stehen und sprach:

»Nun, so albern wie jetzt bin ich mir nie vorgekommen. Der Versteinerte Mensch hat alle Leute zum Narren gehalten und nun endet der niederträchtige Betrug damit, dass er seinen eigenen Geist zum Narren hält. Mein Sohn, wenn du noch ein bisschen Nächstenliebe für einen armen einsamen Geist wie mich in deinem Herzen hast, dann lass dies alles hier nicht unter die Leute kommen. Denk mal daran, wie du dich fühlen würdest, wenn man dich so reingelegt hätte!«

Ich hörte seinen majestätischen Tritt, Stufe um Stufe die Treppe hinunter auf die menschenleere Straße, und es tat mir leid, dass er fortgegangen war, der arme Kerl, und noch mehr leid, dass er meine rote Decke und meine Sitzbadewanne mitgenommen hatte.

Geistergeschichte von Mark Twain, gekürzt

Die Nordlichtgeister

Nach dem alten estnischen Mythos repräsentieren die Nordlichtgeister miteinander kämpfende Dämonen, von deren glänzenden und Funken sprühenden Schwertern der Himmel erstrahlt.

Ein Edelmann pflegte in strengen Wintern an jedem Donnerstag, sobald die Nacht anbrach, vom Hof zu fahren und erst gegen Morgen heimzukehren. Er hatte aber all seinen Leuten strengstens verboten, dass jemand ihn begleite oder ihn bei seiner Rückkehr empfange. Er selbst spannte immer das Pferd vor den Schlitten und er spannte es auch wieder aus. Pferd und Geschirr durften aber niemand vor Augen kommen, und er bedrohte sogar jeden mit dem Tod, der es wagen sollte, abends in seinen geheimen Stall zu kommen. Tagsüber trug er den Stallschlüssel immer bei sich und nachts verwahrte er ihn unter seinem Kissen.

Aber der Kutscher des Edelmanns kümmerte sich nicht um den strengen Befehl seines Gebieters, denn er wollte doch gar zu gern erfahren, wohin die Fahrt seines Herrn an jedem Donnerstag ginge. Auch wollte er wissen, wie Pferd und Geschirr beschaffen wären. Daher wusste der Wagehals es so einzurichten, dass er an einem Donnerstag beizeiten in den Stall gelangte, wo er sich bei der Tür in einem finsteren Winkel verbarg.

Und es währte nicht lange, da kam auch schon der Herr und öffnete die Tür. Auf einmal ward es in dem großen Stall so hell, als wären viele Kerzen angezündet. Der Kutscher zog sich in seiner Ecke wie ein Igel zusammen, denn hätte sein Herr ihn entdeckt, so wäre ihm unweigerlich die angedrohte Strafe zuteilgeworden.

Jetzt stieß der Herr den Schlitten hervor, und der erglänzte wie sprühendes Feuer. Während aber der Edelmann an sein Pferd heran ging, schlüpfte der Kutscher unbemerkt unter den Schlitten. Der Edelmann schirrte nun unverzüglich das Pferd und warf Decken über das Tier und den Schlitten, damit die Leute auf dem Hof nichts von dem wunderbaren Glanz bemerkten. Da kroch der Kutscher leise unter dem Schlitten hervor und verbarg sich hinten auf dem Schlittensohlen, wo ihn auch der Herr zum Glück nicht bemerkte. Als alles fertig war, sprang der Edelmann in den Schlitten, und fort ging es, dass die Sohlen des Schlittens tönten – immer weiter hinauf gegen Norden.

Nach etlichen Stunden nahm der Kutscher wahr, dass die Decken vom Pferd und vom Schlitten verschwunden waren und dass Pferd und Geschirr wieder im Feuer erstrahlten. Jetzt bemerkte er auch, wie von allen Seiten Männer und Frauen mit gleichen Schlitten und Pferden näher heranjagten. Das war ein Sausen und Brausen!

Die Fahrer rannten durcheinander und aneinander vorbei, als gelte es die höchste Wette oder als wären sie gar auf einer Hochzeitsfahrt. Endlich begriff der Kutscher, dass die Fahrt hoch über die Wolken führte, die wie glatte Seen unter ihnen erglänzten.

Nach einer Weile verloren sich die Renner mehr und mehr und der Herr des Kutschers sagte zu seinem Nachbarn: »Bruder, die anderen Nordlichtgeister scheiden. So lass uns auch gehen!« Und so stürmten Herr und Kutscher wieder heimwärts.

Anderentags sprachen die Leute, sie hätten noch nie ein so starkes Nordlicht erlebt wie in der vorigen Nacht. Der Kutscher aber hielt seinen Mund und vertraute niemandem etwas von seiner nächtlichen Fahrt an. Als er aber alt und grau geworden war, hat er die Geschichte doch seinem Enkel erzählt, und so ist sie unter die Leute gekommen. Noch heute soll es solche Nordlichtgeister geben, und wenn im Winter das Nordlicht über den Himmel flammt, dann halten sie da oben Hochzeit.

Sage aus Estland

Ein Poltergeist vom platten Lande

In Sievershausen war früher ein großes altes Haus, jetzt ist es abgerissen und neu gebaut; darin ging ein Advokat oder so etwas um. Dieser hatte bei seinen Lebzeiten vieles verbrochen; deshalb war ihm nun im Grabe keine Ruhe vergönnt. Er erschien aber in jenem Hause als graues Männchen und lärmte und rumorte, dass sich niemand vor ihm bergen konnte; auch wollte es lange gar nicht gelingen, ihn zu bannen. Endlich ließ man einen »Genevitus«, d. h. einen katholischen Pfarrer, kommen; dieser beschwor ihn glücklich auf eine Kammer, und den Schlüssel zu der Kammer legten sie mit den anderen in die Kommode. Einige Zeit nachher kam eine neue Köchin ins Haus, die von der Anwesenheit des Geistes, welche man möglichst zu verheimlichen suchte, noch nichts wusste; da sie die Schlüssel und die Zimmer noch nicht ordentlich kannte, nahm sie den gefährlichen Schlüssel und öffnete die Geisterkammer, und es huschte etwas an ihr vorbei wie ein Schatten. Als sie hierauf wieder in die Küche ging, stand ein graues Männchen am Feuerherd und lachte und grinste. Entsetzt eilte sie zu ihrer Herrschaft und erzählte den Vorfall; da erfuhr sie denn alles. Der Geist aber durchwanderte das ganze Haus, Zimmer um Zimmer; zuletzt setzte er sich in die Butze* unter der Treppe,

* Eine Butze ist eine Art Verschlag, enge Kammer. Dieser Poltergeist war also die Kinderschreckfigur des Butzemanns.

und wenn jemand die Treppe hinauf ging, so klopfte er jedes Mal und rief »hu, hu, bah!«

Das gefiel den Leuten nicht im allergeringsten, und sie schickten nach einem Beschwörer. Bevor dieser kam, war er bei einem Schuster gewesen und hatte da etwas Pech ans Zeug bekommen; als er nun den Geist bannen wollte, sah derselbe aus der Butze, schnitt allerhand hässliche Grimassen, lachte und grinste und rief: »Pechdieb! Pechdieb!«, legte sich in seine Butze und klopfte und trommelte drauf los wie nichts Gutes.

Auf die ferneren Bannsprüche achtete er nicht weiter; deshalb ließ man einen zweiten Beschwörer kommen. Dieser war durch ein Kornfeld gegangen, und da hatte sich ihm ein Roggenhalm in die eine Schuhschnalle gehängt; als er nun den Geist bannen wollte, sah derselbe aus der Butze, machte es gerade wie beim ersten Mal und rief: »Strohdieb! Strohdieb!«, und der Beschwörer konnte ihm nichts anhaben. Jetzt ließ man einen dritten kommen, und weil der ohne allen Tadel war, so gelang es ihm, den Ruhestörer in eine große, große Flasche zu bannen; diese trug man auf einen Wagen und ließ vier Pferde vorspannen, um die Flasche samt dem Geiste in einen Holzteich zu bringen. Der Beschwörer hatte dem Fuhrmann noch gesagt, er solle sich ja nicht umsehen; als sie aber in die Nähe des Forsthauses kamen, wurde hinter ihm ein gefährlicher Lärm; da sah er sich um, und plötzlich war der Geist aus der Flasche fort und saß in seiner Butze und trommelte seine besten Stückchen. Er wurde zum zweiten Mal in die Flasche gebannt, und auch zum zweiten Mal wusste er's zu machen, dass der Fuhrmann sich umsah und ihn dadurch entwischen ließ; zum dritten Mal indes gelang es ihm nicht: er mochte poltern und lärmen, drohen und flehen, so viel er nur wollte, rasch ging's am Forsthaus vorbei und dem Holzteich zu;

hier wurde die Flasche hineingewälzt, und in jenem Teich sitzt der Geist noch und rumort und hantiert zu Zeiten, dass das Wasser hoch aufschäumt.

Regionale Sage aus Norddeutschland

Das Irrlicht

Irrlichter, auch Irrwische genannt, sind Leuchterscheinungen, die man zuweilen im Moor oder in Sümpfen sehen kann. Solche Lichter erscheinen nur für eine kurze Zeit, sind meist bläulich, klein und schweben nicht sehr weit über dem Boden. Naturwissenschaftlich gesehen sind es wohl Sumpf- und Faulgase, die sich spontan selbst entzünden. Im Volksglauben allerdings sind es unheilvolle Geister, Seelen, die nach ihrem Tod keine Ruhe mehr finden und dann einsame Wanderer in die Irre und so ins Verderben führen wollen.

Vor etlichen Jahren stand eine Frau schon früh auf, um einen Korb Eier auf den Markt zu tragen. »Bleib noch daheim und warte, bis es hell wird!«, rief der Bauer der Frau nach, als sie das Haus verließ. Diese aber antwortete: »Ich finde den Weg auch im Dunkeln«, und huschte – die Hähne hatten noch nicht gekräht – durch das schlafende Dorf.

Nach einer Weile, als der Tag schon zu grauen begann, aber im Tal noch dichter Nebel stand, sah die Frau vor sich ein Licht auftauchen. Da fing sie an zu laufen und rief: »He! Warte ein wenig; wir haben den gleichen Weg!« Das Licht aber zog weiter, und die Frau wunderte sich, dass sie es nicht einholen konnte. »Du musst noch lauter rufen!«, dachte sie bei sich. Sie blieb stehen, schöpfte frischen Atem, legte die Hände um den Mund und rief aus allen Leibeskräften. Als das Licht trotzdem nicht stehen blieb, dachte sie: »Jetzt will ich doch mal sehen, wer da taub auf beiden Ohren ist!«, und da der Weg gerade eine Biegung machte, folgte sie einem schmalen Wiesenpfad, der sie rascher ans Ziel bringen sollte.

Aber schon nach einem kurzen Lauf blickte sich die Frau betroffen um. Hatte sie den Pfad verloren? Der Boden schwankte unter ihren Füßen, und wohin sie auch trat, spritzte Wasser auf und füllte ihre Schuhe. »Um Gottes willen! Ich weiß ja nicht mehr, wo ich bin«, stammelte die Frau, und um wieder auf die feste Straße zu kommen, lief sie spornstreichs auf das Licht zu, das wie eine blaue Flamme vor ihr herschwebte und immer größer zu werden schien. »Habe ich dich endlich erreicht!«, wollte die Frau schon rufen, da gab es einen heftigen Knall, und sie sah nichts mehr als den wogenden Nebel. Als sie zugleich bis an den Leib im Wasser versank, stieß sie einen gellenden Hilferuf aus, ließ den Eierkorb fallen und griff mit beiden Händen um sich, und zum Glück fand sie eine Weide, an der sie sich festklammern konnte. Nachdem sie wieder auf festem Boden stand, dämmerte es ihr endlich, dass ein Irrlicht sie in den Fluss gelockt hatte.

Obwohl die Frau vor Kälte und Schreck am ganzen Leib bebte, wagte sie nicht weiterzugehen, bis endlich das Holpern eines Wagens zu ihr drang. Von den Zurufen des Fuhrmanns und seiner geschwenkten Laterne geleitet, erreichte sie wieder die feste Landstraße und erfuhr, dass sie noch keine halbe Stunde von ihrem Dorf entfernt war. Zähneklappernd und an allen Gliedern zitternd kam die Frau schließlich zu Hause an. Sie hatte sich eine heftige Lungenentzündung zugezogen und musste vier Wochen das Bett hüten.

Sagenmärchen aus Lothringen

Das Totenhemd

In der Marsch, so erzählt man in der Grafschaft Ranzau, wohnte vor Jahren ein Kätner, der auf Tagelohn ging. Seine Frau spann in seiner Abwesenheit vom frühen Morgen bis in die sinkende Nacht, ja auch, wenn er nach Hause gekommen war und sich schlafen gelegt hatte, spann sie noch emsig fort. Schon hatte sie sich viel Leinenzeug bereitet, da ward sie krank und starb. Der Mann aber war geizig und ließ der Leiche ein altes schlechtes Hemd anziehen, dem ein Ärmel fehlte. So ward sie begraben.

Nach Verlauf einiger Zeit nahm der Mann sich wieder eine Frau, fleißig wie die erste. Die saß auch eines Abends noch spät und spann, als der Mann schon zu Bett gegangen war. Da hörte sie die Stimme der verstorbenen Frau hinter dem Fenster, die sprach:

Un de hele Nacht gesponnen,
Wat hest du dar von?
Hemd' med ener Mau (Ärmel)!
Ga du hen un rau (ruhe).

Der Frau am Spinnrad kam ein Grauen an und sie ging zu Bett. Am anderen Tage erzählte sie alles ihrem Manne. Der wollte es erst nicht glauben, zuletzt aber machten sie aus, die Frau sollte am Abend wieder aufbleiben beim Spinnen und der Mann wollte im Bett wach bleiben. Da hörten sie nun zu derselben Zeit wie am vorigen Abend es hinter der Wand gehen, und dieselbe Stimme sprach:

Un de hele Nacht gesponnen,
Wat hest du dar von?
Hemd' mit ener Mau!
Ga du hen un rau.

Der Mann war nun überzeugt und ward sehr unruhig, weil er nicht wusste, was er tun sollte, bis man ihm riet, abends einen Bretterstuhl hinter die Wand neben das Fenster zu setzen und ein neues Totenhemd darauf zu legen. Das tat er, und in der folgenden Nacht ward die Stimme nicht wieder gehört. Aber am anderen Morgen war das Hemd weggenommen und auf dem Stuhle lag ein Häuflein Asche.

Sage aus Norddeutschland

Nornagest

An dem Hof des Königs Olaf Trygvissohn in Drontheim erschien eines Tages ein Mann, der nannte sich Gest, das heißt Gast; und als Gast wurde er freundlich aufgenommen, denn er gefiel dem König, weil er trotz seiner einfachen Tracht fein von Sitten und trotz seines Alters kühn von Aussehen war. In der Nacht glaubte der König, der inmitten seines Gefolges in der Halle zu schlafen pflegte, aber diesmal über dem Gebetbuch wachgeblieben war, eine geisterhafte Erscheinung zu sehen, die zwischen den Betten durchging und vor dem des Gastes stehen blieb; und er vermutete aus diesem heidnischen Wesen, dass Gest noch nicht getauft sei. Als dieser ihn am andern Morgen bat, noch bleiben zu dürfen, fragte er ihn danach, und Gest antwortete: »Nein, getauft bin ich noch nicht, aber schon mit dem Kreuz gezeichnet.« In der Tat hatte der König bereits am Abend gesehen, dass Gest sich wie seine anderen Mannen bekreuzigt hatte, und so bewilligte er ihm den Aufenthalt mit dem Beding, dass er sich später auch taufen lasse. Er hatte große Freude an dem Gast, der viele Geschichten zu erzählen wusste und aufs Schönste die Harfe spielte.

Am Julfest überreichte ein Gefolgsmann, der vom Grenzschutz an den Hof zurückgekehrt war, dem König einen überaus schönen Ring. Das Kleinod ging um den Tisch herum von Hand zu Hand, und ein jeder pries seine Köstlichkeit; nur Gest gab es, nachdem er es betrachtet hatte, ohne ein Wort weiter. Das wunderte seine

Nachbarn, und sie fragten ihn ein wenig spöttisch, ob er vielleicht schon gleiches oder feineres Gold gesehen habe. »Ja, das habe ich wirklich gesehen, und ich kann es euch auch zeigen«, antwortete Gest. Die andern lachten ihn aus und meinten, das müsse er beweisen; sie schlugen ihm eine Wette vor: vier Mark Silber gegen sein Messer und seinen Gürtel, und der König selbst solle Schiedsrichter sein. Damit war Gest einverstanden. Als sie am nächsten Morgen dem König die Sache vortrugen, schüttelte er den Kopf und sagte: »Ich glaube, Gest, du weißt mehr als andere, und meine Leute haben sich die Sache nicht recht überlegt.« Aber sie wollten bei ihrer Wette bleiben.

Nach Tisch hieß König Olaf den Gast vortreten und befahl ihm: »Wenn du wirklich feineres Gold vorzeigen kannst, so weise es uns jetzt!« Umständlich nestelte Gest aus einem Beutel, den er am Halse trug, einen Lappen hervor, wickelte aus ihm ein Stück von einer zerbrochenen Sattelspange und reichte es dem König. Der sah auf den ersten Blick, dass es ganz ausgezeichnetes Gold war, und ließ sofort den Ring zum Vergleich holen. Dann entschied er: »Gests Gold scheint mir das feinere, und wer von euch sich darauf versteht, wird das bestätigen.« So geschah's auch, und der König sprach Gest die Wettsumme zu. Jetzt ward den Verlierern die Wette doch leid, aber Gest sagte: »Behaltet euer Geld, ich brauche es nicht! Nur merkt euch für die Zukunft, dass ein Fremder manchmal mehr weiß als ihr.«

Darauf forderte der König: »Jetzt musst du erzählen, wie du zu dem Golde kamst.« Zögernd antwortete Gest: »Ich tue es nicht gern, ihr werdet mir die Geschichte nicht glauben.« Aber der König befahl, und Gest gehorchte. Er erzählte, wie er einst ins Frankenland gekommen sei und an den Hof Sigurds, des Wölsungs. Ja, ihn selbst habe er gekannt und ihn auf mancher Fahrt, in manche

Schlacht begleitet. Auch Starkad habe er gekannt, den riesigen Kämpen, und sei dabei gewesen, als Sigurd ihm das Schwert in den Kiefer schlug, dass ihm zwei Backenzähne heraussprangen: »Einen davon könnt ihr noch sehen, ich habe ihn aufgehoben und an das Glockenseil der Kirche von Lund gebunden, er hängt noch dort, sieben Lot schwer.« Die Hofleute hörten ihm zu, als erzähle er Märchen; denn es war schon Jahrhunderte her, dass Sigurd gelebt hatte. Aber Gest fuhr unbeirrt fort: »Einmal ritt ich mit Sigurd zu einer Versammlung, und wir gerieten unterwegs in einen Sumpf. Sein Hengst Grani musste sich schwer mühen, um sich hochzuarbeiten; da sprang ihm der Gurt entzwei, und die Schnalle fiel ab. Ich fischte sie aus dem Schlamm auf, aber Sigurd schenkte sie mir – ihr saht sie ja schon. Nachher striegelte ich sein Ross, dabei zog ich ihm ein Haar aus dem Schweif – hier ist es!« Er holte aus dem Beutel das zusammengerollte Haar; sie spannten es aus – und es maß sieben Ellen in die Länge.

Stumm vor Staunen saßen der König und die Seinen, sie konnten nicht satt werden, ihm zuzuhören. Gest erzählte noch manchen Abend und immer Neues; er wusste alles, was bei den Gjukungen geschehen war, aber er war auch bei den Söhnen Ragnar Lodbroks gewesen und bei dem Schwedenkönig Erik, bei König Harald Schönhaar von Norwegen und bei König Ludwig von Sachsen. »Wunderbares weißt du zu erzählen«, sprach der König; und Gest antwortete: »Das Wunderbarste aber ist, wie ich zu meinem Namen kam; denn mit vollem Namen heiß ich Nornagest.« Und er erzählte:

»Als ich geboren wurde auf dem reichen Hof meines Vaters in Dänemark, zogen drei Wahrsagerinnen durch das Land und weissagten den Leuten, wie alt sie werden würden. Viele wollten das wissen, luden sie zu sich und beschenkten sie. Auch mein Vater lud sie ein, sie sollten über mein Schicksal entscheiden; sie kamen, und eine Menge Volks drängte sich mit ihnen ins Haus. Ich lag in der Wiege, und über meinem Kopf brannte eine Kerze. Zwei von den Seherinnen traten heran, sie weissagten mir alles Gute; ich sollte mehr Glück haben als alle andern in unserer Sippe und in unserm Lande. Aber die dritte Seherin war nicht zu Worte gekommen, sie war böse darüber, dass man sie nicht gefragt hatte, und als gar im Gedränge ein paar Mutwillige sie zu Boden stießen, rief sie zornig den Schwestern zu: »Hört auf mit euren Glückssprüchen! Ich verhänge dem Kind, dass es nicht länger leben soll, als bis die Kerze hier zu seinen Häupten niedergebrannt ist!« Da nahm die Älteste die Kerze vom Halter, blies sie aus und gab sie meiner Mutter zur Verwahrung. So wurde der Fluch wieder in Segen gekehrt: Denn mein letzter Tag nach dem Spruch der Norne wird nicht kommen, ehe denn die Kerze verbrannt ist. Als ich von zu Hause fortzog, gab mir meine Mutter die Kerze mit; ich trage sie immer bei mir.«

Nachdenklich fragte der König: »Warum kamst du wohl zu mir?« Nornagest antwortete: »Es war mir so, als hätte ich von dir ein Heil zu erwarten.« Da fragte der König weiter: »Willst du jetzt die heilige Taufe empfangen?« Und Nornagest sprach: »Ja, ich will, da du es willst.« So wurde Nornagest getauft und lebte gottesfürchtig und geehrt am Hofe.

Nach einiger Zeit fragte ihn der König: »Wie lange möchtest du noch leben nach deinem Willen?« Nornagest antwortete: »Kurze Zeit nur noch nach Gottes Willen.« Da sprach der König: »Meinst du nicht, dass es Zeit ist, deine Kerze hervorzuholen?« Der Greis nahm sie aus seinem Harfenkasten, und Olaf ließ sie anzünden; sie brannte rasch. »Wie alt bist du eigentlich?«, fragte er nun. »Dreihundert Winter alt bin ich jetzt«, antwortete Nornagest.

Er streckte sich hin und empfing die Letzte Ölung. Als die Kerze dem Ende zu flackerte, begann sein Atem zu stocken, und als der Docht erlosch, war er tot.

Altnordische Sage

Grettir der Starke und der Wiedergänger Glam

Die Grettis saga Ásmundarsonar – Die Saga von Grettir Asmundarson, ist eine sehr bekannte Islandsaga aus dem 14. Jahrhundert. Der Titelheld der vorliegenden Saga, die im 10. Jahrhundert spielt, ist Grettir, ein starker Mann aus dem Hof Bjarg am Midfjördur in Nordisland, ein kriegerischer Geächteter und zugleich ein Volksheld. Die isländischen sagas, nicht zu verwechseln mit dem deutschen Begriff Sagen, sind volkssprachliche Erzählungen aus dem Mittelalter in altisländischer Sprache, die von der Zeit berichten, als die ersten Norweger und ihre Nachfahren auf der Insel lebten und dort einen Freistaat gründeten, in dem die Rechtsprechung und das Zusammenleben der Menschen auf demokratische Weise auf einer Versammlung, dem Althing, *geregelt wurde (9. bis 11. Jahrhundert).*

Im Forsälutal auf Island, welches sich vom Vatnstal westlich abzweigt, wohnte ein schlichter, aber sehr wohlhabender Bauer namens Thorhall. Sein Urgroßvater Fridmund hatte bei der Besiedelung Islands dieses Tal in Besitz genommen; dessen Kinder und Enkel waren nun nach und nach zu Reichtum an Vieh, namentlich an Schafen, gelangt. Thorhalls Frau hieß Gudrun, Sohn und Tochter waren Grim und Thurid, beide fast erwachsen. Es war ein glücklicher Familienkreis. Nur eins störte ihren Frieden. Es spukte auf dem Hof, und es fiel Thorhall aus diesem Grunde sehr schwer, gute Dienstleute zu bekommen. Er fragte bei vielen an, was er unternehmen sollte, um das Gespenst loszuwerden, aber niemand wusste einen passenden Rat. Thorhall besaß gute Pferde und er ritt jeden Sommer nach dem Althing, der jährlich stattfindenden Volksversammlung. Einstmals begab er sich dort nach dem Zelt des Gesetzsprechers Skapte Thoroddsohn, um dieses klugen Mannes Rat zu erbitten, wie er das Gespenst aus seinem Hause loswerden könnte. Skapti wusste nicht, wie er dem Spuk ein Ende bereiten sollte, aber er wusste von einem schwedischen Einwanderer nach Island, der stark genug war und sich gegenüber Geistern und Aberglauben gefeit zeigte, um auf Thorhalls Hof Erfolg zu haben. Der Mann, an den Skapti dachte, war Glam, ein blauäugiger, grauhaariger Riese von gewaltiger Größe und Stärke. Als Thorhall ihn zum ersten Mal erblickte, erfasste ihn Grauen vor ihm; er prallte zurück, als er ihn sah, hatte aber gleich den Gedanken: »Das ist der mir von Skapte empfohlene Schafhirte!« Doch er fand schließlich, dass Glam ein guter Hirte sein werde und stellte ihn ein.

Der Sommer war nun vorüber, und Nordwinde, welche kalt durch die Täler strichen, meldeten den Winter an, als Glam seinen Dienst übernahm. Er versah ihn ohne Mühe. Seiner groben Stimme folgten die Schafe und vor seiner Stärke schienen sich alle Gespenster zu verstecken. Thorhall freute sich über die Bereitschaft des Mannes, auf dem Hof zu bleiben, aber die Familie des Bauern und andere treue Landarbeiter verabscheuten den Neuankömmling einfach, denn Glam hatte viele Eigenschaften, die die anderen Bewohner der Gegend abstießen – er war grob, unhöflich und mürrisch, und während die meisten anderen Isländer dem christlichen Glauben anhingen, war er Heide und hatte mit keiner Religion etwas im Sinn.

Der Tag vor Weihnachten kam heran. Glam stand an diesem Tage früh auf und verlangte sein Essen. Die Hausfrau Gudrun sagte:

»Am heutigen Tage pflegen christliche Leute zu fasten, denn morgen ist der erste Weihnachtstag!«

Glam erwiderte: »Ihr treibt viele lächerliche Dinge ohne den geringsten Nutzen. Ich glaube nicht, dass die Leute jetzt besser sind als ehedem, als man von solchen Narrenspossen noch nichts wusste. Im Gegenteil, sie waren damals, als sie Heiden genannt wurden, viel vernünftiger als heute. Ich will mein Essen haben, heute so gut wie sonst auch, und kein Geschwätz dazu.«

Obwohl Gudrun weiter auf ihn einredete, er solle doch das christliche Fasten einhalten, forderte Glam augenblicklich sein Essen. »Sonst sei auf das Schlimmste gefasst, Frau«, drohte er ihr noch.

Gudrun wagte nun nicht mehr zu widersprechen und fügte sich. Als Glam sich satt gegessen hatte, ging er mit den Schafen hinaus, trotzig und in übelster Laune. Die Luft war dick und nebelschwer. Es fielen große Schneeflocken. Nach allen Windrichtungen hin hörte man ein Heulen und Pfeifen in der Luft. Und gegen Abend wurde das Wetter noch schlechter. Vormittags hörte man noch deutlich von oben herab die grobe Stimme des Schafhirten. Nachmittags wurde sie schwächer und schwächer. Gegen Abend fiel nun der Schnee ganz dicht, und es erhob sich ein Sturm. Die Leute kamen aus dem Vespergottesdienst zurück, aber Glam war noch nicht zu Hause. Thorhall wollte nach ihm suchen lassen, aber Schneesturm und Finsternis verhinderten es. Auch über Nacht war Glam nicht nach Hause gekommen, und man verschob nun das Nachsuchen nach ihm bis hinter den Vormittagsgottesdienst des ersten Weihnachtsfeiertages.

Als die Leute hinausgingen, um nach ihm zu suchen, fanden sie die Schafherde zersprengt. Einige Tiere steckten im Sumpf, vom Schneesturm durchpeitscht, andere lagen oben im Gebirge, zusammengedrängt unter vorspringenden Felsen. Von Glam jedoch gab es keine Spur. Endlich hoch oben im Tal entdeckten sie eine Stelle, wo der frisch gefallene Schnee zerstampft war und abgetretene, hart gefrorene Erdschollen umherlagen. Hier hatte augenscheinlich ein heftiger Ringkampf stattgefunden. Nicht weit davon lag denn auch Glam. Er war tot, sein ganzer Körper schwarzblau angelaufen und der Leib hoch aufgeschwollen und gedunsen bis zur Dicke eines Ochsen. Ekel und Schauder ergriff die Leute bei diesem Anblick. Sie versuchten den Leichnam aufzuheben, um ihn nach dem Friedhof zu bringen, aber sie vermochten es nicht. Der Körper des Toten war schwerer als Eisen. Nach Hause zurückgekehrt, meldeten sie Thorhall, was sich zugetragen hatte.

»Woran ist eurer Meinung nach Glam gestorben?«, fragt Thorhall die Leute.

»Wir fanden von dem Ort aufwärts, wo ein Ringkampf stattgefunden hatte, das ganze Tal entlang große Blutlachen. Darum meinen wir, dass der böse Geist, welcher früher im Tal hauste, Glam getötet, aber selbst so schwere Wunden im Kampf bekommen hat, dass er daran verblutete.«

Und in Wirklichkeit erschien seit jener Zeit der Gnom nicht wieder. Am zweiten Weihnachtstag wiederholte man den Versuch, mit einem Schlitten, vor den Pferde gespannt waren, den Leichnam von Glam auf den Friedhof zu schaffen, aber selbst Pferde vermochten ihn nicht von der Stelle zu ziehen. Am dritten Weihnachtstag ging der christliche Priester in seinem Ornat hinaus, den Leichnam zu holen. Doch nun war er ganz verschwunden.

Suchten die Knechte ihn, so lag er an seiner Stelle offen da. Kam der Priester, ihn zu holen, dann war er fort. Dieses Versteckspiels müde, verscharrte man endlich ohne Sang und Klang den Körpers Glams, wo er gerade lag, in ungeweihter Erde. Einige Zeit nachher wollten Leute Glam wiedergesehen haben. »Er war stets ein Verächter der Kirche«, sagten sie, »darum hat er nun im Grab keine Ruhe!« Bei hellem Tag sah man ihn leibhaftig über den Hof gehen, und des Nachts rumorte es auf den Dächern wie von schweren Fußtritten, dass die Balken knackten. Frauen fielen in Ohnmacht, Männer rannten wie besessen davon. Und das ganze Tal war der Meinung: »Dies ist ein schweres Unglück für uns!« Und in der Tat war Glam zu einem *draugr** geworden, einem Untoten und Wiedergänger. Glam war zwar untot, aber er verfiel nicht und wurde auch nicht dürr. Stattdessen wurde seine Leiche, die sich an viele Orte bewegte, größer und stärker, sodass sein grässlicher Kopf schließlich hoch genug reichte, um Thorhalls Bauernhaussparren zu erreichen.

Glücklicherweise fand Thorhall leicht einen Hirten, der den Wiedergänger ersetzte. Ein Mann namens Thorgaut war zu dieser Zeit zufällig nach Island gekommen und suchte verzweifelt nach Arbeit; er nahm die Stelle als Hirte an und interessierte sich für die Herausforderung von Glam, der zu diesem Zeitpunkt Tag und Nacht auf der Farm herumspukte. Doch obwohl Thorgaut im Gegensatz zu Glam auf dem Hof sehr beliebt war, fand seine

* Im skandinavischen und besonders auch isländischen Volksglauben ist ein *draugr* ein Untoter oder auch Wiedergänger, der oft in einem Grabhügel lebt. Diese lebenden Toten verlassen gern ihre Hügel, um die Menschen zu terrorisieren. Erst wenn diesen Wesen der Kopf abgeschlagen wird und sie dann verbrannt werden, können sie keinen Schaden mehr anrichten. Auch in der modernen Fantasy-Literatur und in Gruselfilmen leben diese Kreaturen weiter.

Zeit dort ein jähes Ende, denn wie sein Vorgänger verschwand er zur Weihnachtszeit. Am Heiligen Abend war der Schafhirte wie üblich mit dem Vieh hinaus gezogen.

»Gott behüte dich heute«, sagte die Hausmutter Gudrun, »dass wir nicht wieder dasselbe Unglück erleben wie vor einem Jahr.«

»Sei ohne Sorge, liebe Hausmutter«, erwiderte der Knecht. »Und komme ich nicht wieder«, setzte er scherzend hinzu, »nun, dann habt ihr eine Geschichte mehr, die ihr euch erzählen könnt!«

Zuversichtlich ging er fort. Das Wetter war kalt mit starkem Schneegestöber. Thorgaut pflegte sonst in der Dämmerung nach Hause zu kommen, aber an diesem Abend kam er nicht. Die Leute gingen zum Vespergottesdienst und kamen wieder heim. Thorgaut aber war noch immer nicht zur Stelle. Nun fürchteten alle ein Unglück. Der Hausvater Thorhall wollte noch denselben Abend suchen lassen, aber die Leute weigerten sich, bei Nacht ihr Leben zu wagen und sich mit Gnomen und Kobolden einzulassen. Doch am ersten Weihnachtstag nach dem Kirchgang und dem Mittagsessen begann das Suchen nach dem vermissten Schafhirten. Alle waren überzeugt, sein Verschwinden hänge mit Glam zusammen, und so suchte man zuerst die Gegend ab, wo Glams Grabhügel lag. Hier fand man denn auch Thorgaut mit gebrochenem Genick und zerschmetterten Beinen. Man hob ihn auf, brachte ihn in die Kirche und begrub ihn christlich auf dem Friedhof.

Glam dagegen spukte fortan nur noch ärger als zuvor auf dem Hof. Alle Leute kündigten Thorhall den Dienst und zogen ab bis auf einen alten Futterknecht, der auf dem Hof geboren war und sich von seiner Herrschaft nicht trennen wollte. »Was soll aus dem armen Vieh werden, wenn auch ich fortgehe?«, sagte er.

Der Winter neigte sich zu Ende. Da ging die Hausmutter eines Morgens in den Kuhstall, um die Kühe zu melken, was sie nun selber tun musste, da alle Mägde fortgelaufen waren. Als sie den Stall betrat, hörte sie ein großes Gepolter und lief erschrocken zurück, den Hausherrn zu rufen. Beide kamen und riefen mit lauter Stimme nach Ole, dem alten Futterknecht. Er gab keine Antwort. Nun gingen sie durch den Stall in die Scheune. Auf der Schwelle der Scheune lag der Knecht regungslos. Sie befühlten ihn und fanden sein Kreuz gebrochen. Nun ergriff Thorhall und seine Frau Gudrun ein furchtbares Grauen. Sie rafften ihre wertvollsten Stücke zusammen, die sie bergen konnten, und verließen nun selbst mit ihren Kindern in eiligster Flucht den Hof, um den Rest des Winters bei Verwandten zuzubringen.

Auf dem leeren Hof aber wütete Glam weiter. Alles Vieh, welches zurückgeblieben war, erdrosselte er. Ja selbst auf die Nachbarhöfe sprang der Spuk über und Reisenden, die durch das Tal zogen, tötete er das Pferd unter dem Sattel und den Hund an der Seite. Die ganze Gegend kam in Verruf. In den dunklen Tagen war der Spuk am ärgsten. Wenn die Sonne stieg, ließ er nach. Um die Mitsommerzeit wagte es Thorhall, wieder auf seinen verödeten Hof zurückzukehren. Es war ihm nun doppelt schwer, Leute zu bekommen; aber er richtete sich ein, so gut es eben ging. So lange die Sonne hoch stand, war es erträglich, aber mit Einbruch des Herbstes brach der Schrecken wieder los.

Da traf Thorhall und seine Frau Gudrun der allerschwerste Schlag. Ihre einzige Tochter Thuried, von der beständigen Angst erschöpft, zehrte ab und starb trotz aller Pflege hin. Alles Sorgen, alles Flehen war umsonst. Das ehemals blühende Forsälutal schien unrettbar der Verwüstung preisgegeben. So hatte sich Glams Fluch und Warnung an Gudrun verwirklicht. »Sonst sei auf das Schlimmste gefasst, Frau«, hatte er ihr ja gedroht.

Zum Glück für Thorhall und die Menschen im Forsälutal hielt

sich zu dieser Zeit ein berühmter Held in Island auf. Sein Name war Grettir Asmundarson, und überall erzählte man von seinen kühnen Taten. Er hatte einst in einem norwegischen Grabhügel einen *draugr* getötet, hatte eine Schlacht gegen zwölf Berserker gewonnen, wilde und gewaltsame Kämpfer, die keinen Schmerz empfanden, und auch einen riesigen Höhlenbären gejagt, was ihm den Titel Grettir der Starke einbrachte. Der junge Held hatte einen Antrieb, seine Stärke immer gegen härtere Gegner zu erproben, wie schwierig auch sein letzter Triumph gewesen war. Als der Held hörte, dass ein grässlicher *draugr* das Forsälutal heimsuchte, war er sofort entschlossen, seinen Mut gegen den übernatürlichen Feind zu beweisen. Grettir hatte nämlich inzwischen untätig zu Hause gesessen, verdrossen, dass sich ihm kein Abenteuer darbot.

Der Sommer war zu Ende und die ersten Schneeflocken meldeten den Winter. So reiste Grettir denn zum Hof Thorhalls, um Glam zu begegnen. Als der Abenteurer auf dem Gehöft ankam, warnte Thorhall ihn vor der Gefährlichkeit des Wiedergängers, doch Grettir winkte ab und kündigte an, für die Nacht zu bleiben. Das war Thorhall recht, denn er fürchtete sich sehr vor Glam. Grettirs Pferd wurde nun in einen festen Stall geführt und ein starkes Schloss vor die Tür gehängt.

. Früh ging man zu Bett. Aber zu dem gespannt horchenden Ohr von Grettir, der noch lange wach blieb, gelangte kein Laut, kein Gepolter auf den Dächern, kein Aufstoßen der Türen. Alles blieb die ganze Nacht hindurch vollkommen still. Als man sich am nächsten Morgen begrüßte, sagte Thorhall vergnügt: »Dein Verbleiben hier, Grettir, hat uns Glück gebracht. Nach langer Zeit wiederum die erste ruhige Nacht! Doch wie mag es deinem Pferd gegangen sein? Das lass uns sehen!« Sie schlossen den Stall auf, beklopften und untersuchten das Tier von allen Seiten, fanden aber keine Spur von Verletzung an ihm. Da sagte Grettir:

»Entweder hört die ganze Spukerei nun für längere Zeit auf, oder Glam kommt nächste Nacht wieder. Ich werde darum noch eine Nacht hier bleiben und beobachten, was geschieht!«

»Nichts Lieberes kannst du mir erweisen«, sagte Thorhall.

Grettir blieb, und auch in dieser kommenden Nacht verlief alles ruhig. Glam kam nicht auf den Hof. Wer war froher als Thorhall? Die Zukunft hellte sich wieder vor seinen sorgenvollen Blicken auf. Nun sah man nach Grettirs Pferd. Freilich, damit stand es übel genug. Der Stall war erbrochen. Das Pferd war an die Tür gezerrt. Seine vier Beine waren zerschmettert.

»Verlass mich jetzt«, sagte Thorhall, »wenn dir dein Leben lieb ist, Grettir. Der Tod ist dir gewiss, wenn du bleibst; denn Glam wird dich die nächste Nacht selbst anpacken!«

»Sehen will ich doch den Schelm«, erwiderte Grettir gemütlich. »Dieses Sehen ist gottlob der geringste Schadensersatz für den Verlust meines Gauls!«

»Mich gelüstet wenig nach diesem Anblick«, sagte Thorhall schaudernd.

Und nun erzählte er, wie Glam ihm schon damals solch ein Grauen eingeflößt hatte, als er aus dem Wald auf ihn zutrat und er ihn zum ersten Mal erblickt hatte, und vollends jetzt, wo von jenem Kerl nur noch der Teufel übrig ist, der schon damals in ihm steckte. »Doch jede Stunde, die du hier bei mir bleibst, Grettir, ist mein Trost!«, so sprach er zu ihm.

Der Tag neigte sich und man legte sich zu Bett. Grettir aber wollte in dieser Nacht seine Kleider nicht ausziehen. Völlig in Waffen warf er sich auf eine Bank, dem Bett Thorhalls gegenüber. Er deckte sich mit seinem Mantel aus Schaffell zu, wickelte dessen einen Zipfel um die Füße, den anderen zog er sich über den Kopf, doch so, dass er durch den Schlitz hindurch alles übersehen konnte, was im Zimmer vorging. Dann stemmte er seine Füße fest gegen die starke Seitenlehne der Bank. Im Zimmer brannte trübe ein Licht und warf seinen matten Schein auf die Umgebung. Wie wüst und unheimlich sah doch alles hier aus! Die Stubentür, mehrfach geborsten, war geflickt und mit neuen Brettern übernagelt. Dach und Seitenwände des Zimmers zeigten starke Risse und Löcher, notdürftig mit altem Hausrat zugestopft und zugestellt. Die Möbel waren aus den Ecken gerückt und beschädigt. Kein Stück des Hausrats war heil und ganz. Alles sah verwahrlost und ruinenhaft aus. Über diese Verwüstung warf das Nachtlicht seinen bleichen Schein und ließ alles noch spukhafter erscheinen.

Ein Drittel der Nacht war schon vorüber. Da hörte Grettir auf dem Hof ein gewaltiges Dröhnen. Mit schweren Schritten stieg jemand auf das Dach und stampfte oben umher, sodass alles Gebälk knickte und knackte. Dann stieg es wieder vom Dach herunter und näherte sich der Haustür. Diese wurde aufgestoßen. Ein Ungetüm trat ein. Als es sich zur ganzen Höhe aufreckte, reichte der riesenhafte Kopf bis in den Dachfirst hinauf. Die einzelnen Abteile des Schlafhauses trennten voneinander nur niedrige Scheidewände aus Holz. Der nach oben spitz zulaufende Luftraum des Daches war allen gemeinsam. Auf den Querbalken, welcher von Seitenwand zu Seitenwand unter dem Dachraum hinlief, legte das Gespenst die gekreuzten Arme und grinste in das Zimmer hinein. Der Hausherr ließ keinen Laut von sich hören, und Grettir wickelte sich fester in seinen Mantel. Glam bemerkte, dass etwas wie ein graues Bündel dort auf der Bank lag. Er schritt durch das Schlafhaus hindurch auf die Bank zu und griff in den Mantel. Grettir stemmte seine beiden Füße fest gegen die Bankpfosten und hielt das Kleid stramm über sich. Glams Griffe vermochten nichts. Dann griff Glam zum zweiten Male zu. Auch diesmal gab der Mantel nicht nach. Nun griff das Gespenst zum dritten Male zu und zwar mit beiden Händen. Jetzt gab der Mantel nach, und Grettir, der seine Decke fest umklammert hielt, kam dadurch aufrecht zum Sitzen. Glam packte den einen Zipfel an, Grettir den anderen, so zerrten sie. Der Mantel riss in der Mitte durch und blieb zur Hälfte in beider Händen. Das Gespenst betrachtete den Fetzen in seiner Hand, verdutzt über die Kraft des Gegners.

In diesem Augenblick sprang ihm Grettir an den Leib, umklammerte des Gegners Hüften und suchte ihm durch den Druck der Fäuste den Rücken einzuknicken. Das Ungetüm aber packte Grettirs beide Schultern an. So hielten sie sich gefasst und rangen miteinander. Alles wich, wohin sie stießen. Hier zersplitterten Bankpfosten, dort zerschellten Tische. Grettir stemmte seine Füße fest, wo immer nur er einen Halt finden konnte. Aber das Ungetüm war riesenstark. Es zerrte Grettir endlich aus dem Schlafhaus heraus.

Auf der Diele fing der Kampf mit verstärkter Heftigkeit wieder an. Das Ungetüm wollte Grettir ins Freie hinausschleppen. Dieser umklammerte mit seinen Füßen, was nur erreichbar war, und widersetzte sich aus voller Macht. Denn er sprach bei sich selbst: »Kann ich schon hier im Haus mich kaum wehren, so bin ich draußen verloren, wo mir jeder Rückhalt fehlt!«

Schon riss das Gespenst ihn zu der Hausschwelle hin. Die Tür stand offen, und der Mond warf auf die Diele seinen hellen Schein. Die Hausschwelle war von Stein und unter ihr der Boden hohl. Grettir hakte seine beiden Füße unter die Steinschwelle und hielt sich so fest. Das Gespenst zerrte mit aller Wucht. Es beugte sich hinten über. Es verlor das Gleichgewicht, fiel und schlug mit seinem Rücken hart auf den Boden auf, sodass der ganze Hof davon erdröhnte, und Grettir sprang wie eine Katze auf das liegende Ungetüm und umklammerte seine Brust. In diesem Augenblick flohen die Wolken und legten die Mondscheibe frei. Ihr Strahl fiel auf die verzerrten Züge des Gespenstes. Grettir sah in die furchtbar rollenden Augen und, vom Todesschreck gepackt, sank er ohnmächtig an der Brust des Ungetüms zusammen. Grettir hat später selbst gesagt, dass dieses der furchtbarste Augenblick seines Lebens gewesen ist.

Nun öffnete Glam den Mund und sprach, wie aus einem hohlen Grab heraus, folgende Worte, eine dunkle und düstere Prophezeiung, die den Helden für den Rest seiner Tage verfolgte:

»Grettir, du hast dich sehr gemüht, mir zu begegnen, nicht zu deinem Gewinn. Du bist stark. Aber erst die Hälfte jener Stärke hast du erreicht, die dir vom Schicksal bestimmt war. Du solltest doppelt so stark werden, wie du jetzt bist. Nun du mir ins Auge sahst, sind deine Kräfte gebunden, und du wirst die Welt immer durch meine Augen sehen. Ich kann dir nicht nehmen, was du hast, aber ich kann verhindern, dass deine Stärke noch wächst. Bleibe, wie du bist. Viele werden noch vor dir erzittern. Aber nicht Ruhm, sondern Verbannung wird dein Los. Was du angreifst, wird dir misslingen. Einsam und elend wird dein Ende sein!«

Als das Gespenst diese Worte ausgestoßen hatte, erwachte Grettir aus seiner tiefen Betäubung. Er sprang auf, riss das Schwert von seiner Seite und schlug Glam damit den Kopf ab. Vorsorglich stellte er diesen Kopf an den Rücken des Ungetüms, nach altnordischem Aberglauben das Mittel, ferneres Spuken des Getöteten zu verhindern.

Jetzt kam der Hausherr heraus, und als er das Riesengespenst kopflos an der Erde liegen sah und Grettir als den Stärkeren über dem Starken, da pries er laut Gottes Gnade und dankte Grettir mit den allerherzlichsten Worten. Das Nächste, was sie taten, war, den Leichnam des Ungetüms zu verbrennen. Die Asche taten sie in einen Sack und vergruben diesen tief unter die Erde. Darauf gingen sie in das Haus zurück und der Tag ergraute. Grettir legte sich zur Ruhe. Seine Glieder waren wie zerschlagen, und er sank in einen tiefen, bleiernen Schlaf.

Thorhall schickte Boten zu all seinen Nachbarn und rief sie zusammen. Er erzählte die Ereignisse der vergangenen Nacht und den großen Sieg, den Grettir errungen hatte. Aller Meinung war: »Grettir hat nicht seinesgleichen an Mut und an Stärke auf der Welt!«

Als nun Grettir aus seinem tiefen Schlaf erwacht war, stand er auf und war neu gestärkt. Er fand an seinem Bett kostbare Kleider liegen, Thorhalls Geschenk. Denn nur noch Fetzen von seiner alten Kleidung hatte er abgestreift, als er nach dem Kampf zu Bett ging. Nach einer kräftigen Mahlzeit drückte er Thorhall und seiner Frau Gudrun zum Abschied die Hand. Ein stattliches Pferd wurde vorgeführt. »Nimm das zum Andenken von mir«, sagte Thorhall, »und dazu noch einmal unseren heißesten Dank!«

So schieden sie. Auf dem Hof Aas im Vatnstale hielt Grettir an. Der Bauer Thorwald begrüßte ihn und hörte den Bericht über seine letzte Tat.

»Ja, es war die härteste meiner Kraftproben, und die Länge des Kampfes machte ihn so heiß!«

»Füg zum Mut die Mäßigung«, sagte Thorwald. »Überwinde nicht bloß Riesen, sondern überwinde auch dich selbst, Grettir, dann bist du der Held von Island!«

»Dein Rat ist weise«, erwiderte Grettir, »aber ich fürchte, nach diesem Sieg über den Glam bin ich noch leidenschaftlicher geworden, als ich es war, und würde jetzt noch schwerer Beleidigungen ertragen!«

Er ritt nach seiner Heimat Bjarg zurück. Sein Tatendurst war fürs erste gestillt, und der Winter stand vor der Tür.

Grettir spürte nach jenem Ringkampf große unheimliche Veränderungen in seinem Wesen. Von da an schien das Glück immer gegen ihn zu sein, und er konnte nicht mehr stärker werden. Das Schlimmste aber war der Fluch, den Glam auf seine Augen gelegt hatte: Er hatte jetzt Angst vor der Dunkelheit. Wenn der Tag erlosch und die Nacht heraufzog, dann ergriff ihn eine unerklärliche Angst. Er hatte Furcht, allein zu sein oder durch die Dunkelheit zu gehen, und glaubte, allenthalben seltsame Gesichter zu erblicken. Bald floh er vor sich selbst, bald ergriff ihn die Sehnsucht nach Menschen und nach Gemeinschaft. So blieb letztendlich das Gespenst doch Sieger.

»Das hat mir dieser Glam angetan«, sagte er. »Glam hat mir seine Augen gegeben!«

Grettir war damals, als er Glam besiegte, erst zwanzig Jahre alt.

Aus einer Islandsaga (14. Jahrhundert)

Das Gespensterhaus in der Oxford Street

Einer meiner Freunde, ein Schriftsteller und Philosoph, sagte eines Tages halb ernst, halb scherzhaft zu mir: »Denke dir, seit wir uns das letzte Mal sahen, habe ich mitten in London ein Haus entdeckt, in dem Gespenster umgehen.«

»Wahrhaftig, spukt es darin? Und welche Sorte von Geistern?«

»Das kann ich dir nicht beantworten; alles, was ich darüber weiß, ist folgendes: Vor sechs Wochen suchten meine Frau und ich eine möblierte Wohnung, wir gingen eine einsame Straße entlang und sahen an einem Fenster einen Zettel: ›Möblierte Wohnung zu vermieten.‹ Die Lage sagte uns zu, wir betraten das Haus, die Zimmer gefielen uns, wir mieteten sie auf wöchentliche Kündigung und – verließen sie am dritten Tag. Keine Gewalt der Erde hätte meine Frau vermocht, länger darin zu bleiben, und ich wundere mich nicht darüber.«

»Was in aller Welt ist euch denn darin zugestoßen!«

»Entschuldige – aber ich habe durchaus keine Lust, als abergläubischer Träumer belächelt zu werden, noch kann ich andererseits verlangen, dass du auf meine Versicherung hin dich von etwas überzeugen ließest, was jeder anzweifelt, der es nicht mit eigenen Augen sah. Ich will dir nur eines sagen: es trieb uns weder Gehörtes noch Gesehenes hinweg; nein, es war ein unbeschreibliches Grauen, das uns beide befiel, sooft wir an der Tür eines gewissen kleinen, leeren Zimmers vorbeigehen mussten, obschon sich durchaus nichts Ungewöhnliches aus diesem Raum vernehmen ließ. Unserem Abkommen gemäß, bezahlte ich der Haushälterin den Wochenpreis am vierten Tag, indem ich ihr sagte, dass uns die Zimmer nicht ganz genehm seien und dass wir den Rest der Woche nicht darin verbleiben würden. Sie antwortete trocken: ›Ich weiß weshalb. Sie sind bereits länger hiergeblieben als irgendeiner Ihrer Vorgänger. Wenige brachten eine zweite Nacht hier zu, niemand eine dritte. Es scheint, sie haben sich sanft und gütig gegen Sie benommen.‹

›Sie? – Wer?‹ fragte ich, indem ich gezwungen lächelte.

›Sie – je nun, ich meine diejenigen, die in diesem Hause umgehen; mögen sie sein, wer sie wollen, mich stören sie nicht. Ich entsinne mich *ihrer* Gegenwart Jahre und Jahre zurück, als ich dieses Haus nicht in dienender Stellung bewohnte; aber ich weiß sehr wohl, dass *sie* nicht die Ursache meines Todes sein werden. Mir ist das gleich, ich bin alt und muss sowieso sterben, und dann lebe ich doch in diesem Hause mit *ihnen* fort.‹

Die Frau sprach mit so schwermütiger Resignation, dass mich eine Art von Scheu abhielt, weiter mit ihr zu plaudern. Niemand war froher, so leichten Kaufs davonzukommen als meine Frau und ich.«

»Du erregst meine Neugier aufs höchste«, entgegnete ich; »ich könnte mir kaum etwas vorstellen, was mich mehr reizte, als in einem Hause zu nächtigen, in dem Gespenster umgehen. Bitte, gib mir die Adresse der Wohnung, die ihr so fluchtartig verlassen habt.«

Ich erhielt diese, und als wir schieden, wandte ich mich sofort dem bezeichneten Stadtviertel zu.

Das Haus lag auf der nördlichen Seite der Oxford Street, in einer düsteren, aber anständigen Straße. Es war abgeschlossen.

Kein Vermietungszettel war zu entdecken, keine Antwort kam auf mein Klopfen. Eben wollte ich mich wegwenden, da trat ein Bierjunge, der leere Zinnkrüge aus den Nachbarhäusern eingesammelt hatte, auf mich zu und sagte höflich: »Suchen Sie jemand in diesem Haus, Sir!«

»Ja, ich hörte, es sei zu vermieten.«

»Zu vermieten! Ah, das sollte mich wundern, die Verwalterin des Anwesens ist tot – seit drei Wochen tot und niemand findet sich, der Lust hätte, die vakante Stelle einzunehmen, obgleich Mr. J. eine hohe Bezahlung dafür aussetzte. Er bot meiner Mutter, die seine Putzfrau ist, ein Pfund pro Woche, nur um täglich die Fenster zu öffnen und zu schließen, jedoch sie mochte das Anerbieten nicht annehmen.«

»Sie mochte nicht! Und aus welchem Grunde!«

»Weil es hier spukt; die alte Verwalterin wurde mit weit aufgerissenen Augen in ihrem Bett tot aufgefunden. Die Leute sagen, der Satan habe sie erdrosselt.«

»Du nanntest eben Mr. J., den Besitzer des Hauses, wo wohnt der?«

Ich gab dem Bierjungen seine wohlverdiente Belohnung für seine bereitwillige Auskunft und ging meines Weges weiter zu Mr. J. in der G-Street – ganz nahe der Straße, in der das Spukhaus stand. Ich war so glücklich, Mr. J., einen ältlichen Mann mit einem klugen Gesicht und einnehmendem Wesen, zu Hause zu treffen und teilte ihm mein Anliegen ohne Umschweife mit. Ich sagte, dass sein Haus als ein von unheimlichen Besuchern belästigtes Anwesen bekannt sei, dass ich ein lebhaftes Verlangen hätte, Räume mit eigenen Augen zu sehen, die in jenem zweifelhaften Ruf stünden, und dass ich ihm zu größtem Dank verpflichtet sein würde, wenn er es mir mietweise nur für eine Nacht zur Verfügung stellen wolle. Ich wolle jeden Preis, den er fordere, für diese Gefälligkeit zahlen.

»Sir«, sagte Mr. J. mit ausgesuchter Höflichkeit, »das Haus steht Ihnen ganz zur Verfügung, für so lange oder so kurze Zeit, als es Ihnen irgend beliebt. Miete dafür anzunehmen, steht für mich völlig außer Frage – die Verpflichtung ist ganz auf meiner Seite, da es Ihnen ja möglicherweise gelingen kann, die Ursache der sonderbaren Erscheinungen zu entdecken, die das Haus augenblicklich gänzlich wertlos machen. Ich kann es geradezu nicht vermieten, denn ich finde nicht einmal jemand, der es in Ordnung halten und an der Türe Rede stehen will. Unglücklicherweise spukt es wahrhaftig darin, und das ist nicht einmal der rechte Ausdruck dafür, denn es geschieht dies nicht nur bei Nacht, sondern am hellen, lichten Tage, obschon die Ruhestörungen und Erscheinungen des Nachts unheimlicheren, ja manchmal geradezu erschreckenden Charakters sind. Ich nahm die beklagenswerte alte Frau, die vor drei Wochen starb, einst aus dem Armenhaus. Sie war meiner Familie als Kind schon bekannt und hatte bessere Tage gesehen, befand sich sogar schon mal in so guten Verhältnissen, dass sie einst Mieterin meines Onkels gewesen war. Sie hatte eine leidliche Erziehung genossen, besaß einen starken Geist und war das einzige Wesen, was ich je zu überreden vermochte, in jenem Hause auszuhalten. Ich muss sagen, seit ihrem plötzlichen Tod, dessen Art durch den Leichenbeschauer allgemein bekannt wurde, verzweifelte ich daran, ihre Stelle je wieder besetzt zu sehen, noch viel weniger einen Mieter zu finden. Ich überlasse das Haus mit Vergnügen jedem auf ein Jahr gratis, der sich verpflichtet, die Steuern dafür auf seine Schultern zu nehmen.«

»Seit wann hat denn Ihr Haus diesen unheimlichen Charakter?«

»Das bin ich kaum in der Lage, Ihnen beantworten zu können, es ist lange – sehr lange her. Die alte Frau, die ich gleichfalls darüber befragte, meinte, es habe dreißig bis vierzig Jahre hindurch, ehe sie es mietete, darin gespukt. Ich meinerseits habe den größten Teil meines Lebens im Dienst der East Indian Company verbracht. Im vorigen Jahre kehrte ich nach England zurück, um die Erbschaft eines Onkels anzunehmen, unter dessen Nachlass jenes fragliche Haus war. Ich fand es mit verschlossenen Fensterläden und Türen vor. Es ging das Gerücht, es hausten Gespenster darin und es werde deshalb von allen lebenden Wesen gemieden. Ich belächelte diese unglaublichen Geschichten, gab Geld aus, sein Inneres und Äußeres zu renovieren, fügte den altväterischen Möbeln neue hübsche Stücke hinzu, inserierte die Wohnung und bekam einen Mieter auf ein Jahr. Es war ein Oberst außer Dienst. Er bezog das Haus mit seiner Familie, bestehend aus Tochter, Sohn und vier bis fünf Dienstboten – am nächsten Tage verließen sie es sämtlich. Jeder einzelne beschwor, eine andere Erscheinung gehabt zu haben, doch alle erfüllte das gleiche Entsetzen. Ich konnte es mit meinem Gewissen nicht vereinbaren, den Obersten wegen Kontraktbruches gerichtlich belangen zu lassen – ja, ich konnte es ihm nicht einmal übelnehmen. Darauf wies ich der besagten alten Frau ihre Stellung als Verwalterin an und autorisierte sie, das ganze Grundstück, in kleine möblierte Wohnungen parzelliert, zu vermieten. Ich hatte nie einen Mieter, der über zwei Tage geblieben wäre. Es würde zu weit führen, Ihnen die Erlebnisse der einzelnen zu erzählen – nicht zwei davon haben die gleiche Erscheinung gehabt. Jedoch urteilen Sie lieber selbst, anstatt mit beeinflusster Fantasie jene Schwelle zu überschreiten; bereiten Sie aber Ihren Geist vor, Ungewöhnliches zu sehen und zu hören, und treffen Sie jede Vorsichtsmaßregel, die Ihnen irgend zu Gebote steht.«

»Haben Sie selbst nie den Versuch gemacht, einmal eine Nacht in jenem Hause zuzubringen?«

»Gewiss. Ich verblieb zwar keine Nacht darin, hingegen drei Stunden bei hellem Tageslicht. Meine Neugier ist nicht befriedigt, aber sie ist gedämpft. Ich empfinde keinerlei Verlangen, das Experiment je zu wiederholen. Sie sehen, Sir, ich gehe Ihnen gegenüber sehr offenherzig zu Werke und rate Ihnen wohlmeinend, wenn Ihr Verlangen nicht ganz besonders dringend und Ihre Nerven nicht ganz besonders stark sind, sehen Sie ab davon, eine Nacht in jenem Hause zu verbringen.«

»Mein Interesse daran ist aber enorm groß«, sagte ich, »nur ein Feigling verkriecht sich hinter seine zarten Nerven, sobald es gilt, einer ungewöhnlichen Situation die Stirn zu bieten, auch sind die meinigen durch Gefahren jeder Art gestählt. Ich kann mich mit vollem Recht auf sie verlassen – sogar Geistern gegenüber!«

Mr. J.'s Gegenargumente schienen erschöpft. Er nahm aus seinem Schreibpult die Schlüssel des verhängnisvollen Hauses, gab sie mir, und ihm aufrichtig für seine Offenheit und freundliche Erfüllung meines Wunsches dankend, trug ich meine Beute im Triumph davon. Brennend vor Ungeduld rief ich, zu Hause angelangt, meinen treuen Diener. Es war ein junger Mensch von sprudelndem Temperament, furchtlosem Charakter und freier von abergläubischen Vorurteilen als irgendjemand.

»Frank«, sagte ich, »du erinnerst dich, wie enttäuscht wir waren, als wir in Deutschland in jenem alten Schloss übernachteten, wo das Gespenst ohne Kopf, das darin umgehen sollte, uns nicht erschien. – Soeben höre ich von einem Haus hier in London, in dem die Geister sich weniger zurückhaltend benehmen. Ich beabsichtige, eine Nacht daselbst zuzubringen. Nach allem, was ich höre, bleibt jeder Zweifel ausgeschlossen, dass wir es nicht verlassen werden, ohne Absonderliches gehört oder gesehen zu haben, im Gegenteil – vielleicht sogar Haarsträubendes. Kann ich, wenn ich dich mit mir nehme, mich felsenfest auf deine Geistesgegenwart verlassen, es ereigne sich, was da wolle!«

»Oh, Sir, bitte, verlassen Sie sich auf mich«, antwortete Frank, indem er vor Vergnügen strahlte.

»Nun gut – hier sind Adresse und Schlüssel des Hauses. Geh, wähle mir ein Schlafzimmer nach deinem Geschmack, und da seit Monaten keine Seele diese Räume betreten hat, lüfte das Bett, mach ein behagliches Feuer und vergewissere dich hinreichend, ob Lichter und Brennmaterial vorhanden sind. Nimm meine Pistole und meinen Degen als Waffe für mich mit – damit wäre mein Teil erledigt. Nun bewaffne dich auch selbst gut, und wenn wir alsdann nicht einem halben Dutzend Gespenster gewachsen sind, erkläre ich uns für ein paar erbärmliche Wichte.«

Ich meinesteils war für den Rest des Abends durch Geschäfte so dringender Natur in Anspruch genommen, dass mir keine Muße blieb, über das nächtliche Abenteuer, dem ich förmlich meine Ehre verpfändet hatte, nachzugrübeln. Ich speiste sehr spät und allein, meiner Gewohnheit nach beim Essen lesend. Meine Lektüre waren Macaulays Essays. Ich beschloss, das Buch mitzunehmen. Es war ein so frischer Stil, so viel praktische Lebenswahrheit darin, dass es mir wie ein Gegengift gegen die Einflüsse einer überreizten Fantasie vorkam. Gegen halb zehn Uhr steckte ich das Buch ein und schlenderte gemächlich dem Geisterhause zu. Ich nahm meinen Lieblingshund mit mir, einen außergewöhnlich schneidigen Bullterrier – einen Hund, der nachts in den unheimlichsten Schlupfwinkeln und Durchgängen auf Rattenfang herumstrolchte – ein kapitaler Hund einem Gespenst gegenüber.

Es war eine kühle Sommernacht. Leichte Wolkengebilde überzogen den Himmel. Dennoch war der Mond sichtbar; jedoch sein Licht war fahl verblassend. Aber es war doch ein Mond; und wenn es die Wolken gestatteten, so konnte er gegen Mitternacht mit intensiverem Lichte leuchten. Ich erreichte das Haus, klopfte, und mein Diener öffnete mir mit einem vergnügten Lächeln.

»Sir, es ist alles in bester Ordnung und sehr gemütlich hier.«

»Oh«, erwiderte ich etwas enttäuscht, »ist dir denn gar nichts Verdächtiges begegnet!«

»Doch, Sir, ich will offen sein, ich hörte etwas Sonderbares.«

»Wie denn! – Sprich!«

»Das Geräusch von Fußschritten; sie trappelten hinter mir her und ein- bis zweimal hörte ich ein leises Geflüster dicht an meinem Ohr – sonst weiter nichts.«

»Du bist also nicht im Geringsten furchtsam!«

»Ich!! Sir, durchaus nicht«, und des Burschen kühner Blick bürgte mir von Neuem dafür, dass – möge kommen was da wolle – er mich nicht verlassen würde!

Wir standen im Vestibül, die Haustür war geschlossen, und meine Aufmerksamkeit richtete sich auf den Hund. Dieser lief zuerst munter und fidel hinein, kroch aber bald zur Ausgangstür zurück und kratzte und winselte, um hinausgelassen zu werden. Ich streichelte seinen Kopf, ermutigte ihn freundlich, und der Hund schien sich mit seiner Lage abzufinden. Er folgte mir und Frank an die Fersen geheftet durch das Haus, ganz gegen seine sonstige Gewohnheit, vorauszulaufen, um schnuppernd das fremde Terrain auszukundschaften. Wir untersuchten zuerst die Souterrain-Räume, Küche, Speisegewölbe und besonders die Keller. Zwei bis drei völlig mit Spinngeweben überzogene Flaschen Wein lagerten dort, augenscheinlich seit vielen Jahren in ungestörter Ruhe. Zechbrüder waren die Geister also nicht. Im Übrigen entdeckten wir nichts Bemerkenswertes. Es war dort ein kleiner düsterer, von hohen Mauern rings umschlossener Hinterhof. Die Steinplatten auf dem Fußboden waren feucht und mit Staub, Ruß und Nässe bedeckt; daher hinterließen unsere Fußtritte leichte Spuren. Jetzt zeigte sich in dieser sonderbaren Umgebung das erste außergewöhnliche Phänomen, dessen Augenzeuge ich war.

Plötzlich vor mir, auf dem feuchten Gestein formte sich von selbst eine fremde Fußspur. Ich stand still, fasste meinen Diener am Arm und deutete nach der Stelle hin; soeben formte sich die zweite. Ich trat rasch darauf zu, aber die fremde Spur blieb immer auf einen Schritt mir voraus. Es war eine kleine Spur, wie vom Fuß eines Kindes, indes war der Eindruck auf dem Boden zu schwach, um die Form vollständig beurteilen zu können. Im Augenblick hatten wir beide den Gedanken, dass sie der Abdruck eines nackten Kinderfußes sei. Das Phänomen verschwand, als wir an der gegenüberliegenden Mauer ankamen, und wiederholte sich auch auf dem Rückweg nicht. Wir stiegen die Treppen wieder hinauf zum Erdgeschoss und betraten die Zimmer zu ebener Erde, das Speisezimmer, ein kleines Wohnzimmer und einen dritten winzigen Raum, der mutmaßlich als Bedienstetenzimmer benutzt worden war, alle still wie das Grab. Dann gingen wir in die Salons, die neu eingerichtet schienen. Im Vorderzimmer angelangt, setzte ich mich auf einen Armstuhl. Frank stellte das Licht, mit dem er geleuchtet hatte, auf den Tisch. Ich befahl ihm, die Tür zu schließen. Als er sich umwandte, meinen Befehl auszuführen, begann ein mir gegenüber an der Wand stehender Stuhl sich schnell und geräuschlos vorwärts zu bewegen und blieb einen Meter entfernt mir gegenüber stillstehen.

»Nun, wenn's weiter nichts ist«, sagte ich mit einem halben Lachen, ist mir lieber als Tischrücken!«

Als ich lachte, warf aber mein Hund den Kopf zurück und heulte. Frank war, weil er sich weggewandt hatte, das Wandern des Stuhles entgangen. Er beschäftigte sich damit, den Hund zu beschwichtigen. Ich hatte ununterbrochen den Stuhl im Auge und glaubte darauf, wie aus bläulichem Dunst gewoben, die Umrisse einer menschlichen Gestalt zu erkennen. Die Linien waren jedoch so unklar, dass ich meiner eigenen Fantasie zu misstrauen anfing. Der Hund hatte sich wieder beruhigt.

»Stell diesen Stuhl mir hier gegenüber an die Wand zurück«, sagte ich zu Frank. Er gehorchte.

»Waren Sie das, Sir?« fragte er, sich kurz umdrehend.

»Ich – was?«

»Ich bekam eben einen Schlag. Ich fühle diesen schmerzhaft hier an der Schulter.«

»Nein«, sagte ich; »aber wir haben es mit Betrügern zu tun, und wenn wir auch ihren Kunststückchen nicht auf die Spur kommen, so werden wir sie doch fangen, ehe sie uns aus der Fassung bringen können.«

Wir hielten uns nicht weiter in den Salons auf, sie waren so feucht und kalt, dass ich mich freute, hinauf in mein Zimmer und an das Feuer zu kommen. Wir verschlossen die Tür. Eine Vorsichtsmaßregel, die wir überhaupt durchgängig beobachteten. Das von meinem Diener für mich gewählte Schlafzimmer war das beste in der ganzen Etage. Höchst geräumig, hatte es zwei Fenster nach der Straßenseite zu. Ein viersäuliges Bettgestell, das dem Kamin gegenüberstand, in dem ein helles Feuer prasselte, nahm keinen bedeutenden Raum ein. Zwischen Fenster und Bett befand sich die Tür des Kabinetts, worin sich mein Diener etabliert hatte. Es war dies sehr klein und enthielt nichts außer einem Schlafsofa. Keine Verbindungstür führte nach dem Treppenhaus – auch existierte sonst keine Tür außer der, welche zu meinem Zimmer führte. Zu beiden Seiten meines Kamins waren Wandschränke ohne Schlösser angebracht und mit der gleichen langweiligen Tapete wie die Wand überklebt. Wir untersuchten die Schränke genau – sie enthielten nur einige Haken zum Aufhängen weiblicher Kleidungsstücke, sowie auch die äußeren Wände; alles erwies sich durchaus massiv. Nachdem ich mein Zimmer so inspiziert hatte, wärmte ich mich ein wenig, zündete mir eine Zigarre an und setzte dann, von Frank begleitet, meinen Erkundungsgang fort. Auf dem Treppenabsatz vor unseren Gemächern war eine zweite Tür – sie war fest verschlossen.

»Sir«, sagte mein Diener überrascht, »ich habe bei meinem Kommen diese Tür so gut aufgeschlossen wie alle übrigen, auch kann sie nicht von innen verriegelt worden sein, denn es ist …«

Ehe er den begonnenen Satz vollendete, ging besagte Tür, ohne dass sie einer von uns berührt hätte, langsam von selbst auf. Wir sahen uns gegenseitig einen Augenblick verblüfft an. Ein und derselbe Gedanke beschlich uns – irgendeine menschliche Einwirkung mussten wir hier entdecken! Ich schritt voran, mein Diener folgte. Wir befanden uns in einem kleinen, öden, düsteren Zimmer ohne jegliche Möblierung, einige leere Koffer und Körbe in einer Ecke. Die Läden des einzigen kleinen Fensters waren geschlossen, nicht einmal ein Kamin fand sich vor, keine andere Tür als die, durch die wir eingetreten waren, kein Teppich auf dem Fußboden, obschon derselbe alt, uneben und wurmstichig war, was die hellen, ausgebesserten Flecke deutlich bekundeten. Kein lebendiges Wesen war sichtbar, kein Platz, wo sich eines hätte verbergen können. Während wir noch dastanden und rundum blickten, schloss sich die Tür langsam von selbst, genauso, wie sie sich zuvor geöffnet hatte. Wir waren Gefangene. Zum ersten Male überkam mich ein unaussprechliches Grauen – nicht so meinen Diener.

»Ich glaube gar, Sir, die denken uns fangen zu können. Ich sage Ihnen, mit einem Stoß meines Fußes fliegt die baufällige Tür auf.«

»Sieh zuvor, ob sie nicht mit deiner Hand zu öffnen ist«, sagte ich und suchte meine Furcht abzuschütteln, während ich die Läden öffnete, um mich zu überzeugen, wie es außerhalb aussah. Ich schob die Riegel zurück. Das Fenster ging auf den kleinen zuvor beschriebenen Hof hinaus. Ich konnte keinen Vorsprung außerhalb entdecken, es ging senkrecht hinab. Niemand hätte, um durch dieses Fenster zu entfliehen, irgendwo festen Fuß fassen können, ehe er hinab auf die Steinplatten kam. Frank hatte die ganze Zeit über erfolglose Versuche gemacht, die Tür zu öffnen. Er wandte sich jetzt um und bat um die Erlaubnis, jetzt Gewalt anwenden zu dürfen.

Ich muss, um diesem meinem Diener volle Gerechtigkeit widerfahren zu lassen, hier nochmals konstatieren, wie völlig frei von jeglicher Furcht er war. Seine Kaltblütigkeit, seine ganze Haltung, ja sogar Heiterkeit unter so außergewöhnlichen Verhältnissen zwangen mir Bewunderung ab. Ich beglückwünschte mich innerlich zu diesem Gefährten, welcher der Situation so ganz gewachsen war, und gab ihm willig die verlangte Zustimmung. Obwohl er ein außergewöhnlich starker Mann war, erwies sich doch seine Kraft hier ebenso machtlos wie seine mäßigeren Anstrengungen – die Tür rührte sich nicht unter seinen Stößen. Nun versuchte auch ich mich an der Tür, – alles umsonst. Als ich meine Versuche aufgeben musste, kam wieder jene namenlose Angst über mich. Diesmal war sie anhaltender – unbezwinglicher. Ich hatte das Gefühl, als stiege ein geisterhaftes Wehen aus den Ritzen des holprigen Fußbodens auf und füllte die Atmosphäre mit giftigem, der menschlichen Existenz feindseligem Dunst. In diesem Augenblick öffnete sich die Tür wieder langsam und geräuschlos, ganz von selbst. Rasch sprangen wir auf den Treppenabsatz hinaus. Nun sahen wir ein großes bleiches Licht vor uns herschweben, so groß wie eine menschliche Gestalt, jedoch form- und masselos. Es bewegte sich die Treppe hinauf, die zu den Böden führte. Ich folgte dem Licht, und mein Diener folgte mir. Die Erscheinung schlüpfte in eine zur Rechten gelegene Dachkammer, deren Tür offenstand. Ich trat sofort auch ein. Da schrumpfte das große Licht zu einer kleinen Kugel zusammen, die strahlend und lebhaft leuchtend einen Augenblick über einem Bett in der Ecke schwebte, flackerte und verschwand, wir näherten uns dem Bett und untersuchten es genau. Es hatte ein eisernes Gestell, wie man es oft auf Böden als Schlafstelle für die Dienerschaft findet.

Auf der Kommode dicht daneben lag ein altes, verblasstes, seidenes Tuch; eine Nadel steckte noch in dem halb geflickten Riss. Das Tuch war dick mit Staub bedeckt, jedenfalls gehörte es der alten kürzlich verstorbenen Hausverwalterin, und dies könnte ihr Schlafraum gewesen sein. Meine Neugier stieg. Ich öffnete die Fächer. Allerlei Überreste weiblicher Kleidungsstücke nebst zwei mit einem gelben Band umbundene Briefe lagen darin. Ich war so frei, diese an mich zu nehmen. Außerdem fanden wir nichts Bemerkenswertes in dem Zimmer vor, noch tauchte das Licht wieder auf, wohl aber vernahmen wir beide genau leise, trippelnde Schritte dicht vor uns. Die Inspizierung der vier bis fünf anderen Dachkammern ergab nichts – doch waren und blieben die Fußtritte uns stets voraus. Nichts war zu sehen – absolut nichts, aber der trippelnde Schritt war desto mehr zu hören. Meine Hand umschloss fest die beiden Briefe. Als ich die Treppe hinabstieg, fühlte ich deutlich mein Handgelenk umklammert und einen schwachen Versuch, mir die Briefe zu entwinden. Ich schloss meine Hand fester, und der Druck am Gelenk ließ nach.

In mein Schlafzimmer zurückgekehrt, fiel es mir erst jetzt auf, dass mein Hund uns nicht gefolgt war, als wir es verließen, sondern sich zitternd an das Feuer drängte. Ungeduldig faltete ich die Briefe auseinander, und während ich las, nahm mein Diener die Waffen, die ich ihm befohlen hatte, mitzunehmen, aus ihren Futteralen. Er platzierte sie auf meinen Nachttisch und bemühte sich dann vergebens, den Hund zu beruhigen.

Die Briefe waren kurz, sie waren datiert und die Daten fünfunddreißig Jahre alt. Offenbar waren es Billets eines Liebhabers an seine Erwählte oder eines Gatten an seine junge Frau. Nicht allein die Ausdrücke, sondern auch ganz bestimmte Anspielungen auf eine frühere Seereise ließen auf einen Seemann als Absender schließen. Orthografie und Handschrift waren die eines nur mittelmäßig gebildeten Menschen, dennoch war die Sprache an sich kraftvoll. Durch alle liebkosenden Ausdrücke hindurch klang eine Art von wilder Leidenschaft, und hier und da fanden sich Andeutungen über ein Geheimnis, das sich jedoch auf keine Liebesaffäre bezog, sondern auf ein Verbrechen.

»Wir sollten uns lieben«, so lautete, wie ich mich deutlich erinnere, die eine Stelle, »denn wie würde die Welt uns fluchen, wüsste sie darum.« Und weiter: »Teile dein Schlafgemach nie mit jemand, denn du sprichst im Schlaf.« Ferner wiederum: »Geschehenes ist unabänderlich, und ich sage dir, kein Zeuge steht gegen uns auf, es sei denn, die Toten kehrten wieder.« Hier war mit einer besseren, und zwar weiblichen Handschrift geschrieben und unterstrichen: »Sie stehen wieder auf!« Am Schluss des Briefes jüngsten Datums endlich hatte dieselbe weibliche Hand weitergeschrieben: »Gestorben auf dem Meer am 4. Juni, an demselben Tage als –«

Ich ließ die Hand sinken und verlor mich in Gedanken über das Gelesene. Indessen fürchtete ich, der Gedankengang nach dieser Richtung hin würde wohl meine Nerven aufregen. Ich war fest entschlossen, meinen Geist in der nötigen Spannkraft zu erhalten, um gegen alles Wunderbare gewappnet zu sein, es komme, was da wolle.

Indessen rückte die Nacht bereits bedeutend vor. Ich sprang empor, legte die Briefe auf einen Tisch, schürte das Feuer, das lustig knisterte, und öffnete meinen Band Macaulay. Mit leidlicher Gemütsruhe las ich bis halbzwölf Uhr, dann warf ich mich auf mein Bett, hieß meinen Diener sich zurückziehen, jedoch wachzubleiben und die Verbindungstür unserer Zimmer nicht zu schließen. Ungefähr zwanzig Minuten später war mir, als streife ein außerordentlich kalter Luftzug meine Wange. Die Tür rechts, nach dem Flur, schien aufgegangen zu sein, aber nein sie war zu. Ich wandte mich links und sah, wie die Flamme meines Lichtes, wie vom Luftzug bewegt, heftig hin und her flackerte. Im selben Augenblick glitt meine dicht neben dem Revolver liegende Uhr sachte vom Tisch, leise, leise, wie von unsichtbarer Hand gezogen, sie war verschwunden. Ich schnellte empor, ergriff mit einer Hand den Revolver, mit der anderen den Degen, denn ich verspürte keine Lust, meine Waffen das Schicksal meiner Uhr teilen zu lassen. So bewaffnet, spähte ich auf dem Fußboden herum, aber keine Spur von meiner Uhr. Jetzt begann es dreimal langsam am Kopfende meines Bettes zu klopfen.

»Sind Sie das, Sir!«, rief mein Diener.

»Nein, aber sei auf deiner Hut.«

Nun sprang der Hund auf, setzte sich aufrecht, spitzte die Ohren und bewegte sich rasch nach rückwärts und vorwärts. Er sah mich dabei mit sonderbar beredtem Blick an, sodass sich meine volle Aufmerksamkeit auf mein Tier konzentrierte. Plötzlich erhob dieses sich langsam, jedes Haar an ihm sträubte sich, es stand starr und festgebannt da und hatte einen wilden Blick. Es blieb mir jedoch keine Zeit, den Hund länger zu beobachten. Mein Diener stürzte aus seinem Zimmer heraus. Wenn ich je das Entsetzen in einem menschlichen Antlitz sah, so war es in dieser Stunde. Ich hätte den Mann nicht erkannt, wenn er mir auf der Straße begegnet wäre, so verzerrt waren seine Züge. Er flog an mir vorüber und rannte in einem Ton, der kaum von seinen Lippen zu kommen schien: »Laufen Sie, was Sie können – er ist hinter mir.« Er erreichte die Tür zum Korridor, riss sie auf und raste fort. Ich folgte ihm unwillkürlich, wollte ihn zurückrufen, aber ohne mich zu beachten, schwang er sich, krampfhaft das Treppengeländer fassend, hinab, riss die Haustür auf, und ich hörte nur noch, wie sie zuschlug – ich war allein in dem verfluchten Geisterhaus.

Ich gestehe, ich schwankte einen Augenblick, ob ich meinem Diener folgen sollte oder nicht, allein Stolz und Neugier hielten mich von feiger Flucht zurück. Ich trat wieder in mein Zimmer, schloss die Tür und schritt vorsichtig nach dem kleinen Kabinett, fand aber keinerlei Erklärung für meines Dieners Entsetzen. Nochmals die Wände prüfend, tastete ich, nach einer geheimen Tür suchend, umher, aber es fand sich keine Spur davon, auch nicht der kleinste Riss in der Tapete. Wie in aller Welt hatte dasjenige, was ihn derart entsetzt und in die Flucht geschlagen hatte, möge es heißen, wie es wolle, Zutritt gefunden, außer durch mein Zimmer. Ich begab mich in dieses zurück, schloss und verriegelte die Tür zum Kabinett und stellte mich an den Kamin, in Erwartung der Dinge, die da kommen sollten. Jetzt bemerkte ich, dass mein Hund in die Ecke des Zimmers kroch und sich derartig dagegen drückte, als wolle er sich buchstäblich den Weg in die Wand erzwingen. Ich näherte mich dem armen Tier und sprach ihm zu, es war außer sich vor Furcht, fletschte die Zähne, geiferte und hätte mich sicher gebissen, wenn ich es berührt hätte. Er schien mich nicht zu erkennen. Wer jemals in einem zoologischen Garten ein Kaninchen durch den Blick der Schlange gebannt in einem Winkel hocken sah, der nur kann sich die Todesqual ausmalen, die der Hund ausstand. Weil alle Versuche scheiterten, das Tier zu besänftigen, und ich fürchtete, dass sein Speichel wie bei der Tollwut giftig sein konnte, überließ ich es sich selbst, legte meine Waffen auf den Tisch zurück, setzte mich und nahm Macaulay wieder auf.

Nach kurzer Zeit gewahrte ich, dass sich etwas zwischen Licht und Buch stellte, denn es fiel ein Schatten auf das Blatt. Ich sah auf und sah, was mir schwer, vielleicht nie glücken wird, zu beschreiben. Es war ein dunkles Etwas vor mir, das sich wie aus Luft von selbst bildete und sehr unbestimmte Umrisse zeigte. Ich kann nicht sagen, dass es eine menschliche Gestalt war, und doch hatte es eine große Ähnlichkeit mit einer solchen oder wenigstens mit dem Schatten derselben. Je länger ich hinsah, desto mehr lösten sich Licht und Schatten voneinander los und die Größenverhältnisse der Erscheinung schienen mir enorm, denn das oberste Ende berührte fast die Decke; während ich unablässig darauf hinstarrte, empfand ich einen Hauch von eisiger Kälte. Ein Eisberg direkt vor mir hätte mich nicht mehr erschauern machen können, noch hätte er eine so intensive Kälte auszuströmen vermocht. Als ich fortfuhr, das Ungeheuerliche anzustieren, kam es mir vor (jedoch das kann ich nicht einmal bestimmt behaupten), als unterscheide ich ein paar Augen, die aus der Höhe auf mich herabsahen. Einen Augenblick schien mir ihre Existenz ohne jeden Zweifel, den anderen waren sie wieder verschwunden, jedoch zwei Strahlen bläulichen Lichtes schossen durch das Dunkel, und zwar gingen sie von jener Stelle aus, wo ich glaubte, dass mir vorhin Augen begegnet waren. Ich versuchte zu sprechen – meine Stimme versagte vollständig.

Ist das Furcht! dachte ich bei mir. Oh nein, die kenne ich nicht. Ich wollte aufstehen – umsonst – eine unsichtbare Gewalt hielt mich nieder. Ein fremder Wille lehnte sich gegen den meinigen auf, ein unendlich überlegener, ungefähr so, wie Sturm und Feuer der Menschenhand gegenüber. Und nun, da dieser Gedanke mehr und mehr in mir zur Überzeugung reifte, kam ein Entsetzen über mich, das jeder Beschreibung spottete. Nur mein Stolz hielt mich aufrecht – nicht mein Mut. Entsetzen ist das, sagte ich mir, und keine Furcht; solange ich aber diese banne, wird mich nichts anfechten, weil meine Vernunft alles dies für ein Gebilde der Fantasie hält. Mit einer heftigen Bewegung gelang es mir, meine Hand nach meinen Waffen auszustrecken; als ich es aber tat, bekam ich einen eigentümlichen Ruck und mein Arm sank kraftlos an meiner Seite nieder. Und nun, um das Maß des Grauens vollzumachen, nahm der Glanz der Lichter mehr und mehr ab, sie verlöschten nicht, aber ihre Flamme schien wie langsam zurückgezogen zu werden. Genau so geschah es mit dem Feuer im Kamin, und in wenigen Augenblicken lag das Zimmer im tiefsten Dunkel. Die Angst, bei der Idee, mit dem dunklen Etwas, dessen Macht ich vorhin so intensiv gefühlt hatte, in der Finsternis allein zu sein, brachte eine Gegenwirkung in mein Nervensystem. Das Entsetzen in mir hatte jenes Stadium erreicht, dass mich entweder meine Sinne verlassen hätten oder ich den Zauber brechen musste. Ich brach ihn. Ich fand meine Stimme wieder, obgleich sie mehr wie ein Aufschrei klang. Ich erinnere mich, dass ich Worte herausstieß wie: »Ich fürchte mich nicht, meine Seele ist frei von

Schuld«, zu gleicher Zeit fand ich die Kraft zum Aufstehen. Von tiefem, tiefem Dunkel umgeben, flog ich nach der Fensterseite hin, riss den Vorhang zurück und stieß die Läden auf. Mein einziger Gedanke war Licht!

Und wie ich den Mond so ruhig, hoch und klar über mir sah, empfand ich eine Freude, die mich für alle Schrecknisse entschädigte. Da stand der Mond, da waren die Gasflammen in der öden, menschenleeren Straße. Ich wandte mich nach dem Zimmer zurück. Der Mond durchdrang dessen dunkle Schatten nur spärlich und teilweise – aber es war eben doch Licht darin. Das dunkle Etwas war verschwunden, nur einen düsteren Reflex, als wäre er der Schatten der Schattengestalt, nahm ich an der gegenüberliegenden Wand wahr. Mein Auge fiel nun auf den alten, runden Mahagonitisch, der ohne Decke dastand. Da erhob sich eine Hand bis zum Handgelenk sichtbar. Sie schien von Fleisch und Blut wie meine eigene zu sein, aber es war die einer älteren Person – dürr, runzlig und klein dazu – eine Frauenhand. Diese Hand umschloss sanft die beiden Briefe auf dem Tisch – Hand und Briefe verschwanden. Nun folgten erneut die drei abgemessenen Stöße gegen die Bettwand zu Häupten, die ich vor Beginn des außergewöhnlichen Dramas bereits vernommen hatte. Als dieser Lärm vorüber war, erbebte das Zimmer fühlbar, und von nah und fern tauchten Kügelchen, wie erleuchtete Wasserblasen in allerlei Farben, grün, gelb, feuerrot und himmelblau, auf. Hinauf und herunter, herüber, hinüber, hierhin, dorthin, winzigen Irrlichtern gleich, bewegten sich die Funken, langsam und schnell, je nach Laune. Ein Stuhl – wie zuvor im Salon unten – rückte langsam von der Wand aus vorwärts, ohne sichtbare Aktion und postierte sich mir gegenüber am Tisch.

Plötzlich, wie von dem Stuhl empor, wuchs ein Schatten weiblicher Form. Er war so deutlich sichtbar wie eine lebende Gestalt und doch totenbleich wie eine Leiche. Das Gesicht war jugendlich, von sonderbar melancholischer Schönheit. Hals und Schultern waren entblößt und das Übrige der Erscheinung in ein langes weißes Gewand gehüllt. Die Gestalt glättete ihr langes, gelbliches, über die Schultern fallendes Haar. Ihr Blick war unverwandt auf die Tür geheftet, sie schien lauschend, spähend zu warten. Der Schatten der Schattengestalt im Hintergrund wurde tiefer und abermals schien es mir, als funkelten Augen aus der Höhe nieder, den weiblichen Schatten beobachtend. Aus der Tür, obschon sie sich nicht öffnete, wuchs eine andere Gestalt heraus, gleich deutlich, gleich aschfahl, die eines jungen Mannes. Er war in der Tracht des vorigen Jahrhunderts oder wenigstens in einer ganz jener ähnlichen. Die männliche, sowie die weibliche Gestalt, wenngleich sehr deutlich, waren unbedingt masselos, nicht greifbar, sondern Gespenster, und zwar war an ihnen etwas Widerstreitendes, Gegensätze, die sich bekämpften. Beide waren lächerlich und furchtbar zugleich in dem mühsamen Aufputz ihrer alten Kostüme, die mit ihren Spitzen, Krausen und Schnallen in höfischer Genauigkeit ausgeführt waren; zu alledem kam noch das leichenhafte Aussehen und die geisterhafte Schweigsamkeit ihrer schwebenden Träger. Im Augenblick, als die weibliche Figur sich der männlichen zuneigen wollte, löste sich der Schatten von der Wand los, und alle drei waren in Dunkel gehüllt. Ja, im ersten Morgengrauen schien es, als wären die beiden Gespenster in der Gewalt des Schattens, der sich über sie aufschwang. Ein Blutfleck wurde nun auf der Brust des weiblichen sichtbar. Das männliche Gespenst lehnte sich auf ein Geisterschwert, Blut rieselte heftig von seiner Krause und seinen Spitzen nieder und wieder verschlang sie der Schatten, der zwischen ihnen gestanden hatte. Alle drei, sie waren verschwunden. Wieder schossen die bunten Blasen empor, segelten und wogten herum, schwollen dicker und dicker auf, und ihre Bewegungen wurden immer wirrer.

Die Schranktür zur Rechten des Kamins tat sich nun auf, und aus der Öffnung trat die Gestalt einer alten Frau mit Briefen in der Hand, mit denselben Briefen, welche die Hand vorhin ergriffen hatte, und hinter der Erscheinung erklangen Fußtritte. Sie drehte sich aufhorchend um, öffnete dann die Briefe und schien zu lesen, und über ihre Schulter hinweg blickte ein bleifarbenes Gesicht, wie das eines vor langer Zeit Ertrunkenen, aufgeschwollen, gebleicht, und mit Seegras in dem tropfenden Haar. Der Frau zu Füßen lag eine Masse, wie die eines entseelten Körpers und neben demselben hockte ein Kind, ein elendes, schmutziges Kind, den Hungertod auf den Wangen und Furcht in den Augen. Und als ich das Antlitz der Frau näher ins Auge fasste, verschwanden die Furchen und Linien und es wurde ein jugendliches Gesicht daraus mit strengem, steinernem Blick. Der gewaltige schemenhafte Schatten schoss vorwärts und überschattete mit seinem Dunkel alle drei Gespenster, wie er es zuvor mit den anderen getan. Nichts blieb sichtbar als der Schatten, den ich unausgesetzt beobachtete, aus dem abermals zwei Augen leuchteten, boshafte Schlangenaugen. Und die Lichtblasen stiegen und fielen und machten ihre unregelmäßige und ungestüme Irrfahrt mitten im Schein des verblassenden Mondlichtes, aber aus den Kugeln, wie aus der Schale des Eies, brachen widrige Larven heraus, blutlos und scheußlich anzusehen. Ich kann sie nur schwärmenden Milben in einem Wassertropfen vergleichen, wenn sie das Mikroskop veranschaulicht; durchsichtige Körper, geschmeidig, beweglich, einer den anderen verjagend, einer den anderen verschlingend. Figuren winziger Gestalt und doch mit bloßem Auge erkennbar. Ihr Herumstreichen war systemlos, sie näherten sich mir schneller und in dichteren Haufen und krochen über meinen rechten Arm hinweg, den ich unbewusst wie zur Abwehr böser Kobolde befehlend ausgestreckt hielt. Manchmal berührte mich etwas, aber das kam nicht von ihnen; unsichtbare Hände stießen mich an. Einmal sogar umschloss ein Griff von kalten weichen Fingern meine Kehle. Ich blieb mir klar bewusst, dass, sowie ich der Furcht wich, ich in körperlicher Gefahr schwebte, deshalb konzentrierte ich meine ganze Kraft nur in dem einen Gefühl – mit eiserner Willenskraft zu widerstehen. Ich wandte mein Gesicht von dem Schatten, ganz besonders aber von den grässlichen Schlangenaugen ab, die nun deutlich sichtbar geworden waren. Denn dort und sonst in nichts um mich herum, das ward ich gewahr, lag ein »Wille« von intensiv schöpferischer Gewalt zum Bösen, ein Wille, der den meinigen zu zermalmen fähig war. Das fahle Morgengrauen fing an, sich zu röten, wie in der Nähe einer Feuersbrunst und die Larven schwammen wie in feuriger Lohe einher. Nochmals erbebte das ganze Gemach, nochmals ließen sich drei abgemessene Stöße vernehmen. Der dunkle Schatten verschlang alles mit seiner Finsternis, als ob von ihm alles ausginge und zu ihm alles zurückkehren müsse.

Als die Dunkelheit wich, war der Schatten gänzlich verschwunden; langsam, wie die Flammen aus den Lichtern zurückgezogen worden waren, nahmen sie auch wieder zu, ebenso das Feuer auf dem Rost. Das ganze Zimmer lag in tiefem Frieden da, als wäre es von nichts Befremdlichem je berührt worden. Die beiden Türen waren fest zu, die des Bedienstetenzimmers sogar verschlossen. Der Hund lag in der Ecke des Gemaches, in die er sich so krampfhaft gedrängt hatte. Ich rief ihn an – er rührte sich nicht, ich trat ihm nah – das arme Tier war tot. Die Augen waren ihm herausgetreten, die Zunge hing aus dem Maul und die Kinnlade war mit Schaum bedeckt. Ich nahm ihn in meine Arme, stellte Wiederbelebungsversuche am Feuer mit ihm an – vergebens. Der Schmerz, meinen Liebling verloren zu haben, war umso heftiger, da ich nicht frei von Selbstvorwürfen sein konnte. Ich musste mich ja der Ursache seines Todes anklagen; ich konnte nichts anderes annehmen, als dass er aus Furcht verendet sei. Wie aber überraschte mich die Entdeckung, dass er geradezu das Genick gebrochen, denn bei näherer Untersuchung fand ich, dass die Wirbel aus dem Rückgrat herausgedreht waren. Musste das nicht in der Finsternis geschehen sein, und zwar von einer menschlichen Hand von gleicher Beschaffenheit wie die meinige? Sollten da nicht auch menschliche Einwirkungen die ganze Zeit über in diesem Zimmer ihr Wesen getrieben haben! Viel Grund zu dieser Annahme lag entschieden vor. Behaupten kann ich es nicht, ich kann nur einfach aussagen, was ich mit meinen Augen sah. Der Leser mag seine eigenen Schlüsse ziehen.

Bis zum Anbruch des Tageslichtes ereignete sich nun nichts weiter. Mit dem ersten Sonnenstrahl verließ ich das Gespensterhaus. Bevor ich ging, betrat ich nochmals das kleine, leere Gemach ohne Ausgang, das meinen Diener und mich gefangen gehalten hatte. Ich konnte mich des Gedankens nicht erwehren, dass der Organismus, der das ganze Phänomen hervorgebracht hatte, seinen Ursprung dort und nur dort habe. Obwohl ich den Ort bei Tageslicht betrat und die Sonne hell durch die beschmutzten Scheiben drang, beschlich mich das Grauen der Nacht dennoch wieder. Ich konnte es nicht über mich gewinnen, länger als eine halbe Minute daselbst zu verweilen. Ich stieg die Treppe hinunter und wieder trippelten Fußtritte vor mir her; und als ich die Haustür öffnete, war mir, als unterschiede ich ein leises Lachen. Ich erreichte meine Wohnung und setzte voraus, meinen Flüchtling, den Diener, dort vorzufinden. Aber er war weder dahin zurückgekehrt, noch hörte ich im Laufe der nächsten Tage von ihm, bis ich endlich einen Brief folgenden Inhalts aus Liverpool erhielt:

›Verehrtester Herr, ich bitte Sie demütigst um Verzeihung, obschon ich kaum hoffen darf, dass Sie mich derselben für würdig halten, es sei denn – wovor der Himmel Sie hoffentlich behütet hatte –, dass Sie sahen, was ich gesehen hatte. Ich fühle, es werden Jahre und Jahre vergehen, ehe ich mich erhole. Ich bin zum Diener unbrauchbar geworden, daran ist kein Zweifel; deshalb reise ich zu meinem Schwager nach Melbourne. Morgen segelt das Schiff ab. Vielleicht bringt mir die lange Reise mein Gleichgewicht zurück. Zehnmal am Tage fahre ich zusammen und zittere an allen Gliedern; mir ist, als wäre es hinter mir. Ich ersuche Sie ergebenst, geehrter Herr, meine Habseligkeiten und meinen rückständigen Lohn meiner Mutter in Walworth zu übermitteln. – John kennt ihre Adresse.‹

Der Brief schloss mit unzähligen Bitten um Verzeihung nebst Auseinandersetzungen und Details über Dinge, die seinen Dienst betrafen. Sicher mag für manchen jene Flucht nach Australien ein unumstößlicher Beweis dafür sein, dass der Mann so oder so in betrügerischer Weise mit den Ereignissen der Nacht in Verbindung gestanden hatte. Ich widerlege keine dieser Mutmaßungen, aber ich behaupte auch, dass sie dem Großteil der Menschen, diesen unnatürlichen Vorfällen gegenüber, die bequemste Lösung bieten. Am Abend kehrte ich nochmals nach dem Gespensterort zurück, um meine Sachen und meines armen Hundes Kadaver in einem Fiaker zu entfernen. Ich wurde dabei durch nichts gestört, noch ereignete sich irgendein bemerkenswerter Zwischenfall, außer dass ich beim Hinauf- und Herabsteigen der Treppen die Fußtritte vor mir abermals hörte.

Nachdem ich das Haus verlassen hatte, ging ich zu Mr. J. und traf ihn an. Ich gab ihm die Schlüssel zurück, versicherte ihm, dass meiner Neugierde vollends Genüge getan worden sei, und holte eben aus, ihm zu erzählen, was sich zugetragen hatte, als er mich unterbrach und höflich sagte, er habe jedes Interesse an einem Geheimnis, das nun einmal unentdeckt und unerklärt bleiben werde, verloren. Ich entschloss mich noch, wenigstens die Briefe zu erwähnen, die ich gelesen, ebenso wie deren rätselhaftes Verschwinden und fragte ihn, ob er dächte, dass sie einst an jene eben verstorbene Verwalterin gerichtet gewesen wären und ob in deren Lebensgeschichte sich nicht vielleicht Anhaltspunkte für die dunklen Vermutungen finden ließen, welche die Briefe andeuteten. Mr. J. schien überrascht, und nachdem er einige Augenblicke nachgedacht hatte, sagte er: »Ich weiß nur wenig aus dem früheren Leben der Frau, außer dass sie meiner Familie bekannt war. Jedoch rufen Sie mir einige vage Erinnerungen wach, die nicht zu ihrem Vorteil gereichen. Ich will Nachforschungen anstellen und Sie zu gegebener Zeit mit dem Ergebnis bekanntmachen. Allein selbst angenommen der Fall, wir teilten den allgemeinen Aberglauben, dass ein Wesen, welches hienieden Urheber oder Opfer eines dunklen Verbrechens war, wiederkehren müsse, um als ruheloser Geist die Stätte heimzusuchen, die einst der Schauplatz desselben gewesen war, so muss ich dem entgegnen, dass das Haus durch Lärm und absonderliche Erscheinungen schon verrufen war, ehe die alte Verwalterin darin starb. Sie lächeln. Was wollen Sie sagen?«

»Ich meine, könnten wir der Sache auf den Grund kommen, so fänden wir sicher Einwirkungen lebender Wesen.«

»Was? Sie halten den ganzen Spuk für eine Betrügerei! Und aus welchem Motiv!«

»Nicht gerade eine Betrügerei dem Wortlaut nach – wie wenn ich zum Beispiel plötzlich in einen tiefen Schlaf verfiele, aus dem Sie mich nicht erwecken könnten, ich aber könnte während desselben Fragen mit einer Genauigkeit beantworten, wie es mir im wachen Zustand unmöglich wäre, wenn ich zum Beispiel imstande wäre, Ihnen zu sagen, wieviel Geld Ihre Börse enthält, oder Ihre Gedanken zu erraten, so nenne ich das ebenso wenig betrügerisch wie übernatürlich. Ich stehe eben dann unbewusst unter tierischem Magnetismus*, den ein entfernt lebendes Wesen über mich ausübt, zu dem ich ehedem in irgendwelchen Beziehungen stand. Es mag eine dem tierischen Magnetismus verwandte Kraft, sogar eine demselben überlegene geben; diese Gewalt hieß in grauer Vorzeit ›Magie‹. Es kann sein, dass eine solche Macht auch den Abgeschiedenen innewohnt, das heißt, sich nur auf gewisse Gedanken und Erinnerungen derselben erstreckt und nicht auf den Teil, den wir eigentlich mit ›Seele‹ bezeichnen, denn die-

---

* Tierischer Magnetismus, auch animalischer Magnetismus oder Mesmerismus genannt, ist eine Theorie, die sich in der Medizin und Psychologie ab dem achtzehnten Jahrhundert unter dem Einfluss des deutschen Arztes Franz Anton Mesmer (1734–1815) entwickelte. Dieser postulierte die Existenz einer universellen magnetischen Flüssigkeit, die therapeutisch verwendet werden könnte, und führte in seinen Schriften den Begriff des tierischen Magnetismus ein. Er hatte den Ehrgeiz, Phänomene rational zu interpretieren, die als solche das Irrationale oder Magische zu bezeichnen scheinen. Nach Mesmer erfüllt eine subtile physikalische Flüssigkeit das Universum und dient als Vermittler zwischen Mensch, Erde und Himmelskörpern und zwischen den Menschen selbst; Mesmers medizinische Grundidee war, dass die universelle Kraft nicht äußerer, sondern innerer Natur sei: Ein unsichtbares Prinzip, das er auch als Fluidum, All-Flut und Lebensfeuer bezeichnete und das seiner Überzeugung nach in allen lebenden Körpern zirkulierte. Mesmers Theorien waren schon zu seiner Zeit heftig umstritten. Während er sich selbst als den Begründer einer Wissenschaft sah und das bis dahin Übernatürliche auf das Studium der Eigenschaften einer natürlichen Flüssigkeit zurückführte, wurde er für viele zum Typ des klassischen Scharlatans.

ser ist nach dem Tode allem Irdischen abgewandt. Jene Kraft mag sich, wie gesagt, nur auf den Teil an ihnen beschränken, der weltlich und befleckt war und somit für unsere Sinne erkennbar ist. Jedoch das ist eine veraltete Theorie, über die ich mir kein Urteil erlaube. Dessen ungeachtet glaube ich keinesfalls, dass die Kräfte, die hier wirken, übernatürlich sind. Lassen Sie mich Ihnen durch ein Beispiel klarer machen, was ich meine. Paracelsus beschreibt nachstehendes Experiment als nicht schwer und der Autor der ›Curiosities of Literature‹ zitiert es als glaubwürdig. Eine Blume stirbt. Sie verbrennen sie. Aus welchen Stoffen die Blume auch lebend bestanden haben mag, als Asche verstreut, erkennt man sie nicht und kann sie auch nicht sammeln. Jedoch ist mittels chemischen Prozesses aus dem verbrannten Blumenstaub ein Farbenspektrum hervorzubringen, das der lebenden Blume täuschend ähnlich sieht. Es mag wohl das gleiche mit lebenden Wesen sein. Die Seele ist entflohen, wie der Geruch, der Urstoff der Blume. Dennoch mag sich eine Farbenerscheinung hervorbringen lassen, die die abergläubische Menge für den Geist der Abgeschiedenen hält. Es ist nichts als das Idolon, ein Abbild des toten Körpers. So erklärt sich auch, dass an den nachweislich besten Spukgeschichten uns *eines* stets frappiert und das ist – der Mangel alles Seelischen, des erhabenen geistigen Elementes. Erscheinungen zeigen sich meist aus unbedeutenden oder gar keinen Veranlassungen, sprechen selten und äußern dann keinerlei über dem Niveau des Alltäglichen stehende Gedanken. Die amerikanischen Spiritisten haben Bände voll in Prosa und Versen herausgegeben, die sie behaupten, von großen Toten, wie Shakespeare, Bacon und von Gott weiß wem, diktiert erhalten zu haben. Alle solche Mitteilungen, fassen wir die besten von ihnen ins Auge, sind nicht um einen Deut von höherer Art, als die ganz gewöhnlicher Sterblicher, die ein Durchschnittstalent besitzen und Erziehung genossen haben. Sie sind sehr weit dem untergeordnet, was Bacon, Shakespeare und Plato sagten und schrieben, als sie auf Erden wandelten. Ebenso wenig – und das ist ganz besonders auffallend – enthalten sie je einen Gedanken, der neu wäre. Ich meinesteils halte alle diese Phänomene nur für Gedanken, die durch diese oder jene noch unentdeckten Mittel von einem sterblichen Gehirn auf das andere übertragen werden. Sei's nun, dass Tische von selbst rücken, teuflische Gestalten in magischen Kreisen erscheinen oder körperlose Hände auftauchen und greifbare Gegenstände in Bewegung setzen oder dass ein dunkles Etwas, wie es mir erschien, unser Blut erstarren macht. Ich habe die feste Überzeugung, dass alles nur durch elektrische Drähte beförderte Einwirkungen eines fremden Gehirns auf das meinige waren. Es gibt Konstitutionen von natürlicher, magnetischer Kraft, und diese mögen magnetische Wunder hervorbringen; andere besitzen ein natürliches Fluidum, wenn Sie wollen Elektrizität, und diese führen elektrische Wunder aus. Beide weichen von der normalen Wissenschaft ab, erscheinen dieser daher ebenso gegenstands- und resultat- wie wertlos. Sie führen zu keinerlei hohen Endzwecken, darum beachtet sie die Welt auch nicht und wahre Wissenschaft hat jene Kräfte im Menschen nicht gepflegt. In mir steht die Überzeugung unumstößlich fest, dass von allem, was ich hörte und sah, ein Geschöpf von Fleisch und Blut wie ich, der entfernte Urheber ist, und zwar unbewusst der wirklichen Folgen, die er hervorgebracht. Ich behaupte das aus diesem Grunde, weil, wie Sie selbst sagen, nie zwei Personen das gleiche erlebten. Beruhten die ganzen Ereignisse auf einer gewöhnlichen Betrügerei, so wäre der Mechanismus darauf eingerichtet, sein Resultat mit nur kleinen Abweichungen hervorzubringen. Wären es aber übernatürliche Gewalten, die der

Schöpfer zuließe, so würden sie einen sicheren Endzweck haben. Diese Phänomene gehören keiner der beiden Kategorien an. Ich bin vielmehr überzeugt, sie entspringen einem Gehirn, das weit entfernt von uns ist, und dass dieses Gehirn nichts Bestimmtes bezweckt hinsichtlich dessen, was sich zutrug, sondern dass das, was sich ereignet, nur seine herumirrenden, bunten, wenig wechselnden, halbierten Gedanken reflektiert. Kurzum, dass es nichts gewesen ist als verwirklichte Träume eines solchen Hirnes, und zwar befähigt, sich teilweise verkörpern zu können. Dieses Gehirn mag eine eminente Kraft haben, sodass es Mittel in Bewegung setzen kann, die boshaft und zerstörend wirken, – denn eine solche Kraft muss meinen Hund getötet haben. Wahrscheinlich hätte dieselbe auch ausgereicht, mich zu vernichten, wäre ich einer solch großen Furcht unterworfen gewesen wie mein Tier, hätte mein Verstand und mein Geist mir keine entgegenwirkende Widerstandskraft verliehen.«

»Es hat Ihren Hund umgebracht! Das ist ja entsetzlich.«

»Wirklich, es ist äußerst befremdend, dass kein Tier je dazu bewegt werden konnte, in diesem Hause zu bleiben, nicht einmal eine Katze; ebenso wenig haben sich Ratten oder Mäuse darin gezeigt. Der Instinkt vernünftiger Tiere entdeckt sicher Einflüsse, die ihrer Existenz tödlich sind. Der menschliche Verstand ist in diesem Punkte weniger zuverlässig. Jedoch nun genug hierüber! Ist Ihnen meine Theorie verständlich?«

»Ja, das heißt unvollkommen, und ich nehme lieber jede Schrulle hierüber (entschuldigen Sie den Ausdruck) willig an, als mich mit dem Gedanken zu befreunden, dass es Geister und Kobolde gibt – denn das gehört in die Kinderstube, was in aller Welt aber soll ich mit dem Haus anfangen!«

»Ich will Ihnen sagen, von welcher Seite ich die Sache anpacken würde. Mir scheint der Gedanke unabweislich, dass das kleine unmöblierte Zimmer, das rechtwinklig mit dem Schlafzimmer zusammenstößt, das ich bewohnte, der Ausgangspunkt des ganzen Spukes war. Ich rate Ihnen daher allen Ernstes, die Mauern niederzureißen, die Dielen öffnen zu lassen, kurz, das ganze Kabinett zu demolieren. Es fiel mir auf, dass dasselbe unabhängig vom übrigen in den kleinen Hinterhof hinausgebaut ist und folglich abgebrochen werden kann, ohne das Gebäude im Ganzen zu schädigen.«

»Glauben Sie wirklich, dass, wenn ich das täte, die elektrischen Drähte damit vernichtet würden!«

»Versuchen Sie es. Ich bin so vollständig überzeugt, mich nicht zu irren, dass ich mit Vergnügen die Hälfte der Kosten des Unternehmens trüge, zumal wenn Sie mich mit der Oberleitung desselben betrauen.«

»Keinesfalls, ich trage die Kosten allein, im Übrigen werde ich Sie über alles orientieren.«

Ungefähr zehn Tage später erhielt ich einen Brief folgenden Inhalts von Mr. J. Er hatte das Haus selbst besucht und die beiden besprochenen Briefe wieder in die Kommode, aus der ich sie fortgenommen hatte, zurückgelegt gefunden. Er schrieb, er habe sie mit denselben Zweifeln angesehen wie ich, habe die sorgfältigsten Erhebungen über jene Frau angeordnet, an die, wie ich richtig vermutete, die Schriftstücke gerichtet gewesen waren. Es schien, dass diese vor sechsunddreißig Jahren – also ein Jahr früher, als die Briefe datiert waren – gegen den Willen ihrer Eltern geheiratet hatte, und zwar einen Amerikaner von zweifelhaftem Ruf – man hielt ihn allgemein für einen ehemaligen Seeräuber. Sie selbst war die Tochter eines ehrenwerten Kaufmannes und war Kinderfräulein. Sie hatte einen Bruder, der Witwer war, in guten Verhältnissen lebte und ein sechsjähriges Kind besaß. Ein Jahr nach der Verheiratung oben erwähnter Frau wurde der Leichnam dieses Bruders aus der Themse gezogen, dicht bei London Bridge. Man hatte Spuren einer Gewalttat an seiner Kehle entdeckt, jedoch wurden sie nicht für ausreichend erachtet, um das Zeugnis des Leichenbeschauers anders zu formulieren als: »Ertrunken aufgefunden.« – Der Amerikaner und seine Frau nahmen sich des Kindes an, da der verstorbene Bruder als letzten Willen angeordnet hatte, dass seine Schwester sein einziges Kind in ihre Obhut nehmen sollte – auch hatte er, im Falle des Ablebens desselben, die Schwester zur Erbin eingesetzt. Das Kind starb ungefähr sechs Monate später; man munkelte, dass es vernachlässigt und schlecht behandelt worden sei. Die Nachbarn sagten aus, sie hätten es des Nachts aufschreien hören. Der Arzt, der das Kind nach dem Tode untersuchte, konstatierte, dass es an ungenügender Nahrung hingesiecht sei, auch war der Körper mit schwarzgelben Flecken bedeckt. Es schien, als hätte das kleine Geschöpf in einer Winternacht einen Fluchtversuch gemacht, sich nach dem Hinterhof geschlichen und versucht, an der Mauer in die Höhe zu klettern, dass es jedoch erschöpft zurückgetaumelt und morgens sterbend auf den Steinen vorgefunden worden sei. Lag nun auch der Verdacht großer Grausamkeit vor, so doch nicht der des Mordes. Die Tante und ihr Mann suchten die Gräuel zu bemänteln, indem sie die außerordentliche Widerspenstigkeit und Dickköpfigkeit des Kindes zu dokumentieren sich bemühten – ja sie erklärten es für halb idiotisch.

Wie es auch immer gewesen sein mag, die Frau des Amerikaners erbte nach dem Ableben des kleinen Waisekindes das Vermögen ihres Bruders. Noch bevor das erste Jahr besagter Ehe abgelaufen war, verschwand urplötzlich der Gatte aus England, und zwar auf Nimmerwiedersehen. Er verschaffte sich ein kreuzendes

Segelschiff, das zwei Jahre später im Atlantischen Ozean unterging. Die Witwe blieb in guten Verhältnissen zurück, jedoch Unglücksfälle aller Art brachen über sie herein. Eine Bank machte Bankrott, ein gut angelegtes Kapital ging verloren, sie kaufte ein Geschäft und ruinierte sich damit, ging abermals in Stellung als Haushälterin, kam aber mehr und mehr herunter und wurde schließlich Mädchen für alles. Nirgends hielt sie aus, obgleich nichts Besonderes gegen sie einzuwenden war, im Gegenteil, jeder erkannte ihre Fähigkeit, Ehrlichkeit und stille Art und Weise an, aber nichts wollte ihr zum Segen ausschlagen; so sank sie herab bis zum Armenhaus, aus dem Mr. J. sie herausholte und zur Verwalterin jenes Hauses einsetzte, das sie von seinem Onkel früher sogar einmal selbst gemietet hatte.

Mr J. fügte noch hinzu, dass er allein eine Stunde in dem Zimmer verbracht hätte, das ich der Zerstörung preisgegeben haben wollte, nichts darin gehört oder gesehen hätte, dass ihn aber ein derartiges Grauen befallen hätte, dass er begierig sei, die Mauern niederzureißen und die Dielen gehoben zu sehen, so, wie ich ihm es vorgeschlagen hatte. Er hatte bereits Arbeitsleute bestellt und wollte beginnen lassen, sobald es mir genehm wäre. Ich begab mich nach dem Gespensterort, wir betraten das unheimliche Gemach, lüfteten die Holzverkleidungen und rissen die Fußböden auf. Unter den Balken, die Staub und Schmutz bedeckte, lag eine Falltür von Mannesgröße. Sie war sorgfältig durch eiserne Klammern und Spangen niedergehalten. Nachdem diese entfernt waren, stiegen wir hinab in ein unterirdisches Zimmer, dessen Vorhandensein niemand geahnt hatte. Ein Fenster und ein Rauchfang befanden sich darin, doch sie waren beide augenscheinlich seit langen Jahren mit Ziegeln zugemauert. Mit Hilfe von Lichtern durchsuchten wir den Raum. Er barg einige mit Schimmel befallene Möbelstücke, drei Stühle, einen Eichentisch nebst Sessel, alles im Geschmack des vorigen Jahrhunderts.

An der Wand stand eine Kommode, in der wir halbvermoderte männliche Kleidungsstücke vorfanden, der Tracht nach aus dem vorigen Jahrhundert, und zwar offenbar die eines Mannes von Rang und Lebensstellung, mit kostbaren Stahlschnallen und Knöpfen verziert (so, wie wir sie jetzt an Hofkostümen sehen). Außerdem enthielt sie einen Degen, eine Weste, einst reich mit Goldbrokat verziert, nun längst geschwärzt und durch Feuchtigkeit verdorben. Ferner entdeckten wir fünf Guineen, einige Silbermünzen und ein Elfenbeintäfelchen – die Eintrittskarte zu einem Vergnügungsort, dessen Freuden heute längst vergessen sind. Die hauptsächlichste unserer Entdeckungen bestand jedoch in einer Art von eingelassenem, feuerfestem Safe, dessen Schloss mit dem Dietrich zu öffnen nicht unerhebliche Mühe kostete. In diesem Behältnis zeigten sich drei Regale und zwei Schubladen. Auf dem ersteren standen in Reihe und Glied, hermetisch verschlossen, Glasflaschen. Sie enthielten farblose, sich verflüchtigende Essenzen. Welcherlei Stoffes, tut nichts zur Sache, sie waren nicht giftig, einige waren mit Phosphor und Salmiak angefüllt. Ferner fanden sich daselbst einige sehr eigentümliche Glasröhren, eine kleine zugespitzte Eisenstange, ein großer Klumpen Bergkristall und ein zweiter von Bernstein vor, ebenso ein Magnet von großer Kraft. In einem der Fächer lag ein Miniaturporträt in Gold gefasst, dem die Frische der Farben in wunderbarer Schönheit erhalten geblieben war, wenn man bedenkt, welch eine Reihe von Jahren es dort gelegen haben mochte. Das Bildnis war das eines Mannes in den mittleren Jahren zwischen siebenundvierzig bis achtundvierzig stehend. Die Physiognomie war eine höchst absonderliche, eine, die man nicht wieder vergisst. Könnte man sich eine riesige Schlange in einen Mann verwandelt vorstellen, der trotz der menschlichen Umrisse den alten Schlangentypus beibehalten hatte, so wäre das das treffendste Bild seines Gesichtsausdruckes. Die Breite und Flachheit der Stirn, die zugespitzte Kopfform, der mörderische Blick der langgeschnittenen schrecklichen Augen, grünlich schillernd und funkelnd wie Smaragd und zu alledem eine gewissermaßen erbarmungslose Ruhe, der Stempel unbesiegbarer Gewalt.

Mechanisch drehte ich das Porträt herum, seine Rückseite zu prüfen, und fand dort ein Pentagramm eingraviert und in der Mitte desselben eine kleine Leiter, deren dritte Sprosse das Datum 1765 trug. Ich untersuchte es eingehender und entdeckte eine Feder, die dem Druck wich, sodass die Hinterseite des Bildes sich wie ein Deckel öffnete. Auf der Innenseite stand eingraviert: »Dir, Mariana! Sei getreu im Leben wie im Tode Deinem –«, hier folgte der Name, den ich nicht nennen will – er war mir geläufig. Ich hatte ihn oft in meiner Kindheit von alten Leuten nennen hören, als den eines betrügerischen Scharlatans, der ungefähr ein Jahr hindurch großes Aufsehen machte. Schließlich wurde er, eines Doppelmordes im eigenen Hause angeklagt, flüchtig. Man beschuldigte ihn, seine Geliebte und seinen Nebenbuhler vergiftet zu haben.

Ich erzählte Mr. J. nichts von der Sache und händigte ihm, wenn auch widerstrebend, das Miniaturbild aus. Es hatte uns wenig Mühe gekostet, das erste Fach des eisernen Safes zu öffnen, desto schwieriger war's mit dem zweiten. Es war unverschlossen, widerstand aber allen Anstrengungen, bis wir einen Meißel in einen Spalt eintrieben. Endlich wich es der Gewalt und es zeigte sich ein absonderlicher Apparat in bester Ordnung darin. Auf einem kleinen, dünnen Buch oder mehr einer Platte stand eine gläserne Schale mit einer durchsichtigen Substanz gefüllt und auf dieser schwebte ein Kompass mit einer Nadel, die sich rasch rundum drehte, doch an Stelle der gewöhnlichen Kompassspitze befanden sich sieben merkwürdige Lettern, nicht unähnlich denen, welcher sich Sternkundige bedienen, um Planeten zu bezeichnen. Ein absonderlicher, nicht starker und auch nicht unangenehmer Geruch kam uns aus diesem Fach entgegen, und wir sahen erst später, dass es von innen mit Haselholz ausgelegt war. Was auch die Ursache des Geruches gewesen sein mochte, er übte einen physischen Eindruck auf uns aus, das fühlten wir alle, sogar die beiden Arbeiter, die uns halfen. Es kam eine prickelnde Empfindung, von den Fingerspitzen bis zu den Haarwurzeln über uns. Ungeduldig, die Platte zu untersuchen, nahm ich das Schälchen davon weg. Sofort kreiste die Kompassnadel mit ungeheurer Vehemenz, und ich fühlte einen Stoß durch meinen ganzen Körper, sodass mir die Schale aus der Hand und zu Boden fiel. Die Flüssigkeit war verschüttet und das Schälchen zerbrochen, der Kompass rollte in die andere Ecke des Zimmers, und im selben Augenblick schienen die Wände zu beben, als hätte ein Riese an ihnen gerüttelt. Die beiden Arbeiter waren so entsetzt, dass sie die Leiter hinaufrannten, die von der Falltür hinabführte; als sie jedoch sahen, dass sich nichts weiter ereignete, waren sie leicht zur Umkehr zu bewegen. Währenddessen hatte sich das Täfelchen geöffnet. Es war in glattes, rotes Leder gebunden, hatte einen silbernen Verschlusshaken und enthielt nur ein einziges Pergamentblatt; darauf waren in Mönchslatein nachstehende Worte geschrieben, die genau übersetzt heißen: »Alles, was ich innerhalb dieser Mauern erreichen kann, Fühlendes oder Lebloses, Lebendiges oder Totes, will ich vernichten – so wie die Nadel sich bewegt, so arbeitet mein Wille! Verflucht sei dieses Haus und ruhelos seine Bewohner.«

Wir fanden nichts mehr. Mr. J. verbrannte die Tafel samt ihrem Bannfluch. Er zerstörte das unterirdische Gemach nebst dem Zimmer darüber bis auf die Grundmauern. Darauf fand er den Mut, das Haus für einen Monat selbst zu bewohnen, und wahrlich, ein gemütlicheres Heim gab es in ganz London nicht. Später vermietete er es vorteilhaft, und sein Mieter hat keine Klage laut werden lassen.

Edward Bulwer-Lytton

Die zwei alten Bäume

Es hat sich in Plongaznon zugetragen vor noch nicht allzu langer Zeit. Dort lebten in einem kleinen Bauernhof ein braver Mann und seine Frau. Und da sie keine Mittel hatten, eine Dreschmaschine zu kaufen, mussten sie mit einem Flegel dreschen. Von Sonnenaufgang bis zu ihrem Untergang mühten sie sich im Konzert ab, der Mann schlug den Takt und seine Frau richtete ihren Schritt nach dem seinen.

Ihr könnt euch wohl denken, dass sie nach des Tages Arbeit gern in ihr Bett gingen, obgleich die Matratze nur mit Roggenstroh gefüllt und die Bettlaken aus grobem Hanftuch waren. Sie nahmen sich kaum Zeit, zum Abendessen ein paar Kartoffeln zu essen und ein kurzes Nachtgebet zu sprechen: Einen Augenblick später lagen sie schon Seite an Seite im Bett und schnarchten um die Wette.

Am letzten Abend jedoch, als die Drescherei zu Ende war, sprach der Mann zu seiner Frau: »Radegonda, bei den Reichen gibt es, wenn der August vorbei ist, für die Drescher am Abend ein Ragout zu essen. Wenn Ihr für mich das Ragout machen wollt, auf das ich Lust habe, dann macht mir doch Crêpes aus schwarzem Mehl, wie Ihr sie so gut zubereiten könnt, Radegonda.«

»Was, Crêpes? Mein armer Mann! Das schlagt Euch aus dem Kopf. Erstens sind meine Arme vom vielen Dreschen schon lahm, ich habe so hart geschuftet wie Ihr, stimmt's nicht? Und da ich nicht Eure Kraft habe, kann ich nun nicht mehr. Woher soll ich denn die Kraft nehmen, jetzt noch den Ofen anzuheizen, das Mehl zu verrühren und den Teig zu ziehen? Und wenn ich auch die Kraft hätte, Euren Wunsch zufriedenzustellen, so könnte ich es doch nicht zustande bringen, denn wir haben keine Prise Mehl mehr im Kasten. Wisst Ihr denn nicht, dass Ihr seit mehr als einer Woche, die wir an der Ernte schaffen, nicht hinunter zum Müller gegangen seid?«

»Oh, wenn es nur am Mehl hängt, darum werde ich mich schon kümmern!«

»Was? Ihr würdet bis zur Mühle gehen, wo Ihr so geschwitzt und Euch abgeplagt habt? … Euer Bauch ist wohl ein sehr harter Herr, Hervé Mingam?«

Und Hervé Mingam flehte sie an: »Ach, Radegonda! Nur einmal!«

Da war sie gerührt und sagte zu ihm: »Ich bin zu töricht, alles zu machen, wonach Euch der Kopf steht. Aber sei's drum! Geht und versucht, schnell wieder zurück zu sein, wenn Ihr nicht wollt, dass ich in der Zwischenzeit hier in meinen Kleidern einschlafe.«

Sie hatte den Satz noch nicht ausgesprochen, als ihr Mann schon zur Tür hinaus war und mit Riesenschritten zur Mühle eilte. Soweit er den Weg noch klar sah, lief er mehr, als dass er ging. Aber an einer Stelle, an der sich der Weg in die Erde zu graben schien, zwischen zwei hohen überhängenden Böschungen, musste er langsamer machen. Aber bald ging er nur noch auf gut Glück vorwärts, denn über sich hatte er nun außer dem Schatten der Böschungen noch den von uralten Bäumen, die dort wuchsen. So ging er denn vorsichtig weiter und achtete auf jeden seiner Schritte. Auf einmal, in der tiefen Stille, und obwohl die Luft unbewegt war, wie es gewöhnlich an heißen Augustabenden vorkommt, hörte er, wie über seinem Kopf das Laubwerk eigentümlich und in völlig unerwarteter Weise zu rauschen begann.

»Na, bei Gott, das ist ja recht seltsam«, dachte er bei sich. Und er schaute nach oben, und trotz der Dunkelheit erkannte er an der silberweißen Rinde, dass es zwei Buchen von stattlicher Größe waren, deren Blattwerk so rauschte. Sie standen sich an den Böschungen gegenüber und verflochten ihre Zweige, als wollten sie sich umarmen. Und was am seltsamsten war: Ihr Murmeln glich einem Geflüster von menschlichen Stimmen. Hervé Mingam verhielt seinen Schritt und begann zu lauschen. Kein Zweifel, die zwei Buchen unterhielten sich. Und unser Mann vergaß Mühle, Mehl und Crêpes, um ihnen zuzuhören.

Der erste der beiden Bäume, der rechts stand, sagte: »Ich glaube, dir ist kalt, Maharit. Du zitterst ja an allen Gliedern!«

Und der zweite Baum, der links stand, antwortete, vor Kälte zitternd: »Ja, Jelvestr, ich bin wie Eis, wirklich durchgefroren bis aufs Mark. Jedes Mal, wenn die Nacht hereinbricht, geht es mir so, dass es wie ein neuer Tod ist. Aber zum Glück gibt es heute Abend bei unserem Sohn Crêpes: Da wird ein rechtes Feuer angefacht, und sobald seine Frau und er zu Bett gegangen sind, können wir uns an der Glut wärmen.«

Darauf erwiderte der erste Baum: »Ich werde mit dir gehen und dich nicht allein lassen, Maharit. Aber wenn du mir zu deinen Lebzeiten gehorcht hättest, dann brauchtest du jetzt nicht zu warten, bis man bei unserem Sohn Crêpes macht, um dich ein bisschen aufzuwärmen. Wie oft habe ich dich gebeten, zu den Armen doch mildtätiger zu sein! Aber unter dem Vorwand, dass du selbst wenig besitzt, wolltest du ihnen nichts geben. Und jetzt wirst du dafür bestraft! Weil du immer ein kaltes Herz hattest, musst du jetzt mit Kälte dafür büßen. Und ich werde auch mit dir bestraft dafür, dass ich zu schwach deiner Sünde gegenüber war. Aber zumindest leide ich nicht so wie du. Die Armen, die du weggestoßen hast, habe ich nach meinen Kräften getröstet, ohne dass du etwas davon gewusst hast. Zum Beispiel habe ich ihnen zur Fastenzeit Butterstückchen gegeben, die ich in Kohlblätter eingewickelt habe, und zur Fastnacht Speckstückchen in etwas Papier eingewickelt. Und seit dieser Zeit sind das Papier und die Kohlblätter mir Kleidung und halten mich warm.«

»Ach!«, seufzte da der zweite Baum und war dabei so traurig, als wollte er seinen Geist aufgeben.

Mehr hörte Hervé Mingam nicht mehr. Selbst auf die Gefahr hin, sich zwanzigmal den Hals zu brechen, stürzte er sich, über die Steine des Hohlwegs stolpernd, den Hang hinunter bis zur Furt der Mühle von Trohir. Bei seiner Rückkehr nahm er einen zweimal längeren Weg, um ja nicht wieder unter den alten Bäumen durchzukommen

»Mein Gott«, sagte seine Frau da zu ihm, »ich habe schon geglaubt, Ihr würdet gar nicht mehr zurückkommen.« Und als sie sein verstörtes Aussehen bemerkte, sagte sie: »Was habt Ihr denn? Ihr seht ja ganz bleich aus!«

»Das kommt davon, dass ich am Ende meiner Kräfte bin. Mir tun alle meine Glieder weh. Nach der harten Tagesarbeit war dieser Gang wirklich zu viel!«

»Das habe ich Euch ja vorher gesagt! Doch tröstet Euch. Wenn Ihr schon Mehl mitgebracht habt, werde ich Euch auch Crêpes machen!«

»Ja«, murmelte er, »mehr denn je müsst Ihr sie jetzt machen!«

Radegonda glaubte, damit wolle er andeuten, sein Verlangen nach Crêpes sei durch das lange Warten noch gestiegen, und so machte sie sich daran, ihm besonders sorgfältig aufzuwarten.

Gewöhnlich machten ihm zwölf Crêpes keine Angst. Aber diesmal war er schon mit der dritten satt und sagte: »Ich habe jetzt entschieden mehr Bedürfnis zu schlafen als zu essen.«

»Nun gut, wenn ich das gewusst hätte, hätte ich nicht ein so großes Feuer gemacht«, versetzte da seine Frau, nahm die Pfanne vom Ofen und machte sich daran, die halbverbrannten Scheite aus dem Feuer zu räumen. Aber ihr Mann gebot ihr Einhalt: »Lasst brennen, was brennt. Wir wollen zu Bett gehen.«

Er wartete, bis sie sich ausgezogen hatte, und während sie ihm den Rücken zudrehte, um ins Bett zu steigen, warf er eine Handvoll Späne in die Flamme. Kaum lag Radegonda im Bett, als sie auch schon eingeschlafen war. Ihr Gatte aber hielt Augen und Ohren offen und lag auf der Lauer.

Durch die durchbrochenen Vorhänge des Schrankbetts, das gerade gegenüber dem Fenster stand, konnte man das Bauerngärtchen und die Landschaft in der Ferne sehen, denn es war Vollmond. Die Nacht war still, kein Windhauch regte sich. Es schlug zehn Uhr, elf Uhr, und niemand kam. Und unser Mann begann schon zu zweifeln. Aber als es halb zwölf Uhr schlug, hörte er ein leises Geräusch, wie wenn Zweige sich dahinschleppen und Blätter rascheln. Dann wurde das Geräusch immer stärker, wuchs an zu einem Rauschen, ähnlich, wie wenn der Wald von einem Windstoß bewegt wird. Und Hervé sah deutlich die zwei großen Schatten der Buchen, die sich auf das Haus zubewegten. Beide gingen so dicht wie möglich nebeneinander; man hätte meinen können, dass die Erde sie trug. Im Schein des Mondes sah man ihre silbernen Stämme unter dem riesigen Laubwerk glitzern. Zuletzt durchquerten sie das Gärtchen.

»Fru-u-u, fru-u-u!«, seufzten ihre riesigen Äste.

Unser Mann klapperte mit den Zähnen unter seiner Bettdecke. Nie hätte er sich vorgestellt, dass zwei Bäume allein das Rauschen eines ganzen Waldes hervorzubringen vermochten. Nun war ihr Rascheln um ihn herum, über ihm, schier überall schien es zu sein.

»Sie werden mir das ganze Haus umwerfen«, sagte er sich. Er hörte, wie die dicken Äste sich an den Mauern und an dem Strohdach rieben. Dreimal gingen die beiden Buchen um das Haus; ohne Zweifel suchten sie die Eingangstür. Plötzlich öffnete die sich. Der Mann barg den Kopf in seinen Händen, denn er wollte nicht mehr sehen, wie es weiterging. Als er aber nach drei oder vier Minuten kein Rumoren mehr bemerkte, erkühnte er sich und schaute durch die Löcher des Bettvorhangs. Was aber sah er da?

Sein Vater und seine Mutter saßen auf Holzschemeln zu beiden Seiten des Feuers. Sie hatten nun nicht mehr die Gestalt von Bäumen, sondern sahen aus wie zu ihren Lebzeiten und plauderten leise miteinander. Seine alte Mutter hatte ihren roten Rock aus Barchent hochgeschürzt, um sich die Beine zu wärmen, und der greise Vater fragte sie: »Spürst du ein wenig die Wärme?«

»Ja«, antwortete sie. »Unser Sohn war so klug und hat eine Handvoll Späne ins Feuer geworfen.«

Da weckte Hervé Mingam ganz sachte seine Frau und sprach: »So seht doch her!«

»Was? Wo?«

»Da, in der Stube, die zwei Alten, erkennt Ihr sie nicht?«

»Entweder träumt Ihr oder leidet unter bösem Fieber, armer Gatte! In der Stube sehe ich nichts als das funkelnde Feuer.«

»Legt doch Euren Fuß auf meinen, Radegonda, dann seht Ihr, was ich sehe.«

Und sie legte ihren Fuß auf den seinen und sah tatsächlich die beiden Alten.

»Der Herr möge den Verstorbenen vergeben! … Aber das sind ja Euer Vater und Eure Mutter«, stammelte sie vor Erstaunen und Entsetzen zugleich und fasste seine Hände.

»Um Himmels willen«, antwortete er, »macht und sagt nichts, was sie stören könnte!«

»Was wollen sie von uns?«

»Das werde ich Euch erklären, wenn sie weggegangen sind.«

Beim Herd sagte dann der greise Vater zur Mutter: »Habt Ihr Euch genug aufgewärmt, Maharit? Bald ist unsere Stunde gekommen!«

Und die Alte sagte zu ihrem greisen Mann: »Ja, mir ist nicht mehr so kalt, Jelvestr. Aber es kommt mir lange vor, bis meine harte Bußzeit zu Ende ist.«

Da erscholl schon von der Kirche der erste Glockenschlag der Mitternacht. Die zwei Alten standen auf und verschwanden. Und von Neuem erhob sich das laute Rauschen von Blattwerk um das Haus herum: »Fru-u-u! Fru-u-u!«

Dann entfernte sich das Geräusch im gleichen Maß, wie auch der Schatten der beiden Bäume im Mondlicht entschwand.

Radegonda lief es eiskalt über den Rücken, denn sie verstand all die außergewöhnlichen Dinge nicht, die sie da gesehen hatte. Als die Nacht wieder still und schweigsam war, erzählte ihr der Mann, was ihm im Hohlweg begegnet war und wie er das Geheimnis der beiden Toten entdeckt hatte.

»Es ist gut«, sagte da Radegonda, die verstanden hatte. »Morgen werde ich den Armen in der Pfarrei eine schöne Torte bringen, und wir werden zwei Messen in der Kirche bestellen.«

Das taten sie denn auch, und seit dieser Zeit sprachen die beiden Buchen nie mehr wieder.

Märchen aus der Bretagne

Der Tod und die alte Frau

Es war einmal, der Himmel weiß wo, irgendwo jenseits des großen Meeres, weit über den gläsernen Bergen, dort wo der hinfällige und baufällige Kamin stand, daran weder Mauer noch Schlot mehr war, der noch aufrecht stand, wo er nicht schon zusammengefallen war, und zusammengefallen war, wo er nicht noch stand, ganz dicht neben dem kahlen Suchnicht- und Weissteufelsberg, da war einmal ein Fluss, am Ufer des Flusses eine alte, hohle Weide, an jedem Ast der Weide ein zerlumpter und zerfetzter Weiberrock und in jedem Winkelchen und Fältelchen jedes Weiberrockes je eine Herde von Flöhen – und wer mir nicht aufmerksam zuhört, soll der Hirt von dieser Herde Flöhe sein. Wenn er aber auch nur einen entspringen lässt, soll er dem schrecklichen Blutdurst der Flohherde preisgegeben und von ihr zu Tode gezwickt werden.

Es war also einmal, der Himmel weiß wo, irgendwo auf der Welt war einmal eine ur-uralte Frau, die war älter als die Landstraße und länger auf der Welt als der Gärtner von unserem alten Herrgott. Diese Alte war schon so alt, dass sie kaum mehr vernünftig reden konnte, und doch war es ihr noch gar nie in den Sinn gekommen, dass ja endlich einmal auch an das Sterben die Reihe kommen müsse; aber stattdessen arbeitete und hetzte sie sich den ganzen Tag ab und war immerfort im Haushalt rührig und auf den Beinen, sprang und stolperte, kehrte und kramte immer herum und hätte am liebsten die ganze Welt verschlungen und hatte doch niemanden auf der ganzen Welt, nicht so jemanden wie meine Faust. Es sah aber dann auch danach

aus, denn zuletzt hatte sie sich so herausgemausert und herausstaffiert, dass es eine Pracht war; da war aber auch rein alles im Hause, da war eine kleine Axt, eine große Axt, alles, alles.

Einmal aber machte der Tod mit seiner Kreide auch durch ihren Namen einen Strich und ging auch richtig zu ihr hin, um sie mitzunehmen. Aber der Alten tat es leid, die schöne Wirtschaft so stehen zu lassen, und so bat sie also den Tod und lamentierte gar sehr, er möge sie doch noch ein Weilchen leben lassen und ihr nur noch zehn Jahre zugeben und nicht mehr, oder wenigstens fünfe, oder zum allerwenigsten ein Jahr. Der Tod aber wollte durchaus nicht nachgeben und sagte:

»Mache dich schnell zusammen und dann komme; kommst du nicht im Guten, so schleppe ich dich mit Gewalt fort.«

Aber die Alte ließ sich nicht herumkriegen, sie bat und flennte, er möge ihr nur noch ein wenig Zeit schenken und wenn es auch gleich nicht viel wäre. Der Tod aber wollte nichts davon hören. Doch zuletzt hatte ihm die Alte so viel vorlamentiert und vorgeflennt, dass er schließlich sagte:

»Nun, meinetwegen, ich gebe dir also drei Stunden.«

»Das ist viel zu wenig«, sagt die Alte, »aber nimm mich nicht heute mit, sondern verschiebe es lieber auf morgen.«

»Das geht nicht!«

»Vielleicht geht es doch!«

»Nein, das geht einmal nicht!«

»Geh, sei doch nicht so!«

»Na, wenn du schon deinen Narren an diesem Tag gefressen hast, also meinetwegen!«

»Dann möchte ich dich noch bitten, dass du … nun dingsda …

dass du mir das also hier auf die Türe schreibst, dass du erst morgen kommst ... ich bin wenigstens beruhigt, wenn ich die Schrift auf der Tür sehe.«

Der Tod wollte nicht noch mehr Zeit vertrödeln und stritt sich daher nicht weiter herum, sondern nahm die Kreide aus dem Sack und schrieb auf die Tür oben hinauf »morgen« und damit ging er seinen Geschäften nach.

Am anderen Tage nach Sonnenaufgang kam der Tod zur alten Frau, fand sie aber noch in den Federn.

»Also folge mir jetzt!«, sagte der Tod.

»Sachte, sachte! Schau nur erst nach, was auf der Türe steht!«

Der Tod schaut hin und sieht dort nur das eine Wort: morgen.

»Nun gut! – Morgen komme ich aber auch ganz gewiss!« und damit machte er sich auf die Beine.

Richtig hielt er auch Wort und kam am folgenden Tage wieder zur alten Frau, die noch schön warm im Bett lag. – Doch auch dieses Mal konnte er nichts ausrichten, denn die Alte zeigte wieder nur auf die Tür, wo nur das eine Wort stand: morgen.

So ging das eine Woche lang fort, aber endlich wurde dem Tod der Spaß denn doch zu dick, und so sagte er also am siebten Tage zur Alten:

»Jetzt wirst du mich aber nicht mehr drankriegen! Ich brauche meine Kreide und nehme sie jetzt mit!«, und mit diesen Worten löschte er die Schrift auf der Tür schön aus, »morgen aber, passe gut auf, also morgen komme ich wieder und führe dich mit mir!«

Hierauf ging der Tod fort. Der Alten aber blieb der Mund nur so offen; denn jetzt sah sie, dass es morgen Ernst sein werde und dass sie dann sterben müsse, ob sie nun wolle oder nicht; da wurde ihr angst und bange, dass sie zitterte wie ein Stück Sülze.

Als es nun gar erst Morgen wurde, da kannte sie sich vor lauter Furcht kaum mehr aus und hätte sich vor dem Tod mit Vergnügen auch in eine leere Flasche verkrochen, wenn das nur gegangen wäre. So aber zerbrach sie sich den Kopf darüber, wohin sie sich nur verstecken könnte, um sicher zu sein. In der Kammer hatte sie ein Fass mit Tropfhonig stehen, in das setzte sie sich also zuletzt hinein, sodass nur Mund, Nase und Augen herausschauten.

»Wie aber, wenn er mich auch hier findet? Es wird am besten sein, ich krieche ins Bett zwischen die Daunen.«

So kam sie denn wieder aus dem Honig heraus und kroch in das Bett zwischen die Daunen; doch auch hier hielt sie es nicht lange aus, und so kroch sie auch hier wieder hervor, um sich ein besseres Versteck zu suchen. Gerade wie sie sich aus den Federn herausgearbeitet hatte, kam der Tod, der sich nicht vorstellen konnte, was Gottes Wunder das Unding da sei, und einen so gewaltigen Schreck in die Glieder bekam, dass ihm beinahe das kalte Fieber in den Leib gefahren wäre. Er lief also in seiner Furcht auf und davon, sodass er sich vielleicht bis auf den heutigen Tag der Alten nicht wieder in die Nähe getraut hat.

Märchen aus Ungarn

Der Totenarm

In einem Dorfe war die Sitte, dass beim Tode eines Bruders die Schwester und beim Tode einer Schwester der Bruder die ersten drei Nächte beim Grabe auf dem Friedhofe wachen musste. Einmal war ein Mädchen gestorben, und ihr Bruder, ein starker unerschrockener Jüngling, hielt auf dem Friedhofe die Wache.

Als die Stunde der Mitternacht schlug, kamen drei Gespenster zu ihm und fragten ihn: »Willst du mit uns spielen?« – »Warum nicht?«, erwiderte er, »aber wo wollt ihr denn spielen?« – »Wir spielen in der Kirche«, sagten sie. Darauf führten sie ihn in die Kirche und stiegen in eine weite Gruft hinab; da standen viele morsche Särge und lagen Haufen von menschlichen Gebeinen durcheinander. Sie nahmen Gebeine – »das sind unsere Kegel« – und einen Totenkopf – »das ist unsere Kugel«, sagten sie. Darauf stiegen sie wieder in die Kirche herauf, stellten dort ihre Kegel auf und fingen an zu kegeln; auch setzten sie viel Geld ein. Mutig kegelte der Bursche mit und gewann ihnen alles Geld ab. Nach einer Stunde trugen sie die Kegel wieder in die Gruft hinab und verschwanden.

In der zweiten und dritten Nacht spielten sie wieder auf dieselbe Weise, und der Jüngling gewann ihnen wieder alles Geld ab. Zuletzt führten sie ihn in die Gruft und einer der gespenstigen Männer sagte: »Weil du keine Furcht gehabt und uns erlöst hast, wollen wir dich belohnen.« Darauf gab er ihm einen Totenarm, dessen Gelenke fest ineinander hingen und sagte: »Nimm diesen Arm, er ist dir mehr wert als das beste Schwert. Wen du nur immer damit berührst, sei es auch der stärkste Riese, der fällt augenblicklich tot zu Boden.« Darauf verschwanden sie.

Am Morgen brachte der Jüngling das gewonnene Geld seinem Vater und sagte: »Lieber Vater, ich will in die Welt gehen, mein Glück zu suchen.« Der Vater gab ihm seinen Segen und gute Lehren; der Jüngling aber zog aus, indem er den Totenarm wohl unter den Kleidern verborgen hielt.

Er kam in eine große Stadt, die war überall mit schwarzen Tüchern behangen und voll Trauer. Er fragte den ersten, dem er begegnete, nach der Ursache und dieser antwortete: »Wisse, dass in der Nähe der Stadt ein schwarzes Schloss steht, in welchem viele böse Zauberer wohnen. Der König hat ihnen zuerst alle Fräulein und Damen vom Hofe und vor einigen Tagen sogar seine einzige Tochter hinschicken müssen; jetzt muss er täglich auch drei Soldaten hinsenden und es kehrt nie mehr einer zurück. Wer das Land von den Zauberern befreite, möchte wohl so reich und angesehen werden, dass ihm kein Wunsch mehr übrigbliebe.«

Als der Jüngling dies gehört hatte, ließ er sich sogleich dem König vorstellen und erklärte ihm, er wolle das Schloss von den Zauberern befreien. »Wenn du dies vermagst«, erwiderte der König, »und wenn du meine arme Tochter befreist, so sollst du sie zur Gemahlin erhalten und mein Reich erben. Du musst aber drei Nächte im Schloss zubringen; wenn es dir nun gelingt, so bitte ich dich, am ersten Morgen einen, am nächsten zwei und am dritten drei Schüsse aus den Kanonen abzufeuern, welche oben auf der Schlossmauer stehen.«

Als es Abend wurde, begab sich der Jüngling in das schwarze Schloss. Er ging über die Stiegen hinauf und trat in einen Saal, da stand eine große mit Speisen bedeckte Tafel, die Stühle aber waren mit der Lehne gegen den Tisch gekehrt. Er ließ alles stehen, wie es war, ging in die Küche hinaus, schürte ein Feuer an und setzte sich an den Herd, indem er den Totenarm in der Hand hielt. Um Mitternacht hörte er Stimmen im Kamin rufen: »Wir haben schon so viele getötet und werden dich auch töten!« Darauf kamen drei Zauberer herab, die hatten grimmige Gesichter und so lange Nasen, dass sie damit fast bis auf die Erde reichten. Der Jüngling aber schlug ihnen mit dem Totenarm die Nasen ab, sodass sie tot hinfielen. Darauf ging er schlafen. Am Morgen feuerte er der Verabredung gemäß die erste Kanone ab und als es der König hörte, hatte er große Freude und die ganze Stadt mit ihm.

Als er am folgenden Abend wieder in den Saal trat, fand er schon einen Teil der Stühle umgekehrt und in die rechte Stellung gebracht. Zugleich kamen mehrere traurige schwarzgekleidete Jungfrauen herein, die baten ihn flehentlich, er möge doch ausharren und sie befreien. Dann setzten sie sich zu Tisch und aßen und er aß auch mit. Hernach gingen sie alle wieder fort, er aber begab sich in die Küche und erwartete am Herde sitzend die Mitternacht. Als die Stunde schlug, riefen wieder Stimmen im Kamin: »Spitzbube, du hast unsere Brüder ermordet, nun wollen wir dich ermorden!« Es kamen abermals drei langnasige Zauberer herab, der Jüngling aber schlug sie tot und ging schlafen. Am Morgen krachten auf dem Mauerwalle des Schlosses zwei Kanonenschüsse.

Am dritten Abend fand er im Saale noch mehr Stühle umgekehrt und es kamen noch mehr schwarzgekleidete Jungfrauen herein als am vorigen Abend. »Nur heute noch«, riefen sie bittend, »und du wirst uns alle erlösen.« Sie aßen mit ihm und gingen wieder fort; er aber setzte sich in der Küche an den Herd. Um Mitternacht riefen viele Stimmen im Kamin: »Spitzbube, du hast unsere Brüder ermordet, heute sollst du das Leben lassen!« Da kamen viele Zauberer mit langen Nasen herab, aber so viele, als da kamen, so viele schlug er tot und hatte wenig Mühe, denn er brauchte sie mit dem Totenarme nur zu berühren und sie lagen schon tot da. Nun ging er schlafen; aber kaum krähte der Hahn, so ward im Schloss alles lebendig und viele in bunte Farben gekleidete vornehme Fräulein traten in sein Zimmer, um ihm zu danken. Darunter war die Prinzessin selbst, welche ihn umarmte und sprach: »Nun will ich deine Gemahlin werden!« Aber auch die befreiten Soldaten kamen und er befahl ihnen hinabzugehen und alle Kanonen abzufeuern.

Als nun die Kanonen donnerten, ward in der Stadt alles lebendig, und die Straßen erschollen von Musik und Jubel. Die schwarzen Tücher verschwanden und überall wehten die Fahnen und flatterten die Bänder an den Kränzen. Der König aber fuhr mit allen seinen Hofwagen in das Schloss, um die Befreiten zu holen. Noch an demselben Tage wurde die Hochzeit gehalten und man erzählt es noch heute, wie fröhlich es dabei zugegangen sei.

*Märchen aus Welschtirol**

---

* Welschtirol (Wälschtirol) ist eine alte Bezeichnung des italienischen Teils von Südtirol südlich der Salurner Klause (Provinz Trentino). Es kam 1803 nach Auflösung der weltlichen Herrschaft des Bistums Trient zu Österreich und 1919 an Italien. Quelle: Christian Schneller, Märchen und Sagen aus Wälschtirol, Innsbruck 1867

Das gebückte Mütterchen

Margreth Barrett war in ihrer Jugend schlank, artig und wohlgesittet und zeichnete sich durch die Vereinigung zweier Eigenschaften aus, die man nicht oft beisammen findet. Sie war nämlich eine sehr sparsame Hausfrau und zugleich die beste Tänzerin in ihrem Geburtsort dem Dorfe Ballyhuley. Gegenwärtig ist sie an den Sechzigern und in den letzten zehn Jahren ihres Lebens durchaus nicht mehr im Stand gewesen, sich aufzurichten. Sie geht gebückt, beinahe bis zur Erde, doch ihre Glieder gebraucht sie, soweit es in dieser Stellung möglich ist, mit völliger Freiheit; ihre Gesundheit ist gut, ihr Geist kräftig und in der Familie ihres ältesten Sohns, bei welchem sie seit dem Tode ihres Mannes lebt, verrichtet sie alle häuslichen Arbeiten, welche ihr Alter und jenes Gebrechen zulassen. Sie wäscht die Kartoffeln, macht Feuer an, kehrt das Haus (lauter Geschäfte, wobei ihr, wie sie mit guter Laune bemerkt, ihr krummer Rücken sehr zu statten kommt), spielt mit den Kindern und erzählt ihren Hausgenossen und den Freunden aus der Nachbarschaft, die sich oft rund um sie beim Feuer versammeln, ihr in den langen Winterabenden zuzuhören, allerlei Geschichten. Die anziehende Kraft ihrer Unterhaltung wird sehr gepriesen sowohl wegen ihrer guten Laune als auch wegen ihrer Erzählungen; und drollige und scherzhafte Begebenheiten, die sich auf ihre gekrümmte Gestalt beziehen, dann aber das Ereignis selbst, welches schuld an diesem Missgeschick ist, sind das Lieblingskapitel ihrer Gespräche. So hörte man sie unter andern erzählen, wie an einem gewissen Tage, bei dem Schluss einer schlechten Ernte, als verschiedene Pächter in der Gegend, wo sie lebte, auf dem Feld eine Bittschrift um Verminderung des Pachtgeldes beschlossen hätten, das Papier zum Schreiben sei auf ihren Rücken gelegt und dieser als ein leidlich guter Tisch befunden worden.

Margreth, wie alle gescheiten Erzähler, pflegte sich sowohl was die Ausführlichkeit als den Inhalt ihrer Geschichten betraf, nach den Zuhörern und den Umständen zu richten. Sie wusste, dass bei hellem Tageslicht, wenn die Sonne glänzend scheint, die Bäume knospen, die Vögel rings um uns singen, rührige und gesprächige Menschen ihren Geschäften oder Vergnügungen nachgehen; sie wusste, doch gewiss ohne die Ursache zu kennen oder sich viel darum zu bekümmern, dass wenn wir mit dem wirklichen Leben und der wirklichen Welt beschäftigt sind, der gläubige Sinn fehlt, ohne welchen Erzählungen, die sonst aufs gewaltigste die Teilnahme anregen, keinen Eindruck hinterlassen. In solchen Stunden war Margreth kurz, hielt sich nur an Tatsachen und berührte das Wunderbare gar nicht. Doch an einem Weihnachtsabend bei dem flackernden Herde, wenn Ungläubigkeit aus allen Gesellschaften verbannt ist, wenigstens bei stiller und einfacher Lebensart, als eine Eigenschaft, welche, um das Geringste zu sagen, in diese Zeit nicht passt: wenn die Winde in düstern Dezembertagen kalt um die Mauern pfeifen und durch die Türen des kleinen Hauses dringen, eine Mahnung an seine Bewohner, dass, wenn die Welt von Elementen, die stärker als menschliche Kräfte sind, geplagt wird, sie auch Wesen einer höheren Natur besuchen – in solchen Stunden pflegte Margreth Barrett ihren Erinnerungen und ihrer Fantasie, oder beiden, ohne Rückhalt nachzugeben, und bei einer solchen Gelegenheit war es, wo sie umständlich erzählte, wie sie zu dieser gekrümmten Gestalt gekommen sei. »Es war gerade unter allen Tagen im Jahr, der Tag vor dem Mai, wo ich hinaus in den Garten ging, die Kartoffel zu jäten. Ich wäre den Tag nicht herausgegangen, wäre ich nicht traurig und kummervoll gewesen und gerne für mich allein. Die Burschen und Mädchen im Haus lachten alle, scherzten und machten Bälle zum Schleudern oder Bänder zurecht für die Vermummten am folgenden Tage. Ich konnte das nicht ertragen. Eben erst die vergangenen Ostern, und die letzten Ostern waren es zehn Jahre, ich werde die Zeit niemals vergessen, hatte ich meinen armen Mann begraben und ich dachte daran, wie vergnügt und voller Freude ich war, so manches lange Jahr vorher eben an diesem Tage, als Robin neben mir saß und ich die Bänder für den Schleuderball schnitt und nähte, die ich den folgenden Tag den Burschen geben wollte mit dem stolzen Gefühl, allen Mädchen an den Ufern des Blackwaters vorgezogen zu werden von dem hübschesten und besten Schleuderer in dem Dorf. Ich verließ das Haus und ging in den Garten. Ich blieb da den ganzen Tag und kam nicht heim zum Essen. Ich weiß nicht, wie es war, und nur so viel, dass ich in kummervollen Gedanken immer fortfuhr zu jäten, einige von den alten Liedern singend, die ich aber und abermals in den Tagen gesungen habe, die nun dahin sind, vor dem, der nimmer zurückkehrt, sie anzuhören. Die Wahrheit zu sagen, es war mir unerträglich, hinzugehen und schweigend und finster zu Haus zu sitzen, unter Menschen, die lustig und jung waren und ihre besten Tage vor sich hatten. Es ward spät, ehe ich an die Heimkehr dachte, und ich verließ den Garten erst einige Zeit nach Sonnenuntergang. Der Mond stand am Himmel, obgleich kein Wölkchen zu sehen war und hier und da ein Stern blinkte, so war der Tag noch nicht lang genug verschwunden, um helles Mondlicht zu haben; doch schien er hinlänglich, um auf einer Seite alle Dinge in des Himmels Licht bleich und silberfarbig zu machen, und ein dünner Nebel begann gerade eben über die Felder hinzuziehen. Auf der anderen Seite, nach Sonnenuntergang zu, war noch mehr Tageslicht und der Himmel blickte ängstlich, rot und feurig durch die Bäume gleich als ob unten eine große Stadt in Brand aufloderte. Überall Schweigen, wie auf einem Kirchhof, nur dann und wann hörte man in der Ferne einen Hund bellen, oder eine eben gemelkte Kuh brüllen. Kein lebendes Wesen war zu sehen, weder auf dem Weg, noch auf dem Feld. Ich verwunderte mich erst, dann erinnerte ich mich, dass es der Abend vor dem Mai war und dass mancherlei, Gutes und Böses, in dieser Nacht umher schwärme und ich die Gefahren meiden müsse wie jeder andere. Ich ging so rasch zu, als ich konnte und gelangte bald an das Ende der Mauer, die das Gut umgibt, wo die Bäume hoch und dicht auf jeder Seite des Wegs aufsteigen und sich meist mit den Wipfeln berühren. Mein Herz hatte ein Vorgefühl, als ich unter ihre Schatten kam. Die Öffnung oben ließ so viel Licht herab, dass ich einen Steinwurf weit vor mir sehen konnte. Plötzlich hörte ich in den Ästen auf der rechten Seite des Wegs ein Rascheln und sah etwas, das einem kleinen schwarzen Ziegenbock ähnlich war, nur mit langen, breiten Hörnern auswärts gerichtet statt rückwärts gekrümmt; es stand auf den Hinterfüßen am Rand der Mauer und schaute auf mich herab. Der Atem stockte mir, und ich konnte mich fast eine Minute lang nicht bewegen. Ich musste, wie es auch zuging, meine Augen unverwandt dahin richten, aber es schaute immer starr auf mich herab. Endlich nahm ich mich zusammen und ging fort, aber ich hatte noch keine zehn Schritte getan, als ich dieselbe Erscheinung auf der Mauer zu meiner linken erblickte, genau in derselben Stellung, nur noch drei- oder viermal so hoch und beinahe so groß als der größte Mann. Die Hörner sahen schrecklich aus, es starrte mich an wie dort. Meine Beine zitterten, die Zähne schnatterten, und ich glaubte jeden Augenblick, ich würde tot hinfallen. Endlich war es mir, als wäre ich gezwungen zu gehen und ich ging wirklich fort, aber ich fühlte nicht, wie ich mich bewegte oder wie meine Beine mich forttrugen. Eben als ich an der Stelle vorbeikam, wo das entsetzliche Wesen stand, hörte ich ein Geräusch, als ob etwas die Mauer herabspränge und hatte ein Gefühl, als wenn ein schweres Tier auf mich stürzte, das mit den Vorderfüßen mich fest um die Schultern packend die Hinterfüße in meinen faltigen, zusammengesteckten Rock verwickelte. Ich verwundere mich noch und werde es tun, solange ich lebe, wie ich die heftige Erschütterung ertragen habe, aber ich fiel weder, noch schwankte ich bei der Wucht, sondern ging darauf los, als hätte ich die Stärke von zehn Männern; jedoch fühlte ich, dass ich gezwungen war, mich fortzubewegen und nicht die Macht hatte, still zu stehen, wie ich es wünschte. Doch ich keuchte ängstlich, ich wusste, was ich tat, so deutlich, als ich es in diesem Augenblick weiß; ich versuchte zu schreien, doch ich konnte es nicht, versuchte zu laufen, aber es war nicht möglich, versuchte, rückwärtszuschauen, aber Kopf und Nacken waren wie in einen Schraubstock gespannt. Ich konnte nur meine Augen nach beiden Seiten hindrehen und dann erblickte ich so klar und deutlich, als wäre es in vollem Licht der lieben Sonne, einen schwarzen und gespaltenen Fuß fest auf meine Schulter gelegt. Ich hörte ein leises Atmen in meinem Ohr, ich fühlte, dass bei jedem Schritt, den ich tat, meine Beine an die Füße jener Kreatur stießen, die auf meinem Rücken hing. Endlich sah ich das Haus, und es war mir ein willkommener Anblick, denn ich dachte, ich würde erlöst, wenn ich es erreichte. Ich kam bald nah an die Tür, doch sie war verschlossen, ich schaute nach dem kleinen Fenster, aber es war auch verschlossen, denn sie waren an diesem Abend vorsichtiger als ich; ich sah innen das Licht durch die Spalten in der Tür, ich hörte sie drinnen reden und lachen. Ich fühlte, nur drei Ellen weit war ich von denen entfernt, die alles würden aufgeboten haben, mich zu retten. Und möge Gott mich bewahren, noch einmal zu fühlen, was ich in jener Nacht gefühlt habe! Ich fand mich gehalten von etwas, das nicht gut sein konnte, ohne Macht mir zu helfen, oder meine Freunde anzurufen, oder meine Hand auszustrecken, um zu klopfen, oder nur meinen Fuß zu heben, um an die Tür zu stoßen und sie wissen zu lassen, dass ich außen wäre. Es war, als ob meine Hände an die Seite wüchsen oder meine Füße an den Boden geheftet wären, oder als hätte das Gewicht eines Felsen sie daran befestigt. Endlich dachte ich daran, mich zu bekreuzigen, und meine rechte Hand, die sonst nichts tat, tat es für mich. Die Last blieb auf meinem Rücken, und alles war, wie zuvor. Ich bekreuzigte mich abermals, es war immer dasselbe. Ich gab mich für verloren, doch ich bekreuzigte mich zum dritten Mal und meine Hand hatte nicht sobald das Zeichen vollendet, als ich fühlte, wie die Bürde von meinem Rücken sprang. Die Tür fuhr auf, als wenn der Donner sie einschlüge, und ich stürzte vorwärts gerade auf die Stirne mitten in die Flur. Als ich wieder aufstand, war mein Rücken krumm, und ich konnte mich nicht wieder gerade aufrichten von jener Nacht an, bis zu dieser Stunde.«

Es entstand eine kleine Stille, als Margreth Barrett geendigt hatte. Diejenigen, welche die Geschichte schon kannten, hatten mit dem Ausdruck halb befriedigter Teilnahme, gemischt indessen mit jenem ernsthaften und feierlichen Gefühl, welches eine Erzählung über natürlicher Wunder erregt, sooft sie auch erzählt wird, zugehört, sich auf ihren Sitzen bewegend verließen sie die Stellung, in welcher sie während der Erzählung verharrt hatten, und nahmen eine andere an, welche zu erkennen gab, dass ihre Neugierde in Beziehung auf die Ursache dieser seltsamen Begebenheit schon längst befriedigt war. Diejenigen aber, welche sie noch nicht gekannt hatten, behielten den Ausdruck und die Stellung gespannter Aufmerksamkeit und ängstlicher, aber feierlicher Erwartung. Ein Enkel der Margreth von etwa neun Jahren (doch kein Kind des Sohnes, bei welchem sie lebte), hatte noch nie die Geschichte gehört. So wie seine Aufmerksamkeit wuchs, drängte es sich immer fester an die Seite der alten Frau und beim Schluss schaute es unverwandt nach ihr hin, mit seinem Leib über ihre Knie zurückgebogen, und sein Gesicht zu ihr hinauf gerichtet, mit einem Ausdruck, in welchem die Neigung zu weinen mit der Neugierde zu kämpfen schien. Nach einem augenblicklichen Stillschweigen konnte es nicht länger seine Neugierde bezähmen, und ihre grauen Locken mit einem Händchen fassend, während Tränen der Furcht und des Erstaunens gerade von seinen Augenwimpern herabtröpfelten, rief es: »Großmutter, wer war das?« Margreth lächelte erst nach dem älteren Teil der Zuhörer, dann nach ihrem Enkel hin und ihm sanft über die Stirne streichelnd sagte sie: »Es war die Phuka!«*

Märchen aus Irland

---

* Der oder die *Phuka* (oder auch *Puka* und *Pooka*) ist ein dämonisches Gespensterwesen der irischen Sagenwelt und im Volksglauben, ein Naturdämon, der sich in alle möglichen Gestalten verwandeln kann und den Menschen oft als Pferd, Hund, Ziege und Bock erscheint. Der Phuka haust in Höhlen oder Ruinen und bedrängt einsame Wanderer auch in Gestalt eines Aufhockers, der ihnen auf die Schultern oder den Rücken springt und mit jedem Schritt schwerer wird. Er ist ein boshafter, aber relativ harmloser Geist bzw. Kobold, der zusammen mit Gnomen und Zwergen im Untergrund lebt.

Die Geisterküche

Ein Sigrist (Küster) hatte einen Sohn, der war so wild und unbändig, dass der Vater mit sich zu Rate ging, wie er seinen Übermut dämmen könnte. Fürs erste stellte er einen Strohmann in den Kirchturm und schickte dann den Knaben bei Nacht in den Turm hinauf, noch die Uhr aufzuziehen. Aber der Junge schlug einfach den Popanz über die Stiege hinunter und brachte ihn lachend in die Stube herein gehuckelt*. Da merkte der Vater, hier müsse man etwas Klügeres tun und ließ ihn das Schneiderhandwerk lernen, um ihn in die Fremde zu schicken, damit er sich hier die Hörner abstoße. Der Junge blieb aber der gleiche.

Auf seiner Wanderschaft wollte er einst mitten im Walde in einem einsam liegenden Häuschen übernachten; aber niemand öffnete, und er erbrach zuletzt die Türe. Kein Mensch war drinnen, doch brannte auf dem Tisch ein Licht. Während er sich's dabei bequem machen wollte, kamen zwei Männer in die Stube getreten, die ihn einige Zeit anstutzten, dann aber nach kurzem Gespräch ihm gestanden, das Haus habe gar keinen Herrn mehr, denn es sei gespenstisch; ihnen aber diene dieser Umstand dazu, ihre Diebereien hier verbergen zu können. Als der Geselle weiterfragte, vernahm er, eine weiße Frau hüte hier einen Schatz und erscheine regelmäßig um die Geisterstunde. Nun verbündeten sie sich zu dritt, heute diesen Schatz zu heben.

---

* *huckeln,* hier: auf dem Rücken tragen

Bis Mitternacht war es aber noch lange, der Hunger war nicht gering; und weil die Diebe Mehl und Schmalz im Hause hatten, suchte der Geselle ein Mahl zu rüsten, machte in der Küche ein Feuer und in kurzer Zeit stand er schon am Herd. Da hörte er, noch ehe die Mitternachtsstunde da war, aus dem Schlot herunter eine Stimme rufen: »Flieh oder ich falle!«

»Nur zugefallen!«, antwortete er unbesorgt, und gleich fiel ein Schenkel durch den Kamin herab auf den Herd. Er schleuderte diesen in einen Winkel der Küche, tat die Pfanne wieder übers Feuer und röstete weiter an den Schmalzküchlein. Bald hörte er die Stimme aus dem Schlot abermals und gab abermals dieselbe Antwort; da lag der andere Schenkel vor ihm am Herde. Er warf ihn zum ersten, und so ging es fort, bis zuletzt alle Glieder und Stücke eines Menschenkörpers da waren. Sobald er auch den Kopf zu den übrigen Teilen geworfen hatte, fügte sich alles zusammen: ein großer Mann richtete sich hinten in der Küchenecke auf und trat zu ihm heran. Der Bursche fragte ihn höhnisch, wo er denn sein Weib habe? »Sie wird nachkommen«, antwortete der Mann. »Umso besser«, sagte der Geselle, »setze dich also derweilen dort in jene Ecke.« Der Mann gehorchte, und der Geselle trug nun sein fertiges Gericht auf.

Als er mit der Schüssel über den Hausgang in die Stube gehen wollte, kam ihm eine schneeweiße Frau entgegen. »Aha«, sagte er, »das ist wohl diejenige, welche hier den Schatz hütet. Nun ja, so mag sie zu Tisch kommen und ihren Mann, der dort im Winkel sitzt, mit hereinbringen.« So ging er mit der Schüssel voran in die Stube, und das Paar folgte ihm. Alle saßen zu Tisch, jedoch wollten die Geister nichts genießen. Nach dem Essen forderte der Geselle die Frau auf, ihm die Mittel anzugeben, wie sie erlöst werden könne, und versprach ihr, standhaft und beherzt bleiben zu wollen. Nun ging sie ihm bis zu einem altertümlichen Bett voran, in welchem ein schwerer Schlüssel lag; dieser passte im Hauskeller zu einer Eisentür, und nach dreimaligem Umdrehen ging das Schloss auf. Die Frau trat mit dem Licht hinein. Da erblickten sie im Gewölbe einen Hahn mit feurigem Kamm, der sich auf dem Rücken eines gewaltigen Zottelhundes ausspreizte. Der Hund aber kauerte knurrend auf einer großen Kiste, während der Hahn dazu krähte, dass er sich selber fast überpurzelte. Der Schneider ließ sich von alledem nicht dumm machen. Aller Grimassen ungeachtet verscheuchte er erst die Ungetüme und schloss, sobald sie zum Keller draußen waren, die Türe zu. Dann legte er wohlbesonnen sein Schurzfell ab. Mit dem zweiten Schlüssel, den ihm nun die weiße Frau aushändigte, öffnete er die Kiste, und sie lag bis oben voll Gold. Sogleich aber warf der Geselle sein Schurzfell darüber, weil er wusste, dass man jedem Geisterschatz, der nicht mehr entweichen soll, etwas von unseren eigenen Sachen beilegen muss. Kaum war dies geglückt, so sagte er der weißen Frau und ihrem Mann: »Jetzt könnt ihr gehen«, und augenblicklich waren beide verschwunden. Nachher haben sich die drei, der Schneider und die Diebe, die Schätze friedfertig geteilt, und der alte Sigrist sah seinen Sohn als reichen Mann wiederkehren.

Märchen aus der Schweiz

Ligeia

Und es liegt darin der Wille, der nicht stirbt. Wer kennt die Geheimnisse des Willens und seine Gewalt? Denn Gott ist nichts als ein großer Wille, der mit der ihm eigenen Kraft alle Dinge durchdringt. Der Mensch überliefert sich den Engeln oder dem Nichts einzig durch die Schwäche seines schlaffen Willens.

Joseph Glanvill

Bei meiner Seele, ich kann mich nicht erinnern, wie, wann und wo ich die erste Bekanntschaft machte – der Lady Ligeia. Lange Jahre sind seitdem verflossen, und mein Gedächtnis ist schwach geworden durch vieles Leiden. Vielleicht auch kann ich mich dieser Einzelheiten nur darum nicht mehr erinnern, weil der Charakter meiner Geliebten, ihr umfassendes Wissen, ihre eigenartige und doch milde Schönheit und die überwältigende Beredsamkeit ihrer sanft tönenden Stimme – weil dies alles zusammen nur ganz allmählich und verstohlen den Weg in mein Herz nahm, zu allmählich, als dass ich daran gedacht hätte, mir jene äußeren Umstände einzuprägen.

Ich habe jedoch das Empfinden, als sei ich ihr zum ersten Mal und dann wiederholt in einer altertümlichen Stadt am Rhein begegnet. Und eines weiß ich bestimmt: sie erzählte mir von ihrer Familie, die sehr alten Ursprungs war. – Ligeia! Ligeia! – Trotzdem ich in Studien vergraben bin, deren Art mehr noch als alles andere dazu angetan ist, mich ganz von Welt und Menschen abzusondern, genügt dies eine süße Wort »Ligeia«, vor meinen Augen ihr Bild erstehen zu lassen – das Bild von ihr, die nicht mehr ist. Und jetzt, während ich schreibe, überfällt mich urplötzlich das Bewusstsein, dass ich von ihr, meiner Freundin und Verlobten, der Gefährtin meiner Studien und der Frau meines Herzens, den Namen ihrer Familie nie erfahren habe. War es ein schalkhafter Streich, den Ligeia mir gespielt hatte? War es ein Beweis meiner bedingungslosen Hingabe, dass ich nie eine Frage danach tat? Oder war es meinerseits eine Laune, ein romantisches Opfer, das ich auf den Altar meiner leidenschaftlichen Ergebenheit niedergelegt hatte? Der bloßen Tatsache sogar kann ich mich nur unklar erinnern – was Wunder, dass ich die Gründe dafür vollständig vergessen habe! Und wirklich, wenn jemals der romantische Geist des bleichen und nebelbeschwingten Aschtophet des götzengläubigen Ägyptens, wie die Sage meldet, über unglückliche Ehen geherrscht hat, so ist es gewiss, dass er meine Ehe stiftete und beherrschte.

Immerhin hat mich wenigstens in einem Punkt meine Erinnerung nicht verlassen: die Persönlichkeit Ligeias steht mir heute noch klar vor Augen. Sie war von hoher, schlanker Gestalt, in ihren letzten Tagen sogar sehr hager. Vergebliches Bemühen wäre es, wenn ich eine Beschreibung der Erhabenheit, der würdevollen Gelassenheit ihres Wesens oder der unvergleichlichen Leichtigkeit und Elastizität ihres Schreitens versuchen wollte. Sie kam und ging wie ein Schatten. War sie in mein Arbeitszimmer gekommen, so bemerkte ich ihre Anwesenheit nicht eher, als bis ich den lieben Wohlklang ihrer sanften süßen Stimme vernahm oder ihre marmorweiße Hand auf meiner Schulter fühlte. Keine Frau auf

Erden trug solche Schönheit im Antlitz wie sie! Strahlend schön war sie, wie die Erscheinung eines Traumes, wie eine göttliche, beseligende Vision. Doch waren ihre Züge keineswegs von jener Regelmäßigkeit, wie die klassischen Bildwerke des Heidentums sie aufweisen und die man mit Unrecht so übertrieben bewundert.

Aber wenn ich auch sah, dass die Züge Ligeias nicht von klassischer Regelmäßigkeit waren, wenn ich auch feststellte, dass ihre Schönheit in der Tat auserlesen war, und fühlte, dass viel Seltsamkeit in ihren Zügen lag, so habe ich doch vergebens versucht, dieser Unregelmäßigkeit auf die Spur zu kommen und meine Feststellung des Besonderen zu begründen. Ich prüfte die Kontur der hohen und bleichen Stirn – sie war fehlerlos. Wie kalt klingt doch dies Wort für eine so göttliche Majestät, für die wie reinstes Elfenbein schimmernde Haut, die gebieterische Breite und ruhevolle Harmonie dieser Stirn, die sanfte Erhöhung über den Schläfen, die eine üppige Fülle rabenschwarzer glänzender Locken umschmiegte. Ich prüfte die feinen Linien der Nase: nirgends anders als auf althebräischen Medaillons hatte ich ebenso vollkommen Schönes gesehen. Ich betrachtete den süßen Mund, hier feierten alle Himmelswonnen ihr triumphierendes Fest. Ich prüfte die Form des Kinns und fand auch hier in seiner sanften Breite Majestät, Fülle und griechischen Geist. Und dann vertiefte ich mich in Ligeias große Augen.

Von strahlendstem Schwarz waren ihre Pupillen und waren tief beschattet von sehr langen, pechschwarzen Wimpern. Die Brauen, deren Linien kaum merklich unregelmäßig waren, hatten die gleiche Farbe. Die Seltsamkeit aber, die ich in den Augen fand, lag nicht in Form, Farbe oder Glanz, sie muss in ihrem Ausdruck wohl gelegen haben.

Der Ausdruck von Ligeias Augen! Was war es, dies Etwas, das

tief innen in den Pupillen meiner Geliebten verborgen lag. Was war es? Ich war wie besessen von dem Verlangen, es zu entdecken. Diese Augen! Diese großen, diese schimmernden, diese göttlichen Augen! Ligeia! Es lebte in ihr ein unerhört starker Wille, der während unseres langen Zusammenlebens nie spontan zutage trat, sondern sich nur in einer unglaublichen Anspannung des Denkens, Tuns und Redens zu erkennen gab. Von allen Frauen, die ich je kannte, war sie, die äußerlich ruhevolle, die stets gelassen milde Ligeia, wie keine andere die Beute der tobenden Geier grausamster Leidenschaftlichkeit. Und diese Leidenschaftlichkeit enthüllte sich mir nur im wundervollen Strahlen ihrer Augen, die mich gleichzeitig entzückten und entsetzten, in der fast zauberhaften Melodie, Weichheit, Klarheit und Würde ihrer sonoren Stimme und in der flammenden Energie, die in ihren seltsam gewählten Worten lag und die im Gegensatz zu der Ruhe, mit der sie gesprochen wurden, doppelt wirkungsvoll war.

Ich erwähnte schon das umfassende Wissen Ligeias: ihre Kenntnisse waren unermesslich – für eine Frau ganz unerhört. Damals sah ich noch nicht, was ich jetzt klar erkenne, dass dies Wissen Ligeias unglaublich, dass es gigantisch war.

Wie heftig muss der Gram gewesen sein, mit dem ich einige Jahre später meine so festgegründeten Hoffnungen Flügel nehmen und sich davonschwingen sah! Ohne Ligeia war ich nichts als ein durch Dunkel tastendes Kind. Nur ihre Gegenwart, ihr Erklären brachte helles Licht in die vielen Mysterien des Transzendentalen, in die wir eingedrungen waren. Wenn den golden züngelnden Schriftzeichen der leuchtende Glanz ihrer Augen fehlte, wurden sie matter als stumpfes Blei. Und seltener und seltener fiel nun der Strahl dieser Augen auf die Blätter, über deren Inhalt ich brütete. Ligeia wurde krank. Die herrlichen Augen strahlten in übernatürlichen Flammen, die bleichen Hände wurden wachsfarben wie bei einem Toten, und die blauen Adern auf der hohen Stirn hoben sich und pochten ungestüm bei der geringsten Aufregung. Ich sah, dass sie sterben musste – und mein Geist rang verzweifelt mit dem grimmen Todesengel.

Noch angestrengter als ich rang zu meinem Erstaunen – die leidenschaftliche Frau. So manches in ihrer ernsten Natur hatte in mir den Glauben gezeitigt, dass für sie der Tod keine Schrecken haben werde, doch dem war nicht so. Es gibt keine Worte, die auch nur annähernd die Wildheit ihres Widerstandes beschreiben könnten, den sie dem Schatten Tod entgegensetzte. Ich stöhnte gequält bei diesem mitleiderregenden Anblick. Ich wollte besänftigen, aber gegenüber der unheimlichen Gewalt, mit der sie nur leben – nur leben – nichts als leben wollte, schienen Trost und Zuspruch unsäglich albern. Aber obwohl sich ihr feuriger Geist so wild gebärdete, bewahrte sie die Hoheit ihres äußeren Wesens bis zum letzten Augenblick, dem Augenblick des Todeskampfes. Ihre Stimme wurde noch sanfter – wurde noch tiefer – dennoch möchte ich jetzt bei dem grausigen Sinn der Worte, die sie in aller Ruhe sprach, nicht nachdenkend verweilen. Mein Geist, der diesen überirdischen Tönen hingerissen lauschte, diesem Hoffen und Ringen, dieser gewaltigen Sehnsucht, wie nie zuvor ein Sterblicher sie fühlte, taumelte und verwirrte sich.

Dass sie mich liebte, daran hatte ich nie gezweifelt, auch konnte ich mir wohl sagen, dass die Liebe eines solchen Herzens nicht mit gewöhnlichem Maß zu messen sei. Aber erst in ihrem Sterben erhielt ich von der wahren Kraft ihrer Liebe den vollen Eindruck. Lange Stunden hielt sie meine Hand und schüttete vor mir das Überfluten eines Herzens aus, dessen mehr als leidenschaftliche Ergebenheit an Anbetung grenzte. Wie hatte ich es verdient, mit solchen Bekenntnissen gesegnet zu werden? Und wie hatte ich es verdient, durch den Verlust der Geliebten verdammt zu werden – in der nämlichen Stunde, da sie mir diese Bekenntnisse machte? Doch ich kann es nicht ertragen, von diesen Dingen zu sprechen. Nur eines lasst mich sagen: ich erkannte in Ligeias mehr als weiblicher Hingabe an eine Liebe, die ich gar so wenig verdiente, den wahren Grund für ihr so tiefes, so wildes Begehren nach dem Leben – dem Leben, das jetzt so eilend entfloh. Für dies wilde Sehnen, für diese Gier und Gewalt des Verlangens nach Leben – nur nach Leben – finde ich keine Ausdrucksmöglichkeit; keine Worte gibt es, die es sagen könnten. In der Nacht ihres Scheidens ließ sie mich nicht von ihrer Seite.

»Oh Gott!«, schrie Ligeia, sprang vom Bett auf und reckte die Arme empor. »Gott! Gott! Oh göttlicher Vater! Muss das immer unabänderlich so sein? Soll dieser Sieger nie, niemals besiegt werden? Sind wir nicht Teil und Teile von dir? Wer – wer kennt die Geheimnisse des Willens und seine Gewalt? Der Mensch überliefert sich den Engeln oder dem Nichts einzig durch die Schwäche seines schlaffen Willens.«

Und nun, wie von innerer Bewegung überwältigt, ließ sie die weißen Arme sinken und kehrte feierlich auf ihr Sterbebett zurück. Und als sie die letzten Seufzer hauchte, kam gleichzeitig ein leises Murmeln von ihren Lippen. Ich legte das Ohr an ihren Mund und vernahm wieder die Schlussworte des Glanvillschen Ausspruchs: »Der Mensch überliefert sich den Engeln oder dem Nichts einzig durch die Schwäche seines schlaffen Willens.«

Sie starb. Und ich, den der Gram völlig zermalmt hatte, konnte nicht länger die einsame Verlassenheit meiner Behausung in der düsteren und verfallenen Stadt am Rhein ertragen. Ich hatte keinen Mangel an dem, was die Welt »Besitz« nennt; Ligeia hatte mir viel mehr, oh sehr viel mehr gebracht, als für gewöhnlich einem Sterblichen zufällt. So kam es, dass ich nach einigen Monaten planlosen und ermüdenden Umherwanderns in einer der wildesten und abgelegensten Gegenden des schönen Englands eine alte Abtei, deren Namen ich nicht nennen möchte, käuflich erwarb und instand setzte.

An dem Abteigebäude selbst mit seinem verwitterten, unter blühendem Grün verborgenen Mauerwerk nahm ich keine Veränderungen vor, dagegen widmete ich mich mit kindischem Eigensinn und vielleicht auch in der schwachen Hoffnung, meinen Kummer so zu zerstreuen, der Ausstattung der Innenräume und entfaltete hier eine ganz ungewöhnliche Pracht.

Ich hatte schon als Kind Geschmack an solchen Torheiten gefunden, und jetzt, da mich mein Kummer wieder hilflos machte, stellte sich jener kindliche Trieb von Neuem ein. Ach, ich fühle, wieviel Spuren von Geistesverwirrung sogar in den prunkhaften und fantastischen Draperien, in den feierlichen ägyptischen Schnitzereien, in den grotesken Möbeln, in den tollen Mustern der goldgewirkten Teppiche zu finden waren. Ich lag, ein gefesselter Sklave, in den Banden des Opiums, und meine Handlungen und Anordnungen hatten den Charakter meiner Träume angenommen. Doch ich will nicht bei der Beschreibung dieser Torheiten verweilen, lasst mich nur von jenem einen verfluchten Gemach sprechen, in das ich in einem Anfall von geistiger Umnachtung sie als mein angetrautes Weib führte – als die Nachfolgerin der unvergessenen Ligeia – sie, die blondhaarige und blauäugige Lady Rowena Trevanion of Tremaine.

Das Zimmer lag in einem hohen Turm der burgartig gebauten Abtei; es war ein fünfeckiger Raum von beträchtlicher Größe. Die ganze Südseite des Fünfecks nahm das einzige Fenster ein, eine ungeteilte, riesige Scheibe venezianischen Glases von bleifarbener Tönung, sodass Sonnenlicht wie Mondglanz über die Gegenstände des Zimmers nur einen gespenstischen Schein gossen. Das düstere Eichenholz der außerordentlich hoch gewölbten Zimmerdecke war mit Schnitzereien in halb gotischen, halb druidenhaftem Stil überladen. Genau aus dem Mittelpunkt dieser melancholischen Wölbung hing an einer einzigen goldenen, langgegliederten Kette ein mächtiger, goldener Kronleuchter in Form eines Weihrauchbeckens, aus dem wie lebhafte Schlangen fortwährend die buntesten Flammen züngelten. In jeder Ecke des Zimmers stand aufrecht ein riesiger Sarkophag aus schwarzem Granit, den unsterbliche Skulpturen schmückten, die aus den Königsgräbern von Luxor stammten.

Aber noch mehr als in allem anderen waltete meine unheimliche Fantasie in der Wandverkleidung des Gemachs. Die unverhältnismäßig hohen Wände waren von der Decke bis zum Fußboden mit faltenreichem schweren Goldstoff verhangen, der in unregelmäßigen Zwischenräumen arabeskenartige Figuren von einem Fuß Durchmesser trug, die aus tiefschwarzem Stoff gearbeitet waren. Der gespenstische Eindruck wurde noch erhöht durch einen künstlich hinter die Draperien geführten ununterbrochenen Luftzug, der dem Ganzen eine rastlose und abscheuliche Lebendigkeit verlieh.

In solchem Raum also, in solchem Brautgemach verlebte ich mit Lady Rowena of Tremaine die gottlosen Stunden unseres Honigmondes – ohne viel Aufregung. Dass meine Frau vor meiner Übellaunigkeit Furcht hatte, dass sie mir aus dem Weg ging und mir nur wenig Liebe entgegenbrachte, konnte mir nicht entgehen, aber gerade das freute mich mehr, als wenn es anders gewesen wäre. Ich verabscheute sie, ich hasste sie – mit einer Inbrunst, die geradezu teuflisch war. Mein Erinnern floh – oh mit welch tiefem Leidgefühl – zu Ligeia zurück, der Geliebten, der Hehren, der Schönen, der Begrabenen! Ich schwelgte im Gedenken ihrer Reinheit und Weisheit, ihres erhabenen, ihres himmlischen Wesens, ihrer leidenschaftlichen, ihrer anbetenden Liebe. Jetzt lohte in meiner Seele noch wildere, noch heißere Flamme, als sie in ihr, in Ligeia, gebrannt hatte. In den Ekstasen meiner Opiumträume – ich lag jetzt fast immer im Bann dieses Giftes – rief ich wieder und wieder ihren Namen durch das Schweigen der Nacht oder bei Tag durch die schattigen Schluchten der Landschaft. Es war, als ob das wilde Verlangen, die tiefernste Leidenschaft, das verzehrende Feuer meiner Sehnsucht nach der Dahingegangenen sie auf die Erde zurückführen müssten, die sie – ach konnte es denn für ewig sein? – verlassen hatte.

Im zweiten Monat unserer Ehe wurde Lady Rowena plötzlich von einer Krankheit befallen, von der sie nur langsam genas. Zehrendes Fieber machte ihre Nächte unruhig, und in ihrem aufgeregten Halbschlummer redete sie von gespenstischen Lauten und Schatten, die im Turmzimmer und in seiner nächsten Umgebung sich vernehmen und sich sehen ließen. Ich hielt diese Äußerungen für Einbildungen einer kranken Fantasie, die allerdings durch das unheimliche Zimmer geweckt sein konnte. Sie erholte sich schließlich wieder und genas endlich völlig. Doch nur für kurze Zeit, denn bald warf ein zweiter, heftigerer Anfall sie von Neuem aufs Krankenlager. Und von diesem Rückfall erholte sie, die ohnedies von zarter Gesundheit war, sich nie mehr vollständig.

Die Krankheitserscheinungen, die dem zweiten Anfall folgten, waren sehr beunruhigend und spotteten aller Wissenschaft und aller Bemühungen der Ärzte. Mit dem Anwachsen ihres chronischen Leidens, das ersichtlich schon tiefer wurzelte, als dass man ihm mit Medikamenten erfolgreich hätte beikommen können, bemerkte ich auch eine Steigerung ihrer nervösen Reizbarkeit und ihres schreckhaften Entsetzens bei ganz nichtigen Anlässen. Sie sprach wieder – und häufiger und hartnäckiger – von den Lauten, den ganz leisen Lauten, und von den seltsamen Schatten, die sich an den Wänden regten.

In einer Nacht, es war gegen Ende September, wies sie meine Aufmerksamkeit mit mehr als gewöhnlichem Nachdruck auf diese peinigenden Ängste hin. Sie war soeben aus unruhigem Schlummer erwacht, und ich hatte – halb in Besorgnis und halb in Entsetzen – das Arbeiten der Muskeln in ihrem abgemagerten Gesicht beobachtet. Ich saß seitwärts von ihrem Ebenholzbett auf einer der indischen Ottomanen. Sie richtete sich halb auf und sprach in eindringlichem, leisen Flüstern von Lauten, die sie jetzt vernahm, die ich aber nicht hören, von Bewegungen, die sie jetzt sah, die ich aber nicht wahrnehmen konnte. Der Wind wehte hinter der Wandverkleidung in hastigen Zügen, und ich hatte die Absicht ihr zu zeigen – was ich allerdings, wie ich bekenne, selbst nicht ganz glauben konnte –, dass dieses kaum vernehmbare Atmen, diese ganz geringen Verschiebungen der Gestalten an den Wänden nur die natürliche Folge des Luftzuges seien.

Doch ein tödliches Erbleichen ihrer Wangen ließ mich ein sehen, dass meine Bemühungen, sie zu beruhigen, fruchtlos sein würden. Sie schien ohnmächtig zu werden, und keiner der Dienstleute war in Rufnähe. Da erinnerte ich mich einer Flasche leichten Weines, den die Ärzte verordnet hatten, und eilte quer durchs Zimmer, um sie zu holen.

Als ich aber unter den Flammen des Weihrauchbeckens angekommen war, erregten zwei sonderbare Umstände meine Aufmerksamkeit. Ich fühlte, dass ein unsichtbares, doch greifbares

Etwas leicht an mir vorbeistreifte, und ich sah, dass auf dem goldenen Teppich, genau in der Mitte des reichen Glanzes, den die Ampel darauf niederwarf, ein Schatten, ein schwacher, undeutlicher, geisterhafter Schatten lag; so zart war er, dass man ihn für den Schatten eines Schattens hätte halten können. Aber ich war infolge einer ungewöhnlich großen Dosis Opium sehr aufgeregt und achtete dieser Erscheinungen kaum, erwähnte sie auch Rowena gegenüber nicht.

Ich fand den Wein, schritt quer durchs Zimmer ans Bett zurück, füllte ein Glas und brachte es an die Lippen der nahezu ohnmächtigen Kranken. Sie hatte sich ein wenig erholt und ergriff selbst das Glas; ich sank auf die nächste Ottomane und sah gespannt zu meiner Frau hinüber.

Da geschah es, dass ich deutlich einen leisen Schritt über den Teppich zum Lager hin schreiten hörte, und eine Sekunde später, als Rowena den Wein an die Lippen führte, sah ich – oder träumte, dass ich es sah – wie, aus einer unsichtbaren Quelle in der Atmosphäre des Zimmers kommend, drei oder vier große Tropfen einer strahlenden, rubinroten Flüssigkeit in den Kelch fielen. Ich sah dies – Rowena sah es nicht. Sie trank den Wein ohne Zögern, und ich unterließ es, ihr von der Erscheinung zu sprechen, die – wie ich mir nach reiflicher Überlegung sagte – vielleicht nur eine Vorspiegelung meiner lebhaften Einbildungskraft gewesen war, die durch die Äußerungen der Leidenden, durch das Opium und durch die späte Nachtstunde krankhaft erregt sein musste.

Dennoch konnte ich mir nicht verhehlen, dass die Krankheit meiner Frau, nachdem sie den Becher geleert hatte, eine rapide Wendung zum Schlimmsten nahm. Und in der dritten Nacht darauf kleideten die Dienerinnen Lady Rowena in das Leichengewand, und in der vierten Nacht saß ich allein bei ihrem Leichnam in dem seltsamen Gemach, in das sie als meine Braut eingetreten war.

Wilde Visionen, eine Folge des Opiumgenusses, umschwebten mich wie Schatten. Meine Blicke musterten unruhig die in den Ecken des Zimmers aufgestellten Sarkophage, die veränderlichen Gestalten des Wandteppichs und die züngelnden, buntfarbigen Flammen des Weihrauchbeckens mir zu Häupten. Ich erinnerte mich der sonderbaren Erscheinungen jener Nacht, in der über das Leben Rowenas entschieden wurde und blickte unwillkürlich auf die vom Ampellicht bestrahlte Stelle des Teppichs, wo ich damals den schwachen Schein eines Schattens bemerkt hatte. Es ließ sich jedoch nichts mehr sehen, und ich wandte mich aufatmend ab und heftete meine Blicke auf das bleiche und starre Antlitz der Aufgebahrten. Da überfielen mich tausend liebe Erinnerungen an Ligeia, und über mein Herz stürzte mit der Wucht eines Gießbaches das ganze unsagbare Weh, mit dem ich sie im Leichentuch gesehen hatte. Die Stunden gingen, und immer noch saß ich und starrte Rowena an, das Herz geschwellt vom Gedenken an die eine Einzige, die himmlisch Geliebte.

Es mochte gegen Mitternacht sein – vielleicht etwas früher oder später, ich hatte der Zeit nicht geachtet – als ein leiser, zarter, aber deutlich wahrnehmbarer Seufzer mich aus meinen Träumen aufschreckte. Ich fühlte, dass er vom Ebenholzbett her kam, vom Totenbett. Ich lauschte in angstvollem, abergläubischem Entsetzen – aber der Laut wiederholte sich nicht. Ich strengte meine Augen an, um irgendeine Bewegung des entseelten Körpers wahrzunehmen, nicht die mindeste Regung war zu entdecken. Dennoch konnte ich mich nicht getäuscht haben. Ich hatte das Geräusch, wie schwach es auch gewesen sein mochte, tatsächlich vernommen, und meine Seele war erwacht und lauschte.

Ich heftete meine Augen durchdringend und mit aller Konzentration auf den toten Leib. Viele Minuten vergingen, ehe sich auch nur das Geringste ereignete, das Licht in dies Geheimnis bringen konnte.

Endlich sah ich ganz deutlich, dass ein leiser, ein ganz schwacher und kaum wahrnehmbarer Hauch sowohl die Wangen wie auch die eingesunkenen feinen Adern der Augenlider gerötet hatte. Ein namenloses Grausen, eine wahnsinnige Furcht, für die es keine Worte gibt, ließ mich auf meinem Sitz zu Stein erstarren und lähmte das Pulsen meines Herzens. Und doch gab mir schließlich ein gewisses Pflichtgefühl meine Selbstbeherrschung zurück. Ich konnte nicht länger daran zweifeln, dass wir in unserem Vorgehen allzu voreilig gewesen waren, ich konnte nicht länger daran zweifeln – dass Rowena lebte. Man musste sofort Wiederbelebungsversuche anstellen. Doch der Turm lag ganz abseits von den anderen Gebäuden, in denen die Dienerschaft untergebracht war – keiner der Leute befand sich in Hörweite – wollte ich sie zu meiner Hilfe herbeiholen, so hätte ich das Zimmer auf viele Minuten verlassen müssen, das aber durfte ich nicht wagen.

Ich bemühte mich daher allein, die Seele, die noch nicht ganz entflohen schien, wieder ins Leben zu rufen. Aber schon nach kurzer Zeit war ersichtlich ein Rückfall eingetreten, die Farbe verschwand von Wangen und Augenlidern, die nun bleicher noch als Marmor erschienen. Die Lippen schrumpften ein und kniffen sich zusammen und trugen den grässlichen Ausdruck des Todes, Kälte breitete sich schnell über den ganzen Leib, der überdies vollständig steif und starr wurde. Schaudernd sank ich auf das Ruhebett zurück, von dem ich in so fassungslosem Schreck aufgescheucht worden war, und gab mich von Neuem leidenschaftlichen, wachen Visionen hin, in denen ich Ligeia vor mir sah.

So war eine Stunde verstrichen, als ich – konnte es möglich sein? – ein zweites Mal von der Gegend des Bettes her einen schwachen Laut vernahm. Ich lauschte in höchstem Grauen. Der Ton wiederholte sich, es war ein Seufzer. Ich eilte zur Leiche hin und sah – sah deutlich –, dass die Lippen zitterten. Eine Minute später öffneten sie sich und legten eine Reihe perlenschöner Zähne bloß. Zu der tiefen Furcht, die mich bis jetzt gebannt hielt, gesellte sich nun auch Bestürzung. Ich fühlte, wie es dunkel vor meinen Augen wurde, wie meine Gedanken wanderten, und nur durch eine gewaltige Anstrengung gelang es mir, mich für die Aufgabe, auf die mich die Pflicht nun wiederum hinwies, zu stählen.

Sowohl auf der Stirn wie auf Wangen und Hals war jetzt ein sanftes Glühen zu bemerken, eine fühlbare Wärme durchdrang den ganzen Körper, am Herzen ließ sich sogar ein leichter Pulsschlag spüren. Die Tote lebte, und mit doppeltem Eifer unterzog ich mich den Wiederbelebungsversuchen. Ich rieb und berührte die Schläfen und die Hände und wandte alles an, was Erfahrung und eine gute Belesenheit in medizinischen Dingen erdenken konnten. Doch vergeblich. Plötzlich verschwand die Farbe, der Pulsschlag hörte auf, die Lippen nahmen wieder den Ausdruck des Todes an, und einen Augenblick danach hatte der Körper die frostige Eiseskälte, den bleiernen Farbton, die vollkommene Starre, die eingesunkenen Formen und all die Eigenschaften dessen, der schon seit vielen Tagen ein Bewohner des Grabes gewesen war.

Und wieder versank ich in Träume von Ligeia, und wieder – was Wunder, dass ich beim Schreiben jetzt noch schaudere – wieder drang vom Ebenholzbett her ein leiser Seufzer an mein Ohr. Aber warum soll ich die unaussprechlichen Schrecken jener Nacht in allen Einzelheiten schildern? Warum soll ich darüber nachsinnen, wie ich es ausmalen könnte, wie bis zur Morgendämmerung dies fürchterliche Drama des Wiederbelebens und des Wiederabsterbens sich fortsetzte, wie jeder schreckliche Rückfall einen tieferen, unlöslicheren Tod bedeutete, wie jede Agonie wie ein Ringen mit einem unsichtbaren Feind erschien und wie jeder Kampf ich weiß nicht was für eine grässliche Veränderung in der Erscheinung des Körpers nach sich zog? Lasst mich zum Schluss eilen.

Der größte Teil der furchtbaren Nacht war dahingegangen, und sie, die tot gewesen, rührte sich wieder. Und die Lebenszeichen waren jetzt kräftiger als bisher, obgleich sie vordem in eine Auflösung gesunken war, die stärker schien als alle früheren.

Ich hatte es schon längst aufgegeben, mich zu bemühen, mich überhaupt noch zu rühren. Ich saß erstarrt auf der Ottomane, eine hilflose Beute wilder Aufregungen, deren geringste eine maßlose Angst war. Der Leichnam, ich wiederhole es, rührte sich und war lebhafter als bisher. Die Farben des Lebens schossen mit unglaublicher Energie ins Antlitz, die Glieder wurden wieder beweglich, und wenn die Augenlider nicht noch immer fest geschlossen geblieben wären, wenn der Leib nicht noch immer still in seinen Grabtüchern und Bändern dagelegen hätte, so hätte ich glauben müssen, dass Rowena sich endgültig aus den Fesseln des Todes befreit habe. Doch wenn bis dahin dieser Gedanke noch entschieden zurückgewiesen werden musste, so schwanden alle Zweifel, als nun das leichentuchumhüllte Wesen vom Bett aufstand und schwankend, unsicheren Schrittes, mit geschlossenen Augen und mit dem Gebaren eines Traumwesens, doch körperlich sichtbar und fühlbar, sich in die Mitte des Zimmers vorbewegte. Ich zitterte nicht, ich rührte mich nicht, denn ein Schwarm seltsamer Empfindungen, die sich an das Aussehen, die Gestalt und ihre Bewegungen knüpften, hatte mein Hirn überfallen und mich ganz gelähmt. Ich rührte mich nicht – doch meine Blicke hingen an der Erscheinung. Meine Gedanken taumelten wie im Wahnsinn, tobten und ließen sich nicht halten und bändigen. Konnte das wirklich die lebende Rowena sein, die mir da gegenüberstand? Konnte es überhaupt Rowena sein, die blondhaarige, blauäugige Lady Rowena Trevanion of Tremaine? Warum, warum sollte ich es bezweifeln? Die Binde lag fest um den Mund – aber warum sollte es nicht der Mund, der atmende Mund der Lady of Tremaine sein? Und die Wangen – sie trugen Rosen wie im Mittag ihres Lebens – ja, das waren wohl sicher die schönen Wangen der lebenden Lady of Tremaine. Und das Kinn, das Kinn mit den Grübchen der Gesundheit, war es nicht das ihre? –

Aber war sie denn in ihrer Krankheit gewachsen? Welch unaussprechlicher Wahnsinn fasste mich bei dem Gedanken? Ein Sprung, und ich lag zu ihren Füßen!

Sie wich meiner Berührung aus, und die grässlichen Leintücher, die den Kopf umschlossen hatten, lösten sich und fielen nieder. In die wehende Atmosphäre des Gemachs strömten Wogen aufgelösten Haares: es war schwärzer als die Rabenschwingen der Mitternacht!

Und nun öffneten sich langsam die Augen der Gestalt, die dicht vor mir stand. »Hier, hier endlich«, schrie ich laut, »kann ich mich niemals – niemals irren: dies sind die großen und schwarzen und wilden Augen – meiner verlorenen Geliebten – die Augen – der Lady Ligeia!«

Edgar Allan Poe

Anne Lisbeth

Anne Lisbeth war wie Milch und Blut, jung und vergnügt. Sie war schön von Gestalt; die Zähne schimmerten so weiß, die Augen blitzten so hell, die Füße waren leicht im Tanz und ihr Sinn noch leichter. Wozu konnte das führen? »Ein hässlicher Junge!« Ja, schön war er nicht! Er wurde zu der Frau eines Feldarbeiters abgegeben; Anne Lisbeth aber kam auf das gräfliche Schloss, saß in einer schönen Stube und trug Kleider von Samt und Seide. Nicht ein Lüftchen durfte sie berühren, niemand ihr ein hartes Wort sagen; es hätte ihr schaden können, und das durfte nicht geschehen. Sie stillte als Amme das gräfliche Kind: es war fein wie ein Prinz, schön wie ein Engel. Wie liebte sie das Kind; aber ihr eigenes, ja, das war in dem Hause des Feldarbeiters, wo der Topf nicht überkochte, wohl aber der Mund, und oft war niemand daheim. Der Junge weinte; aber was niemand hört, das rührt auch niemand, und er weinte sich in den Schlaf, und im Schlaf fühlt man weder Hunger noch Durst. Oh, der Schlaf ist eine gute Erfindung. Mit den Jahren – ja, im Laufe der Zeit schießt das Unkraut auf, wie man zu sagen pflegt – schoss auch Anne Lisbeths Junge in die Höhe, und doch war er im Wachstum zurück. Doch er verwuchs ganz und gar mit der Familie, die ihn für Geld aufgenommen hatte. Anne Lisbeth war ihn für immer los. Sie lebte in der Stadt, saß gut und warm und trug einen Hut, wenn sie ausging. Aber zu der Familie des Feldarbeiters ging sie niemals: die wohnte so weit von der Stadt entfernt, und sie hatte dort auch nichts zu tun. Der

Junge gehörte zur Familie, und da er seinen Teil mochte, wie man bei uns hier sagt, sollte er seine Beköstigung selbst verdienen, und deshalb hütete er Mads Jensens rote Kuh; das verstand er, und er wusste mit dem Tier umzugehen.

Der Kettenhund sitzt auf dem Hofplatz des Edelsitzes im Sonnenschein stolz auf seiner Hütte und bellt jeden an, der vorübergeht; aber bei Regenwetter kriecht er hinein und liegt trocken und warm. Anne Lisbeths Junge saß bei Sonnenschein am Grabenrand und schnitzte Spannpflöcke. Im Frühjahr dachte er an drei blühende Erdbeerstauden; er meinte, dass sie Früchte ansetzen müssten, und das war sein frohester Gedanke; aber sie brachten keine Früchte. In Regen und Nebel saß er da, wurde nass bis auf die Haut, und der scharfe Wind trocknete ihm das Zeug wieder am Leibe. Kam er auf den Hof, so wurde er gestoßen und geschlagen. Er wäre hässlich und widerwärtig, sagten die Mägde und Knechte. Er war es gewöhnt; niemand liebte ihn.

Wie ging es Anne Lisbeths Jungen? Wie sollte es ihm gehen? Es war sein Los, von niemand geliebt zu werden.

Vom festen Land über Bord geworfen, ging er zur See auf ein elendes Schiff. Er saß am Steuerruder, während der Schiffer trank. Schmutzig und hässlich war er, verfroren und gefräßig; man musste glauben, dass er niemals satt gewesen wäre, und er war es auch nie.

Es war raues, nasses, stürmisches Wetter; der Wind schnitt eisig durch die dicken Kleider, besonders auf dem Meer, und doch stach ein elendes Schiff mit einem Segel und zwei Mann Besatzung in See; ja eigentlich waren es nur anderthalb Mann, der Schiffer und sein Knecht. Dämmerlicht gab es den ganzen Tag; nun wurde es finster; es war schneidende Kälte. Der Schiffer nahm einen Schnaps; das wärmt den Magen. Flasche und Glas waren alt. Der Fuß des Glases war abgebrochen, und es hatte, um stehen zu können, einen blau angestrichenen, rohgeschnittenen Holzklotz erhalten. Ein Schnaps täte gut, zwei täten besser, meinte der Schiffer. Der Schiffsjunge saß am Steuerruder und hielt es mit seinen harten, teerigen Händen fest. Hässlich war er; das Haar war struppig, der Körper klein und verkrüppelt. Es war der Sohn des Feldarbeiters; aber nach dem Kirchenbuch war er Anne Lisbeths Kind.

Der Wind fuhr auf seine Weise dahin, das Schiff fuhr auf seine Weise dahin. Die Segel waren aufgebläht; der Wind hatte sie erfasst; es ging in fliegender Fahrt. Rau, nass war es ringsumher; allein es konnte noch schlimmer kommen. Halt! Was war das? Was stieß, was sprang, was drang in das Schiff ein? Es drehte sich um sich selbst! Kam ein Wolkenbruch? Erhob sich eine Sturzsee? Der Junge am Steuerruder schrie laut: »In Jesu Namen!« Das Schiff war auf ein mächtiges Felsenriff geraten und sank wie ein alter Schuh in einem Wasserloch; es sank mit Mann und Maus, wie man zu sagen pflegt, und Mäuse waren an Bord, aber nur anderthalb Mann: Der Schiffer und des Feldarbeiters Junge. Niemand sah es, außer den schreienden Möwen und den Fischen in der Tiefe; ja auch diese sahen es nicht genau; denn sie fuhren erschreckt zurück, als sich das Wasser brausend in das Schiff ergoss. Es sank; kaum einen Faden stand es unter Wasser. Begraben waren die beiden, begraben und vergessen. Nur das Glas mit dem blau angestrichenen hölzernen Fuß sank nicht; der Holzfuß hielt es oben; das Glas trieb davon, um abzubrechen oder an die Küste gespült zu werden. Wo und wann? Ja, das hat nun nicht mehr viel zu bedeuten. Nun hatte es ausgedient und es war geliebt worden. Das war nicht der Fall bei Anne Lisbeths Sohn. Doch im Himmelreich wird keine Seele sagen können: »Niemand liebte mich.«

Anne Lisbeth lebte in der Stadt schon viele Jahre; sie wurde gnädige Frau genannt und warf sich stolz in die Brust, wenn sie von alten Erinnerungen erzählte, von ihrer gräflichen Zeit, als sie in einer Kutsche fuhr und mit Gräfinnen und Baronessen sprach. Ihr süßes Grafenkind war der reizendste Engel Gottes, die liebste Seele; es hatte sie so geliebt und sie es auch. Sie hatten sich geküsst und geherzt; es war ihre Freude, ihr halbes Leben. Nun war der Junge groß, war vierzehn Jahre, war gelehrt und schön. Sie hatte ihn nicht wiedergesehen, seit sie ihn auf den Armen trug; sie war seit vielen Jahren nicht wieder auf dem gräflichen Schloss gewesen; es war eine weite Reise bis dahin.

»Ich muss mich mal aufraffen«, sagte Anne Lisbeth, »ich muss zu meiner Herrlichkeit, zu meinem süßen Grafenkind, Ja, es verlangt gewiss nach mir, denkt an mich, liebt mich noch wie damals, als es mit seinen Engelsarmen an meinem Halse hing und stammelte: Annlies! Das klang wie Geigenton. Ja, ich muss mich aufraffen und ihn wiedersehen.«

Sie fuhr mit dem Kälberwagen; sie ging zu Fuß, bis sie zum gräflichen Schloss kam. Es war groß und leuchtete wie einst, und der herrliche Garten umgab es wie damals; aber die Leute im Schloss waren ihr alle fremd. Nicht einer wusste etwas von Anne Lisbeth; nicht einer wusste, was sie einst hier bedeutet hatte. Das würden ihnen schon die Gräfin und ihr süßes Kind sagen. Wie sehnte sie sich nach ihm.

Nun war Anne Lisbeth hier. Lange musste sie warten, und beim Warten wird die Zeit gar lang! Ehe die Herrschaft zu Tische ging, wurde sie zur Gräfin beschieden und gar freundlich aufgenommen. Ihren süßen Knaben sollte sie nach Tische sehen, und deshalb wurde sie wieder herein beschieden.

Wie groß war er geworden, wie lang und schmächtig! Aber

die reizenden Augen und den Engelmund hatte er noch. Er sah sie an und sagte kein Wort. Er kannte sie gewiss nicht mehr. Er wandte sich um und wollte gehen; aber da nahm sie seine Hand und drückte sie an ihren Mund. »Schon gut, schon gut«, sagte er, und dann ging er aus dem Zimmer, er, der ihr liebster Gedanke war, den sie geliebt hatte und innig liebte, der ihr ganzes Erdenglück war.

Anne Lisbeth ging aus dem Schloss auf die offene Landstraße hinaus; sie war gar traurig. Er war so fremd gegen sie gewesen, hatte keinen Dank, nicht ein Wort für sie gehabt; er, den sie einst Tag und Nacht getragen hatte und den sie noch immer im Herzen trug.

Da ließ sich ein großer schwarzer Rabe vor ihr auf der Landstraße nieder, der krächzte und krächzte. »Ei«, sagte sie, »was willst du, alter Unglücksvogel.«

Sie kam bei dem Hause des Feldarbeiters vorbei; die Frau stand in der Tür und deshalb sprachen sie miteinander.

»Du siehst gut aus«, sagte die Frau des Feldarbeiters; »du bist dick und rund, dir geht es gut.«

»Gott sei's gedankt«, sagte Anne Lisbeth.

»Das Schiff ist damals mit ihnen untergegangen«, sagte die Frau des Feldarbeiters. »Der Schiffer Lars und der Junge sind beide ertrunken. Nun ist's zu Ende mit ihnen, und ich hatte gehofft, dass der Junge mir einst mit ein paar Groschen helfen würde. Dich kostet er nun nichts mehr, Anne Lisbeth.«

»So, er ist ertrunken«, sagte Anne Lisbeth, und dann sprachen sie nicht mehr davon. Sie war sehr betrübt, dass ihr Grafenkind nicht mit ihr sprechen mochte, die ihn doch liebte und seinetwegen den langen Weg gemacht hatte. Das hatte Geld gekostet und die Freude, die sie erfahren hatte, war nicht groß. Allein sie sagte kein Wort darüber; sie wollte ihr Herz nicht vor der Frau des Feldarbeiters ausschütten: die könnte ja glauben, dass sie bei der gräflichen Familie nicht mehr in Ansehen stände. Da flog der Rabe wieder krächzend über sie hin.

»Der schwarze Schreier«, sagte Anne Lisbeth, »hat mich heute schon genug erschreckt.«

Sie hatte Kaffee und Zichorie mitgebracht, und sie erwies der Frau des Feldarbeiters eine Wohltat und gab ihr davon, um einen Kaffee zu machen. Anne Lisbeth wollte eine Tasse mittrinken, und die Feldarbeiterfrau ging hinaus, ihn zu kochen. Anne Lisbeth setzte sich auf einen Stuhl und schlief ein. Da träumte ihr seltsam genug von ihm, von dem ihr noch niemals geträumt hatte; sie träumte von ihrem eigenen Kinde, das hier im Hause gehungert und geschrien hatte, das allen im Wege gewesen und das nun – Gott weiß wo – im tiefen Meer lag. Ihr träumte, dass sie säße, wo sie saß, und dass die Frau des Feldarbeiters draußen war und Kaffee kochte. In ihrem Traum roch sie den Duft der Bohnen und sah in der Tür eine liebliche Gestalt stehen, die war ebenso schön wie das Grafenkind, und diese Gestalt sprach:

»Nun geht die Welt unter! Halte dich an mir fest: denn du bist doch meine Mutter. Du hast einen Engel im Himmelreich. Halte mich fest!«

Und deshalb griff sie nach ihm; aber da ertönte ein gewaltiges Krachen; es war gewiss die Welt, die auseinanderbarst, und der Engel erhob sich und hielt sie fest an den Ärmeln ihres Hemdes, so fest, dass es ihr schien, als ob sie von der Erde fortgetragen würde. Aber da hängte sich plötzlich etwas schwer an ihre Beine und legte sich schwer auf ihren Rücken. Es war, als ob sich hundert Frauen fest an sie klammerten und sagten: »Solltest du erlöst werden, müssen wir es auch! Anklammern! Anklammern!« Und sie klammerten sich alle an sie; aber es waren zu viele! Ritsch, ratsch! zerriss der Ärmel, und Anne Lisbeth fiel in eine ungeheure Tiefe, sodass sie davon erwachte – und sie war nahe daran, mit dem Stuhl umzufallen, auf dem sie saß. Ihr war so wirr im Kopf, dass sie sich nicht erinnern konnte, was sie geträumt hatte; aber etwas Schlimmes musste es gewesen sein.

Nun wurde der Kaffee getrunken; es wurde erzählt, und dann ging Anne Lisbeth nach der nächsten Stadt, um den Fuhrmann anzutreffen, mit dem sie noch denselben Abend und die Nacht hindurch in ihre Heimat fahren wollte. Aber als sie zu ihm kam, sagte er, dass er nicht vor dem nächsten Abend fahren könnte. Sie bedachte, was das Bleiben kosten würde, berechnete die Weglänge und fand, dass es zwei Meilen näher wäre, wenn sie am Meeresstrand und nicht auf der Fahrstraße gehen würde. Es war ja helles Wetter: der Vollmond schien, und deshalb wollte Anne Lisbeth gehen, um am nächsten Tage daheim zu sein.

Die Sonne war untergegangen; die Abendglocken klangen noch – nein, es waren keine Glocken, es waren Frösche, die in den Sümpfen quakten. Nun schwiegen sie. Alles war still. Kein Vogel ließ sich hören; sie waren alle zur Ruhe gegangen, und die Eulen waren wohl noch zu Hause. Lautlos war es im Wald und am Strand, wo sie ging, dass sie ihre eigenen Tritte im Sand hörte. Spiegelglatt lag das Meer; es war lautlos über dem tiefen Wasser; stumm waren sie dort unten alle, die Lebenden und die Toten.

Anne Lisbeth ging dahin und dachte an nichts, wie man zu sagen pflegt; sie hatte sich aller Gedanken entledigt. Aber die Gedanken waren nicht von ihr gewichen; sie gehen niemals von uns fort; sie schlummern nur, die lebendig gewordenen Gedanken, die untergetaucht sind, und auch diejenigen, die sich noch nicht geregt haben. Aber die Gedanken kommen schon herauf; sie können sich in unserm Herzen regen, in unserm Kopfe und uns auch plötzlich überfallen.

»Wohltun bringt Segen« steht geschrieben; »Die Sünde ist der Leute Verderben« steht ebenfalls geschrieben. Vieles steht geschrieben; vieles ist gesagt; aber man weiß es nicht, man erinnert sich nicht. So ging es auch Anne Lisbeth; aber es kann einem schon aufgehen, es kann schon kommen.

Alle Laster, alle Tugenden liegen in unserm Herzen, in deinem, in meinem; sie liegen darin wie kleine, unsichtbare Körner. Da kommt von außen ein Sonnenstrahl, die Berührung einer bösen Hand; du wendest es ein wenig nach rechts oder links – ja, das kann entscheiden, und das kleine Samenkorn erbebt, es schwillt an, es zerspringt und gießt dir seine Säfte ins Blut und du kommst in Wallung. Das sind beängstigende Gedanken; aber man hat keine, wenn man wie im Traume umhergeht; aber sie können sich regen. Anne Lisbeth ging wie im Traum; und die Gedanken regten sich. Von Lichtmess zu Lichtmess hat das Herz manches auf seinem Sündenregister, die Rechenschaft über ein ganzes Jahr. Viel ist vergessen, Sünden in Worten und Gedanken gegen Gott, unsere Nächsten und unser eigenes Gewissen. Wir denken nicht daran, und das tat Anne Lisbeth auch nicht. Sie hatte nicht gegen Gesetz und Recht des Landes verstoßen; sie wusste, dass sie in gutem Rufe stand, für rechtschaffen und ehrbar galt. Und wie sie nun am Strand dahinging – was war das, was lag dort? Sie stand still. Was war angespült worden? Ein alter Männerhut lag dort. Wo mag der über Bord gegangen sein? Sie ging näher, blieb stehen und sah ihn an. Ei! was liegt dort! Sie fuhr zusammen, und doch war es nichts, worüber man erschrecken konnte! Es war Tang und Seegras, das sich um einen großen, länglichrunden Stein geschlungen hatte. Es sah wie ein Mensch aus, und doch war es nur

Seegras und Tang. Aber der Schrecken blieb, und indem sie weiterging, kam ihr so viel in den Sinn, was sie als Kind gehört hatte, der ganze Aberglaube von dem Strandgespenst, der Spukgestalt der Unbegrabenen, die an dem öden Meeresufer angespült liegen. Der angespülte Leichnam tut freilich nichts. Aber das Strandgespenst folgte dem einsamen Wanderer, hängte sich fest an ihn und verlangte nach einem Kirchhof getragen und in christlicher Erde begraben zu werden. »Anklammern! anklammern!«, sagte es, und wie Anne Lisbeth für sich das Wort wiederholte, fiel ihr auf einmal der ganze Traum so lebhaft wieder ein, wie die Mütter sich an sie geklammert hatten mit dem Ausruf: Anklammern! anklammern! Und wie die Welt versank, ihre Hemdärmel zerrissen und sie ihr Kind losließ, das sie in der Stunde des Jüngsten Gerichts hatte emporziehen und retten wollen. Ihr Kind, ihr leibliches Kind, das sie niemals geliebt, ja an das sie nicht einmal gedacht hatte, lag nun auf dem Grunde des Meeres und konnte als Strandgespenst kommen und rufen: »Anklammern! anklammern! Bring mich in christliche Erde!« Und indem sie daran dachte, stach die Angst sie in die Fersen, dass sie schneller ging. Die Furcht legte sich mit ihrer kalten feuchten Hand auf ihre Herzgrube, dass sie nahe daran war, ohnmächtig zu werden.

Und als sie nun auf das Meer hinaussah, wurde es dort dichter und dichter. Ein schwerer Nebel stieg empor und legte sich über Büsche und Bäume, dass sie ein wunderliches Aussehen erhielten. Sie wandte sich, um nach dem Mond zu sehen, der hinter ihr stand; er war wie eine blinde Scheibe ohne Strahlen. Ihr war, als hätte sich etwas Schweres auf ihre Glieder gelegt. »Anklammern! anklammern!«, dachte sie, und als sie sich wieder wandte, um nach dem Mond zu sehen, glaubte sie sein weißes Gesicht dicht hinter sich und den Nebel wie ein weißes Linnen von ihren

Schultern herabhängen zu sehen. »Anklammern! Bringe mich in christliche Erde!«, meinte sie zu hören, und sie hörte auch einen Laut, so hohl, so seltsam. Der konnte nicht von den Fröschen aus dem Sumpfe kommen, nicht von den Raben und Krähen; denn sie sah ja keine. »Begrab mich! begrab mich!«, klang es ganz deutlich! Ja, das war das Strandgespenst ihres Kindes, das auf dem Meeresgrund lag und nicht eher Frieden finden konnte, bis es auf einen Kirchhof getragen und ein christliches Begräbnis gefunden hatte. Dorthin wollte sie gehen, dort wollte sie es begraben. Sie ging in die Richtung, wo eine Kirche lag, und es schien ihr, dass die Last leichter würde und verschwände. Da wollte sie wieder umkehren, um auf dem nächsten Wege ihre Wohnung zu erreichen. Da packte es sie wieder. »Anklammern! anklammern!« Es klang wie das Quaken der Frösche, wie ein klagender Vogelschrei, es klang so deutlich: »Begrab mich! begrab mich!«

Der Nebel war kalt und feucht; Hand und Gesicht waren kalt und feucht vor Entsetzen. Von außen fühlte sie einen Druck; im Innern war ein unendlicher Raum für Gedanken, die sie noch niemals vernommen hatte.

In einer Frühlingsnacht kann bei uns im Norden der Buchenwald ausschlagen und in seiner ganzen leuchtenden Pracht im Sonnenlicht des folgenden Tages dastehen; in einer einzigen Sekunde kann in unserem Innern die Saat unserer Sünden in Gedanken, Worten und Taten keimen und sich entfalten, die unsere Lebensführung angehäuft hat. Sie keimt und entfaltet sich in einer einzigen Sekunde, wenn unser Gewissen erwacht, und Gott der Herr erweckt es, wenn wir es am wenigsten erwarten. Da gibt es nichts zu entschuldigen; die Toten stehen auf und werden zu Zeugen; die Gedanken bekommen Worte, und die Worte erschallen deutlich in die Welt hinaus. Wir erschrecken über das, was wir in uns getragen und nicht erstickt haben; wir erschrecken über das, was wir im Übermut und in Gedankenlosigkeit getan haben. Das Herz umfasst alle Tugenden, aber auch alle Laster, und sie können selbst auf dem unfruchtbarsten Boden gedeihen.

In Anne Lisbeth wogten die Gedanken, die wir hier in Worte gekleidet haben. Sie wurde von ihnen überwältigt, dass sie zur Erde sank und eine Strecke weiter kroch. »Begrab mich! begrab mich!«, klang es, und am liebsten hätte sie sich selbst begraben, wenn das Grab nur ewige Vergessenheit brächte. Das war die ernste Stunde der Erweckung in Angst und Grauen. Der Aberglaube trieb ihr Hitze und Kälte ins Blut; so vieles, über das sie nimmer reden möchte, kam ihr in den Sinn. Lautlos wie ein Wolkenschatten im hellen Mondlicht fuhr eine Erscheinung an ihr vorüber, von der sie früher schon gehört hatte. Dicht an ihr vorüber jagten vier schnaubende Rosse; das Feuer fuhr ihnen aus Augen und Nasenlöchern. Sie zogen eine glühende Kutsche, in welcher der böse Gutsherr saß, der vor mehr als hundert Jahren in dieser Gegend gehaust hatte. Jede Mitternachtsstunde, hieß es, fahre er auf sein Gut hinauf und kehre sofort wieder um. Er war nicht weiß, wie man es von den Toten sagt, nein, er war schwarz wie eine Kohle, eine ausgebrannte Kohle. Er nickte Anne Lisbeth zu und winkte: »Anklammern! anklammern! Dann kannst du wieder im gräflichen Wagen fahren und dein Kind vergessen.«

Sie beeilte sich noch mehr, um von der Stelle zu kommen und erreichte den Kirchhof. Aber die schwarzen Kreuze und die schwarzen Raben gingen vor ihren Augen ineinander. Die Raben schrien, wie sie am Tage geschrien hatten; doch nun verstand sie, was sie sagten. »Ich bin eine Rabenmutter! Rabenmutter!«, sagte jeder von ihnen, und Anne Lisbeth wusste, dass das Wort auch ihr galt. Sie würde wahrscheinlich in einen solchen schwarzen Vogel verwandelt werden und müsste beständig krächzen, was sie krächzten, wenn sie das Grab nicht graben würde.

Und sie warf sich zur Erde nieder und grub mit ihren Händen ein Grab in den harten Boden, dass ihr das Blut aus den Fingern sprang.

»Begrab mich! begrab mich!«, ertönte es fortwährend; sie fürchtete um den Hahnenschrei und den ersten roten Strahl im Osten; denn kamen sie, ehe ihre Arbeit beendet war, so war sie verloren. Und der Hahn krähte, und im Osten flammte es auf. Das Grab war nur halb gegraben; eine eiskalte Hand fuhr ihr über Kopf und Gesicht bis zum Herzen. »Ein halbes Grab nur«, seufzte es und ein Schatten schwebte fort, zurück auf den Meeresgrund. Ja, das war das Strandgespenst. Anne Lisbeth sank ohnmächtig zur Erde; sie hatte weder Gedanken noch Empfindung.

Es war heller Tag, als sie wieder zu sich kam; zwei Männer richteten sie auf. Sie lag nicht auf dem Kirchhof, sondern am Meeresufer, und dort hatte sie vor sich in den Sand ein tiefes Loch gegraben und ihre Finger an einem zerbrochenen Glas, dessen Stiel in einem blauangestrichenen Holzfuß steckte, blutig geschnitten. Anne Lisbeth war krank; ihr Gewissen hatte die Karten des Aberglaubens gemischt, gelegt und herausgelesen, dass sie nur noch eine halbe Seele hätte; die andere Hälfte hätte ihr Kind mit auf den Grund des Meeres genommen. Niemals würde sie sich zur göttlichen Gnade emporschwingen, wenn sie nicht den Teil, der im tiefen Wasser zurückgehalten wurde, wiedererlangte. Anne Lisbeth kam nach Hause; aber sie war nicht mehr, was sie gewesen war. Ihre Gedanken hatten sich verwirrt, wie sich das Garn verwirrt; nur ein Gedankenfaden lag klar: das Strandgespenst nach dem Kirchhof zu bringen, es in ein Grab zu legen und dadurch ihre ganze Seele zurückzugewinnen.

Manche Nacht wurde sie im Haus vermisst, und immer fand man sie am Meeresufer, wo sie auf das Strandgespenst wartete. So verging ein ganzes Jahr; da verschwand sie wieder eines Nachts. Den ganzen folgenden Tag verbrachte man mit vergeblichem Suchen; sie war nicht aufzufinden.

Als gegen Abend der Küster in die Kirche kam, um den Feierabend einzuläuten, sah er vor dem Altar Anne Lisbeth liegen. Hier war sie seit der frühen Morgenstunde gewesen; ihre Kräfte wollten sie verlassen, aber ihre Augen leuchteten, und ein rötlicher Glanz lag auf ihrem Gesicht. Die letzten Sonnenstrahlen fielen auf sie, strahlten über den Altartisch und die blanken Spangen der Bibel, die bei den Worten des Propheten Joel aufgeschlagen lag: »Zerreißet eure Herzen und nicht eure Kleider, bekehret euch zum Herrn.« Das wäre ein reiner Zufall, sagten die Leute, wie so manches zufällig ist.

In Anne Lisbeths Antlitz, das die Sonne beschien, konnte man Frieden und Gnade lesen. Ihr wäre nun wohl, sagte sie, sie hatte nun überwunden. In der Nacht wäre das Strandgespenst, ihr eigenes Kind, bei ihr gewesen und habe gesagt: »Du grubst nur ein halbes Grab für mich; aber du hast mich nun Jahr und Tag in deinem Herzen begraben, und dort verwahrt eine Mutter ihr Kind am besten«, und deshalb habe er ihr ihre verlorene halbe Seele zurückgegeben und sie in die Kirche geführt.

»Nun bin ich im Hause Gottes«, sagte sie, »und dort ist man selig.«

Und als die Sonne ganz untergegangen war, war Anne Lisbeths Seele ganz oben, dort wo keine Furcht ist, wenn man hier ausgelitten hat, und Anne Lisbeth hatte ausgelitten.

Hans Christian Andersen

Ein Vampir im hohen Norden

Es waren einmal zwei Nachbarn, die lange Zeit in bester Freundschaft miteinander gelebt hatten. Aus irgendeinem nichtigen Grunde aber entzweiten sie sich und wollten nun nichts mehr voneinander wissen. Der eine, welcher ein Querulant war und immer in allerhand Prozessen steckte, kehrte eines Tages aus der Stadt, wo er einen gerichtlichen Termin gehabt hatte, zurück, trat in seine Stube, fiel hin und war auf der Stelle tot.

Da half nun nichts – wer tot ist, bleibt tot – man musste den Verstorbenen, wie sich's gebührt, bestatten.

Einige Wochen später fuhr der andere Bauer zur Stadt. Auf dem Heimweg, es war schon dunkler Abend, musste er am Friedhof vorbei. Gerade als er bei der Pforte vorüber wollte, blieb sein Pferd stehen und ging trotz aller Schläge und Flüche nicht von der Stelle. Es erhob sich ein starker Wind, und aus einem noch frischen Grab stieg auf einmal ein großer weißer Mann mit hohen schwarzen Stiefeln, in der Hand einen mächtigen Dolch. Der sprach zu dem Bauern: »Tritt nur ein und sieh, wie es mir jetzt ergeht, ich bin ja dein gewesener Nachbar. In dieser Nacht musst du sterben, aber ich will dir zuerst für deine Wohltaten danken!«

Wohl oder übel musste der Bauer mit dem gespenstischen Mann gehen. Der führte ihn zuerst in ein prächtiges unterirdisches Schloss und bewirtete ihn aufs Beste; dann brachte er ihn wieder auf die Oberwelt und in einen nahe gelegenen Bauernhof, wo gerade eine Hochzeit gefeiert wurde. Niemand von den Anwesenden aber vermochte die beiden zu sehen. Der Vampir trat von hinten an die Braut heran, biss ihr in den Hals und sog ihr alles Blut aus, sodass sie tot zu Boden sank. Die Gäste gerieten in Furcht und Verzweiflung, der Unhold aber zog seinen Begleiter schnell mit sich fort.

»Kann die Braut denn gar nicht mehr lebendig gemacht werden?«, fragte der Bauer.

»Gewiss«, erwiderte der Vampir, »aber wer kennt das Mittel? Man muss ihr einen Schnitt in den kleinen Finger der linken Hand machen und von dem heraus sickernden Blut drei Tropfen in den Mund träufeln; dann wird sie wieder heil und gesund.«

Sie gingen weiter und kamen in eine Bauernhütte, wo bei Branntwein und Bier gerade Kindtaufe gefeiert wurde. Der Vampir trat an die Wiege des Neugeborenen, biss dem armen Würmchen in den Hals und sog ihm das Blut aus. Die Mutter begann zu weinen und zu jammern, alle Gäste aber gerieten in großen Schrecken.

»Auch dieses Kind kann man auf dieselbe Weise wieder zum Leben erwecken«, sagte der Unhold und führte seinen Begleiter fort.

Jetzt kamen sie an ein Haus, wo gerade ein Leichenschmaus stattfand. Der Vampir wollte hineingehen, prallte aber von der Tür zurück, denn auf dieser befand sich die Zeichnung eines zauberischen Fünfecks, welches alle bösen Geister bannen sollte. Jetzt sagte der Bauer: »Lass mich auf einen Augenblick hinein, ich habe großen Hunger!« Der Vampir erlaubte es unter der Bedingung, dass der Bauer so schnell als möglich wiederkomme. Der aber dachte nicht daran. Einmal in Sicherheit, blieb er trotz aller Mahnungen des draußen harrenden Unholds hinter der schützenden Tür, bis der Hahn krähte. Da verschwand der Vampir, der Bauer aber wurde allen Gästen sichtbar und erzählte ihnen, wie es ihm ergangen war.

Am anderen Morgen rief er die Braut und das Kindlein wieder ins Leben zurück. Dann begaben sich alle auf den Friedhof, wo sie das Grab und den Sarg des Vampirs öffneten. Richtig, da lag der Unhold auf dem Gesicht; er hatte wahrscheinlich keine Zeit mehr gehabt, sich auf den Rücken zu kehren. Sie schlugen ihm den Kopf ab, legten diesen zu den Füßen des Leichnams und versahen den Sargdeckel mit dem zauberischen Fünfeck. Seitdem irrte der tote Nachbar nicht mehr als Vampir umher.

Lettisches Sagenmärchen

Das Mädchen und der Vampir

Es war einmal eine Frau, die war sehr arm; nicht weit von da gab es einen Vampir. Der zog sich eines Abends in der Dunkelheit schöne Kleider an, nahm die Gestalt eines jungen Burschen an, ging in das Haus der Frau und sagte: »Guten Abend, Mutter, ich komme zu dir als Freier; ich will deine Tochter heiraten, wenn es dir recht ist, sie mir zu geben. Ich weiß, du bist arm, deswegen will ich auch keine Mitgift, ja, ich will dir noch helfen, auch die beiden jüngeren Töchter zu verheiraten.« – »Aber wie sollte es mir nicht recht sein?«, antwortete die Frau, »nimm sie! Ich kann sie wahrhaftig ja nicht einmal satt machen.« Da nahm der Vampir das Mädchen und ging mit ihr fort. Ihr Weg ging auf den Friedhof. Dort hob der Vampir eine Platte auf; da war ein Gang nach unten. Das Mädchen erschrak und fragte: »Wohin, mein Lieber, geht es da?« – »Da geht es in mein Haus«, antwortete der Vampir. Nachdem sie ein Stück gegangen war, kamen sie in die Höhle des Vampirs; dort sah das Mädchen Menschenfleisch an Haken hängen. Da sagte der Vampir: »Du, schneide ein Stück Fleisch ab und setze es zum Kochen an«, und ging fort. Dem Mädchen sträubten sich die Haare, aber was konnte sie machen, wen zu Hilfe rufen? Sie musste also Fleisch abschneiden und ansetzen. Am Abend kam der Vampir zurück, und sie setzten sich zum Abendessen. Er verschlang zwei, drei Stücke auf einmal, das arme Mädchen aber nahm nur ein bisschen trockenes Brot und warf das Fleisch unter den Tisch. »Du, warum isst du kein Fleisch?«, fragte er sie. – »Ich bin noch nicht gewöhnt, Menschenfleisch zu essen.« – Da nahm der Vampir seine Flöte, fing an zu blasen und rief dem Mädchen zu: »Frisches zartes Fleisch an die Haken! heda! tanze!« Als sie nicht wollte, zog er sein Messer, schlachtete sie, schnitt sie in Stücke und hängte die Stücke an die Haken. Am anderen Abend verkleidete sich der Vampir als Kaufmann und ging wieder zu der Frau: »Mutter! Deine Tochter ist krank geworden und möchte gern ihre Schwester, die nächste, sehen; deswegen komme ich, ob du sie mir mitgeben willst, denn sonst ist wirklich keiner da, sie zu pflegen.« Die Frau willigte ein; der Vampir nahm das Mädchen mit, brachte es auf demselben Wege in sein Haus und verfuhr mit ihr wie mit der Schwester. Nach wenigen Tagen kam er wieder zu der Frau: »Mutter, das Unglück verfolgt mich; deine beiden Töchter sind jetzt krank und möchten gern die jüngste sehen; wenn du Mitleid mit ihnen hast, lass die mit mir gehen.« – »Ach, mein Sohn, wenn es so steht, so will ich auch gehen und nach ihnen sehen.« – »I nein, Mutter, du bist alt und kannst einen so weiten Weg nicht machen. Ja, wenn es zu reiten ginge, würde ich dich aufsitzen lassen, und du könntest kommen, aber der wüste Weg ist nicht für ein Reittier.«

So musste denn die Frau ihre Jüngste mitgehen lassen, aber unter der Bedingung, dass sie möglichst bald zurückkehre. Der Vampir brachte nun das Mädchen durch den Gang in seine Höhle. Als die Arme drinnen war und sah, dass ihre Schwestern ermordet waren und in Stücken an den Haken hingen, fiel sie in Ohnmacht. Als sie wieder zu sich gekommen war, sagte der Vampir auch zu ihr: »Du, schneide ein Stück Fleisch ab und setze es zum Kochen an«; damit ging er hinaus. Als er fort war, fiel das Mädchen auf die Knie und betete zu Gott, sie aus den Händen des Vampirs zu befreien. Gott erhörte sie auch wirklich.

Als sie aufgestanden war und hierhin und dahin in alle Ecken guckte, bemerkte sie etwas wie einen Schrank, ging darauf zu, öffnete ihn und fand dort einen vollständigen Gang nach unten. Der Vampir hatte nämlich fünf, sechs von solchen unterirdischen Gängen, und jeder von ihnen kam an einer anderen Stelle heraus. In den Gang ließ das Mädchen sich hinab und tastete sich in der Dunkelheit weiter. Am Abend, sobald es dunkel geworden war, kam sie heraus, in einen dichten Wald, und irrte umher, da sie nicht wusste, wohin sie sich wenden sollte. Endlich fiel sie wieder auf die Knie und betete zu Gott: »Lieber Gott, gib mir einen Koffer, der sich mit einem Haar öffnen und schließen lässt, sonst mache mich zu einem Stein oder einem Baum, nur dass ich nicht noch einmal in die Hände des Vampirs falle.« Gott hatte Erbarmen mit ihr und erhörte sie; er gab ihr den Koffer. Das Mädchen stieg hinein und verschloss ihn mit einem ihrer Haare. Wenn sie hungrig war, ging sie heraus, pflückte sich Obst, das damals reichlich vorhanden war, da es Sommerzeit war, und schloss dann den Koffer wieder zu. So vergingen zwei und ein halber Monat. Der Vampir aber, als er am Abend nach Hause kam, sie suchte und nicht fand, stieg schnell in einen seiner Gänge und lief ihr eilig nach, traf aber nicht den Gang, den das Mädchen hinausgegangen war. Soviel er auch lief und auf und ab herumstreifte, konnte er sie doch nicht finden und kehrte voll Zorn nach Hause zurück.

Eines Tages war der Sohn des Zaren auf die Jagd gegangen und geriet dabei auch in den Wald, wo das Mädchen war. Sie war gerade auf einen Baum geklettert und pflückte sich Obst; als sie nun Leute sah, ließ sie sich eilig hinab, stieg in den Koffer und schloss sich ein. Der Prinz hatte sie aber bemerkt und befahl seinen Soldaten sie zu suchen. Die liefen hierhin und dahin, aber da war nichts. Da dachte der Prinz, es könnte wohl eine Samowila* sein, die ihn verlocken wollte, und befahl seinen Leuten stehen zu bleiben. Beim Suchen waren sie aber plötzlich auf den Koffer des Mädchens gestoßen. Der Prinz wunderte sich, wie der Koffer an einen solchen Ort gelangen konnte; es kam ihm aber nicht in den Sinn, dass das Mädchen darin sein könnte, das sie suchten. Er befahl nun gleich, dass sie den Koffer aufmachen sollten – er vermutete nämlich, es sei Geld darin. Die Soldaten strengten sich an, den Deckel aufzuheben, aber so viel sie sich auch bemühten, der Deckel wich nicht um ein Haar. Sogar, als sie mit Hebebäumen arbeiteten, half es nichts. Endlich, als der Prinz sah, dass der Koffer nicht zu öffnen war, befahl er, ihn aufzuheben und in sein Schloss zu bringen. Dort ließ er den Koffer in sein Schlafzimmer bringen, wo er zum Schmuck stehen sollte.

Am Abend brachte man dem Prinzen das Abendessen und stellte es in das Zimmer, während er noch draußen war. Als er dann kam und sich zum Essen setzte, bemerkte er, dass von allen Speisen etwas abgegessen war, rief seine Diener und fragte, wer von ihnen die Speisen berührt habe. Die armen Diener schworen bei Himmel und Erde, dass sie von nichts wüssten und nichts gesehen hätten. Der Prinz wunderte sich, wer sich in seinem Zimmer zu schaffen machen könnte. Sonderbar, am nächsten Morgen war ebenso vom Frühstück weggegessen. Da schalt der Prinz noch mehr; aber einer der Diener, der ihm das Frühstück gebracht hatte, versteckte sich jetzt hinter der Tür und lauerte: da sah er den Koffer sich öffnen und ein Mädchen herauskommen, schön wie

---

* Eine *Wila* oder *Samowila* ist in der slawischen Mythologie ein weiblicher Naturgeist. Oft sind die *Wilen* schöne geheimnisvolle Mädchen mit durchsichtigem Körper und langen Haaren und Flügeln; es sind Elementargeister, die mit übernatürlichen Kräften begabt sind.

die Sonne, die Haare ganz goldig; sie trat an den Tisch, nahm ein wenig von jeder Speise und schloss sich wieder in den Koffer ein. Als nun der Prinz zum Essen kam, fand er wieder, dass von den Speisen etwas fehlte, und schalt noch viel mehr. Da trat aber der Diener, der gelauert hatte, hervor und sagte: »Erhabener Prinz, ich habe gesehen, wer die Speisen anrührt; aus dem Koffer, den du im Zimmer hast, kommt ein Mädchen heraus, schön wie die Sonne, mit goldenen Haaren; die kostet ein wenig von allen Speisen und schließt sich dann wieder ein.« Am Abend stellte sich nun der Prinz selber hin, um aufzupassen und so aus dem Hinterhalt das Mädchen zu überraschen, ehe sie den Koffer erreichen könnte. Wirklich kam das Mädchen wieder heraus, trat an den Tisch und fing an, von den Speisen zu kosten. Der Prinz trat ganz leise hinter sie, und als sie sich umwandte und in den Koffer steigen wollte, schnitt er ihr den Weg ab und umarmte sie; sie wollte mit Gewalt seinen Händen entschlüpfen, er ließ sie aber nicht los und brachte sie in ein anderes Zimmer. Am anderen Tage rüstete er die Hochzeit und vermählte sich mit ihr; damit sie sich aber nicht wieder in dem Koffer verbergen konnte, schloss er ihn in einem besonderen Zimmer ein und ließ niemanden da hinein.

Doch das Schicksal blieb dem armen Mädchen nicht lange günstig. Einer von den Großen des Zaren, der gern seine eigene Tochter mit dem Prinzen verloben wollte, bestach einige Dienerinnen, die Prinzessin umzubringen. Eines Morgens, als der Prinz nicht zu Hause war, rissen sie die Prinzessin aus ihrem Schlafzimmer, banden sie und warfen sie weit von der Stadt in die Brennnesseln. Zum Glück kam bald darauf eine alte Frau dahin, um sich Nesselgemüse zu sammeln; sie bemerkte das Mädchen, fasste Erbarmen mit ihr und nahm sie mit sich nach Hause. Der Prinz aber suchte überall seine Frau, und als er sie nicht fand, wurde er krank, von Tag zu Tag immer kränker. Um nun wieder Appetit zu bekommen, ließ er durch einen Herold ausrufen: Wer etwas besonders Gutes hätte, solle es dem Prinzen als Krankenspeise bringen. Davon hörte auch das Mädchen und sagte zu der Alten: »Komm, Mutter, du musst dem Prinzen eine Krankenspeise bringen.« – »Ach, Töchterchen, was können wir ihm bringen?« – »Geh nur und suche Gemüsekräuter zusammen, wir wollen sie kochen und du sollst es hintragen. Wer weiß, vielleicht schmeckt es dem Prinzen.«

Die Alte brachte das Kraut, sie kochten es und legten es auf einen Teller. Das Mädchen aber riss sich heimlich ein Haar aus und tat es in die Speise. Als die Alte damit an das Palasttor kam, wollten die Torwächter sie nicht hineinlassen, der Prinz hatte sie aber vom Fenster aus gesehen und befahl sie einzulassen. Die Alte ging hinauf und übergab ihm den Teller mit dem Gemüse. Der Prinz stocherte mit der Gabel darin herum und zog das goldene Haar heraus, kostete einige Bissen und sagte: »Ach, Alte, dein Gemüse ist gut; bring mir noch einmal davon.« Die Alte ging wieder nach Hause und erzählte es dem Mädchen. Die antwortete: »Siehst du, das Gemüse hat ihm geschmeckt; geh nur wieder und sammle neues, wir bereiten es zu, und du bringst es ihm nochmals.« Alles geschah so, und das Mädchen hatte wieder ein Haar hineingetan. Als der Prinz wieder ein Haar darin fand, sagte er zu der Alten: »Jetzt bin ich wieder gesund, und am Sonntag möchte ich gern zu dir zu Gast kommen.« – »Ach, erhabener Prinz, was ist mein Haus für einen Mann wie du?« – »Nun, Frau, ich will nicht, dass du dir Kosten machst; ich setze mich auf eine Binsenmatte und esse Brot und Salz.« Da konnte die Frau nicht anders als ihm seinen Willen tun und sagte: »Befiehl, mein Sohn; wenn es dir beliebt, mein Haus steht dir offen.« Sie ging nun nach Hause und sagte zu dem

Mädchen: »Was nun, meine Tochter, wo soll ich dich verbergen? Der Prinz will am Sonntag zu uns zu Gast kommen.« – »Das ist weiter nichts, Mutter, du versteckst mich in den Backtrog, legst eine Decke darauf und sagst ihm, dass du Teig angerührt hast und ihn stehen lässt, dass er aufgeht; er merkt dann nichts.« Der Sonntag kam, und der Prinz kam zu der Alten zu Gast, saß eine Zeitlang da und sagte dann: »Was hast du da in dem Backtrog, Alte?« – Sie antwortete: »Ich habe Teig angerührt, mein Sohn, und habe ihn hingestellt, dass er aufgeht.« Nach einiger Zeit fragte der Prinz die Alte wieder: »Ist denn dein Teig noch nicht aufgegangen, dass du einen Kuchen backen kannst?« – »Nein, noch nicht, mein Sohn, mein Sauerteig ist nicht sehr gut.« Der Prinz blieb noch etwas sitzen, dann stand er auf und sagte: »Alte, ich will einmal den Backtrog aufdecken und zusehen, was mit deinem Teig ist, dass er so lange braucht, um aufzugehen.« Damit fasste er die Decke am Rande an und wollte sie aufheben. Die Alte rief: »Lass, mein Sohn, tu es nicht.« Er hörte aber nicht darauf und hob die Decke auf; darin lag das Mädchen. Als er sie sah, rief er: »Aha! da bist du«, fasste sie an der Hand, hob sie auf und umarmte sie; darauf fragte er sie, wie sie denn in das Haus der Alten geraten sei, und sie erzählte ihm von Anfang bis zu Ende, was mit ihr geschehen war. Da nahm der Prinz seine Braut und ging mit ihr und der Alten nach Hause, die Dienerinnen aber ließ er hinrichten.

Märchen aus Bulgarien

Das Gespenst in Fjelkinge

In der ersten Hälfte des 18. Jahrhunderts gehörten mehrere große Güter in Schonen dem Hause Barnekow oder richtiger, seiner damaligen vornehmsten Vertreterin, der Frau Margarete Barnekow, Tochter des berühmten Feldherrn und Generalgouverneurs Grafen Rutger von Ascheberg und vermählt mit dem Obersten Kjell Kristofer Barnekow. Mit neunundzwanzig Jahren Witwe, übernahm sie selbst ihre großen Güter, bei deren Besorgung sie einen unbeugsamen Mut, nie versagende Arbeitskraft und unermüdliche Fürsorge für ihre vielen Untergebenen an den Tag legte.

Bei einer Reise auf ihren Gütern kam Frau Margarete eines Abends in das Wirtshaus in Fjelkinge und erhielt als Nachtquartier einen Raum, in dem es nicht geheuer sein sollte. Ein Reisender hatte vor etlichen Jahren in demselben Zimmer gelegen und war vermutlich ermordet worden, zumindest war der Mann und seine Sachen spurlos verschwunden, ohne dass es aufgeklärt wurde, wie die Geschichte sich zugetragen hatte. Seitdem spukte es nachts in dem Zimmer, und wer davon wusste, der reiste lieber eine Poststation weiter im Dunkeln, als dass er in diesem Zimmer übernachtet hätte. Margarete Barnekow machte es aber nicht so. Sie hatte schon größeren Mut gezeigt als in diesem Fall und wählte ohne Furcht dieses Zimmer als Schlafgemach.

Sie ließ die Lampe brennen und schlief ein, nachdem sie ihr

Abendgebet gesprochen hatte. Schlag zwölf wachte sie auf, wie eben einige Planken am Fußboden aufgehoben wurden; herauf stieg eine blutige Schemenhafte, der das offen klaffende Haupt auf die Schulter hing.

»Edle Frau!«, flüsterte das Gespenst, »bereitet einem Ermordeten ein Grab in geweihter Erde und überliefert den Mörder der gerechten Strafe!«

Gottesfürchtig und unerschrocken winkte Frau Margarete dem Toten näher zu treten, und der erzählte, dass er dieselbe Bitte schon an mehrere Leute gerichtet hätte und keiner habe den Mut gehabt, sie zu erfüllen. Da zog Frau Margarete einen goldenen Ring von ihrem Finger, legte ihn in die klaffende Wunde und verband das Haupt des Ermordeten mit ihrem Taschentuch. Mit einem Blick voll unsäglicher Dankbarkeit tat er ihr den Namen des Mörders zu wissen und verschwand lautlos unter dem Boden.

Am folgenden Morgen ließ Frau Margarete den Amtsvorstand mit seinen Leuten in das Wirtshaus kommen, berichtete, was ihr in der Nacht begegnet war, und befahl den Anwesenden, den Fußboden aufzureißen. Da fand man in der Erde eingegraben einen halb vermoderten Leichnam, und in der Kopfwunde den Ring der Gräfin, und ihr Taschentuch um sein Haupt gebunden. – Bei diesem Anblick erbleichte einer der Umstehenden und fiel ohnmächtig zu Boden. Als er wieder zur Besinnung kam, bekannte er, dass er den Reisenden ermordet und sein Gut geraubt habe. Für diese Untat wurde er zum Tode verurteilt, und der Ermordete wurde auf dem Dorfkirchhof bestattet.

Der Ring, der eine eigenartige Form hat, mit einem gefassten großen grauen Stein, wird noch im Geschlecht der Barnekows verwahrt, und man schreibt ihm eine wundertätige Kraft gegen

Krankheit, Feuersbrunst und andere Unglücksfälle zu. Wenn einer von dem Hause stirbt, so soll ein roter Fleck wie ein Blutstropfen auf dem Stein erscheinen.

Sage aus Schweden

Nächtliche Heimsuchung in Croglin Grange

Schon seit Jahrhunderten hatten die Fishers, eine Familie von sehr alter Abstammung, einen sonderbaren alten Besitz in Cumberland, im Nordwesten Englands, der den unheimlichen Namen Croglin Grange trägt. Dieses kleine Gutshaus, das auf einer Anhöhe lag und einen schönen Blick auf die umliegende Moorlandschaft und auf einen Friedhof bot, hatte schon immer nur ein einziges Geschoss mit einer schönen Terrasse davor. Als nun die Familie Fisher im Laufe der Jahre größer wurde und auch ihr Vermögen anwuchs, waren sie klug genug, die langjährige charakteristische Bauweise des kleinen Guts nicht durch den Bau eines weiteren Geschosses zu zerstören; sie zogen vielmehr nach dem Süden und bezogen ein größeres Anwesen in Thorncombe in der Nähe von Exeter.

Lange aber stand das Gutshaus nicht leer. Die Fishers hatten großes Glück mit ihren Mietern, zwei Brüdern und einer Schwester, die bald schon von allen Seiten nur Lob erfuhren. Für ihre ärmeren Nachbaren waren sie freundlich und wohltätig, und ihre Nachbarn aus einer gehobeneren Klasse sahen in ihnen eine wohltuende Ergänzung ihrer kleinen Gesellschaft der Umgebung. Aber auch die neuen Mieter selbst waren mit ihrem Wohnsitz sehr froh und glücklich. Für sie war die Einteilung des Hauses, die anderen vielleicht weniger behagt hätte, völlig in Ordnung und passte in jeder Beziehung zu ihnen. Den Winter verbrachten die neuen

Bewohner von Croglin Grange überaus glücklich; an den kleinen gesellschaftlichen Freuden ihres Bezirks nahmen sie rege teil und waren bald bei allen beliebt.

Im folgenden Sommer gab es einen Tag, der unerträglich heiß war. Die Brüder lagen mit ihren Büchern unter den Bäumen, denn es war viel zu warm für jegliche aktive Beschäftigung. Ihre Schwester saß auf der Terrasse und arbeitete, oder versuchte zumindest, es zu tun, denn in der drückenden Schwüle dieses Sommertages war arbeiten so gut wie nicht möglich. Sie aßen früh zu Abend, und danach saßen sie wie immer noch draußen auf der Veranda und genossen die kühle Luft, die der Abend brachte, und schauten zu, wie die Sonne unterging und wie der Mond über dem Baumgürtel, der das Gelände vom Kirchhof trennte, aufging und sahen ihn am Himmel emporsteigen, bis der ganze Rasen in Silberlicht getaucht war, über das die langen Schatten des Gebüschs fielen, wie wenn sie in Stein gemeißelt wären; so lebendig und deutlich waren sie.

Als sich die Geschwister zur Nacht trennten und sich alle in ihre Zimmer im Erdgeschoss zurückzogen – ein Obergeschoss gab es ja wie gesagt in diesem Haus nicht –, fand die Schwester die Hitze und Schwüle immer noch so groß, dass sie nicht in den Schlaf fand. Sie schloss die Fenster ihres Zimmers, ließ die Läden allerdings offen, da sie das an diesem sehr ruhigen Ort für nicht für nötig erachtete, und schaute immer noch, auf die Kissen gestützt, nach draußen auf die herrliche Schönheit dieser Sommernacht. Auf einmal bemerkte sie zwei flammenartige Lichter, die in dem Baumgürtel vor dem Kirchhof wie Irrlichter aufflackerten und dann wieder verlöschten. Und als sie ihren Blick aufmerksamer auf sie richtete, sah sie die Lichter deutlicher. Sie befanden sich in einer dunklen Masse, in einem bestimmten grässlichen Etwas, das jeden Augenblick näher zu kommen und dabei an Größe und Substanz zuzunehmen schien. Hin und wieder verlor es sich für einen Augenblick in den langen Schatten, die die Bäume über den Rasen warfen, tauchte dann aber größer als je zuvor wieder auf und kam immer näher. Als die junge Frau es beobachtete, wurde sie von einem Schrecken ergriffen, der sich jeder Kontrolle entzog. Sie wollte unbedingt aus ihrem Zimmer weggehen, aber die Tür befand sich in der Nähe des Fensters und sie war innen verschlossen, und wenn sie sie aufsperren wollte, müsste sie für einen Augenblick nah am Fenster stehen. Sie wollte schreien, aber ihre Stimme schien gelähmt, ihre Zunge klebte am Gaumen.

Plötzlich schien sich das fürchterliche Etwas zur Seite zu drehen, was sie sich nicht erklären konnte, es schien um das Haus herum zu gehen und gar nicht zu ihr kommen zu wollen. Da sprang sie sogleich aus dem Bett und eilte rasch zur Tür; doch als sie diese öffnen wollte, hörte sie ein Kratzen, Kratzen, unaufhörliches Kratzen am Fenster und blickte in ein hässliches braunes Gesicht mit flammenden Augen, die sie unentwegt anstarrten. Schnell eilte sie dann zu ihrem Bett zurück. Aber das Wesen kratzte und kratzte und kratzte weiter am Fenster. Da sie wusste, dass das Fenster innen sicher befestigt war, fühlte sie sich irgendwie innerlich beruhigt. Auf einmal aber hörte das kratzenden Geräusch auf und es ließ sich etwas wie ein Picken vernehmen, und es wurde ihr sofort bewusst, dass das schreckliche Wesen das Blei, mit dem die Scheiben eingefasst waren, wegpickte. Klirrend fiel eine der kleinen Butzenscheiben ins Zimmer, und eine Hand, aschfahl wie die eines Toten, griff durch das Loch und schob den Riegel hoch: das Fenster öffnete sich, und die Kreatur trat in den Raum. Das Entsetzen der jungen Frau war so groß, dass sie nicht schreien konnte. Und das Wesen kam zu ihrem Bett und krallte seine langen knochigen Finger in ihr Haar, zog ihren Kopf über die Seite des Betts und – es biss ihr heftig in den Hals.

Als das Unwesen sie biss, löste sich ihre Zunge, und sie tat einen gellenden Schrei, sodass ihre Brüder sofort aus ihren Zimmern eilten; aber die Tür war innen verschlossen, und so ging einige Zeit verloren, bis sie einen Schürhaken geholt und die Tür aufgebrochen hatten. Da aber war das scheußliche Wesen bereits durch das Fenster entkommen, und die Schwester lag bewusstlos quer über dem Bett; eine Wunde in ihrem Hals blutete heftig. Einer der Brüder verfolgte die Kreatur, die vor ihm mit Riesenschritten durch das Mondlicht flüchtete und schließlich über die Mauer des Kirchhofs zu verschwinden schien. Dann kehrte er wieder zu seinem Bruder am Bett der Schwester zurück. Sie war schrecklich verletzt und in einem gefährlichen Zustand; doch sie war von guter körperlicher Veranlagung und bald auch seelisch so gefasst, dass sie jede abergläubische Deutung des Vorfalls weit von sich wies: »Was geschehen ist, scheint unerklärlich, und ich bin arg verletzt«, sagte sie zu ihren Brüdern, »aber warten wir ab, und es wird sich herausstellen, dass es eine natürliche Erklärung gibt. Es wird sich vielleicht herausstellen, dass ein Irrer aus der Anstalt entkommen ist und den Weg zu uns gefunden hat.«

Die Wunde heilte, und die Schwester wurde bald wieder gesund, aber der Arzt, den man zu ihr gerufen hatte, wollte nicht glauben, dass sie über einen derartigen schrecklichen Schock so leicht hinwegkommen würde, und bestand darauf, dass sie seelisch und körperlich Abwechslung brauche. Als sie dann wieder so weit zu Kräften gekommen war, dass sie reisen konnte, fuhren die Brüder mit ihr zur Erholung in die frische Bergluft der Schweiz.

Da sie eine vernünftige junge Frau war, widmete sie sich dort in der Fremde sofort den interessanten Seiten dieses Landes. Sie trocknete Pflanzen, machte sich Skizzen, ging hoch auf die Berge, und als der Herbst kam, war sie diejenige, welche darauf drängte, nach Croglin Grange zurückzukehren. »Wir haben es für sieben Jahre gepachtet«, sagte sie, »waren aber nur ein Jahr dort. Zudem wird es für uns immer schwierig sein, ein Haus weiterzuvermieten, das nur ein Stockwerk hoch ist. Wir sollten also besser dorthin zurückgehen. Und außerdem brechen ja Irre nicht jeden Tag aus der Anstalt aus.« Als sie so sehr auf eine Rückkehr drängte, wünschten sich ihre Brüder auch nichts lieber, und so kehrten denn alle drei nach Cumberland zurück. Und da es im Haus kein Obergeschoss gab, war es nicht möglich, eine große Veränderung in der Einteilung der Räume vorzunehmen. Die Schwester behielt den gleichen Raum, aber es ist wohl unnötig zu erwähnen, dass sie künftig immer die Fensterläden schloss, aber wie in vielen damaligen Häusern üblich blieb dabei die obere Scheibe des Fensters immer unbedeckt. Die beiden Brüder zogen um und bewohnten zusammen ein Zimmer genau gegenüber dem ihrer Schwester, und sie hatten immer geladene Pistolen in ihrem Zimmer.

Der Winter verlief friedlich und glücklich. Im folgenden März aber wurde die Schwester des Nachts plötzlich von einem Geräusch geweckt, das ihr nur zu bekannt vorkam: Es kratzte und kratzte und kratzte an ihrem Fenster, und als sie hinsah, sah sie, dass das gleiche hässliche braun verschrumpelte Gesicht an das obere Fenster geklettert war und sie mit grellen Augen anstarrte. Diesmal schrie sie so laut sie nur konnte, und sogleich kamen ihre Brüder aus dem Zimmer gegenüber geeilt, die geladenen Pistolen in der Hand, und liefen zur Haustür hinaus. Das unheimliche Wesen rannte bereits draußen über den Rasen. Da feuerte einer der Brüder und traf es ins Bein. Aber mit dem anderen heilen Bein gelang es der Kreatur, weiterzulaufen und über die Mauer in den

Kirchhof zu klettern, wo es in einer Gruft, die einer längst erloschenen Familie gehörte, zu verschwinden schien.

Am nächsten Tag riefen die Brüder alle Bewohner von Croglin Grange zusammen, und in ihrer Anwesenheit wurde die Gruft geöffnet. Und es offenbarte sich ihnen ein fürchterlicher Anblick: Die Gruft war voller Särge, die aufgebrochen waren und deren Inhalt entsetzlich verstümmelt und entstellt auf dem Boden verstreut lag. Nur ein Sarg war unberührt geblieben. Der Deckel war davon abgehoben worden, lag aber noch lose auf dem Sarg. Sie hoben ihn hoch, und welch ein Grauen! Dort lag braun, verdorrt, verschrumpelt, mumifiziert und in voller Gänze geradezu unversehrt dieselbe abscheuliche Gestalt, die in die Fenster von Croglin Grange geschaut hatte; sie hatte noch die Spuren eines frischen Pistolenschusses im Bein. Und sie taten das einzig Richtige, womit man einen Vampir vernichten kann – sie verbrannten ihn.

Sage aus Nordwestengland (Cumberland)

Der Werwolf im Feenwald

In der Picardie im Norden Frankreichs gibt es ein Gehölz, das die Einwohner früher den Feenwald genannt haben; es ist kreisrund und liegt inmitten weiterer Wälder, doch hebt es sich von diesen ab, was seinen Bewuchs und seine ganze Art angeht. Nur einige verkrüppelte Birken und ein paar Ginstersträucher gedeihen an diesem verfluchten Ort, in dessen Nähe sich ein kleiner Sumpf voll verfaulten Wassers befindet. Früher pflegten dort jeden Samstag die Feen und Hexen zusammenzukommen, um mit dem Satan den großen Sabbat zu feiern. Jeden Samstagabend konnte man in diesem Wald auch einen Mann sehen, der sich splitternackt auszog, sich im Schlamm des Sumpfes wälzte und ihm, in einen Wolf verwandelt, entstieg. Es war der Werwolf des Feenwaldes. Und sogleich begab sich dieser Werwolf in die umliegenden Dörfer, drang in die Schafställe ein und entwendete ein Schaf, das er mit sich in den Feenwald schleppte. Da waren dann auch schon die Feen, die Hexen und der Teufel selbst anwesend, zündeten ein großes Feuer aus Buschwerk an, brieten das Schaf, zerlegten es und aßen es zusammen mit dem Werwolf.

Eines Abends aber versteckte sich ein Dorfbewohner in einem Busch und lauerte dem Werwolf auf. Und er sah, dass der Werwolf wieder menschliche Gestalt annahm, kaum dass sich die Teilnehmer des Hexensabbats zurückgezogen hatten. Nun war aber der Werwolf niemand anderes als ein Bauer der Umgegend. Unser Dorfbewohner wartete also am Waldessaum auf ihn und fragte ihn, warum er sich denn in einen Werwolf verwandele. »Seit nunmehr bald zehn Jahren«, gab dieser ihm zur Antwort, »bin ich gezwungen, jeden Samstagabend hierhin zu kommen, mich im Feensumpf zu wälzen, um mich in einen Wolf zu verwandeln und ein Schaf für das Mahl des Hexensabbats zu stehlen. Ich würde gerne damit aufhören, aber der Teufel ist in mir, sobald der Hexensabbat naht. Seit zehn Jahren habe ich hier die schauerlichsten Dinge gesehen. Wenn du aber den Teufel aus mir austreiben und mich erlösen möchtest, dann brauchst du nur am nächsten Samstagabend zum Feensumpf zu kommen. Bewaffne dich mit einem langen Säbel und lass diesen über deinem Kopf schwingen, bis dass du merkst, das der Säbel auf etwas getroffen hat. Ich werde unsichtbar bei dir sein, und wenn du mich mit deinem Säbel verletzt hast, wird schon der kleinste Blutstropfen aus meiner Wunde mich von meiner Besessenheit erlösen.«

Der Bauer versprach ihm, diese Anweisungen genau zu befolgen, und versteckte sich am nächsten Samstag in einem Strauch beim Feenwald und wartete. Schon sah er den Werwolf mit einem Schaf kommen, dann die Hexen, die Feen und schließlich den Teufel höchstpersönlich. Das Mahl begann. Und bald schien der Werwolf zu verschwinden, und wie abgemacht schwang der Bauer den Säbel über seinem Kopf. Es dauerte auch nicht lange, da hatte er einen Körper in der Luft getroffen, und verletzt fiel der Werwolf zu Boden. Zugleich aber endete schlagartig der Sabbat, und die Hexen, Feen und der Leibhaftige entflohen.

Der frühere Werwolf indes konnte leicht verletzt in sein Dorf zurückkehren. Seit diesem Tag war er nicht mehr vom Teufel besessen, und auch der Hexensabbat fand seitdem nicht mehr statt.

Französisches Märchen aus der Picardie

Der Werwolf in Ottensen

In Ottensen bei Altona war ein Bauer, der mit dem Bösen einen Vertrag machte. Von nun an lebte er in Saus und Braus, und das Geld fehlte ihm nicht, obwohl er vorher so arm gewesen war wie nur einer. Dafür aber musste er an dem letzten Tag jedes Monats sich in einen Werwolf verwandeln und jedes Mal einen Menschen umbringen. Lange gelang es ihm auch. Aber als er einmal eine alte Frau, die hinter der Tür stand, anfallen wollte, schlug diese schnell den oberen Teil zu und klemmte so lange seinen Kopf dazwischen, bis er sich nicht mehr rührte. Da ließ sie los, und er fiel zurück, war aber noch nicht tot, sondern hatte sich nur so gestellt und lief voll Angst fort. Als er aber in der folgenden Nacht im Bett lag, kam der Teufel, um ihn zu holen, weil er seinen Vertrag nicht gehalten habe. Doch kam der Bauer diesmal noch frei; denn er versprach, seine eigene kleine Tochter aufzuessen.

Ungefähr ein Jahr darauf war der Bauer mit seiner Magd allein auf dem Feld beim Heu, als es Mittag schlug und er sich erinnerte, dass es der Letzte des Monats war. Sogleich spannte er seinen Riemen um, den er immer bei sich trug und stürzte sich plötzlich als Wolf auf die arme Magd. Glücklicherweise erinnerte die sich gleich seines Taufnamens, und als sie ihn dreimal dabei gerufen hatte, stand er wieder verwandelt vor ihr; denn das allein kann helfen. Da lief die Magd eilig nach dem Dorf, holte ihre Sachen und ging, ohne einem Menschen etwas zu sagen, nach Hamburg.

Denn sie wollte vor Furcht nicht länger in seinem Hause bleiben, das er sich prächtig am Grasweg erbaut hatte.

In der Nacht kam der Böse wieder zu ihm, und nur durch den Tod seines zweiten, einzig noch übrigen Kindes konnte er sich retten. Da erkannte seine fromme Frau, dass ihr Mann ein Werwolf war, und ging von ihm weg in ein Kloster, und alle Leute verließen ihn und niemand wollte mehr in seinem Hause bleiben. So musste auch er es zuletzt verkaufen und ging nach Hamburg, wo er sich in einem Wirtshaus einmietete und seine Schandtaten ungestört und unerkannt zu vollbringen dachte. Aber seine frühere Magd diente zu seinem Unglück jetzt in diesem Hause und hatte ihn gleich erkannt. Als daher der letzte Tag des Monats kam und der Bauer sich eben auf seinem Zimmer eingeschlossen und verwandelt hatte, holte sie die Wache, nannte dreimal seinen Namen, und da er nun sogleich wieder zu einem Menschen wurde, ergriff man ihn und führte ihn ins Gefängnis.

Sage aus Norddeutschland

Der tote Gast

Es war einmal ein Trunkenbold, der wohnte neben einem Friedhof, und über diesen führte ihn allabendlich sein Weg, wenn er betrunken nach Hause ging. Eines Nachts nun sah er dort einen Schädel liegen, und da sagte er gerührt: »Was liegst du denn da, alter Schädel? Komm mit mir nach Hause, ich will dir von meinem Essen geben.« Und der Schädel antwortete: »Geh du nur voraus, ich komme dir nach!« Ob dieser Rede wurde er verstört und vor lauter Furcht nüchtern. Und er ging heim und setzte sich zitternd am Herd nieder und befahl, flugs das Tor zu verschließen. Als er dann bei Tische saß, befahl er bei Strafe von Leib und Leben, niemanden einzulassen, wer immer es auch sei. Und siehe da, schon pochte es auch gleich schrecklich an der Tür, und jemand fragte nach dem Herrn und sagte, der habe ihn eingeladen. Alle verstummten da vor Schrecken, und nur einer traute sich zu sagen, der Herr sei nicht daheim. Der Pochende aber erwiderte: »Sagt nur dem Herrn, der wahrhaftig daheim ist, er soll öffnen lassen, sonst dringe ich mit Gewalt ein.« Als der Herr dies vernommen hatte, ließ er geschwind öffnen und befahl sich der Barmherzigkeit Gottes an.

Und herein trat eine jämmerliche Leichengestalt, an deren Gerippe nur Sehnen und Haut samt dem Schädel saßen, und das Fleisch war verwest, gar schrecklich war dieser Anblick. Nachdem sich nun der seltsame Gast die Hände gewaschen hatte, setzte er sich unaufgefordert zwischen dem Hausherrn und der Hausfrau zu Tisch. Er aß nichts noch trank er etwas, und sein entsetzlicher Anblick war allen eine Qual. Dann stand er auf, verabschiedete sich vom Hausherrn und sagte dabei: »Des Mahles, zu dem du mich geladen hast, habe ich nicht bedurft. Hättest du meiner nicht mit dummer, trunkener Rede gespottet, so hätte ich dich nicht durch mein Kommen erschreckt. Aber nun lebe wohl, und heute über acht Tage zu derselben Stunde musst du zu mir zum Speisen kommen und du musst dich, ob du willst oder nicht, an dem Ort einfinden, wo du mich heute eingeladen hast.« Dies gesagt, verschwand er. Der Hausherr, der über diese Rede ebenso verstört war wie seine Angehörigen, fragte kluge Leute nach einem Auskunftsmittel, aber ihm wurde kein anderer Rat zuteil, als dass er, nachdem er sein Haus bestellt und Reue und Leid erweckt und gebeichtet und die heilige Kommunion empfangen haben werde, zu der angesagten Zeit Gottes Gericht erwarten solle.

Nachdem er dies alles getan hatte, fand er sich zu der bestimmten Stunde mit all seinen Angehörigen auf dem Kirchhof ein, und schon wurde er auch durch einen starken Wind unversehrt an einen lieblichen Ort entführt, und dort erblickte er ein wunderschönes, aber menschenleeres Schloss. Er trat ein und fand drinnen einen mit allerlei Speisen prächtig gedeckten Tisch. Und sogleich erschien jener Tote in derselben Gestalt, begrüßte ihn freundlich und hieß ihn zu Tisch sitzen; er selber aber hatte in einer finsteren Ecke einen schmutzigen Tisch mit einem schmutzigen Tuch und nur ein schwarzes Brot und ein elendes Licht. Und an diesem Tisch saß der Tote nieder und begann den an dem prächtig geschmückten Tisch sitzenden Gast so traurig und bekümmert anzublicken, dass der vor Staunen und Furcht keinen Bissen zu essen wagte. Schließlich erhob sich der Tote und sprach: »Warum fragst du mich nichts?« Und der andere antwortete: »Ich bin zu traurig dazu. Weiß ich doch nicht, was mir beschieden ist; immerhin möchte ich, wenn Ihr es wisst, erfahren, was mit mir geschehen soll.« Und der Tote erwiderte: »Sei unbesorgt, dir wird kein Leid widerfahren, und dies ist durch Gottes Willen nur zu deiner Besserung geschehen. Hättest du nicht törichterweise einen Toten eingeladen, so wäre dir gar nichts geschehen. Damit du aber weißt, wie es um dich steht, so lass dir sagen: Ich war einst in der Stadt, wo du wohnst, Richter. Um die frommen Pflichten scherte ich mich nicht, sondern schlemmte und lebte in vollem Überfluss. Weil ich aber gerecht richtete, so habe ich Barmherzigkeit gefunden, und meine Buße ist die: Für meine Liebe zum weltlichen Leben habe ich dieses öde Schloss, und für meine Schlemmerei muss ich diesen armseligen, schmutzigen Tisch betrachten. Und jetzt geh du heil und gesund heim und tilge deine Sünden durch gute Werke.« Und als der Tote das gesagt hatte, erhob sich der Wind und brachte den erschreckten Gast an den Ort zurück, woher er ihn geholt hatte, und dort fand er seine ganze Verwandtschaft in Tränen vor.

Kaum aber hatten sie ihn, der arg entstellt war, erblickt, so entflohen sie allesamt voller Schrecken, denn seine Nägel an Händen und Füßen waren ihm wie Adlerklauen gewachsen, und sein Gesicht war vor Angst schwarz und furchtbar verzerrt, sodass sie ihn nicht erkannten, obwohl er kaum ein Stündlein weg gewesen war, das ihm freilich tausend Jahre gewährt zu haben schien. Da rief er sie an, und so kamen sie zurück. Er erzählte ihnen alles der Reihe nach, und sie lobten Gott. Er aber wandelte sich nun in einen durchaus guten Menschen, und so durfte er auch sein Leben durch einen guten Tod beenden.

Europäisches Märchen aus dem Mittelalter

Ursprung der bösen Geister

Ein Mann heiratete eine Frau und führte sie in sein Haus ein. Er selbst ging Handel treiben, um Geld zu verdienen. Eines Tages fand die Frau in dem Kasten ihres Mannes eine Menge Geld, es war ein Betrag von dreihundert Rupien. Als sie so viel Geld sah, fühlte sie sich plötzlich sehr krank und legte sich zu Bett. Abends aß sie nichts, am Tage aß sie nichts, sie lebte sieben Tage lang nur von Wasser.

Ihr Mann begab sich alsdann zu einem Zauberer und sprach zu ihm: »Bitte, sieh einmal, wie es mit meiner Frau steht; sie ist krank.« Der Zauberer nahm ein Brett mit Sand, machte Figuren hinein, um die Ursache ihrer Krankheit mithilfe der Astronomie zu erfahren. Diese besagte: »Deine Frau ist krank und die Ursache ihrer Krankheit besteht darin, dass sie zwei Teufel in sich hat, der erste heißt *Kinyamkera*, der zweite *Kilima*. Suche einen Zauberer, der den *kinyamkera*-Teufel austreiben kann, der ihr Arznei zum Trinken, Räucherwerk und Kräutermedizin zum Einreiben besorgt und sie zwei Tage lang mit etwas Dampf aus dem Topf der Kräutermedizin behandelt, dann wird sie, so Gott will, wieder zu Schlaf kommen. Danach sieh dich nach einem anderen Zauberer um, der den *Kilima*-Teufel austreibt, der ihr Arznei zum Trinken gibt, Räucherwerk nimmt und sie mit Kräutermedizin einreibt und sie mit etwas Rauch aus dem Topf der gekochten Arznei sieben Tage lang behandelt; so wird auch dieser Teufel entweichen.«

Der Mann ging fort, einen Zauberer zu suchen, und sprach zu ihm: »Bitte, Zauberer, meine Frau ist vom Teufel besessen; der Teufel hat sie krank gemacht, ich möchte meine Frau gern wieder gesund sehen, damit sie kochen, essen und sich wie früher mit mir unterhalten kann.« Der Zauberer sagte: »Gut, das schlägt gerade in mein Fach; einigen wir uns also, veranstalte die dazugehörige *Ngoma**, ich werde dann den bösen Geist aus deiner Frau austreiben.«

Sie setzten die Dauer der *Ngoma* auf sieben Tage fest, jeden Tag hatte der Ehemann ein und einen halben Realen** an den Zauberer zu zahlen, sowie vier Pishi*** Reis für denselben und eine Rupie für Zutaten zum Reis. Für die Leute, welche der Kranken beistanden, musste der Veranstalter der *Ngoma* bis zum Ende derselben gleichfalls das Essen geben.

Sieben Tage lang war Tanz, und der Eigentümer der *Ngoma* versorgte die Leute mit Speise und verbrauchte auf diese Weise viel Geld. Am letzten Tage der *Ngoma* schlachtete man eine Ziege, und die Kranke trank das Blut derselben. Dann wurde eine besondere Art Turban aus weißem, rotem und schwarzem Tuch angefertigt und die Kranke damit bekleidet; und alles, was an silbernen Schmucksachen vorhanden war, wurde der vom Teufel Besessenen umgehängt. Der Zauberer wurde alsdann von den Leuten mit Pesa-Stücken**** beschenkt, und der Ehemann verteilte Reis. Während die Trommeln geschlagen wurden, wurde mit Räucherwerk geräuchert und Lieder dazu gesungen. Der Zauberer sprach

---

* *Ngoma* ist jede Art Tanz. Die Tänze bei Austreibungen von bösen Geistern sind besonders feierlich.

** Etwa einen Taler

*** Ein Pishi sind etwa fünfeinhalb Pfund.

**** Kupfergeld

zu dieser Zeremonie Worte, die von Anfang bis zu Ende nicht verständlich waren.

Plötzlich erfasste die Kranke ein Schütteln des ganzen Körpers, dann fing sie an zu brüllen. Schließlich wurde sie von ihrem Arzt, dem Zauberer, gefragt: »Bist du der Geist des Berges?« Sie antwortete: »Ich bin der Geist des Berges und komme aus der großen Wüste durch die Lüfte, ich schwebte zwischen Himmel und Erde, wie eine Regenwolke.« Der Zauberer sprach: »Fahre hinaus, geh deiner Wege und lass diese Frau in Ruhe.« Der böse Geist verließ sie, und sie wurde wieder gesund.

Der Zauberer nahm nun seinen Lohn, einundzwanzig Realen, dazu acht Realen und was ihm an Geschenken gemacht worden, sowie die Matten und Teller, welche bei der *Ngoma* gebraucht worden waren, das Brot mit dem Tischbrett, welches für den bösen Geist hingesetzt worden, die Kleider, welche die Kranke getragen hatte, und jenes Fleisch der Ziege, welche geschlachtet worden und deren Blut die Kranke getrunken hatte – das alles nahm er an sich. Die Trommelschläger erhielten fünf Rupien für sieben Tage und der Flötenbläser fünf Rupien für sich.

Dies ist der Ursprung der bösen Geister, wie er in dieser Geschichte niedergeschrieben ist, und die Gebühren für die Zauberer sind so, wie sie hier angegeben sind.

Afrikanisches Märchen

Der wilde Hund

Zur Zeit des Aufstands der Weißen Lotusblumen-Gesellschaft wurden die Menschen niedergehauen wie Hanf. Im Bezirk Chi-Chuan lebte ein Mann namens Li-Hua-Lung; der entfloh ins Gebirge, um sich zu retten. Da kamen bei Nacht Soldaten an. Er fürchtete, mit den Aufständischen getötet zu werden. Weil er nun keinen anderen Ausweg hatte, versteckte er sich unter den Leichen und stellte sich tot und getraute sich noch nicht einmal hervor, als die Soldaten alle schon vorüber waren.

Plötzlich sah er, wie die Leichen ohne Köpfe und Glieder aufstanden, aufrecht wie die Bäume eines Waldes. Ein Leichnam, dem der Kopf abgehauen war, aber noch mit dem Leib zusammenhing, sprach mit seinem Mund: »Der wilde Hund kommt? Was gibt es für einen Rat? Was sollen wir tun?« Und die ganze Herde der anderen Leichname, Groß und Klein, entgegnete: »Da gibt es keinen Rat. Wir können nichts tun!« Da fielen sie in einer Weile wieder hin und rührten sich nicht mehr. Li fürchtete sich und wollte aufstehen. Da kam auf einmal ein Wesen, das einen Tierkopf auf einem Menschenleib hatte und zernagte die Schädel der Leichen, kratzte ihr Gehirn heraus und fraß es. In seiner Todesangst kroch Li mit seinem Kopf unter die Leichen hinunter. Das Wesen kam und zerrte ihn an der Schulter, um seinen Kopf herauszubekommen. Li wühlte sich mit aller Kraft unter die Leichen hinein, um ihm nicht in die Hände zu fallen. Doch das Wesen räumte die Leichen alle beiseite und machte seinen Kopf doch frei. Da grub er in der Verzweiflung mit seinen Händen die Erde auf und scharrte einen Stein heraus, in der Größe einer Tasse. Als das Wesen nun herankam, richtete er sich auf und warf mit lautem Geschrei den Stein nach ihm. Er traf es auf das Maul; da schrie es wie eine Eule. Das Wesen, dem das Maul sehr weh tat, lief davon und spuckte Blut auf den Weg.

Als Li dem Blut nachging, fand er zwei Zähne, die waren gebogen und vorne spitz wie eine Nadel, ein jeder vier Zoll lang. Er steckte sie zu sich und ging nach Hause. Und niemand, dem er sie später zeigte, konnte ihm sagen, von was für einem Tier sie stammten.

Sage aus China

Das tote Mädchen

Es waren einmal fünf Karrenschieber. Die kamen des Abends an eine Herberge und wollten übernachten. Der Wirt wies sie ab, weil alle Räume überfüllt waren. Doch ließen sie nicht ab mit Bitten. Da führte sie der Wirt in einen inneren Hof. Auf der Ostseite stand ein kleines Häuschen mit drei Zimmern. Im mittleren Zimmer war die Leiche eines Mädchens aufgebahrt, und ihr Gesicht war mit einem weißen Papier bedeckt. Bei diesem Anblick erschraken die fünf und wagten sich nicht hinein.

Der Wirt erklärte ihnen: »Das ist meine Schwiegertochter, die kürzlich verstorben ist. Mein Sohn ist fort, um einen Sarg zu kaufen, und noch nicht wieder da, darum ist sie noch aufgebahrt. Sonst habe ich keinen Platz zum Übernachten. Ihr müsst eben vorliebnehmen.« Die fünf dachten: »Es ist schon dunkle Nacht und nirgends sonst ein Unterkommen. Da können wir schon eine Nacht hier verbringen. Wir sind ja auch zu fünft, und vor was sollten wir uns schließlich fürchten?«

So gingen sie denn miteinander in das Haus. Im Nebenzimmer war eine gemauerte Schlafstelle, die war groß und bequem. Der Wirt zündete eine Lampe an und brachte ihnen etwas zu essen. Nach dem Essen schliefen vier von ihnen, da sie rechtschaffen müde waren, sogleich ein. Der fünfte aber war ängstlich von Natur. Er legte sich auf die Seite, aber konnte nicht schlafen. Plötzlich hörte er im Nebenzimmer vom Bett der Leiche her ein knitterndes Geräusch. Er machte die Augen auf und blickte hin. Da sah er, wie der Schein der Lampe völlig grün geworden war. Und schon stand auch das Mädchen auf und kam in das Zimmer herein. Sie blies seinen vier Kameraden allen ins Gesicht. Er war starr vor Schrecken, und weil er keinen Ausweg sah, zog er die Decke über das Gesicht und blieb zusammengekrümmt liegen. Die Leiche wandte sich ihm zu. Sie neigte den Kopf und blies ihn an. Dreimal blies sie; dann ging sie wieder hinaus. Er hörte, wie das Bett krachte, öffnete die Decke und blickte verstohlen nach ihr hin. Da lag die Leiche wieder ausgestreckt mit dem Gesicht nach oben. Nun stieß er mit dem Fuß seine Kameraden an; kein einziger wachte auf. Er schüttelte sie am Arm; keiner regte sich. Er hörte genau hin; ihr Atem ging nicht mehr. Da merkte er, dass seine vier Kameraden tot waren. Es überfiel ihn eine entsetzliche Angst, und er dachte, es sei vielleicht am besten, einfach davonzulaufen. Aber kaum hatte er sich bewegt, da hörte er auf dem Bett wieder ein Geräusch. Er richtete sich auf und wollte von seiner Schlafstelle herab. Da saß auch schon die Leiche aufgerichtet. Er nahm sich keine Zeit mehr, die Kleider zuzuknöpfen oder in die Schuhe zu schlüpfen, sondern riss den Riegel auf und stürzte hinaus. Er kletterte über die Hofmauer und entfloh. Aber die Leiche rannte hinter ihm her. Er wollte den Wirt rufen; doch fürchtete er, sie könnte ihn einholen. Es blieb ihm nichts anderes übrig, als geradewegs ins Feld hinauszulaufen, so schnell er nur konnte. Die Leiche blieb ihm auf den Fersen.

So liefen sie wohl eine Meile weit. Da kam er an ein Kloster. In größter Hast schlug der Karrenschieber an die Pforte. Der Bonze aber, der in dieser tiefen Nachtstunde den Lärm vernahm, fürchtete, es sei ein Räuber und zögerte aufzumachen. Schon war der Leichnam herangekommen. In seiner Todesangst erblickte er vor der Klosterpforte eine große Kiefer, die so dick war, dass man sie nicht umfangen konnte. Schleunigst versteckte er sich hinter dem Baum. Die Leiche griff mit beiden Armen um den Baum herum und wollte ihn packen. Da stieg sein Schreck aufs äußerste; er fiel zu Boden und blieb bewusstlos liegen. Da erstarrte auch die Leiche, die noch immer den Baum umfangen hielt.

Als der Bonze hörte, dass draußen plötzlich alles still geworden war, da zündete er ein Licht an, machte die Pforte auf und guckte nach. Da sah er eine Frau, die den Baum umfangen hatte mit geschlossenen Augen, und ein Mann lag dahinter auf dem Boden, laut röchelnd. Er rüttelte ihn am Arm. Da kam er wieder zu sich und erzählte alles, was er erlebt hatte.

Als der Tag zu dämmern anfing, da kam auch der Wirt herbei, der auf der Suche nach dem Leichnam war. Er sagte, die vier Gäste seien alle gestorben und er wisse sich nicht zu helfen. Der Bonze riet ihm, sofort dem Beamten Anzeige zu erstatten. Der Beamte kam und befahl, dass die Leiche der Frau zurückgebracht werden sollte. Aber die Leiche hielt den Baum so fest umfangen, dass man sie nicht losbekommen konnte. Man sah nach, und es zeigte sich, dass die Finger beider Hände tief in das Holz eingedrungen waren. Man musste alle Kraft anwenden, um sie herauszureißen.

Da begann der Mann zu weinen und sprach: »Wir sind zu fünft ausgezogen, und ich komme nun allein zurück. Wie soll ich mich von dem Verdacht reinwaschen, dass ich die anderen umgebracht habe?«

So sandte denn der Beamte eine Feststellung des Sachverhalts in die Heimat des Mannes und ließ auch die vier Toten zur Beerdigung dorthin überführen.

Sagenmärchen aus China

Die Geister der Erhängten

Von Geistern gibt es gar viele Arten. Doch die Geister der Gehängten sind die schlimmsten. Diese Geister sind meistens Frauen und stammen gewöhnlich aus armen Familien auf dem Lande. Die törichten Bauernfrauen, wenn sie von ihrer Schwiegermutter schlecht behandelt werden oder Hunger leiden müssen und viele Arbeit haben, sind oft mit ihrem Schicksal unzufrieden. Oder sie kommen in Streit mit ihren Schwägerinnen, oder sie werden von ihren Männern beschimpft. Dann sehen sie nicht mehr hinaus und machen aus Verzweiflung ihrem Leben ein Ende. Oft kommt es vor, dass sie Gift nehmen oder in den Brunnen springen. Am häufigsten jedoch erhängen sie sich selbst. Die Großväter und Alten wissen zu erzählen, dass die Geister der Gehängten immer andere Frauen verlocken, sich an den Dachbalken aufzuhängen und so den Tod zu finden. Dann erst wird für sie selbst der Weg zur Unterwelt frei, und sie können von Neuem ins Rad der Verwandlungen eingehen. Der Geist der Neugehängten sucht dann wieder Stellvertretung. Darum kommt es so häufig vor, dass törichte Frauen sich erhängen. In Märchen und Geschichten ist viel von Geistern der Erhängten die Rede. Oft mag es Zufall sein. Doch eine Geschichte will ich jetzt erzählen, die ich von glaubhaften Leuten selbst gehört.

In Tsingtschoufu lebte ein Mann, der die militärische Vorprüfung bestanden und nach Tsinanfu musste, um sich dort zu stellen. Es war zur Regenzeit. So traf es sich denn, dass er, von

Schlamm und Regen aufgehalten, nur langsam vorwärtskam, sodass er abends das Herbergsdorf nicht mehr erreichte. Nach Sonnenuntergang kam er an einen kleinen Weiler und bat um Unterkunft. Aber im ganzen Dorf gab es nur ärmliche Familien, die keinen freien Platz in ihren Häusern hatten. So wiesen sie ihn denn nach einem alten Tempel vor dem Dorf, dass er dort übernachte.

Die Götterbilder in dem Tempel waren ganz verfallen, sodass man sie nicht mehr unterscheiden konnte. Dichte Spinnengewebe überzogen die Tür, und zollhoch lag der Staub. So ging er denn hinaus ins Freie. Da fand er eine alte Treppenstufe. Er breitete die Reisetasche auf dem Stein aus, band sein Pferd an einen alten Lebensbaum, holte die Feldflasche aus der Tasche, machte es sich bequem und trank. Der Tag war heiß gewesen. Nach heftigem Regen klärte es sich eben wieder auf. Der neue Mond neigte sich zum Untergang. Er war vom Trinken angenehm benebelt, schloss die Augen und wollte schlafen.

Plötzlich hörte er im Tempel ein raschelndes Geräusch. Ein kühler Wind strich ihm über das Gesicht, dass er zusammenschauerte. Da sah er eine Frau aus dem Tempel herauskommen in alten, schmutzigen, roten Kleidern, das Gesicht kreideweiß wie eine getünchte Wand. Vorsichtig schlich sie vorüber, als fürchtete sie, einem Menschen zu begegnen. Dem Soldaten fehlte es nicht an Mut. So stellte er sich schlafend und regte sich nicht. Mit halb geschlossenen Augen blinzelte er nach ihr. Da sah er, wie sie aus dem Ärmel einen Strick hervornahm und verschwand. Er merkte nun, dass er es mit einem erhängten Gespenst zu tun hatte. Leise erhob er sich und ging ihr auf dem Fuße nach. Richtig ging sie ins Dorf.

Als sie an ein Haus kam, da schlüpfte sie durch eine Türspalte in den Hof. Der Soldat sprang über die Mauer ihr nach. Es war ein

Haus mit drei Zimmern. Im hintersten brannte eine Lampe mit trübem Glimmerschein. Er blickte durch die Fensterritze in das Zimmer. Da sah er eine Frau von etwa zwanzig Jahren, die saß auf ihrem Bett und seufzte tief, und von ihren Tränen war ihr Tuch ganz nass geworden. Neben ihr lag ein kleines Kind, das schlief. Die Frau blickte nach dem Dachbalken hinauf. Bald weinte sie, bald streichelte sie das Kind. Als der Soldat näher hinsah, da war der Geist der Erhängten auf dem Balken. Den Strick hatte sie sich um den Hals gelegt und machte die Bewegung des Erhängens. Sooft sie mit der Hand winkte, sah die Frau zu ihr hinauf. So dauerte es eine lange Zeit.

Endlich sprach die Frau: »Du sagst, es sei am besten zu sterben. Gut, ich will sterben; aber ich kann mich von dem Kind nicht trennen.«

Dann brach sie wieder in Tränen aus. Das Gespenst lachte und lockte sie aufs Neue.

Da sprach die Frau entschlossen: »Es ist aus. Ich will sterben.«

Mit diesen Worten öffnete sie ihre Kleiderkiste, zog neue Kleider an und schminkte sich vor dem Spiegel. Dann zog sie eine Bank heran und stieg hinauf. Sie band ihren Gürtel ab und knüpfte ihn an den Balken. Schon hatte sie den Hals ausgestreckt und wollte hinunterspringen, da wachte das Kind plötzlich auf und fing an zu weinen. Die Frau stieg wieder hinunter und säugte ihr Kind und tätschelte es auf den Rücken. Und wie sie tätschelte, da weinte sie so heftig, dass die Tränen wie eine Perlenschnur ihr aus den Augen fielen. Das Gespenst runzelte die Stirn und zischte, als fürchte es, seine Beute zu verlieren. Nach einer kleinen Weile war das Kind fest eingeschlafen, und die Frau begann wieder, nach oben zu blicken. Dann erhob sie sich, stieg auf die Bank und war eben im Begriff, mit der Hand die Schlinge um den Hals zu legen, als der Soldat laut zu schreien und gegen das Fenster zu trommeln begann. Er schlug es entzwei und stieg ins Zimmer hinein. Die Frau fiel zu Boden und das Gespenst verschwand. Der Soldat brachte die Frau wieder zum Bewusstsein. Er sah von dem Balken einen Strick herunterhängen, wie eine Schleife ohne Ende. Weil er wusste, dass er dem Gespenst der Gehängten gehörte, nahm er ihn an sich.

Dann sprach er zu der Frau: »Gib gut acht auf dein Kind! Man hat nur ein Leben zu verlieren.«

Damit ging er hinaus.

Es fiel ihm ein, dass sein Gepäck und sein Esel noch im Tempel waren. So ging er hin, es zu holen. Als er vors Dorf hinauskam, da stand auch schon das Gespenst auf dem Weg und wartete auf ihn.

Sie verneigte sich und sprach: »Seit vielen Jahren suche ich schon nach einer Stellvertretung, und heute, da es so weit war, habt Ihr mir das Geschäft verdorben. Da ist nichts mehr zu machen. Doch ich habe ein Ding, das ich in der Eile zurückgelassen habe. Sicher habt Ihr es gefunden. Darf ich bitten, es mir zurückzugeben! Wenn ich nur dieses Ding habe, so macht es mir nichts, dass ich keine Stellvertretung finde.«

Da zeigte ihr der Soldat den Strick und sagte lachend: »Das ist wohl jenes Ding? Aber wenn ich es dir zurückgebe, so wird sich sicher jemand erhängen. Das kann ich nicht dulden.«

Mit diesen Worten wickelte er sich den Strick um den Arm, trieb sie weg und sprach: »Geh! Geh«!

Nun wurde die Frau zornig. Ihr Gesicht wurde grün-schwarz, ihr Haar hing wild zerzaust den Nacken herab, blutunterlaufen starrten ihre Augen, die Zunge hing weit aus dem Munde hervor. Sie streckte ihre beiden Hände aus und wollte ihn fassen. Der Soldat schlug mit geballter Faust nach ihr. Aus Versehen schlug er sich dabei selbst an die Nase, sodass das Blut heruntertropfte. Er spritzte einige Tropfen Blut nach ihr, und weil die Geister Menschenblut nicht leiden mögen, so ließ sie ab von ihm, stellte sich einige Schritte von ihm auf und begann zu fluchen. So dauerte es eine gute Weile, bis der Hahn im Dorfe krähte. Da verschwand das Gespenst.

Inzwischen hatten auch die Bauern vom Dorf ihn gesucht, um ihm zu danken. Nachdem er nämlich die gerettete Frau verlassen hatte, war deren Mann nach Hause gekommen und fragte seine Frau über das Geschehene aus. Da erst erfuhr er, was sich zugetragen hatte. Die Nachbarn, die die Frau weinen hörten, versammelten sich vor ihrem Hause. So machten sie sich miteinander auf den Weg, um den Soldaten vor dem Dorf zu suchen. Sie fanden ihn, wie er noch immer mit den Fäusten in der Luft herumfuchtelte und heftig redete. Da riefen sie ihn an, und er erzählte, was ihm begegnet war. An seinem nackten Arm sah man noch den Strick; doch war er an dem Arme angewachsen und umgab ihn als ein roter Ring von Fleisch.

Eben dämmerte der Morgen. Er schwang sich auf sein Pferd und trabte davon.

Sage aus China

Die Nacht auf dem Schlachtfeld

Es war einmal ein Kaufmann, der mit seinen Waren vom Süden nach Schantung wanderte. Es war etwa um die zweite Nachtwache, da erhob sich ein heftiger Nordsturm. Er sah zur Seite der Straße eine Herberge, deren Lichter eben angezündet wurden. Er ging hinein, um einen Trunk zu sich zu nehmen, und bestellte Nachtquartier. Die Leute in der Herberge machten Einwände. Ein alter Mann hatte Mitleid mit seiner peinlichen Lage und sprach zu ihm: »Wir haben eben ein Mahl aufgetragen für Krieger, die von weither kommen, und haben keinen Wein für Euch übrig. Hier neben ist aber noch ein Zimmerchen, in dem Ihr übernachten könnt.« Mit diesen Worten führte er ihn hinein. Der Kaufmann konnte vor Hunger und Durst nicht schlafen. Er hörte draußen Lärm von Menschen und Pferden. Da ihm die Sache nicht recht geheuer vorkam, stand er auf und sah durch den Spalt in der Tür, wie die ganze Herberge voll war von Soldaten, die auf der Erde saßen, tranken und aßen und von Kriegszügen redeten, von denen er gar nichts wusste. Nach einer Weile riefen sie einander zu: »Der Feldherr kommt!« Und ganz in der Ferne hörte man die Rufe der Leibwache. Alle eilten hinaus, ihn zu empfangen. Er sah dann einen Zug von vielen Papierlaternen, und in ihrer Mitte ritt ein langbärtiger Mann von kriegerischem Aussehen. Er stieg vom Pferd, trat ein und setzte sich obenan. Die Soldaten standen an der Türe, seiner Befehle gewärtig; der Wirt trug Wein und Essen auf, das er schmatzend verzehrte.

Als er fertig war, traten seine Offiziere herein, und er sprach zu ihnen: »Ihr seid nun schon lange ausgerückt. Geht zu euren Leuten zurück; ich will auch ein wenig ausruhen. Es ist Zeit genug, weiterzugehen, wenn der Aufbruchsbefehl eintrifft.«

Die Offiziere nahmen den Befehl entgegen und entfernten sich. Dann rief er: »Atsi soll kommen!« Darauf kam ein junger Offizier von links her aus dem Hause. Die Leute in der Herberge schlossen das Tor und zogen sich zurück. Atsi geleitete den Langbart zu der Tür links hinein, durch deren Spalt der Schein einer Lampe herausdrang. Der Kaufmann schlich sich aus seinem Zimmer und schaute durch die Türspalte ihnen zu. Drinnen war ein Bett aus Bambus ohne Decken und Kissen. Die Lampe stand auf dem Boden. Der Langbart griff mit den Händen nach seinem Kopf. Der löste sich, und er stellte ihn auf das Bett. Darauf nahm ihn Atsi an den Armen. Die gingen ebenfalls ab, und er legte sie sorgfältig an ihren Platz daneben. Dann warf sich der Alte quer über das Bett. Atsi fasste ihn um den Leib, der unter der Hüfte abbrach und sich in zwei Teile teilte, die zur Erde fielen. Die Lampe erlosch alsbald.

Starr vor Schrecken eilte der Kaufmann in größter Hast in sein Zimmer zurück, hielt sich den Ärmel vors Gesicht und legte sich nieder. Die ganze Nacht wälzte er sich schlaflos umher.

In der Ferne hörte er einen Hahn krähen. Er fröstelte. Er nahm den Ärmel vom Gesicht und sah, dass es am Himmel zu dämmern begann. Er blickte um sich, da lag er mitten in dichtem Gestrüpp. Ringsum war Wildnis, nirgends ein Haus, nirgends ein Grab zu sehen. Trotz der Kälte lief er wohl drei Meilen weit, bis er an die nächste Herberge kam. Der Wirt öffnete eben die Tür und fragte verwundert, woher er so früh komme. Er erzählte seine Erlebnisse und forschte nach, was das für eine Stelle sei, wo er die Nacht zugebracht hatte. »In der ganzen Gegend hier herum sind alte Schlachtfelder«, war die Antwort, »man sieht hier manchen Spuk.«

Märchen aus China

Die gespenstische Füchsin

Es war einmal ein Prinz, der noch jung war und sich zu vermählen wünschte. So sehr er sich aber auch nach einer Lebensgefährtin umschaute, er fand kein Mädchen in der ganzen Umgegend, das ihm schön genug war, und so waren einige Jahre vergangen, ohne dass er sich zu einem Ehebündnis hatte entschließen können.

Als er nun eines Tages auszog, und ihn in seinem prächtigen Kago, seinem von acht Dienern getragenen Tragkorb, ein glänzendes, zahlreiches Gefolge geleitete, begegnete ihm ein anderer Zug, der ebenso lang und ebenso prachtvoll war, wie der seinige. Verwundert blickte er auf den Kago, welchen das ihm entgegenkommende Gefolge eskortierte, und da gewahrte er eine wunderschöne junge Dame, die, als sein Auge auf sie fiel, ihr Antlitz rasch hinter ihren Fächer verbarg. Sie war aber so schön, dass der Prinz sich augenblicklich in sie verliebte und einen Kavalier seines Gefolges absandte, der sie um eine Unterredung bitten sollte. Diese Bitte wurde gewährt, und der Prinz fand die Dame ebenso anmutig und unterhaltend als schön und beschloss daher ohne Zögern, ihr seine Hand anzutragen. Zunächst fragte er nach ihrer Herkunft und Familie; sie entgegnete, sie sei aus einem vornehmen Hause, nannte aber als ihren Vater einen hochgestellten Adligen am Hofe eines Fürsten, dessen Herrschaft im allerentferntesten Teile des Landes gelegen war. Sie habe jedoch, so sagte die junge Dame ferner, nahe Verwandte in einer anderen Provinz, zu welcher der Weg durch die Besitzungen des jungen Fürsten führte, und sie müsse diese besuchen, weil dort ein bedenklicher Krankheitsfall in der Familie vorgekommen sei.

Der Prinz war aber schon so sehr von Leidenschaft ergriffen, dass er den Gedanken nicht ertragen konnte, die Schöne nochmals in weite Ferne ziehen zu sehen, und so entschloss er sich, sie zu bitten, gleich bei ihm zu bleiben und seine Gemahlin zu werden. Die Dame machte zwar noch einige Einwendungen und wollte die Sache von der Einwilligung ihres Vaters abhängig machen; allein der Prinz rechnete ihr vor, wie lange Zeit darüber verstreichen würde, bis ein Bote den weiten Weg zweimal zurückgelegt hätte, und so gab sie endlich seinem Ungestüm nach und willigte in die Vermählung.

Der Prinz widmete sich nun ganz und gar seiner jungen Frau. Jede Stunde, die er nicht seinen Geschäften oder der Jagd und anderen ritterlichen Übungen zu widmen hatte, brachte er bei ihr zu und fand stets die vollste Befriedigung an ihrer Unterhaltung.

Einstmals trat er – es war an einem warmen Sommertag – unvermutet in ihr Gemach. Er war sehr verwundert, als er sie nicht traf, da er wusste, dass sie sonst stets um diese Zeit in ihrem Zimmer der Ruhe pflegte; noch mehr erstaunte er aber, als er auf einem kostbaren Kissen, das mit den in Japan sehr beliebten Chrysanthemen oder Kiku reich verziert war, einen großen Fuchs schlafend erblickte. Leise trat er zurück, holte seinen Bogen und schoss auf den Fuchs. Auch traf er ihn richtig, und zwar mitten auf die Stirn, allein der Pfeil war zu eilig abgeschossen und hatte nicht die Kraft, durch den Knochen zu dringen, sondern prallte von diesem ab. Der Fuchs entsprang und entschlüpfte in ein Dickicht des fürstlichen Parks, in dem man ihn nicht aufzufinden vermochte, obwohl der Prinz ihm bis zum späten Abend nachspürte.

Als er nun aber ins Haus zurückkehrte, bemerkte er, wie seine geliebte Frau eine Wunde an der Stirn hatte, und sonderbarerweise genau an der Stelle, welche derjenigen entsprach, an welcher der Fuchs von ihm getroffen war. Er stutzte; auf der anderen Seite aber bedachte er, das könne doch auch bloß ein Zufall sein. Ein Fuchs, der sich in den Dickichten des Parks herumgetrieben hatte, könne sehr wohl in die Nähe des Hauses geraten sein und sich dann auf den Kikublumen, welche die Füchse sehr lieben, haben ausruhen wollen. Er fragte daher seine Gemahlin ganz ruhig und ohne jeden bösen Verdacht, woher ihre Wunde auf der Stirn rühre. Da aber ward die sonst so sanfte Frau von einer wahren Wut ergriffen; ihre Augen funkelten unheimlich, und wilde Rachsucht schoss aus ihren Blicken. Von der Ursache ihrer Verwundung wusste sie keine gehörige Auskunft zu geben, und so sah der Prinz wohl ein, dass er von einem bösen Zauber umstrickt gewesen sein müsse und dass seine Gattin doch wohl nichts anderes als jener Fuchs sei. Sofort rief er seine Wache herbei und ließ die vermeintliche Frau ergreifen und einkerkern. Dann schickte er zu einem Priester, der in dem Ruf stand, in allerlei Beschwörungen böser Geister und in Entzauberungen wohl erfahren zu sein, und kaum hatte dieser seine Räucherungen und Gebete begonnen, so verschwand auch der Spuk, und statt der schönen Frau zeigte sich vor aller Augen derselbe große Fuchs, welchem der Prinz die Schusswunde am Kopf beigebracht hatte. Nun aber war noch große Vorsicht nötig, damit nicht, wenn man den Fuchs tötete, sein Geist noch größeren Schaden stiftete, als das Tier es bisher durch seine Zauberkünste vermocht hatte, und so ward das unheimliche Geschöpf unter Anleitung des Priesters in einem dicht verschlossenen Raume zu Asche verbrannt und diese in fließendes Wasser gestreut. Danach wurde niemals wieder etwas von ihm gehört.

Märchen aus Japan

Miura Takeschi

Um das Jahr 1840 zog ein Fechtmeister namens Miura Takeschi aus der Provinz Oschiu nach der Hauptstadt Tokio und hoffte dort als Lehrer der jungen Krieger sich leicht ein reichliches Auskommen zu verschaffen. Er war aber sehr arm, und so fand er anfangs große Schwierigkeiten, ein passendes Lokal für seine Fechtübungen zu mieten; als er dies nun endlich aufgetrieben hatte, ging ihm das Geld aus, auch noch für sich und seine Familie ein genügendes Unterkommen zu finden. Da sagte man ihm, im Stadtteil Honjo auf einer Straße, die überhaupt von bösen Geistern heimgesucht sei, stehe ein Haus gänzlich leer und werde sicher sehr billig zu mieten sein, da es darin in ganz abscheulicher Weise spuke. Fechtmeister Takeschi war ein tapferer Geselle, und so ging er augenblicklich zu dem Hauswirt und bat ihn, ihm die Wohnung mietweise zu überlassen; er sei nicht begütert und werde sehr dankbar sein, wenn er mit einem billigen Mietzins abkäme. Der Hausbesitzer freute sich über Takeschis Anerbieten sehr und erwiderte, er wolle ihm das Haus, das in der Tat durch Gespenster in Verruf geraten sei, ganz umsonst zur Benutzung überlassen; er freue sich sehr, dass ein beherzter Mann hineinziehen wolle, von dem er endlich Auskunft über den Spuk erlangen und vielleicht auch Hilfe erwarten könne.

So zog denn Takeschi mit seiner Familie ein, und ein paar Tage vergingen, ohne dass sich etwas Bemerkenswertes begeben hätte. Eines Abends aber, als der Fechtmeister ungewöhnlich lange seine Unterrichtsstunden hatte ausdehnen müssen und noch nicht heimgekehrt war, hörte seine Frau einen furchtbaren Knall, und darauf folgte Kettenrasseln und Gepolter der unheimlichsten Art. Als der Fechtmeister nach Hause kam, fand er seine Frau sehr erschreckt und stellte sofort Nachforschungen an. Er fand aber nichts, und seine Frau wusste ihm auch keine weitere Auskunft zu geben, als dass der erste Knall aus der Gegend des Brunnens hergekommen sei.

Anderen Tages nun verließ Takeschi sein Fechtlokal zu früherer Stunde, und einige seiner Bekannten und Schüler, welche von ihm vernahmen, um was es sich handle, schlossen sich ihm freiwillig an und erklärten sich bereit, bei den Nachforschungen nach dem Spuk zu helfen. So postierten sie sich denn an verschiedenen Stellen im Haus und in dessen Umgebung; Takeschi selber aber ließ es sich nicht nehmen, sich dicht bei dem verdächtigen Brunnen aufzustellen.

Nicht lange dauerte es, so erscholl der nämliche Knall wie gestern, und nun lief der Fechtmeister eilends an den Brunnen und blickte hinein. Da sah er denn deutlich einen kahlen Kopf über dem Wasser schweben; noch eine Zeit lang polterte es, dann war alles still und der gespenstische Kopf verschwand.

Kaum war der Morgen angebrochen, so eilte der Fechtmeister zu dem Hauseigentümer und bat ihn um Auskunft, was früher in der Wohnung passiert sein könne. Dieser versprach, Erkundigungen einzuziehen; Takeschi aber veranstaltete sofortige Nachgrabungen in dem Brunnen und fand dort einen Menschenschädel. Er ließ diesen nach Gebühr bestatten, und danach hörte jeder Spuk in dem Hause auf. Der Hausbesitzer aber ermittelte, dass einstmals in demselben Haus ein Blinder, der sich mit dem Kneten und Streichen der Glieder zur Heilung des Rheumatismus und anderer Krankheiten seinen Lebensunterhalt verdiente, spurlos verschwunden sei. Der damalige Bewohner des Hauses sei zwar verdächtig gewesen, um das Verschwinden des Blinden zu wissen, allein es habe sich derzeit nichts ermitteln lassen. Jetzt sei es klar, dass jener frühere Hausbewohner den Blinden ums Leben gebracht habe, entweder um ihn zu berauben, oder weil er demselben Geld geschuldet und sich seiner Schuld auf jene verbrecherische Weise habe entledigen wollen. Der Fechtmeister aber ward nun wegen seiner Entschlossenheit aufs höchste gelobt, bekam viel Zuspruch und blieb noch lange umsonst im Genuss der durch ihn von dem Geist des armen Blinden befreiten Wohnung.

Sagenmärchen aus Japan

Die Vampirkatze

Unter den Frauen eines der Fürsten von Hizen*, aus dem Hause Nabeschima, befand sich vor vielen Jahren eine Dame von so hervorragender Schönheit und Anmut, dass der Fürst sie vor allen anderen hochschätzte. Eines Tages saß Otoyo, das war ihr Name, allein in ihrem Zimmer mit einer Stickerei beschäftigt; eine große Katze, welche schon seit einiger Zeit im Schloss gesehen war, saß neben ihr, und Otoyo hatte umso weniger etwas dagegen, als das Tier ihr besonders zugetan schien. Doch plötzlich, als sie von ihrer Arbeit einmal aufsah und zu der Katze hinüberblickte, sah diese sie mit einem so gehässigen, bösen Blick an, dass Otoyo unwillkürlich laut aufschrie. Kaum aber war der Aufschrei über ihre Lippen gekommen, so sprang auch das Ungetüm der schönen Otoyo an den Hals, biss ihr eine tiefe Wunde und sog ihr das Blut aus; damit aber nicht zufrieden, nahm die abscheuliche Katze sofort die Gestalt der toten Otoyo an und beerdigte den Leichnam in aller Eile im Garten dicht neben dem Zimmer. Und alles dies ging so rasch vor sich und ward so flink ausgeführt, dass niemand eine Ahnung davon hatte. Die gespenstische Katze wurde von aller Welt für die schöne Otoyo angesehen, selbst der Fürst merkte die Verwandlung nicht und hielt nach wie vor seine geliebte Otoyo hoch und wert. Er weilte mehr denn je in ihrer Nähe; die Katze aber, sobald sie in stiller Nacht mit dem Fürs-

* Eine historische Provinz in Japan.

ten allein war, betäubte seine Sinne, biss auch ihm eine Wunde in den Hals und sog sein Blut. Indes war die Wunde diesmal nicht tödlich; der Fürst beachtete sie kaum. Doch da er allnächtlich sein Lebensblut hergeben musste, wurde er sehr bald so schwach und krank, dass er sich nicht auf den Füßen zu halten vermochte. Niemand aus des Fürsten Umgebung und auch keiner der Ärzte, welche in Menge herbeigeholt wurden, konnte sich die rätselhafte Krankheit erklären, und so kam man schließlich zu der Überzeugung, dass diese eine geheimnisvolle Ursache haben müsse. Dies zu ergründen, wurden hundert tapferere Krieger bestimmt, die an dem Lager des Fürsten Wache halten sollten; dieselben folgten sofort dem Befehl und waren unverdrossen auf ihrem Posten. Aber auch diese nahmen nicht das mindeste an Verdacht wahr, und das ging so zu: die Katze, welche nach wie vor das Blut des Fürsten in der Nacht trank, betäubte allabendlich pünktlich um zehn Uhr sämtliche Krieger, sodass sie durch Zaubermacht in einen tiefen Schlaf fielen, aus dem sie erwachten, sobald der Morgen graute. So konnte der arme Fürst nicht genesen, und alle seine Getreuen waren untröstlich über seine Krankheit, besonders aber ging dieselbe einem armen Samurai – so heißen die adligen Krieger in Japan – zu Herzen, der nichts sehnlicher wünschte, als dass auch er auserkoren werden möchte, an der Wache bei des Fürsten Lager teilzunehmen. Aber das ging nicht so leicht, als er sich dachte, denn Ito-Soda, das war sein Name, konnte als armer Fußsoldat nicht wohl einer so hohen Ehre teilhaftig werden, und deshalb wandte er sich zuletzt mit seiner Bitte an einen Priester, dem er seinen Wunsch so sehr ans Herz legte, dass derselbe nach einigen Schwierigkeiten die Sache auch wirklich durchsetzen konnte. Ito-Soda hatte die hohe Ehre, unter die Zahl der Wachthabenden an des Fürsten Lager aufgenommen zu werden.

Als er nun merkte, wie alle Krieger, und er selbst nicht minder, in tiefen Schlaf versanken, trotz des festen Vorsatzes, wach zu bleiben, da setzte er alles daran, sein Einschlafen zu verhindern. Er stieß sich sein Messer tief ins Bein, damit der Schmerz der Wunde ihn wachhalten sollte, und wenn trotzdem der Schlaf ihn übermannen wollte, so drehte der Tapfere das Messer in der Wunde um. Auf diese Weise blieb er selbstredend wach, denn der furchtbare Schmerz verhinderte jeglichen Schlaf, und als die vermeintliche Otoyo nun kam und den Krieger munter fand, da lobte sie ihn schlauerweise wegen seiner Wachsamkeit und zog sich rasch wieder in ihre Gemächer zurück. Ito-Soda hatte wohl Acht auf sie gehabt, und trotz ihrer freundlichen Worte schlich sich ein Verdacht gegen die schöne Dame in sein Herz. Jeden Abend hielt er sich durch seine peinvolle Marter wach; Otoyo blieb fort, und der Fürst erholte sich. Doch eines Abends, als Ito-Soda abermals tapfer standhielt, die Vampirkatze aber wohl glauben mochte, dass er die Qual nicht länger ertragen könne und wieder wie seine Gefährten im Schlafe liege, sah er, wie sie vorsichtig durch eine Tür trat und nach dem Lager des Fürsten hinüberschielte. Da schwand ihm jeder Zweifel daran, dass sie allein an der Krankheit des Fürsten schuld sei. Entschlossen sprang er auf; doch noch ehe er sie erreichte, flüchtete sie in ihr Zimmer. Ito-Soda folgte ihr auch dorthin, und nun entspann sich zwischen ihnen ein verzweifelter Kampf. Mehrmals packte er sie mit fester Hand, doch sie entwand sich ihm immer wieder; schließlich aber, als sie sah, dass er nicht nachließ und sie zuletzt sicher mit seinem starken Arme überwinden würde, nahm sie unversehens ihre Katzengestalt wieder an und sprang mit einem Satz aus dem Zimmer ins Freie, wo sie bald ihrem Verfolger entkam.

Seit dieser Nacht besserte sich der Zustand des Fürsten mehr und mehr, sodass er bald seine früheren Kräfte wiedererlangte. Ito-Soda wurde wegen seiner Treue und Standhaftigkeit aufs Höchste belohnt, und der Fürst war so freigebig und huldvoll gegen ihn, dass er seine Tat nie zu bereuen brauchte.

Als endlich der Fürst nach einiger Zeit auf einer Jagd eine große Katze erlegte und Ito-Soda fest versicherte, dass dies die nämliche Vampirkatze sei, welche er in jener Nacht verjagt habe, da lebte alles im Schloss auf, und jeder freute sich der Zuversicht, dass das Ungetüm nun niemals wiederkommen würde.

Die Tat des tapferen Wächters Ito-Soda aber ward nicht vergessen, und seine aufopfernde Treue wird bis auf den heutigen Tag gepriesen.

Sagenmärchen aus Japan

Juki-onna, die Schneefrau

Es waren einmal zwei Holzhauer: der eine hieß Nishikaze, dieser war ein älterer Mann, während der andere Teramichi hieß und noch ein Jüngling war. Beide wohnten im gleichen Dorf und gingen jeden Tag zusammen in den Wald, um Holz zu schlagen. Um in den Wald zu gelangen, mussten sie einen großen Fluss passieren, über den eine Fähre eingerichtet war.

Als sie eines Tages spät mit ihrer Arbeit fertig waren, wurden sie von einem furchtbaren Schneesturm überrascht; sie eilten zur Fähre, mussten aber zu ihrem großen Schrecken sehen, dass der Fährmann soeben übergesetzt war und sich auf der anderen Seite des reißenden Flusses befand, von der er des rasenden Sturmes wegen vorläufig nicht zurückkonnte. Da die beiden im Freien das Ende des Sturmes nicht abwarten konnten, beschlossen sie, in das nahe gelegene Haus des Fährmanns zu gehen und dort dessen Rückkehr abzuwarten. Gesagt, getan! Im Hause angekommen, warfen sie sich zur Erde, nachdem sie Tür und Fenster wohl verwahrt hatten und lauschten dem Tosen des Sturmes. Der Ältere, ermüdet von des Tages Last und Arbeit, war bald in Schlaf verfallen; aber der Jüngere konnte kein Auge schließen, denn das Heulen, Brausen, Rauschen und Krachen war unheimlich und das Häuschen erzitterte in allen Fugen.

Plötzlich gab es einen fürchterlichen Schlag, als wollte der Sturm das Haus zertrümmern; die Tür sprang auf und ein eisiger Wind mit einer riesigen Schneewolke drang herein. Entsetzt starrte Teramichi auf die Wolke, denn diese bewegte sich auf und ab und nahm endlich menschliche Gestalt an, die Gestalt einer Frau in weißem Gewand, und wandte sich zu der Stelle, wo Nishikaze schlief; dort beugte sie sich zu dem Schläfer nieder, ihrem Munde entströmte ein weißer Nebel, der sich auf das Gesicht des Mannes ausbreitete. Dann richtete sie sich auf und kam auf Teramichi zu, der, unfähig ein Glied zu rühren, die Augen angstvoll weit geöffnet hielt. Dicht vor ihm angekommen neigte sie sich nahe auf sein Gesicht und sah ihn ein Weilchen ruhig an; dann sprach sie leise, ihre Stimme war wie ein Hauch und ihr Gesicht nahm freundlichere Züge an: »Deinen Kameraden habe ich getötet wie alles, das in meinen Bereich kommt. Auch du solltest sein Los teilen, doch bist du noch kein Mann und hast noch nicht gelebt. Darum sei verschont! Doch diese Schonung wird dir nur so lange Zeit gewährt, als du schweigen kannst. Kommt auch nur ein Wort von dem über deine Lippen, was du hier erlebt hast – sei es zu wem es wolle, nicht Vater, nicht Mutter, nicht Weib noch Kind, niemand, hörst du, niemand darf erfahren, was hier geschah –, so treffe ich dich, wo es auch sei! Denke daran!«

Nach diesen Worten schwebte sie langsam empor und verschwand durch die Tür.

Jetzt wich der Bann von dem jungen Mann, er sprang auf, eilte zur Tür und verschloss sie fest. Dann wandte er sich zu seinem Kameraden und rief ihn an; doch dieser rührte sich nicht, er war steif und starr, er war tot, sein Gesicht verklärte ein glückliches Lächeln. Endlich ließ der Sturm nach und der Morgen brach an und der Fährmann, der nun zurückkehrte, fand beide Männer in seinem Häuschen und hielt sie für tot, für erfroren; doch als er sie aufhob, tat Teramichi einen tiefen Seufzer, schlug die Augen auf und kam bald wieder zu sich, während Nishikaze tot blieb und begraben wurde.

Der junge Mann aber ging wieder seinem Beruf nach und wanderte tagtäglich in den Wald, erzählte niemand sein Abenteuer, das er mit der Schneefrau, denn eine solche war es, wie ihm zur Gewissheit wurde, hatte. So gingen zwei Jahre dahin.

Als er eines Abends nach vollbrachtem Tagewerk wieder heimwärts wanderte, begegnete ihm ein junges hübsches Mädchen, das ihm so gefiel, dass er sich in ein Gespräch einließ. Das Mädchen erzählte ihm, dass es Waise sei und zu entfernt wohnenden Verwandten wandern wolle, wo es hoffe, aufgenommen zu werden.

Als beide nahe dem Dorfe waren, in dem Teramichi wohnte, sprach dieser zu dem Mädchen: »Es ist jetzt Abend und kalt und die Wege sind unsicher; komm mit in meine armselige Hütte und nimm teil an dem bescheidenen Mahl, das meine Mutter bereitet hat! Ruhe dich dann aus und, so du willst, kannst du morgen früh deine Wanderung fortsetzen!«

Das Mädchen, das sich »Juki« nannte, nahm dies Anerbieten an und begleitete den jungen Mann in sein Haus, wo die Mutter ihm eine freundliche Aufnahme bereitete. Als es sich ausgeruht hatte und sich am anderen Morgen wieder auf den Weg machen wollte, bat die Mutter, es möge doch noch einige Tage bleiben, und wenn es niemanden in der Welt habe, der es erwarte, so möge es bleiben, solange es wolle, und ihr etwas zur Hand gehen, da sie selbst schon alt sei und sich schon längst eine Stütze im Hause gewünscht habe. Da auch Teramichi, der zu dem Mädchen in heißer Liebe entbrannt war, sich den Bitten seiner Mutter anschloss, so schlug es ein und blieb im Hause.

Wie es nun so geht, wenn ein Mann einem Mädchen mit reiner Liebe zugetan ist, dass das Mädchen schließlich auch Liebe empfindet, so war es auch hier, und es dauerte nicht lange Zeit, so hatten sich beide ihre Liebe erklärt und Teramichi und Juki wurden ein Paar.

Juki war stets eine brave Frau und verehrte ihre Schwiegermutter in kindlicher Liebe, bis diese starb; dann widmete sie sich nur ihrem Mann und ihren Kindern, von denen sie im Laufe der Jahre ihrem Gatten zehn geschenkt hatte. Die Kinder blühten und gediehen und wuchsen heran; keine Krankheit, kein Unglück störte den Frieden und das Glück dieser Ehe, die jedermann als die beste im ganzen Lande pries. Als ganz besonderes Wunder aber wurde erwähnt, dass Juki immer jung aussah, immer blühend und in voller Kraft war und man keinerlei Spuren des Alterns bei ihr wahrnehmen konnte.

So vergingen die Jahre, als eines Abends im Winter, als das Paar im traulichen Zwiegespräch beisammensaß, wieder einmal ein furchtbarer Schneesturm losbrach. Der Mann erschauerte, indem er seines Erlebnisses in der Hütte des Fährmannes gedachte, und sinnend betrachtete er seine Frau, die ihm schöner als je erschien, und plötzlich glaubte er, in ihrem Gesicht eine Ähnlichkeit mit der Schneefrau zu entdecken, die ihm damals vor vielen Jahren das Leben schenkte. Diese Ähnlichkeit trat immer deutlicher hervor, sodass er den Ausruf nicht zurückhalten konnte: »Nein, du bist schöner!«

Juki wurde aufmerksam und fragte, was diese Worte bedeuten sollten; ohne zu zögern, halb im Traum, erzählte er ihr nun sein Abenteuer, das er mit der Schneefrau hatte, und schloss seine Erzählung mit den Worten: »Sie war schön, aber geisterhaft schön; du aber bist menschlich, natürlich schön!«

Da erhob sich Juki und erschreckt sah der Mann, wie sie größer und größer wurde, wie ihr Gesicht sich verklärte, die Kleidung sich in lichtes Weiß verwandelte und sie endlich so vor ihm stand wie damals die Schneefrau. Er stürzte zu Boden, streckte die Arme aus und rief: »Ja du bist es doch, verzeih, verzeih!«

Sie aber schüttelte das Haupt und herrschte ihn an:

»Ja ich bin es! Konntest du den Mund nicht halten, nachdem du so lange geschwiegen hast? Ich könnte dich jetzt töten; ein Hauch aus meinem Munde würde deine Glieder erstarren lassen, das wäre die gerechte Strafe, dass du nicht nur dein, sondern auch mein Glück zerstört hast! Denn sieh!« – hier nahm ihre Stimme einen milden Klang an – »als ich dich damals in jener Hütte als blühenden hübschen Jüngling so hilflos vor mir sah, da tatest du mir leid, aber nicht nur leid; ich fühlte den Wunsch in mir, auch einmal Menschenglück zu genießen, statt stets zu zerstören. Ja, ich liebte dich und nahte mich dir in menschlicher Gestalt, ich genoss an deiner Seite Jahre ungetrübten Glücks. Jetzt hast du es selbst zerstört und ich muss zurück in mein kaltes Reich und du? – Ich gedenke des Glücks, das ich genossen habe, und der armen dort ruhenden Kinder, denen ich neben der Mutter nicht auch den Vater rauben will. Mögest du drum leben; bleibe den Kindern ein guter Vater und suche dadurch dein heutiges Unrecht zu sühnen!«

Damit drückte sie ihm einen Kuss auf die Stirn, der, obgleich eiskalt, wie Feuer brannte; die Tür sprang auf, ein wirbelnder Schneeschauer durchtobte das Haus und entführte Juki-onna, den Mann einsam zurücklassend.

Von diesem Tage an blieb er, der sonst stets heiter und guter Dinge war, ernst und kein fröhliches Wort kam mehr über seine Lippen; er lebte nur seinen Kindern, zog sie zu tüchtigen, braven Menschen auf, und als nach vielen Jahren wieder einmal ein

Schneesturm brauste, nahm dieser die Seele des Mannes mit und führte sie seiner »Juki-onna« zu.

Die Leute aber sagten, als sie ihn am andern Morgen tot fanden, er sei erfroren.

Märchen aus Japan

Das Land des Todes

In einem Dorf am unteren Yukon lebte eine junge Frau; sie wurde krank und starb. Als der Tod über sie kam, verlor sie für einige Zeit das Bewusstsein. Dann schüttelte sie jemand, dass sie erwachte und sprach zu ihr: »Steh auf, schlafe nicht; du bist tot!« Sie schlug die Augen auf, bemerkte, dass sie in einem Grabkasten lag und der Schatten ihres verstorbenen Großvaters neben ihr stand. Er streckte die Hand aus, um ihr zu helfen, sich aus dem Grab zu erheben und gebot ihr, sich umzusehen. Sie tat so und sah viele Leute, die sie alle erkannte, sich im Dorf herumtreiben. Dann drehte sie der alte Mann herum, mit dem Rücken gegen das Dorf und sie sah, dass die ihr so wohlbekannte Gegend verschwunden war; an ihrer Stelle lag ein unbekanntes Dorf da, das sich so weit, als ihr Blick nur reichte, erstreckte. Sie gingen in dieses Dorf und der alte Mann hieß sie in eines der Häuser eintreten. Als sie eintrat, hob eine alte Frau, die dasaß, ein Holzscheit, um sie zu schlagen und fragte ärgerlich: »Was willst du hier?« Schreiend lief sie hinaus und erzählte dem alten Mann von der Frau. Er erzählte: »Dies hier ist das Dorf der Hundeschatten und du hast nun gesehen, wie es den lebenden Hunden zumute ist, wenn sie von den Leuten geprügelt werden.«

Sie gingen von da weiter und kamen an ein anderes Dorf, in dem ein großes Haus stand. Ganz in der Nähe dieses Dorfes sahen sie einen Mann am Boden liegen; aus allen seinen Gelenken wuchs Gras hervor und er konnte sich zwar bewegen, aber nicht aufstehen. Der Großvater erzählte, dieser Mann sei so bestraft worden, weil er Gras ausgerissen und Grasstängel gekaut hatte, als er noch auf Erden war. Nachdem sie einige Zeit lang diesen Schatten neugierig betrachtet hatte, wandte sie sich, um etwas zu sagen, nach ihrem Großvater. Der war aber verschwunden. Vor ihr lag ein Weg, der zu einem weiter entfernten Dorf führte. Sie folgte ihm und kam bald an einen reißenden Fluss, der ihren Weg versperrte. Dieser Fluss waren die Tränen der Leute, welche auf Erden die Toten beweinen. Als das Mädchen sah, dass sie nicht hinüberkonnte, setzte sie sich ans Ufer und begann zu weinen. Wie sie ihre Augen trocknete, sah sie eine Menge Kehricht und Abfall, wie er aus den Häusern geworfen wird, den Fluss herabschwimmen und sich gerade vor ihr zusammenstauen. Wie auf einer Brücke überschritt sie darauf den Fluss. Kaum war sie am anderen Ufer, da verschwand das Zeug und sie ging ihren Weg weiter. Bevor sie noch das Dorf erreichte, hatten die Schatten sie bemerkt und riefen: »Es ist jemand angekommen.« Als sie dorthin kam, umdrängten sie die Schatten und fragten: »Wer ist sie? Von wo kommt sie?« Sie besahen ihre Kleider und fanden die Totemzeichen, die ihre Stammeszugehörigkeit anzeigten; in alten Zeiten hatten nämlich die Leute ihre Totemzeichen an ihren Kleidern und anderen Gegenständen, sodass man daran die Mitglieder eines jeden Dorfes und jeder Familie erkennen konnte.

Da rief jemand: »Wo ist sie, wo ist sie denn?«, und sie sah den Schatten ihres Großvaters auf sich zukommen. Er nahm sie bei der Hand und führte sie in der Nähe in ein Haus. An der Rückwand saß eine alte Frau, die etwas murmelte und dann sagte: »Komm und setze dich zu mir!« Es war ihre Großmutter, und sie fragte das Mädchen, ob es nicht etwas trinken wolle, und fing gleichzeitig an zu weinen. Das Mädchen wurde ganz traurig, sah sich um und bemerkte einige ganz merkwürdige Wassereimer, von denen nur ein einziger, der fast leer war, so wie die in ihrem Dorf aussah.

Die Großmutter riet ihr, nur aus diesem zu trinken, denn darin sei ihr gewohntes Yukonwasser, während die anderen alle mit dem Wasser des Totendorfes gefüllt seien. Als sie dann hungrig wurde, gab ihr die Großmutter ein Stück Rentierfleisch, das ihr Sohn, der Vater des Mädchens, ihr einst bei einem Totenfest zugleich mit dem Wassereimer, aus dem sie eben getrunken habe, gegeben.

Die Großmutter erzählte dem Mädchen noch, dass ihr Großvater ihr Führer geworden sei, weil sie im Sterben an ihn gedacht hatte. Wenn ein Sterbender nämlich an seine verstorbenen Verwandten denkt, vernimmt man das im Schattenreich und derjenige, an den der Sterbende denkt, beeilt sich, dem neuen Schatten den Weg zu weisen.

Als für das Heimatdorf des toten Mädchens die Zeit des Totenfestes kam, wurden, wie gewöhnlich, zwei Boten ausgesandt, um die Bewohner der Nachbardörfer einzuladen. Nach einem der Dörfer gingen die Boten lange Zeit, und bevor sie es noch erreichten, überraschte sie die Dunkelheit; endlich hörten sie aber vom Festhaus her Tanzlärm und Trommelschlag. Sie traten ein und überbrachten den Leuten ihre Einladung zum Totenfest.

Hier saßen die Schatten des Großvaters und der Großmutter und zwischen ihnen der des Mädchens unsichtbar bei den Leuten, und als am nächsten Tag die Boten in ihr Heimatdorf zurückkehrten, folgten ihnen, immer unsichtbar, die Schatten. Als da das Fest schon fast zu Ende war, wurde der Mutter des toten Mädchens Wasser gereicht und sie trank davon. Dann gingen die Schatten aus dem Festhaus, um zu warten, bis bei der Zeremonie, bei welcher die Namensvetter der Toten ihre Kleider annehmen, ihre Namen aufgerufen würden.

Als die Schatten dazu also aus dem Haus gingen, gab der alte Mann dem Mädchen im Eingang einen Stoß, sodass sie umfiel und ihr Bewusstsein verlor. Als sie wieder zu sich kam, sah sie sich um und fand sich allein. Sie erhob sich, stellte sich im Eingang unter die Lampe und wartete auf die anderen beiden Schatten, um sich ihnen anzuschließen. Sie wartete da, bis alle Lebenden in den schönen neuen Kleidern herauskamen, aber von ihren Schattengefährten sah sie keinen.

Bald darauf kam ein alter Mann mit einem Stock hereingehumpelt, und als er aufsah, bemerkte er den Schatten, dessen Füße mehr als eine Spanne hoch über dem Boden schwebten. Er fragte, ob das eine Lebende oder ein Schatten sei, bekam aber keine Antwort und ging rasch ins Haus hinein. Hier sagte er den Männern, sie sollten rasch hinauslaufen und das fremde Wesen im Eingang, dessen Füße den Boden nicht berühren und das nicht aus dem Dorf sei, ansehen. Alle liefen hinaus, und als sie sie sahen, stellten einige ihre Lampen nieder und in ihrem Schein wurde sie erkannt und lief nun ins Haus ihrer Eltern.

Wie man sie da eintreten sah, glich sie in Gestalt und Farbe völlig einer Lebenden, aber sobald sie sich niedersetzte, erblasste ihre Farbe und sie schwand dahin, bis sie nichts war als Haut und Knochen und zu schwach war, um sprechen zu können.

Frühmorgens des nächsten Tages starb ihre Namensvetterin, eine Frau aus demselben Dorf und ihr Schatten ging anstelle des Mädchens, welches wieder zu Kräften kam und noch viele Jahre lebte, ins Land des Todes.

Märchen der Inuit

Der rote Bär Ta-ku-ka

An der Küste, dort ungefähr, wo heute Pikmiktalik im weiten Land Alaska hoch oben am Rand des arktischen Nordens liegt, lebte ein Eskimojäger namens Pi-tikh-cho-lik mit seiner Frau Ta-ku-ka. Damals waren die Berge von großen Rentierherden bevölkert, und die See war voll von Seehunden und Fischen, sodass Pi-tikh-cho-lik eine Menge Nahrung und Felle nach Hause brachte.

Eines schönen Sommerabends stand Ta-ku-ka an der Küste und wartete auf die Rückkehr ihres Gatten. Obwohl er ihr erklärt hatte, dass sich die Rentiere weiter in die Berge zurückgezogen hatten und die Seehunde nur noch weit draußen im Meer zu finden seien, war sie doch besorgt und unruhig, da er länger als bei seinen sonstigen Jagdausflügen fortblieb.

Nach einiger Zeit ging Ta-ku-ka ins Haus, um nach ihren Kindern zu sehen; als sie dann wieder herauskam, war ihr Mann gerade dabei, seinen Kajak auf das Gestell neben dem Haus zu stellen.

Sie stellte an ihn wegen seines langen Ausbleibens eine Menge Fragen; er antwortete aber verdrießlich, dass er weit aufs Meer hinausgefahren und so lange ausgeblieben sei, weil er ohne Beute nicht zurückkommen wollte. Sie gingen ins Haus, und Ta-ku-ka setzte ihm verschiedene Lieblingsgerichte vor, aber er aß nur wenig und war überhaupt traurig und missmutig. Seine Frau drang in ihn, ihr doch den Grund seiner üblen Laune zu sagen; schließlich sagte er: »Wenn du durchaus den Grund meines Kummers wissen willst, so höre ihn also: ich fühle, dass ich sterben muss, und der dritte Tag von heute an wird mein Todestag sein.«

Darauf fing Ta-ku-ka bitterlich zu weinen an, er tröstete sie aber und sagte: »Weine nicht und mach mich nicht noch unglücklich, solange ich noch bei dir bin, sondern höre meine letzten Wünsche. Wenn ich gestorben bin, musst du meinen Kajak ins Wasser stellen und an der Küste verankern; dann lege mein Ruder, meine Speere und Schnüre auf ihren gehörigen Platz hinein. Kleide dann meinen Körper in die wasserdichte Jacke, setz mich in den Kajak und binde die Jacke am Rand des Mannloches fest, wie ich es immer getan habe, wenn ich aufs Meer hinausfuhr. Stelle dann noch drei Tage hindurch jeden Abend Fische, Rentierspeck und Beeren vor mich, damit mein Schatten zufrieden gestellt wird. Versprichst du mir das?« Ta-ku-ka versprach es und weinte still; Pi-tikh-cho-lik verließ das Haus nicht mehr und starb am dritten Tage. Da weinte Ta-ku-ka sehr, tat aber, wie ihr befohlen war. Jeden Morgen sah sie, dass der Schatten gegessen hatte, denn alle Speisen vor dem Körper waren weg. Als sie am vierten Tag an den Strand ging, um wie gewöhnlich ihren Toten zu beklagen, war der Kajak mit all seinem Inhalt verschwunden. Da warf sie sich zu Boden und blieb in ihrem Schmerz lange so liegen. Schließlich erinnerte sie sich aber an ihre Kinder und ging wieder ins Haus, um nach ihnen zu sehen.

Nun arbeitete Ta-ku-ka viel, sie sammelte Beeren, fing Fische und trocknete sie, um für den Winter einen Vorrat anzulegen.

Als sie so eines Tages Beeren klauben ging, entfernte sie sich weit vom Haus und kam auf den Gipfel eines Hügels. Sie überschaute von da die Gegend und sah noch weit entfernt Rauchwolken vom Boden aufsteigen. Es war das erste Zeichen, das sie je von anderen Leuten gesehen hatte, und sie beschloss hinzugehen, um zu sehen, was für Menschen dort seien. Nach einiger Zeit kam sie näher an die Stelle heran und kroch vorsichtig auf den Kamm eines zum Meer steil abfallenden, landeinwärts aber sanft geneigten Hügels. Hart am Wasser lagen drei Häuser, und aus dem einen stieg der Rauch, den sie gesehen hatte.

Hier wartete Ta-ku-ka ruhig, um zu sehen was für Leute da wären; bald kam eine Frau heraus, hob eine Hand vor die Augen und blickte hinaus aufs Meer. Dann lief sie zurück ins Haus und rief irgendjemanden drinnen etwas zu. Nun kamen noch zwei andere Frauen heraus, und alle gingen hinunter an den Rand des Wassers; dort stimmten sie ein Liebeslied an und tanzten am Sandstrand, Ta-ku-ka hatte die Frauen und ihre schönen Fellkleider so aufmerksam betrachtet, dass sie nichts anderes bemerkte; jetzt aber traf leise der angenehme Ton einer singenden Männerstimme ihr Ohr, und ihr Herz schlug höher. Über die Frauen hinweg sah sie einen Mann in seinem Kajak langsam der Küste zusteuern. Er sang und warf spielend seinen Seehundsspeer vor sich und hob ihn, wenn er daran vorbeikam, wieder auf.

Als er näher kam, erkannte Ta-ku-ka in seinem Gesang ein Lied, das in früheren Tagen Pi-tikh-cho-lik ihr vorzusingen pflegte. Der Kajakmann landete nun, und die Frauen empfingen ihn mit Freudenrufen. Ta-ku-ka wollte kaum ihren Augen trauen, als sie sah, dass der Mann wirklich ihr Gatte war, den sie für tot gehalten hatte. Er ging mit den Frauen ins Haus, und da empfand Ta-ku-ka ein früher nie gekanntes, merkwürdig grimmiges Gefühl im Herzen. Sie stand am Hügelrand und lauschte bis tief in die Nacht hinein dem Gesang und Gelächter, das aus dem Haus zu ihr drang.

Es wurde Morgen, Pi-tikh-cho-lik kam heraus und brachte am

Kajak sein Jagdgerät in Ordnung. Nachdem er den Frauen an der Küste einen guten Tag gewünscht hatte, ruderte er lustig singend aufs Meer hinaus. Als er außer Sicht war, stieg Ta-ku-ka vom Hügel herab und folgte den Frauen in eines der Häuser. Die waren erstaunt, sie zu sehen, hießen sie aber trotzdem willkommen und stellten viele Fragen an sie. Sie bewunderten ihr Gesicht und ihre Hautfarbe, die heller als ihre war und verschiedene tätowierte Linien in ihrem Gesicht: eine auf- und abführende zwischen den Augen und drei von der Unterlippe übers Kinn herunter, die auch anders waren als die ihrigen. Im Laufe des Gesprächs sagte eine der Frauen:

»Diese Gesichtslinien stehen dir sehr gut; ich würde viel dafür geben, wenn du mir beibringst, mein Gesicht wie deins zu machen.«

»Ich will dir zeigen, wie das gemacht wird, wenn ich dir damit einen Gefallen erweisen kann, aber ich werde dir dabei weh tun, und du wirst den Schmerz vielleicht nicht aushalten«, antwortete Ta-ku-ka.

»Ich werde den Schmerz nicht beachten und bin bereit, ihn auszuhalten, wenn ich nur so schön werde wie du.«

»Wie du willst!«, sagte Ta-ku-ka, »geh ins Haus, zünde ein Feuer an und setze einen großen irdenen Topf mit Fett auf; wenn das Fett kocht, rufe mich, ich werde dann dein Gesicht so schön wie das meine machen.«

Nachdem ihr die Frau gedankt hatte, ging sie, alles fertig zu machen, und nun stellten die anderen Frauen noch eine Menge Fragen, wie: »Wird es sehr weh tun?« und »Wird sie wirklich so schön werden, wie du bist?« und noch andere mehr. Ta-ku-ka entgegnete darauf: »Es wird ihr nicht sehr weh tun, und sie wird noch schöner werden als ich.«

Die Frau kam bald zurück und meldete, das Fett sei fertig. Ta-ku-ka ging dann mit ihr ins Haus und befahl ihr, sich vor den Topf mit dem siedenden Fett zu knien und den Kopf darüber zu beugen. Sowie das geschehen war, packte Ta-ku-ka sie bei den Haaren und stieß ihren Kopf ins heiße Fett und hielt ihn drin, bis die Frau tot war; dabei sagte sie: »Da! Jetzt wirst du immer schön sein!« Dann legte sie ihren Körper auf die Bettstatt, deckte das Gesicht zu und ging hinaus zu den anderen Frauen. In ihrer Abwesenheit hatten die beiden anderen miteinander geplaudert, und als sie zurückkam, fragten sie, ob es ihr gelungen sei, ihre Gefährtin zu verschönern, und Ta-ku-ka nickte mit dem Kopf.

Daraufhin sagten die beiden Frauen: »Wir wollen dir auch Geschenke geben, wenn du uns schönmachen willst.« Sie war damit einverstanden. Dann gingen sie alle zum Haus der toten Frau, und Ta-ku-ka sagte zu ihren Begleiterinnen: »Stört eure Freundin nicht, sie schläft jetzt, und damit nichts ihre Schönheit beeinträchtigt, ist ihr Gesicht zugedeckt. Wenn sie aufwacht, wird sie sehr schön sein.« Darauf brachte sie dann die beiden anderen Frauen wie die erste um und sagte, als sie sie niederhielt: »Ihr werdet auch sehr schön sein.« Sie fertigte nun aus Stäben drei Gestelle an und stellte sie, wo die Frauen am Abend vorher an der Küste getanzt hatten, aufrecht in den Sand und legte die Kleider der Toten darüber, sodass man auf die Entfernung glauben konnte, sie stünden dort. Dann nahm sie das Fell eines roten Bären und ging zu ihrem Versteck in den Felsen zurück. Es wurde Abend und der Jäger kam, wie in der vorigen Nacht singend zurück. Es drang zwar keine Antwort zu ihm, aber er glaubte doch, seine Frauen an der Küste stehen zu sehen, obwohl auf sein Lied keine Antwort kam. Er wurde ärgerlich und hielt mit seinem Gesang inne. Dann begann er, sie zu schelten und beschimpfen, aber noch immer blieben sie stumm. Nachdem er gelandet war, lief er auf die schweigenden Gestalten zu und dann ins nächste Haus. Dort und im nächsten fand er nichts, aber im dritten sah er seine Frauen tot daliegen, und Ta-ku-ka hörte die Schmerzensschreie, die er ausstieß, als er das sah.

Rasend stürzte Pi-tikh-cho-lik aus dem Haus; vor Trauer klagend und aus Ärger schrie er: »Wenn irgendwelche böse Geister das getan haben, so fürchte ich mich gar nicht vor ihnen; sie sollen nur kommen und versuchen, auch an mir Rache zu nehmen; ich hasse und verachte sie!« Alles blieb ruhig. »Wenn irgendein Rachegeist, Mensch oder Tier, das getan hat, so soll er nur aus seinem Versteck herauskommen und«, so brüllte er, »es wagen, einem Mann Trotz zu bieten, der ihm das Herz herausreißen und sein Blut trinken wird! Oh, elendiger Nichtsnutz!«

Wie zur Antwort darauf hörte er vom Hügel her ein tiefes Gebrumm und sah dort einen roten Bären aufrecht auf seinen Hinterfüßen stehen und seinen Körper vor- und zurückneigen. Das war Ta-ku-ka, die sich ins Bärenfell eingewickelt, und um sich vor Pfeil oder Speerwunden zu schützen, darunter an jede Körperseite flache Steine gelegt hatte.

Pi-tikh-cho-lik sah sie und glaubte, es sei wirklich ein Bär und begann alle Schimpfnamen, die er sich nur ausdenken konnte, zu rufen, während er rasch einen Pfeil auf den Bogen legte und ihn abschoss. Der Pfeil traf auf einen der Steine und fiel herab, ohne einen Schaden anzustellen; der Bär wandte ihm die andere Seite zu. Wieder schoss er einen gutgezielten Pfeil ab und wieder war dieser wirkungslos. Da rutschte der Bär den Abhang zu ihm herunter, und als Pi-tikh-cho-lik dem Bären den Speer in die Flanke stieß, zerbrach er ihm in der Hand. In ein paar Augenblicken hatte der Bär ihn leblos niedergeworfen, ihm das Herz herausgerissen und es aufgefressen. Daraufhin schien die Raserei, die Ta-ku-ka ergriffen hatte, sie zu verlassen, und ihre besseren Gefühle kamen wieder zurück. Sie versuchte das Bärenfell abzustreifen, aber es saß so fest an ihr, dass es ihr nicht gelang.

Auf einmal erinnerte sich Ta-ku-ka an ihre Kinder zuhause; sie nahm von der Hügelspitze ihren Korb mit den Beeren und machte sich nach ihrer Wohnung auf den Weg. Als sie so dahinging, bekam sie plötzlich Angst vor ihrem merkwürdigen Blutdurst, in den sich Gedanken an ihre Kinder mischten. Sie lief weiter, kam endlich zum Haus und lief hinein. Die beiden Kinder schliefen, und als Ta-ku-ka sie sah, überkam sie wieder unbezähmbare Blutgier und sie riss sie augenblicklich in Stücke. Dann ging sie hinaus und schweifte im Land umher, voll Gier, einen jeden, der ihr entgegenkam, umzubringen.

Bis dahin waren die roten Bären harmlos gewesen, aber Ta-ku-ka pflanzte ihnen ihre eigene Leidenschaft ein, sodass sie seither ganz wild geworden sind. Zuletzt kam sie an den Kuskokwimfluss und wurde von einem Jäger getötet, dessen Pfeil doch einen Weg durch einen Sprung in einem der Steine an ihrer Seite gefunden hatte.

Sage der Inuit aus Alaska

Die Blutblume – Die Rache der Geister

In der Nacht war Wimbakobolo geflohen und hatte Purleemil, die Verlobte des Tirlta, mitgenommen. Nun war das Geschrei im Lager des Fluss-Stammes groß; die Alten versammelten sich und beratschlagten, wie sie ihn wohl wieder einfangen könnten. Während sie so beisammensaßen, kamen die jungen Leute herbei und erzählten, dass die Spuren der Flüchtigen nach dem großen Boulka-See führten, wo sich gerade eine Jagdgesellschaft aufhielt, die von einem Stamm aus dem Hinterland entsandt war. Zu diesem Stamme hatte einst auch der Vater von Wimbakobolo gehört. Da meinten die Alten mit Recht, dass die Flüchtlinge bei diesem Stamm Schutz suchen würden. Sie riefen die waffenfähige Mannschaft herbei und sagten: »Holt eure Waffen, wir wollen zu diesem Stamm ziehen und von ihm die Herausgabe der Flüchtigen verlangen. Wimbakobolo wollen wir erschlagen; Purleemil überlassen wir dem Tirlta; der mag sie dann nach seinem Gefallen töten oder behalten.«

In voller Kriegsbemalung und bis an die Zähne bewaffnet zogen sie los. Zwei Tage lang folgten sie der Spur. Am dritten erblickten sie die Lagerfeuer. Sie sandten Boten zum Stamm, die von den Alten empfangen wurden. Sie forderten die Auslieferung von Wimbakobolo und Purleemil.

»O, schickt mich bitte nicht zurück«, sagte Purleemil, »schickt mich nicht zum alten Tirlta zurück. Zwei Frauen hat er schon mit seiner Keule erschlagen; ich will nicht die dritte sein.« Und sie schluchzte laut.

»Hör auf mit Schreien«, sagte Wimbakobolo, »ich gebe dich an niemand heraus, eher töte ich dich selbst mit meinem Speer. Wenn Tirlta ein Mann ist«, dabei wandte er sich zu den Alten, »dann soll er mit mir kämpfen. Ich bin bereit dazu, doch er ist ein Feigling. Leute vom Stamme meines Vaters! Bei euch fanden wir Schutz, und ihr gabt uns zu essen, als wir hungrig waren; denkt daran, dass einst mein Vater zu euch gehörte, dass er ein gewaltiger Krieger war und eure Feinde wie Ameisen vernichtete. Wie er für euch kämpfte, wird es sein Sohn in kommenden Tagen tun, wenn ihr ihm nur jetzt helft. Ich habe Purleemil mit den Sternenaugen seit langem geliebt, und ihr Herz hat mir immer gehört. Soll ein Mädchen auf Geheiß von Graubärten sein Herz einem Weibermörder schenken? Soll es den Geliebten verlassen? Soll es den lahmen Krüppel einem jungen, kräftigen, gut gewachsenen Mann vorziehen? Denkt an meinen Vater, ehe ihr eure Hand von seinem Sohn und den kommenden Enkeln abzieht! Niemals wollen wir wieder zu Tirltas Stamm zurückkehren, nein, eher soll mein Speer Purleemil, meinen Herzensschatz, durchbohren, und mein Blut mit ihrem sich vereinen.«

Wimbakobolo richtete sich auf und machte als Krieger, mit den Waffen in der Hand, einen so mächtigen Eindruck auf die Alten, dass sie sagten: »Wir wären ja Narren, wenn wir den Sohn unseres alten Anführers den Feinden auslieferten. Er soll unser Führer sein wie einst sein Vater, und Purleemil wird die Mutter tapferer Krieger; die Sippe des Wimbakobolo ist stark, wie ihr Name es schon besagt, sind es Männer wie Berge.«

Dann wandte ein Alter sich zu den Boten und sagte: »Bestellt dem Tirlta, er möge auf das Feld kommen, dort wird er dem

Wimbakobolo begegnen, und sie können ihren Zwist auskämpfen. Will Tirlta nicht, dann soll der Feigling nach Hause gehen und dort bleiben. Wimbakobolo bleibt bei uns, und wir liefern ihn an niemand aus.« Die Boten kehrten zu ihrem Stamm zurück; doch kein Tirlta erschien und nahm die Herausforderung an; er ging mit den anderen an den großen Fluss zurück.

Wimbakobolo und Purleemil lebten in Frieden und waren beim ganzen Stamm beliebt, denn er war ein tüchtiger Jäger und sie eine Sängerin lieblicher Lieder. Nach einiger Zeit, als schon die kalten Winde über den Boulka strichen, brach der Stamm das Lager ab und schlug es weit entfernt davon wieder auf, wo die Bäume mehr Schutz boten und Feuerholz vorhanden war, denn der Winter stand vor der Tür. Noch vor Winters Ende wurde dem Wimbakobolo und der Purleemil ein Sohn geboren. Als der Stamm sah, was es für ein dickes Kerlchen war, nannte er es scherzhaft »den kleinen Häuptling« und brachte ihm allerlei Geschenke, Spielbumerangs, Wurfbretter und anderes mehr, sodass die Augen der Mutter vor Stolz leuchteten; und der Vater begann schon mit der Anfertigung von Waffen, die der Junge später gegen die Feinde des Stammes gebrauchen sollte, der sie aufgenommen hatte. Und Purleemil sang neue Lieder, welche die Geister sie gelehrt hatten, von ihrem Söhnchen, das ewig leben und der Schönste in den Gefilden des Hinterlandes sein sollte. Wenn Purleemil Lieder sang und der Säugling kreischte und lachte, dann sagte der Vater nur wenig; aber er setzte eine so frohe Miene auf, sobald er vom Schnitzen der Waffen mit dem Opossumzahn aufsah und von Zeit zu Zeit nach Frau und Kind hinblickte, dass alle über seinen glücklichen Stolz lächelten und sich von Herzen freuten, dass die Alten Purleemil nicht ausgeliefert hatten, um die Frau des Weibermörders Tirlta zu werden.

Der Winter ging vorüber; und als der Sommer nahte, machten sich alle fertig, um zu den Jagdplätzen zurückzukehren, wo damals die Flüchtlinge zu ihnen gestoßen waren. Doch Purleemil sang nicht mehr. Die Geister hatten ihr verkündet, dass bald ein großes Unglück geschehen würde.

»Lass uns hier im Winterlager bleiben«, sagte sie zu ihrem Gatten, »wo wir so glücklich gewesen sind. Ich fürchte, wir verlieren unseren kleinen Häuptling, wenn wir fortziehen. Lieber Mann, wir wollen hierbleiben.«

»Liebe Frau, das ist unmöglich; der Stamm würde mich einen Feigling schelten, der Angst vor Tirlta hat.«

»Und doch, lieber Mann, ist es besser, ein Feigling genannt zu werden – und alle wissen es ja, dass du es nicht bist –, als unseren kleinen Häuptling zu verlieren. Ohne ihn würde unser Leben einsam sein; er ist die Sonne, die unsere Tage erhellt, ohne ihn würden sie ewig dunkel wie das Grab sein.«

»Liebe Frau, du hast recht; wo der kleine Häuptling bei uns ist, würde ein noch so langes Leben ohne ihn schrecklich sein. Doch weshalb sollten wir ihn verlieren? Haben die Geister nicht gesagt, er solle ewig auf den Feldern leben? Nun, Geliebte, weshalb wollen wir uns da groß um ihn bangen?«

»Ich vermag es dir nicht zu sagen. Die Geister haben gewiss die Wahrheit gesprochen, und doch sagen sie jetzt – in jedem Lufthauch vernehme ich ihre Stimme –, dass uns ein Unglück bevorsteht.«

»Aber doch nicht dem kleinen Häuptling, Purleemil. Vielleicht dem Stamm, der uns aufgenommen hat; und den können wir doch nicht verlassen; und der soll dem drohenden Unglück nicht allein entgegentreten. Komm nur mutig mit, Mutter vom kleinen Häuptling, sonst trinkt er noch Furcht an deiner Brust!«

Da drückte Purleemil das Kind an sich und sprach nicht mehr von ihren Befürchtungen. Und als die Tage fröhlich in dem neuen, und doch alten Lager dahinflossen, waren bald alle Ängste vergessen, und die Geister stellten die Warnungen ein.

Als aber eines Nachts der ganze Stamm, der die drohende Gefahr nicht ahnte, fest eingeschlafen war, da umzingelten die Feinde, die nur auf eine gute Gelegenheit gewartet hatten, das Lager. Näher und immer näher schlichen sie sich unter der Führung des Tirlta heran. Er war ein zu großer Feigling, um den offenen Kampf zu wagen; er schlich sich nachts wie ein Dingo ins Lager und wollte die hinterrücks töten, die ihm seine Beute, die Purleemil, entrissen hatten. Ja, sie sollte erschlagen werden, und mit ihr die übrigen Männer, Frauen und Kinder; alle, alle, sollten sie seinem Hass geopfert werden. Er hatte sich seinen Plan gut ausgedacht; er hatte so lange gewartet, bis alle Befürchtungen vor einer Rache eingeschläfert und die Wachsamkeit vernachlässigt worden waren. Ganz lautlos krochen sie näher und immer näher heran …

Der kleine Häuptling fuhr im Schlaf auf. Purleemil beruhigte ihn wieder und erzählte ihm von den Geistern, die gesagt hatten, dass er ewig auf den Feldern leben und der Herrlichste, Schönste sein sollte; da war er bald wieder still, und auch die Mutter schlief wieder ein und schmiegte sich näher an den so heißgeliebten Wimbakobolo heran. Sie ahnte nichts von der drohenden Gefahr.

Zu ihren Füßen heulte ein Hund, und Wimbakobolo fuhr aus dem Schlaf in die Höhe; und wieder heulte der Hund; da stand Wimbakobolo auf; doch kaum hatte er sich erhoben, da fällte ihn ein tödlicher Schlag von Tirlta zu Boden. Der Feind fiel in das Lager ein und erschlug die meisten Schläfer an Ort und Stelle; nur einige fanden noch Zeit, ihre Waffen zu ergreifen, doch sie verteidigten sich vergeblich.

Tirlta hatte schon seit Tagen die Hütte von Purleemil ausgekundschaftet. Er hatte sich ihren Gatten zum Opfer auserlesen. Als er ihn getötet hatte, durchbohrte der Teufel den kleinen Häuptling mit seinem zackigen Speer. Als Purleemil, die liebliche Sängerin, ihren Gatten und das Kind vom Speer des Feindes durchbohrt tot neben sich erblickte, versagte ihr die Stimme im Halse. Sie entwandte dem Tirlta den Speer und stieß sich die Spitze, die den Leib ihres Kindes durchdrungen hatte, in das eigene Herz. Mit dem kleinen Häuptling so fest verbunden fiel sie tot über den Leichnam ihres Gatten hin, und das Blut der drei floss zu einer Lache zusammen.

So vollzog sich die Rache des Tirlta. Keiner vom Stamme, der den Flüchtlingen Obdach gewährt hatte, war am Leben geblieben. Tirlta und sein Stamm überließen die Erschlagenen den Habichten und Krähen und kehrten nach Kallawalla zurück.

Im Jahr darauf wollten sie auf den Jagdgründen ihrer toten Feinde jagen. Als sie dort ankamen, schlugen sie ihr Lager in einiger Entfernung von der Stelle auf, wo das Gemetzel stattgefunden hatte, damit die Geister der Toten sie nicht belästigten. Nachts sah man seltsame Lichter an der Stelle, und sie dachten, dass die Geister abwesend wären. Am andern Morgen wollten sie Wasser aus dem Boulka-See holen. O, wie glitzerte der in der Sonne! Aber war das denn Wasser? Sie blieben stehen und schauten genau hin. Das war kein Wasser vor ihnen. Sie gingen weiter, und nun sahen sie, dass der große See zu Salz erstarrt war. Da erschrak der Stamm und kehrte nach seinen eigenen Jagdgründen zurück, denn kein Mensch wagt die Geister herauszufordern. Tirlta sagte, er würde nachkommen; aber erst wolle er noch einmal dahingehen, wo die Gebeine seiner Feinde bleichten; die zu sehen, sagte er, würde ihm eine ganz besondere Freude machen. Er trug noch immer den Hass im Herzen. Doch, so dachte er, mussten seine

Augen sicherlich von dem Glanz des Salzsees ganz geblendet sein, denn als er an die Stelle kam, wo die erschlagenen Feinde liegen sollten, da sah er dort keine Knochen mehr; Mengen, große Mengen wunderschöner, prächtig roter Blumen wuchsen dort, Blumen, wie er sie noch nie gesehen hatte.

Als er ganz benommen vom Staunen darauf hinschaute, reckte sich vom Himmel ein großer Speer herab, traf ihn in die Seite und hob ihn in die Höhe. Wie er so in der Luft schwebte, hörte er, obwohl er niemanden sah, eine Stimme sagen: »Wie darfst du feiger Mörder von Frauen und Kindern es wagen, deinen Fuß auf eine Stelle zu setzen, die für immer durch das von dir vergossene Blut geheiligt ist? Vom Blut des kleinen Häuptlings, seiner Mutter und seines Vaters, das hier zusammenfloss und erblühte, wie du jetzt siehst; kein Mensch kann das Blut töten, denn im Blut steckt noch mehr als das Leben des Fleisches. Ihr Blut soll ewig leben bleiben, mit seinem glühenden Glanz soll es die kahlen Felder verschönen, wo die Salzseen sich befinden, die getrockneten Tränen der Geister, deren Lieder Purleemil so lieblich sang, die salzigen Tränen, welche sie vergossen, als du und deinesgleichen das Leben des von ihnen geliebten Stammes auslöschtest. Ewig sollst du hier vor deinem Werk, vor deiner feigen Tat sitzen bleiben!«

Als der Geist das gesagt hatte, ließ er Tirlta, vom Speer durchbohrt, auf den Boden hinab. Im Laufe der Zeiten wurden Mann und Speer in Steine verwandelt und wurden zum ewigen Denkmal der Macht des Geistes. Und zu den Füßen Tirltas breitet sich die wundervolle rote Blume aus, der Stolz der kahlen Ebenen im Westen, wo die Salzseen liegen – wir nennen sie die Wüstenerbse, doch den alten Männern war sie als Blutblume bekannt.

Australisches Märchen

Tschibi oder die zwei fettessenden Geister

Hoch oben am Michigansee in einer waldigen, wilden Gegend stand einsam ein schöner Wigwam, den ein biederer Jäger mit seiner braunen Gattin bewohnte. Da ihre kleine Hütte wenigstens sieben Sonnenuntergänge von der nächsten entfernt war, so blieb das glückliche Ehepaar stets von unlieben Nachbarn verschont und lebte recht zufrieden. Da es ringsum Wild jeder Art in Hülle und Fülle gab und er ein sicherer Schütze war, so hatten beide vollauf zu essen und Pelze genug, um sich schöne und warme Kleider zu machen.

Als einst an einem Abend der Jäger nicht zur gewohnten Zeit nach Hause gekommen war, erschienen zwei fremde Frauen vor seinem Wigwam und begehrten Einlass. Obwohl ihr ganzes Wesen einen unheimlichen Charakter trug, wurden sie doch eingelassen. Sie setzten sich scheu und zurückhaltend in eine dunkle Ecke, verhüllten ihre Gesichter und sprachen kein Wort. Soweit die Frau bemerken konnte, waren sie hohläugig und fleischlos. Sie zitterte und bebte vor Furcht, und eine heisere Stimme raunte ihr zu: »Barmherziger Gott, das sind ja zwei Skelette, in Lumpen gehüllt!« Sie sah sich um, konnte aber niemand erblicken.

Endlich kam nun ihr Gemahl mit einem fetten Hirsch nach Hause. Augenblicklich fielen die beiden Geister darüber her, rissen dem Tier alles Fett aus dem Leib und verschlangen es gierig. Der Jäger verhielt sich ganz ruhig, denn er glaubte, die beiden

Fremden seien ausgehungert und könnten ihrem Drang nicht widerstehen.

Aber am folgenden Tag ging es ebenso und am dritten auch, sodass der Jäger gar nicht wusste, was er eigentlich von diesen seltsamen Gästen denken sollte. Sonst waren sie ganz still und benahmen sich auch sehr bescheiden; sie lachten und scherzten nicht, gaben überhaupt kein Sterbenswörtchen von sich. Am Abend gingen sie jedes Mal aus, suchten dürres Holz für den anderen Tag und legten sich dann wieder geräuschlos auf ihre bestimmten Schlafplätze nahe am Feuer.

Wieder einmal kam der Jäger mit einem fetten Hirsch nach Hause, dem ebenfalls wieder alles Fett herausgerissen wurde. In der Nacht darauf fingen aber die Fremden an zu wehklagen und jämmerlich zu stöhnen und zu seufzen, sodass der gutmütige Mann aufwachte und fragte: »Warum klagt ihr denn so? Haben wir euch vielleicht beleidigt oder euch nicht genug Speise gereicht?«

»O nein«, erwiderten sie, »wir sind mit seltener Höflichkeit behandelt worden und weinen nicht deshalb. Aber wir müssen fort, denn der Herr der Toten, aus dessen Land wir kommen, hat uns nur erlaubt, neunzig Tage auf der Erde zu wandeln, um die Menschen zu prüfen. Ihr habt eure Probe gut bestanden; denn ihr habt uns nicht gezürnt, als wir das viele Fett vor euren Augen verschlangen.«

Darauf schieden sie, und der Segen, den sie hinterließen, bestand in langem Leben, in Frieden, Gesundheit und zahlreicher Nachkommenschaft.

Märchen der nordamerikanischen Ureinwohner

Die Totenbraut

Ein Mann, der eine Liebste hatte, starb. Da hörte seine Liebste, dass er gestorben war. Als er nun gestorben war, wurde er begraben und man tötete alle seine Pferde auf dem Grabe; alle seine Habe wurde mit ihm in das Grab gelegt, sein Sattel, seine Sporen, sein Messer, seine Reitpeitsche, seine Lanze, alles wurde mit hineingelegt.

Über zehn Tage nachher ging der Tote zu der Frau, die er zur Liebsten gehabt hatte. Gegen Abend kam er an. Bei der Ankunft sagte sie zu ihm: »Man hat mir gesagt, du seiest gestorben.«

»Das ist doch aber eine Lüge«, antwortete er, »die Menschen lügen ja so viel.«

Da legte er sich schlafen zusammen mit einem Knaben; und wie sie dalagen, wollte der Knabe ihn umarmen.

»Ach, tu mir das nicht, Gefährte«, sagte da der Mann. »Mich schmerzt gar sehr meine Seite.«

Spät in der Nacht, als alle Leute schliefen, kam er zu seiner Liebsten und sagte: »Ich bin gekommen, weil die Leute schon lange über uns sprechen. Nun wollen wir uns gleich verheiraten. Noch in dieser Nacht wollen wir entfliehen.«

»Mir ist es recht«, sagte da die Frau. »Aber du hast all dein Sattelzeug im Hause gelassen; wie willst du es herausholen?«

»Ich allein weiß, wie ich es holen werde«, sagte da der Mann.

»Gut, so sattle dein Pferd und lass uns gehen«, antwortete die Frau.

Da sattelte er sein Pferd, und niemand von all den Leuten im

Hause merkte es. Dann ging er hin zu der Frau und sagte: »Das Satteln ist schon geschehen.«

So ritten sie zusammen davon. Eine kleine Strecke war er galoppiert, so fing er an zu singen: »Weit in blauer, blauer Ferne Liegt das Land, wohin wir ziehen.«

Da kam er mit einem Mal der Frau ganz verändert vor:

»Warum singst du so beim Reiten?«, fragte sie den Toten.

»Das taten vor Alters unsere Vorväter immer, wenn sie ein Mädchen als Frau entführten«, sagte der Mann.

Darauf kamen sie bei dem Grabe an; da wurde das Mädchen wahnsinnig.

Zwei Tage nachher sagte der Vater des Mädchens: »Ich will mich aufmachen.«

Er machte sich auf und kam bei dem Vater des Mannes an.

»Ich bin gekommen, um zu sehen, wie's mit meiner Tochter steht, die hier im Hause versteckt ist.«

»Wo habe ich denn einen Sohn?«. sagte da der Greis.

»Hast du etwa keinen?«, antwortete der andere.

»Ach, schon längst über zehn Tage ist es her, dass mein Sohn starb,« erwiderte der Greis.

Da gingen sie zum Friedhof und sahen das Mädchen auf dem Pferd des Toten sitzen, und sie weinte bitterlich. Da führten sie sie mit sich weg und brachten sie in ihre Heimat. Aber sie konnte sich nie wieder eingewöhnen; man hielt sie im Hause zurück, und wohl zehnmal ging sie davon immer zu dem Grab ihres Geliebten.

Da sagte der Vater des Toten: »Ich will das Mädchen kaufen.« Und man gab sie ihm auch, wie man erzählt, und er tötete sie auf dem Grabe seines Sohnes.

Geschichte aus Südamerika

Quellenverzeichnis

Die Geister in der Spinnstube
Carl Theodor Griesinger: Die Spinnstube, in: derselbe, Silhouetten aus Schwaben, Heilbronn 1838

Die Wäscherinnen der Nacht
Emile Souvestre: Le Foyer Breton, Paris 1870, aus dem Französischen übersetzt von Erich Ackermann

Die weiße Herberge
Emile Souvestre: Le Foyer Breton, Paris 1870, aus dem Französischen übersetzt von Erich Ackermann

Draculas Gast
Bram Stoker, Dracula's Guest and other weird Stories, London 1914, aus dem Englischen übersetzt von Erich Ackermann

Das Spukhaus in Athen
Plinius der Jüngere: Epistulae (Briefe) 7, 27, aus dem Lateinischen übersetzt von Erich Ackermann

Die Braut von Amphipolis
Phlegon von Tralleis: Wundergeschichten, 1, 1ff, aus dem Griechischen übersetzt und nacherzählt von Erich Ackermann

Der Gespensterbräutigam
Robert Hunt: Popular Romances of the West of England, London 1881, aus dem Englischen übersetzt und bearbeitet von Erich Ackermann

Das Sätermädchen
Åge Avenstrup, Elisabeth Treitel: Isländische Märchen und Volkssagen, Berlin 1919

Der Küster von Mörkaa

Age Avenstrup und Elisabeth Treitel: Isländische Märchen und Volkssagen, Berlin 1919

Der Andreasabend

Johann Peter Lyser: Abendländische Tausend und eine Nacht, Meißen 1838–1839

Zusammenkunft der Toten

Brüder Grimm: Deutsche Sagen, Berlin 1904

Das Gespenstermahl

Ernst Tegethoff: Französische Volksmärchen, Band 2, Jena 1923

Der Totengräber und die Gespenster

Charles Dickens: Die Pickwickier. Übersetzt von Gustav Meyrink, München 1910

Ein weiteres Geistermahl – diesmal in Flensburg

Karl Müllenhoff, Sagen, Märchen und Lieder der Herzogthümer Schleswig, Holstein und Lauenburg. Kiel 1845

Das Gespenst am Brunnen

Karl Müllenhoff: Sagen, Märchen und Lieder der Herzogthümer Schleswig, Holstein und Lauenburg, Kiel 1845

Der wilde Jäger

Carl und Theodor Colshorn: Märchen und Sagen, Hannover 1854

Des Teufels Freischütz

Karl Müllenhoff: Sagen, Märchen und Lieder der Herzogtümer Schleswig, Holstein und Lauenburg, Kiel 1845

Raunacht-Abenteuer

Heinrich Noë: Deutsches Alpenbuch, München 1868

Der schwarze Geisterhund von Dorset

Edwin Sidney Hartland: English Fairy Tales, London 1890, aus dem Englischen übersetzt und bearbeitet von Erich Ackermann

MacPhies schwarzer Hund

John Gregorson Campbell: Superstitions of the Highlands and Islands of Scotland, Glasgow 1900, übersetzt von Erich Ackermann

Tam o'Shanter und Cutty Sark, die Hexe mit dem kurzen Hemdchen

Robert Burns: Tam o'Shanter, Edinburgh 1855, übersetzt und bearbeitet von Erich Ackermann

Die nächtlichen Kirchgänger

Harry Jannsen: Märchen und Sagen des estnischen Volkes, 2. Lieferung, Riga und Leipzig 1888

Julspuk

Nordische Volksmärchen. 1 Teil: Dänemark/Schweden, übersetzt von Clara Stroebe, Jena 1915

Die Christmesse in der Wildermänner Kirche

August Ey: Harzmärchenbuch, Stade 1862

Die Totenmette

Nordische Volksmärchen. 2. Teil: Norwegen, übersetzt von Clara Stroebe, Jena 1915

Wer weiß!

Guy de Maupassant: Nutzlose Schönheit. Novellen, frei übertragen von Georg Freiherrn von Ompteda, Berlin 1910

Die Überfahrt der Totengeister

Prokop: Gothenkrieg, übersetzt von D. Coste, Leipzig 1885, S. 28

Ein Besuch in der Anderswelt

Donald Alexander Mackenzie: Wonder Tales from Scottish Myth and Legend, New York 1917, aus dem Englischen übersetzt von Erich Ackermann

Die Sage von der schläfrigen Schlucht (Sleepy Hollow)

Washington Irving, The Legend of Sleepy Hollow (gekürzt), in: Amerikanische Anthologie. Aus dem Englischen übersetzt von Adolf Strodtmann, Leipzig 1890

Der Sargmacher

Alexander Puschkin: Der Schneesturm und andere Erzählungen, Deutsch von Alexander Eliasberg, Berlin 1921

Die Strafe nach dem Tode

Joseph Wenzig: Westslawischer Märchenschatz, Leipzig 1857

Die Geisterkutsche

Amelia B. Edwards: The Phantom Coach, in: Montague Summers, The Supernatural Omnibus, London 1932, aus dem Englischen übersetzt und gekürzt von Erich Ackermann

Die schwarze Prinzessin

Wilhelm Busch: Ut ôler Welt, München 1910

Eine Vision Karls des Elften

Geistergeschichte des norwegischen Schriftstellers Jonas Lie. Aus: Benno Diederich: Von Gespenstergeschichten, ihrer Technik und ihrer Literatur, Leipzig 1903

Das Seegespenst

Aus: Benno Diederich, Von Gespenstergeschichten, ihrer Technik und ihrer Literatur, Leipzig 1903

Der fliegende Holländer

Ludwig Bechstein: Deutsches Sagenbuch, Meersburg und Leipzig 1930

Die Höhle von Steenfoll

Aus: Wilhelm Hauff, Märchenalmanach auf das Jahr 1828, Köln 1925

Die Banshee von Bunworth

Thomas Crofton Croker: Irische Elfenmärchen, übersetzt von den Brüdern Grimm, Leipzig 1862

Das verwünschte Schloss

Wilhelm Busch: Ut ôler Welt, München 1910

Der Bahrgeist

Johann Peter Lyser: Abendländische Tausend und eine Nacht, Meißen 1838 – 1839

Die dankbaren Toten

Wilhelm Ledermann und Joseph Prestel: Von Helden und Holden, München/Berlin 1927

Auf dem Wasser

Guy de Maupassant: Illustrierte Romane und Novellen, übersetzt von Hubert Freiherr von Schorlemer, Bd. 2, Leipzig um 1890

Geschichte des Fischers mit dem Geist (Dschinni)
Die schönsten Geschichten aus 1001 Nacht, Leipzig 1914

Sigurd und das Gespenst
Age Avenstrup und Elisabeth Treitel: Isländische Märchen und Volkssagen, Berlin 1919

Cyprians Spukgeschichte
E.T,A. Hoffmann: Erzählungen, Märchen und Geschichten, Bamberg 1814/15, Aus Serapionsbrüder Buch 4

Die weiße Frau
Kuhn, Adalbert: Märkische Sagen und Märchen nebst einem Anhange von Gebräuchen und Aberglauben, Berlin, 1843. Nr. 119, S. 210 und Wilhelm Schwartz: Sagen und alte Geschichten der Mark Brandenburg für Jung und Alt, Berlin 1871

Eine Geistergeschichte am Broadway
Mark Twain: The Celebrated Jumping Frog of Calaveras County and Other Sketches, New York 1875, aus dem Englischen übersetzt von Erich Ackermann

Die Nordlichtgeister
Harry Jannsen: Märchen und Sagen des estnischen Volkes, 2. Lieferung, Riga und Leipzig 1888

Ein Poltergeist vom platten Lande
Harry Jannsen: Märchen und Sagen des estnischen Volkes, 2. Lieferung, Riga und Leipzig 1888

Das Irrlicht
Sagen, Geschichten und Märchen aus Lothingen, Saarlautern o. J.

Das Totenhemd
Karl Müllenhoff: Sagen, Märchen und Lieder der Herzogthümer Schleswig, Holstein und Lauenburg, Kiel 1845

Nornagest
Hans W. Fischer: Götter und Helden, Leipzig 1934

Grettir der Starke und der Wiedergänger Glam
Schoenfeld, E. Dagobert: Gretter der Starke. Einer alten isländischen Urkunde nacherzählt, Berlin 1896

Das Gespensterhaus in der Oxford Street

Edward Bulwer-Lytton: Das Gespensterhaus in der Oxford Street, in: Das Gespensterbuch. Herausgegeben von Felix Schloemp, München 1920

Die zwei alten Bäume

Anatole Le Braz: La Légende de la Mort chez les Bretons Armoricains, Paris 1893, aus dem Französischen übersetzt von Erich Ackermann

Der Tod und die alte Frau

Elisabet Sklarek: Ungarische Volksmärchen, Leipzig 1901

Der Totenarm

Christian Schneller: Märchen und Sagen aus Wälschtirol, Innsbruck 1867

Das gebückte Mütterchen

Thomas Crofton Croker: Irische Elfenmärchen, übersetzt von den Brüdern Grimm, Leipzig 1862

Die Geisterküche

Otto Sutermeister: Kinder- und Hausmärchen aus der Schweiz, Aarau 1869

Ligeia

Edgar Allan Poes Werke. Gesamtausgabe der Dichtungen und Erzählungen, herausgegeben von Theodor Etzel, Berlin1922

Anne Lisbeth

Hans Christian Andersen: Andersens Märchen. Ergänzungsband, neu aus dem Dänischen übersetzt von Guido Höller, Halle an der Saale 1904

Ein Vampir im hohen Norden

Victor von Andrejanoff: Lettische Märchen, Leipzig 1896

Das Mädchen und der Vampir

August Leskien: Balkanmärchen, Jena 1915

Das Gespenst in Fjelkinge

Nordische Volksmärchen. 1 Teil: Dänemark/Schweden, übersetzt von Clara Stroebe, Jena 1915

Nächtliche Heimsuchung in Croglin Grange

Augustus Hare: The Story of my Life, Bd.4, London 1900, aus dem Englischen übersetzt von Erich Ackermann

Der Werwolf im Feenwald

E. Henry Carnoy: Littérature orale de la Picardie, Paris 1883, aus dem Französischen übersetzt und bearbeitet von Erich Ackermann

Der Werwolf in Ottensen

Karl Müllenhoff: Sagen, Märchen und Lieder der Herzogthümer Schleswig, Holstein und Lauenburg, Kiel 1845

Der tote Gast

Albert Wesselski: Märchen des Mittelalters, Berlin 1925

Ursprung der bösen Geister

Velten, Carl: Märchen und Erzählungen der Suaheli, Stuttgart/Berlin 1898

Der wilde Hund

Aus dem *Liao Chai*, einer Sammlung seltsamer Geschichten, die der chinesische Autor *Pu Songling* (1640–1715) aus überliefertem Erzählgut zusammengetragen hatte. Deutscher Text bei: Benno Diederich: Von Gespenstergeschichten, ihrer Technik und ihrer Literatur, Leipzig 1903

Das tote Mädchen

Richard Wilhelm: Chinesische Volksmärchen, Jena 1914

Die Geister der Erhängten

Richard Wilhelm: Chinesische Volksmärchen, Jena 1914

Die Nacht auf dem Schlachtfeld

Richard Wilhelm: Chinesische Volksmärchen, Jena 1914

Die gespenstische Füchsin

David Brauns: Japanische Märchen und Sagen, Leipzig 1885

Miura Takeschi

David Brauns: Japanische Märchen und Sagen, Leipzig 1885

Die Vampirkatze

David Brauns: Japanische Märchen und Sagen, Leipzig 1885

Juki-onna, die Schneefrau

Karl Alberti: Japanische Märchen, Straubing 1913

Das Land des Todes

Eskimomärchen, übersetzt von Paul Sock, Berlin 1921

Der rote Bär Ta-ku-ka

Eskimomärchen, übersetzt von Paul Sock, Berlin 1921

Tschibi oder die zwei fettessenden Geister

Karl Knortz: Märchen und Sagen der Indianer Nordamerikas, Jena 1871

Die Totenbraut

Theodor Koch-Grünberg: Indianermärchen aus Südamerika, Jena 1927